URGEWALT

M.A. ROTHMAN

Übersetzt von
MICHAEL KRUG

Primordial Press

ISBN-13: 978-1-0879-3733-5

BÜCHER VON M.A. ROTHMAN

Techno-Thriller:

•Urgewalt

•Der Freiheit letzter Atemzug

•Darwins Faktor

Levi Yoder Reihe:

•Operation Tote Hand

•Insider-Mission

•Nie wieder

Epische Fantasy/Dystopie:

• Die Seherin der Prophezeiung

• Die Erben der Prophezeiung

• Die Waffen der Prophezeiung

• Die Herren der Prophezeiung

• Flucht vor dem Schicksal

• Der Codeknacker

• Dispokalypse

Für diejenigen, die sich mutig dorthin wagen,
wo noch niemand vorher war ...

Dr. Charles Liu, Professor für Astrophysik – mein besonderer Dank ergeht an Sie dafür, dass Sie mich aus physikalischer Sicht nah an der Realität gehalten haben – und dafür, dass Sie dem Buch seinen Titel gegeben haben.

Lieutenant John Grimpel, NYPD – danke für die geduldigen Antworten zu meinen scheinbar endlosen Fragen zu Polizeiarbeit und Verfahrensweisen beim NYPD.

Außerdem danke ich Dr. Harold »Sonny« White vom Johnson Space Center der NASA sowie Dr. Miguel Alcubierre, die mir beide inspirierende wissenschaftliche Schlüsselelemente für diesen Roman geliefert haben.

Diese Seite wurde absichtlich leer gelassen.

INHALT

KAPITEL EINS

»Dr. Radcliffe, könnten Sie wohl einen Blick auf die Daten werfen, die ich gerade aus der letzten Abfrage gezogen habe? Irgendwas stimmt da nicht.« Carl, einer der 2066 neu Eingestellten, tauchte an Burts Schreibtisch auf und klang verwirrt. Was nicht überraschte, denn er war noch keine volle Woche dabei.

»Haben Sie schon mit Jake Parish gesprochen?« Burt schaute nicht mal auf. »Er verwaltet die Datenbank aller erdnahen Objekte.«

»Der hat ein Sabbatjahr genommen.«

»Oh.« Burt löste den Blick von seinem eigenen Stapel astronomischer Vermessungsdaten und musterte Carls fast zwei Meter große Gestalt. Er bemerkte den besorgten Gesichtsausdruck des Mannes und seufzte. Obwohl Burt erst 50 war, ertappte er sich dabei, zunehmend unleidlicher zu werden, wenn Menschen seine Zeit vergeudeten. Er bemühte sich, nicht genervt zu klingen, und wog die Worte sorgfältig ab. »Was genau meinen Sie damit, dass ›da irgendwas nicht stimmt‹? Könnten Sie ein bisschen genauer werden?«

Carl zögerte kurz, bevor er zwei Ausdrucke auf Burts Schreibtisch legte. Er zeigte auf ein Bild aus einem der Observatorien und erklärte: »Na ja, wie Sie sehen, haben wir hier das Vermessungsbild, das ich gestern erstellt habe.«

Burt beugte sich näher hin und überflog den Text, der einen vermessenen Kometen, dessen Position und ungefähre Größe beschrieb. Das Bild darunter zeigte nur leeren Raum.

»Ich habe das Gebiet durchmustert, in dem sich der Komet Kowalski C/2011 S2 befinden sollte. Aber im Sichtfeld des Bilderfassungssystems ist nichts zu sehen.« Carl tippte auf das andere Bild. »Hier haben wir die gleiche Region, aber diesmal hab ich den Hubble2-Satelliten verwendet. Auch damit habe ich nichts gefunden.«

Burt spürte, wie Verärgerung in ihm aufstieg, als er die Aufmerksamkeit auf das Terminal rechts von ihm richtete. Es war schlichtweg unmöglich, dass ein Objekt von mehreren Kilometern Durchmesser einfach verschwand. Er gab den Namen des Kometen und das Datum des Vortags ein. Die auf Augenhöhe projizierten Daten zeigten die ungleichmäßige Form des Objekts, die chemische Zusammensetzung, die Flugbahn und die geschätzte Position. Er warf einen Blick auf den Ausdruck und verglich die Koordinaten. Sie stimmten überein. Mit einem Anflug von Frustration gab er dem verwirrten jungen Forscher die Unterlagen zurück. »Das ergibt keinen Sinn. Bringen Sie das zu Dr. Patel und lassen Sie Ihre Daten von ihr überprüfen.«

Als Neetas Name fiel, wurden die Augen des Neulings groß.

Burt hatte Mühe, ein Lächeln zu unterdrücken. Neeta Patel gehörte zu den Abteilungsleitern der Jet Propulsion Labs der NASA und war dafür bekannt, für Zeitverschwendung noch deutlich weniger Geduld als er aufzubringen. Er winkte Carl weg. »Sagen Sie Dr. Patel, dass ich Sie aufgefordert habe, damit zu ihr zu gehen.«

Der hochaufragende junge Forscher wandte sich ab und verließ mit zögerlichen Schritten das Büro.

Durch Fehler lernten die Menschen am meisten, fand Burt. Und Neeta würde sich als großartige Lehrerin erweisen. Sie würde dem Neuling haargenau – und mit unverblümten Worten – aufzeigen, was er falsch gemacht hatte. Eine Lektion, die Carl nicht vergessen würde.

Burt schmunzelte verhalten. Allerdings verpuffte seine Belustigung, als er sich dem mächtigen Papierstapel auf seinem Schreibtisch zuwandte.

»Ich hasse es, für Leute im Sabbatjahr einzuspringen.«

»Du tust was?« Burt starrte Neeta mit offenem Mund an. Sie saß ihm an seinem Schreibtisch gegenüber. Neeta war Mitte 30, hatte langes schwarzes Haar, trug Jeans und einen schwarz-orangen Kapuzenpulli mit dem Caltech-Logo. Er arbeitete zwar erst seit wenigen Jahren mit ihr zusammen, doch sie hatte sich längst als einer der brillantesten Menschen erwiesen, die er je kennengelernt hatte.

Neeta lehnte auf dem Stuhl zurück und rieb sich mit den Handballen die Augen. »Ich stimme ihm zu. Der Bursche, den du mit dem ›verschwundenen‹ Kometen zu mir geschickt hast, ist kein Volltrottel.« Burts Ohren empfanden ihren britischen Akzent als angenehm. »Tatsächlich habe ich gerade eine Anomalie bei einem anderen Kometen verfolgt, als er mich aufgesucht hat. Burt, irgendwas ist da im Busch, und ich durchschaue noch nicht wirklich, was. Ich kann dir nur sagen, dass ich die Suchbereiche für die beiden erdnahen Objekte erweitert habe. So habe ich sie zwar gefunden – nur ganz woanders, als sie eigentlich sein sollten.«

»Woanders, als ...« Burt verstummte mitten im Satz und runzelte die Stirn über die Unwahrscheinlichkeit dessen, was Neeta beschrieb. »Das ergibt keinen Sinn. Schon die Chancen, dass etwas einen der Kometen getroffen und aus der Flugbahn geworfen haben könnte, sind verschwindend gering, trotzdem *könnte* es passiert sein. Aber gleich zwei abweichende Flugbahnen? Könnten sie irgendwie kollidiert sein?«

Neetas Haar wogte hin und her, als sie den Kopf schüttelte. »Unmöglich. Sie haben seit unserer letzten Überprüfung ihrer Positionen keine Umlaufebenen mehr gekreuzt.«

»Ich muss wohl nicht extra betonen, dass wir herausfinden müssen, was hier los ist. Das ist gewissermaßen unsere Aufgabe.«

»Natürlich.« Neeta schwenkte wegwerfend die Hand. »Ich hab schon ein paar Leute darauf angesetzt, das Gebiet zu durchmustern, um zu sehen, ob es noch mehr unerwartete Abweichungen gibt. Könnte eine Weile dauern, weil wir nicht rund um die Uhr Teleskop- oder Satellitenzugang haben. Außerdem sind die Kometen weit draußen hinter den Planeten in der Nähe der Oortschen Wolke.«

Burt stützte die Ellbogen auf den Schreibtisch. In dem Moment klingelte sein Telefon. Er tippte auf den Funkempfänger in seinem Ohr. Abrupt ertönte laut die Stimme einer Frau in seinem Kopf.

»Dr. Radcliffe?«

»Ja, hier Burt Radcliffe.«

»Hier spricht Anita Wexler, Assistentin von Dr. Phillip Johnson. Er hat mich gebeten, Vorkehrungen für eine persönliche Besprechung mit Ihnen hier in Washington, D. C. zu treffen. So bald wie möglich. Wann kann ich Ihnen einen Wagen schicken, der Sie abholt?«

Burt tippte sich erneut ans Ohr und schaltete den Anruf stumm. Er lehnte sich weiter über den Schreibtisch und flüsterte: »Wieso um alles in der Welt will der neue Chef der NASA eine persönliche Besprechung mit mir?«

Neeta zuckte mit den Schultern. »Wieso zum Teufel fragst du mich? Vielleicht solltest du eher *ihn* fragen.«

Burt tippte sich abermals ans Ohr. »Anita, würde morgen früh reichen?«

»Ich bin sicher, das ist in Ordnung. Ich sehe hier einen Flug, der um 8:00 Uhr vom LAX abhebt. Ich lasse Sie um spätestens 5:00 Uhr von einem Auto bei Ihnen zu Hause abholen. Passt Ihnen das?«

»Ja, passt.«

»Okay, Dr. Radcliffe. Ich buche Ihren Flug. Bei der Ankunft wird Sie ein Fahrer erwarten.«

Damit war die Leitung tot, und Burt warf einen Blick auf seine Aufmachung. Jeans und T-Shirt. »Schätze, ich muss nach Hause und was Anständiges zum Anziehen heraussuchen.«

Jon Stryker schlüpfte in seine Windjacke, betrachtete sich im Schlafzimmerspiegel und fuhr sich mit den Fingern durch das dunkelbraune Haar.

Nicht schlecht für 'nen 34-jährigen Cop mit zwei Kindern, der bei seiner Schwester lebt.

»Scheiße, wem will ich was vormachen?«

Es war erst 6:00 Uhr morgens, und als er durch den Flur ins Zimmer seiner Kinder ging, hörte er die sechsjährige Emma leise im Bett schnarchen.

Er lächelte. Seine Jüngste wurde ihrem Familienspitznamen »Deckenräuberin« wieder mal gerecht. Irgendwann während der Nacht hatte sie es geschafft, die Decken vom Bett ihres Bruders zu stibitzen. Nun lag sie unter ihnen und einer schweren Tagesdecke und ratzte zufrieden vor sich hin.

Er schwenkte den Blick auf Isaacs Bett und erblickte den Achtjährigen in seinem Flanellpyjama, die Arme fest um seinen abgewetzten Teddybären geschlungen. Der Verlust der Decken schien ihn vorerst nicht zu stören. Allerdings würde er sich noch heulend über die Deckenräuberin beschweren, sobald er aufwachte und den Diebstahl bemerkte.

Stryker blies ihnen beiden einen Kuss zu und schloss die Zimmertür hinter sich. Das Aroma von frisch gebrühtem Kaffee wehte zu ihm.

Er folgte seiner Nase nach unten in die Küche, wo ihn der Anblick seiner Schwester und seiner Exfrau begrüßte, die am kleinen Frühstückstisch aus dampfenden Bechern tranken.

Bei jeder Begegnung mit seiner Ex durchlief ihn ein Ruck. Jedes Mal, wenn er Lainies elfenhaftes, von blonden Locken umrahmtes Gesicht sah, tauchte aus seinem Gedächtnis der Moment auf, als er bei einem Auslandseinsatz die Scheidungspapiere erhalten hatte.

Obwohl es vier Jahre zurücklag, war der Schmerz noch nicht abgeklungen. Es half auch nicht gerade, dass sie so atemberaubend wie eh und je aussah.

Stryker beugte sich vor und drückte erst seiner Schwester einen Schmatz auf die Wange, dann Lainie. »Muss wohl Samstag sein, was?«

Lainie zog eine Augenbraue hoch und schenkte ihm ein schiefes Grinsen. »Warum sollte ich sonst hier sein? Ich bringe die Kinder übers Wochenende zu meinen Eltern.« Mit dem Daumen deutete sie auf Strykers Schwester. »Jessica hat mir erzählt, wie's ihnen in der Schule geht.«

Strykers Schwester unterrichtete an einer privaten Eliteschule in Midtown, nicht weit von seiner regulären Streife am Times Square entfernt. Die Kinder durften die Schule wegen des Jobs seiner Schwester kostenlos besuchen, wofür Stryker unheimlich dankbar war.

Jessica deutete auf die halbvolle Kaffeekanne. »Ist heute ziemlich stark geworden, falls du welchen willst.«

Er sah auf die Armbanduhr und schüttelte den Kopf. »Danke, aber ich kann nicht. Mir ist für die Streife heute einen Neuling zugeteilt, deshalb muss ich früher im Revier sein.«

»Du bist doch um vier zurück, oder? Du hast versprochen, mir zu helfen, Zeug in meinem Klassenzimmer aufzuhängen.«

»Ich werd da sein.« Stryker schnappte sich die Schlüssel von der Arbeitsplatte und wandte sich an Lainie. »Kannst damit rechnen, dass Isaac zu schreien anfängt, wenn er aufwacht. Emma hat ihm wieder die Decken geklaut.«

Sie lächelte, und einen Moment lang sah Stryker die Frau, die er vor 14 Jahren geheiratet hatte.

Er stählte sich gegen ihr strahlendes Lächeln und hielt sich vor Augen, wie viel Feindseligkeit mittlerweile zwischen ihnen herrschte. Ihr widerstrebte, dass er sein Leben aufs Spiel setzte, um sich die Brötchen zu verdienen, ihm widerstrebte, dass sie seine Berufswahl nicht respektieren konnte.

Aber sie hatten zusammen Kinder. Sie trugen beide immer noch Verantwortung ... wenn schon nicht mehr füreinander, so doch für die Kinder.

Mit einem letzten Winken wandte sich Stryker ab und trat den Weg zu einem vermutlich weiteren ereignislosen Tag beim NYPD an.

Es war ein frischer Frühlingsmorgen, als Stryker durch die Straßen von Midtown Manhattan lief.

Er hatte sein Leben lang in derselben Gegend gewohnt, und seit seiner Kindheit hatte sich viel verändert. Ein Mekka für Touristen war die Umgebung schon immer gewesen, da der Times Square, das Empire State Building und das Grand Central Terminal alle zu Fuß erreichbar waren.

Stryker vermisste die raue Atmosphäre von früher, den Lärm hupender Autos und aufheulender Motoren. Solche Geräusche gab es schon lange nicht mehr. Vor allem, da die Stadt automatische Fahrzeugleitsysteme, kurz AVR-Systeme – Automated Vehicle Routing – für alle Autos innerhalb der Stadtgrenzen vorschrieb. Heutzutage fuhren fast alle Pkw elektrisch und wurden mit einem solchen System gebaut. Es rettete etliche Leben, indem es Pendler sicher von A nach B brachte, außerdem floss der Verkehr reibungslos durch die Stadtbezirke. Dennoch empfand Stryker New York ohne Staus, Sirenen und lauthals über den Verkehr klagende Menschen immer noch als seltsam.

»Hey, Jonny«, rief eine rauchige Frauenstimme von der anderen Straßenseite. »Lust auf ein bisschen Vergnügen?«

Stryker schaute auf und sichtete eine junge Frau Anfang 20. Er überquerte die Straße und schüttelte den Kopf, als er sich der atemberaubenden Brünetten näherte. Sie trug ein hautenges rotes Kleid, das ihre prachtvollen Kurven betonte.

In der Nähe des Times Square hatte er sie schon etliche Male gesehen, aber hier in der Madison Avenue befand sie sich etwas abseits ihres üblichen Geschäftsreviers.

Als er sich Sheila näherte, stieg ihm ein Hauch ihres Jasmin-Parfüms in die Nase, und ihr verschmitztes Lächeln wurde breiter.

Stryker sah auf die Armbanduhr. »Hör mal, Sheila, wir haben noch nicht mal sieben an einem Wochenende. Die Leute schlafen noch. Wenn du unbedingt jetzt schon deine Dienste anbieten willst, dann am Times Square – oder leise, wenn du dich hier herumtreibst. Tu mir den Gefallen, ja?«

Sheila legte die Hände an die Hüften und kam einen geschmeidigen Schritt näher. »Das war kein Nein«, schnurrte sie.

Er zeigte ihr auf seiner Armbanduhr die Zeit und zwinkerte ihr zu. »Meine Schicht fängt in 30 Minuten an. Tut mir leid, Süße.«

Damit wandte er sich ab und schüttelte den Kopf darüber, wie sich die Dinge verändert hatten. Sheila gehörte zu den Kindern der Gegend, die er aufwachsen gesehen hatte. Obwohl Prostitution mittlerweile im Stadtgebiet legal war, bemühten sich die Streifenpolizisten, dafür zu sorgen, dass es zivilisiert zuging. Immerhin lebte er trotz allem in der Gegend, und seine Kinder spielten hier.

An der East 35th bog er nach rechts und marschierte zielstrebig am Empire State Building vorbei, passierte den Rand von Koreatown und gelangte schließlich in den Garment District, wo sich das Revier Midtown South befand.

Stryker ging in den Umkleideraum, wo sich um die zehn andere Beamte auf den Tag vorbereiteten. Er öffnete seinen Spind und begann, in seine Uniform zu wechseln.

»He, Stryker, hast du das von gestern Nacht gehört?«

Er warf einen Blick zu Brian Decker, der sich gerade im Spiegel betrachtete. »Nein, was hab ich denn verpasst?«

»Jenkins und McCullough mussten OC gegen einen Haufen Spinner einsetzen, die im Grand Hyatt in der Lobby demonstriert haben.«

»Autsch«, kommentierte Stryker. »Wie viele Demonstranten waren es?«

»Ich glaub, sie haben um die zehn hergebracht.«

Stryker legte die Kevlar-Weste um den schlanken, knapp über 1,80 Meter großen Körper an und schüttelte den Kopf. OC stand für Oleoresin Capsicum: Pfefferspray. Er selbst hatte in seinen vier Jahren auf der Straße noch selten Gebrauch davon gemacht.

»Irgendeine Ahnung, wogegen oder wofür sie demonstriert haben?«

Decker sah sich immer noch im Spiegel an, schlug sich leicht gegen die Wangen und entfesselte ein lautes Gähnen. »Ne, hab nur das Gröbste von Sharon am Empfangstresen gehört.«

Stryker vergewisserte sich, dass seine Schusswaffe sicher im Holster steckte, dann folgte er den übrigen Beamten aus dem Umkleideraum, holte sich eine Tasse Kaffee und bereitete sich auf den Appell vor.

Burt hatte nie einen Grund gehabt, den vorherigen Leiter der NASA zu treffen. Nun jedoch stand er vor dem Schreibtisch des neuen Leiters, Phillip Johnson. Man hatte dem Mann unlängst die Verantwortung für fast 20.000 zivile Angestellte übertragen. Burt war schleierhaft, warum man ihn ersucht hatte, von Angesicht zu Angesicht mit jemandem zu sprechen, der wahrscheinlich der Boss seines Bosses war ... oder vielleicht eher der Boss des Bosses seines Bosses. Sicher konnte er sich nicht sein, da das obere Management die Organigramme der NASA regelmäßig durcheinanderwirbelte.

Als Johnson aufstand, verblüffte er Burt ein wenig. Der NASA-Administrator ragte fast 15 Zentimeter höher auf als Burts mit seinen 1,83 Metern, und er sah nach mindestens 110 Kilo solider Muskelmasse aus.

»Verdammt, Radcliffe, Sie wirken ja angespannter als 'ne Banjo-Saite. Nehmen Sie Platz.«

Der ausgeprägte Südstaatenakzent des Administrators überraschte Burt. Er setzte sich auf einen der beiden gepolsterten Lederstühle vor dem Schreibtisch und bemühte sich, die Nervosität aus seiner Stimme herauszuhalten. »Dr. Johnson, ich bin sofort hergeflogen, als Ihre Assistentin angerufen hat. Aber ich bin mir nicht sicher, warum ich eigentlich hier bin.«

Johnson beugte sich über den Schreibtisch und lächelte. Seine strahlend weißen Zähne bildeten einen Kontrast zu seinem dunklen Teint. »Burt, ich komme gleich auf den Punkt. Ich habe gerade abgesegnet, dass Sie der neue Leiter des Programms Near Earth Object werden. Wir nennen es NEO. Sie sind dem Direktor des JPL unterstellt, aber ich will, dass sämtliche Ihrer künftigen Statusberichte auch bei mir landen.«

Alle Farbe entwich aus Burts Gesicht. Er blinzelte und fragte sich, ob er sich verhört hatte. »Aber Sir, warum ich? Ich meinte ...«

Johnson lachte. »Erinnern Sie sich an die Arbeit an diesem lernenden Bayes'schen Computersystem? Es wurde von einigen Generälen als neue Möglichkeit angepriesen, Soldaten aus dem Krieg herauszuhalten. Um Leben zu retten.«

Einen Moment lang starrte Burt den Mann an und versuchte, sich zu erinnern, wovon er redete. Dann fiel es ihm ein. »Sir, das war vor über 20 Jahren. Den Teil meines Lebens habe ich am 18. Dezember 2045 hinter mir gelassen. Ich habe neu angefangen. Aber ich erinnere mich gut daran. Ich konnte nicht am Einsatz eines turingmächtigen Computersystems beteiligt sein. Nur was hat das damit zu tun, dass Sie mich als neuen Leiter haben wollen?«

Johnson trommelte mit den Fingern auf dem Schreibtisch und nickte mit ernster Miene. »Ich war damals Colonel bei der Armee und mit Forschungsarbeit am US Army War College beschäftigt. Unter anderem hatte ich den Auftrag, einiges davon auszuwerten, was Sie geschaffen hatten. Es war brillant, wenn ich das so sagen darf. Offen gestanden hat es vielen von uns eine Heidenangst eingejagt. Ich habe eine Ihrer wissenschaftlichen Abhandlungen darüber gelesen, was passieren könnte, wenn Computer ermächtigt werden, Entscheidungen über Leben und Tod zu treffen. Und ich erinnere mich lebhaft an die Warnung, die Sie formuliert haben: ›Was, wenn die Maschinen zu dem Schluss gelangen, wir wären entbehrlicher als sie?‹« Johnson lehnte sich auf dem Stuhl zurück und fuhr sich mit den Händen über den glattrasierten Schädel. »Jedenfalls habe ich mit dem JPL-Direktor gesprochen, und er hat mir eine Liste von Kandidaten für den Leiter des Programms vorgelegt. Als ich Ihren Namen darauf gesehen habe, war das gut genug für mich.«

Burts Mund stand leicht offen. Plötzlich wurde ihm bewusst, dass er vor seinem Boss wie ein Idiot aussehen musste. »Danke, Sir. Ich werde mein Bestes geben.«

»Moment noch, ich habe eine Sonderaufgabe für Sie.« Johnson schob eine kleine Speicherkarte über den Schreibtisch. »Ist verschlüsselt, Sie können den Inhalt also nur an einem sicheren Ort lesen, aber es sind alle bekannten Notizen über DefenseNet drauf. Die Präsidentin hat die NASA ersucht, sich darum zu kümmern, und wir haben zusätzliche Mittel erhalten, um das Projekt umzusetzen. Burt, das ist jetzt Ihr Baby, haben Sie verstanden?«

»DefenseNet? Sollte das nicht ein Haufen geosynchroner Satelliten werden, die beim Aufspüren und Zerstören nahender Asteroiden helfen sollen?«

Johnson stand auf und kam um den Tisch herum. Auch Burt rappelte sich auf die Beine. Der Mann legte einen dicken Arm über Burts Schultern und begleitete ihn zur Bürotür. »Genau deshalb habe ich zugestimmt, das Projekt zu übernehmen – weil ich wusste, dass sich NEO damit befassen sollte. Und das bedeutet, als Leiter von NEO befassen *Sie* sich damit.«

Als sie sich der Tür näherten, glitt sie automatisch auf, und der Leiter der NASA klopfte Burt auf die Schulter. Sie schüttelten sich die Hände.

Johnson zeigte quer durch den Gang zu einer Doppeltür. »Der Bereich da ist eine SCIF. Sie haben bis zu Ihrem Flug noch mindestens fünf Stunden Zeit, also möchten Sie den Ort vielleicht nützen.«

»SCIF?«

»*Sensitive Compartmented Information Facility.* Ein Bereich für die Lagerung und Nutzung sensibler Informationen.« Der NASA-Administrator zeigte auf die Speicherkarte in Burts Hand. »Da drin finden Sie ein sicheres Lesegerät, damit Sie anfangen können, sich damit zu befassen, was ich Ihnen gerade aufgehalst habe. Beim JPL gibt es auch eine SCIF, Sie haben sie wahrscheinlich nur noch nie benutzt.«

Er klopfte Burt noch einmal auf die Schulter, dann wandte er sich ab und kehrte in sein Büro zurück. Die Tür schloss sich hinter ihm.

Burt starrte auf die handflächengroße Plastikkarte mit dem roten »Top Secret«-Hologramm.

Wie bin ich jetzt eigentlich zu der Ehre gekommen?

Einige Stunden nach seinem Rückflug steckte Burt den Kopf in Neetas Büro und fragte: »Hast du dir die DefenseNet-Pläne angesehen, die ich dir weitergeleitet habe?«

Neeta fuhr mit der rechten Hand durch die Luft. Prompt projizierte ihr Desktopcomputer ein Bild der Erde, die langsam von zwei Dutzend miteinander verbundenen Satelliten umkreist wurde. Sie sah ihn durch die zwischen ihnen schwebende, halbdurchsichtige Weltkugel an und meinte sarkastisch: »Ne, ich dachte mir, das mache ich, wenn ich nichts Besseres zu tun habe.« Kopfschüttelnd deutete sie auf die Erdkugel vor ihr. »Natürlich hab ich über die Pläne nachgegrübelt. Was denkst du denn, dass ich gemacht habe?« Sie schnippte auf den leuchtenden roten Einschaltknopf links unten in dem Hologramm, und das Bild verschwand.

Burt schaute zum Computer. »Wie ich sehe, hast du zumindest schon mit der Modellierung des Netzwerks angefangen. Das ist großartig. Allerdings versteh ich den Sinn hinter der Verbindung zwischen den Satelliten nicht. Bist du schlau daraus geworden?«

»Leider nein. Als ich bei der *International Science Foundation* war, hatte ich damit nicht viel zu tun, also gehe ich von den Daten aus, die ich von dir habe. Wenn wir den Grund wirklich wissen wollen, müssten wir wohl Dave Holmes fragen, den ehemaligen Leiter der ISF. Nur soweit ich weiß, ist er tot – oder versteckt sich so gut, dass ihn niemand finden kann.«

Burt seufzte, als er über das Problem nachdachte. »Die Pläne sind nicht vollständig. Oder zumindest ergeben Teile davon keinen Sinn. Ich hab mir einige der Notizen durchgelesen, in denen Anker für Weltraumaufzüge erwähnt werden. Aber ich finde nirgendwo einen Hinweis auf Verbindungskabel oder darauf, wozu sie überhaupt gut sein sollen. Eine physische Verbindung zu den Satelliten ist nicht nötig. Wir brauchen nur jeden Satelliten mit einer Reihe von Solarkollektoren auszustatten, um die Bordbatterien für die Laser aufzuladen. Die gesamte Kommunikation kann drahtlos erfolgen.«

Neeta schüttelte den Kopf und runzelte die Stirn. »Dave war kein Trottel. Er hätte nichts konstruiert, das keinen Zweck erfüllt.«

Burt lehnte sich an den Türrahmen, schaute verkniffen drein und verschränkte die Arme vor der Brust. »Ehrlich gesagt beunruhigt mich bei dem Projekt genau das. Ich glaube, wir können es bauen und zum Laufen bringen. Aber bauen wir überhaupt das Richtige? Was hatte er wirklich im Sinn?«

Plötzlich flackerten die Lichter im Raum rot. Beide schauten zu einer Warnung vor einem potenziell gefährlichen Asteroiden, die über den Bildschirm des Desktopcomputers lief.

»Verdammt«, entfuhr es Neeta. »Ich hab jetzt keine Zeit für einen Asteroidenalarm.«

Burt starrte auf den Alarmtext und schüttelte den Kopf. »Umlaufbahn-Schnittpunktabstand 0,00? Das wird irgendjemandem den Tag versauen.«

»Kannst du laut sagen.« Neeta wischte den Text so vom Monitor, dass er in die Luft projiziert wurde, dann begann sie, auf der Tastatur zu tippen. »Was immer das ist, es hat einen Durchmesser von 200 Metern, und die Computer schätzen die Gefahr, dass es uns trifft, auf zehn Prozent.«

Burt überschlug die Zahlen im Kopf, während Neeta weiter tippte. »Wenn wir von einem dichten Gesteinsbrocken reden, der sich mit ungefähr 15 Kilometern pro Sekunde bewegt und in einem Winkel von grob 45 Grad eintritt, schätze ich bei einem Treffer eine 400-Megatonnen-Katastrophe. Definitiv genug, um eine Stadt auszulöschen, wenn nicht sogar einen kleinen Staat.«

»Ich habe hier 430 Megatonnen. Aber vergiss nicht, dass 71 Prozent der Erdoberfläche von Wasser bedeckt sind. Wenn er mitten ins Meer einschlägt ... wird der entstehende Tsunami wahrscheinlich nicht ganz so verheerend.«

Burt warf einen Blick auf die Uhr und konnte kaum noch ein Gähnen unterdrücken. »Du hast heute Nacht Bereitschaftsdienst. Könntest du, bevor du gehst ...«

»Burt, ich weiß, was ich zu tun hab.«

»Schon klar.« Burt zuckte mit den Schultern. »Ich stütze mich nur nicht gern auf Annahmen.«

Neeta sah ihn einen Herzschlag lang gereizt an und gab einen genervten Laut von sich. »Sobald wir fertig geredet haben, trommle ich das Team zusammen. Unsere Leute sollen diesen potenziell gefährlichen Asteroiden aufspüren und herausfinden, warum er nicht auf unserer Liste steht. Die Computer sagen, es dauert noch fast ein Jahr, bis er unsere Umlaufbahn kreuzt. Das ist weit vor unserem derzeitigen Zeitplan für die Inbetriebnahme von DefenseNet. Ich setze mal das Team darauf an. Hoffentlich ist falscher Alarm.«

»Danke, Neeta.« Schließlich gestattete sich Burt das bislang unterdrückte Gähnen. »Ruf mich an, falls sich was tut, worüber ich Bescheid wissen muss.«

Er wandte sich ab, als Neeta in die Gegensprechanlage blaffte: »Jenkins, Hsiu, Smith und Pederson, in mein Büro. Wir haben einen nicht identifizierten, potenziell gefährlichen Asteroiden, der unsere Aufmerksamkeit erfordert.«

KAPITEL ZWEI

Ein kalter Schauder durchzuckte Burt, als er auf die Freisprecheinrichtung neben seinem Bett starrte. Der Wählton hallte durch sein Schlafzimmer, aber als er auflegte, trat gespenstische Stille ein.

»Ich kann nicht fassen, dass ich gerade ein Gespräch mit dem Verteidigungsminister beendet habe«, murmelte er. Sein Herz pochte heftig in der Brust, während Adrenalin durch seinen Kreislauf raste.

Der Tablet-PC, den Burt versehentlich zu Boden gestoßen hatte, blinkte rot mit einem weiteren Alarm vom Jet Propulsion Lab.

Burt lehnte sich zur Seite, hob das Tablett auf und scrollte durch die lange Liste der eingehenden Warnungen.

Als das Telefon erneut klingelte, fuhr er vor Schreck beinah aus der Haut.

Sofort sprang der Anrufbeantworter an, und Burt hörte den verzweifelten Klang in Neetas aufgebrachter Stimme. Ihr britischer Akzent drang deutlicher als sonst durch. »Verdammt, geh ran! Du bist verflucht noch mal der Leiter von NEO, und hier geht alles drunter und drüber. Hanford hat gerade ...«

Mit einem Finger drückte Burt auf die Rufannahmetaste. »Neeta, mach dich fertig. Ich hol dich in zehn Minuten ab.«

Burt schnallte sich auf dem Flugzeugsitz gegenüber Neeta an. Sie trug einen rauchgrauen Rock und eine dazu passende Bluse, die ihren dunklen Teint wunderbar ergänzte. Obwohl sie den ganzen Weg von Pasadena bis zum Luftwaffenstützpunkt Edwards diskutiert hatten, wirkte sie gefasst und professionell.

»Neeta, mich beunruhigt nicht so sehr die Anzahl der Warnungen, die wir kriegen, sondern die Frage, *warum* wir sie plötzlich kriegen. Ganz ehrlich, beim ersten Bericht aus Hanford kam es mir noch lächerlich vor. Ich hab mich gefragt, ob sich unsere Systeme alle irgendwie einen Virus eingefangen haben. Es ist einfach so unwahrscheinlich. Was also bedeutet das alles?«

Wie Neeta nervös an ihrem langen, schwarzen Haar zupfte, das sie zu einem dicken Zopf zusammengebunden hatte, verriet ihren Gemütszustand. »Macht den Eindruck, als wäre das Universum verrückt geworden, oder?« Ihre überkorrekte Aussprache konnte nicht das nervöse Zittern in ihrer Stimme verbergen.

Burt nickte und starrte seine Stellvertreterin an. »Habt nicht ihr Briten das Konzept erfunden, nie die Fassung zu verlieren? Du und ich dürfen nicht vorgreifen. Wenn wir ruhig bleiben, begehen die anderen keine Fehler und wir auch nicht. Denn Fehler können wir uns nicht leisten, einverstanden?«

Neeta holte tief Luft und nickte.

Die Lichter in der Kabine wurden gedimmt, als der kleine Passagierjet zu rollen begann. Nur Sekunden verstrichen, bis Burt spürte, wie er gegen den Sitz gedrückt wurde, als sie vom Luftwaffenstützpunkt Edwards abhoben. Als der Jet nach Norden schwenkte, schaute Burt aus dem Fenster und sah unten eine endlose Reihe von Scheinwerfern. Er hatte sich eben erst selbst durch den morgendlichen Verkehr in Los Angeles gekämpft. Burt murmelte: »Wir haben 2066, haben Kolonien auf dem Mond und Multiple Sklerose geheilt. Trotzdem kriegen es die Stadtplaner von Los Angeles nicht hin, das Verkehrschaos um fünf Uhr morgens zu lösen – unglaublich.«

Ein 3D-Bild ihres Flugplans erschien auf Augenhöhe, als die Stimme des Piloten über die Lautsprecheranlage in die Kabine übertragen wurde. »*Dr. Radcliffe, Dr. Patel, am Standort Hanford gibt es keine Landebahn, deshalb fliegen wir die Joint Base Lewis-McChord an. Wir haben jetzt 0530 und sollten in etwa zwei Stunden landen.*

Von dort werden Sie per Helikopter zur Anlage in Hanford gebracht.
An der Westküste herrscht klares Wetter, es sollte ein ruhiger Flug
werden.«

Die leuchtende Animation ihrer voraussichtlichen Route in den Bundesstaat Washington verschwand. Neeta umklammerte mit weißen hervortretenden Knöcheln die Armlehnen. In ihre Stimme schlich sich ein frustrierter Ton. »Es ist schwer zu glauben, was die Leute aus Hanford melden. Erscheint mir alles so zweifelhaft. Aber bei all den Daten, die sie uns übermittelt haben, kann doch kein Fehler vorliegen, oder? Die ganze Situation ist ...« Sie verstummte und holte tief Luft.

Burt fielen die Ohren zu, als sich das Flugzeug leicht neigte, und er schluckte kräftig, als er spürte, wie sich die Maschine einpendelte.

»Lass es uns durchdenken«, schlug Burt vor. »Wie kann es sein, dass wir plötzlich nicht einen, nicht zwei, sondern *Hunderte* von Gesteinsbrocken aus dem All haben, die vom Rand des Sonnensystems auf uns zurasen? Hast du eine Ahnung, warum wir das nicht kommen sehen haben?«

»Ich hätte es kommen sehen *müssen*.« Neeta schüttelte den Kopf und verfiel in einen stakkatoartigen Redeschwall. »Die meisten dieser Objekte bewegen sich mit ungeheurer Geschwindigkeit, und einige der kleineren könnte man leicht übersehen. Aber verdammt, eine der Warnungen betrifft ein Objekt mit einem Durchmesser von rund 160 Kilometern.«

»Neeta, wir sind beide nur so gut wie die Daten, die wir bekommen. Ich gebe dir keine Schuld, und du sollst auch keine Schuld auf dich nehmen. Ich kann mir bloß nicht erklären, wie etwas Derartiges so plötzlich passieren konnte.«

Mit einem tiefen, zittrigen Seufzen lehnte Neeta den Kopf an die Rückenlehne ihres Sitzes. »Bei der Geschwindigkeit, mit der das Zeug teilweise reist, bleiben uns nur etwa 300 Tage, bevor uns etwas von diesem Müll erreicht. Ich sage das nur ungern, aber es ist wahrscheinlich noch schlimmer, als wir denken. Denn bei der derzeitigen Entfernung können wir nicht wissen, mit wie vielen kleineren Objekten wir es zu tun bekommen. Selbst wenn wir DefenseNet sechs Monate vor dem Zeitplan in Betrieb nehmen, reicht das vielleicht nicht.«

Burt sah tief in Neetas besorgte braune Augen und seufzte. »Na ja, wir haben schon die Finanzierungszusage vom Verteidigungsminister, um den Einsatz von DefenseNet zu beschleunigen. Du hast doch mit unserer Mannschaft beim JPL gesprochen, richtig?«

»Ich habe sie auf Schiene gebracht«, bejahte Neeta. »Sie fangen sofort an, die DefenseNet-Laser zu testen. Aber mir bereitet Sorgen, was wir in Hanford herausfinden werden. Es kann kein Zufall sein, dass die Leute dort gerade jetzt, da wir all diese nahenden Objekte entdeckt haben, über eine Gravitationswellenstörung im gleichen Gebiet des Alls klagen.« Zittrig holte sie Luft. »Da draußen ist etwas. Ich mache mir Sorgen, dass ich irgendwie ...«

»Neeta, hör auf, dir die Schuld zu geben.« Burt schüttelte den Kopf. »In dieser Phase bringen Spekulationen nichts. Befassen wir uns lieber mit den vorliegenden Fakten. Immerhin fliegen wir deshalb zu dieser Anlage mitten im Nirgendwo. Es muss einen logischen Grund dafür geben, dass eine Trümmerwolke auf uns zukommt.« Burt lehnte sich auf dem Sitz zurück und schloss die Augen. »Ruh dich aus. Uns steht ein sehr langer Tag bevor.«

Es war fast Mittag, als Burt aus dem Hubschrauber stieg und die kahle, braune Umgebung auf sich wirken ließ. Als der Abwind der Rotorblätter Wolken der losen, bronzefarbenen Erde aufwirbelte, die diese Landschaft beherrschte, warf er einen Blick zu Neeta und deutete mit dem Kinn in Richtung des niedrigen, entfernten Gebäudes. Das elektrische Surren des Helikoptertriebwerks verstummte, als Neeta heraushopste. Sie nickte ihm zu, duckte sich und lief auf das Hauptgebäude des *Laser Interferometry Gravitational Wave Observatory* zu, auch als LIGO bekannt.

Während Neeta hineinging, um alles vorzubereiten, paffte Burt eine Zigarette und ließ den Blick über die fast 80 Quadratkilometer brauner Leere wandern, die Hanford im Bundesstaat Washington umgab. Dabei wünschte Burt, er würde nicht Last der Welt auf den Schultern spüren. In der Ferne patrouillierten Jeeps der Militärpolizei um die Ränder der unlängst abgeriegelten Anlage. Weitere Militärpolizisten bewachten jeden Eingang des Gebäudes. Vor vier Stunden war der Standort auf Anordnung des Verteidigungsministeriums geschlossen worden. Soldaten der Joint Base Lewis-McChord befanden sich auf dem Gelände des Observatoriums und setzten die Anordnung um.

Burt nahm einen letzten Zug, ließ die Zigarette fallen und malmte sie mit dem Absatz seines Cowboystiefels in den Kies. »Verdammt«, verfluchte er angesichts des qualmenden Stummels seinen Nikotindämon, der inmitten all der Anspannung ausgebrochen war.

Mit einem mürrischen Grunzen steuerte Burt auf das Waschbetongebäude zu. Am Eingang zeigte er dem schwer bewaffneten, in einen der üblichen Tarnanzüge gekleideten Soldaten seinen Ausweis.

Der Militärpolizist hielt Burts Ausweis mit starrem Blick auf Armeslänge und verglich das Bild mit seinem ausgezehrten Gesicht. Dann löste er einen mobilen Netzhautscanner von seinem Gürtel und hielt ihn vor Burts rechtes Auge. »Dr. Radcliffe, bitte stehen Sie still.«

Als gleich darauf eine grüne LED an dem Scanner aufleuchtete, nickte der Soldat. Er gab Burts Ausweis zurück und trat zur Seite. Burt ging an ihm vorbei in die stillen Gänge des Gebäudes, das den LIGO-Kontrollraum beherbergte. Nach seinem Gespräch mit dem Verteidigungsminister durfte nur ein Dutzend Personen die Anlage betreten, alles hochrangige Wissenschaftler mit Sicherheitsfreigaben für die höchste Geheimhaltungsstufe. Bisher hatte noch kein anderes Land sein Schweigen gebrochen, obwohl Burt wusste, dass Observatorien in Deutschland und Australien das gleiche Ereignis entdeckt hatten. Nach der Analyse der Daten würden sie alle zu denselben Schlussfolgerungen gelangen. Wenn die Öffentlichkeit davon erführe, würde auf den Straßen blankes Chaos ausbrechen.

Er ging durch die muffigen, beigen Hallen der Anlage in Hanford und bog in den Kontrollraum. Burt fühlte sich wie ein aus dem Winterschlaf gerissener Bär. Seine Stimmung verschlechterte sich zusätzlich, als ihm der penetrante Geruch von verbranntem Popcorn in die Nase stieg. Er schüttelte den Kopf, als er eine halb geöffnete Tüte sichtete, die neben einem uralten Mikrowellenherd auf der hinteren Arbeitsplatte lag. Verkohlte Maiskörner ergossen sich daraus.

Der zwölf mal sechs Meter große Raum ähnelte gespenstisch jenem, in dem er die letzten zehn Jahre beim Jet Propulsion Lab in Pasadena verbracht hatte. Statt der stillen, nervösen Energie, mit der er gerechnet hatte, fand er Neeta bei einer lautstarken Diskussion mit einem der Ingenieure über die Messwerte des Observatoriums vor.

»Was zum Teufel soll meinen Sie damit, dass Sie vor drei Monaten in dem Sektor einen Impuls gesehen und niemanden benachrichtigt haben?« Neetas Miene glich einer Gewitterwolke kurz vor der Entladung, als sie den LIGO-Ingenieur konfrontierte, der locker einen Kopf größer und weit mehr als doppelt so schwer wie sie war.

»Dr. Patel, ich glaube, Sie verstehen nicht.« Der Wissenschaftler wandte sich mit geröteten Wangen von Neetas bedrohlichem Blick ab, presste die Lippen zusammen und tippte verärgert auf der Tastatur des Terminals vor ihm. Nach einigen Sekunden deutete er auf den Hauptbildschirm an der Wand, der ein Signaldiagramm zeigte. Das Datum lag fast drei Monate zurück. »Wir haben vor 89 Tagen eine Gravitationsanomalie in derselben allgemeinen Richtung entdeckt. Aber laut unserem Protokoll haben wir niemanden verständigt, weil wir keine solide Bestätigung in den Messwerten der anderen Standorte bekommen konnten ...«

»Tja, dann ist Ihr Protokoll scheiße, Steve. Mir hätte man es sagen müssen. Ihnen ist doch klar, womit wir es zu tun haben, oder?«

Burt warf einen Blick auf das Abzeichen an Steves breiter Brust, erkannte den Namen und wusste, dass es sich um den leitenden Techniker der Anlage Hanford handelte. Er räusperte sich und wandte sich an den bedrängten Wissenschaftler. »Neeta hat recht, wir hätten benachrichtigt werden müssen. Warum konnten Sie die Messwerte nicht bestätigen?«

Steve drehte sich auf seinem Platz um und starrte Burt an, der sich auf einem der Drehstühle niederließ und ihn mit besorgter Miene musterte. »Direktor Radcliffe, wir konnten die Lage nicht allein mit unseren Messwerten bestätigen. Es war ein schwaches, kurzes Signal, in das wir kein allzu großes Vertrauen hatten. Der LIGO-Standort in Australien war zu dem Zeitpunkt offline für Reparaturarbeiten, und unsere Anlage in Livingstone hat nur ein Flimmern aufgeschnappt, das nicht stark genug war, um einen Treffer zu bestätigen. Bis heute Morgen um ungefähr 3:00 Uhr haben wir keine soliden neuen Messwerte aus dem Sektor erhalten.«

Neetas Augenbrauen zogen sich zusammen, als sich ihre Miene weiter verfinsterte. Als sie den Mund öffnete, hob Burt die Hand. Er wollte eine Diskussion verhindern, die, wie er fürchtete, in einen unproduktiven Streit mit dem örtlichen Personal ausarten würde. Neeta klappte den Mund zu und schäumte weiter vor sich hin. Burt griff sich ein Gummiband, das zufällig auf der Tischplatte in seiner Nähe lag. Er band sich das schulterlange Haar damit zu einem Pferdeschwanz zusammen. Dabei war ihm durchaus bewusst, wie untypisch ein Pferdeschwanz, ein schlichtes Hemd, Cowboystiefel und Jeans für einen Mann in seiner Position waren. Aber obwohl er mittlerweile 50 Jahre alt war, betrachtete er sich immer noch als einen der Techniker.

»Hören Sie, Steve, was passiert ist, ist passiert.« Obwohl auch Burt das Verhalten der LIGO-Mitarbeiter frustrierte, musste er den Frieden bewahren. »Ich habe heute Morgen Ihre E-Mail bekommen. Deshalb sind Neeta und ich hier. Was haben Sie für uns?«

Der Ingenieur tippte angespannt auf ein paar Tasten am Terminal. Prompt zeigte einer der Monitore an der Wand eine Reihe von »Treffern«, die das Observatorium unlängst entdeckt hatte. »Direktor Radcliffe ...«

»Nennen Sie mich Burt.«

»Burt, LIGO hat im Lauf der Jahre Tausende Quellen von Gravitationswellen registriert. Wir erleben diese ungewöhnlichen Gravitationswellen nur dann, wenn große Massen rasant beschleunigen und eine Störung in der Raumzeit verursachen. Fast so, wie wenn ein Kieselstein einen ruhigen See fällt. Wir können die geringsten Wellen des Ereignisses erkennen und ...«

»Steve, ich habe das hier schon gemacht, lang bevor Sie Ihre erste Mathestunde hatten. Geben Sie mir einfach die technischen Details.«

Der Ingenieur blinzelte. »Entschuldigung, Sir. Äh, wie Sie ja wissen, entstehen die Gravitationswellen, die wir empfangen, in der Regel durch die Verschmelzung von Doppelsternsystemen, zum Beispiel bei der Kollision zweier Neutronensterne. Oder wenn Ströme von einem Stern um ein schwarzes Loch rotieren, fangen wir unter Umständen auch Hinweise auf. Ausbrüche von Gravitationswellen allerdings empfangen wir nicht oft. Tatsächlich sind uns im letzten Jahrzehnt nur etwa zehn untergekommen, und wir haben nie herausgefunden, was sie verursacht hat. Aber mit Stand heute Morgen 2:53 Uhr haben wir mehr als ein Dutzend Ausbrüche von Gravitationswellen registriert ...«

»Und Sie haben bei den anderen LIGO-Standorten nachgefragt und den Ursprung dieser Ausbrüche bestätigt?« Burt beugte sich vor und musterte das blasse Gesicht des Wissenschaftlers.

»Ja, Sir. Wir haben eine Triangulation mit den beiden anderen Standorten vorgenommen, uns auf den gleichen Quadranten im Raum konzentriert und ...« Er deutete mit dem Kopf in Neetas Richtung. »Auf Dr. Patels Vorschlag hin habe ich Kontakt mit der NASA aufgenommen. Man hat uns einen sicheren Kanal für die Nutzung der IXO-2-Satelliten zur Verfügung gestellt. Wir haben vollen Zugriff auf das Satellitennetz. Erst vor fünf Minuten habe ich Röntgendetektoren der Satelliten auf die Quelle der Gravitationswellen ausgerichtet.«

Steve tippte am Terminal auf einige Tasten. Der Hauptbildschirm an der Wand zeigte einen Laufzeitzähler. Abgesehen davon war er schwarz wie eine makellos saubere, altmodische Kreidetafel.

Burt lehnte sich zurück und starrte auf das leere Bild des 100-Zoll-Bildschirms. Neeta fragte in wesentlich ruhigerem Ton als zuvor: »Steve, wann haben Sie den letzten Gravitationswellenausbruch registriert?«

»Vor ungefähr 50 ...« Steve spähte zu einem Wandmonitor und zeigte auf das flackernde Licht einer Live-Videoübertragung zur Überwachung eines der Detektoren der Anlage. »Moment, der Laser ist gegenphasig!« Er sah sich im Raum um, als der Ausbruch der Aktivität auf allen Bildschirmen des Kontrollraums registriert wurde. »Wir kriegen gerade eine neue Reihe von Signalen!«

Burt stand auf, ging an den um das Computerterminal versammelten Technikern vorbei und starrte auf den Hauptbildschirm. Er warf einen Blick auf die Videoübertragung, die das Bild des Laserinterferometers auf dem Monitor ganz links an der Wand zeigte. Burt wusste, was das flackernde Licht in der Videoübertragung bedeutete: Die Anlage wurde von einer Gravitationsstörung getroffen, die einen der Arme des Laserinterferometers gegenphasig werden ließ.

Alle beobachteten atemlos, wie die verschiedenen Bildschirme flimmerten und sich aktualisierten. Einige Monitore zeigten die Intensität der Gravitationswellen an, einige die von den anderen LIGO-Standorten empfangenen Daten.

Burt konzentrierte sich auf den Hauptbildschirm. Die schwarze Leere darauf fesselte seine gesamte Aufmerksamkeit und ließ alles andere in den Hintergrund rücken.

Plötzlich erschien ein weißer Punkt.

Inmitten der Schwärze erwachte ein kleiner, heller Punkt zum Leben und ließ Burts Herz höher schlagen.

Er zeigte auf den Monitor und drehte sich den fünf Meter entfernt um Terminals gedrängten Wissenschaftlern zu. »Da! Ist das ein Treffer von den Röntgendetektoren?«

Steve hastete zu seiner Tastatur und gab eine Reihe von Befehlen in das Terminal ein. »Ich überprüfe es gerade, Sir ...«

Burt marschierte zu den versammelten Wissenschaftlern, als Rohdaten über den Bildschirm liefen. Neeta zeigte auf eine Spalte. »Da ist es«, rief sie. »Wir haben eine positive Identifizierung vom Röntgensatelliten.«

Burt starrte auf den einsamen Punkt auf dem schwarzen Monitor und wusste, was er vor sich hatte. Aber sie brauchten mehr Daten. Mehr Zeit.

Ein Ingenieur raste zu einem Abfalleimer. Gequälte Würgelaute hallten durch den Kontrollraum, als er sich des Mageninhalts entledigte. Alle im Raum waren hochqualifizierte Wissenschaftler, alle Experten auf ihrem jeweiligen Gebiet. Sie alle wussten, was sie gerade innerhalb der Grenzen ihres eigenen Sonnensystems entdeckt hatten.

Burt wischte sich nervösen Schweiß von der Stirn und verkündete: »Wir können nur auf weitere Signale warten. Wir müssen wissen, wie groß es ist – und die Flugbahn. Um zu berechnen, wie viel Zeit uns bleibt.«

»Sir?« Ein zitternder Ingenieur schaute zu ihm auf. »Was können wir tun?«

Die Kälte, die Burt verspürte, hatte nichts mit der klimatisierten Luft zu tun. Es fühlte sich vielmehr an, als würde der Sensenmann die unbarmherzige Hand nach einem Opfer ausstrecken. Burt kannte die Konsequenzen ihrer Entdeckung. Röntgenstrahlen entstanden in der Regel nur bei Ereignissen mit extrem hohen Temperaturen. Durch unvorstellbar starke Gravitationsfelder erhitztes Material stellte die Hauptursache für solche Emissionen dar.

»Konzentrieren wir uns darauf, mehr Daten zu beschaffen. Wir wissen noch nicht mal, in welche Richtung es unterwegs ist.« Burt seufzte, ließ sich auf den nächstbesten Stuhl plumpsen und wartete. Etwas anderes konnten sie alle nicht tun.

Er betete, dass die Ursache der Röntgenstrahlen nicht auf sie zusteuerte. Es war eine Sache, dass sich DefenseNet mit Asteroiden auseinandersetzen sollte. Dafür gab es Möglichkeiten, wenn genug Zeit zur Verfügung stand. Sogar gegen mondgroße Objekte ließ sich theoretisch etwas unternehmen. Er schaute zu dem grellen Punkt auf, der einen Kontrast zur Schwärze des Bildschirms bildete, und seine Brust zog sich vor Sorge zusammen.

Während Burt wartete, verriet ihm sein Bauchgefühl, dass er gerade das Ende der Menschheit vor sich hatte. Sie würden alle von dem unstillbaren Hunger verschlungen werden, der aus einem interstellaren Strudel des Todes entsprang.

Aus einem schwarzen Loch.

Mehrere Stunden waren vergangen. Burt lief in einem der muffigen Gänge der LIGO-Anlage auf und ab und versuchte, den Kopf frei zu bekommen. Die bestätigte Existenz eines schwarzen Lochs innerhalb des Sonnensystems erklärte Vieles. In der Regel rotierten schwarze Löcher mit unvorstellbarer Geschwindigkeit. Die meisten Menschen hielten sie für gefräßige Weltraumstaubsauger, die alles in Sichtweite verschlangen. Nur die wenigsten wussten, dass schwarze Löcher dabei sehr schlampig vorgingen.

Manchmal schleuderte die Verdrehung der Schwerkraft um das schwarze Loch auch etwas weg wie ein Kleinkind ungeliebte Erbsensuppe.

Burts Magen brodelte, während er über die Möglichkeiten nachdachte.

»Beten wir einfach, dass es an uns vorbeischrammt«, murmelte er vor sich hin. »Dann haben wir vielleicht eine Chance.«

Er erstarrte, als er Neetas Stimme aus einem der nahen Büros dringen hörte. »Ma, es geht mir gut. Ich wollte nur deine Stimme hören. Gib Dad 'ne Umarmung von mir.«

»*Prinzessin?*« Eine Männerstimme ertönte aus der Freisprecheinrichtung im Büro. »*Es ist ewig her, dass wir dich zuletzt gesehen haben. Geht's dir gut? Hat dir ein Junge das Herz gebrochen?*« Der Mann lachte verhalten.

»Dad, ich bin 37. Ich hab an niemanden mein Herz verloren, also konnte es auch niemand brechen. Ich bin sozusagen mit der Arbeit verheiratet, und das weißt du.«

Burt verspürte einen Anflug von Schuldgefühlen, als er sich dabei ertappte, dass er Neetas Privatgespräch aufmerksam belauschte. Sie sprach nie über etwas anderes als die Arbeit. Deshalb empfand er die Vorstellung als seltsam, dass sie tatsächlich eine Familie hatte.

»*Mäuschen, dann ist es vielleicht an der Zeit, dass du mich dir bei der Suche nach einem geeigneten Ehemann helfen lässt ...*«

»*Rajesh Patel!*«, rief eine Frauenstimme im Hintergrund. »*Hör auf, unsere Tochter zu bedrängen. Sie wird jemanden finden und uns Enkelkinder schenken, wenn sie bereit dazu ist.*«

»Dad, ich hab dich lieb, aber ich muss jetzt auflegen. Umarmt euch, und wenn ihr länger nichts von mir hört, sollt ihr wissen, dass ich gerade bei der Arbeit ziemlich eingespannt bin. Ich hab euch beide lieb.«

»Wir dich auch, Püppchen.« Die Stimme ihrer Mutter überwand herzlich eine Entfernung von Tausenden Kilometern.

Das Hintergrundrauschen der Verbindung verstummte. Fast sofort kam Neeta aus dem Büro und japste vor Überraschung, als sie Burt im Flur stehen sah.

Schnell wischte sie sich Tränen aus dem Gesicht. Burt starrte sie an. Er konnte sich nicht erinnern, je diese Seite der Frau kennengelernt zu haben.

Er ignorierte die Tränen und fragte: »Lust auf einen Kaffee mit mir?«

Neeta nickte. Burt wandte sich ab und steuerte auf den Pausenraum zu.

Burt starrte auf den großen mittleren Bildschirm im Kontrollraum und seufzte. Fast 100 Punkte leuchteten darauf, alle um den Rand eines dunklen Kreises. Jeder Punkt stellte den letzten Atemzug eines Objekts dar, das die gewaltigen Kräfte des schwarzen Lochs erhitzten und in subatomare Teilchen zerrissen, bevor es verschluckt wurde.

Er richtete einen roten Laserpointer auf die Ränder des Kreises und warf einen Blick zu dem totenblassen Techniker, der den Platz am Terminal übernommen hatte. »Geben Sie mir eine Breite. Womit haben wir es zu tun?«

Burt schloss die Augen und lauschte dem Klopfen auf die Tasten und der zitternden Stimme des Ingenieurs, der verkündete: »Sir, der Durchmesser des Ereignishorizonts scheint ungefähr drei Kilometer zu betragen.«

Die gemeldete Größe überraschte Burt. Vor über 100 Jahren hatten drei berühmte Physiker die Tolman-Oppenheimer-Volkoff-Grenze festgelegt, kurz TOV-Grenze. Sie gab die obere Schranke für die Masse eines Neutronensterns vor. Als er eine Überschlagsrechnung im Kopf anstellte, wusste er genau, womit sie konfrontiert waren. »Also, wenn das mal nicht interessant ist. Wir haben es mit einem drei Kilometer breiten Riss in der Struktur des Raums zu tun.«

Ein Wissenschaftler mittleren Alters mit einem Schopf leuchtend roter Haare fragte: »Aber, Sir, wie ist das möglich? Das liegt unter der TOV-Grenze, richtig?«

Burt nickte. »Etwa die Hälfte einer Sonnenmasse, wenn meine Kopfrechnung richtig ist.«

Er warf Neeta einen Blick zu, die verkniffen nickte. »Bestätigt.«

Plötzlich vibrierte das altmodische Handy in seiner Tasche. Er zog es heraus und warf einen Blick auf den Namen: sein Bruder. »Das ist eindeutig ein ungünstiger Zeitpunkt«, murmelte er, als er das Telefon wieder in der Tasche verschwinden ließ.

Dann schaute er auf und wandte sich an die Anwesenden. »Eine halbe Sonnenmasse, ja? Das würde erklären, warum es bis jetzt niemand entdeckt hat. Durch den minimalen Gravitationslinseneffekt haben wir keinen visuellen Hinweis erhalten. Dadurch konnte es sich gewissermaßen an uns ›anpirschen‹. Wir haben es eindeutig mit einem urzeitlichen schwarzen Loch zu tun. Etwas, das geboren wurde, als das Universum noch in den Kinderschuhen gesteckt hat. In einer Zeit, in der die Temperaturen und Drücke die Entstehung solcher Phänomene noch zugelassen haben. Es ist weder anders noch ungefährlicher als die schwarzen Löcher, über die wir alle in der Schule gelernt haben. Ich nehme an, wir haben hier etwas ... Erstmaliges entdeckt. Oder besser gesagt, es hat uns entdeckt.«

Als Burt zum Bildschirm schaute, wusste er, dass die Satelliten beim Erscheinen jedes einzelnen Punkts dessen Position registrieren würden. »Haben die Computer schon eine bestätigte Flugbahn berechnet? Haben wir eine Geschwindigkeit?«

Der Techniker am Terminal starrte mit offenem Mund auf den Bildschirm, als die Daten darüber liefen. Er wirkte wie erstarrt, also schob Neeta ihn beiseite und übernahm das Kommando.

»Wir haben eine bestätigte Flugbahn«, sagte sie. »Es bewegt sich auf das Zentrum der Galaxis zu.« Neeta gab hastig einen neuen Satz von Befehlen ein, und ihr Stirnrunzeln vertiefte sich. »Ich fürchte, wir liegen direkt auf seinem Weg.«

Diese Äußerung besiegelte das Schicksal der Welt, wie Burt wusste.

Eine tödliche Ruhe senkte sich über ihn. Es war, als dämpfte ein Leichentuch jegliche Emotionen, die er empfinden sollte. Leise fragte er: »Wie lange haben wir noch?«

»Direktor Radcliffe, bei der derzeitigen Geschwindigkeit und Flugbahn bleiben uns 345 Tage, bis das schwarze Loch unsere Umlaufbahn kreuzt.«

»Starten Sie einen Countdown. E-Minus 345 Tage.« Seine Äußerung kam praktisch einem Countdown zum Ende der Menschheit gleich. Mit verbittertem Pflichtgefühl erhob sich Burt und gab Neeta ein Zeichen.

»Ich werde dich brauchen. Das müssen wir der aktuellen Regierung in Washington von Angesicht zu Angesicht sagen. Die werden nach Eventualitäten fragen.« Er zeigte auf die anderen Techniker und schnippte mit den Fingern. »Niemand verliert außerhalb dieses Raums ein Wort darüber. Sie überwachen das Geschehen und geben mir unverzüglich Bescheid, wenn sich etwas ändert.«

Neeta kam mit einem verwirrten Ausdruck im Gesicht auf ihn zu. »Eventualitäten?«, flüsterte sie. »Das versteh ich nicht. Was für Eventualitäten?«

Das Konzept war geradezu lächerlich. Selbst wenn es dem Leben auf der Erde irgendwie gelänge, den Ansturm von etlichen Killer-Asteroiden zu überstehen, konnte nichts überleben, wenn das schwarze Loch durch die Erdumlaufbahn raste.

»Keine Sorge«, sagte Burt. »Ich übernehme den Großteil des Redens.« Als er die Tür des Kontrollraums öffnete, warf er Neeta über die Schulter einen Blick zu. »Wir werden gleich der Präsidentin der Vereinigten Staaten mitteilen, dass wir alle kein Jahr mehr zu leben haben.«

KAPITEL DREI

Chuck Rehnquist lehnte sich über seinen Schreibtisch und starrte durch das Portal auf das Förderteam, das gerade stabilisierende Pfeiler in die felsige Oberfläche des Asteroiden trieb. Die Pfeiler benutzte das Team in Umgebungen mit geringer Schwerkraft, um bei Explorationsbohrungen den Abwärtsdruck aufrechtzuerhalten. Sie wussten, dass diese Aufgabe zu den gefährlichsten Teilen des Abbaubetriebs auf Asteroiden gehörte. Trotz aller Scans und Sicherheitsprotokolle konnte man nie völlig sicher sein, dass nichts schiefgehen würde. Erst vor wenigen Wochen hatte alles gut ausgesehen, bis einer der Pfeiler in eine schwache Stelle eines ziemlich großen Asteroiden getrieben wurde. Prompt zerbrach der riesige Felsbrocken sauber in zwei Hälften, fast so, wie wenn ein Edelsteinschleifer einen Diamanten spaltet. Egal, auf wie vielen dieser mehrere Kilometer breiten, durchs All treibenden Gesteinstrümmer sie bohrten, Chuck sorgte sich immer, dass Überraschungen auftreten könnten. Und im Weltraum endeten Überraschungen oft tödlich.

Er drückte den Knopf an der Kommunikationskonsole und rief seinen Männern zu: »Peters! Kennedy! Cross! Passt auf, dass sich nicht wiederholt, was auf 1-Hutchinson passiert ist. Benutzt den Bodenscanner, bevor ihr die Oberfläche anknackst.«

»Keine Sorge, Boss, das will ich auch nicht wiederholen. Im einen

Moment auf festem Boden, im nächsten frei schwebend im All, weil sich der verdammte Asteroid unter mir geteilt hat. Nein danke.«

Ein rot blinkendes Licht auf Chucks Schreibtisch teilte ihm mit, dass die Abbaustation gerade eine Übertragung aus der Heimat erhalten hatte.

Er tippte auf die berührungsempfindliche Tischplatte. Sofort wurde eine Benachrichtigung in die Luft projiziert. Schon der rot schimmernde Text zeugte davon, dass es sich um eine kritische Botschaft handelte.

*** NASA-NOTFALLALARM ***

Alle Raumexplorationsstationen und das gesamte Personal werden zurückgerufen.
Sofortige Rückkehr in die Erdumlaufbahn gemäß Notfallprotokoll X-55.
Alle anderen Prioritäten sind aufgehoben.
Bestätigen Sie den Empfang.

»Was zum ...« Chuck tippte auf das Symbol einer Gegensprechanlage auf seinem Schreibtisch, und die Wissenschaftsoffizierin meldete sich.

»Was gibt's, Boss?«

»Jennifer, sehen Sie nach, was Notfallprotokoll X-55 ist. Wir haben gerade eine Rückrufnachricht von der NASA bekommen.«

»Verstanden, geben Sie mir eine Sekunde.«

Chuck drückte den Knopf an der Kommunikationskonsole und rief ins Mikrofon: »Jungs, lasst alles stehen und liegen und kommt zurück hier rauf. Es tut sich was.«

»Aber wir haben schon zwei der Pfeiler drin ...«

»Schwingt eure Ärsche sofort hierher, das ist ein Befehl. Mir egal, ob drei Meter entfernt ein Haufen Goldnuggets rumliegt. Zurück ins Schiff, und zwar sofort!«

»Verstanden.«

»Sir?« Die Stimme der Wissenschaftsoffizierin drang aus dem versteckt in den Tisch eingebauten Lautsprecher. *»Protokoll X-55 steht für ein kritisches Problem nicht spezifizierter Natur und schreibt vor, dass*

Schiff und Kontingent innerhalb von 270 Tagen in die Erdumlaufbahn zurückkehren müssen.«

Zwischen zusammengebissenen Zähnen zischte er hervor: »Na, ist das nicht einfach wunderbar?« Ihm dämmerte, dass die Besatzung mit ihrer derzeitigen Ausbeute auf keinen Fall eine Prämie für diese Reise bekommen würde.

»Sir, eine Anmerkung. Von unserer Position aus liegt die Erde auf der anderen Seite der Sonne. Wir haben diese Nachricht über ein Relais erhalten. Wir können die Frist nicht einhalten. Ich schätze, im besten Fall brauchen wir fast doppelt so lang für die Rückkehr in die Erdumlaufbahn.«

Mit einem frustrierten Seufzen presste sich Chuck die Handflächen an die Schläfen. »Jennifer, wie lang dauert es, bis eine Übertragung von uns die Erde erreicht und wir eine Antwort von der NASA kriegen?

»Etwa 30 Minuten in jede Richtung, rechnen Sie also mit mindestens eine Stunde für eine Antwort.«

»Na schön«, erwiderte er. »Sorgen Sie dafür, dass die Abbauspezialisten ihren Krempel wegpacken, und reden Sie mit der Technik. Wir unternehmen zwar nichts, bis ich die Bestätigung von der NASA habe, aber machen wir mal die Luken dicht und bereiten uns auf den Abflug vor.«

»Verstanden.«

Chuck beugte sich auf dem Stuhl vor und begann, eine Antwort an die NASA zu tippen.

»Wir sollen *was* tun?« Chuck konnte nicht glauben, was er gerade gehört hatte.

Die gesamte 22-köpfige Besatzung hatte sich in dem Raum versammelt, der zugleich zum Essen und zum Planen diente. Jennifer, die 43-jährige, dunkelhaarige Wissenschaftsoffizierin, las erneut aus der jüngsten Antwort der NASA vor.

»Sofortiges Abwerfen des gesamten Abbauertrags, der Ausrüstung und der Verarbeitungstrakte.

Ausfahren der Primär- und Ergänzungssolarzellen, um die Antriebsleistung auf 95 % des kritischen Werts zu steigern.

Außerdem haben wir eine neue Route bekommen, die den Rückweg um etwa 40 Millionen Kilometer verkürzt ...«

»Herrgott noch mal!«, entfuhr es Chuck. »Die gesamte Ladung abwerfen? Wir haben 1,5 Millionen Tonnen hochwertiges Erz an Bord. Und wir reden hier von Ausrüstung im Wert von Hunderten Millionen Dollar, die wir einfach zurücklassen sollen!«

»Vergessen Sie nicht, dass wir auch ganze Abschnitte des Schiffs absprengen sollen«, warf einer der Bergbauspezialisten ein.

Chuck konzentrierte sich auf Jennifer und fragte: »Haben die auch irgendeine Begründung angegeben, warum wir zurückgerufen werden? Für so eine Anordnung muss es 'nen ziemlich triftigen Grund geben.«

Jennifer schüttelte den Kopf. »Ich habe bei drei Gelegenheiten nachgefragt und nie eine Antwort bekommen.«

Chuck hakte nach: »Und bringen uns die Maßnahmen rechtzeitig nach Hause?«

»Nein. Im besten Fall bleiben wir immer noch etwa neunzig Tage über der Frist. Die NASA sagt, ihre Ingenieure arbeiten an weiteren Anpassungen, um unsere Reise zu beschleunigen. Die scheinen richtig versessen auf diese 270 Tage zu sein.«

Mit einem tiefen, frustrierten Seufzen schob sich Chuck vom Tisch zurück und verkündete: »Tja, ihr habt die Lady gehört. Setzen wir die ganze Scheiße um.« Er zeigte auf einen der Frachtingenieure. »Bringen Sie einen Peilsender am Erztransporter an. Wenn wir hierher zurückkommen, will ich das verfluchte Ding finden können.«

Als Chuck durch das Portal hinaus in die Dunkelheit des Weltraums blickte, fragte er sich schweigend, was um alles in der Welt vor sich gehen mochte.

Als Stryker auf der East 42nd Street nach rechts bog, atmete er das Aroma von gegrilltem Fleisch ein, das von einem der Halal-Stände an der Ecke stammte. Er deutete in Richtung der Menschen, die durch den Eingang eines unscheinbaren Gebäudes 15 Meter vor ihm kamen und gingen.

»Das ist das Grand Central Terminal«, erklärte er seinem Partner Kevin. »Du warst doch schon mal hier, oder?«

Kevin Taylor, ein 25-jähriger Neuling, schüttelte den Kopf. »Nein. Ich hab zwar davon gehört, aber ich bin aus Washington. Dem Bundesstaat. Bei uns fahren so ziemlich alle Züge über der Erde.«

Stryker bog in den großen Eingangsbereich des Bahnhofs. Als er seinen Partner tiefer in das höhlenartige Gebäude führte, deutete er mit ausholender Geste auf das weitläufige Areal. »Tja, das gehört mit zu meiner regulären Patrouille.«

Schnurstracks begann er mit einem Rundgang für den Neuling. »Das Hauptgebäude wurde Anfang des 20. Jahrhunderts gebaut. Es misst ungefähr 90 mal 30 Meter, und wie du siehst, ist die Decke über zwölf Stockwerke hoch.« Stryker schaute hinauf und zeigte auf den Sternenhimmel der Deckenausmalung. »Mein Großvater hat mir erzählt, dass die Decke in den 1980er Jahren praktisch schwarz war, weil hier drinnen geraucht wurde. 1996 hat man sie restauriert, aber einen kleinen schwarzen Fleck übrig gelassen. Wenn du genau hinsiehst, erkennst du ihn da drüben. Dadurch bekommt man ein Gefühl dafür, wie schlimm der Rauch gewesen sein muss. Stell dir bloß vor, dass die Leute Menschen das die ganze Zeit eingeatmet haben.«

Stryker ging an den Warteschlangen vor den Ticketschaltern vorbei und führte Taylor zu den U-Bahnsteigen.

Als sie sich durch das träge Menschenmeer in Richtung der Haupthalle kämpften, warf Stryker dem Neuling einen Blick zu und lächelte. »Zum Glück haben wir erst 11 Uhr vormittags, deswegen ist es noch ziemlich leer.«

»Oha. *Das* ist leer?« Der Blick des Neulings schnellte hin und her, als er die vorüberziehenden Scharen von Pendlern betrachtete.

»Das ist gar nichts.« Stryker schmunzelte. »Richtig rund geht's morgens und abends. Da sind die meisten Reisenden unterwegs. Sind auch die Zeiten, zu denen die meisten Probleme gemeldet werden.«

»Probleme welcher Art?«

»Nichts allzu Schlimmes. Normalerweise ein paar Kids, die sich als Taschendiebe versuchen. Oder es beschwert sich jemand, weil ein Bettler zu aggressiv wird. Etwas Ernsteres kommt selten vor.«

Der Neue wirkte nervös. Unterbewusst senkte er die Hand zu seinem Einsatzgürtel. »Was ist das Schlimmste, das dir hier untergekommen ist? Irgendwas, das ein vehementes Eingreifen erfordert hat?«

Die neu installierte Lüftungsanlage summte laut, als sich ein Zug näherte. Stryker atmete die kühle, frische Luft ein und zuckte mit den Schultern.

»Also, ich hab in meinen fünf Jahren auf der Straße nur eine Handvoll Mal überhaupt Gebrauch vom Pfefferspray oder vom Taser gemacht. Hier unten war's noch nie nötig.«

»Du musstest noch nie auf jemanden schießen?«

Stryker drehte sich dem Neuen zu und musterte den argwöhnischen Gesichtsausdruck des Mannes. »Nein, ich hab als Polizist noch nie auf jemanden geschossen.« Eine verstaubte, zehn Jahre alte Erinnerung tauchte flüchtig aus seinem Gedächtnis auf. In der Vergangenheit hatte er schon jemanden getötet, aber das war in einer anderen Zeit. An einem anderen Ort. Und in einer anderen Uniform. »Kevin, halt dir einfach das vor Augen: In fast allen Fällen verhindert allein die Gegenwart eines uniformierten Beamten, dass etwas eskaliert. Deshalb drehen wir auch unsere Runden und lassen uns sehen. Das verhindert mehr Ärger, als du dir vorstellen kannst.«

Der Neuling nickte, aber sein Gesichtsausdruck blieb gequält, beinah so, als rechnete er damit, jemand könnte aus dem Nichts auftauchen und angreifen.

Stryker deutete in Richtung eines der Nebengänge. »Komm, beenden wir den Morgenrundgang und essen wir einen Happen.«

»Achtung, an alle Einheiten, wir haben einen 10-50 an der Ecke 47th und 7th.

Stryker regelte die Lautstärke seines Funkgeräts herunter und nahm dem Neuen gegenüber Platz. Sie befanden sich in Strykers örtlichem Lieblingslokal.

Mit einem verunsicherten Blick senkte auch Taylor die Lautstärke seines Funkgeräts. »Sollten wir uns das nicht ansehen?«

»Ne, ist bloß ein nicht krimineller Zwischenfall. Wahrscheinlich ein Tourist, der im Gedränge einer Menschenmenge ohnmächtig geworden ist oder so.« Das Aroma von frisch gebrühtem Kaffee wehte durch die Luft. Stryker nickte einer Kellnerin zu. »Außerdem haben wir uns schon zur Mittagspause abgemeldet. Wenn du's zulässt, hält dich der Streifendienst von Toilettenpausen oder vom Essen ab, bis du in Rente gehst. Wir setzen uns erst in Bewegung, wenn daraus einer der 10-30er Codes wird.«

Strykers Stammkellnerin kam lächelnd zu ihrem Tisch. Er hatte sie ein paar Tage nicht mehr gesehen. Ihm fiel auf, dass sich die zuvor faltige Haut in ihrem Gesicht straff spannte, was ihr einen unnatürlichen Plastikglanz verlieh. Wahrscheinlich durch eines der neuen, frei verkäuflichen Hautstraffungsprodukte, die als der letzte Schrei galten.

»Das Übliche, Süßer?«

»Hi, Janice. Schwarzer Kaffee und ein Quarkplunder wären spitze.«

Sie wandte sich an seinen Partner und spähte auf den Namen unter dem Abzeichen. »Was darf's sein, Officer Taylor?«

Der Neue wirkte unkonzentriert, abwesend.

Stryker schnippte mit den Fingern vor dem Gesicht seines Partners. »He, bist du da drin?«

»Ich hab keinen Hunger«, antwortete er in zerstreutem, fast verärgertem Ton.

»Okay.« Janice wandte sich vom Tisch ab. Innerhalb kürzester Zeit stellte sie eine Tasse dampfenden schwarzen Kaffee und ein Stück Gebäck vor Stryker.

Taylor zog ein kleines Papiertütchen aus der Hemdtasche und legte es neben Strykers Kaffee. »Das ist ein rein natürlicher Süßstoff. Solltest du mal probieren.« Er deutete mit dem Kopf auf das Zuckerglas und andere Päckchen mit künstlichem Süßstoff. »Viel besser als dieser Schrott. Das Zeug bring einen um.«

»Danke für das Angebot.« Stryker schob das Tütchen zu seinem Partner zurück, hob den Becher an die Lippen und trank einen Schluck. »Ich bevorzuge ihn ohnehin ungesüßt.« Er zeigte mit dem Daumen in Richtung des Fensters zur Straße und fragte: »Und? Wie gefällt dir dein erster Tag bisher?«

»Ich nehme an, heute ist es eher ruhig. Ich hatte irgendwie mit mehr Action gerechnet. Oder ist das heute ganz normal?«

»Ha, wenn man dir an der Akademie gesagt hat, du könntest mit ständigen Verfolgungsjagden rechnen, hat man dir 'nen Bären aufgebunden. Heute ist ein ziemlich typischer Tag. Wie schon gesagt, die meisten Vorfälle, die wir hier erleben, lassen sich allein dadurch verhindern, dass jemand von uns präsent ist.«

Stryker nahm einen großen Bissen von seinem Plundergebäck, stand auf und zeigte auf die Speisekarte, die noch auf dem Tisch lag. »Vielleicht solltest du dir doch noch schnell was bestellen, um über die Runden zu kommen. Bis zum Schichtwechsel wird wahrscheinlich keine weitere Pause drin sein. Ich bin gleich wieder da. Die Toilette ruft.«

Als sich Stryker wieder an den Tisch setzte, starrte der Neue durchs Fenster und beobachtete konzentriert den starken Fußgängerverkehr auf der Seventh Avenue.

»Und? Hast du was bestellt?«

Taylor schüttelte den Kopf und starrte weiter durchs Fenster hinaus.

Stryker wollte sich gerade den Rest seines Quarkplunders greifen, als das Funkgerät knisterte.

»Alle verfügbaren Einheiten in der Nähe Broadway und Seventh, 10-34 im Gang, Officer braucht Unterstützung. Ansammlung von zehn oder mehr Demonstranten. Wiederhole, 10-34 im Gang, Officer braucht Unterstützung an der Ecke Broadway und Seventh.«

»Scheiße!« Stryker sprang vom Stuhl auf und drückte einen Knopf an seinem Funkgerät. »201, bin zwei Blocks entfernt und unterwegs.«

Er suchte den Blick der Kellnerin.

Sie nickte und deutete zur Tür, da sie wusste, er würde die Rechnung nach dem Einsatz begleichen.

»Komm schon, Taylor, Beine in die Hand!«

Trotz seiner unterschwelligen Beschwerde über zu wenig Action wirkte der Neue völlig unbeeindruckt von dem Funkruf. Er deutete auf Strykers restlichen Plunder. »Willst du nicht aufessen?«

Ein Anflug von Verärgerung stieg in Stryker auf, als er knurrend sagte: »Bewegung.«

Stryker raste aus dem Lokal. Der Neuling beeilte sich, zu ihm aufzuschließen. Er bog nach links auf die Seventh und rannte nach Norden. Das Geheul von Sirenen und das Gebrüll von Menschen wurden lauter.

»Aus dem Weg!«, rief Stryker, als er sich durch die Menschenmassen auf den Straßen drängte.

Als er an der West 44th vorbeilief, bemerkte er einen großen Kreis von Leuten um ein offenbar schwer beschädigtes Fahrzeug.

Die beißenden Dämpfe von brennendem Gummi waren beinah überwältigend.

Stryker schnappte sich sein Funkgerät. »201, 10-84, bin am Schauplatz. 20 Demonstranten. Straße blockiert. Ein schwer beschädigtes Auto schwelt hier. Brauche Feuerwehreinsatz und zusätzliche Einheiten.«

»10-4, 201. Zusätzliche Einheiten sind unterwegs, verständige Feuerwehr und Rettung.«

Taylor stand neben Stryker und lächelte. »Was sollen wir tun?«

»Vorerst nur abwarten und zusehen. Verstärkung ist unterwegs.«

Die Reifen waren aufgeschlitzt, der Gummi brannte. Einer der Demonstranten trug etwas, das wie eine blutbefleckte weiße Robe aussah, und kletterte auf das Dach der glimmenden Limousine.

Die anderen um das Auto versammelten Demonstranten stimmten einen leisen, klösterlichen Sprechgesang an, als der Mann auf dem Dach ein Megafon an die Lippen hob.

»Die Endzeit naht! Ist euch allen klar, was das bedeutet?

Große Dunkelheit senkt sich über das Land, und nur die Gläubigen werden überleben.«

Taylor trat einen Schritt auf den Redner zu und schaute über die linke Schulter zurück.

»Jon, bist du gläubig?«

»Ob ich was bin?«

Der Mann, der vom Dach des glimmenden Fahrzeugs predigte, zeigte auf den Rand der Menschenmenge.

»Die Ungläubigen, die Heiden wollen die Endzeit verhindern. Aber nur durch die Finsternis werden wir das Licht unseres Herrn sehen. Wer die Finsternis aufhalten will, muss beseitigt werden!«

Stryker schwenkte den Blick in die Richtung, in die der Mann gezeigt hatte, und das Blut gefror ihm in den Adern.

Durch die Menschenmenge sichtete er jemanden, der in einer blutverschmierten Polizeiuniform auf dem Boden lag.

Mit rasendem Herzschlag drückte Stryker den Knopf an seinem Funkgerät und brüllte: »201, 10-85! 10-85! Officer verletzt, wir brauchen sofort Verstärkung!«

Mehrere Blocks entfernt heulten Sirenen. Der Redner auf dem Wagen benutzte erneut das Megafon, um den Lärm zu übertönen.

»Und ob ich schon wanderte im finsteren Tal, fürchte ich kein Unglück; denn du bist bei mir.«

In dem Moment traf ein Streifenwagen mit blinkendem Blaulicht ein. Sofort stürmten die Männer darauf zu, die den brennenden Wagen umzingelt hatten.

Stryker spürte, wie Adrenalin in seinen Blutkreislauf ausgeschüttet wurde und sich sein Herzschlag beschleunigte.

Ein Ziegelstein flog aus der Menge und krachte gegen die Windschutzscheibe des Polizeiwagens.

Die Menschen kreischten und liefen weg, als Stryker die Sprühdose mit Pfefferspray vom Gürtel löste und betete, dass weitere Verstärkung unterwegs wäre.

Plötzlich spürte er einen jähen Stich an der Rückseite des Arms und wirbelte zur linken Seite herum.

Der Neuling hielt mit einem wilden Gesichtsausdruck den Elektroschocker in der Hand und drückte den Knopf der Waffe, die er gerade von hinten auf Stryker abgefeuert hatte.

Stryker zuckte zusammen, als er ein Klicken hörte. Dann schossen 50.000 Volt durch die beiden dünnen Drähte, die ihn mit dem Taser verbanden.

Aber er spürte kein Zusammenkrampfen seiner Muskeln. Eine Flutwelle blanker Wut raste durch Stryker, als er den Pfefferspray zum Einsatz brachte. Im selben Moment, als er Taylor einen Spritzer ins Gesicht verpasste, zielte er mit einem Tritt auf dessen Knie und holte ihn von den Beinen.

»Nein!«, schrie der Neuling, während er mit der Wirkung des Pfeffersprays kämpfte. »Du kannst nicht aufhalten, was kommt!«

Mit brennenden Augen verzog Taylor das Gesicht, als er nach Stryker trat, der jedoch gerade noch rechtzeitig ausweichen konnte.

Dann griff der Neuling zu seinem Gürtel, und die Welt schien sich zu verlangsamen.

Strykers Herzschlag donnerte durch seine Ohren, als er beobachtete, wie Taylor den Sicherungsriemen am Holster seiner Dienstwaffe öffnete.

»Nicht!«, brüllte er, als der Neuling die Halbautomatik zog.

Taylors Schussarm schwenkte gerade auf Stryker zu, als er seine eigene Waffe abfeuerte.

36

Zum ersten Mal seit seinem Ausscheiden aus der Armee hatte Jon Stryker auf jemanden geschossen.

Ein weiterer Schuss ertönte, diesmal aus Taylors Waffe, als der Kopf des Neulings durch die Wucht von Strykers Projektil nach hinten geschleudert wurde.

Stryker spürte den Einschlag, als Taylors Schädel und Waffe gleichzeitig auf dem Asphalt aufschlugen.

Nach dem Schusswechsel schien alles gleichzeitig zu passieren.

Andere Polizisten aus seinem Revier verteilten sich über den Bereich. Einige befragten Augenzeugen, andere sperrten den Tatort ab. Das Spurensicherungsteam begann mit dem Sicherstellen von Beweisen.

»Stryker, wie geht's Ihnen?«

Stryker schaute zu Lieutenant Malacaria auf und zuckte mit den Schultern. »Keine Ahnung, was in ihn gefahren ist. Den ganzen Tag war er ruhig und normal, und auf einmal ist er durchgedreht.«

»Hören Sie, Jon, wir haben im Revier live mitverfolgt, was sich abgespielt hat. Die Bilder der Body-Cam waren kristallklar. Zum Glück hat der Neuling nicht mitgedacht, als er Sie getasert hat. Einer der Kontakte hatte offensichtlich keine Verbindung ...«

»Die Weste hat ihn aufgehalten. Ich hab gespürt, dass mich etwas getroffen hat, aber ich hab keinen Schlag abbekommen. Warum ist der Mann durchgedreht? Ich dachte, die Akademie sortiert psychisch Labile während der Ausbildung aus.«

Malacaria zuckte mit den Schultern. »Ich weiß nicht, was ich dazu sagen soll. Unsere Leute werden der Sache nachgehen und herausfinden, was passiert ist. Zum Glück ist er das einzige Todesopfer. Wie sich herausgestellt hat, wurde Eric Johnson, der als Erster eingetroffen ist, von einem Stein getroffen. Außerdem hat er eine Stichverletzung, aber er kommt durch.« Der Lieutenant klopfte Stryker auf die Schulter und fügte hinzu: »Hören Sie, ich bin auch hier, um Ihnen zu sagen, dass Sie vorerst von der Straße abgezogen sind, während die Untersuchung läuft.«

»Aber ...«

»Ist nur eine Formalität. Glauben Sie mir, niemand wird Ihnen wegen der Sache ans Bein pinkeln. Nehmen Sie sich einfach ein paar Tage frei, spielen Sie mit Ihren Kindern und kommen Sie am Montag wieder. Falls Sie psychologische Betreuung oder so brauchen ...«

»Lieutenant, ich brauche keine psychologische Betreuung. Es geht mir gut.«

»Prima. Dann ruhen Sie sich einfach aus. Wahrscheinlich ruft Sie der Captain heute Abend an, um sich zu erkundigen, wie's Ihnen geht. Soll ich Sie nach Hause fahren?«

»Nein, passt schon. Ich muss noch die Rechnung fürs Mittagessen im Diner begleichen.«

Stryker schüttelte dem Lieutenant und ein paar anderen Beamten die Hand, bevor er das gelbe Absperrband passierte und zum Lokal zurückkehrte.

Als er das ruhige Restaurant betrat, winkte Janice ihm mit einem Lächeln zu. »Hi, Süßer. Ist noch alles da, wo du's zurückgelassen hast. Willst du frischen Kaffee?«

Stryker warf einen Blick auf den Tisch, an dem er gesessen hatte. Während er hinging, überlegte er, ob er wirklich noch mehr Koffein zu sich nehmen sollte. Er war so schon reichlich aufgekratzt.

Während er auf den Tisch starrte, spürte er ein Prickeln im Genick.

Er war nervös. Das Adrenalin war noch nicht vollständig aus seinem Kreislauf verschwunden. Seine Sinne kribbelten. Plötzlich fühlte sich Stryker unbehaglich, als er den Blick durch das Restaurant wandern ließ. So hatte er sich seit seiner letzten Patrouille als Militärpolizist nicht mehr gefühlt. Der Patrouille, die damit geendet hatte, dass die Hälfte seiner Truppe in Leichensäcken nach Hause befördert werden musste.

Aber es schien alles in Ordnung zu sein. Die halb ausgetrunkene Tasse Kaffee stand noch da. Genau wie der Teller mit seinem halb aufgegessenen Gebäck.

Strykers Augen weiteten sich, als er mit den Zähnen knirschte.

Er schaute zu Janice auf und fragte: »War jemand an dem Tisch?«

Sie schüttelte den Kopf. »Nein. In meinen Abschnitt ist niemand gekommen. Seit du rausgerannt bist, ist es ziemlich ruhig gewesen.«

Stryker drückte den Knopf an seinem Funkgerät und sagte: »201 an

Zentrale, ich brauche ein Spurensicherungsteam an der Ecke 43rd und Broadway.«

»Verstanden, 201. Es sind Einheiten in der Nähe.«

Mit verwirrtem Gesichtsausdruck fragte Janice: »Was ist denn los?«

»Wahrscheinlich nichts.« Stryker schüttelte den Kopf, während er seine halb aufgegessene Mahlzeit betrachtete. »Aber egal, lassen wir den Tisch einfach so, wie er ist.«

»Okay«, willigte Janice schulterzuckend ein, bevor sie einen hereinkommenden Gast begrüßte.

Stryker schäumte innerlich, während er mit zu Fäusten geballten Händen auf den Löffel starrte, der neben dem kalten Kaffee lag.

Erst unlängst getrocknete Kaffeeflecken prangten daran.

Seine Gedanken überschlugen sich, als er die kurze Mittagspause Revue passieren ließ.

Er hatte den Löffel nie angefasst. Das wusste er genau.

»Was zum Teufel hat Taylor mir in den Kaffee gemischt?«

KAPITEL VIER

Als Burt und Neeta auf der Joint Base Andrews Naval Air Facility landeten, teilte ihnen ein Agent des Secret Service einen Dienstwagen zu. Er erklärte ihnen die Sicherheitsverfahren und gab Burt klare Anweisungen, wie man die Programmierung des Navigationssystems so aktivierte, dass es sie zum privaten Eingang des Weißen Hauses lotsen würde. Der SUV roch nach neuem Leder, und als Burt auf die Batterieanzeige blickte, stellte er fest, dass der Wagen kaum noch Ladung übrig hatte. Als die Sonne durch die Wolken lugte, hoffte er, der Solarlack würde genug Energie absorbieren, damit die Batterien bis zum Zielort hielten.

Burt folgte der vorprogrammierten Route im Navigationssystem und schnaubte ungeduldig, als er den stockenden Verkehr auf der I-395 sah. Sie kamen kaum noch voran, und die an sich 20-minütige Fahrt würde erheblich länger dauern.

Er schaute zu Neeta, eine zierliche Gestalt, die in dem riesigen Beifahrersitz aus Leder beinah versank. »Ist der Verkehr in London auch so übel?«

Sie schüttelte den Kopf und winkte mit einer wegwerfenden Geste in Richtung der Bremslichter unmittelbar vor ihnen. »Als ich alt genug war, um den Führerschein zu machen, hatte das Parlament bereits beschlossen, dass jedes Auto ein AVR-System haben muss. Und das ohne die paranoiden Einstellungen, die man in den USA verwendet. Bei mir zu Hause vertrauen wir tatsächlich unseren Computersystemen.«

»Automatische Fahrzeugleitsysteme.« Verächtlich verzog Burt die Lippen. »So, wie wir das umgesetzt haben, nervt es mehr, als es bringt.«

Neeta legte den Kopf schief und starrte Burt an. »Lass mich gar nicht erst anfangen. Verdammt, AVR wurde in den USA erfunden und vor fast 30 Jahren überall auf den britischen Inseln eingesetzt. Man sollte meinen, dass es hier verbreiteter wäre.«

Burt zuckte mit den Schultern. »Ich bin altmodisch und kann der Technik bisher nichts Nützliches abgewinnen. Außerdem hat man uns versprochen, damit würden unsere Verkehrsprobleme gelöst. Und jetzt sieh dir nach fünf Jahren im Einsatz das an.« Er deutete auf die Autos vor ihnen, die kaum vorankrochen.

»Das liegt daran, dass die Technik mit paranoiden Regeln eingesetzt wird, die unnötig große Abstände vorsehen. Ich meine, mal im Ernst – Computer erzielen wesentlich bessere Reaktionszeiten als wir. Euer System hier ist völlig verrückt.«

Als Burt nach vorn schaute, musste er sich eingestehen, dass Neeta vielleicht recht haben könnte. Alle Autos auf der Straße hielten den vorge-schriebenen Abstand von zweieinhalb Fahrzeuglängen ein. Burt stellte sich vor, dass irgendwo irgendjemand vielleicht dachte, es wäre eine hübsche Luftbildaufnahme, wenn alle Fahrzeuge so ordentlich aufgereiht wurden. Aber eine solche Pingeligkeit schuf eine eigene Reihe von Problemen, wozu der Verkehrsfluss gehörte.

Das Handy in Burts Tasche vibrierte. Aus einem Lautsprecher im Auto tönte: »*Eingehender Anruf. Carl Radcliffe. Annehmen? Ja oder nein.*«

Burt seufzte und warf Neeta einen Blick zu. »Macht's dir was aus? Er hat es vorhin schon mal versucht, und ich hab ihn abgewiesen.«

»Besser jetzt, als wenn wir gerade mit der Präsidentin reden.« Neeta wirkte amüsiert.

»Ja.« Burt sprach mit Nachdruck in die Telefonanlage des Autos. Die Geräusche lachender Kinder im Hintergrund erfüllten den SUV.

»*Burt, bist du dran?*«

»Hi, Carl, was gibt's?«

»*Äh, die Zwillinge haben Geburtstag, und sie fragen andauernd, wann Onkel Burt auftaucht.*«

Burt zuckte zusammen und verspürte einen Anflug tiefempfundener

Schuldgefühle. Neeta starrte ihn mit einem plötzlich unergründlichen Gesichtsausdruck an. Es war der erste Geburtstag, den er seit der Geburt der Jungen vor sechs Jahren verpasste. »Verdammt, Carl, es tut mir so leid. Tatsächlich bin ich gerade nicht in der Stadt. Ich hätte ...«

»Oh. Tja, Mist, aber ich versteh das schon. Du, Jenny und ich haben das Haus voll mit Sechs- und Siebenjährigen, die rumrennen und Chaos anrichten.«

»Scheiße, Carl, es tut mir leid ...«

»Nein, passt schon. Mach, was du zu erledigen hast, und zerbrich dir nicht den Kopf darüber. Ich erklär den Jungs, dass du's wiedergutmachst. Oh Kacke, da hat gerade jemand überall Punsch verschüttet. Ich muss auflegen.«

»Alles Gute zum ...«

Als der Anruf abrupt beendet wurde, tauchte vor Burts geistigem Auge das Bild der enttäuschten Gesichter seiner Neffen auf. Er schluckte den Kloß hinunter, der sich in seinem Hals gebildet hatte.

»Du wärst ein guter Vater«, merkte Neeta an, während sie Burt eindringlich musterte.

Er schüttelte langsam den Kopf und seufzte. »Diese Jungs kommen dem sehr nah, was ich mir unter eigenen Kindern vorstellen könnte.«

»Steht mir vielleicht nicht zu, das zu fragen, aber warum bist du nicht verheiratet und hast keine Kinder?«

Das Auto rückte im Schneckentempo mit dem kriechenden Verkehr vor.

Mit einem tiefen Atemzug grub Burt schmerzhafte Erinnerungen aus, über die er seit 20 Jahren nicht mehr gesprochen hatte. »Ich war verheiratet. Aber meine Frau ist an einer aggressiven Form von Brustkrebs gestorben. Die Diagnose bekam sie zwei Monate nach unserer Heirat. Sechs Monate später war sie tot.«

Neeta schnappte nach Luft und bedeckte mit der Hand den Mund. »Oh Burt, das tut mir so leid.«

Er schüttelte den Kopf. »Ist lange her, und seitdem hab ich mich gewissermaßen in die Arbeit gestürzt. Was die Sache mit den Kindern betrifft, tut's mir irgendwie leid, dass ich kein Vermächtnis hinterlassen kann, wenn ich nicht mehr da bin. Und darum geht's doch bei Kindern, oder? Um eine Möglichkeit, ein kleines Stück von sich selbst weiterleben zu lassen.« Seine Gedanken wanderten zu seinen Neffen, dann sah er

Neeta an und lächelte. »Da wir so kurz vor dem Ende von allem stehen, könnte ich dich wohl dasselbe fragen. Warum hast du nicht geheiratet und dir eigene kleine Vermächtnisse geschaffen?«

Neeta schnaubte. »Soll das ein Scherz sein? Sogar ich weiß, was für eine Zicke ich sein kann. Wer würde sich das antun wollen?«

»Ha!« Burt lachte. »Du bist nicht annähernd so zickig, wie du dich darstellst.« Er richtete die Aufmerksamkeit auf den Verkehr vor ihnen und brummte. »Wie auch immer, in diesem Stau festzusitzen, bringt uns nicht weiter.«

Er hielt den Knopf für die manuelle Notsteuerung gedrückt. Neetas Stimme schwoll schrill an. »Was zum Geier hast du vor?«

Mit einem schiefen Grinsen lenkte Burt von der I-395, nahm die Ausfahrt Maine Avenue und trat aufs Gaspedal. »Dir zeigen, wie man das früher mal gemacht hat. Außerdem müssen wir noch zu unseren Lebzeiten ankommen.«

Neeta kreischte, stemmte die Hände gegen das Armaturenbrett und vergrub den Kopf zwischen den Knien.

Burt lachte. »Neeta, ich schwör dir, es passiert nichts. Und ehrlich, wie kann dich das aus der Fassung bringen, der Verkehr in London hingegen nicht? Ich kann dir sagen, als ich gesehen hab, wie *alle* Ampeln gleichzeitig grün wurden und Hunderte Autos mit fast 100 Sachen über die Kreuzungen gerast sind, hätte ich mir fast in die Hose gekackt.«

»Ja, aber das läuft alles computergesteuert. Ich vertraue darauf, dass die Rechner Autos unfallfrei umeinander herummanövrieren können. Allerdings kann ich nicht behaupten, dass sich dasselbe Maß an Vertrauen auf deine Fahrkünste erstreckt.« Neeta ließ den Kopf unten und weigerte sich, während ihrer gedämpften Erwiderung aufzuschauen.

Sie so aufrichtig verängstigt zu sehen, berührte etwas in Burt. Er streckte die Hand aus und klopfte ihr auf die Schulter. »Es passiert nichts ...«

»Lass verdammt noch mal die Hände am Lenkrad!«

Er lächelte und konzentrierte sich auf die Straße. »Vergiss nicht, das AVR-System hat uns immer noch auf dem Schirm. Selbst wenn ich Mist baue, weichen uns die anderen Autos aus. Uns passiert nichts.«

Später folgten sie Driscoll Matthews, dem nationalen Sicherheitsberater, durch einen hell beleuchteten Flur zum Lagebesprechungsraum unter dem Westflügel des Weißen Hauses. Dabei fiel Burt auf, wie Neeta nervös die Hände rang. Woraus er ihr keinen Vorwurf machen konnte. Besäße Burt nur einen Funken Vernunft, wäre er selbst nervös. Er beugte sich Neeta zu und erinnerte sie flüsternd: »Falls du etwas gefragt wirst, halt dich einfach an harte Fakten und gib keine eigene Meinung ab, es sei denn, du wirst dazu aufgefordert. Du solltest nichts sagen, was du nicht untermauern kannst.«

Neeta sah ihn mit mürrischer Miene an. »Oh Mann, schönen Dank auch.«

Ihr dunkler Teint hatte einen grünlichen Ton angenommen. Burt hoffte, dass es sich nur um einen Trick des Lichts handelte.

Driscoll blieb stehen. Burts Blick fiel auf die konservative rote Krawatte des Mannes, die einen Kontrast zu dem schwarzen Nadelstreifenanzug und den auf Hochglanz polierten Lederschuhen bildete.

Plötzlich wurde Burt bewusst, wie unzulänglich er selbst gekleidet war. Er hatte am Vortag sein Jackett zu Hause vergessen und keine Gelegenheit gehabt, vor dem Flug quer durchs Land nach Washington, D. C. noch irgendetwas zu packen. Er hatte es gerade noch geschafft, sich von einem Mitarbeiter im Weißen Haus eine hässliche Paisley-Krawatte zu leihen, und er versuchte bewusst, zu ignorieren, dass er immer noch Jeans und Cowboystiefel trug.

Der nationale Sicherheitsberater deutete auf einen auffälligen Korb auf der langen Anrichte, die sich durch den gesamten Korridor erstreckte. »Bitte legen Sie Ihre Mobiltelefone und sonstigen elektronischen Geräte in den Korb. Sie dürfen nicht in den Lagebesprechungsraum.«

Burt kramte in der Tasche nach seinem altmodischen Touchscreen-Handy, während Neeta behutsam ihr In-Ear-Telefon aus dem Ohr zog und in den Korb legte.

Als Burt sein Handy ebenfalls im Korb platzierte, fragte Driscoll: »Sind Sie bereit?«

Burt warf Neeta einen Blick zu. Obwohl ihr immer noch übel vor Nervosität zu sein schien, nickte er Driscoll knapp zu.

Der nationale Sicherheitsberater ging ein paar Schritte weiter und öffnete eine holzgetäfelte Tür am Ende des Flurs. Zum Vorschein kam ein großer Raum. »Direktor Radcliffe, Dr. Patel, willkommen im Lagebesprechungsraum des Weißen Hauses. Nehmen Sie am Tisch Platz. Die Präsidentin sollte jeden Moment hier sein.«

Im Raum roch es leicht nach Holzpolitur und Leder. Burt bemerkte auf Anhieb eine Handvoll Leute, die bereits an dem langen Konferenztisch aus Holz saßen, der die Mitte des Raums beherrschte. Fernsehbildschirme säumten die Wände zwischen willkürlichen Fotos von historischen Ereignissen. Burt bemerkte, dass sich auf dem Tisch vor jedem der zwölf schwarzen Lederstühle eine schwarze Unterlage befand. Auf jeder Unterlage stand ein beidseits mit dem Namen und dem Titel einer Person bedrucktes, längs gefaltetes Kartontäfelchen. Burt erkannte niemanden am Konferenztisch, aber zum Glück würden die vorgedruckten Namen dabei helfen, Peinlichkeiten zu vermeiden. Er führte Neeta zu den ihnen zugewiesenen Plätzen, zog ihr den Stuhl heraus und ließ sich neben ihr ein nieder, während weitere Personen den Raum betraten.

Jemand hinter Burt schniefte laut. Als er sich umdrehte, sah er Greg Hildebrand steif vorbeigehen; der penetrante Geruch von Eau de Cologne kitzelte die Härchen in Burts Nase. Greg blieb stehen, legte Neeta die Hand auf die Schulter und sagte mit einer nasalen Stimme, die Burt an Templeton erinnerte, die Ratte aus dem alten Cartoon *Wilbur und Charlotte*: »Patel, wie ich höre, ist die Kacke am Dampfen, und wir haben es dir zu verdanken.«

Neeta verdrehte die Augen und schüttelte den Kopf. »Greg, du hattest schon immer eine so bezaubernde Art, dich auszudrücken. Offensichtlich ist Einiges so aus dem Lot geraten, dass man Experten hinzuzieht. Aber deswegen bist *du* bestimmt nicht hier.«

Greg schniefte verächtlich, als er zum hinteren Ende des Tischs ging. Er ließ sich unmittelbar rechts des Platzes nieder, den die Präsidentin einnehmen würde.

Neeta warf Burt einen Blick zu und flüsterte: »Was macht der denn hier?«

Burt lehnte sich näher zu ihr, bedeckte halb mit der Hand den Mund und flüsterte zurück: »Er ist der wissenschaftliche Hauptberater der Präsidentin und Vorsitzender des wissenschaftlichen Beirats. Ich gehe davon aus, dass sich die Präsidentin von ihm eine zweite Meinung einholen wird. Abgesehen von ihm scheint es sich bei den meisten anderen um Militärs aus dem Generalstab und den Verteidigungsminister zu handeln. Ein paar sehen auch aus, als wären sie vom nationalen Sicherheitsrat.«

»Ich hatte eine höhere Meinung von der Präsidentin, bevor du das gerade gesagt hast.« Neeta schnaubte missbilligend.

»Benimm dich«, warnte Burt. Neeta mochte klein sein, aber sie glich einer Bulldogge und hatte eine sehr geringe Toleranzschwelle für die Dummheit anderer. Er schaute zum Foto der Präsidentin, das am hinteren Ende des Raums hing. Obwohl er persönlich ihre Ansichten nicht teilte, konnte er nicht umhin zu bewundern, was sie im relativ jungen Alter von 53 Jahren bereits geleistet hatte. Ursprünglich erlangte Margaret Hager Berühmtheit, indem sie die erste Frau wurde, die je ein Angriffsteam der Special Forces geleitet hatte. Nach dem Ausscheiden aus der Armee war sie zu einem Star der politischen Szene geworden. Und mittlerweile verkörperte sie als Präsidentin das Oberhaupt der mächtigsten Nation des Planeten.

Eines Planeten kurz vor der Vernichtung.

Plötzlich öffnete sich eine Tür auf der anderen Seite des Raums. Eine tiefe Stimme ergriff das Wort: »Bitte erheben Sie sich. Margaret Hager, Präsidentin der Vereinigten Staaten von ...«

»Verzichten wir auf die Formalitäten«, unterbrach Hagers energische und doch feminine Stimme den Zeremonienmeister. »Soweit ich weiß, haben wir keine Zeit für solchen Mist.«

Ein Lächeln breitete sich auf Burts Gesicht aus, als die fast 1,80 Meter große Blondine ungeduldig wartete, dass alle Platz nahmen.

»Na schön, irgendjemand soll mir die ungeschminkte Wahrheit sagen. Womit haben wir es zu tun?«

Burt räusperte sich und stand auf. »Madam President, ich will versuchen, mich kurz zu fassen ...«

Durch das dunkel gemaserte Walnussholz des Konferenztischs nahmen auch die haselnussbraunen Augen der Präsidentin eine dunklere Schattierung an. Burt konnte sich mühelos vorstellen, wie Präsidentin Hager einer Truppe von Soldaten barsch Befehle erteilte. Das war keine Frau, mit der man es sich verscherzen wollte. Mit grimmigem Gesichtsausdruck fasste sie zusammen, was Burt in den letzten fünf Minuten erklärt hatte.

»Sie sagen also, wenn es uns durch irgendein Wunder gelingt, den auf uns zukommenden Asteroiden zu entgehen oder sie zu sprengen, sind wir trotzdem erledigt. Weil sich ein winziges schwarzes Loch direkt auf uns zubewegt.«

»Das schwarze Loch mag klein sein, aber es hat fast die Hälfte der Masse unserer Sonne«, stellte Burt klar. »Die Gravitationsstörungen werden uns mit ziemlicher Sicherheit auseinanderreißen. Aber selbst wenn nicht, stürzt es das gesamte Sonnensystem in ein heilloses Chaos, wenn es durch die Sonne pflügt. Die Kollision und die daraus resultierende Explosion würden uns definitiv auslöschen.«

»Na wunderbar, dann sind wir sozusagen doppelt angeschissen.« Die Präsidentin blickte nach rechts. »Hildebrand, haben Sie dazu irgendwas zu sagen?«

Greg Hildebrand schaute mürrisch drein, als er seine Krawatte zurechtrückte. Er hatte die Seiten von Burts und Neetas Bericht durchgeblättert, bevor er sich der Präsidentin zuwandte. »Ich ... Auf der Grundlage des Berichts von Dr. Radcliffe und Dr. Patel sowie unabhängiger Bestätigungen, die ich erst in der letzten Stunde vor dieser Besprechung erhalten habe, fürchte ich, dass wenig unternommen werden kann. Das Objekt, das auf uns zukommt, kann weder abgelenkt noch bewegt oder zerstört werden. Dieses Ereignis übersteigt alles, was wir uns je hätten vorstellen können ...«

»Das ist Blödsinn, und das weißt du auch, Greg«, platzte Neeta knurrend heraus. Ihre Nasenflügel blähten sich, als ihr Blick Dolche auf ihn abfeuerte.

Burt zischte: »Neeta!«

Greg starrte genauso finster zurück zu Neeta, und bevor die Lage eskalieren konnte, hob die Präsidentin die Hand in Richtung ihres wissenschaftlichen Beraters, um ihn zum Schweigen zu bringen. Ihr Blick verlagerte sich auf Neeta. »Erklären Sie mir das.«

Burt sah Neeta mit großen Augen an und beobachtete, wie sie aufstand und sich räusperte. Er hatte keine Ahnung, was sie sagen würde, und das jagte ihm eine Heidenangst ein.

»Madam President«, begann sie, »ich weiß zufällig, dass jemanden fast ein Jahrzehnt lang etwas über diese drohende Katastrophe gewusst hat. Und Ihr wissenschaftlicher Berater war maßgeblich daran beteiligt, den Mann zum Schweigen zu bringen und bei der ISF abzusägen.«

»Neeta, das ist eine völlig falsche Darstellung davon, was tatsächlich passiert ist!« Greg stand auf und lehnte sich über den Tisch. »Holmes hat sich Blödsinn ausgedacht und zugegeben, dass er Informationen mit dem obersten Führer Nordkoreas ausgetauscht hat. Er hat Billionen des ISF-Budgets für einen Haufen Wahnvorstellungen verschleudert.«

Neeta stemmte die Hände in die Hüften und schüttelte mit einem zutiefst angewiderten Gesichtsausdruck den Kopf. »Das ist ja echt unglaublich. Abermillionen von Spermien, und *du* bist das Beste, was dein Vater hervorbringen konnte? Erbärmlich.«

»Na schön, das reicht.« Die Präsidentin zeigte auf Greg und Neeta. »Kennen Sie beide sich? Falls ja, lassen Sie diesen persönlichen Quatsch beiseite und sagen Sie mir, wovon Sie reden.«

Neeta löste den finsteren Blick von Greg und konzentrierte sich auf die Präsidentin. »Entschuldigung, Madam President. Ja, wir kennen uns. Wir waren beide an der Caltech. Ich habe als Zweitbeste meines Jahrgangs abgeschlossen. Greg ist mir lebhaft in Erinnerung geblieben. Er hat mich in den Wahnsinn getrieben, weil er mich ständig um Hilfe bei seinen Kursen gebeten hat. Sagen wir so: Er hat nie ganz verkraftet, dass ich viel besser war als er. Und besonders hat er Dave Holmes gehasst, der als Jahrgangsbester abgeschlossen hat.«

»Moment.« Ein Ausdruck des Begreifens huschte über die Züge der Präsidentin. »Holmes? Das junge Genie, das mit 16 oder so den Nobelpreis für Physik gewonnen hat? Ist das die Person, über die Sie beide reden?«

»Mit 19. Aber ja, Ma'am. Ich fahre Greg nur deshalb so an den Karren, weil er den Ball dafür ins Rollen gebracht hat, Dave aus der ISF zu werfen.« Neeta schleuderte Greg einen Blick zu und rümpfte die Nase. »Ich habe keine Ahnung, woher Dave es wusste, aber er hat mir vor zehn Jahren prophezeit, dass dieses Jahr etwas Schlimmes passieren würde ...«

»Soweit ich weiß, ist Nordkorea unser Feind«, platzte Greg heraus, die Züge vor Zorn gerötet.

»Verdammt noch mal, Hildebrand!«, brüllte die Präsidentin und ließ die Handfläche auf die Tischplatte niedersausen. Der klatschende Laut und der scharfe Ton ihrer Stimme brachten alle Anwesenden erschrocken zum Schweigen. »Ist mir egal, ob der Teufel höchstpersönlich uns die Informationen gegeben hat. Offensichtlich hatte Holmes recht, sonst wären wir nicht hier und würden über das Ende der Menschheit sprechen. Benehmen wir uns alle wie Erwachsene, lassen den Schwachsinn aus der Vergangenheit beiseite und reden über die Gegenwart.« Sie schaute zum anderen

Ende des Tischs. »Direktor Radcliffe, Dr. Patel, wo ist dieses Genie jetzt? Mir scheint, der Mann sollte bei diesem Treffen anwesend sein. Es sei denn, jemand von *Ihnen* hat irgendwelche glänzenden Ideen, wie man uns alle retten kann.«

Ein Anflug von Übelkeit überrollte Burt, und er runzelte die Stirn. »Ich fürchte, ich habe keine guten Nachrichten über alternative Lösungen. Und soweit ich weiß, ist Dr. Holmes verschwunden, kurz nachdem die ISF-Finanzkrise in den Medien breitgewalzt wurde.« Er drehte sich Neeta zu und zog die Augenbrauen hoch. Burt wusste nicht, ob sie vielleicht mehr Informationen hatte.

Neeta seufzte. »Wo Dave ist? Ehrlich, ich hab keine Ahnung. Vor etwas mehr als vier Jahren, als ich noch stellvertretende Programmleiterin bei der ISF war, ist alles zum Teufel gegangen ...«

»Was genau ist passiert?«, fragte die Präsidentin dazwischen. »Darüber wurde ich nie informiert, weil seit dem Beginn meiner Amtszeit keine ISF-Probleme mehr aufgetreten sind.«

Neeta lehnte sich auf dem Stuhl vor. »Dave war für alles verantwortlich, vor allem aber für ein Projekt, das er ›Changing Venue‹ nannte, Standortwechsel. Obwohl ich seine Stellvertreterin war, wusste ich nur Bruchstücke davon. Er hat mich angerufen, kurz nachdem er Greg die Gründe für die Ausgaben vorgetragen hatte.« Sie zeigte auf Hildebrand. Seine Reaktion bestand in einem schnellen Blinzeln. »Greg hatte sich irgendwie eine politische Rolle als ziviler wissenschaftlicher Berater im Verteidigungsministerium erschlichen. Zu der Zeit wurde ein Großteil der Finanzierung der ISF dort beaufsichtigt. Wie auch immer, Dave hat mich angerufen und gemeint, es wäre fürchterlich gelaufen und er wäre nicht überrascht, wenn er gefeuert würde. Damals dachte ich noch, er wäre paranoid. Aber wie sich herausgestellt hat, war es das letzte Mal, dass ich von ihm gehört habe. Das ist über vier Jahre her.«

Burt beobachtete mit verengten Augen die Reaktionen der Anwesenden auf Neetas Worte. Die Militärberater wirkten perplex, die Präsidentin runzelte besorgt die Stirn, und im blassen Gesicht des Wissenschaftsberaters zeigte sich ein höhnisches, angewidertes Lächeln.

Die Präsidentin warf einen Blick zu Hildebrand, der die Hände hob und den Kopf schüttelte. »Ich erinnere mich noch lebhaft an das Gespräch. Er hat gebrabbelt wie ein Wahnsinniger. Hat von Verschwörungen geredet, von nordkoreanischen Wissenschaftlern und allen möglichen verrückten

Vorhersagen, die seine Aufmerksamkeit beansprucht hätten. Und das war der Mann, dem die Welt die Zukunft unserer wissenschaftlichen Forschung anvertraut hatte! Es war lächerlich. Ich weiß nur, dass er zur Beobachtung in die Psychiatrie im Walter-Reed-Militärkrankenhaus gesteckt wurde und bald danach geflüchtet ist. Ich habe keine Ahnung, wo er stecken könnte.«

Die Präsidentin ließ mit finsterer Miene den Blick um den Tisch wandern. »Weiß sonst jemand, wo unser eigenwilliger Wissenschaftler ist?«

Burt schüttelte den Kopf und stellte fest, dass auch der Rest der Anwesenden jegliche Kenntnis über den Verbleib des Mannes verneinte.

Die Präsidentin stieß energisch den Atem aus. »Nun, ich sage Ihnen, was ich *nicht* tun werde. Ich werde *nicht* das amerikanische Volk und damit auch den Rest der Welt in Panik versetzen, bis ich keine andere Wahl mehr habe.« Sie wandte sich an Greg. »Ich möchte, dass Sie die klügsten Köpfe zusammentrommeln, die wir haben. Sie sollen sich über Indigo einlesen, und ich will Informationen über Eventualitäten. Kosten und Risiken sind mir egal. Ich bin bereit, jedem Geheimprojekt zuzustimmen, das uns den Hintern retten kann. Wir müssen nur sofort bestimmen, welche Möglichkeiten wir überhaupt haben. Verstanden?«

Greg nickte. »Verstanden. Ich trommle die Ressourcen zusammen und tue, was ich kann, um Ihnen eine Antwort zu liefern.«

Präsidentin Hager wandte sich mit grimmiger Miene dem Rest der Anwesenden zu. »Sie sind alle über Indigo informiert. Kein Wort darüber. Und ich will, dass sich jeder Einzelne von Ihnen auf die Suche nach diesem David Holmes macht.« Sie zeigte mit dem Finger auf die verschiedenen, um den Tisch sitzenden Behördenleiter. »Ist mir egal, ob er in einem Bordell in Thailand herumhurt oder im Dachboden bei einem Freund untergeschlüpft ist. Ich will, dass er gefunden und hergebracht wird, damit wir mit ihm über Möglichkeiten sprechen können. Denn die sehen im Moment ziemlich düster aus. Verstehen wir uns alle?«

»Ja, Ma'am« und »Ja, Madam President« tönte als Chor durch den Lagebesprechungsraum.

Hager stand auf und erklärte mit entschlossenem Gesichtsausdruck: »Es ist erst vorbei, wenn es vorbei ist. Vergessen Sie das nicht.« Damit wandte sie sich ab und verließ ansatzlos den Raum.

Burt flüsterte Neeta zu: »Wir müssen uns im Flugzeug unterhalten.«

Der kleine Jet für zwölf Passagiere beschleunigte, erhob sich in die Luft und schwenkte sanft nach rechts, als sie den Rückweg zu ihrem ersten Zwischenstopp antraten: Los Angeles.

»Was sollte dieser Mist über Nordkorea und darüber, dass Holmes von einer bevorstehenden Katastrophe gewusst hat?« Burt saß angeschnallt auf dem Sitz neben Neeta. »Ich merke dir an, dass du mehr weißt, als du vorhin zugegeben hast.«

Neeta umklammerte so fest die Armlehnen ihres Sitzes, dass ihre Knöchel weiß hervortraten. Sie sah aus, als wäre ihr speiübel. »Ich bin mir nicht sicher, ob Dave das je zu jemand anderem gesagt hat, aber als er es *zu mir* gesagt hat, dachte sogar ich, er hätte den Verstand verloren. Er hat behauptet, die Nordkoreaner hätten einen Blick auf die Zukunft erhascht.«

»Er hat was?« Burt zog die Augenbrauen zusammen.

»Ich weiß, ich weiß, es klingt verrückt. Aber was er gesagt hat, ergibt jetzt, Jahre später, viel mehr Sinn. Angeblich hat Nordkorea zum Vermessen der äußeren Ränder der Oortschen Wolke vor fast 30 Jahren eine Reihe von Raumsonden gestartet, ähnlich unseren Voyager-Sonden aus dem 20. Jahrhundert. Dave hat gesagt, einer dieser Satelliten hätte unsere Zukunft gesehen.«

»Gibt es Aufzeichnungen über irgendwelche Starts durch Nordkorea in der Zeit?«

Neeta nickte und schloss die Augen, als der Jet eindrehte. »Nachdem Dave verschwunden war und alles zum Teufel ging, hab ich mir das genauer angesehen. In dem Zeitraum hat es eine Handvoll Starts von Nordkorea gegeben. Aber die Nutzlasten wurden alle als Rundfunksatelliten fürs Fernsehen registriert ...«

»Was mit ziemlicher Sicherheit gelogen war«, stellte Burt mürrisch klar. »Die einzigen Menschen dort, die tatsächlich Internetzugang haben oder fernsehen können, sind die Generäle und der oberste Führer.«

»Wie dem auch sein mag, ich weiß nicht, was für Informationen Dave und die Nordkoreaner letztlich ausgetauscht haben. Ich erinnere mich nur an die unheimliche Bemerkung über den flüchtigen Blick in die Zukunft. Vielleicht wurde eine der Sonden am Ende von dem schwarzen Loch aufgesaugt, als es noch weiter draußen war. Vielleicht hat das Dave auf den Plan gerufen.«

Das Flugzeug geriet in Turbulenzen. Prompt atmete Neeta schwerer und umklammerte die Armlehnen an ihrem Sitz mit einem Todesgriff. Irgendetwas an ihrer irrationalen Flugangst fand Burt liebenswert. Sie ließ Neeta verwundbar wirken, was sie sonst nie tat. Er tätschelte ihre linke Hand.

»Burt, ist das Flugzeug auch wirklich sicher?«

Er lächelte. »Alles gut, vertrau mir. Das ist eine C-37A, ausgestattet mit Hochleistungsbrennstoffzellen. Sie schafft ohne Aufladung über 9.600 Kilometer am Stück. Für den Hopser von Andrews an die Westküste reicht es allemal, also keine Sorge. Zurück zu der Sache mit Nordkorea: Wie um alles in der Welt hat Dave überhaupt eine Beziehung zu denen aufgebaut? Die gelten immer noch als Schurkenstaat, sind technologisch rückständig und allen Anzeichen nach unserer Regierung nicht besonders freundlich gesinnt.«

Das Flugzeug stieß auf eine weitere kleine Turbulenz. Neeta ergriff Burts Hand und quetschte sie, während sie tief einatmete. »Also«, sagte sie schließlich, »das ist jetzt nur geraten, aber Dave hat früher öfter mit einem koreanischen Studenten abgehangen, den er als Frank gekannt hat. Ich hab ihn auch gekannt, und er war schlichtweg brillant. Er und Dave haben über Konzepte der theoretischen Physik diskutiert, die zu der Zeit entschieden zu hoch für mich waren. Jahre nach unserem Abschluss ist mir in den Nachrichten jemand untergekommen, der genau wie Frank ausgesehen hat. Offensichtlich war gerade sein Vater gestorben, und Frank, mit dem ich zusammen an der Caltech studiert hatte, war plötzlich der Führer Nordkoreas.«

»Im Ernst?«

»Todernst.«

Burt drückte den Knopf an seinem Sitz und lehnte sich ein wenig zurück. »Und hast du eine Ahnung, woran Dave gearbeitet hat, das uns helfen könnte? Ich kann mir nicht vorstellen, was wir tun könnten. Nichts, was ich kenne oder wovon ich je gelesen habe, könnte ein schwarzes Loch beeinflussen, außer ein fast ebenso gewaltiges Objekt. Und ich weiß ja nicht, wie das bei dir ist, aber ich hab kein weiteres schwarzes Loch, mit dem ich dieses bewerfen könnte, um es vom Kurs abzubringen.«

Auch Neeta lehnte sich weiter zurück und schloss die Augen. »Ich kenne nur Teile seiner Arbeit, und nichts davon hat für mich irgendeinen Sinn ergeben. Zumindest schien mir nichts davon mit unserem aktuellen

Problem zusammenzuhängen. Aber wenn jemand ein Ausweg einfallen könnte, dann Dave. Eins muss dir klar sein, Burt: Dave war weit über alles hinaus, was du und ich überhaupt begreifen können. Wenn es so was wie einen Inselbegabten gibt, dann war er definitiv einer. Normalerweise konnte er recht gut erklären. Aber wenn er in seine eigene Zone vorgedrungen ist, war das mit nichts zu vergleichen, was ich je mit jemand anderem erlebt habe, selbst dann nicht, wenn er es mir zu erklären versucht hat. Manchmal bin ich mir in seiner Nähe wie eine völlige Idiotin vorgekommen.«

»Und hast du irgendeine Ahnung, wo er sein könnte?«

Neeta gab Burts Hand frei und legte sich den Arm über die Augen. »Ich hab ein paar Ideen, wo wir suchen könnten, aber das sind bestenfalls wilde Vermutungen.«

»Vermutungen sind besser als das, was ich habe, nämlich nichts.«

KAPITEL FÜNF

Die Triebwerke der Mondfähre summten und drückten Dave kräftig gegen den Startsitz, als das Schiff von der Mondoberfläche abhob. Sein Blick wanderte durch den Frachtraum und verharrte auf dem nur drei Meter entfernten Mondfahrzeug. Als er bemerkte, dass zwei der horizontalen Schubdüsen daran beschädigt waren und repariert werden mussten, stöhnte er leise. Wenn sie *nicht* repariert wurden, wäre die gesamte Start-mission reine Zeitverschwendung.

Dave öffnete sein Gurtzeug und knallte beim ersten Schritt sofort hart auf das Deck des Frachtraums – die volle Wucht der Kräfte der Vertikalbe-schleunigung des Shuttles presste ihn zu Boden. Vor Anstrengung grun-zend richtete er sich auf und kroch zu dem stark umgebauten Rover, der neben einer gewaltigen Trommel Graphen parkte, dem Kohlenstoff-Nano-röhren-Band, das er demnächst einsetzen würde.

Jahrelang hatte Graphen als Lieblingssubstanz von Forschern gegolten. Mit einer 200-fach höheren Zugfestigkeit als Stahl und extrem effizienter Leitfähigkeit für Wärme und Strom war es eine entscheidende Kompo-nente für viele grundlegende Fortschritte in der wissenschaftlichen Forschung. Aber Dave war weit über die Forschungsphase hinaus. Für ihn und alle anderen auf den Mondkolonien würde Graphen letztlich ein Schlüsselfaktor zur Rettung ihrer Leben werden.

Dave trug den erforderlichen Raumanzug und kämpfte gegen die allgegenwärtigen Kräfte, als er unter die Vorderkante des Rovers spähte. »Wir haben Schäden an den Heckdüsen, aber ich glaube, ich kann sie reparieren.«

»Mr. Carter«, hallte die körperlose Stimme der Shuttle-Kapitänin laut in seinem Helm wider. Den Decknamen hatte sich Dave bei seiner Ankunft auf dem Mond vor vier Jahren zugelegt. *»Sind Sie sicher, dass Sie für solche Reparaturen qualifiziert sind?«*

Dave verdrehte die Augen, als er eine der Werkzeugkisten im Fracht-raum öffnete, eine Brechstange herausholte und sie in die Öffnung des Ventils keilte. »Zerbrechen Sie sich darüber nicht den hübschen Kopf«, brummte er, als er sich gegen die Stange stemmte und das Ventil zu öffnen versuchte. Das Metall ächzte protestierend.

Während Dave beim Versuch, eines der Schubventile des Rovers zu öffnen, jeden Muskel zum Einsatz brachte, schalt er sich leise für seine Unachtsamkeit. »Ich muss mit dem verdammten Ding wohl zu hart auf einer Felsformation gelandet sein und es heftig verbogen haben.«

In seinem Helm hörte er die Pilotin verächtlich schniefen. Er kannte die Frau, die das Schiff steuerte. Sie war immer ein zickiges, selbstgefäl-liges Miststück gewesen und blickte auf alle Bergleute von oben herab. Zwar sagte sie nie etwas Unhöfliches, aber ihr herablassender Ton trieb ihn beinah in den Wahnsinn.

Langsam gab das Ventil nach, bis der aufklaffende Schlund letztlich die Öffnung zur Schubdüse zeigte. Dave legte die Brechstange beiseite, spähte hinein und stöhnte. Tief im Inneren hatte sich ein Mondstein verkeilt, den er herausholen musste. Und dafür würde er die gesamte Düseneinheit zerlegen müssen.

Er griff sich einen Schraubenzieher, schob sich unter den Rover und begann mit der Arbeit. Da ihn die Schubkraft immer noch gegen den Boden drückte, kam allein das Heben der Arme Schwerarbeit gleich. Dave wurde zunehmend frustrierter, während er mit dem Schraubenzieher hantierte. Durch die dicken Handschuhe wurden feinmotorische Bewe-gungen nahezu unmöglich.

»Wissen Sie, der Mist wäre viel einfacher, wenn ich nicht diesen bescheuerten Anzug tragen müsste.«

»Mr. Carter, Ihnen ist doch klar, dass er Ihrem eigenen Schutz dient, oder?«

Dave wollte sich die Stirn abwischen und erkannte sofort, wie dumm die

Idee war, als ihm Schweißperlen in die Augen tropften. Er reagierte seine Wut an der Stimme ab, die aus ihrem Cockpit heraus falsche Besorgnis übermittelte. »Ach, lecken Sie mich doch, Sie bessere Reiseleiterin. Wissen Sie, ich sitze nicht bloß rum, schaue hübsch aus und drücke hin und wieder ein Knöpfchen. Manche Leute müssten hier tatsächlich arbeiten.«

»Chief Hostetler hat mich gewarnt, dass Sie leicht mürrisch werden. Also werde ich Ihre Unhöflichkeit ignorieren und meine Arbeit erledigen. Warum tun Sie das nicht einfach auch?« Ein statisches Knistern dröhnte aus dem Lautsprecher in Daves Helm, und die Stimme der Pilotin murmelte: *»Typischer Bergarbeiterabschaum. Keine Ahnung, warum ich mit denen überhaupt rede. Ungebildete, vulgäre Rüpel, alle miteinander.«*

Daves Laune besserte sich, als ihm klar wurde, dass die Pilotin ihren Transmitter offenbar versehentlich eingeschaltet gelassen hatte.

Zugegeben, nachdem er sich fast vier Jahre lang als einer der Bergleute der Mondkolonie ausgegeben hatte, waren einige Ecken und Kanten entstanden. Aber gerade sie hatten es ihm ermöglicht, sich nahtlos in die Gruppe der übrigen Arbeiter einzufügen. Sich anzupassen, war die einzige Möglichkeit für Dave, seine Pläne voranzutreiben und nicht aufzufliegen. Nur der Betriebsleiter des Bergbauunternehmens wusste, wer er wirklich war: Chief Hostetler, der unter Protest eine ziemlich hohe Position bei der ISF aufgegeben hatte, als Daves Probleme publik wurden.

Dave blinzelte sich den Schweiß aus den Augen und setzte die Arbeit mit dem Wissen fort, dass er wahrscheinlich Stunden dafür brauchen würde.

Dave schnappte sich eine Metallfeile und bearbeitete damit eines der eben wieder zusammengebauten Schubventile an der Seite des Rovers. Es war seine Idee gewesen, den Rover zu benutzen, um beim Einsatz der Weltraumaufzüge zu helfen, und bisher funktionierte es tadellos.

Die Vertikalschubdüsen des Shuttles hatten ihre Beschleunigung längst eingestellt. Derzeit drehte sich das Raumfahrzeug wie ein Kreisel. So simulierte es künstlich die Schwerkraft auf dem Mond, und Dave konnte sich problemlos im Frachtraum bewegen.

Nachdem er den Rest des Rovers inspiziert und einen tadellosen

Zustand festgestellt hatte, begann er damit, akribisch die Brandspuren an den Schubdüsen abzufeilen. Bald spürte er, wie die Fliehkräfte nachließen, als die Pilotin die Rotation des Shuttles verlangsamte.

»Mr. Carter, wir nähern uns der geforderten Höhe von 88.000 Kilometern von der Mondoberfläche. Ich öffne in etwa fünf Minuten die Frachtraumluken.«

»Verstanden«, antwortete Dave. Er richtete sich auf und hakte sein Sicherheitsgurtzeug an einer der Metallösen am Boden des Frachtraums ein.

Als die Schubdüsen des Shuttles die Rotation stoppten und das Schiff ausrichteten, verspürte Dave den vertrauten Anflug von Übelkeit. Sie entstand, weil die durch die Rotation verursachte Schwerkraft wegfiel und er die Schwerelosigkeit des Alls erlebte. Da die Magnetsohlen seines Raumanzugs mittlerweile aktiviert waren, stampfte er wie Frankensteins Monster und hatte Mühe, einen Fuß vor den anderen zu heben, als er sich auf die riesige Trommel mit dem Graphen-Band zubewegte. Die Trommel hatte einen Durchmesser von drei Metern und eine breite von einem Meter. Auf der Erde würde sie locker mehrere Tonnen wiegen. Aber dank der fehlenden Schwerkraft konnte Dave die Trommel mühelos auf ihrer Spindel drehen und den am Ende des Bands befestigten Metallstab ergreifen.

Langsam zog er an der Stange und beobachtete, wie sich das stumpfe, halbtransparente Band dahinter abwickelte. Er zerrte das Ende des Bands auf den Rover zu, führte den Metallstab und etwa einen halben Meter des daran befestigten Bands in einen Schlitz an der Oberseite des Rovers ein und schlug mit der behandschuhten Faust auf einen Knopf neben der Öffnung. Sofort schloss sich die Öffnung und klemmte das Ende des Graphens am Rover fest.

Als er mit den Fingern an dem scheinbar zerbrechlichen Band entlangfuhr, fand er schwer vorstellbar, dass es mühelos mehreren Tonnen Gewicht standhalten konnte, die sich daran auf und ab bewegten, obwohl es dünner als ein Haar war. Schließlich war das der Zweck eines Weltraumaufzugs.

Aus der Sicht der Abbaubetriebe würde das Netzwerk der Weltraumaufzüge dazu dienen, Fracht zur Mondoberfläche und von ihr nach oben zu befördern, damit die Shuttles im Orbit nie landen mussten. Das ergab eine plausible Erklärung, war aber nicht die Wahrheit. Niemand, der die Wahrheit hörte, würde sie je glauben.

Die gelangweilte Stimme der Pilotin verkündete: »*Luft wird aus dem Frachtraum abgelassen in drei ... zwei ... eins ...*«

Plötzlich dröhnte ein Horn in Daves Helm. Als die Luft aus dem Frachtraum entwich, flatterte das Band. Dave beugte sich über den Rover und überprüfte die Einstellungen. »Hey, Pilotin, haben Sie die Infrarotkennung auf der Oberfläche entdeckt, damit der Rover sie anvisieren kann?«

»*Natürlich. Sie sendet auf den vorgesehenen 1.033 Nanometern.*«

Dave packte den Rover an einem der Haltegriffe und rollte das schwerelose Fahrzeug auf die noch geschlossene untere Luke des Frachtraums.

Sein Blick heftete sich auf das breite, am Rover befestigte Band aus Graphen und folgte dem transparenten Material zurück zu der riesigen Trommel. Er nickte zufrieden. »Der Rover ist mit der Trommel ausgerichtet. Ich bin hier bereit.« Er ging ein paar Schritte zurück, weg von den Luken. Gelbe Warnleuchten blinkten im Frachtraum.

»*Verstanden. Öffnen der unteren Ladeluke in drei ...*«

Durch die Stiefelsohlen spürte Dave das Vibrieren der schweren Riegel, die sich öffneten, dann beobachtete er, wie die Frachtraumluken weit aufglitten. Der Rover schwebte über der Öffnung. Seine Programmierung wurde automatisch aktiviert. Mit Hilfe der vertikalen Schubdüsen sank das Fahrzeug langsam unter das Deck und folgte dem auf der Mondoberfläche platzierten Infrarot-Lichtsignal.

Das Band wickelte sich immer schneller ab, während sich der Rover mit Düsenunterstützung auf die Mondoberfläche zubewegte.

Als Dave gerade anfing, sich zu fragen, wo sein Transporter blieb, spürte er eine weitere Vibration im Shuttle und lächelte.

»*Mr. Carter, Ihr Transporter hat angedockt.*«

Auf dem Weg zur Luftschleuse stellte sich Dave den kontrollierten Abstieg des Rovers vor. Mit steigender Geschwindigkeit würde er das lange Band mitziehen, das die Basis für das Gerüst des Weltraumaufzugs bilden würde. Er wusste, wie viel für alle in den Mondkolonien auf dem Spiel stand. Was er installierte, würde so viel mehr sein als eine Vereinfachung des Transports von Gegenständen zur Mondoberfläche – es würden ihnen allen letztlich das Leben retten.

KAPITEL SECHS

Yoshis Herz schlug wild in der Brust, als er sich in sitzende Position kämpfte. Er blinzelte sich den Schlaf aus den Augen und spürte, wie das Schiff erzitterte, als die Navigationsschubdüsen ansprangen, um sie hinter die Umlaufbahn des Titans zu bringen, des größten Saturnmonds. Die ungewöhnlichen Manöver waren zu einem regelmäßigen Ereignis geworden, da immer öfter sporadische Asteroidenschauer vorbeirasten, die Oberfläche des Titans verwüsteten und grelle Lichtblitze verursachten, wenn sie in den Saturn einschlugen.

Aber nicht die Vibrationen des Schiffs hatten ihn geweckt. Yoshi zuckte zusammen, als das in seinem Kopf versteckte Implantat unangenehme Impulse durch sein Nervensystem jagte und eine bevorstehende Nachricht von der Bruderschaft ankündigte.

Er starrte durch das Aussichtsfenster direkt über seiner Koje. Obwohl er bereits fast sechs Monate in der Matsushita Science Station stationiert war, überkam ihn immer noch jedes Mal Ehrfurcht, wenn er den Saturn sah, den gelb-orangen Gasriesen mit seinem charakteristischen, gewaltigen Ring im Hintergrund.

Seit dem Aufbruch von der Erde hatte Yoshi keine einzige Mitteilung von der Bruderschaft erhalten. Er hatte auch keine erwartet. Yoshi konnte sich keinen Grund dafür vorstellen, ein Signal Hunderte Millionen Kilometer weit in den Weltraum zu senden, nur damit er es hören konnte. Dieses Kribbeln jedoch war ein Zeichen dafür, dass er sich geirrt hatte.

Er schwang die Beine über die Seite der Koje und betete schweigend etwa eine halbe Minute lang. Dann hallte eine Stimme, die nur er hören konnte, laut durch seinen Kopf.

»Bruder Watanabe, die Zeit ist gekommen.

Die Endzeit ist angebrochen. Aber denk daran, auf Finsternis folgt großes Licht. Es wird Menschen geben, die fürchten, was da kommt. Aber die Gläubigen werden die Herrlichkeit des Herrn erkennen, wenn die Finsternis naht.

Bruder, du bist über alle Maßen gesegnet. Wir sehen Anzeichen dafür, dass unser Glaube auf die Probe gestellt wird. Indem du Gottes Prüfung ungehindert voranschreiten lässt, indem du offen den Glauben zeigst, der in dir steckt, wird dir der Allmächtige seine Gegenwart offenbaren.

Seine Prüfung kommt in Form der Leere. Eine völlige Schwärze, die für jene ohne Glauben das Verhängnis bedeutet. Für die Gläubigen aber ist es die Zeit des Erwachens. Eine Chance für die Unwürdigen, gerettet zu werden, und für die Gläubigen, zu den ersten Zeugen der Herrlichkeit von Gottes Gegenwart unter uns zu werden.«

Yoshis Herz raste. Die Erregung darüber, was bevorstand, fühlte sich beinah überwältigend an. Zeugen zu werden, war der gesamten Bruderschaft von jeher versprochen worden.

»Bruder Watanabe, sei gewarnt. Wenn du keinen Glauben an unseren Herrn zeigst, wenn du vor seiner Prüfung zurückschreckst, wird er wissen, dass du das Vertrauen in ihn aufgegeben hast. Und damit wird sich die Dunkelheit der Leere durch deine Seele ausbreiten und sie für immer vom Baum des Lebens entfernen. Gott wird sich von dir abwenden, wenn du keinen Glauben zeigst. Lass nicht zu, dass andere deine unsterbliche Seele verdammen. Wenn Gläubige bei dir sind, kannst du die frohe Botschaft mit ihnen teilen. Aber für die Heiden kann es nur ein Schicksal geben.

Verdiene dir den Titel eines ersten Zeugen und lass deine Seele bis in alle Ewigkeit frohlocken.

Du weißt, was du zu tun hast.«

Das Kribbeln des Implantats legte sich, aber die Worte der Bruderschaft hallten nach. Ein Anflug rechtschaffener Energie durchströmte Yoshi, und er holte das Messer hervor, das er in seiner Kommodenschublade versteckt aufbewahrte.

Zärtlich küsste er die Klinge. Er lächelte, als er die japanischen Symbole betrachtete, die sein Vater in das Metall geritzt hatte. Es handelte sich um ein einziges Wort: *Gerecht.*

Mit einer geübten Bewegung aus dem Handgelenk warf Yoshi das Messer rotierend hoch, fing es auf und umklammerte es mit der Faust.

Nachdem er sechs Monate mit diesen Menschen verbracht hatte, wusste er, dass sich keine Gläubigen unter ihnen befanden. Sie würden es nicht ertragen, Zeugen zu werden. Sie würden versuchen, sich vor der Dunkelheit zu retten und dadurch Gottes Zorn heraufbeschwören.

Oh ja, er wusste, was er zu tun hatte.

Yoshi starrte ehrfürchtig durch das Aussichtsfenster über der Administratorstation. Er verspürte ein berauschendes Kribbeln. Die Nachwehen einer unsichtbaren Kraft hatten die Raumstation fest im Griff.

Es war zwei Tage her, seit er die Botschaft der Bruderschaft erhalten hatte. Dutzende Audiobotschaften wurden von JAXA, der japanischen Raumfahrtbehörde, an die Raumstation übertragen. Und da man keine Antworten erhielt, versuchte man immer wieder, das Schiff per Fernzugriff zurückzuholen. Was Yoshi wiederholt verhindert hatte.

Plötzlich gab die Computerkonsole des Administrators einen Alarm aus. Yoshi blickte auf den Bildschirm und kratzte die getrockneten Blutspritzer weg, die ihm die Sicht auf die eingehende Nachricht versperrten.

*** *NASA-NOTFALLALARM* ***

Alle Raumexplorationsstationen und das gesamte Personal werden zurückgerufen.
Sofortige Rückkehr in die Erdumlaufbahn gemäß Notfallprotokoll X-55.
Alle anderen Prioritäten sind aufgehoben.
Bestätigen Sie den Empfang.

Angewidert schüttelte Yoshi den Kopf über die Nachricht und belehrte den Computer, der ihn nicht hörte. »Ich werde meinem Herrn niemals entsagen. Nur durch unseren Glauben wird er wieder unter uns wandeln. Alles andere verheißt ewige Verdammnis.«

Yoshi warf über die Schulter einen Blick zum verrenkten Leichnam eines der Raumfahrtingenieure.

»Blasphemie gegen unseren Herrn darf nicht geduldet werden.«

Yoshi hatte sich auf dem Administratorstuhl angeschnallt und hielt an seinem Glauben fest, obwohl die Raumstation heftig durchgeschüttelt wurde. Funken stoben durch die Kabine, Metall kreischte nahezu ohrenbetäubend. Doch das war nichts im Vergleich zum Anblick durch das Aussichtsfenster.

Der Titan, jener Mond, um den die Raumstation kreiste, hatte sich aus irgendeinem Grund aus der Umlaufbahn des Saturn gelöst. Mittlerweile raste der Himmelskörper mit der Raumstation im Schlepptau in die Leere des Alls.

Ehrfürchtig starrte Yoshi hinaus. »Es ist, als würde mich der Finger Gottes auf einen vorherbestimmten Weg schieben. Ich gehe, wohin du mich führst.«

Nur wenige Hundert Kilometer entfernt wurde der ehemalige Saturnmond auseinandergerissen.

Gebirgsgroße Brocken des Titans wirbelten um eine Leere im Raum. Dort gab es keine Sterne, nur Schwärze. Die Raumstation raste schneller und schneller um diese Leere herum, beinah wie Wasser, das um den Abfluss einer Badewanne strudelt.

Yoshi betete um ein Zeichen, während er beobachtete, wie der Titan in zunehmend kleinere Stücke zerfetzt wurde.

Die Raumstation rückte näher und näher. Das Ächzen von Metall wurde lauter, als einer der Arme der Station mit explosiver Wucht abgerissen wurde und alle Lichter an Bord flackernd erloschen.

Die erschütternden Vibrationen wurden stärker. Yoshi fühlte sich wie beim steilen Abstieg einer Achterbahn, als die Station zu einem Teil des wirbelnden Strudels wurde.

Als sich ein weiterer Arm von der Raumstation löste, japste Yoshi, und Euphorie durchströmte ihn.

Als die Station um die geheimnisvolle Leere herumraste, begann die Dunkelheit zu leuchten.

Gleißendes Licht bildete einen funkelnden Schimmer im Zentrum des wirbelnden Sogs.

Die Fliehkräfte wurden zu groß zum Atmen. Innerlich jedoch jubilierte Yoshis Geist, als er sah, wie die Finsternis zu einem atemberaubenden Lichterspiel in allen Regenbogenfarben erstrahlte.

Über das ohrenbetäubende Chaos um ihn herum schrie Yoshi mit seinem letzten Atemzug: »Ich glaube!«

Dann zerbrach die Station in ihre Einzelteile und stürzte in den klaffenden Schlund des schwarzen Lochs.

KAPITEL SIEBEN

Dave hüpfte über einen kleinen Spalt in der Mondoberfläche, während andere Arbeiter die letzten Sonnenkollektoren für die Solaranlage im Alpental auslegten. Es handelte sich um das größte je auf dem Mond installierte Solarnetz, und es versprach eine Leistung von zig Gigawatt.

»*Carter*«, hallte die Stimme des Bergbauleiters laut durch Daves Raumanzugshelm. »*Laut Zeitplan sollen wir morgen das Alpental an die dielektrischen Erwärmungsanlagen anschließen. Wie sieht's damit aus?*«

Dave ließ den Blick über das Feld der Kollektoren wandern, die alle gleichförmig angeordnet aussahen. Höchstens 15 Meter von der Solaranlage entfernt lag ein 30 Zentimeter dickes, noch nicht an die Module angeschlossenes Stromkabel.

»Sieht so aus, als würden wir heute fertig. Nur noch ein paar Dutzend Kollektoren zu installieren. Dann schließen wir das Versorgungskabel an und ...«

Plötzlich flammte mehrere Hundert Meter entfernt ein grelles, weißes Licht auf der Mondoberfläche auf. Fast sofort folgten sechs weitere nahezu blendende Lichtblitze. Dave verlor fast das Gleichgewicht, als heftige Vibrationen den Boden erschütterten. Der Lautsprecher in seinem Helm erwachte erneut zum Leben. »*Was zum Teufel ist das? Ein Mondbeben?*«

Mit rasendem Herzen bedeutete Dave den anderen Arbeitern, zurückzubleiben, während er in Richtung der nächstgelegenen Einschlagstelle hopste. »Wir haben hier eine Reihe von Meteoriteneinschlägen!«

Dave verlangsamte die Schritte auf dem Weg zur Einschlagstelle, als der Auswurf in Form von faustgroßen bis kieselgroßen Steinen um ihn herum herabfiel.

»Scheiße, geht's allen gut? Irgendwelche Schäden?«

Er schaltete die Sprechverbindung auf den Kanal der Technikermannschaft auf der Mondoberfläche um und fragte: »Alles in Ordnung, Leute?«

»Roger, keine Verletzten. Aber Carter, falls du mit dem Direktor redest, sag ihm, wir haben noch einen Arschvoll Arbeit. Überall in der Anlage ist Geröll, das wir beseitigen müssen. Außerdem scheinen ein paar Kollektoren beschädigt zu sein. Die müssen wir testen. Das verschiebt unseren Zeitplan um mindestens 12 Stunden nach hinten.«

»Verstanden.« Dave schaltete zurück auf die Frequenz der Mondbasis, während er auf eine Vertiefung mit einem Durchmesser von etwa zwölf Metern in der Mondoberfläche starrte. Winzige Kiesel kullerten die Seiten des Einschlagkraters hinab. »Es geht allen gut«, meldete Dave und bemühte sich, die Sorge aus seiner Stimme herauszuhalten. »Wir haben nur leichte Schäden. Die sollten uns im Gesamtzeitplan um höchstens eine Arbeitsschicht zurückwerfen.«

Von nervösem Schweiß überströmt wich er vom Krater zurück und richtete den Blick ins All. Die Einschläge waren so gut wie sicher kein Zufall. Sie waren die Vorboten eines regelrechten Hagelsturms, der in den kommenden Monaten bevorstand, wie er wusste.

Bilder einer apokalyptischen Explosion rissen Dave aus dem Schlaf. Jäh schnellte er in sitzende Position und unterdrückte einen Angstschrei, während sein Herz noch von dem Traum raste. Blinzelnd tastete er in Gedanken nach den Einzelheiten des Albtraums, aber die Erinnerung verflüchtigte sich wie die Rauchfetzen einer erloschenen Kerze. Sein Herz pochte immer noch heftig, als ihm plötzlich einfiel, dass er vergessen hatte, sich für die Bohrmannschaft an diesem Abend einteilen zu lassen. Er kannte sich gut genug und wusste, dass er ein zu großer Kontrollfreak war, um die anderen die Thermalleitungen ohne ihn an die Solaranlage im Alpental anschließen zu lassen.

Dave lehnte sich auf die Ellbogen zurück, gähnte und schaute zur Uhr auf dem Nachttisch. Von seinem Bett aus betrachtete er durch die 15 Zentimeter dicke Fensterscheibe das vertraute Bild der Erde knapp über dem Horizont, ein blaues Juwel vor dem dunklen Hintergrund des Weltraums. Als er zum Ort seiner Geburt starrte, überkam ihn eine Angst, die ihm die Luft abschnürte. Daves Brust zog sich zusammen. Plötzlich fühlte er sich wie ein Ertrinkender, der verzweifelt atmen will und nicht kann. Seine Finger krallten sich in die Bettlaken, als echte Atemnot einsetzte und ihm schwindlig wurde. Dave schloss die Augen und zwang sich zu Entspannung. Er wusste, dass es Grenzen dafür gab, was er bewirken konnte. Als er spürte, wie sich die Muskeln um seine Brust allmählich lockerten, sog er süße, sterile Luft ein und wünschte, alles könnte irgendwie anders sein.

Dave wusste seit fast einem Jahrzehnt von der bevorstehenden Katastrophe. Was seither geschehen war, hatte ihn stärker altern lassen, als er zugeben wollte. Er fuhr sich mit der Hand durch den kurz gestutzten Afro, in dem sich noch kein Grau zeigte. Dennoch spürte er jedes einzelne seiner 29 Jahre. Tief in seinem Innersten war Dave nicht sicher, ob er lang genug für erste graue Haare leben würde. Er hatte getan, was er konnte, doch er wusste nicht, ob es reichen würde.

Damals, als er noch auf der Erde gelebt hatte, war er zum jüngsten Leiter der International Science Foundation geworden. Im selben Jahr hatte man ihm im zarten Alter von 19 den Nobelpreis für Physik verliehen, und das nur ein Jahr, nachdem er seinen zweiten Doktortitel an der Caltech gemacht hatte. Damals hatten wissenschaftliche Fachmagazine prophezeit, er würde die Errungenschaften Einsteins übertreffen.

Mittlerweile glaubte das niemand mehr. Er war in Ungnade gefallen und aus der ISF geworfen worden, vergessen von den meisten Menschen, die überhaupt je von ihm gehört hatten. Und das war für ihn grundsätzlich in Ordnung. Er hatte nie Ruhm angestrebt – im Gegenteil. Dave hatte versucht, die Welt zu retten, und war kläglich gescheitert.

Mittlerweile hatten sie den 5. April 2066. Es war der vierte Jahrestag seiner Ankunft auf der Mondbasis Crockett und des Neubeginns seines Lebens.

Die wiederkehrenden Alpträume über Explosionen verstärkten Daves nagende Sorge, dass die Bohrarbeiter etwas vermasseln könnten, wenn sie die dielektrischen Erwärmungsanlagen an die Sonnenkollektoren anschlossen. Seufzend schwang er die Beine aus dem Bett.

Die Erschöpfung lastete schwer auf ihm. Er wusste, dass er Schlaf brauchte. Gleichzeitig konnte er nicht riskieren, dass die letzte Überlebenschance durch die Unachtsamkeit anderer zunichtegemacht wurde. Keiner der Bergleute in der Weltraumkolonie wusste von der nahenden Gefahr.

Seine Gedanken kreisten um den Bergbaubetrieb, während er sich anzog. Rasend ging Daves Verstand all die Möglichkeiten durch, wie die Bergleute irgendetwas verheerend vermasseln könnten.

Ein Schauder durchlief ihn, als er bei sich flüsterte: »Die Wärmeenergiekoppler – wenn sie die nicht richtig anschließen ...«

Als Dave unter einer neu errichteten, 500 Meter breiten geodätischen Kuppel ging, kniff er die Augen gegen die Staubwolken zusammen, die in der schwerkraftarmen Umgebung schwebten. Die Bohrarbeiter hörte er grunzen, bevor er sie sah.

Als er sich dem hinteren Ende der Kuppel näherte, lichtete sich der Staub, und er sichtete zwei gleichzeitig arbeitende Mannschaften. Ein Team bohrte ein neues Loch in die Mondoberfläche, während das andere ein immer länger werdendes Metallrohr langsam in ein vorgebohrtes Loch senkte. Bei dem Rohr handelte es sich um ein dielektrisches Erwärmungselement, dessen einziger Zweck darin bestand, Wärme aus Elektrizität zu erzeugen.

Der Vorarbeiter, einer der erfahrensten Männer der Bohrmannschaft, schaute in Daves Richtung, wischte sich mit dem Arm über das verschwitzte, verdreckte Gesicht und schrie: »Carter, was zum Teufel machst du hier? Deine Schicht fängt erst in drei oder vier Stunden an. Falls du also nicht zum Mithelfen da bist, verschwinde verdammt noch mal aus unserem Arbeitsbereich!«

Dave hob die Hände und trat einen Schritt vor. »Ich will mithelfen. Wo willst du mich haben?«

Mit einem belustigten Schulterzucken deutete der Vorarbeiter auf einen großen Stapel von Rohren und rief: »Lös Doran ab und hilf mit den Rohren.«

Dave griff sich einen knapp zwei Meter langen Abschnitt eines Zwölf-Zoll-Metallrohrs aus dem Haufen, hob es grunzend an und fädelte das Ende auf den Teil des aus dem Loch ragenden Rohrs. Mit einem großen Schraubenschlüssel drehte ein anderer, kräftiger Arbeiter im Uhrzeigersinn an der oberen Hälfte des Rohrs, verband die beiden Teile miteinander und rief:»Einschmieren!«

Ein Mann des Teams schmierte das Rohr mit einer dicken grauen Paste ein, die als Wärmeleiter diente. Wieder ein anderer grunzte, als er einen Meter breite, transparente Graphen-Folie von einer riesigen Trommel zog und um das Rohr wickelte.

Der Vorarbeiter brüllte:»Achtet darauf, mit dem Graphen gut und gleichmäßig abzudichten, sonst setzt's was. Der Scheiß soll dabei helfen, das unterirdische Gestein auf weit über 500 Grad zu erhitzen. Und ich will nicht erleben, was passiert, wenn der Boss der Meinung ist, dass die Wärmeübertragung nicht richtig funktioniert.«

Als sich das Rohr langsam drehte und mit einer hydraulischen Winde tiefer in das Loch gesenkt wurde, verteilte einer der Männer weitere Schmiere darauf, und das Graphen wurde von der Trommel abgerollt. Dave schnappte sich ein weiteres Rohr, hievte es auf das hervorstehende Rohr, und der Vorgang wiederholte sich.

Bereits nach wenigen Minuten war er von der Knochenarbeit schweißgebadet. Dafür fand er inneren Frieden in der zwar eintönigen, aber befriedigend voranschreitenden Tätigkeit. Seit fast vier Jahren erledigte er solche und ähnliche Arbeiten Seite an Seite mit vielen dieser Männer. Die anderen hatten keine Ahnung, dass er das Verfahren erfunden hatte, um überschüssige Sonnenenergie einzufangen und als Wärme tief im Inneren des Monds zu speichern.

Für sie war er nur ein anonymer Bergarbeiter, der meist für sich blieb, aber gelegentlich vom Bergbauleiter als Bohrarbeiter eingesetzt wurde. Soweit Dave wusste, bekam niemand mit, dass es ihm stets gelang, dann zum Bohrtrupp eingeteilt zu werden, wenn sie eine der Thermalleitungen an eine der mehrere Hektar großen, über die Mondoberfläche verteilten Solaranlagen anzuschließen hatten. Oder es interessierte schlichtweg niemanden.

Der Rohrstapel schrumpfte nach und nach. Als das letzte Rohr in das Loch gesenkt wurde, winkte der Vorarbeiter mit dem rechten Arm und rief: »Abklemmen! Wir sind unten angekommen. Bereitet das Stromkabel vor. Alle anderen, zurücktreten.«

Dave begann, zusammen mit zwei anderen Arbeitern ein dickes, mit der nächstgelegenen Solaranlage verbundenes Versorgungskabel zu schleppen. Obwohl nur ein Sechstel der Schwerkraft der Erde herrschte, wog das Kabel über 450 Kilo. Er zählte längst nicht mehr mit, wie viele Muskeln er sich in der Vergangenheit beim Manövrieren von ähnlich schweren Drahtbündeln über die Mondoberfläche schon gezerrt hatte.

Dave übernahm das vordere Ende der Leitung und arbeitete nahtlos mit den anderen im Team zusammen. Sie hoben das Ende des 30 Zentimeter dicken Stromkabels an, und Dave lenkte vorsichtig ihre Bewegungen, als das Kabel dieselbe Höhe erreichte wie die Oberkante der dielektrischen Wärmeleitung.

Der Vorarbeiter rief eine Warnung: »Achtet darauf, das Kabel ordentlich auszurichten. Sonst feuere ich jeden Einzelnen von euch, der nicht knusprig durchgebraten ist.«

Mit einem verhaltenen Lächeln brummte Dave: »Okay, Jungs, noch ein bisschen näher ran ...«

Plötzlich heftete sich das Kabel mit einem lauten metallischen Geräusch an das Rohr, als das elektromagnetische Feld um das Kabelende die Verbindung automatisch versiegelte.

Dave hörte das vertraute Summen von zig Gigawatt Leistung, die in das fast 13 Kilometer lange Rohr strömten. Mit einem Seufzen atmete Dave erleichtert durch.

Der Vorarbeiter brüllte: »Jenkins und Stevens, ihr zwei versiegelt das Loch. Der Rest von euch räumt auf. Gute Arbeit, Leute. Das wär's dann für diese Schicht. Aber wir haben noch eine Menge zu bohren, bevor der Vertrag ausläuft. Carter, du hast in ein paar Stunden deine offizielle Schicht vor dir, und ich erwarte, dass du pünktlich auftauchst.«

Mit verschwitztem Gesicht winkte Dave dem Vorarbeiter zu und nickte.

»Hey«, sagte einer der Männer, die das Graphen um das Thermalrohr gewickelt hatten, und warf einen besorgten Blick auf die fast leere Trommel. »Wir haben eben erst eine riesige Lieferung mit Rohren bekommen, aber das Graphen geht uns allmählich aus.«

»Ist mir gestern aufgefallen«, rief Dave. »Ich werd später mit Hostetler darüber reden.«

Der Vorarbeiter zeigte mit ernster Miene auf Dave. »Carter, sorg mal lieber dafür, dass es der Direktor versteht, sonst lass ich's an dir aus. Das Letzte, was wir brauchen, ist 'ne Verzögerung, die unseren Bohrungsplan über den Haufen wirft.«

Daves Müdigkeit überwältigte jede Besorgnis, die er empfunden hatte. Er winkte der Besatzung zu und gähnte gedehnt. Dann wandte er sich ab, um schnell zu duschen, bevor er sich wieder in sein warmes Bett legen wollte. Er wusste, ihm stand ein langes Gespräch mit seinem Freund über die Rückkehr zur Erde bevor.

Als Dave zurück ins Bett kroch, rührte sich Bella, wickelte sich in die Laken und schmiegte sich an ihn, um sich zu wärmen. Ein Blick auf ihr blasses Gesicht, ihre vollen Lippen und ihr lebhaft rotes Haar schien der Traum jedes Mannes zu sein – allerdings war sie zerbrechlich, und manch einer hielt sie für psychisch labil. Dave wusste, was sie in Wirklichkeit war: ein Genie mit einer Intelligenz, die in mancherlei Hinsicht über sein Verständnis hinausging. Ironisch war, dass er sie in der stationären Psychiatrie des Walter-Reed-Militärkrankenhauses kennengelernt hatte. Es war für sie beide eine harte Zeit gewesen.

Mit den Fingerspitzen streichelte Dave behutsam Bellas Wange, während sie schlief. Obwohl er ihr vor knapp mehr als vier Jahren zum ersten Mal begegnet war, kam es ihm vor, als wäre es gestern gewesen.

Alle glaubten, dass er es als Leiter der ISF irgendwie Billionen Dollar vergeudet hatte. Aber Dave hatte genau gewusst, was er tat. Er hatte seine Projekte unter Verschluss gehalten, bis er keine andere Wahl mehr hatte, als sie offenzulegen. Dave glaubte zu dem Zeitpunkt nicht, dass irgendjemand den Ernst der Lage, in der sich die Welt befand, begreifen könnte, sah jedoch die einzige Chance darin, sofort und präventiv zu handeln. Er konnte nicht beweisen, was er wusste, jedenfalls damals nicht.

Als er schließlich gezwungen war, den Anzugträgern in Washington zu sagen, was er tat und warum, flippten sie völlig aus. Ob sie ihm nicht glaubten oder nicht glauben *wollten*, vermochte er nicht zu sagen. So oder so, sie ließen ihn unabhängig davon, was auf dem Spiel stand, nicht weitermachen. Irgendwann beschloss Dave, sich bei den ununterbrochenen Befragungen nicht mehr zu wiederholen. Es schien, als wäre man taub für alles, was er zu sagen hatte, also schaltete er vorsätzlich auf stumm. Er war fertig mit diesen Leuten, und einige Wochen lang kümmerte ihn nicht wirklich, was aus ihm oder dem Rest der Welt werden würde. Als sie den Druck erhöhten, um Einzelheiten darüber zu erfahren, was er getan hatte und warum er mit Nordkorea in Verbindung stand, bekamen sie von ihm nur Schweigen. Mann hatte ihm weder geglaubt, noch wollte man ihn verstehen, als er die Wahrheit über absolut alles gesagt hatte. Also fand er es sinnlos, weiter mit irgendeinem der Schwachköpfe der Regierung zu reden. Außerdem ließen einige ihrer Fragen – zum Beispiel, ob er seine früheren Errungenschaften irgendwie gefälscht hatte – deutlich darauf schließen, dass manche sogar rassistische Überzeugungen vertraten.

Wie sollte das möglich sein? Ein schwarzer Junge, aufgewachsen in einer Pflegefamilie, sollte klüger als sie sein? Trotz seiner humanistischen Erziehung erlebte Dave Momente, in denen er wirklich wünschte, einige dieser Leute würden ein qualvolles Schicksal erleiden.

Nach wochenlangen Verhören, in denen Dave kein Wort von sich gegeben hatte, wurde entschieden, ihn in eine von der Regierung kontrollierte psychiatrische Einrichtung einzuweisen. So landete er im Walter-Reed-Militärkrankenhaus, normalerweise Militärangehörigen im aktiven Dienst oder deren Angehörigen vorbehalten.

Dort sah er Bella zum ersten Mal in einer Ecke des Erlebnisbereichs. Es handelte sich um einen neun mal neun Meter großen, in kränklichem Gelb gestrichenen Raum mit etlichen Stühlen, Tischen für Spiele und viel freier Bodenfläche. Es gab nur eine Tür, die ein gelangweilt wirkender Wärter bewachte, aber tagsüber konnte man ungehindert ein und aus gehen.

Bella blieb für sich, eine wunderschöne Frau Anfang 20, trotzdem würdigte sie niemand eines zweiten Blicks. Die meisten Patienten der Station sprachen kaum und mieden Gesellschaft. Einige jedoch schlenderten sehr wohl in den Raum, um Karten zu spielen oder miteinander zu reden.

Dave hingegen interessierte kein Umgang mit den anderen. Er schenkte niemandem Beachtung, saß in der Ecke und verlor sich in den albtraumhaften Gedanken daran, was bevorstand. Allerdings erregte irgendetwas an der Frau auf der anderen Seite des Raums seine Neugier.

Zuerst schaute er nur gelegentlich hin. Irgendwann jedoch ertappte er sich dabei, sie anzustarren, jedes Detail in sich aufzunehmen. Seine nagenden Sorgen über die bevorstehende Apokalypse lösten sich in Luft auf. Er verlor sich stattdessen in ihren strahlend grünen Augen, ihrem roten Haar und ihrem blassen, porzellanartigen Teint – sie war atemberaubend. Etwas fand Dave merkwürdig: Sie umklammerte ein eselsohriges Buch, das sie nie wegzulegen schien.

Tag für Tag trug sie es bei sich, immer dasselbe Buch. Obwohl er noch nie gesehen hatte, dass sie es aufschlug, drückte sie es ständig fest an sich.

Am dritten Tag seines Krankenhausaufenthalts betrat eine Pflegerin den Erlebnisraum, um einem der Patienten Medikamente zu verabreichen. Als sie es tat, hörte Dave den klaren, glockenhellen Klang der Stimme der Rothaarigen.

»33 – 30.«

Die Krankenschwester schaute nach rechts und begegnete lächelnd dem Blick der Rothaarigen, die auf ihren Mund deutete. »Ja, Jane, es ist bald Zeit zum Essen.«

Dave blinzelte verdutzt. Ein Patient in seiner Nähe gab einen abfälligen Laut von sich und lachte leise. »Pfff. Die Verrückte spricht in Zahlen? Ich frage mich, was 69 in ihrer Sprache bedeutet.« Einige der Leute in Hörweite lachten.

Dave stand auf. Er wollte sich nicht in der Nähe der anderen aufhalten. Ebenso wenig wollte er jedoch zurück in sein Zimmer, das nur ein Krankenhausbett und einen Stuhl enthielt. Er suchte den Raum nach einem Plätzchen ab, an dem er allein sein könnte. Da er keines fand, spähte er zu er Rothaarigen. Und bevor ihm bewusst wurde, was er tat, steuerte er auf sie zu.

Als er sich ihr näherte, runzelte sie die Stirn und starrte ihn finster an. Er setzte sich neben sie. »9 – 215 – 4 – 8«, sagte sie.

Dave glotzte sie an, hatte keine Ahnung, was um alles in der Welt die Abfolge von Zahlen bedeuten mochte. Er warf einen Blick auf das Buch in ihrer Hand. Sie drückte es sich noch fester an die Brust, stand auf und verließ genervt den Raum.

Er brauchte ein paar Tage, um das Rätsel zu lösen. Als Schlüssel dazu erwies sich ihr Buch. Sie trug eine abgegriffene Ausgabe von *Der Hobbit* bei sich. Dave war es gelungen, ein anderes Exemplar in der spärlich bestückten Krankenhausbibliothek zu beschaffen.

Er las es von der ersten bis zur letzten Seite. Dabei erkannte er, dass der Code, den er zu knacken versuchte, trügerisch einfach, in Wirklichkeit jedoch unheimlich schwierig war. Man musste sich dafür jedes Wort des Buchs zusammen mit dessen Position auf jeder Seite einprägen.

Zum Glück besaß Dave ein eidetisches, nahezu perfektes Gedächtnis. Als er daran zurückdachte, was die Rothaarige zur Pflegerin gesagt hatte, 33 – 30, tauchte in seinem Verstand das Wort »Essen« auf, das 30. Wort auf Seite 33.

Als er sich neben sie setzen wollte, hatte sie gesagt: »9 – 215 – 4 – 8.« Womit sie ihm deutlich zu verstehen gegeben hatte: *Bleib weg.*

Ein Lächeln schlich sich auf seine Lippen, als er sein Zimmer verließ, gewappnet mit dem Schlüssel zur Sprache der jungen Frau. Die Pflegerin an der Schwesternstation schaute in seine Richtung, hielt ihn aber nicht an und sparte sich die Mühe, ihn etwas zu fragen. Schließlich galt er als das »Genie, das den Verstand verloren hatte und stumm geworden war«.

Er betrachtete die Namen der Patienten auf den Tafeln am Eingang jedes Zimmers, bis er auf einer handschriftlich hingekritzelt »Jane Doe« fand.

Dave klopfte leise an, obwohl die Tür nur angelehnt war. Er konnte sich nicht sicher sein, ob sie sich im Zimmer aufhielt. Dann hörte er die Toilettenspülung. Wenige Augenblicke später trat die rothaarige Schönheit in einem weißen, unförmigen Baumwollnachthemd aus ihrem Badezimmer. In ihren hellgrünen Augen blitzte eine Warnung auf, als sie knurrend hervorstieß: »12 – 169!«

Verschwinde!

Dave schüttelte den Kopf und schenkte ihr sein liebenswertestes Lächeln. »2 – 194 – 4 – 198 – 18 – 151?«

Können wir reden?

Blinzelnd sah sie ihn mit offenem Mund an.

Dave sprach weiter stockend in Zahlencode, während er in seinem Gedächtnis nach den passenden Wörtern und ihren Positionen suchte. »Ich glaube, du bist etwas Besonderes.«

Ihr verblüffter Gesichtsausdruck schmolz dahin, als der erste Ansatz eines Lächelns auf ihre Lippen trat. Sie bedeutete Dave, sich zu setzen.

Zum ersten Mal seit der Mittelschule kroch ihm Wärme in den Nacken, und er kämpfte gegen die Schüchternheit an, die ihn als Kind geplagt hatte. Sie hopste auf ihr Bett, ließ sich im Schneidersitz nieder und begann munter, eine schier endlose Reihe von Zahlen herunterzuleiern.

Dave löste den Blick von Bella und begutachtete ihre schlichte Unterkunft. Die relativ komfortablen Quartiere maßen viereinhalb mal drei Meter und enthielten ein Bett, einen kleinen Schreibtisch und mehrere Schubladen für ihre Kleidung. Alles andere in der Mondkolonie war Gemeinschaftsbesitz. Obwohl es ein einfaches Leben war, hoffte Dave, es so lange wie möglich fortzusetzen.

Er zitterte, als vom Luftauslass in der Decke ein Klicken ertönte und ein Schwall temperaturgeregelter Luft in den Raum sickerte. Man klimatisierte die Luft in Mondbasis Crockett auf ein paar Grad weniger, als Dave bevorzugt hätte, aber er verstand die Gründe dafür. Tatsächlich hatte er auf Bellas Vorschlag den Leiter der Einrichtung davon überzeugt, die Temperatur in der gesamten Kolonie auf 18 Grad Celsius zu senken. Je weniger Energie zur Lebenserhaltung benötigt wurde, desto mehr Energie konnten sie im Kern des zuvor leblosen Monds speichern.

Mit Bellas linkem Bein über der Taille legte sich Dave zurück in sein bequemes Bett und seufzte zufrieden. Die Wärme ihres Körpers an seinem gehörte zu den Dingen, die er sich in seiner Jugend nie für sich vorgestellt hatte. Er hatte immer gedacht, er würde allein bleiben, weil er andere einschüchterte. Was auf Bella in keiner Weise zutraf. Sie betrachtete ihn weder als Freak noch als unergründliche, intellektuelle Gottheit. Tatsächlich empfand eher Dave in fast jeder Hinsicht Ehrfurcht vor Bella. Klar, sie war ungewöhnlich. Aber ihm hatte man von klein auf immer wieder gesagt, wie ungewöhnlich er wäre. Deshalb verkörperte Bella für ihn ein wunderschönes Rätsel. Ein Rätsel, das er einfach akzeptierte, ohne sich gezwungen zu fühlen, es zu lösen.

Bellas gesamtes Leben war ein einziges Mysterium. Sie hatte keine Erinnerung an ihre Zeit vor der psychiatrischen Abteilung im Krankenhaus. Sogar ihre Identität und Sprache waren in irgendeinem dunklen

Winkel ihres Geists verloren gegangen. Ohne Identität hatte sie sich selbst eine neue zugewiesen. Die einzige namentlich genannte Frau in dem Buch, das sie wie eine Rettungsleine mit ihrer verlorenen Menschlichkeit verknüpfte, war Belladonna Tuk. Also hatte sie diesen Namen angenommen. Dave lächelte und küsste Bella auf die Stirn, während sie schlief. »Ich bin froh, dass du dich nicht Glóin genannt hast.«

Dave warf einen Blick auf die Digitaluhr auf dem Nachttisch und schloss die Augen. Er hatte noch zwei Stunden, bevor er zurück an die Arbeit musste.

Er hatte sich in Mondbasis Crockett ein Netzwerk von Verbündeten aufgebaut, von Leuten, denen er schon bei der ISF vertraut hatte, und einigen anderen. Es gab so viel zu tun und so wenig Zeit dafür.

Während er im Bett lag, schlossen sich die klammen Finger von Schuldgefühlen um Daves Brust und gestalteten das Atmen schwierig. Er wusste, dass er keine Wahl hatte, wenn er das Leben der Menschen in der Mondbasis retten wollte. Vor Jahren, als er noch gedacht hatte, er könnte die Erde selbst retten, hatte Dave ein gewaltiges Vermögen ausgegeben. Damit hatte er die Vorräte versteckt, die der Planeten brauchen würde, wie er wusste. Da mittlerweile die Rettung der Erde nicht mehr möglich war, brauchte Dave diese Vorräte, wenn er auf dem Mond noch etwas retten wollte.

Als Dave die Augen schloss, betete er in Gedanken für die Milliarden Menschen, die auseinandergerissen werden würden, und er wünschte, die Dinge hätten anders laufen können.

KAPITEL ACHT

Bella hatte sich bereits angezogen, warf einen Blick in den Spiegel und nickte zufrieden. Sie kleidete sich immer bequem, trug die weite, graue Kombination aus Hose und Hemd, die bei anderen am wenigsten Aufmerksamkeit erregte. Sie hasste es, angestarrt zu werden. Dadurch fühlte sie sich weniger wie ein richtiger Mensch und mehr wie ein Freak.

Sie wandte sich Dave zu, als er sich für die Arbeit anzog. Trotz der schwachen Beleuchtung bemerkte sie das Spiel der Muskeln unter seiner schokoladenbraunen Haut. Bei ihrer ersten Begegnung hatte er eine durchschnittliche Statur gehabt. Aber im Gegensatz zu den meisten Menschen, die in der Schwerelosigkeit Muskelmasse abbauten, hatte Dave durch die viele manuelle Arbeit zugelegt.

Beim Gedanken, Menschen zu berühren, oder schlimmer noch, von anderen berührt zu werden, bekam Bella vor Abscheu eine Gänsehaut. Was nicht normal war, das wusste sie. Aber so sehr sie sich auch bemühte, Bella hatte sich in der Gegenwart anderer nie wohlgefühlt. Bis sie Dave kennengelernt hatte.

Durch das lange Zusammensein mit ihm hatte sich eine Behaglichkeit eingestellt, die sie sich bei einem anderen Menschen nicht vorstellen konnte. Lächelnd ging sie zu ihm und fuhr mit den Fingerspitzen über seinen nackten Rücken. Obwohl sich Bella ein bisschen wie ein Freak vorkam, Dave konnte sie berühren und dabei erfahren, wie es wäre, normal zu sein.

Der Großteil ihres vergangenen Lebens lag im Dunkeln. Sie konnte sich an nichts aus der Zeit erinnern, bevor sie vor über vier Jahren im Krankenhaus aufgewacht war. Durch die Begegnung mit Dave hatte sich alles verändert. Sie musste nicht nur wieder sprechen lernen, damit andere sie verstehen konnten. Durch ihn schien es möglich zu sein, einen Funken ihrer verlorenen Menschlichkeit zurückzuerlangen. Dennoch lieb Bella im Bewusstsein, dass etwas an ihr von Natur aus anders war.

Dave zu berühren, erfüllte ihr Inneres mit Wärme. Es fühlte sich richtig an. Körperkontakt mit anderen hingegen blieb für sie ein übelkeitserregender Kampf. Manchmal überkamen Bella Schuldgefühle. Sie wusste, dass die Menschen sie besorgt ansahen, wenn sie sich von ihnen zurückzog. Allein beim Gedanken, Menschen im Vorbeigehen zu streifen, schüttelte es sie vor Abscheu. Aber Dave zu berühren, löste kribbelnde Emotionen in ihr aus, die sie sich nicht recht erklären konnte. Es war ähnlich wie ihre Reaktion auf schöne Musik. Erregend.

Mit Dave zusammen zu sein, half ihr, eine Beziehung zu der Welt um sie herum herzustellen, und sie konnte es nicht ertragen, diese Verbindung loszulassen. In der Vergangenheit hatte sie versucht, sich von ihm zu distanzieren, aber es ging einfach nicht. Bellas Wissen um ihre Andersartigkeit spielte keine Rolle, solange sie Dave in der Nähe hatte. Sie brauchte ihn, und manchmal konnte sie ihm bei Dingen helfen, die er allein nicht bewältigen konnte. Sie passten gut zusammen.

Dave drehte sich zu ihr um, während er sein Hemd zuknöpfte. Er lächelte. »Bist du bereit?«

Bella streckte die Hand aus, fuhr mit den Fingern über die Rückseite seiner Arme und verspürte einen Anflug von Besorgnis, als sie ihn fragte: »Ist heute der Tag?

Mit einem Augenzwinkern schlang er den Arm um ihre Taille und küsste sie auf die Wange. »Es wird alles gut, vertrau mir.«

Als Dave sie aus ihrem Zimmer begleitete, verstärkte sie den Griff um seine große, schwielige Hand. Bella hatte ihm immer vertraut, und mit der Zeit hatte sie die Worte gelernt, die eine magische Wirkung auf ihn ausübten, wie sie wusste. Worte, die ihn beruhigten, Worte, durch die er sich besser fühlte. Sie lehnte den Kopf an seine Schulter und flüsterte: »Ich liebe dich.«

Durch den Lärm aus der Cafeteria fiel es Bella schwer, sich zu konzentrieren. Sie saß neben Dave auf einer der freien Sitzbänke gegenüber Jeff Hostetler, dem grauhaarigen Betriebsleiter der Mondkolonien. Dave beugte sich vor und flüsterte seinem ehemaligen ISF-Mitarbeiter zu.

»Jeff, ich weiß, dass wir mit den Bohrungen hinter dem Zeitplan liegen. Aber wir kommen ohne weitere Trommeln Graphen nicht weiter. Es ist nicht nur für die Aufzüge. Ohne Graphen für die Wärmeleiter buddeln wir völlig sinnlos.«

Jeff, über 50 und ehemaliger Abteilungsleiter der ISF, hatte eine besorgte Miene im verwitterten Gesicht. »Ich versteh bloß nicht, warum ausgerechnet du gehen musst. Die Leute von der Regierung sind alle begeistert von den Mineralien, die wir hier freilegen. Und die Weltraumaufzüge, die du installierst, kann ich ihnen erklären. Aber was den Rest angeht ... Ich stecke hier echt in der Zwickmühle. Ich kann nicht mal die Hälfte davon rechtfertigen, was wir hier mit dem Wärmespeicher machen. Und mir ist bewusst, dass ich damit hoffnungslos überfordert bin. Ich vertraue dir ja, aber es gibt Leute, denen ich Rechenschaft ablegen muss. Ich brauche dich hier, damit du mir hilfst, diesen Teil des Betriebs zu leiten. Denn wenn was schiefgeht, hab ich nicht die geringste Ahnung, was zu tun ist. Warum kann nicht jemand anders gehen?«

Bella musterte den älteren Mann, der leicht panisch wirkte. Unwillkürlich fragte sie sich, wie es wohl wäre, solche Angst zu haben. Als sie Daves Gesichtsausdruck beobachtete, spürte sie sein wachsendes Mitgefühl für Hostetler. Lange hatte sie versucht, die verschiedenen Emotionen zu verstehen, die Dave empfand. Aber es schien, als wäre sie einfach nicht dafür geschaffen, dasselbe zu fühlen. Bei ihr verhielt es sich so, dass Menschen sie entweder erregten wie Dave, oder sie fühlten sich wie eine Last an, beinah so, als würden sie ihr Energie aussaugen. Bella bemühte sich zwar redlich, andere zu verstehen, bisher jedoch hatte sie es nicht gemeistert.

»Jeff, es kann kein anderer gehen. Der Ort, an dem ich das Zeug versteckt habe, ist mit einer biometrischen Verriegelungsanlage ausgestattet, die *nur* für mich zugänglich ist.« Dave lächelte und winkte Jeff näher, bis sich ihre Gesichter nur noch zwei Handbreiten voneinander entfernt befanden. »Hör mal, im Grunde ist der Betrieb echt einfach. Wir haben diese Seite des Monds mit Hunderten Quadratkilometern Fotovoltaik-Folie bedeckt, die Energie für uns sammelt. Wie du weißt, übersteigt das den Betriebsbedarf zig hundertfach. Der Überschuss wird als Wärmeenergie im Kern des Monds gespeichert.«

»Dave, ich bin kein Idiot, das versteh ich alles. Verdammt, mir ist auch klar, dass wir bereits Hunderte Batteriebänke mit genügend gespeicherter Energie für jahrelangen Betrieb haben. Wir haben sie sogar gleichmäßig über den Mondumfang verteilt, wie du es wolltest. Was ich nicht verstehe, ist, was du mit noch mehr von diesem Graphen-Band vorhast. Warum brauchen wir so viel Energie? Soweit ich weiß, bunkern wir jetzt schon das Äquivalent von tausend Jahren Energiebedarf der Mondbasis im Zentrum dieses großen Felsenbrockens. Mir ist nicht klar, warum wir damit weitermachen müssen. Und wenn wir's tun, wie um alles in der Welt wollen wir das einsetzen und wofür? Spukt dir irgendein Terraforming-Plan für den Mond durch den Kopf, oder was? Irgendwann muss ich den Erbsenzählern Antworten liefern, die für sie einen Sinn ergeben.«

»Glaub mir, es gibt einen großen Plan für das alles, aber ich kann ihn dir noch nicht verraten.« Dave zeigte auf Jeffs Becher mit lauwarmem Kaffee. Er deutete mit dem Kopf auf den kastenartigen Temperatur-Tuner am Ende ihres Tischs. »Jeff, tu mir den Gefallen und wärm deinen Kaffee auf 80 Grad.«

Bella erinnerte sich an eine von Daves Lektionen aus der Zeit, als sie ursprünglich auf der Mondkolonie angekommen waren, und lächelte. Sie wusste, was er Jeff demonstrieren wollte.

Da sie im Krankenhaus mit vollständigem Gedächtnisverlust aufgewacht war, konnte sich Bella nicht daran erinnern, je zur Schule gegangen zu sein. Aber das hatte sie nicht vom Lernen abgehalten. Dave hatte sich die Zeit genommen, ihr Grundlagen zu erklären, die sie zunächst verwirrt hatten. Dennoch musste er ihr alles immer nur einmal erklären. Sie erinnerte sich lebhaft daran, wie sie vor fast vier Jahren an diesem Tisch gesessen hatte, während Dave ihr die Funktionsweise von Magnetfeldröhren, Mikrowellen, Umgebungsenergiemotoren und ihren Zweck auf dem Mond erklärte.

Bella war davon ausgegangen, dass jeder so lernte, wie sie es tat. Sie erinnerte sich an jede einzelne Sekunde seit dem Erwachen im Krankenhaus. Alles, was sie je gesprochen gehört hatte, konnte Bella wortwörtlich wiedergeben. Es hatte sie verblüfft zu erfahren, dass die meisten Menschen das nicht konnten.

Dave deutete erneut auf das Gerät aus Metall am Ende des Tischs.

Jeff platzierte den Becher darin, stellte den Regler auf 80 Grad ein und tippte am Bedienfeld des Temperatur-Tuners auf »Start«. Sofort ging in dem Gerät ein Licht an, und der Becher drehte sich langsam.

»Wie du weißt, gibt es Temperatur-Tuner schon eine ganze Weile. Beim Erhöhen der Temperatur geht es schlicht darum, die Moleküle im Kaffee anzuregen. So erwärmen sie sich. Und Infrarot-Temperatursensoren sagen dem Gerät, wann es aufhören soll.«

»Dave«, unterbrach Jeff ihn und bedachte ihn mit einem sarkastischen Grinsen. »Ich bin ein gutes Stück älter als du und weiß noch, wie ein Mikrowellenherd funktioniert.«

Der Tuner gab einen Piepton aus, und Bella bemerkte den Dampf, der aus dem erhitzten Kaffee aufstieg.

»Okay, Jeff. Jetzt lass uns die Temperatur deines Kaffees auf vier Grad senken.«

Jeff zog verwirrt die Augenbrauen zusammen, kam der Aufforderung aber nach. Kaum hatte der ältere Mann auf »Start« getippt, hörte Bella das Zischen von Luft im Tuner.

»Damals, als wir beide noch bei der ISF waren, hatte ich einen Temperatur-Tuner vor mir, der sich nicht groß von dem hier unterschieden hat. Du weißt ja, das Konzept, etwas in solchen Geräten zu erhitzen, hat es schon fast 80 Jahre gegeben, bevor jemandem eine clevere Ergänzung eingefallen ist. Bis dahin wurde Laserkühlung nur für Forschung in der Quantenphysik eingesetzt. Nötig war nur ein Wissenschaftler, der sich beim Kaffeetrinken die Zunge verbrannt und sich gefragt hat: ›Wenn ich die Temperatur eines einzelnen Atoms fast auf den absoluten Nullpunkt senken kann, warum soll dann nicht Ähnliches möglich sein, um die Durchschnittstemperatur meines Kaffees zu senken?‹«

Der Temperatur-Tuner piepte. Dave holte Jeffs Tasse heraus, steckte den Finger in den Kaffee und lächelte. »Eiskalt.«

»Ja.« Stirnrunzelnd betrachtete Jeff seinen Kaffee und stellte ihn beiseite, während sich Dave den Finger mit einer Serviette abwischte. »Aber worauf willst du hinaus?«

»Also, vor fast zehn Jahren hab ich in meinem Büro bei der ISF gesessen, nachdem ich mir auch die Zunge an zu heißem Kaffee verbrannt hatte. Da ist mir durch den Kopf gegangen: Wir verbrauchen viel Energie, um etwas zu kühlen. Aber könnten wir nicht stattdessen all die latente kinetische Energie nutzen? Da hab ich angefangen, über Nikola Teslas Idee für einen mit Umgebungsenergie betriebenen Motor nachzudenken. Als der Vorschlag von ihm kam, war die Materialwissenschaft noch nicht in der Lage zu liefern, was dafür nötig ist. Aber angesichts der Fortschritte in den letzten 150 Jahren wollte ich es versuchen. Dank der Wärmeleitfähigkeit von Graphen und hocheffizienten Motoren konnte ich etwas zum Laufen bringen.«

Jeffs Augen weiteten sich, als Begreifen in seine Züge trat. »Oh, also willst du den Kern des Monds als riesige Batterie verwenden?«

Bella brauchte Dave nicht nicken zu sehen, um zu wissen, dass Jeff recht hatte.

Der ältere Mann beugte sich näher. »Aber wozu um alles in der Welt brauchen wir so viel Energie?«

Dave schürzte die Lippen. Bella wusste, dass er noch nicht bereit war, ihr Geheimnis preiszugeben.

»Jeff, glaub mir einfach. Wir werden jedes Quäntchen davon brauchen und noch viel mehr.« Dave warf Bella einen Blick zu. »Richtig?«

Sie wusste haargenau, wie viel Energie gespeichert war und wie viel davon an die Oberfläche sickern und im Weltraum verloren gehen würde. Ihr Verstand rotierte und berechnete die verbleibende Zeit bis zum geplanten Abreisedatum. »Bis wir anfangen, werden wir thermische Reserven im Ausmaß von zehn Monaten angesammelt haben, bevor die Blase platzt«, sagte sie. »Wir werden mindestens neun Monate brauchen.«

Dave deutete mit dem Daumen auf Bella. »Hörst du das, Jeff? Wie's aussieht, sind wir viel zu knapp dran.«

Jeff lehnte sich mit verwirrter Miene zurück. »Blase?«

Dave schüttelte den Kopf und legte die Hand beruhigend auf die von Jeff. »Vertrau mir. Wir müssen wie geplant weitermachen, und ich brauche eine Mannschaft, die mir hilft, den Rest der Vorräte zu holen. Wir haben nur noch acht Monate, bevor die Hölle losbricht.«

Mit einem Seufzen umklammerte der Betriebsleiter der Mondkolonien Daves Hand. »Na schön. Kriegst du. Ich weiß, dass du mir 'ne Menge vorenthältst, und bestimmt mit gutem Grund. Versprich mir nur, dass es wirklich zum Besten für alle ist.«

Mit eingeschlagenen Händen zog Dave seinen Freund hoch, als er aufstand. Mit der freien Hand klopfte er Jeff auf die Schulter. »Ich kann dir versprechen, dass es allen, die hier oben bleiben, unendlich besser ergehen wird als den armen Teufeln unten auf der Erde.«

Ein Anflug von Schuldgefühlen überkam Bella, als sie an das Schicksal ihres Heimatplaneten dachte. Vor ihrem geistigen Auge lief ab, was Dave ihr beschrieben hatte. Das Bild der Erde, die in Stücke gerissen wurde, jagte einen Schauder durch sie.

Alle dort unten würden sterben. Und obwohl sie den Menschen, mit denen sie auf der Erde Umgang gehabt hatte, nur Elend verdankte, wollte Bella nicht, dass sie starben. Insgeheim wünschte sie, es gäbe einen anderen Weg.

KAPITEL NEUN

Margaret Hager saß auf einem Stuhl mit harter Rückenlehne in der Mitte des Oval Office und beobachtete erwartungsvoll Greg Hildebrand, der sich auf einem der Sofas ihr gegenüber niederließ. »Also gut, Greg, raus damit. Was sagen die klügsten Köpfe des Landes zu einer Lösung für das Indigo-Problem?«

Unbehagen blitzte in Gregs Zügen auf, als er einen Zettel aus dem Jackett zog und sich räusperte. »Madam President, ich habe zwei Dutzend unserer Spitzenforscher versammelt. Wir haben die letzten fünf Tage fast ununterbrochen an Plänen für eine in der begrenzten Zeit machbare Lösung gearbeitet. So sind wir zu einigen Szenarien gekommen, aber ... keines davon ist ideal.«

Margaret gab ihm einen ungeduldigen Wink. »Sie müssen die Antwort nicht schönfärben. Spucken Sie einfach aus, was Sie haben.«

»Nun, die erste Lösung dreht sich um unsere Flotte von Raumfähren. Wir haben 30 in Betrieb, jede mit einem Frachtraum, der groß genug ist, um 40 Personen für etwa sechs Monate unterzubringen. Der Grundgedanke ist, dass wir die etwa 1.000 Menschen rechtzeitig aus der Gefahrenzone transportieren könnten ...«

»Und was dann?«, fragte Margaret skeptisch dazwischen.

»Na ja, da hapert es eben. Es kommt darauf an, was nach dem Vorbeiziehen des schwarzen Lochs noch übrig ist. Aber angesichts der Wahrscheinlichkeit einer totalen Auslöschung fürchte ich, dass die Menschen in den Raumfähren nirgendwo hinkönnten.«

»Das ist absolut lächerlich!« Margaret schnaubte angewidert. »Diese 1.000 Leute hätten das zweifelhafte Vergnügen, alle anderen sterben zu sehen, bevor sie selbst langsam verhungern. Ich hoffe, Sie haben auch was Besseres auf Lager.«

»Wir haben noch eine andere Möglichkeit.« Greg nickte. »Allerdings nur marginal besser.« Er holte tief Luft und blickte auf den Zettel, den er krampfhaft umklammerte. »Einige der Wissenschaftler spekulieren, dass es möglich sein könnte, eine große Reihe raketenähnlicher Triebwerke auf der Oberfläche des Monds zu zünden und ihn so aus der Erdumlaufbahn zu brechen. Mit den bereits vorhandenen Agrarlabors der Mondbasis könnten sich mit den derzeitigen Einrichtungen über 1.000 Menschen dort selbst versorgen.«

Margaret schürzte die Lippen. »Okay, und welche Risiken bestehen? Außerdem haben Sie gesagt, es *könnte* möglich sein. Ist es jetzt möglich oder nicht? Lässt es sich bewerkstelligen, ja oder nein?«

»Na ja, es wurde viel darüber hin und her diskutiert, ob wir überhaupt ausreichend starke Triebwerke haben, die es schaffen können. Die Wissenschaftler beziffern die Chance, dass es tatsächlich möglich wäre, auf zehn Prozent. Wenn wir die notwendigen Triebwerke hätten. Haben wir aber nicht, und es ist ungewiss, ob wir rechtzeitig genug davon bauen könnten. Allerdings bleibt selbst dann, wenn wir alles zusammenbringen, ein Nachteil. Wenn das schwarze Loch die Sonne zerstört oder es bei der Kollision zu einer explosiven Reaktion kommt, gibt es praktisch nichts, was wir dagegen unternehmen können.«

Kopfschüttelnd lehnte sich Margaret zurück und runzelte die Stirn. »Das war's? Das sind meine Entscheidungsmöglichkeiten?«

»Die einzige andere Option wollte ich eigentlich gar nicht erwähnen. Aber es gibt über das Land verteilt genug unterirdische Tunnel, um Millionen Menschen unter der Erde unterzubringen. Das würde sie wahrscheinlich vor dem Hagel an Einschlägen retten, mit dem wir rechnen müssen. Aber am Ende würden wir entweder von dem schwarzen Loch verschluckt oder aus der Umlaufbahn geschleudert und erfrieren.«

»Das ist ein lächerlicher Vorschlag«, winkte Margaret genervt ab. »Mit anderen Worten sagen Sie mir, dass es tatsächlich keine Alternative dazu gibt, Dr. Holmes aufzuspüren, unser junges Genie. Und inständig zu hoffen, dass Dr. Patel richtig liegt und er irgendeinen Plan hatte.«

Verächtlich entgegnete Greg: »Es ist unmöglich, dass Holmes eine Antwort auf das Indigo-Problem haben könnte ...«

»Verdammt noch mal, Greg!«, herrschte die Präsidentin ihren wissenschaftlichen Berater an. »Es ist fast so, als *wollten* sie nicht, dass es eine Lösung gibt.« Sie beugte sich auf dem Stuhl vor und richtete den Zeigefinger auf ihn. »Mir ist Ihr persönlicher Mist egal. Ich will, dass Sie darüber hinwegkommen und dabei helfen, diesen Dr. Holmes zu finden. Haben Sie verstanden?«

Mit verkniffenem Gesichtsausdruck nickte Greg. »Verstanden.«

»Wegtreten.« Margaret winkte ihn weg und bemühte sich, ihre Übelkeit unter Kontrolle zu halten.

Als Hildebrand das Oval Office verließ, wandte sich Margaret dem alten Mann zu, der schweigend in der Ecke saß und beobachtete. »Doug, organisieren Sie mir sofort eine Statusbesprechung für Indigo. Außerdem will ich die Profile aller Beteiligten. Ich brauche psychologische Gutachten und Hintergrunddaten. Ich muss wissen, was für Menschen diese Wissenschaftler sind, mit denen ich es zu tun habe.«

Der rüstige, über 70-jährige Mann erhob sich schwungvoll vom Stuhl, nickte und sagte mit lauter, rauer Stimme: »Ich kümmere mich darum.«

Zielstrebig verließ Doug den Raum, während Margaret den Blick zur Decke richtete und still um ein Wunder betete.

»*Madam President, wir haben bereits die Nationalgarde im Einsatz. Wie schon gesagt, ich würde nicht im Namen meines Staats darum bitten, wenn ich es nicht für notwendig hielte. Die Proteste zehren an unseren Ressourcen, und ich fürchte, es könnte echte Panik ausbrechen, wenn sie außer Kontrolle geraten.*«

Die Freisprecheinrichtung im Oval Office verstummte, und Margaret wog den Tonfall des New Yorker Gouverneurs ab.

Der Mann war zutiefst besorgt.

Sie sah über den Schreibtisch hinweg ihren Stabschef an. Er starrte mit unergründlicher Miene zurück.

Die Präsidentin lehnte sich auf dem Ledersessel zurück und schloss die

Augen. »Hören Sie, Bill, ich rede mit dem Innenminister über zusätzliche Unterstützung für Sie. Ich lasse jemanden Ihr Büro über die nächsten Schritte informieren, aber wir müssen um jeden Preis den Frieden aufrechterhalten.«

»Ich habe von Protesten in North Carolina gehört, die stark nach dem klingen, was wir gerade erleben. Ist irgendetwas los, über das ich Bescheid wissen sollte?«

»Gar nichts ist los, aber wir helfen Ihnen. Lassen Sie mich das Gespräch jetzt beenden und die Dinge anleiern. Gibt es sonst noch etwas?«

»Nein, Ma'am, und vielen Dank.«

Die Verbindung wurde getrennt. Margaret sah mit verkniffener Miene den runzligen Mann an, der ihr gegenübersaß.

»Doug, es gerät außer Kontrolle.«

»Ja«, erwiderte Doug beinah flüsternd. »Und wahrscheinlich wird es sich weiter ausbreiten. Soll ich Gespräche mit den anderen Gouverneuren arrangieren?«

»Ja, und zwar bald. Wir bewahren vorerst Stillschweigen, aber ich will mich mit allen gleichzeitig treffen und offenlegen, womit wir es zu tun haben. Es werden drastische Maßnahmen nötig sein.«

»Ich finde einen sicheren Ort für die Bekanntgabe«, sagte er. »Soll ich sonst noch etwas für Sie arrangieren?«

»Holen Sie mir Walt ans Telefon. Wir werden Hilfe dabei brauchen, die Sache einzudämmen, verstehen Sie?«

Der grauhaarige Mann stand auf, nickte und ging ohne ein weiteres Wort.

Margaret runzelte die Stirn und murmelte: »Indigo muss durchgesickert sein.«

KAPITEL ZEHN

Stryker beobachtete seine sechsjährige Tochter Emma über den Tisch hinweg, während sie bei Uno ihr Pokergesicht übte. »Also, was spielst du aus?«

Sie steckte die Zungenspitze seitlich aus dem Mund, konzentrierte sich auf die Karten in ihrer Hand und legte dann mit einem verschlagenen Grinsen eine »Plus-4 auf den Ablagestapel. »Entschuldige, Daddy. Ich kann dich nicht gewinnen lassen.«

Mit einem dramatischen Stöhnen zog Stryker vier Karten. Isaac, sein Achtjähriger, zeigte auf seine Schwester und fragte: »Welche Farbe?«

»Blau.«

Isaac schnaubte enttäuscht, als er erst eine Karte zog, dann noch eine und noch eine. »Verflixt«, schimpfte er, als er eine weitere Karte nahm.

»Isaac, Ausdrucksweise ....«

»Aber Dad, das ist nicht mal ein schlimmes Wort.« Schließlich hörte Isaac zu ziehen auf und legte eine blaue Zwei auf den Ablagestapel.

»Aber fast, und das mag ich nicht.«

»Uno!«, verkündete Emma und legte eine Farbwahlkarte ab.

Stryker hörte, wie sich die Haustür öffnete. Als er sich umdrehte, sah er Lainie hereinkommen, pünktlich auf die Minute.

»Mami!«, hallte Emmas hohe Stimme durch das Reihenhaus. »Ich gewinne grade bei Uno!« Sie drehte sich ihrem Vater zu und zeigte auf die Farbwahlkarte. »Ich nehme noch mal Blau.«

»Du gewinnst nicht«, warf Isaac ein. »Ich hab noch was im Ärmel.«

Stryker warf eine blaue »Aussetzen«-Karte ab, und Isaac stieß stöhnend hervor: »Dad!«

Mit einem strahlenden Triumphlächeln legte Emma eine weitere »Plus-4«-Karte auf den Ablagestapel und rief: »Gewonnen!«

»Herzlichen Glückwunsch der Gewinnerin und den Verlierern«, sagte Lainie, als sie das Wohnzimmer betrat. »Jetzt geht nach oben und holt eure Übernachtungstaschen. Oma und Opa haben gesagt, dass es gestern Abend geschneit hat. Wenn wir rechtzeitig ankommen, könnt ihr vielleicht noch im Schnee spielen.«

Stryker lächelte, als die Kinder nach oben rannten, aufgeregt über ein Wochenende bei ihren Großeltern.

Lainie ließ sich auf den Stuhl plumpsen, auf dem Isaac gesessen hatte. Sie lächelte. »Wie geht's dir?«

Er zuckte mit den Schultern und atmete den Fliederduft ihres Duschgels ein. »Alles gut. Was ist mit dir? Hält dich die Buchhaltung auf Trab?«

Sie lachte. »Kannst du laut sagen. Wir haben Anfang April, ich gehe unter in Arbeit.«

Ihr Lachen weckte warme Erinnerungen, die er zu vergessen versuchte.

»Also geht's dieses Wochenende in die Poconos?«

»Ja, meine Eltern haben eine Hütte gemietet. Dad will mit den Kindern draußen essen. Marshmallows und so.« Mit leicht gerunzelter Stirn fragte sie: »Weißt du was über die Proteste letzte Woche? Ich hab gehört, dass ein Polizist erschossen oder erstochen wurde oder so.«

»Das wurde von den Medien aufgebauscht. War nichts weiter«, behauptete Stryker. Er belog seine Exfrau ungern, aber sie würde es nicht verstehen. Verdammt, sogar *er* verstand kaum, was passiert war. Er wusste nur, dass ihm irgendetwas Chemisches in den Kaffee gemischt worden war. Sein Test hatte nichts ergeben, also war es wahrscheinlich in der Tasse gelandet, während er auf der Toilette war.

Als es an der Tür klingelte, sprang Stryker vom Stuhl auf.

Vor der Tür stand ein Postkurier, der ihn mit den Worten begrüßte: »Ich habe ein Einschreiben für Lieutenant Jonathan Stryker.«

Kurz starrte Stryker auf den ungekennzeichneten Umschlag, dann unterschrieb er dafür.

Als er zurück ins Wohnzimmer ging, riss er den versiegelten Umschlag auf und holte die maschinengeschriebenen Seiten heraus. »Oh Scheiße.«

»Was ist?«, fragte Lainie.

Er überflog das Schreiben und legte die Stirn in tiefe Falten. »Ich werde reaktiviert.«

Lainie stand mit besorgtem Gesichtsausdruck da. »Was soll das heißen?«

»Na ja, sieht so aus, als müsste ich mich zum Dienst melden, aber das ist merkwürdig. Man weist mich nicht meiner regulären Reserveeinheit zu. Sondern der 504. im Stützpunkt Lewis-McChord.« Stryker spürte, wie ihn ein knisterndes Kribbeln durchzuckte. Was um alles in der Welt konnte vor sich gehen, dass er sich beim Bataillon der Militärpolizei im Bundesstaat Washington melden musste? »Lainie, hier steht, ich soll in zwei Tagen dort sein. Muss irgendeine gröbere Krise sein. Kann ich dich um 'nen Gefallen bitten?«

Mit versteinerter Miene holte sie tief Luft. »Was?«

»Ich weiß nicht, wie lang ich weg sein werde. Würdest du hier bei den Kindern bleiben? Mit Jessica verstehst du dich doch gut, oder?«

Lainies Blick feuerte Dolche auf ihn ab. »Das hast du mich schon mal gefragt, und ich hab's dir gesagt. Wegen genau solchem Mist haben wir uns getrennt.« Sie schaute die Treppe hinauf, wo die Kinder wegen irgendeines Unsinns miteinander stritten. »Ich muss den Kleinen auf die Sprünge helfen.«

Lainie stupste Stryker zornig mit einem Finger in die Brust und zischte: »Du sagst den Kindern selbst, dass du eine Weile weg sein wirst. Ich mach's nicht.«

»Ja, mach ich. Aber könntest du ...«

»Ja, ich bringe nach dem Wochenende ein paar Sachen mit.« Mit finsterem Blick sah sie ihn an und zeigte nach oben. »Geh und sag's ihnen. Und wenn sie fertig geweint haben, werd ich irgendwie die Scherben aufklauben ... schon wieder.«

Verfolgt von Lainies zornigem Blick und mit verkrampftem Magen wandte sich Stryker der Treppe zu und kam sich wie der letzte Dreck vor.

Dave umklammerte Bellas Hand, als aufgrund von Turbulenzen beim Abstieg durch die Wolken ein heftiger Ruck durch das Shuttle ging. Sein Herz hämmerte wild in der Brust, während die anderen 60 Bergleute im Passagierraum unbeeindruckt wirkten. Ihm direkt gegenüber saßen die vier Männer, die Jeff Hostetler ihm zugeteilt hatte. Dave wusste nicht genau, was der Betriebsleiter ihnen gesagt hatte, aber ihre Aufgabe war denkbar einfach: Sie sollten helfen, Materialnachschub zur Mondbasis zu befördern.

Da Dave wusste, dass die Regierung ihn wahrscheinlich immer noch suchte, war die Rückkehr auf die Erde gefährlich für ihn. Aber er hatte in der Angelegenheit keine Wahl. Wenn sie eine Chance haben sollten, dem drohenden Untergang zu entgehen, brauchte Dave die in einem ISF-eigenen Lagerhaus versteckten Trommeln mit Graphen.

Die Lichter im Passagierraum des Shuttles blinkten, als aus dem Lautsprecher an der Wand drang: *»Endanflug auf Cape Canaveral, Landung auf Bahn 33 in zwei Minuten.«*

Das Shuttle neigte sich, als es gleitend in Position ging. Dave musterte die Männer, die Jeff für ihn abgestellt hatte. Es handelte sich um muskelbepackte Männer fürs Grobe, Mitglieder des Sicherheitspersonals der Kolonie. Er fragte sich, ob Jeff sie wegen ihrer Kraft zum Schleppen von Fracht oder als Schutz für ihn ausgewählt hatte. So oder so empfand Dave sie als willkommenen Anblick.

Er ging den Plan im Kopf durch und wusste, dass die Zeit drängte. Sie mussten die Nacht nutzen, die Fracht verladen und die Rückkehr zum Mond antreten, bevor jemand mitbekam, was vor sich ging. Dafür hatte er nur zwölf Stunden.

Dave schürzte die Lippen, konzentrierte sich auf die Aufgabe und flüsterte: »Das wird knapp.«

Als Dave aus dem Passagierfenster der Mondfähre blickte, stand die Sonne im Westen tief über Cape Canaveral. Das Shuttle war gerade gelandet. Es dauerte nur wenige Minuten, bis sie zum Stehen kamen und die Passagiere am Ausstieg eine Schlange bildeten. Als sich die Tür öffnete und Dave auf die Rolltreppe trat, die hinunter zum Asphalt führte, genoss er die warme, salzige Brise von der Küste. Im Gegensatz zu der geruchlosen, stark gefilterten Luft, die in den Mondkolonien zirkulierte, roch die Luft hier nach dem Meer. Der stechende Ozongeruch, der das Shuttle begleitete, erinnerte ihn an das Chlor im öffentlichen Schwimmbad von New York City aus seiner Kindheit. Er flüsterte bei sich: »Mir fehlen diese Gerüche.«

»Ich wünschte, ich könnte mich daran erinnern, so was schon mal gerochen zu haben«, meinte Bella und seufzte.

Dave schlang den Arm um ihre Taille, als sie den Schatten des großen Mondtransporters verließen. Er war seit fast vier Jahren nicht mehr auf der Erde gewesen. Und obwohl er auf dem Mond regelmäßig trainierte, spürte er deutlich sein erhöhtes Gewicht, als sie den halben Kilometer zwischen dem Shuttle und dem Ankunftstor zurücklegten. »Bella, kommst du mit der veränderten Schwerkraft klar?«

Sie nickte und schnippte eine rote Haarsträhne zurück, die ihr ins Gesicht geweht war. »Ich komme mir nicht zu fett vor, falls du das meinst.«

Als Dave protestieren wollte, stupste sie ihn und grinste. »Ich zieh dich bloß auf. Es geht mir gut. Ist zwar ein bisschen seltsam, von 11 Kilo auf dem Mond plötzlich auf 66 hier zu schnellen, aber dafür hast du mich ja oben Gewichtsgürtel tragen lassen, nicht wahr?«

»Na ja, das ist hauptsächlich dafür, dass wir unsere Knochendichte aufrechterhalten und auf dem Mond nicht verkümmern.«

Als sie sich dem Ankunftstor näherten, lief ein Mann auf den Tross der eben von Bord gegangenen Passagiere zu. Der Mann trug ein ISF-Abzeichen, näherte sich Dave und bedeutete ihm, stehen zu bleiben. »Joshua Carter. Kann ich bitte Ihren Ausweis sehen?«

Dave nickte und reichte dem pummeligen, rotgesichtigen Mann seinen gefälschten Reisepass.

Normalerweise befasste sich die ISF nicht mit Einwanderungsangelegenheiten. Aber als die Mondbasis vor fast 20 Jahren errichtet worden war, wurde der Transport zwischen Mond und Erde zu ihrer Zuständigkeit. Als der ISF-Beamte Daves Pass betrachtete, merkte er an: »Mr. Carter, Sie müssen Freunde in hohen Positionen haben. Mir wurde nämlich aufgetragen, Sie zu finden und zusammen mit Ihren Gästen unverzüglich durch den Zoll zu begleiten.« Dave warf einen Blick zu Bella und den anderen Mitgliedern ihrer Gruppe. »Kann ich auch den Rest der Ausweise sehen?«

Bella und die vier ziemlich kräftigen Mitglieder des Sicherheitsteams überreichten dem Mann ihre Pässe, während die anderen Passagiere der Raumfähre an ihnen vorbei zum Ankunftstor gingen.

Der ISF-Beamte fuhr mit einem Handscanner über die Ausweise. Nach wenigen Sekunden blinkte ein grünes Lämpchen am Scanner. Der Beamte nickte. Als er Dave den Pass zurückgeben wollte, hielt er plötzlich inne. Er sah Dave mit fassungsloser Miene in die Augen, und sein Mund klappte auf. »Heilige Scheiße, das sind ja Sie!«

Ein kalter Schauder lief Dave über den Rücken. Unverhofft platzte der Mann heraus: »Ich habe Ihnen immer geglaubt, auch als es geheißen hat ... egal. Sir, es ist mir eine Ehre.«

Bevor Dave etwas erwidern konnte, räusperte sich der Beamte, gab die restlichen Pässe zurück und fragte: »Muss jemand von Ihnen Gepäck von der Ausgabe abholen?«

»Nein.« Dave schüttelte den Kopf. »Wir reisen alle mit leichtem Gepäck, Officer Kirkpatrick.«

Zuerst wirkte der ISF-Beamte überrascht, dann blickte er auf sein Abzeichen mit seinem Namen und lächelte. Er nickte und bedeutete der Gruppe, ihm zu folgen. »Ich führe Sie durch den Diplomatentrakt. Niemand wird Sie sehen, und ich bringe Sie, wohin Sie müssen.«

»Officer Kirkpatrick, es wäre besser, wenn Sie für sich behalten, was Sie wissen. Die ...«

Abrupt drehte sich der Beamte mit entschlossenem Gesichtsausdruck um. »Ich schwöre bei meinen Kindern, dass ich Ihre Anwesenheit hier mit ins Grab nehme. Allein zu wissen, dass es Sie noch gibt, ist beruhigend. Ich habe alles Vertrauen der Welt darin, dass Sie tun werden, was am besten für uns alle ist. Sir, wenn ich das hinzufügen darf: Sie haben trotz allem, was behauptet wird, immer noch viel Unterstützung bei der ISF.«

Dave legte dem Mann die Hand auf die Schulter und drückte sie leicht. »Das weiß ich zu schätzen. Je schneller wir hier etwas erledigen können, desto besser.«

Officer Kirkpatrick nickte knapp, drehte sich um und steuerte entschlossen auf eine abgelegene Tür zu, die ins Ankunftsgebäude führte.

Als Dave mit Bellas Hand in seiner hinter dem Beamten her eilte, senkten sich schwere Schuldgefühle auf ihn. Er wusste, was das Schicksal für Officer Kirkpatrick und alle anderen auf der Erde bereithielt. Sein unterschwellig nagendes, schlechtes Gewissen erinnerte ihn daran, dass er die Welt im Stich ließ.

Leider jedoch gab es nichts, was er tun konnte. Die Erde war dem Untergang geweiht.

Dave ließ den Blick suchend durch die Dunkelheit der einsamen Strände von Rum Cay wandern, einer abgelegenen Insel der Bahamas, während der Rest der Mannschaft aus dem Motorboot stieg. Die tropische Brise glich einem warmen Atemzug mit dem Duft des Ozeans. Das Rauschen der Brandung am Strand wetteiferte mit dem Krächzen des Möwenschwarms am Himmel. Die Vögel wirkten aufgescheucht, waren offensichtlich nicht daran gewöhnt, dass nächtliche Eindringlinge ihre Nistplätze störten.

Dave schaute zu den verärgerten Tieren auf und murmelte: »Tut mir leid, dass ich euch geweckt hab, aber das lässt sich nicht vermeiden.«

Es war fast Mitternacht. Die Mondsichel über dem Horizont spendete gerade genug Licht, dass Dave in der Ferne ein dunkles Gebäude ausmachen konnte.

Bella hielt sich leicht an seinem Arm fest, und Dave bedeutete den Männern lautlos, ihm zu folgen, als er den einsamen Holzsteg verließ und die sandige Böschung erklomm.

Nach einigen Minuten Aufstieg tauchte in der Nähe der Kuppe des Hügels eine Lagerhalle aus den Schatten auf. Das Gebäude war größer, als Dave es in Erinnerung hatte. Die Länge der vorderen Mauer maß rund 30 Meter. Er sichtete einen Seiteneingang und führte sein Gefolge zu einer Metalltür, die winzig für das viereinhalb Meter hohe Gebäude wirkte. Der steinähnliche Stuck der Fassade diente tagsüber als Tarnung, doch Dave wusste, dass man die Lagerhalle unter der dünnen Schicht wie eine Festung gebaut hatte.

Die Lager der ISF lagen oft an abgeschiedenen Orten, und Dave hatte bei der Beauftragung ihrer Errichtung immer besonderes Augenmerk darauf gelegt, unbefugten Zugang zu verhindern. Die überwiegend aus Stahlbeton bestehenden Gebäude beherbergten Waren im Wert von Abermillionen Dollar. Aber ihn hatte nicht der finanzielle Wert beunruhigt. Das Schicksal der Welt hing von der Verfügbarkeit des Materials in den über die Welt verstreuten ISF-Lagern ab. Wovon die meisten Menschen keine Ahnung hatten. Nun würde ein Großteil dieses Materials ausschließlich für die Rettung des Monds aufgehen.

Dave öffnete ein wetterfestes, am Rahmen der Metalltür befestigtes Kästchen. Zum Vorschein kam ein Tastenfeld, auf dem er eine lange Zahlenfolge eingab. Kaum hatte er die letzte Ziffer getippt, leuchtete ein grünes Lämpchen auf. Gleich darauf folgte das Geräusch eines schweren Schlosses, das entriegelt wurde. Auf gut geölten Scharnieren schwang die Tür nach innen auf. An der Decke erwachten altmodische Leuchtstoffröhren flackernd zum Leben.

Dave schaute über die Schulter und winkte die anderen näher. »Bringen wir es schnell über die Bühne.«

Die Schatten im Lagerhaus lösten sich auf, als die Lichter heller wurden. Lange Reihen kryptisch beschrifteter Holzkisten verteilten sich durch das Gebäude. Es gab Hunderte Kisten mit Aufschriften wie »ISF-BT10000«. Dave wusste, dass sie Batterien mit 10.000 Amperestunden enthielten. Diese industriellen Hochkapazitätsbatterien waren für den Einsatz im Rahmen von DefenseNet konzipiert.

Beim Gedanken an DefenseNet schmunzelte Dave. Das Konzept dahinter war eine List gewesen, die er bei den Regierungsleuten angewandt hatte. Jeder konnte die Notwendigkeit nachvollziehen, einen die Erde bedrohenden Asteroiden zu zerstören oder vom Kurs abzubringen. Obwohl viele der Komponenten, die er zur Bewältigung der bevorstehenden Gefahr brauchte, dieselben waren, hätte er nie die Genehmigung für das erhalten, was er geplant hatte. Die ultimative Lösung überstieg für die meisten Menschen, was sie akzeptieren konnten.

Dave marschierte rasch zum hinteren Ende der Lagerhalle. Die Schritte seiner Begleiter, die sich beeilten, um mit ihm mitzuhalten, nahm er kaum wahr. Am anderen Ende des Lagers erwartete ihn eine Wand aus gebürstetem Stahl. Er nickte, als er den Blick über die weitläufige, blanke Metallwand schwenkte. Dave wusste, was sich dahinter verbarg. Er hatte den Tresor eigens für einige Schlüsselkomponenten bauen lassen, deren Massenproduktion sich als immens schwierig erwiesen hatte.

Dave schaute zum Winkel der Lagerhausdecke hinauf. Sein Blick wanderte über 13 der schalldichten Deckenplatten. Von dieser Position aus schwenkte er den Fokus in gerader Linie die Wand aus gebürstetem Stahl herab zu einer leeren Stelle direkt vor ihm. Als Dave die Hand auf das kalte Metall legte, spürte er ein elektrisierendes Kribbeln. Ein grüner

Lichtstrahl schoss aus der Wand. Er kniff die Augen gegen die unangenehme Helligkeit des Scanners zusammen und hielt so lange still, bis er ein Klicken unter der Hand fühlte.

Mit einem erleichterten Seufzen drückte Dave leicht gegen die Metallwand. Langsam setzte sich die halbtonnenschwere Tür in Bewegung. Zum Vorschein kam ein weiterer Raum, der enthielt, wofür sie hergekommen waren.

Vom Boden bis zur Decke stapelten sich riesige Trommeln mit Graphen-Band. Früher wurde Graphen ausschließlich in kleinen Mengen hergestellt. Nur durch pures Glück war Dave schließlich auf ein praktikables Verfahren zur Massenproduktion gestoßen.

Er schaute über die Schulter, vorbei an Bella und den kräftigen Männern. Sein Blick fiel auf die Ansammlung fortschrittlicher Batterien, Generatoren und Motoren, die sich über das Lagergebäude verteilten. Im Gegensatz zum Graphen, dessen Herstellung Jahre dauerte, handelte es sich beim restlichen Inhalt des Lagers um bekannte Technologie, die man ohne große Probleme ersetzen konnte. Aber da es immer noch ausgesprochen schwierig war, vernünftige Mengen Graphen zu produzieren, konnte er es sich nicht leisten, das bisschen zu verlieren, das er in seiner Zeit bei der ISF horten konnte. Er deutete auf die großen Trommeln. »Jungs, seid vorsichtig mit dem Zeug. Behandelt es, als hinge euer Leben davon ab.«

»Euer Leben hängt *wirklich* davon ab«, fügte Bella unverhofft und nüchtern hinzu.

Das Kreischen der Möwen in der Morgendämmerung schien von überall auf der Insel zu kommen, als Dave nervös beobachtete, wie Trommel um Trommel des kostbaren Graphens das Lagerhaus verließ. Obwohl das Band stärker als Stahl war, konnte er nicht riskieren, es zu beschädigen, indem er die Trommeln über das unwegsame Gelände der Insel rollen ließ. Deshalb taumelten die Männer unter dem Gewicht jeder Trommel, die sie langsam zum Boot schleppten.

Am östlichen Horizont wurde es allmählich heller. Der Morgen stand kurz bevor, und sie mussten los.

Dave betrat das Gebäude wieder, schob sich an Bella vorbei und ging in den inneren Lagerraum. Mit skeptischem Blick betrachtete er die verbliebenen Graphen-Trommeln, die sich vom Boden bis zur Decke stapelten. »Sieht so aus, als wäre noch etwa die Hälfte davon hier.« Er schaute zu Bella, die an der Tür stand. Ihr zerzaustes rotes Haar umrahmte die grünen Augen. »Ist das genug für unsere Zwecke?«

Nach kurzem Zögern nickte sie. »Es sollte ...«

Plötzlich gingen die Lichter aus und tauchten die Lagerhalle in Dunkelheit.

»Was soll das, verdammt«, fluchte Dave, der dachte, jemand hätte versehentlich das Licht ausgeschaltet. Sofort eilte er zu Bella und ergriff ihre Hand, bevor er sich den Weg zum Ausgang ertastete. Dave konnte kaum die leichten Schattierungen der Dunkelheit erkennen, während er mit der Hand die Holzkisten eines der Gänge entlangfuhr.

»Verflixt. Entweder funktioniert die Solaranlage auf dem Dach nicht, oder die Batterien für die Versorgung der Halle sind ...«

Ohne Vorwarnung schrie Bella auf. Sie riss die Hand aus Daves Griff los, und ihn traf etwas Hartes am Hinterkopf.

Als seine Knie einknickten, spürte er, wie Hände ihn an den Armen packten. Dann verlor er das Bewusstsein.

KAPITEL ELF

Margaret Hager saß auf dem Sofa. Trotz ihrer Erschöpfung hatte sie ein bittersüßes Lächeln im Gesicht, während sie beobachtete, wie ihr dreijähriger Sohn George im Oval Office um den Schreibtisch lief und dabei überschwänglich schrie. In der Woche, seit die Wissenschaftler sie über die Gefahr für die Welt informiert hatten, suchten sie verstörende Träume über körperlose Stimmen und Bilder von Chaos auf den Straßen heim. Sie hielten sie nachts wach. Der kleine George hatte gerade eine Geburtstagsfeier gehabt. Unwillkürlich sorgte sie sich, dass es die Letzte für ihren Sohn gewesen sein könnte.

George hüpfte aufs Sofa und setzte sich mit seinem Lieblingsbuch über Tiere in der Hand neben sie. Emotionen stiegen in Margaret auf, als er behutsam die Seiten umblätterte, auf die Bilder zeigte und alles im Brustton der Überzeugung benannte. Nach jahrelangen erfolglosen Unfruchtbarkeitsbehandlungen hatte sie Kinder bereits aus ihrem Lebensplan gestrichen gehabt. Dann war George »passiert«.

Mittlerweile konnte sie sich ein Leben ohne ihn nicht mehr vorstellen. Sie wünschte nur, ihr Großvater, nach dem sie George benannt hatte, wäre noch am Leben, um ihn zu sehen. Beinah vermeinte sie, seine über sie beide wachende Gegenwart im Zimmer zu spüren.

Als Margaret das dunkelbraune Haar ihres Sohns zerzauste, wanderte ihre Aufmerksamkeit zu dem Agenten des Secret Service, der am Eingang zum Oval Office stand. Er drückte kurz die Hand ans Ohr, nickte und heftete dann den Blick auf sie. »Madam President, Doug Fisher und die leitenden Stabsmitglieder, die Sie sehen wollten, sind eingetroffen.«

Sie nickte. »Sagen Sie Brenda, sie soll sie hereinlassen.« Margaret hob einen Finger, um den Agenten zurückzuhalten, während sie George auf den Kopf küsste und flüsterte: »Geh mit Agent King. Er bringt dich zu Daddy. Ich komme später zum Spielen nach oben.«

Ohne ein weiteres Wort drückte George ihr einen feuchten Schmatz auf die Nase. Dann tappte er gehorsam zu Agent King und nahm dessen Hand, als sie den Raum verließen.

Kaum hatte sich die Tür geschlossen, öffnete sie sich wieder, und Doug Fisher, ihr Stabschef, trat mit mehreren Leuten im Gefolge ein, alle mit düsteren Mienen. »Guten Tag, Madam President ...«

»Nichts daran ist gut, Doug«, gab Margaret mürrisch zurück. »Soweit ich weiß, sind wir immer noch alle dem Untergang geweiht.« Sie deutete zu den anderen Sofas im Raum. »Lassen wir die Höflichkeiten beiseite und kommen wir gleich zur Sache.«

Während sich die führenden Köpfe des Kabinetts setzten, heftete Margarets den Blick auf Doug. Er war ein kleiner, runzliger Mann Anfang 70. Aber trotz seines Alters und seiner Statur besaß er immer noch den Elan der Jugend und die dröhnende Stimme einer wesentlich größeren Person. Er hatte den Finger fest am Puls des Kapitols, schien jeden in Washington, D. C. zu kennen und hatte es sich zur Aufgabe gemacht, die Präsidentin über das Kommen und Gehen von Menschen außerhalb ihres inneren Kreises auf dem Laufenden zu halten. Besonders zeichnete er sich darin aus, Treffen dieser Art unaufdringlich so zu leiten, dass alle beim Thema blieben.

Kaum waren sich ihre Blicke begegnet, nickte Doug knapp und blickte durch die tief auf der Nase sitzende Brille auf seinen Notizblock. »Jim, was hat sich aus den Gesprächen mit anderen Ländern über Indigo ergeben?«

Margarets Aufmerksamkeit richtete sich auf James Arroyo, ihren schnurrbärtigen Außenminister, als er die Notizen zu *Indigo* durchsah. Auf den Codenamen hatte man sich für die bevorstehende Katastrophe geeinigt.

»Madam President, ich habe mit Vertretern aus Deutschland, Großbritannien, Australien und der Volksrepublik China gesprochen. Alle sind über Indigo und darüber informiert, was auf uns alle zukommt. Vorerst haben sie alle möglichen Lecks in ihren jeweiligen Ländern gestopft und hoffen, dass jemand bei der ISF irgendwelche Ideen zu den nächsten Schritten hat.«

Margaret schwenkte den Blick auf den entwaffnend gutaussehenden Mann, der ihr gegenüber auf einem alten viktorianischen Stuhl saß. Kevin Baker war Direktor der CIA, einer der wenigen in dieser Position, die tatsächlich Zeit als Einsatzagent verbracht hatten. Insgesamt arbeitete er seit rund 30 Jahren bei der Behörde. Im Gegensatz zu Arroyo, der die diplomatischen Beziehungen pflegen sollte, hatte Kevin den Auftrag, internationale Geheiminformationen zu beschaffen.

»Kevin, die ISF hält weiterhin dicht, richtig? Gibt es irgendwo sonst Gerede über Indigo?«

»Bei unseren überwachten Ressourcen herrscht Funkstille über Indigo«, antwortete Kevin sofort, ohne in irgendwelchen Notizen nachzusehen. »Die Wissenschaftler, die Bescheid wissen, halten dicht, und ich habe beim Rechenzentrum der NSA in Utah nachgefragt – weder dort noch bei uns wurde ungewöhnliche Kommunikation festgestellt.«

»Gut.« Seufzend lehnte sich Margaret auf dem Sofa zurück. »Ich brauche Ihnen ja nicht zu sagen, was passieren würde, wenn die Öffentlichkeit von Indigo wüsste. Ich hatte schon eine Besprechung mit Carol Chance ...«

»Landwirtschaftsministerin«, warf Doug ein.

»Sie setzt gerade einen beträchtlichen Teil ihres Budgets für Anreize ein, damit Landwirte Übermengen produzieren. Dadurch werden wir Kornkammern und sonstige Lager zum Ende der nächsten Ernte so gut wie randvoll haben. Es liegt auf der Hand, dass alle zusätzlichen Vorbereitungen, die wir treffen, unter dem Deckmantel anderer Projekte oder Initiativen getarnt werden müssen.«

»Entschuldigen Sie, Madam President.« Walter Keane, der Verteidigungsminister, meldete sich zu Wort. »Wissen Sie schon, wann wir mehr über mögliche Eventualitäten erfahren werden? Wir haben die größte Militärmacht der Welt, aber bei Indigo ist es schwierig, ohne weitere Daten zu planen ...«

»Walt, vertrauen Sie mir.« Die Präsidentin hob die Hand und unterbrach den Einwand des ehemaligen Generals. »Ich weiß, worauf Sie hinauswollen, und zum hundertsten Mal, ich habe nicht, was Sie brauchen. Wir haben noch keinen Feind, den Sie bekämpfen können.«

Als Walt den Mund zu einer Erwiderung öffnete, kam ihm Dougs dröhnende Stimme zuvor. »Entschuldigung, aber es könnte sinnvoll sein, zu hören, welche Informationen wir im Land haben.«

Margaret sah die spindeldürre Frau zu ihrer Linken an, zuständig für sämtliche landesinternen Informationen. »Karen, was weiß das FBI über die Hauptakteure in Sachen Indigo?«

Karen Fultondale, Direktorin des FBI, öffnete einen großen Ringordner auf ihrem Schoß und fuhr mit einem Finger über ihre Unterlagen. »Madam President, ich habe mir die von Ihnen angeforderten Aufzeichnungen besorgt und beginne mit Greg Hildebrand. Wir haben eine überraschend dicke Akte über ihn, da er sich im Verlauf der Jahre um verschiedene Regierungsposten beworben hat. Über ihn haben wir ein detailliertes psychologisches Profil. Hildebrand hat eine narzisstische Persönlichkeitsstörung und ist ausgeprägt selbstherrlich. Er ist besessen von beruflichem Aufstieg und hat einen starken Geltungsdrang. Zusammen mit gewalttätigen häuslichen Auseinandersetzungen waren das ausschlaggebende Faktoren für seine drei gescheiterten Ehen. Mit den Scheidungen gingen Privatkonkurse einher. Derzeit steht er kurz vor dem Entzug seiner Sicherheitsfreigaben.«

Margaret seufzte und bedeutete Karen, fortzufahren. Greg war früher ein Freund der Familie gewesen, und es widerstrebte ihr, zu hören, wie er im Leben versagte.

Die FBI-Direktorin blätterte zur nächsten Registerkarte in ihrem Ordner und hielt inne, während sie die Daten überflog. »Es stimmt, dass David Wendell Holmes unter der Leitung von Mr. Hildebrand in Schutzhaft genommen wurde. Allerdings nur für wenige Wochen, bis Dr. Holmes mit Hilfe einer anderen Patientin entkommen konnte.«

»Wer war diese andere Patientin?«, fragte Margaret. Ihr Interesse war geweckt.

Mit gerunzelter Stirn seufzte die FBI-Direktorin: »Über sie wissen wir nur wenig. Sie ist die Tochter von General Albert McMillan, dem ehemaligen Leiter des geheimen Forschungsbereichs der Defense Intelligence Agency. Ungefähr ein halbes Jahr vor ihrer Flucht mit Dr. Holmes wurde General McMillan mit seiner Frau und seiner 21-jährigen Tochter in einen tragischen Autounfall verwickelt. Sowohl der General als auch seine Frau sind dabei ums Leben gekommen. Die Tochter lag fast sechs Monate lang im Koma. Aus den medizinischen Aufzeichnungen geht hervor, dass sie nach dem Erwachen kommunikationsunfähig und emotional instabil war. Seit ihrer Flucht fehlt jeder Hinweis auf ihren Verbleib und den von Dr. Holmes.«

Die Präsidentin zog eine Augenbraue hoch. »Tja, offensichtlich hat der gute Mann herausgefunden, wie man mit der jungen Frau kommuniziert. Erzählen Sie mir von unserem illustren NEO-Chef, der den Auftrag hat, mit DefenseNet irgendetwas zu unternehmen. Bei unserem ersten Treffen war er ziemlich still. Wie sieht *sein* Hintergrund aus?«

»Madam President, mich überrascht, dass Sie noch nicht von ihm gehört haben«, warf der Verteidigungsminister ein. »Er hätte mit seiner unkontrollierten Erfindung beinah Los Angeles in Finsternis gestürzt. Radcliffe war der Mann, der den ersten turingmächtigen Computer erfunden hat.«

»Turingmächtig?« Bei dem Begriff klingelte bei Margaret etwas.

Walt beugte sich vor, stützte die Ellbogen auf die Knie und nickte. »Die Maschine konnte tatsächlich eigenständig denken. Es heißt, dass jemand mitten in der Nacht ins Labor eingebrochen ist und etwas stehlen wollte. Der Computer hat den Einbruch bemerkt, das Gebäude abgeriegelt und die Polizei alarmiert.«

»Das klingt nicht unvernünftig …«

»Sollte man meinen«, erwiderte er mit einem ironischen Lächeln. »Aber etwas im Protokoll des Rechners ging daneben. Als die Polizei eingetroffen ist und den Einbrecher abholen wollte, hat sich die verdammte Maschine geweigert, das Labor zu entriegeln. Als versucht wurde, gewaltsam einzudringen, hat das Ding die Versorgung aus dem Rest des Gebäudes abgezogen, die Stromkreise überlastet und alle zu Tode erschreckt. Erst als von außen der gesamte Versorgungsblock in der Innen-stadt von Los Angeles abgeschaltet wurde, konnte der Computer deakti-viert werden, und man konnte das Chaos beseitigen.«

»Okay, also ist er ein Computerfreak.« Margaret unterdrückte mühsam ein Lächeln, als sie sich die damaligen Wirren vorzustellen versuchte. Sie richtete den Blick wieder auf die FBI-Direktorin. »Karen, was haben Sie über ihn?«

»Madam President, wir haben nicht viel an psychologischen Daten über Dr. Radcliffe, aber er steht unter Beobachtung, seit er Leiter des

NASA-Programms Near Earth Object wurde. Er hat je einen Doktortitel in Informatik und Astrophysik, und es besteht kein Zweifel daran, dass er sehr diszipliniert und methodisch ist. Aus Befragungen seiner derzeitigen und früheren Mitarbeiter geht hervor, dass er besonnen ist und den Respekt seiner Kollegen genießt. Offensichtlich hat er pazifistische Tendenzen. Seit dem Vorfall in Los Angeles hat er etliche Abhandlungen über den Einsatz künstlicher Intelligenz in Friedenszeiten geschrieben. Außerdem hat er sich alle Mühe gegeben, die von ihm erfundene Computertechnologie zu vernichten. Er fürchtet ihre weitere Nutzung und hat sie öffentlich zum größten Fehler seines Lebens erklärt. Das Verteidigungsministerium ist in der Vergangenheit an ihn herangetreten und wollte ihn für die Weiterentwicklung von Aspekten seines intelligenten Rechensystems rekrutieren. Er hat aber immer abgelehnt, sich auch nur mit jemandem zu treffen, der die Technologie nutzen wollte.«

Margaret hob einen Finger, und Karen verstummte. Die Präsidentin schürzte die Lippen, während sie darüber nachdachte, was sie gerade gehört hatte. Stille senkte sich über den Raum. Alle warteten auf ihre Reaktion.

»Was ist mit der Wissenschaftlerin, die ihn begleitet hat? Ist sie nicht seine Stellvertreterin beim NEO-Programm?«

»Ja, Madam President. Und Dr. Neeta Patel gehört zweifelsfrei zur wissenschaftlichen Elite des Landes. Früher war sie Abteilungsleiterin bei der ISF und David Holmes unterstellt ...«

»Dem Holmes, der vermisst wird?«, fragte die Präsidentin dazwischen.

Karen nickte. »Dr. Patel hat wahrscheinlich nicht die ihr zustehende Aufmerksamkeit erhalten, weil sie in Dr. Holmes' Schatten gestanden hat. Der nach allem, was man hört, so was wie eine Laune der Natur ist ...«

»Na, na«, unterbrach ihn Walt, der Verteidigungsminister, mit seiner Reibeisenstimme. »Aber er ist *unsere* Laune der Natur – und das muss uns klar sein!«

Margaret seufzte. »Hoffen wir einfach, dass wir ...«

Ein lautes Klopfen an der Tür hallte durch das Oval Office. Eine der Innentüren schwang auf, und ein Agent des Secret Service stürmte herein. »Entschuldigen Sie die Störung, Madam President. Aber Sie wollten in dem Fall sofort informiert werden ... Wir haben gerade einen Anruf von einer Außenstelle in Florida erhalten. Mr. Hildebrand hat Dr. Holmes gefunden. Er ist gerade unterwegs hierher. Wir rechnen damit, dass er in vier Stunden auf der Joint Base Andrews landet.«

Margaret sprang auf. Ein Energieschub durchströmte sie, als Hoffnung ihr Herz zum Rasen brachte. Sie wandte sich an ihren Stabschef und richtete den Zeigefinger auf ihn, während sie zackig Befehle erteilte. »Rufen Sie alle zusammen. Ich will das gesamte Kontingent der nationalen Sicherheitsberater im Lagebesprechungsraum, bevor die Räder der Maschine auf dem Boden sind. Sorgen Sie dafür, dass auch unsere Vertreter von NEO anwesend sind.«

»A-aber, Madam President«, stammelte Doug. »Ich weiß, dass Dr. Radcliffe gerade an der Westküste ist ...«

»Hören Sie mir zu«, fiel Margaret ihm mit entschlossener Kieferpartie ins Wort. »Mir ist egal, was nötig ist.« Sie warf Walt einen Blick zu. »Und wenn Sie den guten Mann in einen Kampfjet mit Luftbetankung setzen müssen, holen Sie ihn her. Sofort! Verstehen wir uns alle?«

Kaum hatte Margaret den bejahenden Chor der Anwesenden gehört, winkte sie alle zu ihren jeweiligen Aufgaben davon. Ein kalter Schauder lief ihr über den Rücken, als sie mit verkniffener Miene durch die Fenster des Oval Office hinausschaute.

Was, wenn Dr. Holmes keine guten Antworten hat?

KAPITEL ZWÖLF

Als Neeta am Weltraumbahnhof Cape Canaveral eintraf, erinnerte sie sich vage an ein Gespräch, das sie Jahre zuvor mit Dave geführt hatte. Damals ließ er etwas davon durchsickern, dass der Mond Teil eines Plans wäre. *»Neeta, es ist komplizierter, als du denkst. Bei Projekt ›Changing Venue‹ muss ich mich auch mit einem großen felsigen Trabanten herumschlagen ...«* Sie hatte nie erfahren, was er damit gemeint hatte, und er hatte es nie wieder erwähnt. Wenn Dave noch lebte, musste er sich vor langer Zeit ein Pseudonym zugelegt haben. Eine Remote-Suche in den Logbüchern der Mondfähren nach seinem Namen wäre also sinnlos. Er war viel zu schlau, um sich so einfach aufspüren zu lassen. Da die Regierung Dave nicht gefunden hatte, musste er entweder tot sein oder an einem so abgelegenen Ort, dass kaum jemand daran denken würde, dort nach ihm zu suchen, davon war Neeta überzeugt. Viel abgelegener als der Mond ging es kaum. Außerdem wurde dort weitgehend Mineralienabbau betrieben, beherrscht von einem ruppigen Menschenschlag. Wer würde Dave dort erwarten?

Sie atmete die warme, salzige Luft der Küste Floridas ein, während sie sie mit zig anderen Menschen, die alle auf den Rückflug zum Mond warteten, auf der Terrasse saß. Die meisten waren derb aussehende Bergleute, die nach einem Besuch bei Angehörigen oder Freunden auf der Erde zur Arbeit zurückkehrten.

Neeta richtete die Aufmerksamkeit auf das Shuttle, das sich nur wenige hundert Meter entfernt befand. Sie beobachtete, wie etwa zehn Wartungsmitarbeiter um die Fähre herumwieselten und die Sicherheitschecks vor dem Abflug durchführten.

Über dem Lärm der verschiedenen Gespräche der Bergarbeiter erregte das Geräusch von schweren Fahrzeugen, die sich von der Küste näherten, Neetas Aufmerksamkeit. Ein Konvoi von Militärtransportern raste vom Strand weg. Sie beobachtete, wie die Fahrzeuge auf ein großes Militärflugzeug zusteuerten, das gerade auf die Startbahn bog.

Der Konvoi hielt 50 Meter von der Maschine entfernt. Das Geheul der Triebwerke des Jets übertönte alle anderen Geräusche. Soldaten strömten aus den Fahrzeugen, doch zwischen ihnen befand sich eine Person in Zivil und wies die Männer offenbar an, ins Flugzeug zu steigen.

Neeta beugte sich vor, als ein weiterer Mann in Zivil aus einem der Fahrzeuge gezerrt wurde. Plötzlich sprang sie vom Stuhl auf. Der Mann war offensichtlich bewusstlos. Aber nicht das ließ Neeta spontan zu dem entfernten Konvoi lospreschen.

Etwas an dem farbigen Mann hatte sie auf Anhieb an ihren früheren Boss erinnert. Während Neeta rannte, wurde eine sich windende Frau mit rotem Haar unsanft aus einem der abgedeckten Wagen gezogen und zum Flugzeug geschleift.

Je näher Neeta kam, desto sicherer wurde sie. Als der große Afroamerikaner die mobile Treppe hinauf in das Militärflugzeug befördert wurde, brüllte alles in ihr über das Dröhnen der Düsentriebwerke und den ablenkenden, an Ozon erinnernden Geruch: *Dave!*

Als sie sich noch 15 Meter vom ersten Fahrzeug des Konvois entfernt befand, packte ein Soldat sie am Arm und brüllte: »Ma'am, Sie dürfen sich hier nicht aufhalten. Bitte gehen Sie zurück zu ...«

»Sie verstehen das nicht ...«, brüllte Neeta zurück und drängte in die Richtung ihres im Flugzeug verschwindenden Freundes. »Dave!«

»Neeta Patel.« Eine vertraute, nasale Stimme erregte ihre Aufmerksamkeit. »Was um alles in der Welt willst *du* hier?«

Neeta drehte den Kopf nach links und hatte die höhnische Visage von Greg Hildebrand vor sich. »Greg, du hast Dave gefunden! Geht's ihm gut?«

Hildebrand wischte die Frage weg und wandte sich an den Soldaten. »Gutierrez, sorgen Sie dafür, dass die verrückte Rothaarige von Holmes getrennt bleibt. Ich komme gleich nach.«

»Greg, du musst mich mitfliegen lassen! Wir wurden beide ersucht, ihn zu finden, aber ich will nur mit ihm reden und hören, wie's ihm geht.«

Hildebrand runzelte die Stirn. »Solange keine Frage darüber aufkommt, wer ihn gefunden hat, spricht wohl nichts dagegen, dich mitzunehmen. Ich weiß, du bist ein Fan von ihm, aber ich hoffe nur, die ganze Aktion hat auch irgendeinen Sinn. Obwohl ich mir nicht vorstellen kann, dass es irgendeinen Ausweg aus dieser Lage gibt. Wer weiß, vielleicht bekomme ich am Ende endlich die Gelegenheit, dem ach so überragenden David Holmes unter die Nase zu reiben: ›Ich hab's dir ja gesagt.‹« Kurz musterte er Neeta, dann schaute er zurück zum Wartebereich, aus dem sie hergerannt war. »Wenn du noch was holen musst, dann mach schnell, wir heben in zwei Minuten ab.«

Als der letzte Soldat des Konvois die Stufen zu dem großen Frachtflugzeug erklomm, deutete ein Mitarbeiter des Weltraumbahnhofs, der die mobile Treppe bediente, auf seine Armbanduhr, um anzuzeigen, dass er sich gleich von der Maschine entfernen würde. Neeta hob dem Mann einen Finger entgegen, als sie den Fuß auf die Stufe der Metalltreppe setzte. Sie brüllte in der Hoffnung, dass ihr Handy ihre Stimme trotz des Lärms der Triebwerke erfassen würde.

»Burt! Hildebrand hat Dave gefunden! Wir sind in Cape Canaveral, und ich fliege gleich mit ihm zurück nach Washington. Kannst du mich hören?«

Neeta hielt sich die Ohren zu. Über die knisternde Verbindung konnte sie Burts Stimme kaum verstehen.

»Neeta, das Weiße Haus hat mich gerade darüber informiert. Man will, dass ich mich mit euch treffe. Ich bin in etwa zwei Stunden am Luftwaffenstützpunkt Andrews.«

»Wie ist das denn möglich? Bist du nicht in Los Angeles? Das sind über 3.000 Kilometer.«

Der Mann an der Steuerung der Treppe bedachte Neeta mit einem mürrischen Blick und bedeutete ihr, endlich einzusteigen oder hierzubleiben.

Langsam ging sie die Treppe hinauf, während sie sich weiter bemühte, Burts Worte durch das statische Knistern zu verstehen.

»*Wenn einen die Präsidentin unbedingt irgendwo haben will, dann stehen ihr offensichtlich Mittel und Wege zur Verfügung. Ich werde in diesem Moment in einen Fluganzug gezwängt ...*«

Die statischen Interferenzen wurden schlimmer, als die von elektrischen Brennstoffzellen versorgten Triebwerke des Jets lauter heulten und der Mann am Fuß der Treppe etwas Unverständliches schrie. Einige Sekunden lang ging Burts Stimme an und aus. Nur Bruchstücke drangen zu Neeta durch.

»*... Kampfjet in ... Supercruise ... Luftbetankung ...*«

»Luftbetankung! Benutzen sie tatsächlich Kerosin und betanken in der Luft? Ist das nicht Wahnsinn?« Das Geheul der Triebwerke ließ einen Moment lang nach, und die Verbindung wurde schlagartig klarer.

»*Neeta, vor 50 Jahren hat man das ständig gemacht. Keine der Brennstoffzellen der lokalen Jets hält die gesamte Strecke mit voller Geschwindigkeit durch, also haben sie etwas ausgegraben, womit sich die Reise bewältigen lässt. Wie auch immer, sie hetzen mich gerade zum Rollfeld, ich ...*«

An der Stelle brach die Verbindung unter dem Ansturm statischer Interferenzen zusammen. Neeta rannte die Treppe hinauf. Dabei ging ihr durch den Kopf: *Gott, ich hoffe, Dave hat ein paar Antworten für uns.*

Neeta umklammerte die Armlehnen, als sie durch die jähe Beschleunigung der Maschine gegen den Sitz gepresst wurde. Das unbehagliche Gefühl der Druckkabine und der plötzliche Start gen Himmel jagten einen Schauder durch sie. Krampfhaft versuchte sie, ihre Panik unter Kontrolle zu bringen. Neeta konnte sich nicht erinnern, vor der vergangenen Woche je an Flugangst gelitten zu haben. Auf einmal jedoch überkam sie jedes Mal, wenn sie sich in der Luft befand, diese nervöse Energie.

Der Innenraum der Frachtmaschine erwies sich als spärlich ausgestattet, ganz so, wie sich Neeta einen Militärtransporter vorgestellt hatte. Sie saß mit Dave im hinteren Teil auf einer isolierten Sitzbank, die man anscheinend in letzter Minute am Boden festgeschraubt hatte. Nur sechs Meter weiter vorn befanden sich etwa zehn Soldaten auf Sitzen, die Neeta an jene von Flugbegleiter in zivilen Flugzeugen erinnerten. Man klappte sie von der Wand herunter. Eine lange Reihe davon säumte die Seiten der Maschine.

Hinter den Soldaten folgte ein geschlossenes Abteil, in dem Neeta die Piloten vermutete. Von Greg fehlte jede Spur. Vermutlich wollte er nicht unter gemeinen Soldaten sitzen.

»Greg, du warst schon immer ein Arsch, sogar am College.« Kopfschüttelnd umklammerte Neeta die Armlehnen noch fester, als sich ihr bei der plötzlichen Kursänderung des Flugzeugs der Magen umdrehte.

Durch eines der wenigen Fenster in der Kabine wanderte ein Sonnenstrahl quer durch den Innenraum, als sich der Jet nach links neigte. Einen Moment lang verharrte das Flugzeug in extremer Schräglage, als es vom Kurs nach Süden abdrehte. Dann richtete es sich wieder gerade und flog in nördlicher Richtung zur Hauptstadt der Nation.

Neeta löste die Gedanken von ihrem rebellierenden Magen und konzentrierte sich auf den Mann, der ihr gegenübersaß. Man hatte Daves Arme und Beine praktisch an den Sitz gefesselt. Als ein Soldat Neeta zu ihrem Sitz geführt hatte, erhielt sie auf Befehl von Hildebrand die strenge Anweisung, dass sie Daves Fesseln nicht berühren durfte.

Neeta fand die Anweisung seltsam, wenn man bedachte, dass Dave der Mann war, von dem die Rettung der Welt abhing. Allerdings waren Greg und Dave nie miteinander ausgekommen – warum hätte sich über die Jahre etwas daran ändern sollen?

Dave war immer noch bewusstlos. Neeta bereitete allmählich Sorgen, warum er den dicken, blutverschmierten Mullverband seitlich am Kopf brauchte.

Er sah anders aus, als sie ihn in Erinnerung hatte. Obwohl Dave nie einen schwachen Körperbau gehabt hatte, trainiert hatte er dafür nie. Nun sah er stark genug aus, um jemanden in zwei Hälften zu reißen. Obwohl sein Kopf bewusstlos zur Seite gerollt lag, zeichnete sich sein Hals deutlich dicker, muskulöser als früher ab. Dasselbe galt für die Breite seiner Brust und Arme. Er sah aus, als hätte er als Tagelöhner gearbeitet, nicht als herausragender Wissenschaftler und Nobelpreisträger.

Als Neeta über das raue Leben nachdachte, das Dave geführt haben musste, überkam sie ein ausgeprägtes Gefühl von Traurigkeit. Sie beugte sich auf dem Sitz vor und versuchte, den Kloß hinunterzuschlucken, der sich in ihrem Hals gebildet hatte.

»Dave, es tut mir so leid, dass du das durchmachen musst.« Sie hauchte die Worte über die wenigen Meter, die sie trennten. »Du musst dich nicht länger verstecken. Ich schwöre ...«

Dave stöhnte, als seine Lider flatterten.

»Dave!« Neetas Herz raste. Sie streckte sich nach vorn und tätschelte sein Knie, als er blinzelnd die Augen öffnete und verwirrt seine Umgebung betrachtete. »Dave, ich bin's, Neeta. Neeta Patel. Erinnerst du dich an mich?«

Der verwirrte Gesichtsausdruck verschwand, als er sich aufrechter hinsetzte und den Kopf drehte, um hinter sich zu blicken. »Bella!«, rief er. »Bella, wo bist du?«

Neeta lehnte sich näher zu ihm und fragte: »Ist Bella die rothaarige Frau, die ...«

Dave heftete den Blick auf Neeta und spie die Worte zornig hervor: »Wo ist sie? Bella muss bei mir sein.«

Neeta lehnte sich besorgt zurück, als sein Blick auf die Fesseln fiel und er daran zerrte. Die Adern an seinem Hals und seinen Unterarmen traten hervor. Und unablässig schrie er nach Bella.

Neeta löste den Sitzgurt und stellte sich dicht vor ihn. »Ich werd sehen, was ich tun kann«, flüsterte sie. »Bin gleich wieder da.«

»Greg, warum lässt du Dave diese Bella nicht sehen?« Neeta stellte Hildebrand in der Nähe des Eingangs zum vorderen Kabinenbereich zur Rede. Offenbar hatte jemand Greg darauf aufmerksam gemacht, dass Dave wach war, denn er kam aus dem vorderen Abschnitt gestürmt und schlug die Tür hinter sich zu.

Dave brüllte weiter nach dieser mysteriösen Bella. Greg setzte ein abfälliges Grinsen auf. »Und auf den Typen wollen wir unsere Hoffnungen setzen? Was für ein Witz.«

Neeta schleuderte ihm einen finsteren Blick zu und versperrte ihm die Sicht auf Dave. »Greg, ich rede mit dir! Was steckt dahinter? Dave flippt wegen dieser rothaarigen Frau total aus.« Sie zeigte auf die Tür und fragte: »Ist sie da drin?«

Greg nickte und deutete mit dem Kopf auf die Tür. »Ja, aber sie hat eindeutig Probleme. Ich glaube, es ist dieselbe Schnecke, mit der er aus dem Krankenhaus ausgebrochen ist.« Er drehte sich der Tür zu und bedeutete Neeta, ihm zu folgen. »Sieh selbst.«

Er öffnete die Tür und winkte den Soldaten weg, der den Eingang zum vorderen Bereich bewachte.

Neeta trat ein, und der Soldat schloss die Tür hinter ihr. Das Flugzeug war deutlich größer, als sie es sich vorgestellt hatte. An den Seiten gab es weitere herunterklappbare Sitze, aber Neetas Aufmerksamkeit heftete sich auf die Frau, die in der Mitte der Kabine kniete und sich vor und zurück wiegte. Ihr Schopf langer Haare glich einer zornig-roten Wolke, die ihre Züge verdeckte. Neeta fragte sich, was mit ihr nicht stimmte.

Als sie sich der Frau näherte, warnte Greg: »Sie ist vollkommen irre. Geh nicht zu nah ran. Sie schlägt und tritt wie wild um sich.«

Neeta legte zögerlich die Hände an den Mund und rief: »Bella? Ist das dein Name?«

Einen Moment lang hörte die Frau auf, sich zu wiegen. Sie schaute in Neetas Richtung und spie ihr eine lange Abfolge von Kauderwelsch entgegen, bevor sie die schaukelnden Bewegungen wieder aufnahm.

Blinzelnd erkannte Neeta, dass es kein Kauderwelsch war. Die Frau hatte ihr gerade einen Haufen Zahlen zugerufen.

»Was um alles in der Welt heißt das?«, flüsterte Neeta überwiegend zu sich selbst.

»Ich hab ja gesagt, dass sie verrückt ist.«

Neeta löste den Blick von der Frau und wandte sich Greg zu. »Ich vermute mal, du hast Dave zusammen mit ihr gefunden. Warum versuchen wir nicht, ob es die beiden beruhigt, wenn wir sie zu ihm bringen?«

Hildebrand schüttelte vehement den Kopf. »Auf keinen verdammten Fall. Ich bin damit beauftragt, *Holmes* zurückzubringen.« Er deutete mit dem Daumen auf die Rothaarige. »Die Verrückte gehört nicht in die Gleichung.«

Neeta atmete tief durch und bemühte sich, die Verärgerung aus ihrer Stimme herauszuhalten. »Greg, ich weiß, du glaubst, das Richtige zu tun, aber denk doch mal nach. Du hast Dave verschnürt wie ein Postpaket. Er kann nirgendwohin. Was schadet es schon, wenn ein paar Soldaten die Frau in Daves Sichtweite bringen? Nur um zu sehen, ob es etwas bringt. Ich hab Dave noch nie so wütend erlebt. Er rastet völlig aus.«

»Umso mehr Grund, nichts zu unternehmen.«

Der Soldat öffnete die Tür zum hinteren Kabinenbereich, und Neeta erkannte den Wink mit dem Zaunpfahl. Bei Greg Hildebrand würde sie nicht weiterkommen.

Neeta nahm wieder Dave gegenüber Platz, tippte auf das In-Ear-Telefon in ihrem Gehörgang und flüsterte: »Telefon ... Signalabfrage.«

»Zurzeit ist kein Signal verfügbar«, teilte ihr das Mobiltelefon in ihrem Ohr mit.

Sie wusste, dass die Wahrscheinlichkeit auf ein Signal bei ihrer Reiseflughöhe gegen null ging, trotzdem musste sie es versuchen.

»Telefon, ruf Burt Radcliffe an.«

»Zurzeit ist kein Signal verfügbar. Soll ich es weiter versuchen, und falls ja, wie regelmäßig?«

»Ja ... einmal pro Minute.«

»Bestätigt.«

Neeta musterte Dave, verblüfft von dem zornigen Ausdruck in seinem Gesicht. Obwohl er die Augen geschlossen hatte, wusste sie, dass er wach war. Es war ihr gelungen, ein Grunzen aus ihm herauszubekommen, mit dem er bestätigte, dass es sich bei der rothaarigen Frau um jene Bella handelte, nach der er gerufen hatte. Allerdings weigerte er sich, irgendwelche sonstigen Fragen zu beantworten oder auch nur ein Wort mit Neeta zu sprechen. Sie hatte Dave schon frustriert erlebt, aber nie wütend – tatsächlich hätte sie nicht gedacht, dass solcher Zorn überhaupt in ihm steckte. Offensichtlich hatte sie sich geirrt.

»Dave, wie gesagt, ich hab versucht, zu helfen, aber Hildebrand will nicht auf mich hören. Ich versprech dir, ich werde alle Hebel in Bewegung setzen, um an jemanden ranzukommen, der dir helfen kann.«

Dave öffnete blinzelnd die Augen und richtete den Blick auf sie. Ein verhaltenes Lächeln spielte um seine Lippen. »Du warst schon immer ein unbeirrbarer Sturkopf, Neeta. Bin froh, dass du dich nicht verändert hast.«

KAPITEL DREIZEHN

Burt beobachtete, wie der Mann, der ihn quer über den Kontinent geflogen hatte, aus dem Cockpit sprang und die Leiter hinunter zum Asphalt kletterte, flink wie ein Wiesel. Burt hingegen spürte jedes einzelne seiner 50 Jahre, als er den Gurt seines Anti-g-Anzugs löste, sich aus dem Sitz schälte und es irgendwie über die Leiter nach unten schaffte, ohne sich dabei umzubringen.

Bei Burts ersten Schritten auf festem Boden kam der Pilot zu ihm, klopfte ihm auf die Schulter und lächelte. »Fühlen Sie sich ein bisschen wund?«

Der junge Pilot hatte den Helm bereits abgenommen, Burt hingegen starrte ihn durch sein offenes Visier an. »Ein bisschen wund? Soll das ein verfluchter Scherz sein? Ich hab das Gefühl, von der Hüfte bis zu den Zehenspitzen blaue Flecken zu haben. Nie wieder will ich in eins dieser getarnten Folterwerkzeuge gesteckt werden.«

»Das lässt bald nach. Glauben Sie mir, der Druck, den Sie gespürt haben, hat dafür gesorgt, dass Blut in Ihrem Kopf geblieben ist und Sie nicht ohnmächtig geworden sind. Eigentlich waren wir nie wirklich vielen g ausgesetzt, der Anzug dürfte Sie also nicht allzu sehr gequetscht haben.«

Während Burt herauszufinden versuchte, wie man den Kinnriemen seines Helms öffnete, schüttelte er den Kopf und runzelte die Stirn über den jungen Piloten. »Ich weiß nur, dass es diesen alten Zivilisten gehörig durchgeschüttelt hat, als Sie uns zum Auftanken wie einen Stein abgesenkt und dann wieder wie mit einem Katapult in die Stratosphäre hochgeschleudert haben. Ich bin an so was nicht gewöhnt.«

»Na ja, mir wurde gesagt, dass wir Sie so schnell wie möglich hierher schaffen müssen. Also hab ich das getan.« Der Pilot schmunzelte und deutete auf ein entferntes Betongebäude, als es Burt endlich gelang, den Helm abzunehmen. »Dr. Radcliffe, wie es aussieht, ist Ihr Begrüßungskomitee eingetroffen.«

Burt warf einen Blick nach Osten und sichtete einen schwarzen SUV, der auf sie zuraste. Ein blinkendes Blaulicht auf dem Armaturenbrett deutete auf Polizei oder vielleicht den Secret Service hin.

Innerhalb weniger Augenblicke kam der Wagen abrupt zum Stehen. Ein Mann in schlichtem dunklem Anzug samt Krawatte, die Aufmachung der Leute vom Secret Service, sprang vom Beifahrersitz und gab Burt ein Zeichen. »Dr. Radcliffe, die Präsidentin hat mich ersucht, Sie direkt ins Weiße Haus zu bringen.«

Burt warf seinen Helm dem Piloten zu, der ihn geschickt auffing. »Major Sanchez, ich denke, den brauche ich nicht mehr. Danke, dass Sie mich in einem Stück hergebracht haben.«

Der Pilot winkte vergnügt, als Burt zum Fond des SUV eskortiert wurde. »Jederzeit wieder, Sir.«

Der Agent öffnete die Tür, und Burt stieg ein. Der Geruch von neuem Leder begrüßte ihn. Der Agent schloss die Tür und nahm wieder auf dem Beifahrersitz Platz. Burt beugte sich vor und fragte den Chauffeur: »Wie lange dauert die Fahrt?«

»Sir, um diese Tageszeit normalerweise etwa anderthalb Stunden, aber schnallen Sie sich lieber an. Wir haben im AVR-System eine Überbrückung mit höchster Priorität. Ich gehe also davon aus, dass ich Sie in etwa 30 Minuten zu Ihrer Besprechung bringen kann.«

Burt drückte den Gurtknopf. Sofort schlängelte sich der Sicherheitsgurt über seine Brust, bis er das vertraute Klicken hörte. Der SUV setzte sich in Bewegung, und nach wenigen Minuten rasten sie mit halsbrecherischer Geschwindigkeit durch den Verkehr. Burt stöhnte leise, als er während des wilden Ritts den Körper anspannte.

Sie waren noch fünf Minuten vom Weißen Haus entfernt. Burt beobachtete, wie das Prioritätssignal des SUV sämtliche Ampeln aushebelte und Fahrzeuge in der Nähe zwang, einen weiten Bogen um sie zu beschreiben. Der SUV bretterte über eine weitere Kreuzung, als Burts Telefon zu vibrieren begann. Er fingerte an dem Fluganzug, den er immer noch trug, und versuchte, das Telefon aus der versteckten Tasche zu bekommen. Als es ihm endlich gelang, den Touchscreen zu berühren, den Anruf anzunehmen und sich das Gerät ans Ohr zu halten, hörte er nur ein Rauschen.

Er warf einen Blick auf die Anzeige und erkannte Neetas Nummer.

»Bist du da? Neeta, bist du nicht mehr in der Luft?«

Aus dem Lautsprecher des Telefons knisterte ein Ansturm statischer Interferenzen, dann herrschte plötzlich Stille in der Leitung. »Neeta? Neeta, bist du noch dran?«

»Burt, kannst du mich hören?«

»Ich höre dich, aber die Verbindung schwankt stark ...«

»Statusbericht. Ich bin noch im Flugzeug, aber ich glaube, wir beginnen gerade mit dem Sinkflug. Dave ist hier und braucht Hilfe. Er sorgt sich verzweifelt um eine Frau, die man mit ihm in die Maschine gebracht hat, und Hildebrand hält die beiden getrennt voneinander. Keine Ahnung, was er damit bezweckt. Anscheinend will er einfach den totalen Arsch raushängen lassen. Außerdem war Dave bewusstlos, als man ihn an Bord gebracht hat, und er hat eine mächtige Platzwunde am Kopf. Dave ist stinksauer darüber, wie er behandelt wird. Ich hab ihm versprochen, dass ich mich mit jemandem in Verbindung setze, der vielleicht helfen kann.«

»Neeta, ich treffe mich gleich mit der Präsidentin. Ich schwöre, ich rede mit ihr über ...«

Nach einem weiteren Anstieg des statischen Rauschens brach die Verbindung abrupt ab.

Burt beugte sich vor, spähte durch die Windschutzscheibe und sichtete das Weiße Haus, auf das der SUV durch den Verkehr zuraste.

Lieutenant Jon Stryker beobachtete, wie Besucher des Einkaufszentrums South Hill Mall auf dem Parkplatz vorbeigingen und auf den ungewöhnlichen Anblick starrten.

Es kam schließlich nicht jeden Tag vor, dass sich 40 Mitglieder der 66. Militärpolizeikompanie auf einem öffentlichen Platz versammelten, gefechtsbereit gerüstet und in Kampfanzügen.

Stryker hörte den Verkehrslärm von der South Meridian, der Hauptverkehrsader der Kleinstadt, als er tief Luft holte und sich an die vier vor ihm aufgereihten Trupps wandte.

»Der Kompanieführer hat uns als Ergänzung der örtlichen Polizei eingeteilt. Ihr seid alle informiert worden, aber vergessen wir nicht, warum wir hier sind.

Gestern hat sich der Gouverneur des Bundesstaats Washington mit einer Warnung vor gewalttätigen Protesten an die Öffentlichkeit gewandt. Darüber wissen wir alle Bescheid. Der Gouverneur will nicht, dass sich hier wiederholt, was in anderen Bundesstaaten passiert ist.

Wir sind Puyallup und den umliegenden Kleinstädten zugeteilt, weil die örtliche Polizei ungewöhnliche Protestaktivitäten in der Gegend bemerkt hat. Wir sind hier, um die lokalen Ordnungshüter dabei zu unterstützen, den Frieden aufrechtzuerhalten und zu verhindern, dass die Dinge aus dem Ruder laufen. Mehr nicht. Ist das allen klar?«

»Jawohl!«, bestätigten alle 40 Soldaten lautstark und einstimmig.

Stryker richtete das Augenmerk auf die drei Sergeants, die vor ihren jeweiligen Trupps strammstanden. »Lopez, Carlson, Johnson«, blaffte er. »Ihre Trupps konzentrieren sich auf den Bereich South Hill und Graham. Sprechen Sie sich untereinander ab, wie Sie die Verteilung optimieren können.« Stryker zeigte zur Betonung mit einem Finger in ihre Richtung. »Vorsicht walten lassen. Nie Patrouillen mit weniger als zwei Mann. Vielleicht sollten Sie das Hauptaugenmerk auf stark frequentierte Bereiche wie dieses Einkaufszentrum und die Plätze entlang der Meridian konzentrieren. Verstanden?«

»Ja, Sir«, antworteten alle drei zackig. Stryker richtete den Blick auf den Sergeant der Truppe, die vorwiegend aus sogenannten 31Ds bestand, strafrechtlichen Sonderermittlern der Militärpolizei.

»Cohen, Ihr Team arbeitet mit den Ermittlern im Büro des Sheriffs von Pierce County zusammen. Man hat dort Hinweise darauf, wer einige der Federführer sein könnten, und braucht Hilfe dabei, ihnen nachzugehen. Falls jemand versucht, Terroristen in unserer Mitte zu organisieren, ist es Ihre Aufgabe, die Anstifter aufzuspüren.

Ich bin heute Morgen über Aktivitäten am Rand unseres Patrouillengebiets informiert worden, deshalb statte ich der Polizeichefin von Orting einen Besuch ab, um rauszufinden, was da los ist.

Deckt euch alle gegenseitig den Rücken, haltet die Augen offen und bleibt auf Empfang. Noch Fragen?«

»Nein, Sir!«, hallte als einhellige Antwort über den Parkplatz des Einkaufszentrums, und Stryker rief zurück: »Wegtreten!«

Stryker stand im Büro der Polizeichefin von Orting und sah zu, wie Chief Mia Sterud die Papiere überflog, die er ihr übergeben hatte.

Sie hatte dunkle Haut, dunkles Haar und mandelförmige Augen über hohen Wangenknochen. Ihre Gesichtszüge deuteten allesamt stark auf ein indianisches Erbe hin. Die Polizeichefin hatte etwas Altersloses an sich, aber müsste er schätzen, würde er sie irgendwo Mitte 30 ansiedeln. Ohne ihren strengen Gesichtsausdruck wäre sie attraktiv gewesen.

Mit einem lauten Schnauben gab die Frau ihm eine Kopie der Einsatzbefehle zurück, die er erhalten hatte. »Lieutenant Stryker, Sie müssen schon entschuldigen, aber ich wüsste nicht, wie Sie uns hier groß helfen können. Sie kennen weder die Gegend noch die Leute.«

»Chief, ich bin damit beauftragt, mit den Militärpolizisten unter meinem Kommando in der Region Puyallup, Graham, Orting und South Hill zu patrouillieren. Wir sind ausschließlich zur Unterstützung Ihrer Beamten hier. Aber ich habe einen Bericht erhalten, dass es in der Gegend vor zwei Tagen einen Zwischenfall im Zusammenhang mit Aufwiegelung gegeben hat. Können Sie mir sagen, was passiert ist? Wissen Sie, ich muss meinen Vorgesetzten Bericht erstatten.«

Die Polizeichefin lehnte sich auf dem Stuhl zurück und schürzte die Lippen.

Dabei konnte Stryker nicht umhin, zu bemerken, dass sie trotz der offensichtlichen Masse der kugelsicheren Weste unter der Polizeiuniform eine schlanke Figur hatte.

»Keine Ahnung, wie das zu Ihnen durchgedrungen ist, Lieutenant, denn es war keine große Sache. Ungeachtet dessen hatten wir einen kleinen Wirbel in der Nähe der Highschool.«

»Was für einen Wirbel?«

»Nur ein alter Landstreicher, der religiösen Kram gelabert hat. Er hat alle möglichen düsteren Botschaften gepredigt. Sie wissen schon, Zeug aus dem Buch der Offenbarung. Aber er war harmlos. Er hat nur ein paar Leute erschreckt. Die haben uns angerufen, damit wir kommen und ihn beruhigen.«

Stryker spürte ein Kribbeln im Nacken, als er sie die religiöse Predigt beschreiben hörte. Dass religiöse Untertöne ein gemeinsamer Faktor bei fast allen Protesten waren, hatte man bewusst aus den Nachrichten herausgehalten. »Und haben Sie?«

»Habe ich was?«

»Ihn beruhigt? Was haben Sie mit dem Landstreicher gemacht?«

»Nichts.« Sie schüttelte den Kopf. »Er war nicht mehr da, als einer meiner Beamten vor Ort eingetroffen ist. Und bevor Sie fragen: Nein, ich hatte nicht wirklich vor, dem weiter nachzugehen. Er hat sonst nichts angestellt, nur ein bisschen den öffentlichen Frieden gestört.« Mia verstummte kurz und sah Stryker eindringlich an. »Lieutenant, wir sind hier in einer Kleinstadt mit etwa 8.500 Einwohnern. Ich habe insgesamt eine Handvoll Beamte. Das bedeutet, dass in der Regel nur zwei bis drei Leute gleichzeitig im Dienst sind. Ob Sie's glauben oder nicht, einen alten Veteranen im Wald aufzuspüren, wo er sich schon seit Jahrzehnten versteckt, steht nicht besonders weit oben auf meiner Erledigungsliste.«

»Glauben Sie mir, das verstehe ich vollkommen. Können Sie mir zeigen, wo Sie diesen Kerl vermuten? Ich möchte ihm ein paar Fragen stellen.«

Mia erhob sich aus dem Stuhl und ging zur Wand, wo eine große Luftaufnahme des Gebiets von Orting hing. Sie zeigte mit dem Finger auf ein Gebäude. »Sehen Sie hier, das ist die Highschool. Nur 100 Meter nordöstlich verläuft der Puyallup River. Auf der anderen Seite liegen ziemlich dichte Wälder. Dort haust er unter dem Radar. Wir schenken ihm nicht wirklich viel Beachtung, denn abgesehen von dem einen Zwischenfall hat er nie Probleme gemacht.«

»Wenn Sie mir den ungefähren Bereich zeigen, suche ich dort nach ihm. Ehrlich, ich hab nur ein paar Fragen an ihn. Mehr nicht.«

Mia legte den Kopf schief und musterte Stryker mit zerfurchter Stirn. »Sie meinen das ernst, oder?«

»Natürlich.«

»Und was hat ... Ach, egal.« Sie blickte über die Schulter, griff sich von der Garderobe eine Windjacke mit der Aufschrift *Orting PD* auf dem Rücken und sagte: »Dann mal los.«

»Ich dachte ...«

»Alleine finden Sie ihn nie. Und wenn's so wichtig ist, dass die Armee eigens jemanden in meine Stadt schickt, dann tue ich, was ich kann, um zu helfen.«

Die Polizeichefin klopfte auf ihre Pistole, holte Schlüssel aus ihrer Schreibtischschublade und zeigte auf die offene Bürotür.

»Gehen wir.«

In der Luft lag der Duft von Kiefern, als sich Stryker unter einem Ast hindurchduckte und sich durch den dichten, immergrünen Wald kämpfte. Mia führte ihn einen steilen Pfad hinauf. Er warf einen Blick auf sein digitales Kartengerät und stellte fest, dass sie seit der Überquerung des Flusses ungefähr 90 Höhenmeter geklettert waren.

Schwer atmend bemühte er sich, mit der wendigen Polizeichefin Schritt zu halten, die scheinbar mühelos die vor ihnen liegenden Hindernisse bewältigte. »Sie haben erwähnt, dass der Mann ein Veteran ist. Kennen Sie ihn?«

Mia schaute nach oben, wo die Sonne durch das Blätterdach strömte, dann passte sie den Winkel ihres Aufstiegs an. »Ich weiß nicht, wie er wirklich heißt, aber jeder im Ort kennt Old Rick. Gerüchten zufolge hat er Anfang der 2000er Jahre im Irak gekämpft. Aber seit ich ihn kenne, lebt er praktisch als Einsiedler.«

»Wie lange sind Sie schon in der Gegend?«

»Mein Leben lang. Meine Familie ist schon ewig in diesem Landstrich zu Hause.«

»Gehören Sie zum Stamm der ›Pew-all-up‹?«

Die Polizeichefin drehte sich zu ihm um und lächelte. »Ich bin beeindruckt. Die meisten Leute, die nicht von hier sind, verhunzen die Aussprache.«

»Ich hab geübt«, gestand Stryker. »Gibt es sonst noch Wissenswertes über Rick? Klingt, als müsste er mindestens Ende 70 oder Anfang 80 sein, wenn er beim Krieg im Irak dabei war.«

Sie schüttelte den Kopf und stieg über einen umgestürzten Baumstamm hinweg. »Nichts Wesentliches. Alle paar Wochen kommt er in den Ort, sucht die Bank auf, kauft ein paar Vorräte und verschwindet wieder.«

»Wahrscheinlich bezieht er eine gewöhnliche Rente oder Invalidenrente. Das würde erklären, wie er für seine Einkäufe bezahlt.«

Mia deutete den steilen Anstieg hinauf und sagte: »Seine Hütte, wenn man den Verschlag so nennen will, liegt da oben auf der Kuppe.«

Stryker schloss zu Mia auf und spähte zu dem in den Schatten liegenden Punkt, auf den sie zeigte. Für ihn sah das Gebilde mehr wie ein bunt zusammengewürfelter Haufen aus Gestrüpp und Stöcken aus. »Von hier kann ich nicht wirklich was erkennen.«

»Ich weiß nur deshalb, dass die Hütte da oben ist, weil mein Bruder und ich früher zusammen gejagt haben und wir vor langer Zeit darüber gestolpert sind. Damals muss uns der Alte kommen gehört haben. Kaum waren wir in Sichtweite, hat er uns weggescheucht.« Ohne Vorwarnung legte Mia die Hände an den Mund und schrie: »Rick, bist du da oben?

Als ihre Stimme laut zwischen den Bäumen hallte, zuckte Stryker zusammen. Er wünschte, sie hätte nicht gerufen.

Er hätte sich lieber angeschlichen, ohne den Mann vorzuwarnen.

»Er ist alt. Vielleicht hört er nicht mehr so gut.« Mia kletterte weiter den Hang hinauf. Stryker folgte dicht hinter ihr.

Als sie näher hingelangten, stellte er fest, dass die lebenden Blätter des umliegenden Walds die Hütte verhüllten. Sauerklee bedeckte die Wände und den Eingang, wodurch das Gebilde wie eine natürliche Erweiterung des Waldbodens wirkte.

Ein Windstoß fuhr durch das Blätterdach. Lichtstrahlen drangen durch die Lücken auf den Boden und erhellten den Eingang der Hütte.

Mia trat einen Schritt näher.

Stryker hechtete los.

Er traf sie um die Mitte und wuchtete sie von den Beinen.

Als die Bombe explodierte, stürzten sie bergab auf einen nahen Baum zu.

Die Druckwelle traf Stryker in den Rücken und presste ihm die Luft aus der Lunge, als er Mia mit seinem Körper schützte und den Kopf einzog.

Er spürte einen scharfen Stich in der Schulter und verzog das Gesicht zu einer Grimasse.

Irgendetwas hatte ihn getroffen.

Ein großes Brett schlug nur 15 cm von Strykers Kopf entfernt ein. Mit rasendem Herzen packte er Mia am Arm. Schmerzen durchzuckten ihn, als er sie über seine Schulter hievte und weiter weg von der Hütte rannte.

Er setzte die Polizeichefin hinter einem Baum ab und kniete sich auf den Erdboden, während um sie herum immer noch Trümmer herabregneten.

»Woher haben Sie das gewusst?«, fragte Mia atemlos, als sie sich aufsetzte.

»Ich hab das Licht auf dem Stolperdraht funkeln gesehen, kurz bevor Sie draufgetreten sind.«

Stryker lehnte sich zurück und betastete seine rechte Schulter.

»Sie bluten!«

Er nickte, als er die Wunde untersuchte. »Ist nur ein Kratzer. Was immer mich getroffen hat, es war nicht weiter schlimm.«

»Oh verdammt, Sie sind wirklich getroffen.« Sie streckte sich ihm entgegen, griff nach seiner Körperpanzerung und zog etwas heraus.

Eine Lagerkugel.

Stryker verspürte einen heißen Anflug von Frustration und schüttelte den Kopf. »Ich hätte es früher sehen müssen.«

Mia starrte auf die Stahlkugel in ihrer Hand und stieß hervor: »Sie haben mir das Leben gerettet!« Sie beugte sich vor und spähte mit fassungsloser Miene zur Hütte hinauf. »Wieso um alles in der Welt ...«

»Er hält eindeutig nichts von Besuchern.« Als Stryker einen Knopf an seinem Funkgerät drückte, tat sich nichts. »Scheiße, das Ding ist im Eimer.«

»In meinen Ohren klingelt es.«

»Ja, ich meinem Schädel spielt auch gerade ein Glockenspielorchester.« Ihm fiel auf, dass sich die Polizeichefin den Hals rieb. »Hey, Chief, alles in Ordnung?«

»Mir geht's gut.« Sie stimmte ein nervöses Lachen an, wischte sich Blätter aus dem schulterlangen Haar und rappelte sich auf die Beine. »Dank Ihnen. Heilige Scheiße ...« Einige Sekunden lang starrte sie zur halb zerstörten Hütte hinauf und schauderte.

Strykers Sinne schalteten auf höchste Alarmbereitschaft, als ihn der Geruch von Erde und Ruß kurzzeitig in eine andere Zeit und an einen anderen Ort zurückversetzte.

Er hatte gesehen, was improvisierte Sprengsätze anrichten konnten. »Wir hatten Glück.«

Mia zeigte auf einige Trümmer neben den Überresten der Hütte. »Da oben glimmt etwas von dem Holz. Das sollten wir besser löschen.«

Stryker warf einem Blick über die Schulter und bedeutete Mia, ein Stück zurückzutreten. »Lassen Sie mich zuerst das Gebiet sichern.«

»Aber was, wenn da eine weitere ...«

»Wenn ich vorsichtig bin und trotzdem etwas auslöse, verdiene ich, was ich kriege.«

Als sich Stryker langsam den schwelenden Überresten näherte, hörte er, wie Mia in ihr Funkgerät sprach.

»Meredith? Nimm Kontakt mit der Polizei von Pierce County auf, ich brauche deren Bombentechniker so schnell wie möglich hier. Wir haben ein Problem.«

Die Polizei von Pierce County rief schließlich das Kampfmittelbeseitigungsteam der Armee hinzu. Die Spezialisten begannen, den Bereich aktiv zu durchkämmen, nach weiteren Bomben zu suchen und Beweismaterial zu sammeln.

Während das Team die Umgebung draußen bearbeitete, stand Stryker über dem Leichnam eines alten Mannes, der in der Hütte lag. Der Tote trug ein stark verschmutztes, ärmelloses T-Shirt, eine abgewetzte Tarnhose und ein Paar abgetretener Wanderstiefel.

Der beißende Geruch von Tod hing in der Luft, als sich Stryker in den spärlichen Überresten der ehemaligen Behausung des Mannes umsah.

»Ist er bei der Explosion gestorben?«, fragte Mia vom Eingang der teilweise zerstörten Hütte.

Stryker trug Latexhandschuhe und schob den zottigen, grauen Bart des Toten beiseite. Als er die Hand seitlich an den Hals des Mannes legte, bemerkte er eine merkwürdige Tätowierung in Form einer Sanduhr. »Nein, er ist kalt. Er ist seit mindestens eineinhalb Tagen tot.«

»Woher wissen Sie das?« Mia kam näher und ging mit verkniffener Miene in die Hocke. »Noch vor zwei Tagen war er unten im Ort.«

Stryker drückte den Oberschenkel des Mannes und nickte. »Seine Muskeln sind schlaff. Bei einem Toten setzt nach einigen Stunden die

Starre ein, die sich in der Regel 36 bis 48 Stunden nach dem Tod wieder legt. Der Körper ist kalt, also muss er seit mehr als ein paar Stunden tot sein. Aber da die Muskeln nicht mehr steif sind, muss er vor mehr als anderthalb Tagen gestorben sein. Ich würde den Todeszeitpunkt auf zwischen 36 und 48 Stunden schätzen.«

Im Gesicht und an der Kleidung entdeckte er keine offensichtlichen Male. Er hob den nackten rechten Arm des alten Mannes an und nickte. Darunter verliefen violette Flecken. »Achten Sie auf die Flecken, wo sein Arm auf dem Boden gelegen hat. Das verrät mir, dass er seit seinem Tod nicht verlagert worden ist.«

Stryker beugte sich vor, hob eines der Augenlider des Toten an und bemerkte rote Pünktchen im Weiß der Augäpfel. »Hm, interessant.«

»Was ist interessant?«

Als er die dunklen Winkel der Hütte absuchte, bemerkte er eine weggeworfene Plastiktüte und runzelte die Stirn. Er zog die Latexhandschuhe aus, holte ein Handy aus der Tasche und wählte hastig eine Nummer.

Er schaltete das Telefon auf Lautsprecher. Der Klingelton dröhnte durch die Hütte. Fast sofort ging jemand ran. *»Was gibt's, Stryker?«*

»Sir, ich brauche hier ein komplettes Spurensicherungsteam. Ich habe einen Toten mit Anzeichen von petechialen Blutungen. In der Nähe seh ich eine Plastiktüte. Das Gesamtbild gefällt mir ganz und gar nicht.«

»Scheiße. Verstanden, ich habe Ihre GPS-Koordinaten und schicke Ihnen Leute mit vollwertiger Tatortausrüstung. Ach ja, Stryker, ich hab gerade eine Nachricht von oben bekommen. Keine Ahnung, was los ist, aber die hohen Tiere sind aufgescheucht, als hätten sie Hummeln im Arsch. Was immer wir aufspüren, geht ans USACIL, ohne Ausnahme. Halten Sie die Augen offen und geben Sie mir Bescheid, was Ihr Team findet.«

»Geht klar, Captain.« Stryker beendete den Anruf und warf einen Blick zu Mia, die ihn mit ihren dunkelbraunen Augen anstarrte. »Was ist?«

»Die Hälfte davon hab ich nicht verstanden. Plastiktüte? USACIL?«

Da Stryker am Tatort nichts durcheinanderbringen wollte, bedeutete er ihr, ihm aus der Hütte zu folgen. »Ist eigentlich nur ziemlich grundlegende Forensik. Unser Toter da drin hat Blutungen in den Augen. Darauf weisen die roten Flecken im Weiß seiner Augen hin. Ist ein typisches Zeichen für eine starke Belastung. Kann von heftigem Husten, von Erbrechen oder von

Ersticken stammen ... Strangulation. Diese Plastiktüte sieht völlig fehl am Platz aus. Zusammengenommen lösen die Faktoren einen ganzen Haufen von Alarmen beim mir aus.«

»Sie glauben also, er wurde umgebracht?«

Stryker zuckte mit den Schultern. »Kann ich nicht wirklich sagen. Er muss gründlich untersucht werden. Wahrscheinlich verfrachtet die Spurensicherung ihn und die Hälfte der Umgebung ins USACIL, um der Sache auf den Grund zu gehen.«

»USACIL?«

»Ach ja, richtig. Das ist ... wie beschreibt man es am besten? So was wie die Militärversion von Quantico. Dorthin schickt die US Army Zeug für Untersuchungen in einer Laborumgebung.«

»Sir?«

Stryker schaute über die Schulter. Einer der Kampfmittelbeseitiger näherte sich mit einer Plastiktüte in der Hand. Sie schien Bombenfragmente zu enthalten. »Was gibt's, Sergeant?«

»Wir haben am anderen Ende des Hügels noch einen Sprengkörper gefunden. Eine schlichte Anordnung aus C4, Sprengkapsel, Lagerkugeln und Stolperdraht als Auslöser. Wir haben das Ding entschärft. Sieht anhand der bisher gefundenen Fragmente nach einem Doppelgänger der Sprengfalle aus, über die Sie gestolpert sind.«

»Ist die Umkreissuche abgeschlossen?«

»Wir haben eine Laser- und Bodenradarsuche durchgeführt. Der Bodenradar hat keine unterirdischen Sprengfallen ergeben, aber wir gehen mit der Laserabtastung noch 100 Meter nach außen, um sicherzustellen, dass der Täter keine weiteren Sprengfallen in der Gegend platziert hat.«

»Bodenradar? Laserabtastung?«, fragte die Polizeichefin.

»Ja, Ma'am«, antwortete der Sergeant. »Wir benutzen bodendurchdringendes Radar für die Suche nach Minen. Gefunden haben wir nichts, aber das ist nicht weiter überraschend. Das gesamte Gebiet hier besteht aus Till. Ist echt schwer, darin zu graben. Für die Suche über der Erde benutzen wir grüne Laser. Etwaige Stolperdrähte in Freiflächen sind so leichter zu erkennen, weil sie das grüne Licht reflektieren.«

Stryker nickte dem Soldaten zu. »Gute Arbeit. Achten Sie nur darauf, dass Sie nichts direkt anfassen. Kommt alles zur Analyse ins USACIL. Instruieren Sie Ihrem Team entsprechend.«

»Ja, Sir. Wird gemacht.«

»Wegtreten, Sergeant.«

Mit verkniffener Miene betrachtete Stryker die Überreste der Hütte. »Wie zum Teufel ist der alte Kerl an C4 rangekommen?«

Burt konnte kaum fassen, wie sehr sich sein Leben in den letzten Wochen verändert hatte. Normalerweise würde sein Tag ziemlich banal verlaufen, aufgeteilt zwischen Lehrtätigkeit am Caltech und der Leitung des Programms Near Earth Object am Jet Propulsion Laboratory der NASA. Und nun, da das Schicksal der Welt an der Kippe stand, saß ausgerechnet er auf einem Sofa im Oval Office, anderthalb Meter von der Präsidentin der Vereinigten Staaten entfernt.

Sie lehnte sich vor und heftete den Blick auf ihn. »Dr. Holmes ist verletzt? Das hat Dr. Patel gesagt?«

»Ich weiß nur, was ich aus einem 30-sekündigen Gespräch mit ihr habe. Da war sie noch in der Luft. Aber sie hat gesagt, er hätte eine Platzwunde am Kopf und wäre anfangs bewusstlos gewesen. Neeta hat ausdrücklich um Hilfe gebeten.« Burt gab äußerst ungern Berichte aus zweiter Hand weiter, aber in dieser kritischen Lage hatte er keine andere Wahl.

Die Präsidentin schürzte die Lippen und spannte die Kiefermuskulatur an.

»Äh, Madam President, könnten Sie dafür sorgen, dass Neeta ... Dr. Patel, meine ich, dass sie Dr. Holmes hierher begleitet? Sie ist außer Hildebrand die Einzige von uns, die ihn kennt. Und offen gesagt glaube ich nicht, dass er und Hildebrand miteinander auskommen.«

»Die Landung ist erst in einer halben Stunde geplant«, murmelte sie bei sich. Die Präsidentin drehte sich nach rechts und sah den grauhaarigen alten Mann an, der auf einem der Stühle saß. »Doug, nehmen Sie Verbindung mit dem Piloten von Dr. Holmes' Transport auf und sorgen Sie dafür, dass die Situation mit Hildebrand geklärt wird. Und nach der Landung soll Dr. Patel unbedingt zusammen mit Dr. Holmes in den Lagebesprechungsraum gebracht werden.«

»Verstanden, Madam President«, antwortete der Mann. Trotz seines Alters sprang er schwungvoll auf und stapfte mit energischen Schritten zum nächstgelegenen Ausgang.

Margaret wandte die Aufmerksamkeit wieder Burt zu. »Dr. Radcliffe, ich wollte mich aus einem bestimmten Grund mit Ihnen treffen. Aber bevor wir darauf eingehen, müssen Ihnen einige Dinge klar sein, mit denen wir es zu tun haben.

Leider müssen wir davon ausgehen, dass einige Aspekte von Indigo zu ziemlich widerlichen Personen durchgesickert sind. Über das Ausmaß kann ich mir nicht sicher sein, aber unsere Geheimdienste haben Übertragungen abgefangen, die auf eine subversive religiöse Sekte hinweisen. Sie nennt sich die Bruderschaft der Gerechten. Im Verlauf der Geschichte haben diese Leute der Welt unsägliches Leid angetan, aber den meisten Ländern ist es gelungen, sie unter Kontrolle zu halten.« Margaret drehte den Kopf und sagte laut: »Archivar, Akte BR13 anzeigen.«

»Stimmenübereinstimmung bestätigt«, verkündete eine körperlose Stimme aus einem Lautsprecher an der Decke. *»Video BR13 wird angezeigt.«*

In der Mitte des Raums erschien ein holografisches Bild. Es zeigte ungefähr zehn vermummte Gestalten, die überraschend wie mittelalterliche Mönche aussahen.

Eine Gestalt trat vor und zog die Kapuze zurück.

Burts Augen weiteten sich bei dem schockierenden Anblick: ein gutaussehender Mann mit weißem Haar und Alabasterhaut, ein aufsehenerregender Kontrast zu der grobmaschigen braunen Mönchskutte. Die lebhaften rosa Augen des Mannes starrten ihm mit dem Funkeln eines Fanatikers entgegen. Der Mönch lächelte, näherte sich der Kamera und begann mit einem starken, osteuropäischen Akzent zu sprechen.

»Ehre sei euch, meine Brüder. Die Zeit ist gekommen. Gott hat in seiner unendlichen Weisheit verfügt, dass die Zeit der Abrechnung zu unseren Lebzeiten kommt – diese Zeit ist jetzt.«

Der Tonfall klang zugleich bedrohlich und überzeugend. Burt konnte nachvollziehen, wie jemand auf den Mann hereinfallen konnte. Der Klang seiner Stimme hatte etwas an sich, das sich schwer ignorieren ließ.

»Wer von euch in Reichweite meiner Stimme ist: Lasst euch nicht von Lügen der falschen Führer vom wahren Wort Gottes abbringen. Denn das werden sie versuchen.

In der Bibel heißt es:

›Und ich will Wunder tun oben im Himmel und Zeichen unten auf Erden: Blut und Feuer und Rauchdampf; die Sonne soll sich verkehren in

Finsternis und der Mond in Blut, ehe denn der große und offenbare Tag des Herrn kommt. Und soll geschehen, wer den Namen des Herrn anrufen wird, der soll selig werden.‹

Sogar die amerikanische Präsidentin, eine Heidin, hat die Ankunft unseres Herrn vorhergesehen. Die Prophezeiungen der Bibel erfüllen sich, und wir müssen gegen jene kämpfen, die sich in den Plan unseres Herrn einmischen wollen.

Geht, meine Brüder! Kämpft gegen die Tyrannei der Heiden. Wir müssen sie aufhalten, oder möge Gott sich eurer Seelen erbarmen.«

Margaret sah Burt an und seufzte. »Diese Botschaft wird jetzt in Dauerschleife ausgestrahlt. Soweit wir wissen, entstammen diese Fanatiker allen Gesellschaftsschichten. Es sind verschiedenste Rassen, Kulturen und Ethnien vertreten, und bisher erweisen sie sich als sehr schwer abzuschalten. Wir haben weltweit Tausende Sender blockiert und zerstört, aber wir wissen, dass die Botschaft immer noch zu Anhängern der Bruderschaft durchdringt. Sie können sich nicht vorstellen, wie viele Bomben entschärft und wie viele Angriffe vereitelt worden sind. Diese Leute glauben buchstäblich, dass irgendwie alles gut wird, wenn wir zulassen, dass der Himmel auf die Erde fällt. Sie betrachten es als Gottes Plan. Ich weiß ja nicht, wie Sie das sehen, aber ich habe nicht vor, das passieren zu lassen, wenn wir es irgendwie vermeiden können.«

Burt schaute mit verzogenem Gesicht zu der Stelle, an der das Hologramm abgespielt worden war, und schüttelte den Kopf. »Die sind verrückt. Glaube ist eine Sache, aber Selbstmord zu begehen und die gesamte Menschheit mitzureißen, eine völlig andere.«

Margaret schnaubte verächtlich. »Ich fürchte, dass der Ärger, den diese sogenannte Bruderschaft anzettelt, nur noch schlimmer wird.«

Mit einem unbehaglichen Gefühl fragte Burt: »Sie haben mir das doch nicht gezeigt, weil ich mir eine Lösung dagegen einfallen lassen soll, oder? Das ist nicht unbedingt mein Fachgebiet.«

Mit einem verhaltenen Grinsen schüttelte die Präsidentin den Kopf. »Nein, das liegt eher in meiner Zuständigkeit. Ich wollte nur, dass Sie wissen, was sich hinter den Kulissen abspielt.« Sie presste die Lippen zusammen und musterte Burt einige Herzschläge lang.

Burt spürte ein Frösteln, als die Präsidentin ihn schweigend anstarrte. Es war, als überlegte sie, ob sie seinen Tag versüßen oder ruinieren sollte.

»Dr. Radcliffe«, ergriff sie schließlich das Wort. »Ich habe Ihre Akte gelesen und möchte Sie bitten, eine Verantwortung zu übernehmen, die Ihnen wahrscheinlich widerstreben wird. Aber ich habe keine bessere Alternative ...«

KAPITEL VIERZEHN

Mit offenem Mund beobachtete Neeta, wie Greg Hildebrand rief: »Das muss ein Irrtum sein!« Er wurde von zwei Soldaten halb ins vordere Abteil eskortiert, halb gezerrt. Ein dritter Soldat kam auf Neeta zu und sagte: »Dr. Patel, ich bin Platoon Sergeant Williams. Man hat mich ersucht, Ihnen mitzuteilen, dass Mr. Hildebrand für diese Mission seines Kommandos entbunden wurde. Er ist in Gewahrsam, bis ich ihn bei der Landung in Andrews dem Sicherheitspersonal übergebe. Außerdem soll ich Ihnen mitteilen, dass Sie das Kommando haben, bis wir auf dem Boden sind.« Er deutete mit dem Daumen zu den anderen Soldaten, die auf den Sitzen an den Wänden des Flugzeugs saßen. »Meine Männer und ich helfen Ihnen bei Bedarf im vernünftigen Rahmen.«

Verdattert blinzelte Neeta und warf einen Blick zu Dave, der sowohl sie als auch Sergeant Williams mit verwirrtem Gesichtsausdruck anstarrte.

Als ihr die Bedeutung der Worte des Soldaten plötzlich bewusst wurde, setzte sie sich aufrechter hin. Entschlossenheit stellte sich ein. Sie zeigte auf Daves Fesseln. »Sergeant Williams, können Sie Dr. Holmes losmachen?«

Der Sergeant schaute zurück. Er zeigte erst auf die eigenen Augen, dann zu Dave. Drei Soldaten sprangen auf. Die Sitze verursachten ein lautes metallisches Klappern, als sie an die Wand schlugen. Sergeant

Williams holte einen schlüsselähnlichen Metallgegenstand aus einer seiner Taschen hervor.

Die Soldaten versammelten sich hinter Dave. Neeta hob die Hand, um sie innehalten zu lassen, dann lehnte sich zu ihrem Freund. »Dave, ich weiß nicht, was Greg über dich erzählt hat, aber ich glaube, diese Leute fürchten, du könntest was Verrücktes anstellen, wenn sie dir die Fesseln abnehmen.« Sie streckte die Hand aus und legte sie ihm aufs Knie. »Es geht dir doch gut, oder?«

Dave schaute hinter sich, erblickte die Riege der Soldaten, drehte sich zurück nach vorn und zwinkerte Neeta zu. »Ich bin immer noch derselbe egozentrische Nerd, der ich schon immer war. Hildebrand ist der Einzige, der sich meinetwegen Sorgen machen muss.«

Er ballte die Hände zu Fäusten. Die Muskeln seiner Unterarme spannten sich an, die Adern traten hervor.

Der Sergeant kniete sich hin und löste zunächst die Riemen, die Daves Beine am Sitz befestigten. Dann hielt er inne und warf Dave mit einem schiefen Lächeln einen Seitenblick zu. »Sir, ganz gleich, wie ich persönlich darüber denke, ich kann nicht zulassen, dass Sie Mr. Hildebrand etwas antun.«

»Verstanden, Sergeant. Ich werde mich benehmen.«

Dave schniefte laut, als der Soldat die restlichen Fesseln entfernte. Er sah Neeta an und fragte: »Was ist mit Bella?

Neeta stand auf, als die letzten Riemen von Dave abfielen. Lächelnd bedeutete sie ihm, ihr zu folgen. »Ich hatte gehofft, du könntest mich ihr vorstellen.«

Neeta beobachtete, wie sich Dave und Bella zärtlich an den Händen hielten und schwiegen, als liefe irgendeine stumme Kommunikation zwischen ihnen ab. So hatte sie Dave noch nie erlebt. Neeta war sich nicht sicher, ob sie überhaupt je zwei Menschen gesehen hatte, die so bedingungslose Zuneigung füreinander ausstrahlten.

Ein Anflug von Wärme breitete sich in ihrer Brust aus und erfüllte sie mit einem fremdartigen Gefühl. Der Anblick der beiden erweckte in Neeta eine ungewohnte Regung. Unerklärlicherweise tauchte dabei das Bild von Burt vor ihrem geistigen Auge auf.

Hildebrands Verlust der Befehlsgewalt konnte nur auf ein Gespräch von Burt mit der Präsidentin zurückzuführen sein. Eine andere Erklärung fiel ihr nicht ein.

Verblüfft von ihren seltsamen Empfindungen flüsterte sie Burt leise zu, obwohl er nicht da war: »Danke.«

Dave drehte sich ihr zu und ließ ein Lächeln strahlend weißer Zähne aufblitzen, die einen Kontrast zu seiner fast schwarzen Haut bildeten. Mit Bella, die seinen Arm umklammerte, kam er auf Neeta zu. »Neeta, ich möchte dir meine bessere Hälfte vorstellen.«

Ein Lächeln erhellte Bellas Züge. Sie war hübsch, wahrscheinlich Mitte 20, und ihre grünen Augen hatten etwas Hypnotisierendes an sich. Sie schienen beinah zu leuchten.

»Neeta, das ist Bella. Bella, das ist Neeta Patel. Sie ist eine brillante Forscherin mit einer wahren Begabung für komplexe Mathematik.«

Als Neeta die Hand ausstreckte, wich Bella einen Schritt zurück. Ein Ausdruck von Schmerz oder vielleicht Unbehagen trat in ihre Züge.

Dave redete beruhigend auf Bella ein. »Ist schon gut. Sie ist eine gute Freundin. Ihr kannst du vertrauen.«

Mit entschlossener Miene schien Bella allen Mut zusammenzunehmen und streckte langsam die Hand aus.

Neeta bewegte sich vorsichtig und erinnerte sich daran, wie sich Bellas vor- und zurückgewiegt und Kauderwelsch gebrüllt hatte. Offensichtlich hatte sie psychische Probleme. Als Neeta zögerlich ihre Hand berührte, wusste sie nicht, wie die junge Frau reagieren würde.

Bellas Augen weiteten sich, als sich ihr Blick auf Neetas Gesicht richtete. Dann setzte sie ein scheues Lächeln auf. »Ich finde, du bist ein wunderschöner Mensch, Neeta Patel.«

Neeta blinzelte verdutzt und fragte sich, wohin die Verrückte verschwunden war, die ihr Zahlen zugerufen hatte.

Die Stimme des Piloten dröhnte durch die Kabine. *»Bitte die Plätze einnehmen, wir befinden uns im Endanflug und sollten in zehn Minuten auf dem Boden sein.«*

Dave deutete auf die Sitze im hinteren Teil der Maschine und führte Bella hin. Neeta folgte ihnen beinah wie in Trance.

Durch ihren Kopf wirbelten alle möglichen Gedanken und Sorgen. Trotzdem fragte sie sich unwillkürlich, warum sie plötzlich Burts Bild vor ihrem geistigen Auge nicht mehr loswurde.

»Neeta, du verstehst es einfach nicht«, sagte Dave mit Nachdruck. »Das ist nicht zu schaffen. In der Phase, in der wir sind, kann die Erde nicht mehr gerettet werden. Und wir sind alle erledigt, wenn wir nicht das Graphen, das ich geholt habe, und uns selbst zum Mond schaffen.«

Das Flugzeug begann mit dem Sinkflug, während Neetas Frustration stieg. Dave hatte diesen sturen Gesichtsausdruck, der ihr verriet, dass er sich etwas in den Kopf gesetzt hatte. Aber dieses Mal würde sie sich nicht einfach damit abfinden. »Verdammt noch mal, Dave! Wieso sagst du das? Ich kann dir garantieren, dass die Präsidentin jeden Scheck ausstellen und alles tun wird, um alle zu retten. Sie braucht nur deine Hilfe, kapierst du das nicht?«

Dave schüttelte den Kopf und seufzte. »Ich versteh das sehr gut. *Du* verstehst nicht, was ...«

»Dann erklär es mir!«, fiel ihm Neeta lautstark ins Wort. Ihre Nasenflügel blähten sich, als sie mühsam den Drang unterdrückte, ihn zu ohrfeigen. »Du musst verdammt noch mal den Arsch hochkriegen und anfangen, dir Gedanken über die Rettung der Erde zu machen. Ich bin mir nämlich ziemlich sicher, dass *niemand* zurück zum Mond darf.«

Dave lehnte sich auf dem Sitz zurück und presste die Lippen zusammen, während Bella zwischen ihm und Neeta hin- und herschaute.

Plötzlich hallten Daves Worte in Neetas Kopf wider.

... wenn wir nicht das Graphen und uns selbst zum Mond schaffen ...

Sie beugte sich vor und fragte: »Warum ist das Graphen so wichtig?«

»Es ist der Schlüssel zu allem. Und selbst die Präsidentin kann nicht einfach mit den Fingern schnippen und genug davon herstellen lassen. Ist nämlich sauschwer, es in großen Mengen zu produzieren.«

Hoffnung ließ ein Lächeln in Neetas Züge treten. »Dave, ich weiß noch, was du mir damals bei der ISF über die Herstellung von Graphen erzählt hast. Und mir war immer klar, dass es entscheidend für deine Pläne war. Was, wenn ich dir sage, dass ich den neuen Direktor vor meinem Abgang von der ISF davon überzeugen konnte, das Zeug weiterhin in rauen Mengen zu produzieren? Ich habe erst vor sechs Monaten mit ihm gesprochen. Da hat er mich gefragt, was um alles in der Welt wir mit Hunderttausenden Kilometern Graphen-Band vorhaben.«

Bella stupste Dave und flüsterte: »Wenn es irgendwie möglich ist, musst du versuchen, sie zu retten.«

Daves Gesichtsausdruck ging von Frustration zu Überraschung über. Er sah Bella an, und seine Miene wurde milder. Als er die Aufmerksamkeit wieder auf Neeta richtete, begegnete er ihrem Blick und flüsterte: »Vielleicht ist es ja doch möglich ...«

Stryker stützte sich ab, als der Sergeant, der den Humvee fuhr, aufs Gaspedal trat.

Das große, leicht gepanzerte Fahrzeug holperte mit halsbrecherischer Geschwindigkeit über die namenlose Straße. Es führte einen Konvoi von vier weiteren Humvees an, alle randvoll mit schwer bewaffneten Soldaten.

Er konnte die Blaulichter des SUV der Polizei, dem sie folgten, durch die aufgewirbelten Staubwolken kaum sehen. Sie alle fuhren in südöstlicher Richtung parallel zum Puyallup River.

Als sich der weiße Gipfel des Mount Rainier nur 15 Kilometer entfernt im Osten abzeichnete, stellte Stryker das Mikrofon an seinem Headset ein. »Herhören, Leute, wir sind fast oben. Die Straße sollte in einem knappen Kilometer enden. Ab da kann es heikel werden. Denkt daran, die Polizeichefin übernimmt den ersten Kontakt. Wir sind nur da, um dafür zu sorgen, dass die Lage nicht außer Kontrolle gerät.«

Stryker stellte sein Headset auf den Polizeikanal ein und fragte: »Chief, noch irgendwelche Worte, bevor wir diese Leute treffen?«

»*Bleiben Sie einfach cool, dann sollte nichts passieren.*« Mias Stimme klang selbstsicher. Immerhin befand sich das Lager der Miliz in einem ehemaligen Puyallup-Reservat. Die Hälfte dieser Leute waren wahrscheinlich in irgendeiner Weise mit ihr verschwägert.

»Verstanden. Denken Sie nur daran, dass wir diese Leute nicht grundlos im Visier haben.«

»*Lieutenant, die Botschaft ist angekommen. Wir haben mögliche Terroristen in unserer Mitte, und ich will genauso wenig wie Sie, dass sie frei herumlaufen. Ich möchte meinerseits daran erinnern, dass diese Leute besser bewaffnet als die meisten Zivilisten und zudem ein nervöser Menschenschlag sind. Ich will nicht, dass jemand erschossen wird oder irgendetwas um mich herum explodiert. Meine Ohren klingeln immer noch von der verdammten Bombe auf dem Hügel.«*

»Glauben Sie mir, das will keiner von uns. Seien Sie einfach vorsichtig.«

Er wechselte den Kanal, als der vorausfahrende Polizeiwagen langsamer wurde und sich der Konvoi an die Geschwindigkeit anpasste. »Okay, wir nähern uns der Grenze des Milizlagers. Einheiten Alpha, Bravo und Charlie – ihr steigt mit mir aus, ich übernehme die Spitze. Delta, ihr behaltet alles im Auge. Sergeant Cohen, lassen Sie für alle Fälle einen Ihrer Männer das .50er bemannen. Haben alle verstanden?«

Ein bestätigender Chor dröhnte durch Strykers Headset, als der Humvee ausrollte und zum Stehen kam.

Stryker sprang aus dem Auto, legte die Hand um das vor ihm hängende Sturmgewehr und lief vorwärts. Am Ende der unbefestigten Straße traf er auf die Polizeichefin.

Als er nach vorn schaute, sah er zwei Männer in Tarnkleidung, die sich vom Waldrand lösten. Beide trugen Gewehre im AR-Stil über den Schultern und einen Patronengurt mit einem Dutzend Magazinen schräg über der Brust.

»Mia, was um alles in der Welt ist hier los?« Einer der Männer zeigte in Strykers Richtung, als die Soldaten hinter ihm in Stellung gingen.

Mia warf Stryker einen Blick zu, dann deutete sie auf den Mann, der gesprochen hatte. »Lieutenant Stryker, ich möchte Ihnen Billy Sterud vorstellen.«

»Sterud? Irgendwie verwandt?«

Billy trat vor und streckte die Hand aus. »Großer Bruder.«

Stryker schüttelte Billy die Hand. Dann nickte er, als der Mann die Stirn runzelte. »Merkt man. Derselbe grimmige Gesichtsausdruck.«

Billy schnaubte und ließ ein kurzes Lächeln aufblitzen. Er schaute zwischen seiner Schwester und den Soldaten hin und her, bevor er fragte: »Also, was geht hier vor?«

Mia zog ein Foto aus der Tasche und zeigte es ihrem Bruder. »Den Kerl hab ich zusammen mit deinen Freunden gesehen. Der Lieutenant hat ein paar Fragen an ihn.«

Billy warf einen Blick auf das Foto. Stryker merkte an seiner Reaktion, dass er ihn kannte.

»Hab ich noch nie gesehen.«

»Billy ...« Mia knurrte.

Ihr Bruder seufzte und warf einen genaueren Blick auf das Foto. Die verkniffene Miene tauchte wieder auf. »Das ist Raven Miller. Habt ihr irgendeinen Gerichtsbeschluss?«

Stryker zog eine Kopie des Bundesgerichtsbeschlusses unter der Einsatzweste hervor und reichte sie ihm. »Mr. Sterud, ich bin nur hier, um ein paar Fragen zu stellen. Niemand ist in Schwierigkeiten, aber es hat Zwischenfälle gegeben, denen wir nachgehen müssen.«

Billy gab ihm den Zettel zurück und zuckte mit den Schultern. »Hören Sie, Lieutenant, Raven war hier, aber jetzt ist er weg. Sie können sich gern umsehen, finden werden sie nichts.«

Plötzlich erwachte Strykers Ohrstöpsel knisternd zum Leben. »Lieutenant, wir haben auf neun Uhr einen Mann, der sich ungefähr 50 Meter entfernt im Gebüsch versteckt. Auf drei Uhr in gleicher Entfernung ist noch einer. Beide haben Gewehre in unsere Richtung angelegt. Wir haben beide im Visier, warten nur auf Ihren Befehl.«

Stryker blickte nach links und rechts, sichtete die Männer der Miliz und drückte den Sprechknopf an seinem Headset. »Verstanden. Im Visier behalten.«

»Billy, hast du eine Ahnung, wo er sein könnte?«, fragte Mia.

»Nein, und ehrlich gesagt bin ich nicht geneigt, dir mehr als das zu sagen.« Billy sah Mia eindringlich an. »Du hättest anrufen sollen. Die Fahrt hätte ich dir ersparen können.« Er wandte sich wieder an Stryker. »Tut mir leid, Lieutenant, aber ich habe nicht vor, dem Militär zu helfen. Dafür sind wir von Ihren Leuten zu oft verarscht worden. Auch wenn Sie meine Schwester irgendwie überredet haben, Ihnen zu helfen, ich bin nicht sie.«

Stryker holte tief Luft und sah dem Mann direkt in die Augen.

»Mr. Sterud, ich werd jetzt nicht um den heißen Brei herumreden. Ich erklär's Ihnen so deutlich wie möglich. Jedenfalls habe ich Fragen, auf die ich Antworten brauche.

Ich bin hier, um einer Reihe von Terroranschlägen nachzugehen, die überall im Land verübt wurden. Vielleicht haben Sie ja in den Nachrichten davon gehört.«

Billy verengte die Augen. »Schon möglich. Was hat das mit uns oder Raven zu tun?«

»Weiß ich noch nicht. Ich gehe nur Hinweisen nach. Ich hab 'ne

Menge Fragen und nicht genug Antworten. Dieser Abschaum begnügt sich nicht mit Cops, sondern hat auch schon Bomben gezündet, die Kinder getötet haben. Und da Ihre Schwester Polizistin ist, dachte ich, Sie würden vielleicht helfen wollen.«

Mia warf ein: »Jemand von den Leuten, die wir suchen, hat erst vor anderthalb Tagen 'ne Bombe gelegt, und Lieutenant Stryker hat mir das Leben gerettet.«

Billys Augen weiteten sich, als er Mia anstarrte. »Was? Auf keinen Fall kann Raven ...«

»Nicht Raven, sondern jemand anders.«

Kopfschüttelnd wandte sich Billy an Stryker. »Hören Sie, ich weiß nicht, was Sie von uns wollen. Keiner von uns ist interessiert dran, Polizisten oder Kinder umzubringen. Wir wollen nur in Ruhe gelassen werden.«

Stryker zog ein Notizbuch heraus. »Dieser Raven ist ein Verdächtiger, das ist alles. Können Sie oder irgendjemand sonst hier vielleicht Fragen über ihn beantworten? Wer ist er, wo ist er gewesen, wohin könnte er unterwegs sein? Hat er Tätowierungen, auffallende Gewohnheiten? Irgendwelche ungewöhnlichen Verhaltensweisen in letzter Zeit? Ich habe eine lange Liste von Dingen, über die ich etwas wissen will.«

Billy starrte etwa fünf Sekunden lang auf den Boden, bevor er den Kopf hob und nickte. »Na schön. Ich kenne ihn nicht wirklich, aber ein paar der Jungs hier kennen ihn.« Er drehte sich um, hob den Arm und machte eine übertriebene Kreisbewegung.

»*Sir, die Männer im Wald setzen sich in Bewegung. Unsere Ziele ziehen sich zurück.*«

Billy schaute über die Schulter und begegnete Strykers Blick. »Folgen Sie mir. Ich führe Ihre Leute rein.«

Stryker warf Mia einen Blick zu. Sie nickte ermutigend. Er drückte auf die Sprechtaste, rückte das Mikrofon zurecht und sagte: »Delta, halten Sie hier draußen Wache. Wir gehen rein, um Informationen zu sammeln. Es ist jetzt 1100. Wenn wir bis 1300 nicht zurück sind oder uns melden, wissen Sie, was zu tun ist.«

»*Verstanden. 1300.*«

Mia ging hinter ihrem Bruder her. Stryker folgte ihnen mit dem Rest seines Teams in die Dunkelheit des Walds.

Mitten auf einer Waldlichtung loderte ein Lagerfeuer. Stryker saß auf einen Baumstumpf, die Aufmerksamkeit auf einen der älteren Milizsoldaten gerichtet, der den Verdächtigen – Raven – offensichtlich kannte.

Der Mann war deutlich über 50. Er hatte einen wild wuchernden, grau melierten Bart, der den Großteil seines Gesichts bedeckte. Und er ließ sich von dem Dutzend Armeesoldaten im Lager der Miliz nicht aus der Ruhe bringen. »Ich weiß nicht, wohin Raven ist, aber ich kann Ihnen sagen, dass er sich in den letzten zwei Wochen merkwürdig verhalten hat.«

»Inwiefern merkwürdig?«, hakte Stryker nach.

»Na ja, er war etwa einen Monat lang verschwunden. Das an sich ist für einige von uns nicht wirklich ungewöhnlich. Ich hab selbst Angehörige in Idaho, die ich manchmal für Monate besuche. Aber Raven ist nicht so der Familientyp. Er ist einfach eines Tags verschwunden, und als er zurückkam, war er ziemlich schräg drauf. Hat gemeint, er hätte das Licht gesehen und hat lauter religiösen Müll gefaselt.«

Die 20 um das Lagerfeuer versammelten Milizsoldaten nickten, als wäre ihnen an dem Mann dasselbe aufgefallen.

Billy, der einer der Anführer der Miliz zu sein schien, räusperte sich und fragte: »Jeb, du hast mit ihm mehr als jeder andere geredet. Was hat er gesagt?«

Der alte Mann zuckte mit den Schultern. »Ich bin nicht sonderlich religiös erzogen worden. Jesus ist höchstens in Verwünschungen erwähnt worden, wenn mich mein Vater von der Veranda angebrüllt hat. Aber Raven hat von Gott und so gelabert. Er würde kommen, und wir müssten alle Glauben und Vertrauen haben.« Jeb zog ein großes Bowie-Messer aus einer Scheide an seinem Gürtel und lächelte. »Hat ihm gar nicht gefallen, als ich zu ihm gesagt hab, dass ich nur an dieses Messer hier glaube.«

Stryker lehnte sich vor und kratzte sich am Kinn. »Wir haben Raven auf dem Radar, weil er angeblich über das Ende der Welt geredet und versucht hat, die Menschen gegen Ungläubige aufzuwiegeln. Hat er von irgendjemandem von euch verlangt, etwas zu unternehmen?«

»Ja«, warf einer der Männer ein. »Raven hat gemeint, die Regierung würde die Gläubigen unterdrücken und einschüchtern wollen. Er wollte, dass wir kämpfen. Nur hab ich nie richtig verstanden, gegen wen er eigentlich kämpfen wollte.«

Ein anderer sagte: »Mich hat er gefragt, ob ich mich ihm im Krieg gegen die Heiden anschließe. Ich steh nicht auf so 'nen Hokuspokus, also hab ich ihm gesagt, dass er an der falschen Adresse ist.«

Andere bestätigten denselben allgemeinen Tenor, und Stryker kritzelte Notizen, während sie sprachen.

Schließlich blätterte er seine Mitschrift durch und fragte: »Raven war also eine Zeit lang weg. Als er zurückgekommen ist, hat er über Religion gesprochen. Hat er je erwähnt, wo er gewesen ist? Oder war sonst noch was an ihm ungewöhnlich?«

»Mir ist 'ne neue Tätowierung an ihm aufgefallen«, meldete sich ein Teenager zu Wort. »Als ich ihn drauf angesprochen hab, wollte er nicht wirklich darüber reden.«

»Wie hat sie ausgesehen?«

»Es waren zwei übereinanderliegende Dreiecke. Irgendwie schräg. Hab's nur bemerkt, weil er mal sein Hemd ausgezogen hat. Da hab ich die frischen roten Male der Tätowierung auf seiner Brust gesehen.«

Stryker erinnerte sich an die Tätowierung, die er an dem toten alten Mann festgestellt hatte. Er griff sich einen nahen Zweig und zeichnete das Symbol einer Sanduhr in die Erde. »Etwas in der Art?«

»Ja, genau. Das hab ich gesehen.«

Ein eiskalter Schauder lief Stryker über den Rücken. »Hat irgendjemand eine Ahnung, wohin er wollte?«

Die meisten der Männer schüttelten den Kopf. Der alte Jeb deutete mit dem Daumen nach Osten. »Er hat sich einfach vor ein paar Tagen aus dem Staub gemacht. Könnte aber sein, dass er zurückkommt. Seine Truhe hat er nämlich verschlossen zurückgelassen.«

»Er hat sein Zeug zurückgelassen?«

Billy warf ein: »Wir schnüffeln nicht in den Truhen anderer herum.«

Stryker erhob sich vom Baumstumpf und fragte: »Können Sie mir die Truhe zeigen?«

Billy presste die Lippen zu einer schmalen Linie zusammen, holte tief Luft und stand auf. »Kommen Sie mit.«

Strykers Augen wurden groß, als er mit der Gruppe auf eine große Höhle im Hang eines Hügels zumarschierte.

Mia ging neben ihm und zeigte hin. »Wissen Sie, was das ist?«

»Eine Höhle?«, gab er nüchtern zurück.

»Oh Mann.« Sie schmunzelte und schüttelte den Kopf. »Nein, Sie Klugscheißer, das ist eine alte Lavaröhre. Niemand denkt daran, dass der Rainier ein Vulkan ist und Lava speit. Aber das ist nur eine der vielen Röhren, durch die vor Ewigkeiten Lava geflossen ist.«

Als sie die Höhle betraten, gingen flackernd Lichter an und erhellten die viereinhalb Meter hohe Kammer. Mehrere Dutzend Pritschen standen in der natürlichen Zuflucht verteilt.

Der alte Jeb deutete unterwegs zu einem der Betten mit Metallrahmen und auf den verschlossenen Metallkasten davor. »Hier hat Raven gepennt.«

Stryker kniete sich vor die knapp einen Meter breite Truhe und betrachtete deren Vorhängeschloss. An der Vorderseite befand sich ein Zahlenrad, an der Rückseite ein Schlüsselloch. Er schaute über die Schulter und fragte: »Weiß jemand die Kombination?«

»Keine Ahnung, was er eingestellt hat, aber ich hab das hier.« Billy reichte Stryker einen bronzenen Generalschlüssel. »Damit geht es auf.«

Mit einer schnellen Drehung des Schlüssels sprang das Schloss auf. Als Stryker es entfernte, brach ihm kalter Schweiß aus.

Entlang des oberen Rands bemerkte Stryker etwas kupferfarben Glänzendes. Ein kaum sichtbarer, ausgefranster Draht klemmte zwischen dem Deckel und dem unteren Teil der Truhe.

Langsam wich Stryker zurück und schaute über die Schulter zu den Soldaten, die ihm in die Höhle gefolgt waren. »Ist unter euch zufällig ein ausgebildeter Kampfmittelbeseitiger?«

»Ich kann das«, antwortete Jeb. »Sergeant Jeb Macintyre. MOS 89D, im Ruhestand seit 2045. Warum? Glauben Sie, Raven hat seine eigene Truhe mit 'ner Sprengfalle präpariert?«

Der Rest von Strykers Team schüttelte den Kopf, also richtete er die Aufmerksamkeit resigniert wieder auf Jeb. »Glaube ich tatsächlich, ja.«

»Scheiße«, brummte Jeb, während er auf die Truhe starrte. »Ich hab keinen Bohrer und kein Videoskop, um reinzusehen. Sie?«

»Nein, so was haben wir nicht mitgebracht.« Stryker betrachtete die Truhe und fürchtete, er könnte bloß paranoid sein.

Jeb drehte sich um und rief einem der Milizsoldaten in der Nähe des

Höhleneingangs zu. »Tyler, hol Betsy aus der Waffenkammer. Jeff, hol ihren Zubehörrucksack.«

»Betsy?«, fragte Stryker.

»Sie werden schon sehen.«

Wenig später hörte Stryker, wie Raupenketten über Kies knirschten, als ein Bombenräumroboter alter Bauart in die Höhle kam. Beide Männer folgten Betsy. Einer hielt eine Fernbedienung, der andere trug einen großen Rucksack über der Schulter.

»Woher um alles in der Welt haben Sie das Ding?«

Jeb lächelte verlegen und zuckte mit den Schultern, als er von einem der Männer den schweren Rucksack entgegennahm und einen langen Arm aus Metall herauszog.

Stryker beobachtete, wie der ehemalige Kampfmittelräumer mit geübten Handgriffen eines der Teile am Roboter durch den mechanischen Arm aus dem Rucksack ersetzte. Stryker vermutete, dass Jeb die Maschine aus Armeebeständen gestohlen hatte, bevor er aus dem Dienst ausgeschieden war.

Jeb griff sich die Fernbedienung, betätigte die Steuerung, und der Roboter bewegte sich zielstrebig hin und her, fuhr den neu angebrachten Greifarm ein und aus. »Okay, alle Mann raus aus der Höhle.«

Nacheinander verließen die Anwesenden die umfunktionierte Lavaröhre und blieben erst stehen, als sie sich tief im Wald befanden.

Stryker schaute Jeb über die linke Schulter, während der Mann die Videoanzeige auf Betsys Fernbedienung betrachtete.

Jeb zog die grauen Augenbrauen zusammen, als er einen Regler an der Fernbedienung betätigte.

»Okay«, sagte er. »Betsy hat den rechten Griff von Ravens Truhe gepackt.«

»Ziehst du das Ding aus der Höhle?«, fragte Billy.

»Worauf du deinen Arsch verwetten kannst. Ich weiß ja nicht, wie's dir geht, aber ich will weiterhin ein Bett zum Schlafen haben, falls das Ding so manipuliert ist, dass es beim Öffnen hochgeht.«

Billy nickte, als Jeb langsam einen der Sticks an der Fernbedienung zurückzog.

Der Lautsprecher der Fernbedienung übertrug ein lautes, schrammendes Geräusch, als Betsy rückwärtsfuhr und die Truhe mitschleppte.

Jeb stieß den Atem aus. »Also, wenn das Ding mit einer Bombe präpariert ist, dann mit keiner bewegungsempfindlichen.« Er zog den Stick weiter zurück und schleppte die Metallkiste in Richtung des Höhleneingangs.

Stryker beobachtete auf dem kleinen Bildschirm, wie der Mann den Roboter geschickt manövrierte und die Truhe über den Kies vor der Höhle zog.

»Okay, jetzt wollen wir mal sehen, was wir da drin haben.«

Jeb betätigte einen anderen Stick der Fernbedienung. Auf dem Monitor geriet die Greifhand in Sicht.

Jeb blies auf seine Fingerspitzen und rieb sie aneinander. »Wird schon schiefgehen.«

Langsam umklammerte Betsys Metallgreifer die Verriegelung der Truhe und klappte sie auf.

»Verriegelung gelöst.«

Der Greifer packte den Rand des Deckels, und kaum hatte Jeb den Stick gedrückt, wurde der Monitor weiß.

Der Boden erbebte, kurz bevor der Lärm einer gewaltigen Explosion durch den Wald dröhnte.

Obwohl sie sich mindestens 100 Meter vom Höhleneingang entfernt befanden, spürte Stryker die Druckwelle, als eine wallende Rauchwolke auf sie zukam.

»Was für ein Arsch!« Billy ließ eine lange Reihe weiterer Verwünschungen folgen, als Kies vom Himmel prasselte.

Mia starrte Stryker mit entgeisterter Miene an. »Die Explosion hätte alle in der Höhle umbringen können.«

Stryker blinzelte sich Staub aus den Augen und schaute zum Eingang der Lavaröhre. »Mit was für kranken, mörderischen Arschlöchern haben wir es bloß zu tun?«

KAPITEL FÜNFZEHN

Von dem Moment an, als Bella im Krankenhaus aufgewacht war und man ihr mitgeteilt hatte, sie hätte einen Autounfall gehabt, hatte das Leben keinen Sinn mehr ergeben. Sie wusste, dass mit ihr irgendetwas nicht stimmte, dass irgendetwas fehlte. Fast so, als hätte sie aufgehört, zu glauben, dass sie menschlich wäre. Alle anderen schienen eine angeborene Menschlichkeit zu besitzen, ein Gefühl, das sich ihr bis zur Begegnung mit Dave entzogen hatte.

Mit ihm hatte Bella begonnen, etwas zu empfinden, das Normalität ähnelte. Aber als man sie im Flugzeug von Dave getrennt hatte, war es, als hätte sich etwas in ihrem Inneren abgeschaltet. Die Welt ergab auf einmal keinen Sinn mehr. Alles um sie herum wurde zu einem heillosen Durcheinander, genau wie in der Zeit vor Dave.

Sie warf ihm einen Blick zu. Und obwohl er kein Wort über die Wunde seitlich an seinem Kopf verlor, merkte sie ihm an, dass sie ihn immer noch störte. Im Verlauf der Jahre war es Bella gelungen, die Hinweise zu erkennen, die Dave ihr physisch lieferte. Sie konnte beinah sagen, was er dachte. Der Rest der Welt hingegen gab ihr immer noch Rätsel auf.

Bella hielt sich an Daves Arm fest, als sie den hell erleuchteten Betonflur hinuntergingen. Sie spürte die nervöse Energie, die ihn durchströmte. Eine kleine Gruppe von anzugtragenden Agenten des Secret Service eskortierte sie durch den langen Korridor unter dem Westflügel des

Weißen Hauses. Als sie sich einer holzgetäfelten Tür näherten, drehte sich ein Agent um und zeigte auf einen Korb mit verschiedenen abgelegten elektronischen Geräten. »Wir haben den Lagebesprechungsraum erreicht. Bitte geben Sie vor dem Eintreten alle elektronischen Geräte ab.«

Bella beobachtete, wie Neeta ein Implantat aus ihrem Ohr zog, es in einen kleinen Papierumschlag steckte und ihn mit ihrem Namen beschriftete. Als sich der Blick eines Agenten auf Dave und Bella heftete, schüttelte Dave den Kopf und murmelte: »Ich habe seit Jahren kein Handy mehr. Ich bin vielleicht kein Experte für Mobilfunktechnik, aber sogar ich weiß, dass die heutigen Diebstahlschutzsensoren mit der DNA des Besitzers codiert sind. Ich habe genug Ahnung, um so nicht aufgespürt zu werden.« Er schniefte und sah Neeta an. »Dachte ich zumindest.«

Als der Agent die Tür öffnete, warf Neeta einen Blick zurück und meinte: »Dave, du musst ein wenig einfacher erreichbar werden.«

Mit einem schiefen Grinsen murmelte er: »Ja. Ich würde lieber nicht wiederholen, was heute passiert ist. Mit der Geheimniskrämerei bin ich fertig.«

Beim Betreten des großen, holzgetäfelten Konferenzraums umfing Bella plötzlich Unbehagen, als sie spürte, dass etliche Augenpaare in ihre Richtung blickten.

Eine Stimme am hinteren Ende des Raums übertönte das Raunen der anderen. »Neeta, bitte bringen Sie Dr. Holmes und ...«

»Bella Holmes«, sagte Dave laut genug, um sich überall im Raum Gehör zu verschaffen. Bella schrumpfte innerlich, als sie ihm folgte. Alle starrten sie an.

Neeta begleitete sie am Rand des Konferenzraums entlang, zeigte auf einen Mann, schaute zurück und flüsterte: »Das ist Burt Radcliffe, von dem ich dir erzählt habe.«

Dave steuerte lächelnd auf den großen Mann zu, der das dunkle Haar mit den grauen Strähnen zu einem Pferdeschwanz zusammengebunden trug. Sie schüttelten sich die Hände. »Dr. Radcliffe, ich kann Ihnen gar nicht genug dafür danken, dass Sie mit Ihren Beziehungen ...«

»Unsinn, und nennen Sie mich Burt.« Dann trat ein verkniffener Ausdruck in Burts Gesicht. »Was der Arsch mit Ihnen gemacht hat, schreit zum Himmel.« Er zeigte auf den Verband seitlich an Daves Kopf. »Soweit alles in Ordnung?«

»Mir geht's gut.« Dave wischte die Frage weg und drehte sich Bella zu.

Sie wusste, was er sagen würde, kurz bevor er es aussprach. Und da sie bereits ahnte, wie unangenehm es ihr sein würde, zuckte sie vorsorglich zusammen.

»Burt, lassen Sie mich Ihnen meine bessere Hälfte vorstellen, Bella.« Dave schlang einen Arm um ihre Schulter. Er kannte ihre Zurückhaltung beim Kennenlernen neuer Leute.

Burt streckte die Hand aus. Einen Moment lang starrte Bella darauf und auf den Mann, dem sie gehörte. Sie konnte nichts aus seinem Gesichtsausdruck ablesen, und irgendetwas in ihr scheute sich davor, ihn zu berühren. Sie spähte zu Neeta, die ermutigend lächelte.

Bella hielt den Atem an, rechnete mit dem Schlimmsten und stählte sich, als sie seine Hand berührte.

Beim Hautkontakt breitete sich eine seltsame Wärme in ihr aus. Plötzlich hatte sie das Gefühl, Burts Mienenspiel lesen zu können. Er schien traurig zu sein. Nein, nicht traurig, aber da war Schmerz – eine tiefe Einsamkeit, mit der sie sich auf Anhieb identifizieren konnte.

Bella starrte in das zerklüftete Gesicht des Mannes. Er war unrasiert, ungepflegt, und sie hätte zu wetten gewagt, dass die meisten Frauen ihn bestenfalls als schlicht empfunden hätten. Allerdings nahm sie von den Äußerlichkeiten nichts wahr. Ihr Herz pochte laut, und in ihrer Brust flammte Wärme auf. Sie lächelte ihn an. »Sie sind ein wunderschöner Mensch, Burt Radcliffe. Ich bin froh, Sie zu kennen.«

Burt blinzelte verdutzt, dann blickte er auf seine Hand, und Dave lachte. »Burt, Sie haben keine Ahnung, was für ein Kompliment das aus ihrem Mund ist. Bella hat manchmal Schwierigkeiten im Umgang mit Menschen, aber eins kann ich Ihnen sagen.« Er beugte sich herab und gab Bella einen Kuss auf die Wange. »In mancher Hinsicht ist sie brillanter als wir alle zusammen.«

Plötzlich erregte das laute Klopfen eines Hammers auf Holz die Aufmerksamkeit aller.

Eine Seitentür zum Lagebesprechungsraum öffnete sich, und eine tiefe Stimme sagte: »Bitte erheben Sie sich für die Präsidentin der Vereinigten Staaten, Margaret Hager.«

Bella lächelte, als sie Dave dabei beobachtete, wie er die Förmlichkeiten der Vorstellrunde der über 20 Menschen im Raum bewältigte. Er war ganz in seinem Element. Seine Anspannung hatte sich gelegt, nachdem die Präsidentin bekanntgegeben hatte, dass Greg Hildebrand abgelöst war und Burt Radcliffe ihn als ihr wissenschaftlicher Hauptberater ersetzte. Außerdem würde Burt die Bundesregierung künftig in allen wissenschaftlichen Fragen nach außen hin vertreten. Während die Vorstellrunde noch lief, verteilten mehrere Personen dicke Kopien eines frisch gedruckten Berichts an alle Anwesenden. Bellas Blick heftete sich auf den knallroten Text sowohl oben als auch unten auf dem Titelblatt.

»STRENG GEHEIM – INDIGO«

Während Dave noch redete, streckte sie sich nach vorn und griff sich den gebundenen Papierstapel von der Tischplatte. Sie hatte das geschriebene Wort schon immer geliebt. Worte vermittelten für sie oft eine tiefere Bedeutung. Es war, als hätte jedes Wort seinen Zweck, und Bella bereitete es Vergnügen, die Muster zu entwirren, die sie bildeten, und nach verborgenen Botschaften zu suchen, die viele Menschen nicht in ihrer Gesamtheit erfassten.

Beim Blättern sah sie auf jeder einzelnen Seite denselben roten, warnenden Text. Etliche Statistiken begleiteten die prognostizierten Querungen der Erdumlaufbahn. Viele der Seiten widmeten sich auch der Kartierung bekannter Trümmerfelder zwischen der Erde und dem heranrasenden schwarzen Loch. Unmengen von nackten Zahlen ergänzten jede Karte. In einem Bericht gab jede Zeile die ICRS-Koordinaten eines Objekts, dessen Flugbahn, geschätzte Masse und aktuelle Geschwindigkeit an.

Bella sah die Karten im Kopf nicht als flache, ausgedruckte Bilder. Mit Hilfe der Rohdaten zeichnete ihr geistiges Auge die dreidimensionale Anordnung der nahenden, durch den Raum reisenden Objekte.

Einmal hatte sie Dave in einem der Freizeiträume der Mondbasis beim Billardspielen zugesehen. Er hatte ihr erklärt, dass es durch die geringere

Schwerkraft noch schwieriger wurde. Sie verstärkte jeden Fehler und erforderte beim Spiel noch vorsichtigere Stöße als auf der Erde. Für Bella glich das dunkle, rotierende Loch, das die Bedrohung auslöste, nichts weiter als der weißen Kugel beim Billard, die durch viele, unterschiedlich große Ziele pflügte. Nur gab es in diesem Fall keinen Tisch, durch den alles auf einer flachen Ebene ablief. Es fand vielmehr in einem dreidimensionalen Netz statt.

Bella erinnerte sich mühelos an alles, was Dave ihr über das Wechselspiel von Masse und Schwerkraft und darüber beigebracht hatte, dass jedes Objekt andere in seiner Nähe beeinflusste. Im Verlauf der Jahre hatte sie viel über die komplexen Aspekte von Drehimpuls und Chaosmodellen gelernt, die insbesondere auf die starken Gravitations- und Magnetfelder um ein schwarzes Loch zuzutreffen schienen.

Bella war sehr gut darin, sich auf etwas zu konzentrieren. Zum Beispiel auf den Bericht vor ihr. Dennoch achtete ein Teil von ihr weiter auf die Umgebung. Als der Grundtenor der Gespräche von platten Höflichkeiten abwich und ernster wurde, schob sie einige ihrer Gedanken über den Bericht in den Hintergrund.

»Entschuldigen Sie, Dr. Holmes.« Walter Keane, der Verteidigungsminister schwenkte das dicke Bündel vor sich. »Ist zwar sehr freundlich von Dr. Radcliffe und Dr. Patel, uns das hier zur Verfügung zu stellen, aber ich wette, ich spreche für die meisten Anwesenden, wenn ich sage, dass wir nicht viel von Astrophysik oder dem verstehen, was auf uns zukommt. Verdammt, ich bin bloß ein alter Soldat, der zu begreifen versucht, womit wir's zu tun haben und was unsere Truppen tun können, um zu helfen. Können Sie uns bitte genau erklären, was zum Teufel hier vorgeht? Und zwar so, dass wir alle es verstehen. Und wenn Sie schon dabei sind, welche Pläne haben Sie, die uns aus diesem verdammten Schlamassel holen könnten?«

Bevor Dave antworten konnte, richtete die Präsidentin den Blick auf ihn. »Soweit ich Dr. Patel und Dr. Radcliffe verstanden habe, konnten Sie die Existenz dieses Objekts, das sich uns nähert, schon über neun Jahre früher vorhersagen, als der Rest der Welt eine Ahnung davon hatte. Das beschäftigt mich seit geraumer Zeit. Ich erwähne es höchst ungern, aber was, wenn überhaupt etwas, hat Nordkorea damit zu tun?«

Mit einem schiefen Lächeln merkte Dave an: »Ich möchte nicht respektlos erscheinen, Madam President, aber ich spüre ein Hauch von

Hildebrands Vorurteilen und Paranoia in der Frage. Allerdings kann ich die Bedenken in Ihrer Position verstehen.«

Als Margaret Hager etwas erwidern wollte, hob Dave eine Hand. »Lassen Sie es mich erklären. Die Frage verdient eine Antwort. Ich bin Wissenschaftler, das wissen wir alle – aber auch Wissenschaftler beziehen Inspiration manchmal aus unkonventionellen Quellen. Newton hatte seinen Apfel, unzählige Wissenschaftler in der Vergangenheit wurden von Science-Fiction-Autoren inspiriert. Mich selbst hat ein Traum zum Handeln veranlasst. Eigentlich eine Reihe von Träumen. Stellen Sie sich vor, Sie werden von Bildern heimgesucht, die Sie mitten in der Nacht wecken. Bildern der Erde, wie sie in Stücke gerissen wird, als ein drei Kilometer breites Loch im Raum sie verschlingt. Alle, die Sie kennen, Eltern, Kinder, Freunde, Nachbarn, alles, was Sie je geliebt haben – einfach alles wird restlos ausgelöscht.«

Bella ließ den Blick durch den Raum wandern. Alle hatten den gleichen bangen Gesichtsausdruck. Das Bild, das Dave zeichnete, war für alle Anwesenden nur allzu real geworden.

Dave schwenkte den Zeigefinger. »Eins kann ich Ihnen sagen: Wenn man wochenlang von einem solchen Traum gequält wird, dann ist man irgendwann motiviert, sich damit auseinanderzusetzen. Sagt man nicht, dass Not erfinderisch macht? Ich jedenfalls musste mich auf das Problem konzentrieren, das mich beschäftigt hat. So ticke ich nun mal. Zu der Zeit, als ich noch von diesen Bildern verfolgt wurde, hat mich ein alter Studienkollege mit erschreckenden Neuigkeiten angerufen. Ich habe das College zusammen mit einem südkoreanischen Studenten besucht, den ich nur als ›Frank‹ kannte. Er war brillant, ein Vollblutakademiker. Andere erforschen erst jetzt einige der Dinge, über die wir vor zehn Jahren gesprochen haben. Erst, nachdem wir beide den Abschluss gemacht hatten und getrennte Wege gegangen waren, habe ich erfahren, dass ›Frank‹ in Wirklichkeit der Sohn des obersten Führers von Nordkorea war. Und soweit ich weiß, regiert mittlerweile er das Land.

Frank und ich sind lose in Kontakt geblieben. Aber erst vor knapp einem Jahrzehnt hat er mir von der Raumsonde erzählt, die sein Vater gestartet hatte.«

»Raumsonde?«, hakte die Präsidentin nach.

»Ja. Frank zufolge war sein Vater besessen von Weltraumforschung. Er hat vor 30 Jahren Sonden in die äußeren Randbereiche des Sonnensystems geschickt, weit über die Planeten hinaus, die wir alle kennen, tief hinein in die Trümmerwolke, die unser Sonnensystem umgibt. Ich habe keine Ahnung, was sein Vater zu finden gehofft hat. Jedenfalls hat eine der Sonden eine Reihe beunruhigender Signale zurückgeschickt. Frank hat mich erst eingeweiht, nachdem ich geschworen hatte, die Daten geheim zu halten. Er hat Hilfe bei der Interpretation der Daten gebraucht. Und es hat nur wenige Wochen gedauert, bis ich überzeugt davon war, ihre Bedeutung zu verstehen.

Der von mir analysierte Datenstrom war der letzte Atemzug einer Raumsonde, die in ein schwarzes Loch fiel. Da wussten wir, dass eine grauenhafte Gefahr unvorstellbar nahe lauert. Über die genaue Geschwindigkeit und Flugbahn konnte ich mir nicht sicher sein, aber wir hatten Schätzungen. Die Wahrscheinlichkeit war sehr hoch, dass uns kaum mehr als ein Jahrzehnt bleiben würde, bevor das schwarze Loch durch unsere Umlaufbahn driftet. Mir war klar, dass einige der Dinge, über die Frank und ich am College gesprochen hatten, plötzlich schnell von der Theorie zum Prototyp werden mussten. Zu dem Zeitpunkt hat meine Mission begonnen – die Mission, irgendwie dem Schicksal zu entgehen, das meiner Welt durch das mächtigste Objekt des Universums droht.«

Dave stand da, und Bella spürte, dass er Mühe hatte, seine Gedanken zu sortieren, während ihr eigener Verstand die Rohdaten aus dem Bericht ordnete. Ihr Gehirn durchlief etwas, das sich mit einem komplizierten 3D-Billardspiel vergleichen ließ.

»Das ist eigentlich alles, was es über die Sache mit Nordkorea zu sagen gibt. Dazu habe ich vorerst keine anderen erwähnenswerten Erklärungen. Wenden wir uns also der Frage des Generals zu. Vor fast zehn Jahren habe ich angefangen, über das Problem nachzudenken, mit dem wir konfrontiert sind. Durch einige der Ideen, über die Frank und ich diskutiert hatten, bin ich auf eine 70 Jahre alte Abhandlung von Miguel Alcubierre gestoßen. Darin erwähnt er Gravitationsblasen. Das hat mich zum Nachdenken gebracht. Im Wesentlichen läuft es auf die Krümmung des Raumzeitgefüges hinaus, und ...« Dave verstummte, und Bella spürte, dass er fürchtete, seine Beschreibung würde zu technisch ausfallen. »Halt es einfach«, ermahnte er sich murmelnd.

Mit verkniffener Miene begann Dave, auf und ab zu laufen. »Bevor ich auf die Lösung eingehe, möchte ich kurz über den Raum und die Gefahr sprechen, mit der wir konfrontiert sind. Wir haben alle schon Bilder von

Planeten und Asteroiden gesehen. Wir wissen, dass es im Weltraum unvorstellbare Schönheit gibt – aber auch unvorstellbare Gefahren. Können Sie sich beispielsweise vorstellen, dass es im All Objekte gibt, die gerade mal einen Durchmesser von 20 Kilometern haben, aber so stark magnetisch sind, dass sie einem selbst aus mehreren Hundert Kilometern Entfernung das gesamte Eisen aus den Blutzellen ziehen könnten? Tja, solche Objekte gibt es, und man nennt sie Magnetare. Sie können aus Riesensternen entstehen, die viel größer als unsere Sonne sind, wenn sie gegen Ende ihres Lebens in sich zusammenfallen. Wenn ein solcher Stern kollabiert, ist seine Schwerkraft so stark, dass die gesamte Masse des Sterns zusammengepresst wird. Sogar die Atome werden derart verdichtet, dass nur Neutronen zurückbleiben.«

Dave warf einen Blick auf einen nahen Tisch, auf dem Kaffee bereitstand. Er holte einen Teelöffel und zeigte ihn den Anwesenden. »Schon ein Teelöffel solcher Materie würde bei uns Milliarden Tonnen wiegen.« Er warf den Teelöffel auf die Mitte des Konferenztischs, wo er laut klirrend landete, über die halbe Länge schlitterte und die Aufmerksamkeit aller auf sich zog. Mit unheilverkündender Anspannung in der Stimme fuhr Dave fort: »Aber das ist nichts im Vergleich zu einem schwarzen Loch. Stellen Sie sich die Schwerkraft so stark vor, dass sogar Neutronen zu nichts zusammengepresst werden, zu einem unendlich kleinen Punkt, der als Singularität bezeichnet wird. Im Zentrum des rasant rotierenden schwarzen Lochs befindet sich ein solcher Punkt mit unvorstellbaren Gravitationskräften. Alles, was von der Schwerkraftquelle dieses Himmelsmonsters erfasst wird, das wird entweder in die entlegensten Winkel der Galaxie geschleudert oder verschlungen und seiner Masse hinzugefügt. So sieht das Schicksal aus, das uns erwartet. Unser Planet wird entweder verschlungen oder in die kalten Weiten des interstellaren Raums katapultiert. Die einzige gute Nachricht wäre wohl, dass wir mit ziemlicher Sicherheit weder das eine noch das andere erleben werden. Wir werden nämlich schon vorher von einem Asteroidenhagel bombardiert, der die Oberfläche unseres Planeten tausendfach verwüsten wird.«

Dave drehte sich zu Bella um und zeigte auf den Stapel Papier vor ihr. »Wie lange noch, bis die ersten Objekte die Erdumlaufbahn kreuzen?«

»Etwa 276 Tage«, antwortete Bella überzeugt.

Während Daves Erklärung der Gefahren des Weltalls hatte Bella ihr mentales 3D-Poolbillardspiel beendet. Das schwarze Loch stand dabei für die sich drehende weiße Kugel, die 114.483 Objekte aus dem Bericht stellten die Unmenge der Hindernisse auf ihrem Weg dar. Einige würde mit Sicherheit das schwarze Loch verschlingen, aber viele würden in alle möglichen Richtungen geschleudert werden. Viele davon wiederum würden vor das schwarze Loch katapultiert werden, während manche mit anderen kollidieren würden. Ein nicht unerheblicher Prozentsatz jedoch würde ungehindert auf die Erde zurasen. Ihre Antwort bezog sich auf die Ersten, die eintreffen würden. Viele weitere würden folgen, aber die ersten Einschläge würden in 276 Tagen auftreten.

Neeta schnappte nach Luft und wandte sich an Bella. »Wie kommst du auf die Zahl?« Rasch blätterte sie durch die ersten Seiten der Zusammenfassung des Berichts. »Mir wurde gesagt, ich soll sie nicht angeben. Sie sollte ausschließlich mündlich mitgeteilt werden. Außerdem haben unsere Computer drei Tage gebraucht, um alle möglichen Interaktionen zwischen allen Astralkörpern unserer Aufstellung zu modellieren.«

Dave fragte: »Hat Bella recht?«

Neeta starrte Dave mit großen Augen an. »Haargenau. Aber ich verstehe nicht, wie ...«

»Weißt du noch, dass ich gesagt habe, Bella ist schlauer als wir alle zusammen?« Dave zwinkerte Bella zu. »Das war kein Scherz.«

Mit einem Gefühl der Befriedigung lehnte sich Bella auf dem bequemen Ledersessel zurück, auf dem sie Platz genommen hatte. Sie bemühte sich, eine teilnahmslose Miene zu bewahren. Sobald die Leute bemerkten, wozu sie fähig war, schreckten sie oft vor ihr zurück, was sie nicht im Geringsten störte. Dave hatte ihr einst erklärt, dass sich die meisten Menschen eingeschüchtert fühlten, wenn sie jemanden nicht verstanden. Das hatte er selbst durchgemacht. Bella hatte beobachtet, wie Dave damit umging. Aber sie war nicht sicher, wie sie auf das Lob reagieren sollte, mit dem er sie zu überhäufen pflegte. Immerhin hatte sie lediglich dasselbe getan, was er gelernt hatte – nur ein bisschen schneller.

Dave beugte sich über die Lehne von Burts Stuhl und fragte leise: »Meinen Sie, wir könnten eine detailliertere Aufstellung aller Objekte, egal wie klein, zwischen dem schwarzen Loch und uns bekommen? Das würde uns zu einem genaueren Bild vom zeitlichen Ablauf verhelfen.«

Burt nickte. »Wir lassen bereits ein Dutzend der fähigsten Observatorien rund um die Uhr daran arbeiten, mussten es aber aus Sicherheitsgründen einschränken.«

Die Präsidentin hörte den Wortwechsel und erklärte: »Dr. Holmes, wir können nicht riskieren, dass sich etwas über Indigo weiter ausbreitet als auf die Anwesenden. Auf den Straßen würde sonst Panik ausbrechen.«

Dave nickte. »Ich verstehe.«

Er richtete sich auf und wandte sich an die anderen im Besprechungsraum. »Ich weiß, dass ich vorhin unser bevorstehendes Aussterben beschrieben habe, aber es besteht noch Hoffnung. Auf dem Flug hierher habe ich erfahren, dass einige der wichtigsten Vorbereitungen, die ich während meiner Zeit bei der ISF begonnen hatte, tatsächlich fortgesetzt wurden. Das hat mir schweres Kopfzerbrechen bereitet, seit ich ... seit ich vor ein paar Jahren untergetaucht bin.« Dave deutete mit dem Kopf in Neetas Richtung. »Wir alle können Dr. Patel dankbar sein. Sie konnte einige Verantwortliche davon überzeugen, dass ich nicht völlig verrückt bin. Deshalb werden einige wichtige Dinge, die wir alle brauchen werden, nach wie vor hergestellt und eingelagert.«

Bella lächelte, als sie das Aufflackern ironischer Belustigung in Daves Zügen bemerkte.

»Ich sollte wohl erklären, wofür all die Billionen Dollar waren, die ich bei der ISF angeblich verschwendet habe. Und was sie damit zu tun haben, uns alle zu retten.«

Daves Gesichtsausdruck wurde ernst, als er Burt und Neeta die Hände auf die Schultern legte. Kurz stellte er Blickkontakt mit allen Anwesenden her, bevor er letztlich die Präsidentin ansah. »Was würde ein vernünftiger Mensch tun, wenn seine Gegend plötzlich feindselig wird und nebenan grauenhafte Nachbarn einziehen?«

Mit verwirrter Miene antwortete die Präsidentin: »Ich nehme an, man könnte umziehen.«

Dave lächelte strahlend. »Haargenau.« Er drehte sich den Versammelten zu und erklärte: »Dieses Sonnensystem wird nicht mehr sehr hübsch sein, wenn das schwarze Loch damit fertig ist. Also tun wir genau das, bevor uns das Gesindel zu nahe kommt.

Sie, ich, der ganze Planet, wir ziehen alle um.«

KAPITEL SECHZEHN

Fast allen fiel bei Daves Äußerung die Kinnlade runter. Er breitete die Hände zu einer beruhigenden Geste aus, um den stummen Schock der Versammelten zu lindern. Schließlich kam es nicht jeden Tag vor, dass einem erzählt wurde, man würde demnächst das Sonnensystem verlassen. »Ich weiß, das klingt verrückt«, räumte er ein. »Aber ich erkläre es Ihnen.

Mir war klar, dass es nichts Vorstellbares gibt, das ein schwarzes Loch von seiner derzeitigen Flugbahn abbringen könnte. Was also können wir tun, wenn wir es nicht bewegen, ablenken oder in die Luft jagen können? Die einzige logische Antwort ist: ausweichen.«

Ein Mann am anderen Ende des Raumes warf ein: »Aber wir haben nicht annähernd genug Raketen oder Treibstoff, um uns irgendwo hinzubringen. Wir haben nicht ...«

»Ich weiß, dass wir keine Möglichkeit haben, alle Menschen vom Planeten zu evakuieren«, fiel Dave dem Mann ins Wort und wischte den Kommentar weg. »Erinnern Sie sich, dass ich geschildert habe, wie ich von den Bildern unserer Zerstörung heimgesucht wurde? Damals habe ich angefangen, mich mit dieser 70 Jahre alten Abhandlung zu befassen über eine ... nennen wir es einfach eine Gravitationsblase. Ich habe Wochen über dem Problem gebrütet, bevor mir ein Geistesblitz kam. Diese Abhandlung hat mir zwar nicht die Antwort geliefert, aber sie hat mich auf den richtigen Weg gebracht.«

Dave ging zum Tisch entlang einer Wand, griff sich eine Erdbeere von einem der Teller und hielt sie für alle sichtbar hoch. »Stellen Sie sich vor, ich würde eine ungeheure Menge Energie in eine ringförmige Scheibe um ein Objekt pumpen ... sagen wir, um diese Erdbeere. Die Energie, von der wir hier reden, ist wohlgemerkt gewaltig, viel mehr, als Sie wahrscheinlich denken. Aber dadurch könnten wir diese Erdbeere in eine Blase hüllen, die es buchstäblich erlaubt, das Raumgefüge zu verzerren. Stellen Sie sich vor, man könnte den Raum vor dieser Blase komprimieren und den Raum dahinter ausdehnen – und die Erdbeere so durch den Raum selbst bewegen.« Kurz verstummte er und stellte fest, dass ihm alle konzentriert lauschten, viele mit verwirrten Mienen.

Dave schürzte die Lippen und versuchte, sich eine Analogie einfallen zu lassen, mit der er seinem Publikum das immens komplexe Thema verständlich erklären konnte. »Vergessen Sie den Raum vorübergehend. Stellen Sie sich vor, die Erdbeere befindet sich in einer Blase, ähnlich wie unter Wasser an Bord eines U-Boots. Wenn man beeinflusst, wie ein Teil der Energie zur Erzeugung der Blase eingesetzt wird, bewegt sich die Erdbeere in die von mir gewählte Richtung, als hätte sie einen Motor. Nur ist es kein physischer Motor, sondern ein Antrieb aus den uns umgebenden Gravitationskräften.«

Dave hielt die Erdbeere hoch und ging ein paar Schritte.

»Wenn man sich jedoch in einem U-Boot bewegt wie diese Erdbeere, würde man die Änderung des Schwungs spüren. Man würde spüren, wie man beschleunigt und verlangsamt. Das liegt daran, dass sich die umgebende Schwerkraft auf das U-Boot auswirkt, und man kann fühlen, wie man sich damit bewegt. Stellen wir uns die Erdbeere jetzt in einer Gravitationsblase vor. Sie könnte zwar sehen, dass sich Dinge um sie herum bewegen, könnte die eigene Bewegung aber nicht spüren, weil sie von der Schwerkraft der Erde isoliert wäre. Wären Sie an Bord eines U-Boots in einer solchen Blase, könnte ich Sie quer durch den Raum befördern, und Sie würden die Bewegung um Sie herum sehen, aber nicht das Geringste davon *fühlen*. Weder den Start noch den Stopp.«

Die Erdbeere baumelte von Daves Fingern, bevor er sie in die andere Hand fallen ließ. »Ob Sie's glauben oder nicht, es ist mir vor fast neun Jahren gelungen, genau dieses Experiment in meinem Labor bei der ISF durchzuführen.« Dave betrachtete die Erdbeere in seiner linken Hand und bedachte seine Zuhörer mit einem schiefen Grinsen. »Aber als ich die Erdbeere damals losgelassen habe, ist sie nicht gefallen. Stellen Sie sich eine Erdbeere wie die diese vor, die mitten in der Luft schwebt.

Für dich, meine Liebe.« Dave warf Bella die Erdbeere zu. Überrascht bildete sie mit den Händen flink eine Schale und schaffte es, die Frucht aufzufangen.

»Danach bin ich zu weiteren Experimenten übergegangen. Beschleunigungsmesser in der Blase haben keinerlei Veränderungen registriert, ganz gleich, wie schnell ich die Blase umherbewegt habe.«

Dave ging zu einer der Türen und pochte mit den Knöcheln auf den Holzrahmen. »Klopfen Sie auf Holz, denn so habe ich vor, uns aus dem Weg des schwarzen Lochs zu befördern. Wir werden dafür eine unvorstellbare Menge Energie brauchen. Meinen Berechnungen nach fast 75 Prozent der Gesamtenergieproduktion der Welt. Mit denselben Mechanismen, die ich beschrieben habe, können wir die Erde in eine Blase hüllen, wie ich sie um meine Erdbeere gelegt habe.«

Die Hälfte der Anwesenden plapperte wild drauflos, alle auf einmal.

»Ruhe«, rief eine laute Stimme aus der Ecke des Raums. Schlagartig verstummten alle. Der alte Mann mit der dröhnenden Stimme nickte in Richtung der Präsidentin und lächelte. »Madam President.«

Dave fühlte sich unverhofft ruhig, obwohl er gerade einem Raum voller Menschen sein fast ein Jahrzehnt lang gehütetes Geheimnis offenbart hatte. Er sah die Präsidentin der Vereinigten Staaten an. Überraschenderweise hatte sie eine entschlossene Miene aufgesetzt.

Mit fester Stimme meinte sie: »Es wird ein gehöriger Kraftakt, alle dazu zu bringen, nur 25 Prozent so viel Energie zu verbrauchen wie heute.«

Burt, der unmittelbar rechts von ihr saß, lehnte sich näher. »Madam President, ich denke, wenn man die Menschen vor die Wahl der völligen Vernichtung oder Opfer für die Chance auf Weiterleben stellt, wird die Antwort leicht fallen.«

Die Präsidentin zog die Augenbrauen hoch. »Vergessen Sie nicht, worüber wir beide gesprochen haben. Sie werden derjenige sein, der das allen erklärt.«

Burt verdrehte die Augen und warf Dave einen Blick zu, der besagte: *Jetzt sehen Sie nur, was Sie mir eingebrockt haben.*

Dave sah die Präsidentin an und fragte: »Madam President, könnte ich Zugang zu einer Laboreinrichtung bekommen? Vorzugsweise zu meinem alten Labor? Ich muss einiges testen, bevor wir das Gerüst für die Krümmungsblase aufstellen.«

Sie richtete die Aufmerksamkeit auf Burt. »Können Sie das ermöglichen?«

Burt nickte, und Dave klopfte ihm auf die Schulter. »Denken Sie nur daran, dass wir fast sofort loslegen müssen. Ich weiß, dass Bella gesagt hat, wir haben etwa neun Monate bis zu den ersten Einschlägen. Das bedeutet allerdings, wir müssen zwei Monate vorher aufbrechen, damit wir rechtzeitig aus dem Weg sind.«

»Alle herhören«, sicherte sich die Präsidentin mit lauter Stimme die allgemeine Aufmerksamkeit. »Ich hätte das gleich zu Beginn sagen sollen, aber offensichtlich handelt es sich hier um ein Briefing für einen streng begrenzten Personenkreis. Deshalb sollte ich eigentlich nicht daran erinnern müssen. Trotzdem tue ich es. Niemand von Ihnen darf ein Wort zu irgendjemandem verlieren, es sei denn, Ihr Gesprächspartner steht auf der Liste der Eingeweihten und Sie befinden sich an einem sicheren Ort. Jeder von Ihnen wird separat darüber informiert, was zu tun ist. Einiges ist natürlich bereits im Gang, zum Beispiel das Bevorraten von Notrationen. Aber es gibt eine Vielzahl von weiteren Dingen, die schnelles Handeln erfordern.«

»Madam President«, ergriff Walker Keane, der Verteidigungsminister, stirnrunzelnd das Wort. »Mir scheint, das Wohlergehen von Dr. Holmes ist eine Frage der nationalen Sicherheit. Verdammt, der *internationalen* Sicherheit. Irgendwann wird alles öffentlich werden. Wir müssen dafür sorgen, dass die Verrückten nicht an jemandem ran können, der so entscheidend für unsere Zukunft ist. Soll ich Vorkehrungen für seine Sicherheit treffen?«

Dave setzte sich auf seinen Platz und dachte über die Worte nach. Er mochte jahrelang auf der Flucht gewesen sein, trotzdem war ihm nie der Gedanke gekommen, jemand könnte ihn wirklich verletzen wollen. Er hatte immer nur Hildebrand als den Idioten vom Dienst betrachtet, der seine Karriere ruiniert hatte. Aber er hätte nie gedacht, dass er für jemand anderen zur Zielscheibe werden könnte. So lächerlich und kontraproduktiv es erscheinen mochte, ihm dämmerte, dass sich tatsächlich der Zorn bestimmter Menschen auf ihn richten könnte.

»Danke für die Erinnerung, Walter.« Die Präsidentin nickte. »Bitte halten Sie Leute für den Fall bereit, dass sie gebraucht werden. Ich habe aber auch schon mit dem Secret Service gesprochen. Es sind Agenten abgestellt, die auf Dr. Holmes, Dr. Patel und Dr. Radcliffe warten.« Sie lächelte Bella an und fügte hinzu: »Und ich werde die für Dr. Holmes eingeteilten Agenten daran erinnern, auch Mrs. Holmes einzubeziehen.«

Dave lehnte sich auf dem Sitz vor und sah die Präsidentin über den Tisch an. »Madam President, es gibt schrecklich viel zu tun, und ich fürchte, ich muss sofort loslegen. Meinen Sie ...«

»Ich verstehe vollkommen.« Sofort erhoben sich alle im Raum, als die Präsidentin aufstand. »Dr. Radcliffe, was immer Dr. Holmes braucht, beschaffen Sie es ihm. Sie haben dafür meine volle Befehlsgewalt.« Die Präsidentin zeigte auf alle, die sich um den langen Tisch im Besprechungsraum versammelt hatten. »Ich bin sicher, Sie alle haben einen Haufen Fragen an Dr. Holmes. Lassen Sie es mich klipp und klar ausdrücken: Niemand darf die Wissenschaftler bei ihrer Arbeit stören. Dr. Radcliffe hat sich freundlicherweise bereiterklärt, mein wissenschaftlicher Hauptberater zu werden, aber er ist wesentlich mehr als das. Für die meisten von Ihnen wird Zeit mit Dr. Radcliffe arrangiert, um festzulegen, ob Sie und Ihre Mitarbeiter etwas tun können und was.« Ihr Blick fiel auf einen Mann mit einem mächtigen Schnurrbart. »Jim, mein Außenminister muss sich mit ... na ja, mit allen Staaten in Verbindung setzen. Wir werden eine Menge Überzeugungsarbeit leisten müssen.«

Burt beugte sich näher zu Dave und meinte mit verkniffener Miene zu ihm: »Dave, Sie und ich werden uns über alles Mögliche unterhalten müssen. Ich muss mich für die verrückten Fragen wappnen, die man mir zweifellos stellen wird.«

Dave nickte und lehnte sich auf dem Stuhl zurück. Sein Verstand überschlug sich bereits mit der Planung.

Burt sah Neeta an. »Bitte sorg dafür, dass Dave ein Handy bekommt. Das wird mir das Leben unendlich vereinfachen.«

Bei allem, was es zu tun galt, drängte sich für Dave der Beginn mit dem Bau eines Netzwerks von Weltraumaufzügen in den Vordergrund, als Gerüst für die gigantische Gravitationsblase. Auf dem Mond mit seiner geringeren Schwerkraft hatten sich die Aufzüge als Erfolg erwiesen. Auf der Erde jedoch hatte er nur Gelegenheit für einen einzigen Probelauf gehabt, bevor er untertauchen musste. Und nun blieb keine Zeit zum

Üben. Er musste es auf Anhieb richtig hinbekommen. Nervöse Energie bauschte sich in ihm auf, als er besorgt an die Ergebnisse des damaligen Testlaufs zurückdachte.

»Ich hoffe, das Graphen-Spannseil reißt diesmal nicht.«

KAPITEL SIEBZEHN

Atemlos starrte Margaret mit dem Rest des Sicherheitsrats auf die über den Konferenztisch im Lagebesprechungsraum projizierten Videobilder. Der Jupiter zeichnete sich wie eine gigantische gestreifte Murmel vor dem pechschwarzen Hintergrund des Weltraums ab. Ungefähr im Minutentakt flammte auf der Oberfläche ein greller Strahl auf und riss eine weitere dunkle, runde Narbe in die obere Atmosphäre des größten Planeten im Sonnensystem. Für Margaret sah es aus, als hätte der Jupiter einen schlimmen Fall von Masern.

Walter Keane zeigte auf das Bild. Sein Ton klang unheilvoll. »Das kommt alles auf uns zu.«

Über die Videoübertragung begann eine Wissenschaftlerin, deren Namen Margaret bereits vergessen hatte, die Szene zu kommentieren. Der Empfang erfolgte über einen sicheren Kanal vom Palomar-Observatorium. *»Präsidentin Hager, was Sie sehen, ist ein Teil der ersten großen Trümmerwelle beim Kreuzen der Umlaufbahn des Jupiters. Jeder dieser gleißenden Blitze entspricht einer Sprengkraft von etwa 150.000 Megatonnen TNT.«*

»Grundgütiger«, entfuhr es Walter. »Ein einziger solcher Einschlag würde uns alle auslöschen.«

Plötzlich erhellte ein grellweißer Lichtstrahl die rechte Seite des

Videoschirms. Die körperlose Stimme der Wissenschaftlerin erklärte: *»Ganymed, einer der Jupitermonde, wurde soeben getroffen ...«*

Als das Licht trüber wurde, bemerkte Margaret eine Ansammlung glühender Felsbrocken, die langsam von der Einschlagstelle wegflogen.

»Spektrographische Messungen zeigen Objekte, bei denen es sich um Ganymeds freiliegenden Kern zu handeln scheint. Wir brauchen weitere Analysen, um die Größe des Objekts zu bestimmen, das Jupiters größten Trabanten getroffen hat. Aber wie es aussieht, ist Ganymed zerstört.«

Ein eiskalter Schauder raste Margaret über den Rücken, während sie beobachtete, wie sich die Verwüstung vor ihren Augen entfaltete. »Palomar, wie weit ist die erste Welle entfernt?«

»Bei der derzeitigen Geschwindigkeit wird der Beginn der ersten Trümmerwelle unsere Umlaufbahn in etwa 245 Tagen queren.«

Margaret drehte sich auf dem Stuhl um und winkte den Leiter ihres Sicherheitsteams zu sich.

Der dunkelhaarige Agent des Secret Service näherte sich ihr. Als er sich zu ihr beugte, flüsterte Margaret: »Wo ist Holmes gerade?«

Ohne zu zögern, antwortete der Agent: »Im ISF-Hauptquartier in Ithaca, New York. Ich glaube, dort werden irgendwelche Tests durchgeführt.«

»Geben Sie dort Bescheid, dass ich morgen anreise. Ich will mir das mit eigenen Augen ansehen.«

»Ja, Ma'am. Ich treffe die nötigen Vorkehrungen.«

Jeder Muskel in Margarets Körper schmerzte vor Anspannung, als sie durch die Gänge des ISF-Hauptquartiers in Ithaka lief. Der Gedanke, das Schicksal der Welt an eine Lösung zu hängen, die sie nie gesehen hatte und kaum verstand, war mehr als belastend. Sie war bereit, bestimmte Dinge auf Treu und Glauben zu akzeptieren, aber *das* musste sie sich selbst ansehen.

Als sie sich dem Ende des schwach beleuchteten Betonkorridors näherte, schwangen die Flügel der Doppeltür nach außen auf. Margaret erblickte die große Gestalt von Burt Radcliffe, der in den Taschen seines Laborkittels kramte.

Als Burt aufschaute, weiteten sich seine Augen. »Präsidentin Hager!

Ich wusste nicht, dass Sie schon eingetroffen sind.« Er blickte auf die Zigarettenschachtel in seiner Hand und steckte sie mit bedauernder Miene zurück in die Tasche. »Willkommen im Umgebungstestlabor der ISF.«

»Burt!« Eine Frauenstimme drang hinter der Tür hervor. Plötzlich stürmte Neeta in den Flur und wäre beinah mit dem Gesicht voraus gegen Burts Rücken geprallt. Sie trug mehrere Laborkittel über dem rechten Arm. »Ich soll dir ausrichten, dass der Secret Service angerufen hat und ...«

»Lass mich raten – die Präsidentin ist eingetroffen.« Burt schmunzelte, nahm Neeta die Laborkittel ab und verteilte sie an Margaret und ihre Eskorte vom Secret Service.

Margaret zog ihren Laborkittel an und folgte den beiden Wissenschaftlern, als sie sich umdrehten und durch die Tür eine riesige Halle betraten. Margaret sah sich um, ließ die gewaltigen Ausmaße des Raums auf sich wirken. Die Leuchtkörper an der Decke befanden sich in einer Höhe von etwa zehn Metern und erhellten dennoch jeden Quadratzentimeter des Labors. Die Halle selbst war etwa 100 Meter lang und genauso breit.

Burt zeigte auf die gegenüberliegende Wand. Margaret erspähte eine hohe, runde Metalltür darin. »Das ist die eigentliche Klimakammer, in der die ISF ihre Weltraumsimulationen durchführt. Die Bedingungen im All können durch Absaugen der Luft und Anheben oder Absenken der Temperatur nachgeahmt werden, je nachdem, was ein Test erfordert.«

Er bedeutete Margaret, ihm zu folgen, und fügte hinzu: »Sie kommen gerade rechtzeitig für Dr. Holmes' Graphen-Belastungstest.«

Margaret durchquerte den Raum. Ihre mittelhohen Absätze klapperten laut auf dem Betonboden. Unterwegs sichtete sie die untere Hälfte von jemandem, der unter etwas arbeitete, das wie eine große hydraulische Presse aussah. Zwischen ihr und der Maschine befand sich eine Reihe großer, durchsichtiger Absperrungen auf Rädern, vermutlich als irgendein Schutz gedacht. Mit einem lauten Grunzen rutschte der Mann unter der Anlage heraus. Sie erkannte ihn auf Anhieb als Dr. Holmes. Schweiß lief ihm seitlich übers Gesicht. In der Hand hielt er einen langen Schraubenschlüssel.

Er schenkte Margaret ein strahlendes Lächeln, schob eine der mobilen Absperrungen beiseite und kam auf sie zu. »Ich bin froh, dass Sie hier sind. Wir werden gleich sehen, ob die neuen Graphen-Trommeln für die Gerüste taugen, die wir brauchen.«

Margaret streckte die Hand aus und meinte: »Sie sehen aus, als hätten Sie gerade trainiert.«

Dave zögerte und wischte sich die Handfläche am Laborkittel ab, bevor er Margaret die Hand schüttelte. »Tut mir leid wegen dem Schweiß. Ich wollte kein Risiko eingehen. Immerhin soll die Anlage gleich einen Zugversuch mit rund 50 Tonnen durchführen. Da könnte jeder Fehler ziemlich schnell ziemlich hässlich enden.« Er warf einen Blick zu Neeta. »Kannst du mal nachfragen, wie weit Bella mit dem Aufladen der Kondensatoren ist? Da die Präsidentin jetzt hier ist, wäre mir her früher als später recht.«

Neeta nickte und entfernte sich rasch zu einem der sechs Ausgänge der Kammer.

Margaret zeigte auf die Testanlage, die Dave justiert hatte. Die Vorrichtung erinnerte ein wenig an einen langen Stahltisch mit großen Metallklemmen zu beiden Seiten. An jeder Klemme war ein mächtiger Kolben befestigt. »Erklären Sie mir, was Sie hier aufgebaut haben.«

Dave rollte einen weiteren der Schilde aus dem Weg und ging zur rechten Seite des Tischs.

Margaret bemerkte, dass an der Klemme eine durchsichtige Folie befestigt war, die sich über die Länge des Tischs erstreckte. Die Klemme auf der anderen Seite spannte die Folie.

Als Dave auf das transparente Material klopfte, entstand ein seltsam hölzernes Geräusch, fast so, als hätte er an eine Tür geklopft. »Das ist Graphen. Eine der leichtesten und stärksten Substanzen, die wir kennen, mit einer Reihe von erstaunlichen Eigenschaften. Aber worauf wir uns bei dieser Probe konzentrieren, ist die Zugfestigkeit.«

Margaret fuhr mit den Fingern über die fast durchsichtige Folie und klopfte mit den Nägeln darauf. Wie etwas, das nach Frischhaltefolie zum Einwickeln von Brötchen aussah, so merkwürdig steif sein konnte, überstieg ihre Vorstellungskraft. »Es ist so dünn. Wie stark ist es?«

»Tja, das werden wir gleich herausfinden.« Dave bedeutete der Präsidentin, ein paar Schritte zurückzutreten.

Margaret ging hinter die transparenten Schutzabschirmungen, wo sich um die zehn andere Personen eingefunden hatten, um das Experiment zu beobachten.

Während Dave die Schilde wieder in Position brachte, erklärte er: »Graphen ist in großen Mengen und guter Qualität sehr schwierig herzustellen. Bestimmt kennen Sie das alte Sprichwort: ›Die Gesamtheit ist nur so stark wie das schwächste Glied.‹ Dasselbe gilt für das Graphen, das wir verwenden. Die Stärke des Materials ergibt sich aus der Qualität der Herstellung. Was wir hier testen, ist eine Probe vieler Graphen-Schichten, zusammengefügt zu einer Matrix. Auch wenn ein paar Unvollkommenheiten im Herstellungsprozess tolerierbar sind, kann ich ohne Belastungstest nicht genau wissen, ob gut genug ist, was wir haben. Immerhin habe ich den letzten solchen Test vor über vier Jahren durchgeführt, und er war ein Fehlschlag. Na ja ... kein völliger Fehlschlag. Für die Anforderungen der geringeren Schwerkraft des Monds hat es gereicht. Aber es wäre nicht gut genug für das, was wir hier auf der Erde brauchen.«

Burt lehnte sich näher zu Margaret und fügte hinzu: »Neeta hat gesagt, dass seither einiges verbessert wurde.« Er reichte der Präsidentin eine Schutzbrille und Ohrenschützer. Einen solchen Gehörschutz trug sie regelmäßig auf dem Schießstand.

»An alle«, kündigte Dave lautstark an. »Augen- und Ohrenschutz aufsetzen. Es geht gleich los.«

Margaret legte ihre Sicherheitsausrüstung an und schaltete den Gehörschutz ein. Der Lautsprecher darin klickte, dann hörte sie deutlich das Gemurmel der Menschen um sie herum. Einen Moment lang erinnerte sie der Gehörschutz an die Headsets, die sie früher bei Kampfeinsätzen zur Kommunikation benutzt hatte. Die speziellen Kopfhörer ermöglichten dem Träger, uneingeschränkt zu hören – oft sogar besser als ohne sie. Aber trat ein lautes Geräusch auf, dämpften sie es sofort.

Dave drehte sich ihr zu. »Wenn diese Folie reißt – und glauben Sie mir, das wird sie –, dann wird das laut wie der Knall eines Schusses.« Er zog eine Fernbedienung aus seinem Laborkittel und rief einen Countdown. »Drei ... zwei ... eins ... los!«

Kaum hatte Dave einen Knopf auf der Fernbedienung gedrückt, hörte Margaret das Geräusch aktivierter Hydraulikpumpen. Sie beobachtete aufmerksam den Tisch, an dem sich jedoch nicht viel tat, abgesehen davon, dass sich die Klemmen geringfügig voneinander entfernten.

Margaret warf einen Blick auf das Gerät in Daves Hand und stellte fest, dass es schnell ansteigende Werte anzeigte.

Dave rief: »10 Tonnen ... 20 Tonnen ... 40 Tonnen ... 60 Tonnen Zugkraft.«

Margaret bemerkte ein unterschwelliges Geräusch, das vom Tisch ausging. Und als Dave »80 Tonnen« rief, dröhnte ein Knall durch die Kammer.

Mitten über dem Tisch erschien eine Rauchwolke. Sofort fielen Margaret die Reste der durchsichtigen Folie auf, die von beiden Klemmen hingen. Sie drehte sich Dave zu und fragte: »War das ein Erfolg oder ein Fehlschlag?«

Dave lächelte und zeigte den Daumen hoch. »Wir brauchen mindestens 20 Tonnen Zugfestigkeit. Wie es aussieht, ist das Material hinlänglich geeignet. Ich muss zwar noch unsere Bestände überprüfen, aber dieses Graphen erfüllt die Anforderungen von Projekt Indigo.«

Die Erleichterung, die Dr. Holmes ausstrahlte, beruhigte Margaret ein wenig. Allerdings plagten sie immer noch dieselben nagenden Fragen, mit denen sie die Anlage betreten hatte. Sie waren damit nicht beantwortet. Ihr bereitete nicht die Zugfestigkeit von Graphen oder die Herstellung dieser sogenannten Weltraumaufzüge Kopfzerbrechen, sondern vielmehr das, wofür sie benutzt werden sollten. »Dr. Holmes, können Sie mir die Sache mit dieser Gravitationsblase zeigen, von der Sie gesprochen haben? Ich weiß, Sie haben es anschaulich beschrieben. Trotzdem fällt mir immer noch schwer, es mir vorzustellen. Und da im Wesentlichen unsere Zukunft davon abhängt, dass die Sache in riesigem Maßstab funktioniert, würde ich sie gern in Aktion sehen.«

Mit nachdenklichem Gesichtsausdruck nahm Dave seine Schutzbrille ab und nickte. »Präsidentin Hager, ich denke, ich kann eine Demonstration arrangieren, die Sie beeindrucken dürfte.«

»Die Kondensatoren sind vollständig geladen. Wir sind jederzeit bereit.« Neetas Stimme drang knisternd aus dem mobilen Freisprechtelefon, das Burt trug.

Das Licht wurde gedämpft. Plötzlich hörte Margaret, wie ein lautes Summen durch das riesige Labor hallte.

Burt hob das Telefon näher an den Mund und sagte: »Ich höre dich klar und deutlich, Neeta. Dave hat gerade den Strom zu den Elektromagneten geleitet, also sind wir hier soweit. Bringt ihn rein.«

»Sind gleich da.«

Burt ging zum Ende eines langen gelben Farbstreifens, der mitten über den Boden des 100 Meter langen Labors verlief. »Präsidentin Hager, lassen Sie mich Ihnen erklären, was Sie gleich erleben werden – es ist ziemlich fantastisch.«

Er zeigte auf den Farbstreifen. »Unter der aufgemalten Linie befindet sich ein unglaublich starker Elektromagnet. Die ISF hat ihn für verschiedenste Tests benutzt. In diesem Fall dient er als Starthilfe für unser Experiment.«

Eine der Türen auf der rechten Seite der Kammer öffnete sich. Margarets Augen weiteten sich beim seltsamen Anblick eines großen, gepolsterten Sessels, den Bella und Neeta in ihre Richtung rollten. An dem Sessel war ein großer horizontaler Ring aus Holz befestigt. Als Margaret fragen wollte, worum es sich handelte, ertönte von links Daves Stimme.

»Ausgezeichnet. Sieht so aus, als wären wir bereit.« Er hielt einen Tablet-PC mit einer langen Antenne in der Hand. Dave zeigte zum Beginn der gelben Linie und sagte: »Stellen wir den Sessel an die Startposition.«

Margaret fiel auf, dass der Ring um den Sessel so mit drei hölzernen Speichen befestigt war, dass die Vorderseite frei blieb und man sich unter dem Ring hindurch setzen konnte.

Dave drehte sich ihr zu und deutete mit dem linken Arm auf den Sessel. »Madam President, wenn Sie sich bitte unter den äußeren Ring ducken und Platz nehmen, erkläre ich Ihnen, was wir gleich machen.«

Ein Agent des Secret Service meldete sich zu Wort. »Madam President ...«

Margaret winkte ab. »Ich brauche keine Belehrung über Ihre Sicherheitsprotokolle. Ich ziehe das durch.« Sie wandte sich an Dave und fragte: »Ist das wirklich sicher?«

»Ja, Ma'am.« Grinsend nickte Dave. »Ich habe diesen Test in verschiedenen Ausprägungen etliche Male durchgeführt. Es ist vollkommen sicher. In der Größenordnung macht es sogar Spaß.«

Margaret wurde neugierig. Sie duckte sich unter den Holzring und ließ sich auf dem recht bequemen Sessel nieder.

Dave zeigte auf ihre Füße. »Mir wäre lieber, wenn Ihre Füße nicht über die Kante hängen. Könnten Sie den Schneidersitz einnehmen oder ...«

»So besser?« Margaret zog die Füße unter sich und lehnte sich zurück. Es fühlte sich eigenartig an, in der Öffentlichkeit in so entspannter Haltung zu sitzen.

»Perfekt.« Dave kniete sich vor den Sessel und deutete auf den Holzring. »Wie Sie sehen, ist das kein gewöhnlicher Sessel. Stellen Sie sich vor, dieser Sessel repräsentiert die Erde, und Sie vertreten die Menschheit. Die Speichen, die den Reifen halten, sind die Weltraumaufzüge, die wir installieren werden. Und der Reifen selbst ist der Kreis, der den Umfang der Gravitationsblase darstellt, die wir erzeugen werden. Beachten Sie, dass sowohl die Speichen als auch der Reifen selbst in eine dünne Schicht desselben Graphens gewickelt sind, das wir vorhin getestet haben. Nicht die Speichen werden Sie bewegen. Sie fixieren lediglich den Ring, der die Gravitationsblase erzeugt, und die Blase ist der eigentliche Antrieb hinter der Bewegung.«

Margaret beugte sich vor, berührte die glatte Oberfläche des Holzes und nickte.

»Wir führen diese Demonstration in drei Schritten durch. Zuerst aktiviere ich den unter dem Beton verborgenen Elektromagneten. Dadurch wird der Stuhl weit genug angehoben, dass der Boden kein Hindernis bildet, wenn sich die Gravitationsblase um den Sessel herum bildet. Zweitens sind unter der Sitzfläche Batterien mit extrem hoher Kapazität verbaut. Die habe ich selbst konstruiert. Sie haben die besondere Eigenschaft, dass sie enorme Energiemengen speichern und sich bei Bedarf sehr schnell entladen können. Das ist auch nötig, denn selbst bei voller Ladung dauert diese Demonstration nicht länger als 45 Sekunden. Ich aktiviere die Blase ferngesteuert. Obwohl Sie sitzen bleiben, empfinden Sie vielleicht ein eigenartiges Gefühl von Schwerelosigkeit. Nur versuchen Sie unter keinen Umständen, aufzustehen. Und zu guter Letzt zeige ich Ihnen, wie es ist, in dieser Blase zu reisen.«

»Und das ist wirklich sicher?« Margarets Magen brodelte. »Ich werde also schwerelos – bedeutet das, wir werden alle schwerelos, wenn Sie die Blase um die Erde aktivieren?«

»Dave hat mir heute Morgen einen Ritt spendiert«, warf Burt von irgendwo hinter ihr ein. »Es *ist* sicher, aber unvergesslich. Und nein, wir werden nicht schwerelos, wenn wir es in die Praxis umsetzen. Die Schwerkraft der Erde wird noch vorhanden sein und uns genau wie heute festhalten.«

Dave nickte. »Richtig. Bei diesem Experiment werden Sie schwerelos, solange die Blase aktiv ist, weil Sie von allen Gravitationseffekten außerhalb der Blase abgeschirmt werden.«

Margaret lehnte sich auf dem Sessel zurück, umklammerte die

Armlehnen und atmete tief durch. »Ich bin bereit. Bitte kommentieren Sie den Ablauf während der Durchführung.«

Dave trat ein paar Schritte zurück, hob den Tablet-PC an und strich mit dem Finger über das Display. »Aktiviere den Elektromagneten ...«

Plötzlich spürte Margaret, wie der Stuhl vom Boden abhob.

»Alles in Ordnung?«, fragte Dave.

»Machen Sie ruhig weiter.« Ein Anflug von Ungeduld regte sich in Margaret. »Ich schreie schon, wenn's ein Problem gibt.«

»Okay. Ich aktiviere jetzt die Blase. Unter Umständen hören Sie ein leichtes Summen, wenn die Speichen die Energie zum Ring übertragen und den Blaseneffekt erzeugen.«

Unter dem Sessel setzten Vibrationen ein, und Margaret spürte, wie sie plötzlich ein wenig von der Polsterung abhob. Sie fühlte sich, als wäre sie auf dem Gipfel einer Achterbahnfahrt.

»Der Elektromagnet ist ausgeschaltet. Sie schweben jetzt in der Luft, isoliert von der Wirkung der Erdanziehung. Wenn ich die Blase bewege, werden Sie kein Gefühl von Bewegung wahrnehmen. Tatsächlich manipuliere ich etwas, das sich Raumzeit nennt. Stellen Sie sich, Sie wären auf einer Unterlage aus Gummi. Statt Sie zu bewegen, schrumpfe ich den Raum vor Ihnen und dehne gleichzeitig den Raum hinter Ihnen. Dadurch bewegen Sie sich letztlich vorwärts.

Mir ist bewusst, dass uns die Augen manchmal täuschen können. Damit Sie das Experiment besser erleben, schließen Sie daher bitte kurz die Augen.«

Margaret schaute zurück zu Dave. Er nickte ermutigend. Sie schloss die Augen und sagte: »Okay, sind zu.«

»Wieder aufmachen«, rief Dave fast sofort. Seine Stimme klang seltsam entfernt.

Als Margaret die Augen öffnete, schnappte sie nach Luft. Während der bloßen Sekunde, in der ihre Lider geschlossen waren, hatte sie nicht das Geringste gespürt – dennoch befand sich Dr. Holmes plötzlich über 50 Meter entfernt. Margarets Herzschlag beschleunigte sich jäh, und sie lächelte.

»Präsidentin Hager, sind Sie bereit für die Rückreise?«

»Ja!«, rief sie, und ohne Vorwarnung raste die Umgebung an ihr vorbei, als würde sie ein Rennen im Fernsehen verfolgen. Ohne jedes Gefühl von Beschleunigung flogen 50 Meter in weniger als einer halben

Sekunde an ihr vorüber, und ihr wurde unverhofft schwindlig. Ihr Herz pochte heftig, während Dr. Holmes weiter kommentierte und sich der Sessel zu Boden senkte.

Als Burt ihr aus dem Sitz half, fühlten sich ihre Beine wackelig an. Margarets Gedanken überschlugen sich. »Ich kann nicht glauben, was ... Doch, ich glaube es.« Sie richtete den Blick auf Dave und die anderen um sie versammelten Wissenschaftler. »Sind Sie sicher, Sie können das auf die Dimension hochschrauben, die wir brauchen?«

Dave warf Neeta einen Blick zu, und sie nickte. »Madam President, wir werden alles in unserer Macht Stehende tun. Solange wir das Material und die Energie für die Versorgung des Rings bekommen, wird es klappen.«

Margaret lächelte und legte Dave die Hand auf die Schulter. »Ich glaube Ihnen. Jetzt ist es meine Aufgabe, Vereinbarungen mit allen anderen Ländern zu treffen. Sie bekommen, was Sie brauchen. Wenn das alles vorbei ist, wird die Welt unermesslich in Ihrer Schuld stehen.«

Dave schüttelte den Kopf. »Wie so Vieles ist das ein gemeinsamer Kraftakt. Apropos ...« Er wandte sich an Neeta: »Kannst du mir bei der Aufstellung des Rohmaterials helfen, das wir für das Netzwerk der Weltraumaufzüge brauchen? Ich mache mir Sorgen, ob wir genug von dieser neuen Charge Graphen haben.«

Neeta warf einen Blick zu Burt. Er nickte und sagte zu Neeta: »Geh ruhig und tu, was du musst. Ich kümmere mit um Washington und das NEO-Programm, bis du fertig bist.«

»Tja, wir haben wohl alle gerade festgestellt, dass wir uns anderen Dingen widmen sollten«, meinte Margaret mit Nachdruck. »Und damit verabschiede ich mich.«

KAPITEL ACHTZEHN

Als Burt tiefer in den unterirdischen Betontunnel vordrang, schloss sich die Tür, die er passierte, automatisch hinter ihm. Das Geräusch von gleitendem Metall auf Metall hallte unheilvoll durch den Gang, als das Schloss einrastete.

Am Ende des Tunnels traf er auf zwei Männer in schwarzen Anzügen. Sie sahen beinah wie Zwillinge der Männer aus, die ihn in einem Lieferwagen mit dunkel getönten Scheiben hergebracht hatten. Man hatte ihm nur gesagt, dass es zu einem alten Atombunker irgendwo unter Manhattan ging. Zuerst dachte er, die Männer gehörten zum Secret Service der Präsidentin. Mittlerweile jedoch vermutete Burt, dass sie einem anderen Zweig der Regierung angehörten, über den niemand sprach. Die meisten Agenten des Secret Service, die er kennengelernt hatte, waren einigermaßen freundlich. Diese Typen waren ... anders. Ernster.

Einer der Männer näherte sich ihm mit einem langen Hand-Metalldetektor der Art, wie man sie auf Flughäfen benutzte. »Arme hoch und seitlich ausstrecken, Dr. Radcliffe.«

Burt stand da und starrte auf die Wand aus gebürstetem Stahl, während der Agent langsam mit dem Detektor seitlich an seiner Brust hinabfuhr.

Da er keine offensichtliche Tür, keinen Knopf oder sonstigen Weg vorbei an der Wand sah, fragte Burt: »Findet das Treffen in diesem Tunnel statt?«

Ohne etwas zu erwidern, tastete der Agent quälend langsam weiter jeden Quadratzentimeter seines Körpers ab.

Man hatte Burt gesagt, er würde einige Leute in einem vertraulichen Umfeld informieren. Allerdings war ihm nicht klar gewesen, wie sehr man das Wort »vertraulich« auf die Spitze treiben konnte.

Schließlich nickte der Agent, der ihn eine gefühlte Ewigkeit überprüft hatte, mit versteinerter Miene seinem Partner zu. »Er ist sauber.«

Der andere Agent drückte die gespreizten Finger an die Metallwand. Ein grüner Schimmer leuchtete unter seiner Hand hervor. Ein lautes metallisches Klicken folgte.

Als aus der Wand das Geräusch von sanft gleitendem Metall drang, nahm er die Hand weg. Der Agent wandte sich an Burt und erklärte mit fester Stimme: »Diesen Ort gibt es nicht, und dieses Treffen hat nie stattgefunden. Die Leute, die Sie gleich informieren werden, waren nicht hier, und selbst wenn Sie wissen, wer diese Leute sind, wissen Sie es nicht. Haben Sie verstanden?«

»Klar, kein Problem.« Burt lächelte und hielt die Maßnahmen für lächerlich extrem. Wer immer hinter diesen Türen warten mochte, es konnten wohl kaum wichtigere Persönlichkeiten als die Präsidentin der Vereinigten Staaten sein.

Burt rechnete damit, dass die Metallwand zur Seite aufgleiten würde. Überrascht zog er die Augenbrauen hoch, als die 30 Zentimeter dicke Wand stattdessen in den Boden sank, bis die Oberkante bündig abschloss.

Die Agenten bedeuteten ihm, einzutreten. Kaum hatte er die versunkene »Wand« hinter sich gelassen, hob ein unsichtbarer Motor sie wieder an und schloss ihn in einer großen, runden Kammer ein.

Der kuppelförmige Raum schien einen Durchmesser von etwa 15 Metern aufzuweisen und direkt aus dem umgebenden Grundgestein gehauen zu sein. Die Mitte beherrschte ein großer, schwarzer, U-förmiger Tisch, an dem etwa 30 Männer und Frauen in Geschäftsaufmachung saßen.

Am hinteren Ende in der Mitte des U erhob sich ein vornehm wirkender, älterer Mann, als Burt eintrat.

»Willkommen, Dr. Radcliffe.« Der britische Akzent des Mannes hallte lautstark in dem konzertsaalähnlichen Raum wider.

Er deutete auf einen Stuhl, der einsam und verlassen mitten im offenen Raum stand. »Bitte nehmen Sie Platz. Bestimmt fragen Sie sich, warum genau Sie hier sind und was die penible Geheimhaltung soll. Auch wir haben viele Fragen zu dem Thema, das Ihre Regierung als ›Indigo‹ bezeichnet.«

Wie der Mann *Ihre Regierung* aussprach, ließ Burts Herz einen Schlag aussetzen. Er ließ den Blick über die Gesichter und die Kleidung der entlang des Tischs versammelten Personen wandern. Alle sahen ausländisch aus. Kleidung, Frisuren und erst recht der Akzent des Sprechers. Was ging hier vor sich?

Woher wissen die von Indigo?

Burt hatte die Information, dass er eine Gruppe von Politikern informieren sollte. Er fragte sich, ob er einen schweren Fehler begangen hatte. *Wer sind diese Leute?*

»Dr. Radcliffe, lassen Sie mich Ihnen etwaige Sorgen nehmen«, sagte der Mann mit dem britischen Akzent. »Ihre Präsidentin weiß, dass Sie hier sind. Sie wäre selbst gekommen, wenn sie nicht bereits umfassend informiert wäre und sich um andere Dinge kümmern müsste.«

Burt wusste nicht recht, was er glauben sollte. Dennoch ging er langsam zu dem gepolsterten Drehstuhl aus Leder in der Mitte der Kammer und fragte: »Was ist das für ein Ort? Dafür bin ich hier? Um Sie alle zu informieren? Vorher wüsste ich wirklich gern ...« Burt deutete mit einer ausladenden Geste über die Umgebung. »Was ist das alles, und wer sind sie alle ...« Plötzlich verstummte er, als er den Mann mit dem britischen Akzent erkannte. »Äh, Sir ... sind Sie nicht der Premierminister von Großbritannien?«

Langsam trat ein Lächeln in die Züge des älteren Mannes, und Burt wusste, dass er recht hatte.

»Dr. Radcliffe, diese Versammlung an sich hat keinen Namen. Wir alle treffen uns in Krisenzeiten, aus politischen und Sicherheitsgründen streng geheim.«

Als Burt den Mund öffnete, um eine Frage zu stellen, hob der Premierminister die Hand. »Bitte, Dr. Radcliffe. Bevor wir beginnen, möchte ich Ihnen eine kurze Geschichte erzählen. Ich hoffe, sie hilft Ihnen, zu verstehen, was wir von Ihnen erwarten. Um es eindeutig festzuhalten: Alles, was in dieser Kammer gesagt wird, bleibt vertraulich.«

Durch die seidige Stimme und den Akzent des Mannes erlebte Burt einen surrealen Moment. Er fühlte sich beinah, als spielte er eine Rolle in einem der alten James-Bond-Streifen.

»Dr. Radcliffe, es ist noch gar nicht so lange her, dass die Nationen der Welt am Rand einer verheerenden Katastrophe gestanden haben. Viele Bürger der Welt haben religiöse Überzeugungen, und das ist schön und gut. Und auch, wenn ich es ungern zugebe, sogar ich glaube an eine höhere Macht. Man könnte argumentieren, dass Religion mehr Schaden als Nutzen angerichtet hat. Aber das ist eine andere Debatte.«

Der Premierminister legte die Hände vor sich auf den Tisch, lehnte sich vorn und fuhr mit unheilvollem Ton fort. »Auch wenn die Öffentlichkeit nie davon erfahren hat, vor nicht allzu langer Zeit haben drei Atommächte die Kontrolle über ihre Arsenale an religiöse Fanatiker im eigenen Land verloren. In allen drei Fällen bestand eine Verbindung zwischen diesen Wahnsinnigen. Alle waren von dem Wunsch motiviert, das Ende der Welt herbeizuführen. Und dabei glaubten sie, Gottes Hand würde eingreifen. Für manche Menschen mag das die Ankunft des Messias bedeuten – oder seine Wiederkunft oder was auch immer Ihre religiöse Überzeugung über die Endzeit vorsieht. Ich könnte mir vorstellen, dass Sie mit den christlichen Chroniken in der Offenbarung am vertrautesten sind. Wie auch immer, den landesinternen Sicherheitskräften gelang es nur mit Müh und Not, die bevorstehenden Katastrophen zu verhindern und die Lage im jeweiligen Land wieder unter Kontrolle zu bringen.«

Burts erster Gedanke galt dem, was die Präsidentin ihm gezeigt hatte, dieser Bruderschaft der Gerechten. Handelte es sich dabei um dieselben Verrückten, auf die sich der Premierminister bezog? Burts Gedanken überschlugen sich, als er versuchte, sich an etwas über religiöse Unruhen in den Nachrichten zu erinnern. Plötzlich ereilte ihn eine Erkenntnis. »Warten Sie. Ich erinnere mich an gleichzeitige Beerdigungen religiöser Führer vor ungefähr zehn Jahren. Die Sache wurde riesig aufgebauscht, aber ich dachte, sie wären alle an einem Herzinfarkt gestorben oder ...«

»Ja«, fiel ihm der ältere Mann ins Wort. »Über das Wer und Was müssen wir uns nicht weiter unterhalten. Belassen wir es dabei, dass die Sache bereinigt wurde, still und leise, ohne Verdacht zu erregen. Erst nach dem Vorfall ist den Oberhäuptern der Atommächte klar geworden, dass wir alle das gleiche latente Risiko von Sicherheitsverletzungen hatten. Diese Selbstmordkulte tarnen sich mit dem Deckmantel von Religionsgemeinschaften überall auf der Welt, und sie haben Millionen Anhänger oder Sympathisanten. Als zivilisierte Nationen konnten wir nicht hinnehmen, dass sie je die Kontrolle erlangen oder globale Unruhen anzetteln könnten.«

Burt erinnerte sich an den Albino-Mönch. Ihm graute beim Gedanken, dass es Millionen solcher Fanatiker auf der Welt geben könnte.

Der Premierminister deutete auf seine Amtskollegen zu beiden Seiten. »In jedem unserer Länder behindern wir unter den Kultanhängern diejenigen, die am problematischsten werden könnten. Wir sorgen dafür, dass ihnen die Abstimmungsverfahren in unseren jeweiligen Regierungen keine Mitsprache ermöglichen. Außerdem erschweren wir ihnen die Aussichten auf wirtschaftlichen Erfolg.«

Als er kurz verstummte, trat ein zynisches Grinsen in seine Züge. »Man könnte uns wohl mit den Schreckgespenstern in billigen Groschenromanen vergleichen, eine mysteriöse Vereinigung, die auf unehrenhafte Weise Kontrolle ausübt. Aber wir tun es, um den Rest der Menschheit zu schützen.«

Burt nickte langsam.

Merkwürdigerweise störte ihn daran nichts. Er war nicht besonders religiös und wollte Gottes Werk mit Sicherheit nicht in irgendeiner Weise beschleunigen. Burt mochte unerfreuliche Schicksalsschläge erlitten haben, trotzdem wollte er unbedingt weiterleben. »Herr Premierminister, wenn Sie über Indigo Bescheid wissen, warum brauchen Sie mich dann hier? Und warum erzählen Sie mir das alles?«

»Eigentlich ist die Antwort ganz einfach.« Der Premierminister lehnte sich auf seinem Stuhl zurück und deutete auf die anderen im Raum. »Wir wollten alle, dass Sie verstehen, warum es diese Gruppe gibt. Sie mussten erfahren, dass wir gegen einen beträchtlichen Teil unserer Gesellschaft kämpfen – einen Teil, der unter bestimmten Umständen bereit ist, fast alles zu glauben. Angesichts der Möglichkeit, die Indigo darstellt, erscheint uns allen klar, dass wir es mit einer globalen Katastrophe zu tun hätten, wenn die Wahrheit an die Öffentlichkeit käme. Sogar, wenn unser interstellarer Gast doch nicht zu Besuch käme und alles irgendein Irrtum wäre, allein das Wissen der Öffentlichkeit um die Bedrohung wäre eine Katastrophe epischer Ausmaße. Diese Selbstmordkulte brauchen nur einen Vorwand oder irgendetwas, das sie als Zeichen von oben deuten können, um die Zivilisation zu vernichten, die uns so am Herzen liegt.« Der Premierminister warf einen Blick zu den anderen und erklärte in düsterem Ton: »In jedem unserer Länder sind bereits Aktivitäten im Gang, um die

Reaktionen von besorgniserregenden Personenkreisen im Keim zu ersticken. Von Ihnen erwarten wir uns umfassende Aufklärung darüber, was genau auf uns zukommt und welche Vorbereitungen getroffen werden müssen. Unter Umständen hat unsere Gruppe auch Vorschläge dazu, was der Öffentlichkeit preisgegeben werden sollte und was nicht. Aber lassen Sie uns zuerst hören, was Sie zu sagen haben.«

Burt rollte mit dem bequemen, gepolsterten Lederstuhl langsam näher zum Eingang der Kammer, damit er alle Anwesenden gleichzeitig im Blick hatte.

Nach einem kurzen Hüsteln und Räuspern wandte er sich an die Versammelten:»Wie Sie alle bestimmt wissen, gehört ein schwarzes Loch zu den gefährlichsten Objekten im All ...«

Burt war zutiefst erleichtert, dass er fast zwei volle Tage mit Dave über die Wissenschaft hinter der Lösung und über mögliche Probleme bei der Umsetzung besprochen hatte. Nach den knapp zwei Stunden intensiver Diskussionen mit den 34 Oberhäuptern verschiedener Länder fühlte er sich ausgelaugt. Beinah so, als hätte er vor Gericht das Kreuzverhör eines Staatsanwalts über sich ergehen lassen. Allerdings hatte er es nicht mit *einem* Gegenüber zu tun, sondern mit *34*, die alle gezielte Fragen stellten und jeden erdenklichen Aspekt ausloteten. Vereinzelt führte die dynamische Debatte zu heftigen Diskussionen unter den führenden Politikern der Welt, und erst, als der britische Premierminister von irgendwo einen Hammer auspackte und damit laut auf den Tisch klopfte, kehrte wieder Ordnung im Saal ein.

Für Burt blieb als einzige konkrete Schlussfolgerung, dass weitere Diskussionen folgen müssten. Dafür würde jedes der Länder einen Vertreter seiner wissenschaftlichen Gemeinschaft mit Anweisungen der Regierung entsenden.

Als sich die Versammelten erhoben und zu einem Tisch mit Essen und Erfrischungen gingen, kam der Premierminister zu Burt und klopfte ihm mit einem mitfühlenden Lächeln auf die Schulter.»Dr. Radcliffe, ich entschuldige mich dafür, was Sie gerade erlebt haben. Mir ist klar, dass es anstrengend sein muss, sich mit uns Politikern herumzuschlagen. Viele von uns wissen kaum, wie man Physik buchstabiert, geschweige denn, wie man vernünftig darüber diskutiert. Die meisten von uns sind recht besonnen, aber wir können auch anders.«

Burt schüttelte den Kopf und lächelte. »Keine Sorge. Ich habe schon Schlimmeres erlebt. In Akademikerkreisen gibt es ein altes Sprichwort: ›Akademische Politik ist deshalb so erbittert, weil der Einsatz so gering ist.‹ Abgesehen davon habe ich solche verbalen Schlachten schon früher geschlagen.«

Der ältere Gentleman nickte, bevor er mit einem Ausdruck des Bedauerns schwer seufzte. »Ja, damit haben Sie wohl recht. Lassen Sie sich nur nicht überraschen, wenn es erst noch hässlicher wird, bevor wir auf einen gemeinsamen Nenner kommen. Die Leute werden nicht hören wollen, was gesagt werden muss. Aber ich bin sicher, Sie bekommen das hin.« Der Premierminister setzte ein Lächeln auf, das bestimmt beruhigend wirken sollte, dennoch ließ es Burt besorgter werden. »Sie haben sich sehr gut geschlagen, und genau das werde ich Margaret berichten.« Dann warf der Premierminister einen Blick auf einen Tisch mit einem großen, silbernen Teeservice und klopfte Burt erneut auf die Schulter. »Ich weiß ja nicht, wie es Ihnen geht, aber ich brauche jetzt ein Schlückchen Tee, um meine überspannten Nerven zu beruhigen.«

Als sich der grauhaarige Mann abwandte, spürte Burt ein Tippen auf den Rücken. Er drehte sich um und hatte einen kleinen asiatischen Mann vor sich, der ihn eindringlich ansah.

»Oh, hallo.« Burt erkannte den leicht übergewichtigen Mann mittleren Alters auf Anhieb als den, der an einem der Enden des U-förmigen Tischs gesessen hatte. Er hatte selbst in den hitzigsten Phasen der Debatten nie ein Wort von sich gegeben. »Haben Sie eine Frage?«

»Radcliffe, arrangieren Sie für mich ein persönliches Treffen mit Dave Holmes. Dave und ich sind alte Freunde.«

Burt blinzelte verblüfft. »Äh, ich bin eigentlich nicht befugt, für irgendjemanden Treffen mit Dr. Holmes zu arrangieren. Ich fürchte, Sie müssen sich an die Präsidentin wenden oder vielleicht ... Entschuldigung, ich will nicht unhöflich sein, aber wer sind Sie?«

Der Mann legte den Kopf leicht schief und lächelte. »Ein Gespräch mit Ihrer Präsidentin könnte schwierig sein. In meiner Regierung sitzen viele Personen, die Ihrer nicht allzu freundlich gesinnt sind. Wenn Sie mit Dave sprechen, dann sagen Sie ihm, dass Frank mit ihm über den Umrichter reden möchte.«

Burt wich einen Schritt zurück. Zuerst war er nicht sicher, ob ihn der Mann auf den Arm nehmen wollte. Dann klingelte beim Namen Frank plötzlich etwas. »Frank? Der Frank aus Nordkorea – der Frank, der mit Dr. Holmes studiert hat?«

Mit einem unerwarteten Ausbruch von Begeisterung klatschte Frank freudig in die Hände. »Also hat er über mich gesprochen? Er muss erfahren, dass es Fortschritte bei dem Projekt gibt, über das wir damals geredet haben.«

Plötzlich packte er Burt am Oberarm und beugte sich ihm zu. »Ich *muss* mit ihm sprechen.«

Als sich Burt aus dem Griff des Mannes befreite und einen weiteren Schritt zurücktrat, weiteten sich Franks Augen. Als oberster Führer seines Landes war er vermutlich nicht an Menschen gewöhnt, die seine Gegenwart nicht einschüchterte.

Frank beugte sich abermals näher und flüsterte mit belegter Stimme in geradezu verzweifeltem Ton: »Da ist noch mehr, aber hier kann ich nicht darüber reden.« Nervös spähte der kleine Mann über die Schulter. »Und die Informationen, die ich habe ... Ich kann mir einfach nicht sicher sein. Es erscheint mir verrückt, unausgegoren. Genau deshalb muss ich mit ihm reden. Dave war immer gut darin, Dinge zu entwirren und den Wert in den halbgaren, schlecht ausgeformten Ideen zu finden, die mich manchmal inspirieren.« Ein trauriger Ausdruck trat in die pausbäckigen Züge, als würde sich der Mann an eine längst vergangene Zeit erinnern. »Obwohl er Amerikaner ist, er ist wirklich ...« Frank verstummte und schien die nächsten Worte sorgfältig abzuwägen. »Er ist wirklich klüger als wir alle. Nichts für ungut.«

»Schon gut, das weiß ich, glauben Sie mir.« Burt nickte. »Dave ist mehr als brillant. Ich rede für Sie mit der Präsidentin und sehe zu, was ich tun kann. Aber versprechen kann ich nichts.«

Der oberste Führer des Schurkenstaats seufzte. »Es ist wichtig. Sie können Ihrer Margaret Hager ausrichten, dass ich tue, was ich kann, um meine Generäle in der Spur zu halten. Aber ob Sie's glauben oder nicht, der Handlungsspielraum in meiner Position ist begrenzt.«

Mit diesen Worten wandte sich Nordkoreas oberster Führer ab und steuerte auf einen mit internationalen Delikatessen überfrachteten Tisch zu.

Die Information über die Bedrohung war überaus sorgsam unter den anderen Führern der Welt verbreitet worden. Wie durch ein kleines Wunder war noch nichts davon in die Öffentlichkeit gesickert. Dabei hatte Burt immer gehört, in einer Regierung bliebe nichts wirklich vertraulich, weil die Menschen nicht anders konnten, als über ihre »Geheimnisse« zu sprechen. Offensichtlich traf das nicht immer zu.

Er atmete tief ein. Der muffige Geruch im Raum drang ihm in die Nase. Er stand vor einem Podium, als sich die Letzten der fast 150 Wissenschaftler in einem sicheren Auditorium in Fort Meade einfanden. Burt war sich nicht sicher, ob seine Magenverstimmung am fettigen Frühstück im Hotel lag oder daran, dass er gleich seinen Kollegen, den führenden Wissenschaftlern der Welt, Einzelheiten darüber offenbaren würde, wie man der heranrasenden Bedrohung begegnen wollte.

Burt wirkte seit fast drei Jahrzehnten in der akademischen und wissenschaftlichen Gemeinschaft. Er wusste, wie der Hase lief. Neue Konzepte erforderten Peer-Reviews zur Bestätigung, um ernstgenommen zu werden. Über 100 dieser Koryphäen mitzuteilen, dass sie das normale Verfahren bei etwas buchstäblich Erderschütterndem überspringen mussten, war blanker Wahnsinn.

Ein notwendiger Wahnsinn.

Nachdem sich die letzten Wissenschaftler auf ihren Sitzen niedergelassen hatten, beugte sich Burt vor, klopfte aufs Mikrofon und ließ den Blick durch den Raum wandern.

»Hallo zusammen«, begann er. »Wie ich gesehen habe, sind ein paar alte Freunde im Saal, ich freue mich aber auch, all die neuen Gesichter kennenzulernen. Ich wünschte nur, der Anlass wäre nicht so ernst, wie er heute ist.«

Burt versuchte, die Nervosität abzuschütteln, indem er noch einmal tief Luft holte und die steifen Schultern rollte.

»Sie sind alle darüber informiert, was uns bevorsteht. Außerdem hat man Sie zu Verschwiegenheit vereidigt. Was in diesem Raum besprochen wird, bleibt in diesem Raum. Diese Zusammenkunft verfolgt zwei Ziele. Erstens erkläre ich Ihnen unseren Lösungsansatz für die Ausgangslage in den Berichten, die Sie bereits erhalten haben. Zweitens sollten wir über die Auswirkungen der Ereignisse diskutieren und einen Plan darüber erstellen, was noch getan werden muss. Jedes Ihrer jeweiligen Länder braucht Ihre Beratung. Mir fällt die Aufgabe zu, die Diskussion zu koordinieren und die Schlussfolgerungen zusammenzufassen.«

Da Burt in seinem Leben schon viele Reden gehalten hatte, wich seine Nervosität rasch der eisernen Entschlossenheit, das zu tun, was getan werden musste. Wenn Indigo letztlich an die Öffentlichkeit gelangte, würden diese Leute den Bürgern die Lage erklären müssen. Und wenn es ihnen nicht vernünftig gelänge, würde mit größter Wahrscheinlichkeit eine Massenpanik ausbrechen. Es stand zu viel auf dem Spiel, um etwas zu vermasseln.

»Zunächst mal: Was ich Ihnen gleich beschreibe, wurde von Dr. David Holmes entworfen. Falls Sie ihn nicht persönlich kennen, wissen Sie mit Sicherheit, wer er ist. Ich wünschte, er könnte hier sein, aber er ist da draußen.« Burt deutete in Richtung der Außenwelt. »Er beschäftigt sich gerade mit den Bedenken, über die wir gleich sprechen werden. Deshalb bin ich an seiner Stelle hier.«

Einer der Wissenschaftler in der ersten Reihe, ein älterer Mann mit weißem Haar, stand auf und fragte mit lauter Stimme: »Dr. Radcliffe, ich lehne die Idee ab, das Schicksal der Welt auf neue Überzeugungen oder Erkenntnisse zu setzen. So funktioniert es nicht, und das wissen Sie genau.«

Burt schüttelte den Kopf. Er hatte mit Gegenwind gerechnet. »Ihr Einwand wird zur Kenntnis genommen, aber ich behaupte mal, Sie vergessen unsere Geschichte. Fortschritte in der Wissenschaft vollziehen sich oft in Schüben. Es kommt vor, dass lange als Tatsache betrachtete Dinge plötzlich durch widersprüchliche empirische Daten auf den Kopf gestellt werden.

Bis ins späte 19. Jahrhundert hinein hat die Wissenschaft an eine Substanz namens Äther geglaubt, angeblich das Medium für die Ausbreitung von Licht. Und dann eines Tages im Jahr 1905 hat ein Mann namens Albert Einstein mit seiner speziellen Relativitätstheorie alles über den Haufen geworfen, woran die wissenschaftliche Gemeinschaft geglaubt hat.

Noch vor 50 Jahren dachte man verbreitet, die Weltmeere wären durch das frühe Bombardement der Erde mit Kometen und anderen wasserführenden Objekten entstanden. Erst durch den Vorbeiflug des Halley'schen Kometen und die spektroskopische Analyse anderer Kometen haben wir festgestellt, dass diese eisigen Objekte nicht die Grundlage unserer Ozeane gewesen sein können. Ihr Verhältnis von schwerem Wasser auf Deuterium-Basis zu normalem Wasser war doppelt so hoch wie in unseren Meeren.

Stattdessen haben wir erfahren, dass ein großer Teil des oberen Erdmantels aus einem als Ringwoodit bekannten Gestein besteht. Und dass es, wenn man es an die Oberfläche brächte, ein Vielfaches der Wassermenge freisetzen könnte, die wir derzeit in unseren Ozeanen haben. Und ein nicht unerhebliches Detail: Das in unserem Mantel eingeschlossene Wasser hat exakt dieselbe Zusammensetzung wie das Wasser in den Meeren. Heute wissen wir, dass die Erde durch Millionen Jahre vulkanischer Aktivität ihre Ozeane bevölkert hat. Auch das hat unser früheres Verständnis abgelöst.

Immer wieder wurde vermeintliches Wissen praktisch schlagartig von neuen Erkenntnissen abgelöst.

Was Dr. Holmes als möglich nachgewiesen hat, steht meiner Einschätzung nach in keiner Weise Albert Einstein und dessen Theorie der speziellen und der allgemeinen Relativitätstheorie nach. Dr. Holmes hat auf den Kopf gestellt, was wir zu wissen dachten.«

Der nächste Teil war kontrovers, das wusste Burt. Er holte tief Luft und bemühte sich, nicht das Gesicht zu verziehen.

»Was ich gleich beschreiben werde, ist geradezu lächerlich kompliziert. Einige der Dinge, über die wir sprechen werden, stellen alles in Frage, was wir für Fakten gehalten haben. Glauben Sie mir, ich weiß, wie wir gestrickt sind. Ich bin einer von Ihnen. Damit meine ich, dass wir alle durch unseren akademischen Hintergrund von Natur aus Menschen sind, die viele Fragen stellen, die debattieren und die daran glauben, alles in Fachkreisen begutachten zu lassen. So leid es mir tut, diesen Luxus haben wir nicht mehr. Nicht in diesem Fall.«

Ein Raunen ging durch das Publikum. In einer der hinteren Reihen stand eine Frau auf. »Das ist verrückt«, rief sie. »Nichts ist so kompliziert, dass man nicht darüber debattierten kann. Wenn es so vertrackt zu erklären ist, dann behaupte ich, dass es wahrscheinlich nichts ist, worauf wir uns verlassen können.«

Das Gemurmel wurde lauter. Einige Wissenschaftler wetzten unruhig auf ihren Sitzen, andere murrten in Burts Richtung.

Burt schürzte angesichts der offenen Herausforderung die Lippen und lehnte sich näher zum Mikrofon.

»Ich habe nie gesagt, dass ich es nicht erklären kann. Ich habe gemeint, es wird für einige von Ihnen eine Herausforderung, es zu akzeptieren.« Mit einem Anflug von Entrüstung änderte er den Ton und versuchte, zu verhindern, dass darüber eine Endlosdebatte ausbrach. »Sie können meine Worte hinterfragen, so viel Sie wollen. Aber wenn Sie glauben, dass Wissenschaft und die Kommunikation von Konzepten nicht vertrackt ist, geben Sie sich Illusionen hin. Selbst der simpelste Umstand kann unvorstellbar kompliziert sein. Und ich nenne Ihnen gern ein Beispiel:

Ich weiß, Sie sind nicht alle Physiker, aber ich bin mir ziemlich sicher, Sie wissen alle, dass Leistung nicht dasselbe wie Energie ist, richtig?

Die Leistung ist ein Maß für die Menge der in einer bestimmten Zeit verrichteten Arbeit und wird in Watt angegeben. Die Energie hingegen ist die Menge der Arbeit, die über eine bestimmte Zeitspanne hinweg geleistet wird. Sie wird in Wattstunden gemessen.

Man könnte also sagen: ›Ein Watt Leistung für eine Stunde ergibt eine Wattstunde Energie.‹ Einfach, oder?«

Viele Gesichter im Publikum starrten ihn ausdruckslos an, während andere irritiert wirkten.

»Sie alle glotzen mich schweigend an und denken sich: ›Das ist doch Stoff für Nachhilfeunterricht, worauf will er damit hinaus?‹

Ich will Ihnen damit aufzeigen, wie etwas Einfaches vertrackt werden kann, wenn zu viele Menschen über etwas bereits Funktionierendes debattieren, statt einfach nach vorn zu schauen.

Zum Beispiel wird die Energie einer Batterie *nicht* in Wattstunden ausgedrückt, sondern in Amperestunden. Was natürlich bedeutet, dass man sie mit der Spannung multiplizieren muss, um Wattstunden zu erhalten. Auch noch einfach, könnte man sagen.

Man könnte annehmen, Sie wissen auch, was eine BTU ist – natürlich die British Thermal Unit, die 1.055 Joule entspricht. Warum gerade 1.055 Joule? Tja, weil so viel Leistung nötig war, um die Temperatur eines Pfunds Wasser um ein Grad Fahrenheit zu erhöhen.

Um das zu wissen, muss man offensichtlich tief ins Auswendiglernen vordringen, richtig?

Und was, wenn ich Ihnen sage, dass die Briten früher eine so genannte ›Board of Trade Unit‹ hatten, auch als BTU bekannt? Das war eine Kilowattstunde, was wohlgemerkt *nicht* dasselbe ist wie BTU in der Bedeutung von British Thermal Unit. Diese andere Form von BTU entsprach nicht 1.055 Joule, sondern 3,6 Megajoule. Schon verwirrt?

Aber warten Sie, es kommt noch mehr.

In Indien wird eine Kilowattstunde schlicht als Einheit bezeichnet. Also entspricht eine Million Einheiten eigentlich einer Gigawattstunde, eine Milliarde Einheiten einer Terawattstunde und so weiter.

Es lässt sich nicht bestreiten, dass wir Wege gefunden haben, zu verkomplizieren, wie wir miteinander kommunizieren oder gemeinsame Konzepte ausdrücken. Tun wir also nicht so, als wären wir in der Hinsicht unschuldig.

Sie alle haben den Auftrag, nicht über die Art der bevorstehenden Bedrohung zu debattieren oder über die Lösung, die derzeit umgesetzt wird, sondern über die Auswirkungen der Lösung und darüber, wie sich jedes Ihrer Länder vorbereiten muss. Jede Ihrer jeweiligen Nationen braucht Ihren Rat. Wenn Sie nicht erklären können, worüber ich gleich sprechen werde, trägt jeder Einzelne die Verantwortung für das unvermeidliche Chaos in Ihren Ländern.«

Burt schwenkte den Zeigefinger über die Menge.

»Und ich kann Ihnen versichern: Wenn Sie nicht in der Lage sind, die Menschen zu überzeugen, dass alles gut wird, dann *wird* es Chaos geben. Sie werden im Blickpunkt stehen – entweder als Retter Ihrer Nation oder als Sündenbock für interne Konflikte.

Um Ihnen allen zu helfen, werde ich die nächsten Stunden darüber sprechen, was Dr. Holmes entdeckt hat. Ich werde auf die damit verbundene Physik eingehen, und ich werde Sie ersuchen, *nicht* darüber zu diskutieren, ob es funktionieren kann oder nicht. Lassen Sie sich gesagt sein, dass ich einen Prototyp gesehen habe. Es funktioniert. Ende der Debatte.«

Bevor jemand protestieren konnte, lehnte sich Burt noch näher zum Mikrofon und betonte seine nächste Aussage mit bedrohlichem Tonfall.

»Wenn Sie eine Verständnisfrage haben, dann gern – aber ich werde nicht akzeptieren, dass jemand den Ablauf für die anderen bremst. Dafür haben wir keine Zeit. Unser aller Leben steht auf dem Spiel. Wenn Sie sich nicht zurücknehmen können, werden Sie vom Verfahren ausgeschlossen, und eine Zusammenfassung der Erkenntnisse wird an Ihr Regierungsoberhaupt geschickt. Hab ich mich klar ausgedrückt?«

In der Mitte der dritten Reihe wurde eine Hand gehoben. Burt erteilte dem Mann das Wort.

»Entschuldigung, Dr. Radcliffe«, sagte er. »Ich bin kein Physiker wie viele von Ihnen. Also will ich gar nicht erst so tun, als würde ich verstehen, worüber Sie diskutieren werden. Ich bin Klimatologe und ozeanografischer Forscher. Wenden wir uns nach der Besprechung der Mechanismen der Lösung den konkreten Vorbereitungen zu? Das ist hoffentlich der Bereich, in dem ich vielleicht Gedanken zu einigen Aspekten habe und etwas beisteuern kann.«

Burt stieß den unterbewusst angehaltenen Atem aus und spürte, wie die Spannung aus ihm abfloss. Er schenkte dem Mann ein Lächeln. »Ja, selbstverständlich. Im Anschluss widmen wir uns auf jeden Fall den praktischen Fragen. Ich bleibe so lange hier, wie es nötig ist, um alles zu besprechen. Ich möchte lediglich, dass Sie alle zumindest ansatzweise ein Verständnis der Lösung haben, wenn die Sache publik wird.«

Burt warf einen Blick auf die Uhr an der Wand. Erfreut durchströmte ihn das Gefühl, Beachtliches geschafft zu haben. Insgeheim hatte er wesentlich mehr Zeit für Auseinandersetzungen eingeplant.

»Ich habe mit der Aussage begonnen, dass die Welt der Wissenschaft gelegentlich auf den Kopf gestellt werden kann. Tja, genau das hat Dr. Holmes getan.

Denken Sie dabei an das Konzept der negativen Masse, Abschirmung der Gravitation und Bewegung mit Überlichtgeschwindigkeit. Was früher Science-Fiction war, ist schlagartig zu wissenschaftlichen Fakten geworden. Genauso wie beim Konzept des Äthers oder den Ursprüngen unserer Ozeane. So viel, was wir als Tatsachen betrachtet haben, wurde auf den Kopf gestellt. Es ist eine aufregende, wenn auch erschreckende Zeit, um den Platz der Menschheit im Universum zu erforschen.«

Burt befestigte ein tragbares Mikrofon an seinem Hemd und krempelte die Ärmel hoch. Er griff sich vorne im Hörsaal einen Stift von der Ablage am unteren Rand eines riesigen Whiteboards und skizzierte die Erde sowie ein Netz von Weltraumaufzügen um den Äquator.

»Beginnen wir mit Details darüber, was wir bei Aktivierung des Warp-Rings erleben werden, und gehen wir danach zu den Theorien über, die zu der Lösung geführt haben.«

Auf dem Sofa im Oval Office studierte Margaret den Sicherheitsbericht, als ein Gerät an der Decke das Gesicht des Verteidigungsministers als schwebendes Hologramm in die Mitte des Raums projizierte. Seine raue Stimme dröhnte aus versteckten Lautsprechern.

»Madam President, wir glauben, dass die Terroristenzellen so gut wie nicht miteinander kommunizieren und stattdessen Signale von einer zentralen Stelle empfangen.«

»Das habe ich schon diesem Bericht entnommen, Walter. Was hat es mit diesen extrem niederfrequenten Signalen und einem terroristischen Kommunikationsnetz auf sich?«

Margaret beobachtete, wie Walters Hologramm eine Seite in seiner Kopie des Berichts umblätterte und sich räusperte. *»Unsere USACIL-Spezialisten konnten ein Implantat aus einem der toten Terroristen bergen. Sie haben festgestellt, dass es sich dabei um eine ziemlich hochentwickelte Form eines Breitbandempfängers handelt.«* Der Verteidigungsminister griff sich einen anderen Stapel Papier und begann, daraus vorzulesen. *»Der Empfänger ist nicht größer als ein Reiskorn und so codiert, dass er die elektrischen Bahnen des Körpers zugleich als Antenne und als Stromquelle nutzt. Der Empfänger ist in der Lage, frequenzgespreizte Signale zu erkennen, und durch die Einbettung am Trommelfell des Trägers ist er ferner in der Lage, die Signale in Schallreize zu konvertieren. Der Empfänger ist so gestaltet, dass er sowohl Rundfunksignale als auch zielgerichtete Signale unterstützt.«*

Margaret starrte auf das gespenstische Bild des ehemaligen Generals, das einen guten Meter über dem Boden schwebte. Nachdenklich presste sie die Lippen zusammen. »Mit anderen Worten, wir haben Terroristen mit Implantaten auf dem Trommelfell, die sowohl globalen terroristischen Funkverkehr als auch gezielt an sie gerichtete Botschaften empfangen können?«

»Ja, Ma'am. Scheint so zu sein. Ziemlich fortschrittliche Technologie, wenn Sie mich fragen.«

»Sie wollen hoffentlich nicht andeuten, dass irgendein Staat hinter diesen Arschlöchern steht, oder?«

»Nein, Ma'am, dafür liegen mir noch keinerlei Beweise vor. Aber die CIA könnte in der Angelegenheit anders denken.«

»Na schön, was haben Sie noch über die Terroristen?«

»Bei allen gefassten Verdächtigen wurde irgendwo am Körper ein

gemeinsames Erkennungszeichen entdeckt. Eine Tätowierung in Form einer Sanduhr. Über die Bedeutung wissen wir noch nichts. Bei den Verhören war bisher keiner dieser Leute bereit, irgendetwas preiszugeben. Wir lassen das Bild gerade durch unsere Systeme laufen, um herauszufinden, ob wir irgendwelche Anhaltspunkte haben.«

Als Margaret auf die letzte Seite des Berichts blätterte, stieß sie auf eine Computerskizze eines Verdächtigen, den sie auf Anhieb erkannte. »Okay, was ist mit unserem Albino-Freund? Wie lautet seine Geschichte?«

»In der Wohnung eines Terrorverdächtigen konnten wir eine DNA-Probe aus einem handgeschriebenen Brief extrahieren, der aus einer Kleinstadt in Südrumänien stammt. Dank unseren neuesten DNA-Analyserechnern konnten wir die Gesichtsstruktur rekonstruieren. Offensichtlich sind Alter, Frisur und etwaige Narben nicht dargestellt, aber das Bild wurde sofort zur weiteren Analyse durch unsere Geheimdienstleute gekennzeichnet.«

Margaret lehnte sich auf dem Sofa vor und betrachtete das Bild eingehend. Das Hologramm zeigte eine rotierende Kopfaufnahme des Verdächtigen – weiße Haut, feine Augenbrauen, weißes Haar mit einem leicht zurückweichenden Ansatz. Der Anblick jagte ihr einen Schauder über den Rücken. »Er sieht eindeutig wie der Mann aus den abgefangenen Videoübertragungen aus. Wissen wir irgendetwas über ihn? Ist er der Rädelsführer oder nur ein Sprachrohr? Können uns die DNA-Computer Fingerabdrücke liefern?«

»Ich habe dieselben Fragen gestellt. Wir wissen noch nicht, wer der Kerl ist oder welche Rolle er bei den Terroristen spielt. Was die Fingerabdrücke angeht, wurde mir erklärt, dass die DNA nicht die exakten Fingerabdrücke einer Person vorgibt. Das ist also eine Sackgasse.«

Margaret legte den Bericht auf die Sitzfläche des Sofas, rieb sich die Augen und richtete den Blick wieder auf das schwebende Gesicht ihres Verteidigungsministers.

»Sonst noch etwas?«

»Nein, Ma'am. Alle fünf Zweige des Militärs unterstützen mit Teams die örtliche Polizei in jedem einzelnen unserer Territorien. Vorerst haben wir die Terroristen im Inland unter Kontrolle und suchen wie von Ihnen angeordnet mit Sondereinsatztruppen nach der Quelle. Das war's fürs Erste von dieser Front.«

»Walter, nur dass es klar ist, wir werden weiterhin auf das Militär zurückgreifen müssen, um die Ordnung aufrechtzuerhalten, vor allem an den Küsten.«

»Verstanden.«

»Danke, Walter. Das ist alles.«

Die Videoübertragung wurde beendet, und Margaret sank mit sich überschlagenden Gedanken auf das Sofa zurück.

Die Präsidentin fuhr sich mit den Händen durch das blonde Haar. Dann wandte sie sich an ihren Stabschef, der in der Ecke saß und zugehört hatte.

»Doug, holen Sie mir das Justizministerium ans Telefon. Ich muss einen Weg finden, auf legale Weise die gesamte funkgestützte Kommunikation zu blockieren, die diese Terroristen vielleicht nutzen. Das bedeutet, dass Radiosender und dergleichen kaltgestellt werden könnten. Und ich kann's nicht gebrauchen, dass mir Bürgerrechtsorganisationen oder der Kongress deswegen die Hölle heiß machen. Wir werden drastische Maßnahmen ergreifen müssen, um die Lage in den Griff zu bekommen.«

Der alte Mann schob die Brille höher auf den Nasenrücken und nickte. »Ich mache ein paar Anrufe und versuche, etwas für heute Nachmittag zu arrangieren.«

Margaret massierte sich die Schläfen und kämpfte gegen die Übelkeit an, die sie ihr Frühstück zu kosten drohte.

Sorgen nagten an ihr, als sie bei sich murmelte: »Wird uns retten oder vernichten, was ich vorhabe?«

KAPITEL NEUNZEHN

Bei der ersten geschlossenen gemeinsamen Sitzung des Kongresses überhaupt befanden sich weder Zuschauer noch nicht notwendige Mitarbeiter auf den sonst öffentlichen Galerien oder in den Räumlichkeiten selbst. Alles, was besprochen wurde, fiel unter die Vertraulichkeitsstufe von Angelegenheiten der nationalen Sicherheit. Burt hatte gerade fast eine Stunde ununterbrochen geredet, und seine Nerven lagen blank.

Er wartete, während sich einige der 535 gewählten Vertreter der Nation schwerfällig den Weg aus den Sitzreihen bahnten, die an alte Kirchenbänke aus Holz erinnerten. Nicht unbedingt Sitze, die er in einem der prächtigsten Gebäude der Hauptstadt erwartet hätte.

Während einige Senatoren und Kongressabgeordnete hinter den für die Fragerunde aufgestellten Mikrofonen in Stellung gingen, atmete Burt tief Luft durch. Er wusste, dass einige merkwürdige Fragen kommen würden. Immerhin befand sich unter diesen Leuten kein Wissenschaftler.

Nach seiner Enthüllung der Bedrohung durch das schwarze Loch hatten die Anwesenden schlagartig reagiert. Da hatte Burt erkannt, dass viele noch überhaupt nicht über Indigo informiert gewesen waren. Während Burts Rede hatte der Sprecher des Repräsentantenhauses mindestens fünfmal seinen Hammer benutzt, um die Ordnung im Saal wiederherzustellen.

Plötzlich kehrte Stille ein, und die Anwesenden drehten sich um, als die Präsidentin eintrat. Anders als bei öffentlichen Foren oder bei der Rede zur Lage der Nation marschierte sie zügig an den Sitzreihen und den an den Mikrofonen wartenden Politikern vorbei. Rasch ging sie in den vorderen Bereich und nahm keinen Meter von Burt entfernt Platz.

Es gab kein Händeschütteln, keine politische Schmeichelei, keine formelle Ankündigung ihrer Gegenwart durch den Sprecher oder Zeremonienmeister. Was bei Burt ein etwas mulmiges Gefühl auslöste. Es lief völlig anders als das ab, was er aus Fernsehübertragungen der Rede zur Lage der Nation kannte.

Margaret zwinkerte ihm beruhigend zu. Der Sprecher des Repräsentantenhauses beugte sich in der Reihe direkt hinter ihm nach vorn. »Sind Sie bereit für Fragen, Dr. Radcliffe?«

Burt nickte. Der Sprecher klopfte dreimal mit dem Hammer und sprach laut in sein Mikrofon. »Mitglieder des Kongresses, ich erwarte, dass Anstand gewahrt wird. Dr. Burt Radcliffe, wissenschaftlicher Hauptberater der Präsidentin und Leiter des Programms Near Earth Object der NASA, steht für Ihre Fragen zur Verfügung. Der Sprecher erteilt das Wort an Repräsentantin Young aus dem Bundesstaat Vermont.«

»*Dr. Radcliffe*«, wurde eine weibliche Stimme durch den Saal übertragen. Burts Blick fiel auf die ältere Afroamerikanerin, die vor einem der drei Mikrofone stand. »*Wenn dieses schwarze Loch so klein ist, woher wissen wir dann, ob es uns überhaupt erfassen wird? Besteht nicht auch die Möglichkeit, dass es an uns vorbeizieht, ohne Probleme zu verursachen?*«

»Ausgezeichnete Frage.« Burt nickte ihr zu. »Es mag schwer vorstellbar sein, dass ein nur wenige Kilometer breites Objekt eine so verheerende Wirkung haben kann, aber lassen Sie es mich erklären. Wir befinden uns derzeit 150 Millionen Kilometer von der Sonne entfernt. Trotzdem ist ihre Schwerkraft stark genug, um unseren Planeten in einer Umlaufbahn zu halten. Es gibt noch viel weiter entfernte Planeten. Obwohl sie über eine Milliarde Kilometer im All liegen, beeinflusst die Sonne sie ähnlich wie uns. Auch sie bleiben durch die Schwerkraft der Sonne in ihrer Umlaufbahn.

Jetzt stellen Sie sich vor, dass dieses schwarze Loch fast drei Viertel der Masse unserer Sonne hat. Die gleiche Masse wie ein ganzer Stern, verdichtet in einem vergleichsweise winzigen Paket. Vielleicht können Sie es sich so leichter vorstellen. Was würde Ihrer Meinung nach passieren, wenn ein anderer Stern durch unser Sonnensystem wandert?«

Burt verstummte kurz, um die Worte einwirken zu lassen. »Chaos würde ausbrechen. Dieses schwarze Loch hat nicht nur dieselbe Gravitationswirkung wie jeder Stern, es rotiert zudem wie ein Kreisel. Nur schneller, als Sie es sich je vorstellen könnten. Was würde wohl passieren, wenn ein Stern, der sich wie ein Kreisel dreht, durch unser Sonnensystem pflügt?«

Burt zeigte mit dem Finger auf das Publikum und fuhr fort: »Ich sage es Ihnen. Es gibt zwei grundsätzliche Möglichkeiten. Alles, was dem schwarzen Loch zu nahe kommt, wird davon angesaugt und restlos vernichtet. Das ist die eine Möglichkeit. Die andere wäre, vom Sog erfasst und hinaus in den interstellaren Raum geschleudert zu werden. Dort würde alles rasant erfrieren, auch unser Planet. Ich kann Ihnen nicht mit absoluter Gewissheit versichern, welches Schicksal uns ereilen würde, aber auf jeden Fall das eine oder das andere.

Um Ihre Frage konkret zu beantworten: Wir müssen nicht von dem schwarzen Loch erfasst werden, damit es Probleme verursacht. Es *ist* bereits ein Problem. Ich bin vorhin nicht darauf eingegangen, aber wir haben schon unbequeme Fragen von Astronomen, die nicht über die bevorstehende Katastrophe informiert worden sind. Der Saturn, der dem schwarzen Loch viel näher ist, wurde bereits aus seiner Umlaufbahn geschleudert. Tatsächlich sind wir schon betroffen. Die Flugkurve unserer Umlaufbahn um die Sonne hat sich etwas nach außen gewölbt. Es ist wie ein Tauziehen zwischen der Sonne und dieser Urgewalt, die wir als schwarzes Loch bezeichnen. Leider ist das ein Kampf ohne Gewinner, wenn wir nichts unternehmen.«

Einige Sekunden lang herrschte im Saal Totenstille, bevor der Sprecher verkündete: »Der Sprecher erteilt das Wort an Senator Hoffman aus dem Bundesstaat Connecticut.«

Burt richtete den Blick auf einen großen, dunkelhaarigen Mann auf der linken Seite des Raums. Die raue Stimme des Senators dröhnte durch den Saal. *»Dr. Radcliffe, ich bin Vorsitzender des Bewilligungsausschusses. Ich habe diese Frage wiederholt gestellt und von der Regierung keinerlei Antwort erhalten. Ich hoffe, Sie können etwas Licht in die Sache bringen. Mir scheint, dass die Finanzierung dieser großen Lösung, von der Sie* *gesprochen haben, nie den Kongress durchlaufen hat. Ihre Untergangsrede hat zweifelsfrei angedeutet, dass die Mittel nötig sind. Dennoch bleibt die Tatsache, dass Finanzierungsanträge für solche Notfallmaßnahmen durch den Kongress müssen.«* Der Ton des Politikers wurde tiefer, aggressiver. *»Verdammt, der Kongress hat eine Aufsichtspflicht. Vor allem bei Bauvorhaben dieser Größenordnung. Von Ihrer Organisation wird erwartet, dass sie uns berät und unsere Zustimmung einholt, bevor sie solche Unterfangen umsetzt. So etwas muss nach Nutzen und Prioritäten bewertet werden. Ich verlange eine Erklärung und die Zusicherung, dass bei solchen Dingen künftig die ordnungsgemäßen Verfahrensweisen eingehalten werden.«*

Burt legte den Kopf schief. Ein Gefühl der Fassungslosigkeit nistete sich in ihm ein. »Entschuldigen Sie, Mr. Hoffman ...«

»Senator Hoffman, danke sehr. Ich bin gewähltes Mitglied des Senats der Vereinigten Staaten.«

»Na schön. Hinsichtlich der Finanzierungsanträge müssen Sie sich an den Direktor der NASA wenden, meinen direkten Vorgesetzten, oder an die Präsidentin, meine andere direkte Vorgesetzte. Aber verlangen Sie angesichts der Lage allen Ernstes, dass wir von Ihrem Ausschuss die Prioritäten und den Nutzen bewerten lassen?« Burt stieß ein Lachen aus. »Entschuldigen Sie, aber wie viele Mitglieder in Ihrem Ausschuss sind Experten für Astrophysik? Wie viele anerkannte Experten für Materialwissenschaft oder Astronomie? Wie ...«

»Dr. Radcliffe, das ist keine Angelegenheit für Scherze. Wir werden konsultiert und erfüllen unsere Verpflichtungen als gewählte Vertreter, oder wir streichen die Finanzierung Ihres Programms. Und niemand von uns will, dass es dazu kommt.«

Sofort ging lautes Gemurmel durch den Saal, als die Anwesenden untereinander diskutierten. Der Sprecher klopfte mit dem Hammer und rief: »Ruhe! Ich verlange Ruhe!«

Burt sah den Kongressabgeordneten blinzelnd an. Die Worte des Mannes verschlugen ihm die Sprache.

Plötzlich spürte Burt ein Tippen auf der rechten Schulter. Überrascht erblickte er Präsidentin Hager, die mit tief gerunzelter Stirn neben ihm stand. Sie bedeckte mit der Hand das Mikrofon, beugte sich zu ihm und flüsterte: »Ich hatte schon das Gefühl, dass es dazu kommen würde. Andere Länder haben ähnliche Probleme erlebt. Macht nichts.« Sie bedeutete Burt, sich auf den von ihr verlassenen Platz zu setzen, schaute nach hinten und nickte.

Der Sprecher brachte den Hammer so wuchtig zum Einsatz, Burt hätte nicht überrascht, wenn das Ding zerbrochen wäre.

»Mitglieder des Kongresses, ich habe das Privileg und die besondere Ehre, Ihnen die Präsidentin der Vereinigten Staaten zu präsentieren.«

Margaret tippte auf das Mikrofon und richtete die Aufmerksamkeit auf Senator Hoffman. »Mr. Hoffman ...«

»*Madam President, es heißt ...*«

»Halten Sie die Klappe, Sie Schwachkopf.« Margaret warf der Frau neben dem Podium einen Blick zu und flüsterte: »Schalten Sie deren Mikrofone aus.«

Danach fuhr sie fort: »Als ich die Ehre hatte, zur Präsidentin gewählt zu werden, habe ich gewusst, worauf ich mich einlasse. Ich wusste, dass ich viele Babys küssen, Truthähne begnadigen und Gesetze unterzeichnen würde. Bestimmt würde mich die eine oder andere Krise erwarten. Es würde gelegentliche Naturkatastrophen geben und die unvermeidlichen Streitereien mit dem Kongress über alberne Kleinigkeiten. Aber seien wir ehrlich: Das Amt war nie mit der Erwartung verbunden, die drohende Auslöschung der menschlichen Rasse bewältigen zu müssen.

Niemand hätte ein solches Ereignis vorhersehen können, und die Autoren unserer Verfassung haben keine Anweisungen für den Umgang mit einem solchen Weltuntergangsszenario in einem versteckten, nur für Präsidenten gedachten Brief niedergeschrieben.

Sehr wohl jedoch haben sie vorhergesehen, dass in Zeiten einer Rebellion oder Invasion eine starke Führung nötig sein würde – oder wenn es die öffentliche Sicherheit erfordert. Sie haben gewusst, dass die Verantwortung am Ende unweigerlich auf den Schultern einer Person landen würde. Und dass es der Präsident oder die Präsidentin sein würde.

Senator Hoffmans hirnloser Wunsch, Politik mit dem Überleben der Menschheit zu vermischen, ist ein Beispiel dafür, wann es an der Zeit ist, dass ein Anführer den Schwachsinn abstellt und Hürden für diejenigen beseitigt, die wirklich helfen können wie Dr. Radcliffe.

In Anbetracht dessen habe ich keine andere Wahl, als Artikel 1, Absatz 9 der Verfassung geltend zu machen, wie es mein Recht ist. Ich hebe per sofortiger Wirkung den *Habeas Corpus*-Grundsatz auf und verhänge das Kriegsrecht.«

Burt beobachtete mit großen Augen, wie sich die Türen zum Saal öffneten, zig bewaffnete Soldaten hereinströmten und entlang der Wände in Position gingen. Er spähte zur Präsidentin und bemerkte ihren unerbittlichen, entschlossenen Ausdruck. Sie hatte geahnt, dass so etwas passieren könnte, und hatte für den Fall vorausgeplant.

»Bitte nehmen Sie Senator Hoffman in Gewahrsam.« Sie zeigte auf den dunkelhaarigen Politiker. Zwei Soldaten setzten sich in Bewegung, packten ihn an den Armen und zerrten den strampelnden, schreienden Politiker aus dem Saal.

»Mit dieser Erklärung setzte ich alle Ausschüsse im Kongress außer Kraft. Sie werden nicht mehr gebraucht, denn schon bald blüht uns allen eine Ausgangssperre und ein Umsiedlungsprozess. Ja, sogar mir. Die Einzelheiten besprechen wir zu einem späteren Zeitpunkt. Vorerst möchte ich Sie alle hier auf eine neue Reihe von Aufgaben einstimmen. Priorität für Sie hat, zur Aufrechterhaltung der öffentlichen Ordnung beizutragen.

In den kommenden Monaten werden wir viele Unannehmlichkeiten erleiden. Und wir brauchen Sie alle, damit Sie mit Ihren Bürgern kommunizieren und sie beruhigen. Das Letzte, was wir brauchen, sind Unruhen auf den Straßen. Und glauben Sie mir, gegen öffentliche Unruhen wird auf die härteste erdenkliche Weise vorgegangen.

Ist jemanden anwesend, der das Gefühl hat, diese Erwartungen nicht erfüllen zu können? Melden Sie sich jetzt, dann wende ich mich an den Gouverneur Ihres Staats und sorge dafür, dass Sie ersetzt werden, damit Sie nach Hause können. Falls ich aber herausfinde, dass jemand von Ihnen das Unterfangen irgendwie sabotiert oder gegen die Interessen der Menschen arbeitet, werden Sie auf unbestimmte Zeit eingesperrt. Auf jeden Fall, bis diese Krise vorüber ist.«

Burt starrte auf das Meer der Gesichter. Alle schienen zu Statuen erstarrt zu sein. Offensichtlich hatte niemand vor, sich mit dieser geradlinigen, entschlossenen Präsidentin anzulegen.

»Gut.« Margaret nickte. »Ich möchte noch ein feierliches Versprechen hinzufügen. Sobald die Gefahr gebannt ist, werde ich alles wieder so herstellen, wie es war. Glauben Sie mir, es bereitet mir keinerlei Freude, was ich gerade tue.«

Die Präsidentin warf Burt einen Blick zu. Mit einem kaum verhohlenen Lächeln fragte sie: »Sind Sie bereit für weitere Fragen? Ich denke, ab jetzt wird es produktiver laufen.«

Burt nickte, und die Präsidentin lehnte sich näher zum Mikrofon. »Da wird das nun geklärt haben, Dr. Radcliffe, hoffe ich, dass Sie über die unerfreuliche Ignoranz eines faulen Eis hinwegsehen können. Die meisten der hier Anwesenden sind wesentlich vernünftiger, und ich betrachte viele von ihnen als enge, persönliche Freunde. Sie werden Ihre Hilfe brauchen, um ihren Bürgern zu erklären, was vor sich geht.

Die Bühne gehört Ihnen.«

KAPITEL ZWANZIG

Neeta beobachtete, wie Dave einen der Weltraumanker von DefenseNet untersuchte. Es handelte sich um eine riesige Metallbox, locker fünf Tonnen schwer, und sie war einsatzbereit. Aber Dave bestand darauf, den Laser und den Rest der Ladung zu inspizieren. Er hob eine der Zugangsklappen an, um hineinzuspähen, und fragte: »Der Laser ist auf sechs Megawatt ausgelegt, richtig?«

»Ja.« Neeta nickte. »Den Leuten von der ISF ist letztlich eine Konstruktion gelungen, die im All zuverlässig funktioniert. Alles in allem können wir fast 200 Megawatt koordinierte Laserleistung ins Gefecht werfen, wenn wir einen heranrasenden Asteroiden ablenken müssen, damit er uns verfehlt.«

»Das wird nicht ausreichen«, verkündete Bella düster. Sie stand an der Wand des Versorgungsraums. »Auch wenn sich kleinere Objekte damit entschärfen lassen, größere sind ein Problem. Bei einem mehr als 30 Kilometer breiten Asteroiden würden die Laser nur Teile der Oberfläche abtragen und einen leichten Schubs bewirken, selbst wenn sie noch heute feuern könnten. Ein brauchbarer Effekt ließe sich nur erzielen, wenn der Asteroid noch weiter entfernt wäre.«

»Sie hat recht, Neeta«, sagte Dave. »Außerdem sind die Laser von DefenseNet auf dem Papier schön und gut. Und sie helfen der Öffentlichkeit zu verstehen, was wir tun. Aber was wir unmittelbar brauchen, liefern sie nicht wirklich. Die Zeit ist zu knapp, um sie wirksam gegen die heranrasenden Trümmer einzusetzen. Und wir wissen beide, dass sie gegen das schwarze Loch nicht das Geringste ausrichten können.«

Nachdem Dave die Seitenverkleidung wieder geschlossen hatte, starrte er auf den Text seitlich auf den mehrere Tonnen schweren, in den Weltraumanker eingebauten Komponenten. »Was ist mit der Batterie? Kann sie Versorgungsausfälle vom Boden verkraften, ohne den Laserbetrieb zu unterbrechen?«

»Für den Fall einer Unterbrechung der Stromversorgung vom Boden kann die Batterie genug Energie speichern, um die maximale Laserleistung etwa einen halben Tag lang aufrechtzuerhalten, bevor sie sinkt. Ich denke nicht, dass wir mehr brauchen.«

Dave warf ihr denselben Seitenblick wie immer zu, wenn sie etwas sagenhaft Dummes von sich gab. »Für unsere unmittelbaren Zwecke ist mir der Laser eigentlich schnurzegal. Der Laser ist dazu da, um den Rest zu rechtfertigen. Die Menschen können den Laser verstehen, aber nicht den Rest. Weißt du noch, dass ich im Lagebesprechungsraum gesagt habe, wir würden fast 75 Prozent der weltweiten Stromproduktion durch die sogenannten Aufzüge leiten? Ein Sechs-Megawatt-Laser braucht nicht mal annähernd so viel Energie. Wenn wir die Laser nur zur Objektabwehr bräuchten, hätten wir sie auch mit großen Solarstrom-Aggregatoren ins All schießen können. Damit hätten sie genug Energie für ihren Betrieb speichern können. Nein, wir werden insgesamt fast dreißig Terawatt Leistung in den angeschlossenen Ring am Ende der Aufzugsspeichen speisen.«

»Wow, ich hätte nicht gedacht ...« Neeta überschlug die Zahlen im Kopf. »Also, wenn wir 36 davon über uns haben, und wenn der Ring über die Batterien versorgt werden muss, glaub ich nicht, dass die gesamte nötige Leistung schnell genug aus ihnen bezogen werden kann. Und selbst wenn, wären sie innerhalb von Sekunden leer.« Neetas Augen weiteten sich, als sie sich einen glühenden Energiering um die Erde vorstellte. Erst da rasteten die Bilder auch visuell für sie ein. »Und die Batterien könnten einem solchen Leistungsfluss unmöglich standhalten. Sie würden in Flammen aufgehen.«

Dave bedachte Neeta mit einem wissenden Lächeln. »Keine Sorge, ich lasse ein paar von mir entwickelte Teile von der Mondbasis herbringen, wo ich mich die letzten Jahre versteckt hatte. Sie werden dabei helfen, die Leistung in den von mir so getauften Warp-Ring zu leiten und zu schalten. Nur, damit du Bescheid weißt: Bei meinen Experimenten konnte ich beim Erzeugen einer stabilen Blase durch den Gleichstrom aus einer Batterie wesentlich bessere Ergebnisse erzielen als mit Netzstrom. Ich habe das System nur deshalb mit den Batterien als Weltraumanker konzipiert, um Schwankungen im Strom aus unseren elektrischen Umspannwerken auszugleichen.«

Neeta schauderte. »Ich will mir gar nicht ausmalen, was passieren könnte, wenn wir in deiner Blase dahinrasen und sie in sich zusammenfällt.«

»Deshalb haben wir die Batterien«, antwortete Dave. »Ein paar Sekunden sollten für kurze Aussetzer reichen. Wir könnten sogar eine vollständige Abschaltung von ein oder zwei Speichen gleichzeitig überstehen. Die Versorgung vom Rest sollte ausreichen, um die Gravitationsblase aufrechtzuerhalten. Ich will aus einigen der von dir genannten Gründe bloß kein Risiko eingehen.« Dave versiegelte das Metallgehäuse des Weltraumankers wieder und richtete sich auf. »Sieht recht gut aus. Zeig mir, was mit den Graphen-Trommeln gemacht wird. Wenn wir dieses Monstrum nicht ins All und an die Stromversorgung hier unten angeschlossen bekommen, ist sowieso alles umsonst.«

———

Dave und Bella standen in der Nähe der Tür, während Neeta einen Aktenschrank in einem der überfüllten Lagerbüros der ISF-Zentrale durchstöberte. Es dauerte eine Weile, aber schließlich fand sie den Ordner mit Produktionsmustern, die sie kurz vor der Abreise an die Westküste für die Arbeit bei der NASA genehmigt hatte. Sie reichte Dave eine der Musterfolien des Graphens, das die ISF seither produziert hatte. »Wenn du es dir genau ansiehst, wirst du feststellen, dass es wesentlich dicker als mit den Produktionsmethoden ist, die du für die ursprünglichen Trommeln verwendet hast. Wir haben eine Möglichkeit gefunden, eine dickere Anordnung verschmolzener Graphen-Lagen herzustellen. Dabei bleiben sowohl die elektrische und thermische Leitfähigkeit als auch die strukturelle Integrität gewahrt.«

Dave schwenkte die nahezu durchsichtige Folie in der Luft und begutachtete sie im grellen Licht einer nahen Schreibtischlampe. Schließlich fragte er: »Wie viel haben wir davon hergestellt? Und kann die Produktion beschleunigt werden?«

Neeta blätterte einen Stapel Unterlagen durch und überflog die Bestände der verschiedenen ISF-Lagerhäuser in aller Welt. »Ich würde sagen, wir haben etwa 1,1 Millionen Kilometer Material, alles auf riesigen Trommeln und bereit für den Einsatz.«

Nach einem tiefen Seufzen murmelte Dave: »Das reicht nicht. Wir brauchen eher 1,6 Millionen Kilometer, wenn wir alle zehn Grad parallel zum Äquator einen Aufzug platzieren wollen.«

Neeta runzelte die Stirn. Sie wusste, dass es fast drei Jahre gedauert hatte, um zu produzieren, was sie auf Lager hatten. »Bist du sicher, dass wir so viel brauchen? Ich telefoniere mal rum und sehe zu, was sich machen lässt.«

In Bellas sonst so ruhiger Stimme schwang Besorgnis mit, als sie hervorplatzte: »Bei 36.800 Kilometern je Aufzug und 36 Aufzügen brauchen wir insgesamt 1.324.800 Kilometer von dem Band und weitere 272.000 Kilometer, um alle Weltraumanker miteinander zu verbinden.«

Mit einem herzlichen Lächeln streckte Dave die Hand nach Bella aus und massierte ihr den Nacken. »Wie von Bella gerade bestätigt habe ich wohl richtig gerechnet. 1.324.800 und 272.000 ergibt nicht ganz 1,6 Millionen Kilometer Material. Wenn wir nicht genug zusammenbekommen, können wir versuchen, den Abstand zwischen den Aufzügen zu vergrößern, damit es weniger werden. Aber ich bin mir nicht sicher, ob der steilere Winkel, durch den der Strom dann fließen würde, den Wirkungsgrad ...«

»Hör auf. Wir kriegen das irgendwie hin«, fiel Neeta ihm mürrisch ins Wort. Dann tippte sie an ihr In-Ear-Telefon und sagte: »Burt Radcliffe anrufen.«

Sie wartete, während das Handy einen Klingelton in ihr Ohr projizierte. Einmal ... zweimal ... Dann ging Burt ran. *»Was willst du? Ich bin kurz vor einer Besprechung mit mehr Generälen, als ich je im Leben kennenlernen wollte.«*

»Burt, wir haben Probleme«, sagte sie. »Wir haben nur etwa 70 Prozent des Graphens, das wir für Indigo brauchen. Ich glaube nicht, dass die Fabriken, die wir in Betrieb haben, die Differenz ausgleichen können, und wir haben nur fünf Monate, um ...«

Dave klopfte Neeta auf die Schulter, schüttelte den Kopf und flüsterte: »Vier Monate. Wir brauchen Zeit zum Testen aller Verbindungen zu den Kraftwerken und ...«

»Streich das, Burt, wir haben nur vier Monate. Kannst du was machen?«

»Ich kümmere mich darum, sobald ich die Besprechung hinter mir habe. Schick mir eine E-Mail mit den Einzelheiten. Schreib auch rein, welche Fertigungstechniker mit dem nötigen Knowhow wir kennen. Egal, wen wir wo hinschicken müssen, um andere Fabriken zu schulen, ich sorge dafür, dass wir es hinbiegen. Konzentrier du dich nur darauf, Dave bei der Umsetzung der Indigo-Lösung zu helfen. Ich kümmere mich darum, euch zu beschaffen, was ihr braucht. Du, ich muss jetzt los. Schick mir die Details.«

Damit wurde die Verbindung unterbrochen. Neeta drehte sich Dave zu und nickte knapp. »Wir bekommen, was wir brauchen.«

Dave schlang den Arm um Bellas Taille und drückte sie. »In der Zwischenzeit lasse ich die Modifikationen an den Weltraumankern erledigen. Während wir damit beschäftigt sind, kann Burt uns das nötige Material beschaffen. Und Neeta, kannst du rausfinden, wie weit wir damit sind, Strom in sämtliche Ankerstationen auf der Erde zu leiten? Ohne genügend Saft ist das alles sinnlos, wie du weißt.«

Neeta seufzte. Sie wusste, dass er recht hatte, und ihr widerstrebte zutiefst, dass ihr Leben plötzlich so kompliziert geworden war. Wieder mit Dave zusammenzuarbeiten, erinnerte sie an den Druck, den sie schon früher im Umfeld von jemandem verspürt hatte, der anscheinend über unbegrenzten Intellekt und unerschöpfliche Energie verfügte.

Sie vermisste die Arbeit mit Burt und dem Rest der Mannschaft am JPL.

»Ich habe mit dem Außenminister und dem Leiter des Energieministeriums gesprochen. Die Verbindungen von den nationalen Stromnetzen zu den Basisstationen sind mit fast allen arrangiert. Aber ich überprüfe das noch mal.«

Dave bedachte sie mit einem allzu vertrauten Gesichtsausdruck. Er setzte ihn immer dann auf, wenn sein Verstand auf Hochtouren arbeitete und er allmählich die Geduld mit den Leuten um ihn herum verlor. »Überprüf es sofort. Ich will in ein Shuttle und so bald wie möglich loslegen. Die erste Station südlich von uns ist in der Nähe von Quito in Ecuador. Ich will die Verbindungen nach und nach testen. Sie sind die Fehlerquellen. Verzögerungen können wir uns nicht leisten.«

»Gut. Ich suche mir irgendwo hier eine sichere Leitung und kümmere mich auf der Stelle darum.«

Als Neeta das Büro dicht gefolgt von Dave und Bella verließ, sehnte sie sich die ruhigen Zeiten herbei, die sie hatte, als sie sich nur um die Überwachung erdnaher Objekte kümmern musste.

Neeta, Dave und Bella waren vor wenigen Stunden auf dem Luftwaffenstützpunkt Mariscal Sucre in Quito in Ecuador eingetroffen. Neeta hatte mit schier unerträglicher Hitze gerechnet. Stattdessen bereitete ihr eher die Höhenlage Unbehagen. In über 2.400 Metern Höhe erwies sich zwar die Luft als kühl, aber der geringe Sauerstoffgehalt verursachte ihr entsetzliche Kopfschmerzen.

Man hatte ihnen eine Suite mit mehreren Schlafzimmern in einem recht noblen Hotel besorgt. Während Dave noch über die Pläne für den nächsten Tag sprach, war Bella eingeschlafen. Neeta saß zurückgelehnt auf einem Stuhl und wünschte, sie könnte ihre Kopfschmerzen loswerden.

Plötzlich klopfte es laut an der Tür der Suite. Neeta sprang auf und eilte hin. Als Dave sich hinter ihr näherte, spähte sie durch den Spion. Die vertraute Stimme eines der Agenten vom Secret Service dröhnte durch die Tür. »Dr. Patel, Dr. Holmes, ich habe eine Kuriersendung für Sie.«

Als Neeta die Tür öffnete, erwartete sie der harte Blick des Leiters ihres Sicherheitsteams. Hinter ihm stand eine Frau, die sich mit großen Augen einen Segeltuchbeutel der Größe eines Notebooks an die Brust drückte. Dave befand sich dicht hinter Neeta, als sich der Agent näher zu ihr beugte und im Flüsterton sagte: »Tut mir leid, Sie zu stören, aber der DCS hat etwas geschickt.« Er deutete auf die nervös wirkende Frau hinter ihm. »Sie hat etwas, das nur für Sie persönlich bestimmt ist. Dachte mir, es könnte dringend sein.«

Neeta fragte die Kurierin: »DCS?«

»Kurierdienst des Verteidigungsministeriums, Ma'am. Ich überbringe sichere Sendungen ...«

»Schon verstanden«, fiel Neeta ihr ins Wort und streckte die Hand aus. Die Kurierin reichte ihr den versiegelten Segeltuchbeutel. Eine knapp einen Meter lange Metallkette erstreckte sich vom Handgelenk der Frau zum Beutel.

Neeta warf einen Blick auf das dreiköpfige Sicherheitsteam vor der Suite. Zum ersten Mal fiel ihr auf, dass an jedem Ende des Flurs ebenfalls eine Handvoll Agenten stand. Sie fragte sich, ob sie von Anfang an hier gewesen waren oder ob sich etwas ereignet hatte.

»Verschwinden wir aus dem Gang«, schlug Dave vor.

Neeta drehte sich der Suite zu und bedeutete der Kurierin, ihr zu folgen.

Dave und Neeta nahmen ihre Plätze am Esszimmertisch ein, den ein Durcheinander aus Karten und gekritzelten Logistiknotizen übersäte. Die Kurierin stand mit ausdrucksloser Miene über Neeta. Einer der Leibwächter des Secret Service hielt anderthalb Meter entfernt Wache. Als Neeta den Beutel umdrehte, stellte sie fest, dass er nur den Namen des Hotels und ihre Zimmernummer aufwies. Ein strapazierfähiger Metallreißverschluss versiegelte die Tasche mit einem Fingerabdruckschloss. Neeta drückte den Daumen auf den Fingerabdruckscanner. Fast sofort hörte sie ein leises Klicken.

Die Frau nickte. »Dr. Patel, ich soll Ihnen mitteilen, dass sich die Tinte auf dem Papier nun, da sie mit Luft in Berührung gekommen ist, in 30 Minuten entzünden wird. Ich soll die Überreste des Dokuments in dem feuerfesten Beutel zurückbringen.«

Dave lehnte sich über Neetas Schulter, als sie einen Umschlag aus dem Kurierbeutel holte. Sie achtete nicht auf das »Streng geheim – INDIGO« in knallroten Buchstaben auf dem Umschlag und begann stattdessen, den Inhalt zu lesen.

Dr. Holmes und Dr. Patel,

Die Präsidentin hat darum ersucht, bestimmte Informationen an Sie beide weiterzugeben.

Wir haben Ihre Sicherheitsmannschaft vervierfacht und arbeiten an weiteren Maßnahmen, um Ihre Mission zu schützen.

Leider wurden wir auf eine Sicherheitsverletzung aufmerksam. Wir vermuten, dass sie von der in Andrews arbeitenden Wartungsmannschaft ausgeht. Trotz des Informationslecks glauben wir nicht, dass Ihre Mission kompromittiert wurde.

Unsere Geheimdienstmitarbeiter haben eine Übertragung abgefangen, aus der hervorgeht, dass Dr. Holmes zur Zielscheibe geworden ist.

Seien Sie versichert, dass wir für Ihre persönliche Sicherheit sorgen.

Datum der abgefangenen Übertragung: 13. JULI 2066
Zeitstempel: 13:51 GMT

»Es wurde ein außerplanmäßiger Militärflug zum internationalen Flughafen Mariscal Sucre mit Genehmigung der Präsidentin gebucht.

Dr. David Wendell Holmes geht gerade mit mehreren anderen nicht identifizierten Zivilisten an Bord. Seine Gruppe wird von einem starken Sicherheitskontingent begleitet.«

Datum der abgefangenen Übertragung: 13. JULI 2066
Zeitstempel: 15:23 GMT
Automatisch übersetzt aus: Bulgarisch

»Gelobt seien Gott und alle seine Gläubigen. Armageddon ist nah.

Nur durch den Willen des Herrn kann sich der Erlöser zeigen. Aber wir haben die Bestätigung erhalten, dass die ecuadorianische Regierung mit den USA an etwas zusammenarbeitet, das die gesamte Bruderschaft betrifft.

Ein amerikanischer Wissenschaftler namens David Wendell Holmes trifft laut Flugplan mit einem amerikanischen Militärtransporter auf dem internationalen Flughafen Mariscal Sucre ein. Sein plötzliches Auftauchen ist beunruhigend. Wir befürchten, dass er daran arbeitet, Gottes Plan zu ändern. Er muss um jeden Preis aufgehalten werden; Gottes Wille muss geschehen. Niemand darf sich einmischen.

Scheut keine Kosten und Mühen und zeigt keine Gnade.
BR«

Neeta lief ein eiskalter Schauder über den Rücken, während sie auf das Papier starrte. Wenn diese Wahnsinnigen wussten, wohin sie unterwegs waren, mussten sie die Information von jemandem innerhalb der Regierung haben. Mit besorgter Miene drehte sie sich zu Dave um. Er lehnte sich auf dem Stuhl zurück und starrte ins Leere.

Der für ihre Sicherheit verantwortliche Agent drückte die Hand auf seinen Ohrstöpsel, bevor er sich an Neeta und Dave wandte. »Das Hotel ist abgeriegelt und wird in diesem Augenblick durchsucht. Die Fenster in dieser Suite sind kugelsicher. Ihnen passiert also nichts, wenn Sie bis zur Abfahrt zum Ankerplatz hierbleiben. Auf dem Weg dorthin werden wir eine umfangreiche Eskorte haben.«

Mit einem tiefen, zittrigen Atemzug stopfte Neeta das Papier zurück in den feuerfesten Beutel, übergab ihn der Kurierin und flüsterte: »Richten Sie aus, wir bedanken uns, dass man uns Bescheid gegeben hat.«

Offensichtlich fand ein Angriff auf das Hotel statt, während sie schliefen. Aber da weit über hundert Soldaten ihren Standort bewachten, hätte Neeta nie davon erfahren, wenn ihr Sicherheitsteam sie nicht beim Frühstück darüber informiert hätte.

Zielscheibe religiöser Spinner zu sein, jagte ihr solche Angst ein, dass sie es zuerst für unmöglich hielt, sich davon abzulenken. Aber die ruppige Fahrt durch den Dschungel schaffte es.

Ihrer Eskorte war es tatsächlich gelungen, ein Transportmittel zu finden, dass Neeta noch schlimmer fand als ein Flugzeug. Auf dem Weg zu ihrem 150 Kilometer west-nordwestlich von Quito gelegenen Ziel holperte das ecuadorianische Militärfahrzeug derart über unbefestigte Straßen, hatte Neeta das Gefühl, all ihre Gelenke würden aus den Pfannen gerüttelt. Sie entwickelte einen inständigen Hass auf den Transporter.

Bella und Dave, die ihr gegenübersaßen, wirkten unbeeindruckt von den chaotischen Umständen. Tatsächlich plapperte Dave ununterbrochen, seit sie das Hotel etwas außerhalb der ecuadorianischen Hauptstadt verlassen hatten. Während er unablässig über die kleinsten Details beim Zusammenbau der Weltraumaufzüge auf dem Mond faselte, schweiften Neetas Gedanken ab.

Sie war sich nicht sicher, was ihr mehr Übelkeit verursachte – der beißende Gestank der Auspuffgase des Wagens, der penetrante Geruch verrottender Vegetation im umliegenden Dschungel oder das Holpern im Fond. Die Gerüche hingen durchdringend in der warmen, feuchten Luft. Neeta hatte Mühe, sich nicht zu übergeben, während sie sich krampfhaft an der mit der Ladefläche des Militärfahrzeugs verschweißten Sitzbank festklammerte. Sie schaute zum Heck und sah vier Männer in bunten Hawaii-Hemden. Ihnen schien es genauso elend zu gehen wie ihr. Die Männer bildeten nur einen kleinen Teil der von der Regierung abgestellten Sicherheitsmannschaft.

Ihrem Transporter folgte eine Kolonne identischer Fahrzeuge, angeführt wurde der Konvoi von noch mehr Transportern. Insgesamt hatte die ecuadorianische Armee eine volle Kompanie schwer bewaffneter Soldaten geschickt, um sie durch den Dschungel zu ihrem Ziel zu eskortieren.

Neeta war nicht daran gewöhnt, dass sie Schutz vor jemandem brauchte. Erst recht nicht den Schutz von deutlich über 100 Soldaten. Doch obwohl die Dschungel als sicher galten, wollte weder die ihre eigene noch die ecuadorianische Regierung ein Risiko bei den Wissenschaftlern eingehen, insbesondere bei Dave nicht.

»Dr. Patel, Dr. Holmes«, sagte einer der Agenten des Secret Service mit einem Finger am Ohr. »Der befehlshabende Offizier unserer Eskorte fährt vor uns und meldet, dass es noch acht Kilometer zum Ziel sind. Bei unserem derzeitigen Tempo etwa zehn Minuten. Außerdem habe ich gerade einen Statusbericht von der ISF-Überwachungsmannschaft aus Quito erhalten. Das Leitsystem des Aufzugs ist beim Abstieg gerade in die Erdatmosphäre eingedrungen.«

Neeta richtete den Blick auf Dave. Er schaute in Bellas Richtung und beobachtete fasziniert, wie sie seinen Arm leicht berührte. Wortlos starrten sich die beiden gegenseitig an. Plötzlich drehte sich Dave zu Neeta um.

»Perfektes Timing«, meinte er. »Wahrscheinlich haben wir in etwa 20 Minuten Sichtkontakt mit dem Leitsystem.« Er zwinkerte Neeta zu. »Ich merke dir an, dass du dich in der Hitze hier elend fühlst. Offen gestanden hätte ich bei deiner indischen Herkunft gedacht, du wärst daran gewöhnt. Ich versprech dir, dass wir so kurz wie möglich bleiben.«

Neetas Rücken versteifte sich, als sie ungläubig die Augenbrauen hochzog. »Echt jetzt? Ich bin in London geboren, du Arsch. Zufällig bin ich an Klimaanlagen, kaltes Wetter und Nebel gewöhnt. Gerade von dir hätte ich nicht erwartet, dass du mich wegen meiner Hautfarbe in eine Schublade steckst.«

Dave brach in Gelächter aus und schüttelte den Kopf. »Neeta, mich begeistert immer wieder, wie leicht ich dich aus der Fassung bringen kann. Du bist noch so kratzbürstig wie eh und je.«

Bella wischte sich eine verschwitzte rote Strähne aus dem Gesicht. Mir verdutzter Miene schaute sie zwischen Dave und Neeta hin und her.

Neeta lag der Konter auf der Zunge, dass er als Schwarzer die Hitze wohl wegen seiner afrikanischen Herkunft besser vertrug. Aber sie beherrschte sich und starrte ihn nur finster an. Der Mistkerl sah tatsächlich putzmunter aus und schwitzte kein bisschen. Im Verlauf der Jahre, die sie Dave schon kannte, hatte er sich als einer der wenigen erwiesen, die sie wegen ihrer Befindlichkeiten in Hinblick auf Stereotypen aus der Reserve locken konnte. Als sich ihre Wut legte, wurde ihr peinlich, wie sie reagiert hatte.

Sie sammelte das lange, verschwitzte Haar zusammen und begann, es zu einem praktischeren Zopf zu binden. Dabei warf sie Dave ein schiefes Grinsen zu und brummelte: »Manchmal kann ich dich echt nicht ausstehen.«

Dave lehnte sich mit zufriedener Miene zurück. »Nur, weil ich immer recht habe.«

Neeta verdrehte die Augen und grunzte frustriert.

»*Daddy, wann kommst du nach Hause?*«, fragte Emma. Ihre Stimme dröhnte aus der Freisprecheinrichtung in Strykers kleinem Hotelzimmer.

»Weiß ich noch nicht genau, Schatz. Sobald ich mit der Arbeit fertig bin.«

»*Hey, weißt du was?*«, flüsterte die Sechsjährige.

»Was?«, fragte Stryker, während er sich am Waschbecken im Badezimmer zu Ende rasierte.

»Mama sagt, die Armee ist kacke. Aber sie hat nicht kacke gesagt, sondern das ›Sch‹-Wort.«

Stryker wischte sich das Gesicht mit einem Handtuch ab und stellte sich vor, wie verdattert Emma dreingeschaut haben musste, als seine Exfrau die Armee als »scheiße« beschrieben hatte. Als Lainie und er verheiratet waren, hatte sie noch viel fantasievollere Ausdrücke dafür benutzt.

»Sie hat echt das ›Sch‹-Wort benutzt?« Er lächelte und hoffte inständig, Emma würde sich ihre Unschuld einer Sechsjährigen so lange wie möglich bewahren. »Na ja, weißt du, manchmal regt sich deine Mama leicht auf.«

»Sie hat's auch nicht so gemeint. Ich hab zu ihr gesagt, dass es nicht nett war, so was zu sagen, und sie hat sich entschuldigt.« Im Hintergrund ertönte laut Lainies Stimme, und Emma flüsterte: *»Okay, ich muss auflegen. Mama ruft mich für die Schule.«*

»Hab dich lieb, Emma.«

»Hab dich auch lieb. Bis dann.«

Der Rufton dröhnte wiederholt aus dem Lautsprecher, dann ende die Verbindung. Gespenstische Stille trat ein.

Stryker betrachtete sich im Spiegel. Die dunklen Ringe unter den Augen und der abgehärmte Gesichtsausdruck zeugten von den langen Arbeitsstunden. »Jon«, sagte er zu sich, »du siehst scheiße aus.«

Er warf einen Blick auf die Uhr am Nachttisch und stellte fest, dass ihm bis zum Treffen mit seinen Zugleitern volle sechs Stunden Zeit blieben.

Genug, um die letzten Geheimdienstberichte durchzugehen, die der Captain ihm übermittelt hatte.

Plötzlich ertönte vom Nachttisch ein lautes Summen. Nach zwei schnellen Schritten griff er sich das vibrierende Handy und hielt es sich ans Ohr. »Hallo?«

»Lieutenant Stryker?«

Es war Mia. Obwohl er sie vor Wochen zuletzt gesehen hatte, erkannte er die Stimme auf Anhieb.

»Ihnen ist klar, dass wir noch nicht mal 0600 haben, oder?«

»Tut mir leid, aber ich habe gerade mit meinem Bruder gesprochen. Er hat mir Informationen gegeben, die Sie vielleicht nützlich finden. Ich wollte gerade frühstücken gehen. Interessiert?«

Er schaltete das Gespräch auf Lautsprecher und wechselte zur Stadt-plan-App. »Wo?«

»*Das Lokal heißt* The Corner Diner. *Hier in meiner Gegend an der Ecke Leber und Rainier Lane.*« Strykers Telefon vibrierte kurz. »*Ich habe Ihnen gerade die Koordinaten geschickt.*«

»Angekommen. Ich bin in Kürze dort.«

Stryker legte auf, vergewisserte sich, dass seine Pistole sicher im Holster saß, und fragte sich, was der Bruder der Polizeichefin ihr erzählt haben könnte.

Er griff sich die Autoschlüssel vom Nachttisch und spürte, wie sich seine Lippen beim Gedanken, Mia wiederzusehen, zu einem Lächeln verzogen.

Ein Frühstück mit einer attraktiven Frau. Keine schlechte Art, den Tag zu beginnen.

Stryker betrat das lärmende Lokal. Trotz der frühen Stunde strotzte es bereits vor Gästen, die sich lautstark unterhielten. Im Hintergrund lief ein Oldie-Radiosender, der etwas von Taylor Swift spielte.

Der Laden versprühte eine andere Atmosphäre als die der New Yorker Lokale, die Stryker kannte. Der Geruch von Speck erfasste ihn mit der Wucht eines Trucks.

Die meisten Gäste sahen nach Bauarbeitern aus. Viele hatten gelbe Schutzhelme dabei, die sie entweder auf dem Tisch oder unter dem Stuhl abgelegt hatten.

Stryker hingegen trug seine Tarnuniform und fiel auf wie ein bunter Hund.

Während er sich im Restaurant umsah, spürte er, wie sich die Aufmerksamkeit von zehn oder mehr Arbeitern in der Nähe auf ihn rich-tete. Die Gespräche wurden leiser, während er Ausschau nach der Polizei-chefin hielt.

»Stryker!« Mias Stimme drang durch die Musik und das Gemurmel der Gäste des Lokals.

Er schaute nach links. Sie winkte ihm von einem der Tische auf der anderen Seite des Gastraums zu.

Als er auf sie zuging, konnte er kaum ein Lächeln unterdrücken. Mia trug Zivilkleidung und das Haar offen, noch feucht vom Duschen.

Sie sah fantastisch aus.

Als er sich auf dem Sitz ihr gegenüber niederließ, kam eine grauhaarige Kellnerin und fragte: »Was kann ich euch bringen?

Mia sagte: »Hi, Debbie. Für mich das Übliche.«

Die Kellnerin tippte ein paar Mal auf den Touchscreen ihres Tablet-PCs. »Drei Waffeln mit braunem Zucker, zwei Scheiben Speck, extra knusprig, zwei Rühreier, einmal Rösti und Kaffee schwarz.«

Stryker starrte Mia mit offenem Mund an. »Du meine Güte, das ist ...«

»Ich bin ein Frühstücksmensch.« Mia lächelte verlegen und zuckte mit den Schultern.

»Sieht ganz so aus.«

Die Kellnerin drehte sich ihm zu. »Und du, Schätzchen? Was hättest du gern?«

»Kaffee. Und habt ihr Plunder?«

»Keine Plunder, aber Milchbrötchen mit Himbeerfülle, wenn du willst.«

»Nehme ich.«

»Sahne, Zucker, Vanille, Zimt?«

»Nein, schwarz und reiner Kaffeegeschmack passt schon.«

»Sonst noch was?«

»Nein, das reicht. Danke.«

Die Kellnerin tippte auf ihr Tablett, bevor sie zu einem anderen Tisch weiterzog.

»Ein Milchbrötchen?« Mia zog eine Augenbraue hoch und sah ihn fragend an. »Lieutenant, hat Ihnen noch niemand gesagt, dass das Frühstück die wichtigste Mahlzeit des Tags ist? Das ist ja bloß ein Snack.«

Eine Kellnerin mit einem Tablett voll Getränken lief vorbei, stellte wortlos zwei Becher Kaffee auf dem Tisch ab und marschierte weiter.

Stryker zuckte mit den Schultern. »Schätze, ich bin eher der Typ fürs Abendessen. Übrigens, ich bin Jon und kann meinetwegen gern auch geduzt werden.«

»Geht klar, und solange ich nicht in Uniform bin, kannst du mich ruhig Mia nennen.« Sie schob einen weißen Umschlag über den Tisch. »Das hat Billy mir gegeben. Es ist Raven Millers DD-214.«

»Also war Raven beim Militär? Wie ist dein Bruder an seine Entlassungspapiere bekommen?« Stryker öffnete den Umschlag und überflog den Inhalt.

»Ich hab ihn nicht gefragt.« Mia zuckte mit den Schultern. »Billy hatte schon immer ein Talent dafür, an Dinge ranzukommen, an die er nicht rankommen sollte. Nichts wirklich Illegales, aber du weißt schon ... Manchmal halte ich es für klüger, nicht nachzufragen. Was diesen Raven angeht, merke ich, dass Billy ihn unbedingt geschnappt haben will.«

Stryker trank einen Schluck von dem starken Kaffee und schüttelte den Kopf, während er in den Entlassungspapieren des Verdächtigen las. »Raven Blackfeather Miller. Eingerückt in Fort Benning, Qualifikation für die Special Forces in Fort Bragg, danach vier Jahre als Waffenspezialist bei den Special Forces. Der Typ war kein bloßer Mitläufer.«

Stryker faltete die Akte zusammen und steckte sie zurück in den Umschlag, als eine Kellnerin mit ihrer Bestellung erschien.

Mit dem schwer beladenen Teller Essen vor sich machte sich Mia über ihr Frühstück her.

Sie biss von einem Speckstreifen ab, zeigte mit dem Rest in seine Richtung und sagte: »Billy hat mir erzählt, dass Raven so was wie Bombenspezialist war. In den 50er Jahren, als in Rumänien diese Terroranschläge verübt wurden, hat er viel Zeit in Osteuropa verbracht. Du weißt schon, als sich die Muslime und die Christen gegenseitig an die Kehle gegangen sind.«

Vor seinem geistigen Auge sah Stryker die ausgebrannte Hülle der Moschee, in der er viele seiner Männer verloren hatte. In Bukarest, der Hauptstadt Rumäniens: 3. Oktober 2055.

Strykers rümpfte die Nase, als er die zehn Jahre zurückliegenden Momente noch einmal durchlebte. Ein beinah überwältigender Geruch von verbranntem Fleisch beherrschte seine Sinne. Er schluckte schwer gegen die aufsteigende Galle an. Seine Männer und er sollten eine alte Moschee in der Nähe des Messegeländes Romexpo bewachen. Die christlichen Separatisten hatten mit derselben Taktik, die man gegen sie eingesetzt hatte, einen Vergeltungsschlag gegen die muslimische Andachtsstätte ausgeführt. Damit hatte niemand gerechnet.

Selbstmordattentäter.

»Jon? Was ist los?«, fragte Mia.

Kopfschüttelnd griff Stryker nach seinem Kaffeebecher und trank einen ausgiebigen Schluck. Die noch dampfende Flüssigkeit brannte seine

Kehle hinab und nistete sich warm in seinem Magen ein. Er konzentrierte sich wieder auf Mias braune Augen. »Nichts.«

Er holte tief Luft. »Dieser Sergeant Miller wurde unehrenhaft entlassen. Dem muss ich nachgehen. Sonst noch was, das dein Bruder über ihn erfahren hat? Wohin er gegangen ist oder so?«

»Na ja, jemand aus Billys Gruppe ist an einer Vergiftung gestorben.« Mia schob sich ein großes Stück einer in Sirup ertränkten Waffel in den Mund. Sie kaute kurz, schluckte, beugte sich vor und flüsterte: »Er hat Cookie geheißen. Niemand kennt seinen richtigen Namen, aber er hat für alle gekocht. Anscheinend hat Cookie am Tag, als Raven verschwunden ist, wie immer das Essen zubereitet, als er plötzlich umgekippt und gestorben ist.

Cookie war alt. Hätte auch ein Herzinfarkt sein können. Aber aus irgendeinem Grund hat Billy etwas von dem Eintopf, den Cookie zubereiten wollte, an einen der Hunde verfüttert. Das Tier ist auch gestorben.«

»Also wollte dieser Raven alle vergiften und dann abhauen?« Stryker ballte die Hände zu Fäusten, als er an den Versuch seines Ex-Partners zurückdachte, ihn unter Drogen zu setzen.

»Scheint so. Falls du meinst, es hilft, hat mein Bruder angeboten, dich zu der Stelle zu führen, wo er den Hund begraben hat. Das Gift könnte noch nachweisbar sein.«

Stryker schürzte die Lippen, als der spanische Text des 50 Jahre alten Songs »Despacito« durch die Lautsprecher an der Decke dröhnte.

»Darauf komme ich vielleicht noch ...« Eine schrille Rückkoppelung kreischte aus den Lautsprechern, bevor sie verstummten und nur noch ein statisches Knistern aus ihnen drang.

Mia schaute zur Decke. »Was zum Geier war das?« Sie tippte auf das In-Ear-Telefon in ihrem Ohr. »Hi, Meredith, was gibt's?«

Stryker musterte die Miene der Polizeichefin, während sie mit Meredith sprach. Die Fältchen um ihre Mundwinkel vertieften sich.

»Ist nicht nötig, einen Wagen loszuschicken. Ich bin nur fünf Minuten entfernt. Ich seh mir das mal an. Außerdem ist er wahrscheinlich bloß eingeschlafen.«

Mia tippte erneut auf das In-Ear-Telefon, und Stryker fragte: »Ein Anruf aus der Zentrale?«

»Ja, jemand hat sich über einen Vorfall beim Radiosender beschwert.«

Stryker runzelte die Stirn und deutete mit dem Daumen zu den

Deckenlautsprechern, die immer noch ein knisterndes Rauschen übertrugen. »Du meinst eine Beschwerde darüber?«

Mia nickte.

Eine dunkle Vorahnung überkam ihn. Seine Nackenhaare sträubten sich. »Unsinn. So schnell kann auf keinen Fall jemand bei der Zentrale angerufen haben.«

Mias Augen weiteten sich. Ihr Gesichtsausdruck wurde skeptisch. »Der Sendeturm ist keine anderthalb Kilometer von hier«, erklärte sie, als er nach seinem Handy griff.

Erst vor zwei Tagen hatte der Befehlshaber der 42. MP-Brigade ihn und den Rest ihres Bataillons darüber informiert, dass man im ganzen Land mit Blockaden ziviler Kommunikation beginnen würde.

Seitdem hatte er nichts mehr gehört, aber vielleicht war das der Anfang.

Stryker rief eine Kurzwahlnummer an, hielt sich das Telefon ans Ohr und hörte: *»Cohen.«*

»Cohen, Ihr Team durchkämmt das Gelände knapp außerhalb des Tals von Orting, richtig?«

»Ja, Sir. Wir gehen einer Spur nach, die wir von der Polizei von Pierce County bekommen haben. Was gibt's?«

»Ich sitze gerade mit der Polizeichefin von Orting zusammen. Sie und ich gehen zum Sendeturm. Er liegt ...« Stryker sah Mia an und hielt das Mikrofon des Handys in ihre Richtung.

»Er steht dort, wo die Forellenzucht den Canyonfalls Creek kreuzt«, sagte sie. »Ist ein 30 Meter hoher Turm mit einem zweigeschossigen Gebäude unten und einem kleinen Parkplatz. Kaum zu verfehlen.«

»Alles verstanden, Cohen?«

»Verstanden, Sir. Wir sind etwa zehn Minuten entfernt. Wonach sollen wir suchen?«

»Wir treffen uns dort, dann sehen wir weiter.«

Mia legte mit verwirrter Miene den Kopf schief. »Glaubst du wirklich, dass dafür Verstärkung nötig ist? Wahrscheinlich ist dort bloß ein Generator ausgefallen oder so. Weißt du irgendwas?«

Er ignorierte ihre Frage, hob einen Finger und wählte eine andere Nummer.

»Was gibt's, Stryker?«

»Captain, wir haben eine mögliche Aktivität in einem örtlichen Sendeturm. Hat die Operation, von der Colonel Gibbons gesprochen hat, schon begonnen?«

»Mir ist nicht bekannt, dass in Ihrer Gegend schon etwas aktiviert worden ist, aber ich bin vielleicht nicht auf dem letzten Stand. Ich über-prüfe das und gebe Ihnen Bescheid. Passen Sie da draußen auf sich auf, hören Sie?«

»Ja, Sir. Danke, Sir.«

Der Anruf endete. Stryker biss rasch von seinem Gebäck ab, ließ ein paar Scheine auf dem Tisch zurück und stand auf. »Gehen wir.« Er warf einen Blick auf Mias zierlich Gestalt. »Trägst du eine Schutzweste?«

Sie wischte sich den Mund mit einer Serviette ab und schnaubte frustriert, als sie aufstand. »Keine Sorge, ich hab die Weste im Kofferraum und meine Dienstwaffe immer bei mir.« Mia legte ebenfalls Geld auf den Tisch, gab der Kellnerin ein Zeichen und trat den Weg zum Ausgang an.

Stryker legte den Kopf nach rechts schief und hörte, wie ein Halswirbel knackte, als er das Auto durch den Verkehr schlängelte. Sein Navigationssystem behielt Mias Fahrzeug im Auge.

Als sie von der Hauptstraße abbogen und auf einem Feldweg entlang des Puyallup River weiterfuhren, klingelte das Mobiltelefon. Stryker lehnte sich vor und tippte auf die Rufannahme auf dem Touchscreen des alten Chevy.

»Stryker?« Die Stimme des Captains dröhnte durch die Autolautsprecher.

»Ja, Sir?«

»Ich habe gerade die G2-Information für Ihr Gebiet bekommen. Sieht so aus, als hätten die Blockaden aller kommerziellen Frequenzen begonnen. In der nächsten Stunde wird über Notkanäle eine Mitteilung darüber an alle Einwohner im Bundesstaat Washington ausgestrahlt.«

Ein kalter Schauder lief Stryker über den Rücken. »Scheiße! Entschuldigung, Sir. Aber wenn alle Frequenzen blockiert werden, muss es sich um mehr als irgendeine lokale Terroristenzelle handeln. Was ist los?«

Zehn Sekunden lang drangen nur die Geräusche schwerer Atmung über die Leitung. Lief der Mann gerade?

»Stryker, ich weiß es nicht, und ich habe dieselben Fragen wie Sie. Ich

gehe damit die Befehlskette rauf. Mal sehen, was ich rausfinden kann. In der Zwischenzeit tun Sie einfach, was Sie tun müssen.«

»Verstanden. Danke, dass Sie mir Bescheid gesagt haben.«

Der Anruf endete in dem Moment, als er auf einen abgelegenen Parkplatz in der Nähe eines 30 Meter hohen Sendeturms fuhr.

Stryker rollte neben Mias Polizeiwagen und sprang aus dem Auto.

Die Polizeichefin stand hinter dem Streifenwagen und hielt sich eine Hand übers Ohr, als er sich näherte. »Geh schon ran, verdammt.«

Ihr Blick schwenkte vom Gebäude zu einem anderen Auto auf dem Parkplatz und wieder zurück.

Dann schüttelte sie laut seufzend den Kopf. »Der alte Kauz ist wahrscheinlich wieder eingeschlafen. Er geht nicht ans Telefon.«

»Der alte Kauz?«

»Wendell Litchford. Ein netter alter Kerl, der den Radiosender betreibt.« Mia deutete mit dem Daumen auf einen alten Buick, der auf dem Parkplatz stand. »Der gehört ihm. Wäre nicht das erste Mal, dass er an der Konsole einschläft und der Sender nur leere Luft überträgt. Ich gehe voraus und sehe mal nach.«

»Moment.« Stryker bedeutete ihr, zu warten, als er zu seinem Wagen ging. Cohen war mit dem Ermittlerteam noch nicht eingetroffen, und er sollte Mia eigentlich nicht bei der Arbeit in die Quere kommen.

Außerdem durfte er ihr nichts von den Signalblockaden sagen. Aber irgendetwas fühlte sich nicht richtig an.

Er entriegelte den Kofferraum seines Wagens, öffnete eine große Reisetasche und holte eine kameraähnliche Vorrichtung daraus hervor.

»Was ist das?«

Stryker schaltete die FLIR-Gerät ein und betrachtete durch das Okular das Gebäude. »Eine Wärmebildkamera.«

Er schwenkte die Kamera über das Bauwerk. Im Sucher wirkte es fast so, als wären die Außenwände verschwunden, und er erblickte im Inneren verschiedene Blautöne mit einem orange-roten Objekt dazwischen.

»Sieht so aus, als wäre da drin eine Person, anscheinend im ersten Stock.«

»Und bewegt sich die Person?«, fragte Mia.

Nachdem Stryker einige Sekunden lang auf das farboptimierte Wärmebild gestarrt hatte, richtete sich die Gestalt aus sitzender Position auf. »Ja, wer immer da oben ist, derjenige schläft nicht.«

Mia schnaubte. »Ich bezweifle stark, dass ich von einem über 70-jährigen Großvater viel zu befürchten habe.«

Stryker verstaute die Kamera wieder, schloss den Kofferraum und eilte hinter Mia her, die bereits den Weg zum Gebäude angetreten hatte.

Vermutlich versuchte der alte Mann, herauszufinden, was mit dem Radiosignal des Senders los war.

Mia öffnete die Eingangstür des Senders. Sie schwang mühelos auf. Die Polizeichefin ging hinein und rief: »Mr. Litchford?«

Als Stryker ein metallisches Klirren von der Treppe hörte, griff er nach seiner Handfeuerwaffe.

Mia bewegte sich auf das Geräusch zu. Ihm fiel auf, dass auch sie den Verschluss am Holster ihrer Dienstwaffe löste. »Mr. Litchford?«

Ein irres Lachen hallte durch den Betonkorridor, unmittelbar gefolgt von einem Schluchzen.

Stryker sichtete einen kahlen Mann Mitte 70, der am Fuß einer Metalltreppe saß. Er presste die Hände gegen die Schläfen, wippte vor und zurück und murmelte dabei etwas vor sich hin.

Stryker trat neben Mia, zeigte auf den Mann und flüsterte: »Er hat etwas in der rechten Hand.«

Die Polizeichefin bewegte sich näher hin. Stryker folgte ihr mit gezückter Waffe.

Der alte Mann schluchzte und wiederholte immer wieder: »Es tut mir leid«.

»Mr. Litchford«, redete Mia in beruhigendem Tonfall auf ihn ein. »Was ist los?«

Litchford schaute zu Mia auf, bevor er den Blick der blutunterlaufenen Augen auf Stryker richtete. »Die Stimmen ... Ich konnte nicht anders. Aber jetzt sind die Stimmen weg. Ich weiß nicht mehr, was ich machen soll.«

Stryker konnte nicht richtig erkennen, was der Mann mit der rechten Hand umklammerte, aber ihm gefror das Blut in den Adern, als er einen Draht bemerkte, der seinen Arm entlang verlief.

Mia trat noch einen Schritt näher. Stryker packte sie am Gürtel und zischte: »Zurück!«

Der alte Mann stöhnte. »Es tut mir leid. Ich kann einfach nicht mehr.«

Ohne auf eine Reaktion von Mia zu warten, riss Stryker sie nach hinten. Im selben Moment fegte eine Druckwelle sie beide von den Beinen.

Die Welt neigte sich in seltsamen Winkeln. Stryker krachte auf den Boden. Die Luft wurde ihm explosiv aus der Brust gepresst, als Mia schwer auf ihm landete.

Sofort füllte Rauch den Gang aus. Auf den Lippen nahm er den Kupfergeschmack von Blut wahr.

Stryker mühte sich auf die Beine, hob Mias erschlafften, blutenden Körper hoch und kämpfte sich zum Ausgang des Gebäudes.

Als er hinaus ins Tageslicht stolperte, packten ihn mehrere Hände. Er hörte Cohens Stimme kaum, als der Sergeant seinen Männern Befehle zurief.

Strykers Knie knickten ein, und er fühlte, wie er hochgehoben und weg von dem Gebäude getragen wurde.

Seine Sicht verschwamm, und er schloss die Augen. Ein überwältigender Anflug von Übelkeit schwappte über ihn hinweg.

Vor seinem geistigen Auge sah er nun deutlich den an der Sprengstoffweste des alten Mannes befestigten Totmannschalter.

Die Anordnung hatte er schon einmal gesehen ... in Rumänien.

Als er spürte, wie er auf den Boden gelegt wurde, wandten sich seine Gedanken der Polizeichefin zu.

»Mia.« Er stöhnte, als jemand etwas gegen seine Stirn drückte.

Dann kniff ihn jemand in den Arm, und er hörte Cohen etwas über eine Infusion brüllen.

Stryker versuchte, die Augen zu öffnen, aber Schwärze raste auf ihn zu, und alles wurde still.

Neeta erklomm das große Betongebäude mitten im ecuadorianischen Dschungel. Dave stand am Fuß eines drei Meter hohen Metallgerüsts mit einem roten Stroboskoplicht an der Spitze. Seine Aufmerksamkeit galt einem großen Tablet-PC mit einer 30 Zentimeter langen Antenne, die gen Himmel gerichtet aus der Seite ragte.

Obwohl sie sich auf dem Dach eines zwölf Meter hohen Gebäudes befand, spürte und hörte Neeta das Summen des elektrischen Umspannwerks unter ihr. Als sie über den Rand blickte, stellte sie fest, dass die

Soldaten einen Schutzring um die Station gebildet hatten. Sie schüttelte den Kopf. »Sieht so aus, als wären wir in Sicherheit, falls Bigfoot oder der Chupacabra anzugreifen versucht.«

»Sie tun nur, was man ihnen sagt.« Dave lächelte, während er auf den Touchscreen tippte. »Wenn du nach oben schaust, sollte es jeden Moment aus den Wolken hervorbrechen, in drei ... zwei ... eins ...«

Neeta schirmte die Augen gegen die Sonne ab, legte den Kopf zurück und schaute auf, als ein dunkles Objekt hoch über ihnen durch die Dunstschleier auftauchte. Ihr Herz vollführte einen Satz, und sie rief: »Ich seh es! Aber es ist nicht ganz über uns.«

»Keine Sorgen«, erwiderte Dave und entfernte sich von der Mitte des Dachs. »Wahrscheinlich haben die Wolken das Steuersignal leicht verzerrt, aber der Rover sollte sich automatisch zentrieren. Schau zu.«

Neeta starrte hin, während der dunkelgraue Fleck größer wurde. Der Klang von Triebwerken wurde lauter, als sich das Objekt näherte. Sie wollte schon fragen, ob das Graphen-Band gerissen war. Dann jedoch sah sie das Funkeln des reflektierten Sonnenlichts auf dem beinah transparenten Material, das sich über dem herabsinkenden Transporter spannte.

Als sich das Objekt im kontrollierten Abstieg näherte, wurden Einzelheiten eines Fahrzeugs mit vier Rädern sichtbar. Sie warf Dave einen Blick zu und fragte: »Du hast ein Mondfahrzeug für den Abstieg benutzt?«

Dave hielt sich die Ohren zu und nickte, als das Stakkato der horizontalen Schubdüsen des Rovers den Kurs veränderte.

Neeta zog sich innerlich alles zusammen, als das Zischen der Schubdüsen lauter und lauter wurde, während sie beobachtete, wie sich das Fahrzeug langsam herabsenkte und schließlich auf dem Dach des Gebäudes landete.

Dave ging zum Rover, berührte das Ende des 36.800 Kilometer langen Bands und schaute mit einem breiten Grinsen im Gesicht auf. »Das hat ja wunderbar geklappt.«

Neeta starrte das durchscheinende Band an, das wie durch Magie in den Himmel ragte. Ihr Verstand hatte Mühe, zu verarbeiten, was sie sah. »Unglaublich.«

Dave schob den Rover ein Stück vorwärts zur Mitte des Dachs, wo der Steuersignalsender automatisch eingefahren worden war. Er tippte auf den

Bildschirm seines Tablets, und im Dach öffnete sich ein Schlitz. »Zeit, die erste Speiche von DefenseNet mit ihrer Versorgungsquelle zu verbinden.«

»Besteht die Gefahr eines Stromschlags?« Bellas besorgte Stimme drang von der Ecke des Dachs zu ihm, wo sie schweigend beobachtet hatte.

Dave schüttelte den Kopf, als er an etwas oben auf dem Rover fingerte. »Nein. Der Strom fließt erst dann durch die Verbindung, wenn wir einen manuellen Schalter umlegen, der nur im Umspannwerk zugänglich ist. Und selbst dann wird der Leistungsfluss computergesteuert, es besteht also kein Grund zur Sorge.«

Dave öffnete eine Zugangsklappe an der Seite des Mondfahrzeugs und zog einen verborgenen Hebel. Die Metallstange am Ende des Bands begann, sich vom Heck des Rovers zu lösen.

Dave sprang hinten auf das Mondfahrzeug, ergriff das knapp einen Meter breite Band an der schweren Metallstange und führte es durch den Schlitz im Dach. »Dann verbinden wir die beiden Ankerpunkte mal miteinander.«

Neeta sah zu, wie Dave erneut auf den Touchscreen tippte. Langsam schloss sich der Schlitz und verschluckte das Ende des Bands. Mehrere Verriegelungen wurden gelöst, und nach einem weiteren Tippen auf das Tablet klappte der hintere obere Teil des Rovers auf. Das Band blieb von dem schweren Fahrzeug befreit zurück.

»Äh, Dave, was jetzt?«, fragte Neeta.

Dave beugte sich näher zum Tablet. »Hey, Byron, hören Sie mich?«

»Ja. Ich bin noch im Frachtraum der Fähre, beobachte, wie die Eingeweide raushängen, und warte auf Sie, Boss.«

»Alles klar, Byron. Hier unten sind wir verbunden. Bringen Sie den Anker in seine Umlaufbahnposition, dann wir sind bereit.«

Dave setzte den Dialog mit dem Techniker im Frachtraum der Raumfähre fort. Byron war dafür zuständig, das obere Ende des DefenseNet-Lasers und das Zielsystem zu installieren.

Während sie sprachen, spannte sich das am Dach des Gebäudes befestigte Band, und der Techniker verkündigte: *»Anker in Position. Die Kommunikationseinheit ist ausgefahren, und das aktive Ende des Ankers zielt von euch da unten weg. Scheint also alles geklappt zu haben, Boss.«*

Dave trommelte mit den Fingern auf das durchscheinende Graphen-Band. Es war so fest gespannt, dass es klang, als klopfte er auf Holz. Er zeigte Bella den Daumen hoch und hob sich das Mikrofon des Tablets näher ans Gesicht. »Byron, gute Arbeit. Jetzt schwingen Sie sich zurück auf die Erde. In wenigen Tagen steht der nächste Durchlauf an.«

»*Roger. Schließe jetzt die Laderaumtüren. Wir sehen uns in Canaveral.*«

Nach einem letzten Tippen auf das Tablet schaute Dave zufrieden auf. »Dauert in Summe doch ziemlich lange, die DefenseNet-Module ins Shuttle zu laden, sie ins All zu bringen und die Bänder herunterzulassen. Wir werden jeden Moment brauchen, den wir haben, um rechtzeitig fertig zu werden.«

Neeta rechnete im Kopf nach und stellte fest, dass er recht hatte. Es würde so gut wie keine Reservezeit bleiben, bevor die Tests beginnen mussten. »Dave, das können auch andere, und wir können den Ablauf parallel durchführen.«

»Nein«, herrschte Dave sie an und wirkte plötzlich aufgebracht. »Ich vertraue niemandem an, die ...«

»Dave«, warf Bella ein und legte ihm sanft die Hand auf den Oberarm. »Neeta hat recht. Was am meisten Zeit in Anspruch nimmt, ist der kontrollierte Abstieg des Bands. Warum setzt du nicht zwei Shuttles gleichzeitig ein? Dann könntest du die Starts zeitlich staffeln. Während du eine DefenseNet-Speiche anschließt, wird für die nächste das Band heruntergelassen.«

Dankbar, dass ausnahmsweise jemand auf ihrer Seite war, rief Neeta: »Genau das wollte ich vorschlagen. So könntest du immer noch sicherstellen, dass die heiklen Aufgaben richtig erledigt werden, aber du könntest den Ablauf etwas komprimieren.«

Mit skeptischer Miene schaute Dave zwischen den beiden Frauen hin und her, holte tief Luft und stieß sie langsam wieder aus. »Na schön, wahrscheinlich habt ihr recht.«

»Haben wir«, bestätigte Bella nüchtern.

Neeta verscheuchte eine gefühlt zitronengroße Stechmücke und fragte verdrossen: »Da die Frauen jetzt einen kleinen Sieg errungen haben, können wir hier weg?«

Bella deutete mit dem Kinn zum Rover und fragte: »Dave, wie kriegst du das Ding vom Dach?«

Dave deutete auf etwas, das Neeta für einen freiliegenden, seitlich entlang des Dachs verlaufenden Metallbalken gehalten hatte. »In jede dieser Stationen ist ein Kran eingebaut.« Er ging näher zum Rand und zeigte hinunter auf einen der Militärtransporter mit Flachbett. »Deshalb haben wir ein zusätzliches Fahrzeug dabei. Für den Rücktransport des Rovers.«

Als Neeta die Reihe der abgestellten Wagen betrachtete, kehrte ein flaues Gefühl in ihren Magen zurück. »Gott, bringen wir es einfach hinter uns. Je schneller wir hier weg können, desto eher werden wir fertig.«

Neetas Mobiltelefon klingelte. In ihrem Ohr wurde Burts Anruferkennung angekündigt.

»Burt! Wir haben gerade die erste Speiche im DefenseNet-Ring eingerichtet. Ist schon ein verblüffender Anblick, wenn etwas einfach so vom Himmel herunterschwebt. Hättest du sehen sollen.«

»Neeta, das ist fantastisch, aber deswegen rufe ich nicht an. Ich hab ein bisschen gezaubert und dafür gesorgt, dass ihr rechtzeitig etwa 1,7 Millionen Kilometer von dem Graphen-Gerüst für die Aufzüge zur Verfügung haben werdet. Aber ich brauche dich dringend wieder in Los Angeles beim JPL, während ich in Washington bin. Ich schlage mich hier mit Politikern und einer ständig wachsenden Liste von Idioten herum, die in Indigo eingeweiht werden. Von hier aus kann ich das NEO-Programm nicht effektiv leiten. Und du bist die Einzige, der ich vertrauen kann und die außerdem die nötige Sicherheitsfreigabe für Indigo-Angelegenheiten hat.«

Neeta warf einen Blick zu Dave und Bella, die sich in Richtung der Treppe entfernten. »Wann brauchst du mich dort?«

»Äh, wie wär's mit gestern? Ich schicke dir eine E-Mail mit den Einzelheiten. Jedenfalls brauche ich haufenweise astronomische Vermessungen. Dafür brauche ich vor Ort jemanden, der Klartext mit den Leuten redet.«

Unwillkürlich breitete sich ein Lächeln in Neetas Zügen aus, als sie zur Treppe trabte. »Ich fliege hin, sobald ich aus diesem widerlichen Dschungel raus kann.«

»Dschungel? Ach ja, richtig. Einige der Umspannwerke liegen in nicht unbedingt idealen Gebieten. Ich weiß, dass du's nicht ausstehen kannst, wenn es heiß und verschwitzt zugeht. Muss die Hölle für dich sein.«

»Burt, ich kann dir gar nicht sagen, wie sehr ich dich für diese Worte liebe. Ich bin so bald wie möglich zurück in Los Angeles.«

»Danke. Dafür bin ich dir was schuldig.«

In verspieltem Ton rutschte Neeta heraus: »Und ich erwarte dafür 'ne mächtige Gegenleistung.« Jäh erstarrte sie, als ihr klar wurde, was sie gerade von sich gegeben hatte. »Bis dann!« Der letzte Zusatz drang krächzend aus ihr. Als sie abrupt auflegte, fühlten sich ihre Wangen wie glühende Kohlen an. »Verdammt, jetzt denkt er wahrscheinlich, ich wollte ihn anbaggern! Was zum Teufel stimmt nicht mit mir?«

KAPITEL EINUNDZWANZIG

Es war fast 23:00 Uhr, als sich Stryker mit einem großen Seesack über der rechten Schulter der Tür seiner Wohnung im Stadtzentrum näherte. Stumm bete er, dass er die Kinder nicht wecken würde. Er würde schon von Lainie genug zu hören bekommen, weil er nicht vorher angerufen hatte.

Die letzten drei Tage waren wie ein Wirbelsturm über ihn gekommen.

Angefangen damit, dass er beinah in Stücke gefetzt worden wäre, weil ein alter Mann Selbstmord begehen und andere mit in den Tod reißen wollte.

Stryker wusste nur noch, dass er sich mit Mias schlaffem Körper auf dem Rücken irgendwie aus dem Gebäude geschleppt hatte, mehr nicht. Als Nächstes erinnerte er sich daran, dass er im Krankenhaus mit übler Laune und einer Naht am Haaransatz aufgewacht war.

Die Armeeärzte in Madigan behielten ihn 24 Stunden zur Beobachtung dort, und er bemühte sich, so unleidlich wie möglich zu sein. Nachdem er genug gemeckert und dazu ein wenig gebettelt hatte, ließen sie ihn schließlich gehen. Abgesehen von den erlittenen Schnittwunden und Blutergüssen hatte man keine Rechtfertigung, ihn weiter stationär zu behandeln. Es ging ihm gut.

Tatsächlich hatte er sich in dem Moment besser gefühlt, als er erfahren hatte, dass Mia nicht umgekommen war.

Davor hatte ihr vermeintlicher Tod schwer auf seinem Gewissen gelastet. Offensichtlich war sie von mehreren Granatsplittern von der Sprengstoffweste des alten Kerls getroffen worden und musste operiert werden. Niemand wollte ihm verraten, wo sie sich aufhielt, auch sonst nichts, abgesehen davon, dass sie sich erholen würde.

Nachdem die Ärzte in Madigan ihn für diensttauglich erklärt hatten, meldete er sich bei seinem befehlshabenden Offizier zurück. Ihm wurde mitgeteilt, dass er nach New York City versetzt würde. Ihm blieb weniger als ein Tag, um etwaige Erledigungen zu machen und die erste C-130 Richtung Osten zu erwischen.

Vor fast zwölf Stunden war er an Bord der Transportmaschine gegangen. Nun war er endlich zu Hause.

Stryker steckte den Schlüssel ins Schloss und öffnete langsam die Tür.

Er rechnete damit, alles dunkel vorzufinden. Aber er sichtete fast sofort Lainie, die auf halbem Weg zwischen Wohnzimmer und der Tür stand und ihn mit großen Augen anstarrte.

Mist.

Mit wutentbrannter Miene stapfte sie auf ihn zu und flüsterte: »Du ...«

»Ich weiß, ich weiß. Ich hätte anrufen sollen. Aber ich hab erst kurzfristig erfahren, dass ich hierher versetzt werde und zu Hause schlafen darf.« Er streifte den großen Seesack ab und bewegte die Schulter, um die Verspannungen darin zu lockern.

Ihr Gesichtsausdruck wurde milder, als sie sich ihm näherte. Lainie hob die Hand und berührte ihn an der Schläfe. »Du bist verletzt.«

Stryker betastete die wunde Stelle, an der die Lagerkugeln von der Sprengstoffweste seinen Schädel erwischt hatten, und zuckte mit den Schultern. »Ist nichts weiter.«

Ein Anflug von Emotionen trübte Lainies Züge, und Stryker wappnete sich für den Vortrag, mit dem er rechnete.

Stattdessen schlang sie unverhofft die Arme um ihn, drückte den Kopf an seine Brust und hielt ihn fest. »Sie haben dich zurückgeschickt, weil du schlimmer verletzt bist, als du zugibst. Ich weiß es.«

Er seufzte und massierte ihr den Rücken, als er heiße Tränen an seinem Tarnanzug spürte.

»Lainie, ich lüge dich nicht an. Es geht mir gut. Ich hab drei Tage zu Hause, dann muss ich mich zurückmelden.«

Sie stieß sich von ihm ab und wischte sich übers Gesicht. »Du gehst wieder weg?«

»Nein. Jedenfalls nicht, dass ich wüsste. Sie haben mich und ein Team zum Patrouillieren in der Innenstadt eingeteilt. Ist wie mein Job beim NYPD, nur in einer anderen Uniform.«

»Also holt man letztlich die Armee her?«

Stryker musterte seine Ex und versuchte, den Gesichtsausdruck der Frau zu lesen, die er seit über einem Jahrzehnt kannte. Sie schien durcheinander zu sein. Vielleicht weil er zu Hause war und sie nicht damit gerechnet hatte ... Aber nein. Da war noch etwas anderes.

»Was ...«

»Daddy?«

Wärme breitete sich in ihm aus, als er nach oben und links schaute.

»Daddy!«, quiekte Emma und rieb sich den Schlaf aus den Augen. Sie kam die Treppe heruntergerannt und sprang ihm in die Arme.

»Dad ist zu Hause?«, hörte er Isaacs schlaftrunkene Stimme von oben. Wenig später umarmten sich alle vier. Eine Weile vergaß Stryker alles andere in der Welt und konzentrierte sich nur darauf, was wirklich zählte.

Dave bemühte sich, die kleine Armee von Agenten des Secret Service und von Soldaten um ihn herum zu ignorieren. Er lehnte sich auf dem Liegestuhl am Strand zurück, nippte an seiner Piña Colada und gönnte sich eine wohlverdiente Pause. Das angenehme Meeresrauschen hatte er auf dem Mond vermisst. Er warf einen Blick zu Bella, die völlig entspannt wirkte, trotz des hektischen Tempos, das sie für die Installation und Überprüfung der Verbindungen aller Speichen von DefenseNet vorgaben. Als die salzige Brise vom südchinesischen Meer herüberwehte, schloss Bella die Augen und lächelte verhalten.

Ihr Kopf drehte sich ihm gemächlich zu, und sie sah ihn mit einem Auge an, das Lid auf halbmast. »Mein Körper ist durcheinander. Ist jetzt Zeit für Frühstück oder für Mittagessen? So oder so, ich bin hungrig.«

Dave lächelte. »Also, da wir in Indonesien sind, ist es fast 7:30 Uhr. Ich denke, wir können uns ein gutes Frühstück genehmigen. Der Rover kommt ohnehin erst am späteren Nachmittag in Reichweite.«

Ein Agent des Secret Service näherte sich und übergab Dave ein Satellitentelefon. »Dr. Holmes, Dr. Radcliffe ist in der Leitung.«

Dave setzte sich auf und hielt sich das Telefon ans Ohr. »Hey, Burt, gutes Timing. Ich wollte Sie ohnehin heute noch anrufen. Ich sitze gerade an einem wunderschönen weißen Sandstrand an der Westküste Indonesiens, ein Stück nordwestlich des Maninjau-Sees. Damit hätten wir dann die Hälfte geschafft.«

»Das sind hervorragende Fortschritte. Ich glaube sogar, Sie sind dem Zeitplan voraus, was großartig ist. Aber ich rufe eigentlich an, um Sie zu informieren, dass die Präsidentin in Kürze mit einigen Informationen über Indigo an die Öffentlichkeit geht. Ich schlage vor, Sie suchen sich ein Plätzchen, wo Sie fernsehen können. Sie geht in etwa 30 Minuten auf Sendung.«

Ein Anflug von Neugier überkam Dave. Er winkte einen der Agenten näher und flüsterte:»Können Sie uns in 30 Minuten zu einem Fernseher mit Zugang zu US-Sendern bringen?«

Der Agent zögerte nur eine Sekunde, bevor er nickte. »Ja, Sir. Fünf Minuten entfernt ist ein Fünf-Sterne-Hotel. Ich brauche zwar zehn Minuten, um den Bereich vorher zu sichern, aber es ist machbar.«

»Dave, ich muss Sie vor etwas warnen ...«, ertönte Burts Stimme laut aus dem Satellitentelefon. »Sagen wir so: Die Bekanntgabe der Präsidentin und die Realität von Indigo stimmen nicht unbedingt genau überein. Als Wissenschaftler haben wir es gern präzise. Deshalb wollte ich Ihnen nur sagen, dass sie keine Idiotin ist. Sie wird das eine oder andere aus offensichtlichen Gründen bewusst beschönigen oder herunterspielen. Ich bin sicher, Sie verstehen das. Trotzdem wollte ich Sie vorwarnen, damit Sie keinen falschen Eindruck bekommen. Ist für sie kein einfaches Spiel mit der Öffentlichkeit.«

»Keine Sorge, Burt. Das verstehe ich besser, als Sie sich vorstellen können. Ich beiße mir einfach auf die Zunge, während ich es mir ansehe. So, ich suche mir jetzt einen Fernseher. Danke für die Information.« Dave beendete das Gespräch und stand auf, als mehrere der gepanzerten Transportfahrzeuge seiner Begleitgarde davonbrausten, um vor seiner Ankunft die Sicherheitschecks durchzuführen.

In den letzten Wochen hatte sich Dave an die anfänglich paranoid wirkenden Vorsichtsmaßnahmen gewöhnt. Erst nach dem Lesen jener Sicherheitswarnung hatte er wirklich schätzen gelernt, was die Agenten für ihn taten. Seither hatte er aufgehört, sich über die Unannehmlichkeiten zu ärgern, die mit all den Sicherheitsmaßnahmen einhergingen.

Als er mit Bellas Hand in seiner zu ihrem schwer gepanzerten SUV schlenderte, sah Dave sie an und fragte sich, wie viel ihm die Welt ohne sie eigentlich noch bedeuten würde.

Das Hotel ähnelte einigen Gebäuden, die er in Washington gesehen hatte – Säulen aus weißem Marmor, jede Menge behauener, polierter Stein. Die opulente Umgebung war beeindruckend, vor allem, als sich Dave vor Augen führte, wie weit der Ort von größeren Städten entfernt lag. Auf dem Weg durch die Lobby waren ihm rosa Marmorsäulen im Ballsaal und die Kuppeldecke mit schönen Wandmalereien von Gartenszenen aufgefallen. Mittlerweile jedoch galt Daves Aufmerksamkeit dem holografischen Bild des Weißen Hauses, das auf einen einzelnen Tisch in einem großen Ballsaal projiziert wurde. Seine Sicherheitsmannschaft hatte den Raum geleert. Die körperlose Stimme eines Reporters hallte laut aus einem verborgenen Lautsprecher. *»Und jetzt schalte ich zum Weißen Haus für die Bekanntgabe, die jeden Moment beginnt.«*

Uniformierte Beamte des NYPD strömten bei Schichtwechsel aus dem Revier Midtown South. Ein paar Bekannte grüßten Stryker, einige Kollegen klopften ihm im Vorbeigehen auf die Schulter.

Abgesehen von der anderen Uniform und dem Sturmgewehr, das er vor sich trug, fühlte es sich an, als ginge er mit ihnen auf Patrouille.

Allerdings hatten sich die Dinge geändert.

Er war Zugführer von 50 Mann der Militärpolizei aus Fort Drum, die gerade alle vor ihm strammstanden.

Stryker holte tief Luft und ergriff mit lauter Stimme das Wort. »Es ist fast 21:00 Uhr, und wir helfen dem NYPD dabei, die vom Gouverneur angeordnete, nächtliche Ausgangssperre durchzusetzen.

Ihr seid alle informiert, aber zur Erinnerung: Niemand außer Ersthelfern oder Personen in deren Begleitung dürfen sich auf den Straßen aufhalten. Keine Ausnahmen.

Für die Durchsetzung ist das NYPD zuständig, wir sind als Unterstützung hier.

Jeder Sergeant hat die Aufgabe, die Bewegungen seines Trupps mit den ihm zugeteilten Revierbeamten zu koordinieren. So soll gewährleistet werden, dass die Straßen und die U-Bahnstationen optimal abgedeckt werden.

Irgendwelche Fragen?«

Stryker verstummte kurz und ließ den Blick über die in voller Kampfmontur angetretenen Männer wandern.

»Okay, deckt euch gegenseitig den Rücken und passt auf euch auf. Wegtreten!«

Die Sergeants begannen, ihren jeweiligen Trupps Befehle zu erteilen, und sie trabten zu den ihnen zugewiesenen Orten los.

»Wenn Ihr Einsatz abgeschlossen ist«, sagte eine vertraute Stimme, »müssen wir über Ihre Beförderung reden.«

Stryker lächelte, drehte sich nach rechts und erblickte das willkommene Gesicht von Lieutenant Malacaria am Eingang des Reviers. »Hey, Lieutenant. Ist alles ganz schön heftig geworden, was?«

Der NYPD-Veteran mit über 20 Dienstjahren kam näher und deutete mit dem Kopf in Richtung der 8th Avenue. »Jon, gehen wir ein Stück.«

Stryker reihte sich neben Malacaria ein. Trotz der lauen Sommernacht lief ihm beim Anblick der verwaisten Hauptverkehrsader ein kalter Schauder über den Rücken. Es fühlte sich schlicht gespenstisch an, dass kein Mensch auf den Straßen der Innenstadt unterwegs war.

Es war die erste Nacht der Ausgangssperre. Er hätte vermutet, dass noch etliche Leute herumlaufen würden, die behaupteten, sie hätten nicht verstanden, was Ausgangssperre bedeutete, oder die irgendeine andere Ausrede dafür hatten, warum sie gegen den Erlass des Gouverneurs verstießen. Stryker war sich nicht sicher, ob es in New York City je eine so weitreichende Ankündigung gegeben hatte.

Nachdem sie ein paar Minuten schweigend marschiert waren und die surreale Umgebung auf sich wirken ließen, bogen sie in die West 42nd Street und näherten sich den schimmernden Lichtern des Times Square. »Lieutenant ...«

»Einfach Matt.«

»Matt, wissen Sie irgendwas darüber, *warum* der Gouverneur die Ausgangssperre angeordnet hat? Ich dachte, alle Anschläge hier hätten tagsüber stattgefunden.«

Der Lieutenant schüttelte den Kopf. »Keine Ahnung. Wir waren völlig überrascht, als die Befehle eingetroffen sind, und haben uns in aller Eile dafür organisiert, sie durchzusetzen. Unsere Ressourcen sind dadurch an der Belastungsgrenze. Ich bin tatsächlich dankbar, dass uns die Armee dabei hilft.«

Stryker nickte, als sie eine beisammenstehende Gruppe passierten, zwei Streifenpolizisten, die sich mit zwei Militärpolizisten seines Zugs unterhielten.

Die holografischen Bilder schimmerten hell über ihnen, als sie den Times Square selbst betraten.

»Jon, hatten Sie im Einsatz beim Militär mit weiteren Verrückten zu tun? Sie wissen schon, wie bei dem Zwischenfall mit dem Neuling.«

»Sie meinen religiöse Fanatiker?« Stryker warf einen Blick auf Malacaria und bemerkte seinen verkniffenen Gesichtsausdruck.

»Sie waren im Westen im Einsatz, oder? Tja, hier hatten wir zuletzt eine Menge dieser selbstmörderischen Weltuntergangsverfechter. Hatten Sie am anderen Ende des Lands auch damit zu tun?«

»Ja. Aus irgendeinem Grund wird in den Nachrichten nicht darüber berichtet, aber es läuft definitiv etwas Sektenartiges ab. Keine Ahnung, was der Auslöser dafür ist.«

Plötzlich flackerten die funkelnden Lichter über ihnen, bevor das stete Bild des unverkennbaren Logos des Weißen Hauses auf jedem Bildschirm am Times Square erschien.

»Was zum ...«, entfuhr es beiden gleichzeitig aus, als sie zu den 15 Meter über ihnen schwebenden Bildern aufschauten.

Stryker hörte Alarmtöne sowohl aus Polizei- als auch aus Militärfunkgeräten, als eine Nachricht mit einem Countdown von 30 Sekunden über den unteren Bildschirmrand kroch.

*** *Wichtige Botschaft –*
Ausstrahlung auf allen Kanälen –
Mitteilung der Präsidentin der Vereinigten Staaten ***

In Sichtweite befanden sich um die zehn Polizeibeamte und Militärpolizisten. Alle starrten hinauf zu den Hologrammen, die zu einer Live-Übertragung aus dem Oval Office schalteten.

Dave hielt Bellas Hand, lehnte sich zurück und beobachtete das kristall-klare Bild von Margaret Hager, die hinter ihrem Schreibtisch saß und sich an den größten Teil der bekannten Welt wandte.

»Guten Abend, meine lieben Mitbürger.

Heute spreche ich zu Ihnen nicht nur als Präsidentin der Vereinigten Staaten, sondern als Bürgerin dieser Welt. Alle, die sich in Reichweite meiner Stimme befinden, fordere ich auf, innezuhalten und zuzuhören. Denn was ich zu sagen habe, betrifft uns alle. Tatsächlich wird dieselbe Botschaft auf der ganzen Welt verbreitet, da sämtliche Anführer anderen Nationen zu ihren Bürgern sprechen und ihnen dasselbe mitteilen wie ich Ihnen.

In der Geschichte der Menschheit hat es immer wieder Zeiten der Zerrissenheit gegeben. Zeiten, in denen die Menschen verschiedener Nationen nicht miteinander ausgekommen sind und Krieg gegeneinander geführt haben.

Aber in solchen Zeiten der Zerrissenheit finden sich manchmal unwahrscheinliche Partner und verbünden sich. Ehemalige Feinde werden zu Verbündeten und sogar zu Freunden.

Nun stehen wir alle an einem Abgrund und sind mit einem Feind konfrontiert, der uns alle gefährdet. Nicht nur die Amerikaner, sondern die Bürger der gesamten Welt.

Mit Unterstützung des Kongresses habe ich ein verbindliches Abkommen zwischen den Vereinigten Staaten und allen Nationen der Welt unterzeichnet. Wir legen alle unsere Differenzen beiseite und stemmen uns vereint gegen eine gemeinsame Bedrohung durch eine Urgewalt.

Wenn nichts unternommen wird, könnte diese Bedrohung eine Kata-strophe unvorstellbarer Ausmaße verursachen. Eine Katastrophe, die alles Leben auf dem Planeten auslöschen könnte, von winzigsten Bakterien über die Fische im Meer bis hin zu uns, die gesamte Menschheit. Schlagartig verschwunden.

Was ist nun diese Bedrohung, werden Sie sich fragen.

Es ist dieselbe Bedrohung, die in der Vergangenheit ein Massensterben verursacht hat. Ein globales Grauen, mit dem nie zuvor ein Mensch in irgendeiner Form konfrontiert war.

In ungefähr fünf Monaten wird aller Voraussicht nach eine Reihe großer Asteroiden – einige größer als jene, die vor 60 Millionen Jahren die Dinosaurier ausgelöscht haben – der Erde sehr nahe kommen. So nah, dass wir mit hoher Wahrscheinlichkeit von einem oder mehreren getroffen werden könnten.«

Die Kamera folgte der Präsidentin, als sie sich langsam vom Schreibtisch zurückschob und aufstand. Dabei blickte sie mit ernster, entschlossener Miene ins Objektiv.

»Wie Abraham Lincoln 1858 in einer Rede gesagt hat: Ein untereinander gespaltenes Haus kann nicht bestehen. Damals hat Präsident Lincoln von der Spaltung zwischen den Staaten gesprochen. Heute gibt es keine Spaltung in unserem Land. Aber wir sind nicht so eng mit anderen Nationen verbunden, wie wir es sein könnten.

Ich stehe vor Ihnen als Präsidentin der Vereinigten Staaten und als ordnungsgemäß ernannte Vertreterin der Vereinten Nationen, und ich verspreche Ihnen, dass die Nationen der Welt nicht länger gespalten sind. Wir stemmen uns vereint gegen diese gemeinsame Bedrohung.«

Die Präsidentin hieb mit grimmiger Miene lautstark mit der Faust auf den Schreibtisch.

»Diese Bedrohung endet hier!

Sie endet jetzt!«

Dann sank sie zurück auf den Stuhl und lehnte sich vor, wandte sich entschlossen, aber ruhig an die Welt.

»Ich bin erleichtert, Ihnen mitteilen zu können, dass wir mit einer Reihe zuvor geheimer wissenschaftlicher Fortschritte gegen diese globale Bedrohung angehen. Wir werden nicht dasselbe Schicksal wie die Dinosaurier erleiden, als damals eine verheerende Bedrohung vom Himmel kam.

Dank der harten Arbeit vieler der weltbesten Wissenschaftler haben wir eine Lösung.

Lassen Sie mich das wiederholen. Wir haben eine Lösung für die nahende Bedrohung.

Die meisten von Ihnen haben bestimmt schon von der International Science Foundation gehört. Dabei handelt es sich um eine Einrichtung, an der modernste wissenschaftliche Forschung betrieben wird. Dort wurden schon auf verschiedenen Gebieten bedeutende Fortschritte erzielt. Vor allem aber ist die Einrichtung für die Entdeckung neuer Behandlungsmethoden für Multiple Sklerose und andere Krankheiten bekannt, die davor als unheilbar galten. Ich enthülle nun zum ersten Mal etwas, woran seit fast einem Jahrzehnt gearbeitet wird.

Unsere Wissenschaftler hatten die Möglichkeit einer solchen Bedrohung vorhergesehen und arbeiten seit fast zehn Jahren fieberhaft an einer Lösung. Während ich zu Ihnen spreche, richten wir aktiv ein Netzwerk von Satelliten ein, das als Schutzschild gegen diese Bedrohung unserer Existenz dienen soll.

Es nennt sich DefenseNet.

Dank einer Reihe von Satelliten mit unvorstellbar starken Lasern wird DefenseNet jede nahende Bedrohung erkennen und vernichten.«

Dave lehnte sich näher zu dem holografischen Bild, während er jedem einzelnen Wort der Präsidentin aufmerksam lauschte. Ihn überraschte nicht, dass sie weder ihn noch einen der anderen Beteiligten namentlich erwähnte. Er war nur einer der anonymen Wissenschaftler, und im Augenblick war Dave damit rundum zufrieden.

Präsidentin Hager sprach mit fester, ruhig und gemessener Stimme. Es gelang ihr, den schmalen Grat zwischen Ernst und Empathie entlangzuwandeln und nicht panisch zu klingen. Dave glaubte nicht, dass es viele Menschen so effektiv vermitteln könnten.

»Mit DefenseNet werden wir einem nahezu sicheren Tod entgehen. Und dafür werden wir unserer wissenschaftlichen Gemeinschaft auf ewig dankbar sein.

Dennoch möchte ich eines betonen:

Auch wenn ich Ihnen versichern möchte, dass die Bürger unserer Welt in Sicherheit sind, ist nichts je völlig narrensicher. Es besteht die geringe Gefahr, dass es einem Objekt gelingen könnte, nicht von DefenseNet abgelenkt oder vollständig zerstört zu werden.

Bei einem Treffen heute Morgen mit den Gouverneuren unserer Küstenstaaten waren wir uns alle einig, dass es im besten Interesse des amerikanischen Volks ist, äußerste Vorsicht walten zu lassen.

Deshalb habe ich die Gouverneure der Küstenstaaten ersucht, Evakuierungsbefehle für ihre an den Küsten lebenden Bewohner zu erlassen. Diese Evakuierungen werden vor Ablauf der vier Monate abgeschlossen sein.

Im Rahmen der mir durch die Verfassung übertragenen Befehlsgewalt und des allgemeinen Sicherheitsmandats der UNO habe ich angeordnet, dass folgende Maßnahmen unverzüglich durchgeführt werden:

Erstens: Bewohner jedes Orts, der weniger als zwei Kilometer von einem Meer entfernt und auf weniger als sechs Meter Höhe über dem Meeresspiegel liegt, werden in Schutzgebiete zwangsevakuiert, die von den Gouverneuren der jeweiligen Staaten festgelegt werden.

Zweitens: Die Evakuierung wird dringend empfohlen, wenn Sie innerhalb von 15 Kilometern zur Küste und auf weniger als 15 Metern Höhe über dem Meeresspiegel leben.

Drittens: Ich habe die Katastrophenschutzbehörde bereits informiert und damit beauftragt, Notfalldienste in allen Küstenstaaten einzurichten. Es werden Unterkünfte errichtet, um jede einzelne evakuierte Person aufnehmen zu können.

Viertens: Ich mobilisiere mit sofortiger Wirkung sämtliche Zweige unserer militärischen Reservisten zur Unterstützung bei der koordinierten Evakuierung der Küstenregionen sowie zur Aufrechterhaltung der Sicherheit in den Evakuierungsgebieten. Außerdem habe ich den Befehl erteilt, alle im Ausland stationierten Militärangehörigen im aktiven Dienst zurückzuholen, damit auch sie zur Verfügung stehen. Gegen Plünderungen und Unruhen wird mit aller Härte vorgegangen.

Fünftens: Da sich unsere Hauptstadt in einer Evakuierungszone befindet, werde ich zusammen mit der gesamten Regierung umgesiedelt und von einem geschützten Standort weiter im Landesinneren aus agieren.

Meine lieben Mitbürger, es besteht keinerlei Zweifel, dass wir in einer der herausfordernden Zeiten der Geschichte unserer Welt leben. Mir ist bewusst, dass die Schwierigkeiten der nächsten Monate für uns alle eine harte Prüfung werden.

Niemand kann genau vorhersehen, was passieren oder was es kosten könnte. Aber als Bürger der Vereinigten Staaten stehen wir in solchen Zeiten zusammen und stellen uns den Herausforderungen, die vor uns liegen.

An diejenigen unter Ihnen, die von den Evakuierungsmaßnahmen nicht betroffen sind: Bitte ziehen Sie in Erwägung, Ihre Häuser zu öffnen und Betroffene aufzunehmen, die Sie vielleicht kennen. Oder registrieren Sie sich bei den örtlichen Behörden, falls Sie freie Zimmer für Evakuierte haben. Dies ist eine Zeit, in der alle Amerikaner mit anpacken müssen.

In dieser Krise möchte ich Sie alle daran erinnern, dass die größte Gefahr davon ausgeht, untätig zu bleiben.

Ich möchte mich noch einmal persönlich bei allen Wissenschaftlern bedanken, die Tag und Nacht an DefenseNet arbeiten. Wir alle verdanken diesen Männern und Frauen unser Leben.

Ich erinnere mich an eine Rede von Präsident John F. Kennedy: ›Wir haben uns entschlossen, noch in diesem Jahrzehnt zum Mond zu fliegen – nicht, weil es leicht ist, sondern weil es schwer ist.‹

Diese Worte wurden vor über 100 Jahren gesprochen, und ich muss leider sagen, dass wir uns kaum über diese damals hochgesteckten Ziele hinausgearbeitet haben.

Wenn wir diese Krise überstanden haben und alle gemeinsam aufatmen können, verspreche ich, unsere Investitionen in Wissenschaft auf ein noch nie dagewesenes Ausmaß zu steigern. Die Investitionen werden für eine Renaissance aller Bereiche der Wissenschaft reichen. Denn Wissenschaft wird die Zukunft der Menschheit prägen.

In den nächsten Monaten wird unser Blick zum Himmel gerichtet sein, wenn DefenseNet aktiviert wird. Und ich verspreche, wir werden noch zu unseren Lebzeiten neue Welten erforschen.

Wir werden in die entlegensten Gebiete unseres Sonnensystems und darüber hinaus vordringen.

Und wir werden zu unseren Lebzeiten mutig dorthin reisen, wo noch niemand zuvor gewesen ist.

Vorerst jedoch haben wir ein bescheideneres Ziel. Jetzt ist nicht die Zeit für Panik, sondern die Zeit für Entschlossenheit und Vertrauen. DefenseNet ist der Schutzschild unserer Welt, und dieser Schutzschild wird uns durch diese Krise führen.

Unmittelbar im Anschluss an meine Übertragung wird sich der Gouverneur Ihres Bundesstaats mit weiteren regionalen Einzelheiten an Sie wenden. Ich möchte wiederholen, dass ich volles Vertrauen in DefenseNet und die Unverwüstlichkeit des amerikanischen Volks habe. Ich werde in Kürze unter vielen von Ihnen sein und die gleichen Notunterkünfte mit Ihnen teilen. So Gott will, werden wir schon bald die Früchte unserer gegenwärtigen und zukünftigen Investitionen in Wissenschaften ernten.

Möge Gott die Vereinigten Staaten von Amerika segnen, und mögen wir alle uns zum Besseren verändert haben, wenn diese Krise überstanden ist.

Danke und gute Nacht.«

Mit einem ernsten Nicken drückte Dave leicht Bellas Hand. Irgendwie hatte es die Präsidentin geschafft, riesige, kritische Aspekte wegzulassen, gleichzeitig jedoch alles anzudeuten. Er murmelte bei sich: »Verdammt richtig. Wir werden mutig dorthin reisen, wo noch niemand zuvor gewesen ist. Und zwar eher früher als später.«

KAPITEL ZWEIUNDZWANZIG

Burt ließ den Blick über den kunstvoll geschnitzten Mahagonitisch von Carol Chance wandern, dann musterte er ihr Gesicht, während sie den Bericht las, den er ihr überreicht hatte. Als Landwirtschaftsministerin hatte sie die Wände ihres Büros in der Zentrale mit Sinnbildern ihres Amts geschmückt, einer bunten Sammlung von Bildern, die Traktoren, Kühe und riesige Weizenfelder zeigte, dazwischen scheinbar willkürliche Zertifikate und Diplome.

Die Frau trug das dunkle Haar zu einem engen Dutt hochgesteckt. Hinter ihr auf einer Kredenz stand eine kleine Keramikschale, bis obenhin gefüllt mit etwas, das wie Holzspäne aussah. Burt schnupperte und vermutete, dass davon der durchdringende Zimtgeruch ausging.

Schließlich seufzte sie schwer und ließ Burts Bericht sinken. »So viel? Wirklich? Ihnen ist schon klar, dass die Forderung nach Nahrungsmitteln für zwei Jahre für sämtliche Menschen innerhalb unserer Grenzen unsere gesamten Vorräte restlos erschöpfen wird, oder? Und was dann?« Händeringend fügte die Frau mittleren Alters mit einem leichten Zittern in der Stimme hinzu: »Dr. Radcliffe, werden wir das überleben?«

Burt lehnte sich vor, streckte die Hand aus, legte sie auf ihre und drückte sie beruhigend. »Carol, glauben Sie mir, wenn ich Ihnen sage, dass alles gut wird.« Er verstummte, schürzte nachdenklich die Lippen und lehnte sich wieder zurück. »Ich kann Ihnen einen kleinen Einblick geben, was passieren wird, wenn Sie das beruhigt. Ihnen muss allerdings klar sein, dass ich Ihnen das im Rahmen der Einschränkungen für das Indigo-Projekt sage. Also kein Wort zu irgendjemandem darüber, in Ordnung?

»Natürlich.« Carols Stimme klang plötzlich selbstsicherer, dennoch verriet das Zittern ihrer Hände ihren inneren Aufruhr.

»Carol, es besteht kein Grund zur Sorge. Sie waren bei der Besprechung dabei, als Dr. Holmes in groben Zügen beschrieben hat, was wir tun. Drücken wir es einfach aus: Wir werden nur etwa neun Monate reisen. Am Ende dieser zugegebenermaßen schier unfassbaren Reise halten wir rund zwölf Lichtjahre entfernt um einen neuen Stern namens Tau Ceti.«

»Unglaublich.« Carol hauchte das Wort. Ihre Augen wurden dabei groß, was ihr ein eulenhaftes Aussehen verlieh. Sie schien nicht wirklich geglaubt zu haben, dass sie das Sonnensystem verlassen würden. »A-aber Dr. Radcliffe, wenn es nur neun Monate dauert, warum brauchen wir dann Vorräte für zwei Jahre?«

Burt überlegte. Er wusste nicht recht, ob er zugeben sollte, dass seine Schätzungen mit einer gewissen Unsicherheit behaftet waren. Die Ministerin schien ihm der eher labile Typ zu sein. Und er hatte genug Erwachsene erlebt, die vor Angst geweint hatten, als er in ihren Büros unter vier Augen mit ihnen sprach. Burt seufzte tief und gestand: »Ich fürchte, einige meiner Schätzungen spiegeln wider, dass ich mir bei manchen Aspekten etwas unsicher bin. Ja, wir werden neun Monate lang unterwegs sein. Der Einfluss der Sonne auf uns wird sehr schnell verschwinden. Wir werden während der Reise also kein natürliches Licht bekommen.« Burt zeigte zur Decke, um seinen nächsten Punkt zu betonen. »DefenseNet wird nach der Aktivierung Licht abstrahlen. Wie hell es genau sein wird und ob es dafür ausreicht, Getreide anzubauen, kann ich nicht mit Sicherheit sagen. Und wenn wir unser Ziel erreichen, wird das Licht eines neuen Sterns auf uns scheinen. Auch da kann ich mir nicht sicher sein, wie lange es dauert, bis sich die Pflanzen daran anpassen und die Anbausaison wieder beginnen kann. Deshalb die zwei Jahre. Nur für alle Fälle. Tut mir leid, dass ich nicht präziser sein kann.«

»Oh, Gott sei Dank.« Carols Gesichtsausdruck entspannte sich sichtlich, als sie Tränen wegwischte, die ihr über die Wange gekullert waren. »Tut mir leid. Ich bin nur so angespannt, weil ich es auf keinen Fall vermasseln will. Es geht ja nicht nur meine Kinder und meine kleine Enkeltochter. Alle erwarten von mir, dass ich bereitstelle, was sie am Leben erhalten wird. Ich bin nicht daran gewöhnt, das Leben so vieler Menschen in den Händen zu halten. Und dann meine arme Enkelin, Alicia. Sie ist gerade erst am Zahnen und ...«

»Carol, Ihrer Enkelin passiert nichts.« Burt bediente sich der einstudierten Worte, die er schon bei vielen Personen in Washington benutzt hatte. »Stellen Sie sich nur vor, mit was für neuen Dinge sie aufwachsen wird. Stellen Sie sich vor, was für neue Möglichkeiten sie erwarten. Wenn wir um Tau Ceti unser Leben neu beginnen, wird sie sagen können, dass sie unter einem anderen Stern aufwächst. Alicia wird durch den interstellaren Raum gereist sein. Mit den neuen Investitionen der Präsidentin und der anderen führenden Politiker der Welt in die Wissenschaft haben wir eine viel bessere Zukunft vor uns. Eine Zukunft voll von Wundern und Schönheit. Ich wünschte, ich wäre in Alicias Alter, dann könnte ich erleben, was in den nächsten 50 Jahren kommt. So oder so, ich freue mich auf die Zukunft. Sie wird unglaublich.«

Carol tupfte sich die Nase mit einem Taschentuch, stand auf und streckte die Hand aus. »Dr. Radcliffe, danke für Ihre Gründlichkeit. Es beruhigt mich, zu wissen, dass Sie so gewissenhaft und vorsichtig sind. Ich werde Sie in meine Gebete einschließen. Vielen Dank.«

Burt schüttelte der Frau die Hand. Als er ihr Büro verließ, fühlte er sich etwas beunruhigt. Er hatte schon vielen Politikern und sogar einigen Spitzen des Militärs dieselben aufmunternden Worte vorgetragen. Aber so viele freuten sich nicht für sich selbst, sondern für ihre Kinder und Enkelkinder auf die Zukunft. Er selbst war ein Einzelkind gewesen und hatte keine Eltern mehr. Das Einzige, was Burt im Leben bedauerte, war, dass er nicht noch einmal geheiratet und dass er keine Kinder hatte.

Als er ins Auto stieg, tippte er sofort die Adresse des Weißen Hauses ins Navigationssystem ein: 1600 Pennsylvania Avenue. Seine Gedanken schwenkten zur nächsten Besprechung, diesmal mit der Präsidentin. Der Anblick ihres jungen Sohns, der bei ihrem letzten Treffen im Oval Office herumgetappt war, hatte bei Burt ein irgendwie hohles Gefühl hinterlassen.

Während der Wagen durch den Verkehr brauste, lehnte Burt den Kopf zurück und seufzte. Er dachte über eigene Kinder nach und verwarf die Idee prompt wieder. »Wenn jemand wie Margaret Hager in ihrem Alter

Kinder bekommt, ist das schön und gut. Immerhin war sie 15 Jahre lang verheiratet. Wenn ich schon nichts Großes für eigene Kinder tun kann, dann kann ich wenigstens versuchen, etwas Fantastisches für die Welt zu tun. Ich will sagen können, dass ich etwas bewirkt habe. Die Frage ist nur: *Was* werde ich bewirkt haben?«

Stryker stand innerhalb des abgesperrten Bereichs vor dem Busbahnhof Port Authority und ließ den Blick über die Menge der Evakuierten wandern.

Es wimmelte von uniformierten Beamten. Aus der Masse ertönten Rufe der Leute über ihre Fahrgutscheine und darüber, dass Familienmitglieder getrennt wurden. Manche weinten bitterlich, andere starrten mit ausdruckslosen Mienen ins Leere, als stünden sie unter Schock.

Trotz der Rede der Präsidentin hatten viele damit gerechnet, dass die Evakuierungen erst in ein paar Monaten beginnen würden. Die meisten hatten gehofft, sie würden gar nicht notwendig werden.

Mit beidem hatten sie sich geirrt.

Mehrere Beamte des NYPD brüllten laut herum, während sie für einen Anschein von Ordnung sorgten. In manchen Fällen gingen sie so weit, dass sie Menschen handgreiflich zu den Warteschlangen führten, in die sie gehörten.

Es herrschte kaum kontrolliertes Chaos. Die Polizisten hatten alle Hände voll zu tun, um einen Ausbruch der drohenden Panik zu verhindern.

Strykers Männer waren an den Rändern der Menge stationiert. Ihnen fiel die Aufgabe zu, Menschen fernzuhalten, die noch nicht zur Evakuierung aufgerufen worden waren.

Als er einen Schopf roter Haare in der Masse aufblitzen sah, eilte er in das Chaos und rief: »Jessica!«

Die Rothaarige reagierte nicht, als ein Polizist sie zu einer der Warteschlangen führte. Enttäuschung breitete sich in Stryker aus, als er erkannte, dass sie es nicht war.

»Jon!«

Stryker drehte sich nach rechts. Seine Schwester winkte ihm zu. Zwei Beamte führten sie, seine Exfrau, Isaac und Emma in seine Richtung.

Mit einem Anflug von Erleichterung eilte er zu ihnen. Ein uniformierter Polizist rief ihm lächelnd durch das Chaos zu: »Stryker, ich dachte mir, um die da willst du dich vielleicht selbst kümmern.«

Mit einem breiten Grinsen winkte Stryker zum Dank, als sich ihm Emma und Isaac entgegenwarfen. Tränen strömten ihnen über die Gesichter.

Stryker schob das Gewehr beiseite, kniete sich vor die Kinder und wischte ihnen die Tränen ab. »Kein Grund zum Weinen. Das wird ein Abenteuer.«

»Aber Dad ...« Isaac schniefte. Sein Kinn bebte vor mühsam gebändigten Emotionen. »Peter in der Schule hat gesagt, wir werden alle sterben, genau wie die Dinosaurier.«

Stryker presste die Lippen zusammen und schüttelte den Kopf, als sich seine Brust vor Sorge zusammenzog. Er lehnte den Kopf vor und flüsterte: »Tja, dann ist Peter ein Trottel. Kann ich euch zwei ein Geheimnis verraten? Ihr müsst aber versprechen, es niemandem weiterzuerzählen, okay?«

Beide Kinder nickten. Lainie und Jessica näherten sich und stellten sich hinter sie.

»Ihr habt die Präsidentin über etwas namens DefenseNet reden gehört, oder? Tja, ich weiß zufällig, dass einige der besten Wissenschaftler der ganzen Welt das gebaut haben, um uns zu schützen. Ich habe sie sagen gehört, es sei fast wie ein magischer Schutzschild, der alles, was uns schaden könnte, weit, weit weg von uns hält. Uns passiert nichts.«

Emma runzelte die Stirn und streckte ihre Unterlippe vor. »Papa, Magie gibt's nicht wirklich. DefenseNet ist wasserschaftlich.«

»Du hast recht.« Er schlang die Arme um die beiden, drückte sie innig und lehnte die Stirn abwechselnd an ihre Köpfe. Dabei atmete er ihren frischen Duft ein, bevor er sich zurücklehnte und ihre besorgten Mienen betrachtete. »Ich verspreche, dass ihr in Sicherheit sein werden. Ihr müsst euch keine Sorgen machen. Ist fast so, als würdet ihr im Ferienlager übernachten. Und ihr fahrt doch immer gern ins Ferienlager, oder?«

Die Kinder wischten sich die Gesichter ab und nickten. Die ersten Anzeichen eines Lächelns erschienen in ihren Zügen.

»Daddy, kommst du mit uns?«

Er schaute zu Lainie auf und fragte: »Ihr kommt doch alle vier an den gleichen Ort, oder?«

Sie wischte sich über die Augenwinkel und erwiderte nichts.

Jessica tätschelte den Kindern die Schultern und sagte: »Wir sind alle dem Evakuierungszentrum Poconos zugeteilt.«

Stryker drehte sich Emma zu und drückte ihr einen Kuss auf die Stirn. »Ich kann jetzt nicht weg, ich hab noch Arbeit zu erledigen. Aber wenn ich damit fertig bin, versuche ich, nachzukommen. Okay?«

»Versprochen?«, fragte Emma mit argwöhnischer Miene.

»Versprochen.«

Noch während er das Wort aussprach, nisteten sich Schuldgefühle in seinem Magen ein. Tatsächlich hatte er keine Ahnung, ob man ihm erlauben würde, zu ihrem Evakuierungsort zu reisen.

Einer der Beamten in Zivil kam herüber. »Der erste Schwung der Busse steht zum Einsteigen bereit. Ihre Leute müssen los.«

Stryker nickte und wandte sich seiner Familie zu. »Okay, eine letzte Runde Umarmungen.«

Die Kinder und Jessica verabschiedeten sich von ihm, aber Lainie konnte seinem Blick nicht begegnen. Tränen liefen ihr über die Wangen.

Bevor er herausfinden konnte, worum es ging, wurden sie von den Beamten weggeführt, die begonnen hatten, den vorderen Bereich des Busbahnhofs zu räumen.

Stryker schluckte den Kloß hinunter, der sich in seinem Hals gebildet hatte, als er beobachtete, wie seine Familie in den Bus stieg.

Er holte tief und zittrig Luft, während er stumm betete, dass alles gut werden würde.

Im Oval Office saß Burt neben der Präsidentin und beobachtete das kontrollierte Chaos über die Bilder, die in die Mitte des Raums projiziert wurden. Sie stammten von einem Lokalreporter aus Südflorida, der etwas überflog, das nach einem Verkehrsstau aussah.

»Hier ist Jose Luis Ballart aus dem WSVN-Wetterhubschrauber. Wir fliegen gerade über dem Korridor der I-95. Der Massenexodus von 2066 hat mittlerweile offiziell begonnen. Wie Sie sehen, sind die Nord-Süd-Korridore voll ausgelastet, der Verkehr fließt aber noch. Bisher wurden alle Inseln der Keys und die Südspitze von Miami-Dade County evakuiert. Im Gegensatz zu Los Angeles und einigen anderen Ballungszentren, die massive Staus verzeichnen, verläuft die Evakuierung bei uns relativ

reibungslos. Das verdanken wir den Steuerzahlern von Florida und der kürzlichen Aufrüstung des automatischen Fahrzeugleitsystems. Sonst würden vielleicht auch wir dieselben halbtägigen Stillstände wie andere Landesteile erleben ...«

Die Präsidentin seufzte. »Noch so viel Arbeit ...« Sie machte eine Wischbewegung mit der Hand. Sofort schaltete die Projektion zu einem Bild um, das Burt auf Anhieb erkannt. Es stammte von einem der hoch über ihnen fliegenden Frachtfähren. Ein Techniker in einem Raumanzug zog gerade ein langes Band aus Graphen von einer riesigen Trommel und befestigte es an einem Rover. Die Präsidentin warf Burt einen Blick zu und sagte: »Das sind Bilder von einem der Shuttles über der Mondoberfläche. Ich weiß, was ich den Menschen über einen möglichen Einschlag riesiger Felsbrocken und Flutwellen und so weiter erzählt habe. Aber erklären Sie mir noch mal, warum der Mond so wichtig ist? Warum investieren wir so viele Ressourcen darin, ihn mitzunehmen?«

Burt bemühte sich um eine neutrale Miene und schluckte die Galle hinunter, die ihm in die Kehle stieg. Er hasste es, Antworten zu geben, bei denen er sich unsicher war. Vor allem gegenüber der Präsidentin. »Madam President, ich ...«

»Verdammt, Burt!« Die Präsidentin richtete eine mürrische Miene in seine Richtung. »Sie fangen an, mich zu verärgern. Ich habe Ihnen schon tausendmal gesagt, dass Sie mich einfach Margaret nennen sollen, wenn wir allein sind.«

Burt spähte über die Schulter zu dem an der Tür stehenden Agenten des Secret Service. Dennoch verkniff er es sich, mit ihr zu diskutieren. Sie verlor gerade eindeutig die Geduld und hatte genug Stress. Er musste sie nicht zusätzlich reizen. »Na ja, Margaret, ich habe Ihnen ja schon gesagt, dass der Mond Einfluss auf unsere Gezeiten hat. Soweit ich es abschätzen kann, wird dieser Einfluss nur Sekunden nach Aktivierung der Gravitationsblase verpuffen. Das wird einen schwappenden Effekt erzeugen, wenn die Gezeiten abflachen. So ähnlich, wie wenn man sich in einer Badewanne bewegt.«

»Richtig, und deshalb evakuieren wir die Menschen, damit niemand davon beeinträchtigt wird. Aber wenn das ohnehin unvermeidlich ist, warum machen wir uns dann die Mühe, den Mond mitzunehmen? Das kapier ich einfach nicht.«

Burt versuchte, das intensive Starren der Frau zu ignorieren, die früher bei den Green Berets gewesen war. Er deutete mit dem Daumen auf die Videobilder, die aus dem All über dem Mond zu ihnen übertragen wurden. »Das hat zwei Gründe. Der Erste spielt meines Erachtens kurzfristig keine große Rolle. Man geht davon aus, dass der Mond unseren Rotationswinkel relativ konstant hält. Zum Beispiel verlaufen unsere Winter und Sommer aufgrund der steten Neigung der Erde so, wie sie sind. Der Winkel ändert sich nicht, während wir um die Sonne rotieren. Ohne den Mond könnte die Neigung der Erde über lange Zeiträume stark schwanken. Das bedeutet, irgendwann in der Zukunft könnte die Rotationsachse der Erde viel stärker kippen. Stellen Sie sich ein Szenario vor, in dem unsere gesamte Nordhalbkugel monatelang der Sonne zugewandt wäre, während die Südhalbkugel in einen extrem tiefen Winter verfällt.«

Als Margaret die Stirn runzelte, schüttelte Burt den Kopf und fuhr fort: »Ehrlich gesagt könnte das eher im Verlauf von Hunderttausenden Jahren oder noch länger passieren. Für mich persönlich sind einige der Bedenken der Meeresbiologen eine wesentlich glaubwürdigere und unmittelbarere Bedrohung. Es besteht die Sorge, dass wir ohne die Gezeitenaktivitäten, für die der Mond verantwortlich ist, einen abrupten und vielleicht irreversiblen Rückgang des gesamten Lebens in den Meeren erleben könnten. Die Sorge begründet sich auf das Wissen, dass die Gezeiten die Umwälzung der Nährstoffe von der Wasseroberfläche nach unten bewirken. So verteilt sich eine beträchtliche Menge der Nahrung und der notwendigen Mineralien für die biologische Nahrungskette im Wasser. Wenn die Gezeiten plötzlich ausbleiben, könnte der Nährstoffgehalt in den Ozeanen drastisch abnehmen, was die Nahrungskette stark verändern könnte. Das ist eine glaubhafte Sorge, deren Auswirkungen wir nicht wirklich vorhersagen können. Aber ich würde das Risiko nur ungern eingehen. Vor allem, da Dr. Holmes einen Großteil der Arbeit auf der Mondoberfläche bereits erledigt hat.«

»Klingt einleuchtend.« Die Worte und die nachdenkliche Miene der Präsidentin verrieten, dass seine Erklärung und möglicherweise andere Bedenken ihr Gehirn beschäftigten.

Plötzlich wischte Margaret mit der Hand mehrmals nach links. Die Videobilder wechselten wiederholt. Viele erkannte Burt nicht.

»Burt, wo stehen wir bei Holmes' Arbeit?«

Die Bilder schalteten zu einem offenbar militärischen Signal, das von irgendwo im Meer kam. Bei einigen der Zahlen, die am unteren Rand der

Bilder entlangliefen, handelte es sich eindeutig um GPS-Ortungswerte. Bevor Burt fragen konnte, kam von Margaret: »Das ist eine Übertragung von jemandem aus Dr. Holmes' Sicherheitsmannschaft.«

Burt gab die Zahlen rasch in sein Handy ein. Auf dem Display wurde die Erdkugel angezeigt. »Anscheinend ist er gerade etwa 4.400 Kilometer südöstlich von Hilo irgendwo mitten im Pazifik.« Burt tippte auf die Karte, glich die Längen- und Breitengrade an und nickte. »Er befindet sich am Äquator, wie ich erwartet hatte, und nähert sich gerade 120 Grad West. Wenn er mit dem derzeitigen Tempo weitermacht, wird er in weniger als zwei Wochen fertig. Dann sollten wir ...«

»Eine gigantische, aus dem Meer ragende Betonkonstruktion sehen«, beendete die Präsidentin den Satz für ihn und zeigte auf das Bild, das anderthalb Meter vor ihnen schwebte.

Burt erkannte das Bauwerk als eines der elektrischen Umspannwerke, die von der ISF entlang des Äquators gebaut wurden. »Ja, Ma'am.«

Margaret kniff die Augen zusammen, als Burt weitersprach.

»Es ist tatsächlich eine der größten Konstruktionen im Wasser, die je errichtet wurden, und es ist in über 4.000 Metern Tiefe am Meeresgrund verankert.« Sofort heftete sich seine Aufmerksamkeit auf die große Flotte aus Lenkwaffenzerstörern, Militärkreuzern verschiedener Länder und sogar einem Flugzeugträger der USA. »Warum sieht das wie ein Kriegsgebiet aus?«

»Weil es eines ist.«

Ein eiskalter Schauder raste durch Burt, als die Präsidentin ihm einen harten Blick zuwarf. Vor Verblüffung verschlug es ihm die Sprache. Er hätte schwören können, dass alle Länder der Welt einen Nichtangriffspakt geschlossen hätten. Deshalb hatte er keine Ahnung, wie er reagieren sollte.

»Sagen wir so, Burt: Wir haben glaubwürdige Drohungen gegen jede einzelne dieser Ankerstationen erhalten. Es sind weitere Informationen über Indigo durchgesickert. Wir wissen nicht, wie viel nach außen gedrungen ist, aber wir verzeichnen Angriffe auf einige der entlegeneren Stationen. Es wurde kein Schaden angerichtet, aber wir haben um jeden der Orte kleine Armeen postiert.«

Burts Augen weiteten sich, als Margaret nüchtern hinzufügte: »Es gibt Menschen, die nicht wollen, dass es uns gelingt, die Bedrohung durch Indigo abzuwenden. Deshalb schützen wir diese Standorte.«

Burt starrte die Präsidentin ungläubig an und stammelte: »Ich ... Das verstehe ich nicht. Warum sollte jemand eines der Umspannwerke angreifen? Es gibt dort nichts Wertvolles. Ist es diese Bruderschaft?«

Die Präsidentin antwortete ihm mit einem scharfen Unterton in der Stimme und einem grimmigen Ausdruck im Gesicht. »Das sind Fanatiker. Ein Todeskult. Geheimdienstberichten zufolge könnten sie Indigo als Zeichen für das biblische Armageddon betrachten. Sie glauben, der Messias würde kommen, solange wir Gottes Plan nicht stören.«

Die frühere Warnung des britischen Premierministers über Todeskulte stieg aus Burts Gedächtnis auf. Er stöhnte. »Ich kann nicht glauben, dass die Selbstmord begehen wollen!«

Margaret zuckte mit den Schultern. Ihr emotionsloser Gesichtsausdruck erschreckte Burt mehr als die Bilder, die ihm durch den Kopf wirbelten.

»Ich dachte, wenn ich aus dem Militärdienst ausscheide, wäre es damit vorbei, dass ich am Tod von Menschen beteiligt bin. Aber ich fürchte, es fängt gerade erst an.«

KAPITEL DREIUNDZWANZIG

Nachdem er sich an die Hitze entlang des Äquators gewöhnt hatte, schauderte Dave, als ihm die Kälte des klimatisierten Flurs im Nacken kribbelte. Aber nicht das erregte seine Aufmerksamkeit, als er auf das Gebäude zuging, das die Missionszentrale im Kennedy Space Center beherbergte. Sein Blick richtete sich stattdessen auf die Fotos an den Wänden, während er den langen Korridor entlangging, der die Gebäude des Space Center Campus miteinander verband.

Auf dem Weg vorbei an den Bildern schnappte Dave kleine Brocken der bewegungsaktivierten Kommentare auf, die aus einem Lautsprecher darunter drangen.

»Das Kennedy Space Center und der angrenzende Luftwaffenstützpunkt Cape Canaveral haben im letzten Jahrhundert eine wichtige Rolle in der bemannten Raumfahrt gespielt ...«

»Ob bei Projekt Merkur und den Gemini-Flügen, den ersten Missionen der Menschheit in die Umlaufbahn ...«

»Das Apollo-Programm, mit dem Astronauten zum Mond befördert wurden ...«

»Das Programm Space Shuttle wurde Ende des 20. Jahrhunderts gestartet und eingestellt. Wiederbelebt wurde es 2045, um die der ersten dauerhaften Siedlungen auf dem Mond zu errichten.«

Als Dave ein maßstabgetreues Miniaturmodell der neuesten Reihe der

Space Shuttles passierte, fuhr er lächelnd mit den Fingerspitzen über den Rumpf des Raumfahrzeugs. »Ohne dich wäre das alles nicht möglich gewesen.«

Dave warf einen Blick zu Bella. Als er ihr Zittern bemerkte, flüsterte er: »Ich besorge uns beiden Jacken, wenn wir im Kontrollraum sind.«

»Bist du froh, dass wir bald am Ziel sind?« Neetas Stimme erschreckte ihn, als sie am Ende des Gangs auftauchte und die Tür für sie beide aufhielt.

Dave zuckte mit den Schultern. »So weit war es nicht vom Parkplatz.«

»Nein, das hab ich nicht gemeint ...«

Trotz Neetas ernster Miene lächelte Dave unwillkürlich die aggressive Frau an, die für ihn längst zu einer Freundin geworden war.

»Du machst dich über mich lustig!« Neeta stemmte die Hände in die schmalen Hüften und funkelte Dave an. Allerdings merkte er, dass sie dabei mühsam ein eigenes Lächeln unterdrückte. »Ach, du bist einfach ein Idiot.« Sie sah Bella an und meinte schnaubend: »Manchmal weiß ich echt nicht, wie du ihn ertragen kannst.« Neeta machte kehrt. »Kommt einfach mit, ich zeige euch den Kontrollraum.« Sie winkte Dave und Bella mit sich, als sie in der Dunkelheit des Gebäudes verschwand, das die Missionszentrale beherbergte.

Dave zog die Windjacke enger um sich und ließ den Blick durch den 15 Meter breiten, hörsaalähnlichen Raum wandern. Er saß auf einem großen Drehstuhl und beobachtete, wie Neeta in dem kompromisslosen Stil agierte, an den er sich bei ihr gewöhnt hatte.

Sie zeigte auf einen der Bildschirme, der kein Signal anzeigte. *»Umspannwerk 23, wo ist Ihr Signal? Melden Sie sich!«* Ihre Stimme dröhnte durch die Lautsprecher im Raum. Sie tippte auf ihr Mikrofon, schaltete es stumm und wandte sich an einen der gehetzt wirkenden Techniker der Missionszentrale. »Was ist los mit 23?«

»Dr. Patel, ich stehe mit dem Techniker in der Station in Verbindung. Er sagt, sie haben Probleme mit der Videoübertragung, weil ein Sturm Sand von Somalias Küste weht. Abgesehen davon sind sie einsatzbereit. Ich lege ihre Datenübertragung auf den Bildschirm.«

Die eine leere Stelle ohne Information flackerte und zeigte plötzlich die in das Umspannwerk eingespeiste Strommenge an sowie den Prozent-satz davon, der zu dem angeschlossenen Satelliten hoch über ihnen geleitet werden sollte.

Neeta schaute zurück zu Dave und nickte. »Die Benachrichtigungen sind verschickt. Alle Länder laufen jetzt nur noch mit Notstromverbrauch. Alle Umspannstationen sind online und einsatzbereit.« Sie zeigte auf das an Daves Hemd befestigte tragbare Mikrofon. »Tipp zum Einschalten einfach drauf, dann können dich alle hier und in den Umspannwerken hören.«

Daves Gedanken kehrten zu den Ingenieuren zurück, die er in den Umspannstationen kennengelernt hatte. Alles Männer und Frauen, denen er in den letzten Monaten die Hand geschüttelt und mit denen er sogar gegessen hatte. Wenn er an DefenseNet dachte, sah er ihre Gesichter: die verängstigten, ernsten Mienen der Menschen, die um die Bedeutung der Aufgabe wussten, die man ihnen übertragen hatte. Sie würden ihr Schicksal bereitwillig in Daves Hände legen. Und mit diesen Bildern im Kopf tippte er auf das Mikrofon, um seine erste Anweisung zu erteilen.

»Hier spricht Dave Holmes aus der Missionszentrale. Wenn ich die Nummer Ihres Umspannwerks aufrufe, möchte ich, dass Sie zehn Prozent der verfügbaren Leistung in Ihre Satellitenverbindung leiten.

Eins ....«

Dave hielt inne. Er stellte sich vor, wie ein Teil des ins Umspannwerk fließenden Stroms durch die Graphen-Verbindung in den Himmel geleitet wurde. Der Strom würde nach oben rasten, wo er sich über das lange Band verteilen würde, das den Ring der Satelliten um die Erde verband.

Der mittlere Bildschirm zeigte eine 180-Grad-Ansicht des Nachthim-mels über Zentralflorida sowie die Messwerte von Sensoren an dem Ring, der die 36 um die Erde kreisenden Satelliten miteinander verknüpfte.

Als sich die aus dem Umspannwerk gemeldete Leistung änderte, nahm die Leistung im Ring von DefenseNet zu.

»Zwei ... drei ... vier ...«

Nach und nach fügte Dave langsam mehr Leistung von jedem der entlegenen Umspannwerke hinzu und achtete darauf, ob alles wie erwartet funktionierte. Er hatte zwar alles doppelt und dreifach überprüft, aber er wusste, jeder noch so kleine Fehler konnte katastrophale Folgen haben.

Als das letzte Umspannwerk einen kleinen Teil seiner potenziellen Leistung in den DefenseNet-Ring schickte, atmete Dave erleichtert auf.

Im Raum befanden sich fast 50 Techniker, die alle das eine oder andere Signal überwachten. Dave war sich nicht sicher, wer für die Telemetrie und Kommunikation zuständig war, als er fragte: »*T-COM, wie ist die Signalqualität am Ring?*«

Eine Technikerin in der hintersten Reihe lehnte sich nach vorn. Eine Frauenstimme ertönte aus den Lautsprechern. »*Wir haben eine saubere Sinuswelle ohne Beeinträchtigungen durch Oberschwingungen. 3,015 Terawatt fließen derzeit durch den DefenseNet-Ring. Alle Systeme sind bereit zum Einschalten.*«

Einige von Daves Ängsten schmolzen dahin, als sich alles zusammenfügte. Die Anpassungen, die er an den Satelliten vorgenommen hatte, funktionierten wie erwartet. Das elektrische Signal war sauber. Durch die Bestätigung der Technikerin wuchs seine Zuversicht.

Dave schaute zu Bella, die etwa sechs Meter entfernt bei Neeta saß, und nickte ihr zu. Sie reagierte mit einem Lächeln. In seinem Kopf ertönten ihre unausgesprochenen Worte der Beruhigung.

»*Roger, Missionszentrale. Alle Umspannwerke, kontrollierte Einschaltsequenz beginnen. Maximale Leistungsabgabe bei 80 Prozent der Kapazität stoppen und halten.*«

Die Werte auf den Monitoren im Raum veränderten sich rasant. Daves Aufmerksamkeit jedoch galt dem Bildschirm in der Mitte, der den Himmel über Zentralflorida zeigte.

Als die Mitternachtsschwärze nach und nach heller wurde, verbreitete sich Daves Lächeln.

Plötzlich summte sein In-Ear-Telefon. Er tippte auf sein Mikrofon, um es stumm zu schalten, und nahm den Anruf entgegen.

»Hallo?«

»*Hey, Dave, ich bin's, Burt. Ich wollte Ihnen gratulieren. Ich stehe gerade auf dem Dach meines Hotels. Sie würden nicht glauben, was ich hier sehe. So was Erstaunliches habe ich noch nie erlebt. Hätten Sie gedacht, dass es so hell sein würde?*«

Dave lachte. »Dazu kann ich ehrlich nichts sagen. Ich bin hier in einem Betongebäude und sehe nur ein verzerrtes Videobild. Sie sind in Washington, oder? Beschreiben Sie mir, was Sie gerade sehen.«

»*Es ist wunderschön. Ich stehe hier und atme die kühle, mitternächtliche Brise mit dem Duft von frisch geschnittenem Gras ein. Aber statt finster ist es gerade hell genug, um einen alten, schundigen Taschenbuch-*

roman zu lesen. Ich sehe ein bläulich-weißes Lichtband am südlichen Himmel. Ich sage Ihnen, Dave, es ist surreal ... Können Sie abschätzen, wie hell es wird, wenn wir mit voller Leistung fahren? Ich weiß jetzt schon genau, dass mich das morgen früh alle möglichen Leute fragen werden, wenn der Anblick im Fernsehen ausgestrahlt worden ist.«

»Sicher, lassen Sie mich nur eben die Telemetrie-Spezialisten hier fragen.«

Dave tippte auf sein Mikrofon. *»T-COM, welche Helligkeit haben wir in unserer Zeitzone am Äquator? Und haben wir auch genaue Messwerte für die gleiche Zeitzone in anderen Entfernungen vom Äquator?«*

Die gleiche Frauenstimme wie zuvor ertönte Sekunden später. *»Missionsleiter Holmes, wir haben einen Messwert von 20.150 Lux aus dem Umspannwerk in Ecuador. 1.450 Lux werden aus Cape Canaveral gemeldet, 200 Lux von einer Wetterstation in Toronto in Kanada.«*

Burt hatte die Stimme deutlich gehört, denn er antwortete aufgeregt in Daves Ohr. *»Heilige Scheiße, 20.000 Lux? Das ist praktisch wie die Mittagssonne.«*

Dave schaltete das Mikrofon wieder aus und erwiderte: »Ja, aber die Stärke fällt vom Äquator aus ziemlich schnell ab. Ich denke, insgesamt müssen Sie die Leute darauf vorbereiten, dass der Großteil der Welt ein bisschen dunkler als gewohnt sein wird. Und vergessen Sie nicht, es wird keinen Sonnenaufgang und Sonnenuntergang geben, während wir unterwegs sind. Der Biorhythmus der Menschen wird wohl zum Teufel gehen, aber dagegen kann ich nichts machen.«

»Dave, ich hab alles im Griff. Solange die Menschen wissen, dass sie nicht verhungern oder umkommen werden, stecken sie das weg, da bin ich mir sicher. Ich hab kein Problem damit, Melatonin-Tabletten oder ähnliches Zeug zu empfehlen, damit sie schlafen können. Wie auch immer, ich wollte nur anrufen, um Ihnen zu gratulieren. Wir stehen am Beginn einer neuen Ära der Menschheit, und das verdanken wir Ihnen.«

Mit einem Grinsen brummte Dave: »Ach, hören Sie auf, Sie wissen verdammt genau, dass dafür ein Team nötig ist. Tja, ich verschwinde jetzt von hier und ruh mich etwas aus, während der Ring warmläuft. Wir haben noch fünf Wochen, bevor wir weg müssen. Ich finde, wir liegen gut im Plan.«

»Gute Nacht, aber ich möchte Sie vorwarnen.« Der belustigte Ton in Burts Stimme ließ sich nicht überhören. *»Seien Sie nicht überrascht, wenn*

Sie einen Gratulationsanruf von der Präsidentin kriegen. Reißen Sie ihr also nicht gleich den Kopf ab, falls Sie von ihr geweckt werden.«

Damit endete der Anruf, und Dave gab Neeta einen Wink, den sie richtig interpretierte. Es war an der Zeit für sie, zu übernehmen.

Während sie mit dem Rest des Personals der Missionszentrale die geplante zehntägige Warmlaufphase von DefenseNet besprach, stand Dave auf.

Bella schloss sich ihm an, als er das Gebäude der Missionszentrale verließ. Zusammen steuerten sie in Richtung des Sicherheitsteams, das sie für etwas wohlverdiente Ruhe ins Hotel bringen würde.

Als sie durch den Korridor gingen, der die Missionszentrale mit dem restlichen Komplex verband, blieb Dave stehen, um das blasse Lichtband am südlichen Himmel zu betrachten. Er atmete die sterile, klimatisierte Luft ein und spürte, wie Bella seinen Arm hart drückte.

»Irgendetwas stimmt nicht«, verkündete Bella. Fast sofort merkte auch Dave, wie das Licht am Himmel flackerte und trüber wurde.

Sein Herzschlag raste, seine Gedanken überschlugen sich, als er umkehrte und zurück in Richtung der Missionszentrale rannte. Bella hetzte ihm hinterher. Rote Lichter blinkten entlang des Korridors, das Geheul einer Sirene dröhnte durch den Gang.

Als sich Dave dem Eingang näherte, schwang die Doppeltür auf. Neeta kam zum Vorschein und brüllte mit einem untypischen Ausdruck von Angst in den weit aufgerissenen Augen: »Wir haben 40 Prozent der Netzleistung verloren!«

»Alles auf einmal? Da ist unmöglich!« Dave stürmte in den Raum und starrte auf die Wand der Monitore. Er zeigte hin, wirbelte zu Neeta herum und brüllte: »Warum melden sechs der Umspannwerke null Leistungszufuhr? Was zum ...«

Eine Sicherheitsmannschaft pflügte herein. Im selben Moment summte Daves In-Ear-Handy.

»Neeta!«, rief Dave über die Schulter, als einige seiner Sicherheitsleute begannen, ihn aus dem Raum zu eskortieren. »Finde raus, was passiert ist!«

Das Summen in seinem Ohr setzte sich fort. Er tippte auf das In-Ear-Telefon und knurrte. »Schlechter Zeitpunkt, Burt!«

»Dave, hören Sie mir zu. Wir haben Ärger ...«

»Das können Sie aber laut sagen. Wir haben einen mehrfachen Versorgungsausfall, und ich muss ...«

»Hören Sie mir zu. Es hat nichts mit Ihrer Arbeit zu tun, und Sie können nichts tun, um es in Ordnung zu bringen. Wir haben gerade einen Sicherheitsalarm von sechs der wichtigsten Versorgungsnetze erhalten, die Strom in die Umspannwerke einspeisen. Ich werde gerade zu einem Treffen mit der Präsidentin geschleift. Ihr Sicherheitsteam wird Sie und Bella zu einer Dringlichkeitssitzung hierher bringen. Nur wenige Kilometer von Ihnen entfernt rollt gerade ein Jet auf eine Startbahn.«

Daves Verstand blockierte, als er sich in einen SUV verfrachten ließ. »Burt, was meinen Sie mit Sicherheitsalarm? Es ist irgendein Stromausfall. Den müssen wir nur beheben und ...« Plötzlich dämmerte Dave, dass irgendein Katastrophenfall eingetreten sein musste. Eine andere Erklärung gab es nicht für das gleichzeitige Auftreten mehrerer Ausfälle. »Was geht da vor? Ich versteh das nicht.«

Burt schwieg einen Moment, bevor er in unheilvollem Ton antwortete. *»Dave, ich weiß nicht, ob man Sie eingeweiht hat. Aber es gibt Menschen auf dieser Welt, die uns lieber alle sterben sehen wollen, als zuzulassen, dass das DefenseNet seinen Zweck erfüllt. Aus dem Bericht, den ich gerade bekommen habe, geht hervor, dass die Versorgungsnetze von einer gut koordinierten Terroristengruppe angegriffen wurden.«*

Ein eiskalter Schauder lief Dave über den Rücken, als der SUV durch ein bemanntes Tor des Luftwaffenstützpunkts Cape Canaveral und zu einem Jet auf einer nahen Startbahn raste.

»Burt, ich dachte, das Verteidigungsministerium hätte die Standorte völlig gegen Angriffe abgeschirmt. Wie konnte das passieren? Die Versorgung ... kann doch wiederhergestellt werden, oder?«

»Jeder der Standorte wird von einer kleinen Armee bewacht. Ich habe also noch keine Antworten. Aber wir werden schon bald mehr wissen. Allerdings sind die Bilder, die ich gerade sehe, ziemlich düster.«

Dave lehnte den Kopf an den Ledersitz zurück und fühlte sich, als hätte gerade ein Richter das Todesurteil über ihn verhängt. Er flüsterte: »Wir sind im Arsch.«

KAPITEL VIERUNDZWANZIG

Margaret hörte aufmerksam zu, als der Verteidigungsminister seinen Bericht über die Angriffe auf die Umspannwerke abschloss. »Zusammenfassend«, sagte er, »wurden insgesamt sechs der Kollektorstationen durch etwas zerstört, das unsere Geheimdienstquellen als RA-115S Kofferbomben aus der Sowjet-Ära identifiziert haben. Durch die Sprengkraft von je einer Kilotonne sind die Standorte irreparabel beschädigt. Eine siebente Kollektorstation wurde ebenfalls angegriffen. Aber im Gegensatz zu den vorherigen sechs hat die Detonation keine Kernreaktion ausgelöst, sondern das Übertragungsnetz für das gesamte Gebiet zerstört und die Anlage mit spaltbarem Material verseucht.« Walter Keanes Reibeisenstimme verstummte abrupt, als der über 60-jährige ehemalige General den Sicherheitsbericht zu Ende gelesen hatte und ihn zurück auf den Tisch legte.

Margaret ließ den Blick über die Gesichter der Mitglieder ihres Sicherheitsrats wandern. Alle wirkten abgehärmt und blass, als sich die düstere Nachricht wie ein Leichentuch über sie senkte.

Die Präsidentin drängte das übelkeitserregende Gefühl von Verzweiflung zurück, das in ihr aufsteigen wollte, und brach das Schweigen. »General Keane, sind wir sicher, dass die Stationen vollständig zerstört sind? Ich weiß, dass die Kollektorstationen den Strom aus der umliegenden Region bündeln und in die DefenseNet-Umspannwerke einspeisen.

Können wir die Leitungen, die in die zerstörten Stationen geführt haben, nicht sammeln und direkt zu den DefenseNet-Stationen verlegen?

Walter schüttelte den Kopf. »Ich fürchte nein, Madam President. Jede der Bomben hat alles im Umkreis von einem halben Kilometer zerstört. Das entspricht in etwa der Größe der Kollektorstation selbst. Erschwerend kommt hinzu, dass der von den Explosionen erzeugte elektromagnetische Impuls einen gewaltigen Stromstoß durch die Leitungen gejagt und das Innenleben der von Dr. Holmes gebauten Anlagen vernichtet hat.«

Mit ausdrucksloser Miene warf Dave ein: »Was ist mit den Umspannwerken? Mit denen, die den Leistungsfluss zum DefenseNet-Ring kontrollieren. Und was ist aus dem Personal dort geworden?«

Der General drehte sich zu Dave um und schüttelte mit grimmigem Gesichtsausdruck den Kopf. »Leider muss ich berichten, dass wir in den Kollektorstationen das gesamte Personal verloren haben. Alles innerhalb der Gebäude wurde zerstört. Tatsächlich ist nur die Betonstruktur selbst unversehrt geblieben. Die wohl einzige gute Nachricht ist, dass die Gebäude noch angeschlossen sind, was immer das bringen mag. Und dass außer den armen Leuten in den Kollektorstationen niemand gestorben ist.«

»Na, wie erleichternd«, murmelte Doug Fisher, der Stabschef der Präsidentin, mit sarkastischem Unterton. Er nahm die Brille ab und fuhr sich mit der Hand durch das schüttere graue Haar. »Nur bringt uns das nichts, General. Ein paar Dutzend Menschen an abgelegenen Orten haben überlebt, dafür werden wir alle in ein bis zwei Monaten tot sein.«

Margaret drehte sich vor Übelkeit der Magen um, als sie an ihren Sohn dachte. Trotz der Beklommenheit, die sie empfand, wandte sie sich an Dave und fand die Kraft, die nackte Angst nicht in ihre Stimme dringen zu lassen. »Dr. Holmes, ich möchte hören, was Sie denken. Was jetzt?«

Dave lehnte sich auf dem Sitz zurück und fuhr sich mit den Händen über das kurz gestutzte Haar. Als er tief einatmete, sah Margaret, wie eine zerknirschte Miene über seine Züge huschte. »Madam President, ich habe immer befürchtet, dass irgendein Defekt auftreten könnte. Dafür habe ich vorausgeplant. Wir hätten einen Ausfall von 15 Prozent der Leistung verkraften können. Vielleicht sogar von 20 Prozent – bin mir nicht sicher. Aber General Keanes Bericht entnehme ich, dass wir über 50 Prozent weniger haben. Und selbst, wenn wir die eine nicht zerstörte Kollektorstation in Gang bringen oder ihre Versorgungsquellen direkt zum Umspannwerk leiten könnten, wären wir mit 40 Prozent Minderleistung immer noch deutlich unter dem, was wir brauchen.« Dave zuckte mit den Schultern. Sein Tonfall wurde unheilverkündend. »Es würde nicht mal reichen, wenn alle Länder völlig auf Strom verzichten und wir wie Höhlenmenschen leben. Es tut mir leid, aber ich habe keine guten Antworten.«

Karen Fultondale, die FBI-Direktorin, brach unverhofft in Tränen aus und verbarg das Gesicht hinter einem Notizblock. Die Neuigkeit hatte sie sichtlich überwältigt.

Holmes warf der Frau einen Blick zu und verzog das Gesicht zu einer Grimasse. Sein betretener Ausdruck entsprach dem der meisten Anwesenden. »Ich sage es nur ungern, aber ich glaube, wir müssen uns mit unserem Schicksal abfinden.«

Eiskaltes Grauen legte sich wie ein Schraubstock um Margarets Brust, als ihr Holmes' Worte ins Bewusstsein sickerten. Zum ersten Mal in ihrem Leben drohte das erstickende Gefühl von Hilflosigkeit sie zu überwältigen. Sie atmete tief durch, während sich betretende Stille im Lagebesprechungsraum ausbreitete und die letzte Hoffnung der Menschheit schwand.

General Keane wischte sich das Gesicht ab und starrte ins Leere. Seine Schultern sackten leicht herab.

CIA-Direktor Kevin Baker verengte die Augen und trommelte mit den Fingern auf den Tisch. Plötzlich beugte er sich vor und fragte: »Dr. Holmes, ist Strom das einzige Problem? Wenn nur ein einziges Umspannwerk in der Lage wäre, genug Leistung zu erzeugen, um den Verlust auszugleichen, würde Ihr Plan dann noch funktionieren?«

Margaret runzelte die Stirn, als sie den Veteranen des Geheimdiensts anstarrte, der dort schon 30 Jahre diente. Sie wusste nicht, worauf er hinauswollte, und warf einen Blick zu Dave. Der Wissenschaftler schürzte die Lippen und schien über die Frage nachzudenken.

Angespannte Stille trat ein, als sich die Aufmerksamkeit aller auf Dave heftete.

Schließlich sah er Bella an und legte die Stirn in Falten. Er richtete den Blick wieder auf Baker und nickte. »Die Verbindung könnte der Last mühelos standhalten, aber wovon reden Sie? Dafür gibt es schlichtweg nicht genug Erzeugungskapazität. Wir zapfen so schon alles an.«

Der CIA-Direktor ließ eine Münze auf den Tisch des Besprechungsraums fallen. Klimpernd landete sie auf der Holzplatte und wollte wegrollen. Er klatschte Hand darauf.

Wie alle Anwesenden starrte auch Margaret den Mann an und fragte sich, ob er letztlich überschnappte. Sie kannte Kevin Baker noch nicht allzu lange. Er war wie viele dieser Geheimdiensttypen. Schweigend, grüblerisch, in der Regel nicht zum Scherzen neigend.

Sie wollte sich gerade nach dem Sinn seiner Frage erkundigen, als er plötzlich die Hand hob und in Dave Holmes' Richtung etwas schnippte, das wie geschmolzenes Metall aussah.

Margaret sprang vom Stuhl auf, doch Dave hob die Hand. »Warten Sie!«

Die Präsidentin brüllte den CIA-Direktor an: »Was zum Teufel soll das werden?«

»Warten Sie«, wiederholte Dave. Er beugte sich vor und blies auf die Metalltropfen, die nur Zentimeter vor seinem Platz auf dem Tisch gelandet waren. Ohne zu zögern, hob er das verfestigte Metall auf und drehte es in der Hand. Ein neugieriger Blick verdrängte seinen zuvor grimmigen Ausdruck. »Den Trick kenne ich.« Dave schloss einige Sekunden lang die Hand um das Metall. Dann öffnete er die Faust langsam und neigte die Handfläche. Das Metall tropfte geschmolzen auf den Tisch. Dave sah den CIA-Direktor an. »Das ist Gallium, richtig?«

Bakers Züge verrieten keine Regung, als er nickte. »Richtig, Dr. Holmes. Anscheinend sind Sie auch in Bereichen versiert, die über Ihr Spezialgebiet hinausgehen. Die meisten Menschen hätten wohl keine Ahnung, wie ich das gemacht habe. Das gibt mir etwas Hoffnung. Vielleicht können Sie ein uraltes Rätsel lösen, das wir verstecken.«

Als Margaret zurück auf ihren Stuhl sank, blickte sie zwischen den beiden hin und her und fragte knurrend: »Wovon reden Sie beide?«

Dave drehte sich ihr zu und zeigte mit dem Daumen in Richtung des CIA-Direktors. »Keine Ahnung, wovon *er* redet. Aber was die Münze angeht, die war aus dem einzigen mir bekannten Metall, das bei Raumtemperatur fest ist und schmilzt, wenn man es nur geringfügig erwärmt. Körpertemperatur reicht dafür schon aus.«

Etwas an den Worten des CIA-Direktors schürte Hoffnung in Margaret. Sie war bereit, nach jeder Rettungsleine zu greifen. Ihr Blick heftete sich auf Baker. »Raus mit der Sprache. Wovon reden Sie, und was hat es mit unserer Lage zu tun?«

Einen Moment lang trat in die Züge des CIA-Direktors ein besorgter Ausdruck, der ihre aufsteigende Hoffnung verunsicherte. »Madam President, bestimmt überrascht Sie nicht zu hören, dass die CIA seit Langem einige sensible Aktivposten mit strengen Zugangskontrollen unter Verschluss hält. Erst, als ich zum Direktor ernannt wurde, bin ich auf einen davon aufmerksam geworden, der über 80 Jahre lang völlig abgeschottet wurde. Ich habe die alten Berichte darüber gelesen und kann nur betonen, dass er extrem gefährlich ist. Er ist tief unter der Erde eingeschlossen. Und trotz aller getroffenen Sicherheitsvorkehrungen ist bekannt, dass er in der Vergangenheit spontane Energieschübe ausgestrahlt hat, stark genug, um Stromausfälle in nahen Ortschaften zu verursachen. 1981 hatte fast der gesamte Bundesstaat Utah einen Blackout, als das Ding mit einem verheerenden Energiestoß das Versorgungsnetz schwer geschädigt hat. Natürlich hat die CIA einen Gefängnisbrand dafür verantwortlich gemacht und den Vorfall unter den Teppich gekehrt. Nach dem Blackout damals wurden alle Tests an dem Objekt eingestellt. Wir hatten keine Möglichkeit, es sicher zu analysieren, ohne alle in der Umgebung zu gefährden. Deshalb wurde es über 80 Jahre lang versiegelt.«

»Was genau ist dieses Objekt?«, fragte General Keane. »Woher haben wir es?«

Baker zuckte mit den Schultern. »Ich bin mir bei beidem nicht ganz sicher. Jedenfalls hatten wir weder die Technologie noch das Personal, um es gefahrlos zu untersuchen. Also haben wir es begraben.« Der langjährige CIA-Angehörige zeigte in Daves Richtung. »Ich dachte mir gerade, vielleicht kann Dr. Holmes herausfinden, was es ist und wie sich diese gewaltige Energiequelle nutzen ließe.« Mit einem hilflosen Ausdruck sah er die Präsidentin an. »Ich gebe unumwunden zu, dass ich nicht viel mehr weiß. Aber in Anbetracht der tristen Lage fand ich, dass ich es trotzdem erwähnen müsste.«

Dave stand auf und wandte sich an die Präsidentin. »Offen gestanden kann ich in der aktuellen Situation ohnehin nichts machen, also kann ich ruhig einen Blick auf die Sache werfen. Ich sage unumwunden, dass wir ein Wunder brauchen. Aber vielleicht hat Direktor Baker ja zufällig eines parat.«

Margaret drehte sich Burt zu, der während der gesamten Besprechung geschwiegen hatte. »Ihre Meinung?«

Burt schüttelte den Kopf und zuckte mit den Schultern. »Ich habe keine Ahnung, was Direktor Baker in seinem geheimen Versteck weggesperrt hat. Aber müsste ich jemanden auftreiben, um ein Problem zu lösen, das bisher niemand lösen konnte, wäre Dr. Holmes meine erste Wahl.

Außerdem kann er bei den angerichteten Schäden wirklich nichts reparieren. Während er sich ansieht, was immer die CIA versteckt, mache ich mich schlau, ob wir irgendwie noch mehr Energie zusammenkratzen können. Vielleicht haben wir ja etwas übersehen.«

Margaret gab dem Verteidigungsminister einen Wink. »Walter, veranlassen Sie einen Flug für Dr. Holmes und seine Frau nach ...« Sie richtete den Blick auf Baker. »Wohin?«

Der CIA-Direktor wandte sich mit vier Worten an den General. »Flughafen Homey in Nevada.«

Die Präsidentin erhob sich und ging auf Dave zu. Er stand auf, als sie sich näherte. Sie umarmte ihn und flüsterte ihm dabei ins Ohr. »Viel Glück und Erfolg.« Dann wandte sie sich an Bella, die den Körper anspannte, als sich Margaret zu ihr beugte. Die Präsidentin spürte das Unbehagen der jungen Frau. Sie nickte ihr zu und zeigte auf Dave. »Halten Sie ihn aus Schwierigkeiten raus.«

Bella starrte die Präsidentin mit einer verdutzten Miene an, die plötzlich dahinschmolz, als sie lächelte und Margarets Nicken erwiderte.

Mit einem Zeichen für den Rest der Anwesenden verkündete Margaret mit fester Stimme: »Ich möchte, dass Kevin und Burt noch bleiben. Walter, arrangieren Sie den Transport für Dr. Holmes und seine Frau, dann kommen Sie umgehend zurück. Wir haben noch eine dringende Angelegenheit zu regeln. Dem Rest von Ihnen danke ich für Ihr Kommen. Sie können jetzt gehen.«

Der Raum leerte sich in Sekunden. Danach winkte die Präsidentin den CIA-Direktor näher, bevor Sie sich an ihren wissenschaftlichen Berater wandte. »Burt, da Sie bereits darin eingeweiht sind, ist es kein Problem, wenn Sie das hören. Warten wir nur noch auf Walter.«

Baker setzte sich neben Margaret. Sie drückte auf einen Knopf am Tisch. Aus einem versteckten Lautsprecher drang die körperlose Stimme eines Telefonisten im Weißen Haus.

»Sichere Vermittlung 54391 in der Leitung.«

»Margaret Laura Hager, 128-45-8934.«

»Margaret Laura Hager, bestätigt. Wie kann ich Ihnen helfen, Präsidentin Hager?«

»Ich habe eine Omega-Prioritätsanfrage. Sofortige Audiokonferenz, N35. Bitte auf diese Nebenstelle legen, wenn alle verbunden sind.«

»Audiokonferenz, N35, Omega-Priorität, bestätigt. Sobald alle

Parteien verbunden sind, kontaktiert die Vermittlung den Lagebesprechungsraum und holt die bestätigende Genehmigung der Präsidentin ein, bevor durchgestellt wird. Trenne die Verbindung.«

Burt wandte sich an Margaret. »Was ist N35?«

Als Walter den Lagebesprechungsraum betrat, antwortete Margaret: »Oh, so nennen wir die 35 Nationen mit Nuklearwaffen. Dieselben Leute, die Sie schon mal getroffen haben.« Sie schenkte ihm ein ironisches Grinsen. »Ich bin sicher, Sie erinnern sich.«

Burts Augen weiteten sich. »Oh, *diese* Leute. Ja ...«

Plötzlich wurden alle Anwesenden durch einen Klingelton auf einen eingehenden Anruf aufmerksam. Margaret meinte: »Die können unmöglich so schnell alle in die Leitung bekommen haben.« Sie tippte auf den Knopf am Tisch.

»Sichere Vermittlung 54374 online. Wir haben einen Omega-Prioritätsanruf von einem Staatsoberhaupt.«

Margarete zog die Brauen zusammen, als sie fragte: »Welcher Staat?

»Die Demokratische Volksrepublik Korea. Soll ich durchstellen?«

Margaret tippte auf die Stummschalttaste und warf Keane und Baker einen Blick zu. »Erwartet jemand von Ihnen einen Anruf aus Nordkorea? Ich kenne diesen kleinen ...« Den Rest, der ihr auf der Zunge lag, verkniff sie sich. Stattdessen begann sie den Satz von vorn. »Er ist völlig durchgeknallt.«

Beide Männer schüttelten den Kopf. Plötzlich ertönte Burts Stimme. »Ich habe ihn auch kennengelernt. Wissen Sie noch? Ich habe Ihnen gesagt, dass er Dr. Holmes von der Uni kennt. Er schien unbedingt mit ihm reden zu wollen.«

Stirnrunzelnd gab die Präsidentin dem CIA-Direktor ein Zeichen. »Können Sie losrennen und Dr. Holmes schnell zurückholen? Ich will diesen Wahnsinnigen nicht abblitzen lassen, aber ich persönlich habe ihm nichts Nettes zu sagen.«

Baker sprang auf und rannte hinaus. Wenige Augenblicke später hastete Dave dicht gefolgt von Bella zurück herein.

»Dr. Holmes, sind Sie damit einverstanden, mit dem nordkoreanischen Führer zu sprechen?«

»Sie meinen Frank?« Daves Augen wurden groß, dann trat ein Grinsen in seine verwirrte Miene. »Derselbe Frank vom Caltech? Sie nehmen mich auf den Arm, oder?«

Die Präsidentin schüttelte den Kopf und zeigte auf den Lautsprecher über dem Besprechungstisch. »Dr. Holmes, er ist in der Warteschleife, und ich kann mir nicht vorstellen, dass er anruft, um mit mir zu reden. Wir verstehen uns nicht so gut. Können Sie mit ihm sprechen?«

»Sicher. Ist zwar Jahre her, aber ich rede mit ihm.«

Als sich Dave auf einem der Stühle niederließ, hob Margaret die Stummschaltung auf und sagte: »Vermittlung, bitte stellen Sie den Anruf durch. Wir sind bereit.«

»*Bestätige, Anruf wird durchgestellt ...*«

»Hallo?« Eine Stimme mit Akzent drang aus dem Lautsprecher. »*Hallo?*« Ein gedämpftes Geräusch ertönte. Es klang, als hielte jemand die Hand über ein Mikrofon. Dann sagte der Anrufer zu jemandem etwas auf Koreanisch.

Dave reckte den Hals und rief: »Hey, Frank? Bist du das?«

Wieder ertönte deutlich das gedämpfte Geräusch, bevor Franks Stimme aus dem Lautsprecher dröhnte. »*Dave! Du bist dran! Ich hab versucht, von diesem Arsch deine Nummer zu kriegen, aber er wollte sie mir nicht geben. Wir müssen uns sofort treffen.*«

Margaret wollte etwas einwerfen, aber Dave hob die Hand und schüttelte den Kopf. »Frank, ich ersticke gerade in Arbeit. Sag mir einfach, was du brauchst. Vielleicht kann ich helfen.«

»*Oh, tut mir leid, ich brauche nur ... Moment.*« Wieder das Geräusch eines abgedeckten Mikrofons, gefolgt von gedämpftem Gebrüll auf Koreanisch. Alle im Lagebesprechungsraum schüttelten den Kopf.

Margaret hatte dieses Wiesel schon einmal persönlich getroffen. Sie hielt den Mann für den unausstehlichsten Mistkerl, dem sie je begegnet war. Wäre er nicht, wer er war, sie hätte dem pummeligen Mann damals die Faust ins Gesicht gerammt.

»*Weißt du noch, wie wir darüber gesprochen haben, ob wir Detonationen kontrollieren könnten? Das Konzept eines Triebwerks aus Waffentechnik zum Nutzen der Erde ... Ich habe einen Prototyp, aber ... ich bin mir nicht sicher, wie praxistauglich er ist. Du musst ihn dir ansehen. Du warst immer so großartig darin, Konzepte in praktische Anwendungsmöglichkeiten umzumünzen. Ich weiß, dass es ein großer Schritt vorwärts ist, bin mir aber einfach nicht sicher, was ich damit anstellen soll. Ich brauche deine Hilfe.*«

Mit zugleich verwirrter und amüsierter Miene zuckte Dave zusammen.

»Ich kann mich nicht sofort darum kümmern, aber hast du irgendwelche Pläne davon?«

»Ja! Ich habe sämtliche Zeichnungen selbst angefertigt. Niemand hat mir geholfen. Das war ich ganz allein.« Frank wiederholte sich. Aus dem Ton seiner Stimme ging deutlich hervor, dass er immer aufgeregter wurde. *»Aber wie kann ich dir die Unterlagen schicken? Hast du eine E-Mail-Adresse? Ich kann die Pläne sofort senden.«*

Dave lehnte sich näher zu Margaret und flüsterte: »Ich habe seit vier Jahren kein E-Mail-Konto mehr. Kann ich ...«

Burt kritzelte etwas auf einen Zettel, den er Dave reichte.

»Frank« – Dave las von dem Zettel ab – »schick die E-Mail an Br13829@isf.gov. Dann sehe ich sie mir an, sobald ich an meinem Computer bin.«

»Okay, okay, ich schicke sie sofort. Wir können uns treffen. Dann kann ich dir den Prototyp zeigen. Wir haben einen gebaut. Ist sehr schwer, aber wir haben es geschafft. Wir treffen uns doch, oder?«

»Frank, gib mir etwas Zeit dafür, mir die Pläne anzusehen. Ich versprech dir, ich melde mich bei dir, wie ich's früher immer getan habe. Okay?«

»Oh ... Ja, tut mir leid. Ich dränge schon wieder. Entschuldige.« Plötzlich wurde die zuvor übererregte Stimme wesentlich nüchterner. *»Der Motor ist bereit, wenn du es bist. Okay, ich schicke dir jetzt Konstruktionspläne für den Motor und einen Schaltplan für den Kohärenzregler. Bis dann.«*

Aus dem Lautsprecher tönte das Freizeichen. Margaret hieb auf einen Knopf und beendete den bizarren Anruf.

Sie grinste Dave an und schüttelte den Kopf. »Einen seltsamen Freund haben Sie da.«

Dave stand auf und erwiderte ihren belustigten Gesichtsausdruck. »Ach, er ist nur leicht erregbar. Sie können sich das vielleicht nicht vorstellen, aber er ist nicht so verrückt, wie er zu sein scheint. Manche seiner Ideen sprengen die Skala für brillant. Andere wiederum ...« Er zuckte mit den Schultern und lachte. »Wenn wir hier fertig sind, sehe ich mir mal an, welchen Trumpf Direktor Baker versteckt in Nevada im Ärmel hat.«

Margaret winkte ihn weg, als ein Klingelton aus dem Lautsprecher drang.

Als die Präsidentin den Knopf für die Rufannahme drückte, zögerte Dave an der Tür zum Lagebesprechungsraum.

»Sichere Vermittlung 54393 online. Wir haben einen Omega-Prioritätsanruf, der von der Präsidentin genehmigt werden muss.«

Margaret tippte auf die Stummschalttaste und winkte Dave hinaus. »Ist schon gut. Das ist der Anruf, auf den ich gewartet habe. Nochmals vielen Dank, Dr. Holmes. Ich bete für Ihren Erfolg.«

Kaum waren Dave und Bella gegangen, tippte Margaret erneut auf die Stummschalttaste.

»Margaret Laura Hager, 128-45-8934.«

»Margaret Laura Hager, bestätigt. Telefonkonferenz für N35 ist eingerichtet. 34 der 35 Mitglieder sind in der Leitung. Der nordkoreanische Vertreter war nicht verfügbar. Soll ich den Anruf durchstellen, Präsidentin Hager?«

»Ja, nur zu.«

Ein Klingelton löste die Vermittlung ab, und eine Reihe von Pieptönen begleitete eine zugeschaltete Stimme nach der anderen.

»Meine Damen und Herren, wie einige von Ihnen bereits wissen, hatten wir einen weiteren Zwischenfall mit der Bruderschaft. Diesmal einen Schweren. Ich kann Ihnen versichern, dass wir gerade an Notfallplänen arbeiten. Aber in der Zwischenzeit müssen wir dafür sorgen, dass ein solcher Mist nicht noch mal passieren kann.«

»Margaret«, meldete sich die unverkennbare Stimme des britischen Premierministers, *»wir haben GPS-Koordinaten einiger Terrorzellen. Diesmal könnten drastischere Maßnahmen erforderlich sein, finden Sie nicht auch?«*

»Percy, es ist an der Zeit, Tod auf diese Clowns niedergehen zu lassen. Sie haben ihre Angriffe koordiniert, wir müssen dasselbe tun. Löschen wir sie alle aus.«

KAPITEL FÜNFUNDZWANZIG

Burt beobachtete, wie der Verteidigungsminister und der CIA-Direktor den Lagebesprechungsraum verließen. Die beiden Männer ließen ihn allein mit der Präsidentin zurück.

Margaret klopfte mit den Fingernägeln auf den Tisch und musterte Burt mit nachdenklichem Blick.

Er vermochte nicht zu sagen, was ihr durch den Kopf ging. Aber es hatte einen Grund, warum sie ihn aufgefordert hatte, zu bleiben. Und ihre Gründe bedeuteten in der Regel, dass etwas Bedeutsames von ihm verlangt werden würde.

»Burt, wie Sie wissen«, sagte sie schließlich, »wird es demnächst blutig. Attentäter des früheren sowjetischen KGB haben in solchen Fällen wörtlich übersetzt von *nassen Angelegenheiten* gesprochen. Es gefällt mir zwar nicht, aber diese Arschlöcher versuchen, uns alle umzubringen. Und sie haben es vielleicht sogar schon geschafft. Eine zweite Chance gebe ich ihnen nicht. Ich hoffe, Sie können verstehen, warum ich die N35 zusammengerufen habe und wir diesen Stein ins Rollen bringen.«

Burt widerstrebte die Vorstellung, Menschen unnötig zu töten. Das würde ihn nachts wach halten. Zugleich jedoch verstand er, dass es manchmal ein größeres Wohl zu berücksichtigen galt. Diese Wahnsinnigen versuchten genauso verzweifelt, das Ende der Welt herbeizuführen, wie er hoffte, sie zu retten. »Madam ... äh, Margaret, ich habe vielleicht nie in einem Krieg gekämpft wie Sie, aber ich verstehe das vollkommen. Auch wenn ich mir das bevorstehende Blutvergießen gar nicht vorstellen will, ist mir klar, dass es immer Kollateralschäden gibt, wenn Chaos herrscht. Ich weiß, dass Sie so handeln müssen. Es stimmt mich traurig, dass es so weit kommen muss, aber glauben Sie mir, ich verstehe es.«

Margaret schürzte die Lippen, während sie ihn eindringlich anstarrte. »Etwas wollte ich Sie noch fragen. Ich habe Nachforschungen angestellt und weiß, dass Sie Angehörige in Kalifornien haben. Nicht in einer Evakuierungszone, aber wenn Sie sich dadurch besser fühlen, kann ich veranlassen, dass sie mit uns in die Anlage im Cheyenne Mountain gebracht werden. Dorthin zieht sich der Großteil unserer Regierung zurück.«

Überrumpelt dachte Burt an die Zwillinge, seinen Bruder und seine Schwägerin. Durch den Ausdruck in Margarets Gesicht sah er einen Moment lang nicht die abgebrühte Präsidentin oder hartgesottene ehemalige Soldatin vor sich, sondern eine warmherzige, fürsorgliche Mutter und Freundin. Er blinzelte heftig, als ihm der Gedanke kam, dass sie sich weit aus dem Fenster lehnte, um Menschen zu schützen, die ihm am Herzen lagen.

Burt holte zur Beruhigung tief Luft und lächelte. »Danke, dass Sie überhaupt daran denken. Wenn es Ihnen recht ist, rede ich mit meinem Bruder und gebe Ihnen Bescheid. Er sollte entscheiden, was am besten für seine Familie ist.«

Margaret nickte ernst. Einige Herzschläge lang schweifte ihr Blick umher. »Burt, ich muss gleich etwas von Ihnen verlangen, von dem ich weiß, dass Sie es abstoßend finden werden.« Als sie ihm in die Augen sah, spürte Burt die Anspannung, die von der Präsidentin ausging. Sie meinte es todernst. »Ich werde eine Evakuierung aller Mondbasen einleiten. Dafür schicke ich einen Trupp der Spezialeinheiten in voller Gefechtsausrüstung hin. Die Soldaten sollen alle Bergleute, Wartungsmannschaften und sonstigen Personen dort durchsuchen und zurück auf die Erde schicken. Und ich möchte, dass Sie die Männer begleiten.«

Burts Mund klappte auf, und sein Herzschlag beschleunigte sich. Sein Verstand überschlug sich. »Ich bin kein Soldat, und ich bin nie auf dem Mond gewesen. Wieso um alles in der Welt wollen Sie mich da oben haben?«

»Ich schicke Sie nicht als Soldaten hin, sondern als einen der herausragendsten Informatiker, die wir haben. Ich habe Ihre Akte gelesen und mit Dr. Patel gesprochen. Allem Anschein nach ist der Mond voll funktionsfähig und kann mit der gleichen Methode bewegt werden, die Dr. Holmes für die Erde geplant hat. Burt, wir dürfen nicht riskieren, dass einer dieser Wahnsinnigen Zugang zu den Kontrollsystemen auf dem Mond erlangt. Wir können uns nicht sicher sein, ob sie den Mond infiltriert haben oder nicht. Deshalb ziehe ich alle von dort ab. Zusätzlich möchte ich, dass Sie mit zwei Zielvorgaben mitreisen.«

Margaret zeigte mit einem Finger auf ihn, um ihren Standpunkt zu unterstreichen. »Zuerst möchte ich, dass Sie den Fernzugriff so absichern, dass es unmöglich wird, die Systemparameter von hier unten aus zu überschreiben. Ich weiß, dass künstliche Intelligenz Ihr Spezialgebiet war. Aber nach dem Vorfall in Los Angeles haben Sie Dutzende Abhandlungen über Computersicherheit geschrieben. Dr. Patel hat mir versichert, dass Sie revolutioniert hätten, wie wir mit Computern interagieren, wenn Sie bei dem Fachgebiet geblieben wären, statt es in Ihrer Vergangenheit zu begraben. Ich bin geneigt, ihr zu glauben.«

Burt öffnete den Mund, um Einspruch zu erheben, aber Margaret brachte ihn mit einem warnenden Blick und einem Kopfschütteln zum Schweigen.

»Kein Widerspruch. Wenn es Holmes durch irgendein Wunder gelingt, unser Energieproblem zu lösen, dürfen wir nicht riskieren, dass irgendein verrückter Hacker den Mond ferngesteuert auf uns krachen lässt.

Und falls es Holmes nicht gelingt und die Erde dem Untergang geweiht ist, will ich den Mond als Rettungskapsel zur Verfügung haben. Das geht weit über meine Verantwortung als Präsidentin der Vereinigten Staaten hinaus. Wir dürfen nicht zulassen, dass die Menschheit ausstirbt. Nicht, solange es eine verfügbare Option gibt. Dort oben ist genug Platz, um mehrere Hundert Menschen unterzubringen, die sich selbst versorgen können. Sie werden einer dieser Menschen sein.«

»Warum ich? Dafür würde man doch jemand Jüngeren wollen, oder jemanden mit Kindern oder ...«

»Nein.« Margaret schüttelte nachdrücklich den Kopf. »Ich brauche Sie dort, weil ich nicht dort sein werde. Ich habe bereits entschieden, dass ich keinen Platz auf dem Mond einnehmen werde, solange ich die Verantwortung habe. Das steht fest. Sie werden mein Bevollmächtigter sein.« Die Präsidentin beugte sich näher und deutete zur Decke. »Die Menschen da oben ... sie werden einen Anführer brauchen. Und Sie haben etwas Uner-schütterliches an sich, das Sie als Führungspersönlichkeit kennzeichnet. Dr. Patel mag Ihre akademischen Errungenschaften bewundern, aber ich habe Sie in den letzten Monaten beobachtet. Für mich besteht kein Zweifel daran, dass Sie ein geborener Anführer sind. Sie machen sich keine Feinde, und Sie setzen rücksichtsvoll, aber mit Nachdruck um, was richtig ist und getan werden muss. Burt, wenn alles den Bach runtergeht, brauche ich Sie da oben als Kapitän für das Schiff.«

Die sonst so ernste Haltung der Präsidentin wurde milder. Einen Moment lang schaute sie besorgt drein. »Bitte sagen Sie zu.«

Burt starrte die Präsidentin an. Er wusste nicht, was er erwidern sollte. Der Gedanke, für die letzten Überreste der Erdbevölkerung verantwortlich zu sein, überstieg beinah seine Vorstellungskraft. Aber etwas an der aufrichtigen Bitte der Präsidentin stärkte seine Entschlossenheit. Zögerlich nickte er.

»Ich mache es.«

Um 5:00 Uhr morgens stand Stryker auf der neun Meter hohen Beton-mauer Wache, die das Indian Point Energy Center umgab.

Eine kühle Brise wehte von Süden über den Hudson River und trug den Geruch des Ufers herüber.

Stryker drehte sich nach Süden und schaute in die Dunkelheit vor der Morgendämmerung auf. Ein Gefühl von Ehrfurcht überkam ihn, als er das schimmernde weiß-blaue Lichtband über dem südlichen Horizont erspähte. Ein sichtbares Zeichen von DefenseNet.

Sergeant Gutierrez, einer der Männer, die mit ihm Wache hielten, meinte: »Unglaublich, oder? Kommt einem unwirklich vor.«

Stryker nickte, als der surreale Anblick jahrealte Erinnerungen aus seinem Gedächtnis aufsteigen ließ. »Erinnert mich daran, wie ich als Kind im Sommer 45 'ne totale Sonnenfinsternis erlebt habe. Ich weiß es noch, als wär's gestern gewesen. Wie gebannt hab ich raufgestarrt, als es total finster geworden ist.

Die Sonne wurde dunkel, und da war nur noch dieser Lichtkranz außen rum. Damals hab ich mich gefragt, was wohl die Menschen der Antike bei dem Anblick gedacht haben. Das muss sie total umgehauen haben.«

Der Sergeant schnaubte in der zwielichtigen Dämmerung des frühen Morgens. »Scheiße, Lieutenant. Ich seh zu, wie dieses Lichtband von Horizont zu Horizont wandert, und obwohl ich weiß, was es ist, kapier ich's nicht.«

Mit einem Nachtsichtfernglas ließ Stryker den Blick über den vier Kilometer breiten Umkreis wandern und bemerkte den schwachen Schein entlang des Horizonts. Er und das fehlende Zirpen der Grillen bildeten ein sicheres Zeichen dafür, dass die Morgendämmerung unmittelbar bevorstand.

Der mit ihm wachhabende Sergeant trat nervös von einem Bein aufs andere, als auch er durch ein Fernglas schaute. »Sir, ist die vollständige Evakuierung der Menschen von der Küste abgeschlossen?«

Stryker drehte sich ihm zu und runzelte die Stirn. »Haben Sie Bewegung gesichtet?«

»Bin mir nicht sicher. Vielleicht nur Rehe, die vom Waldrand über den Fluss gerannt sind.«

»Also, die Küstenevakuierung wurde gestern um 1800 abgeschlossen. Alle Zivilisten im Umkreis von 75 Kilometern wurden ins Landesinnere gebracht. Da draußen sollte niemand mehr sein. Halten Sie weiter die Augen offen.«

»Verstanden.«

Strykers Zug von Militärpolizisten war zusammen mit zwei Trupps von Army Rangers vor dem Atomkraftwerk stationiert. Man hatte Mitglieder des Technikerkorps der Armee für den Betrieb der Anlage hergeholt.

Stryker hatte keine Informationen darüber, warum es an dem Ort von Soldaten wimmelte. Er wusste nur, dass es sich um eines der Kraftwerke handelte, die Energie in das Stromnetz von DefenseNet speisten.

Plötzlich wurde einer der Bewegungssensoren ausgelöst, und der nahe Scheinwerfer an der Mauer schwenkte langsam über die Landschaft im Westen.

Das Licht erfasste einen großen Hirsch, der zurück in den Wald preschte.

Strykers Funkgerät piepte mit einer eingehenden Übertragung. Er tippte an seinen Ohrstöpsel.

»*Indian Point, hier Major Carl Simpson von der Luftunterstützung im Nordost-Quadranten. Wir haben motorisierte Bewegung entdeckt, die sich Ihrem Gebiet nähert. Sieht nach einem großen Lkw-Konvoi vier Kilometer südwestlich Ihres Standorts aus. Unterwegs in Ihre Richtung. Over.«*

Stryker sträubten sich die Nackenhaare, als er das Fernglas nach Südwesten schwenkte. Dort lag stark bewaldetes Gebiet, durch das sich eine Straße schlängelte. »Verstanden, Luftunterstützung. Danke für die Vorwarnung.«

Er wechselte die Kanäle, und seine Stimme wurde zu mehreren strategischen Positionen übertragen, die sich über die Anlage verteilten.

»Achtung, Achtung. Unbekannte nähern sich aus Südwesten mit Fahrzeugen.«

Stryker warf einen Blick zu Sergeant Gutierrez. Obwohl sie das Tor im Westen bemannten, zeigte er zur Schalttafel. »Alle Scheinwerfer einschalten. Sorgen Sie dafür, dass nichts unbemerkt vorbeikommt.«

Bevor Gutierrez reagieren konnte, hastete Stryker die Treppe hinunter und rannte quer über das Kraftwerksgelände zur südwestlichen Zufahrt.

Überall in der Anlage blinkten rote Lichter, während Soldaten, die dienstfrei gehabt hatten, zu ihren jeweiligen Positionen eilten.

Stryker tippte auf den Ohrstöpsel seines Funkgeräts und rief: »Südwesttor, Bericht.«

Er empfing nur Schweigen, während er den knappen Kilometer rannte. »Südwesttor, Statusbericht!«

Irgendwo in der Ferne wurden Schüsse abgefeuert.

Ein Schauder raste durch Stryker, als er einen Sprint einlegte.

Über den Notfallkanal rief eine Stimme: *»Verdammt, wer öffnet denn da das Südwesttor?«*

Als er an einem der Reaktorgebäude vorbeilief, sah er, wie das schwer mit Metall verstärkte Tor aufschwang.

Etwas schwirrte knapp an seinem Ohr vorbei. Stryker hechtete hinter einem nahen Müllcontainer in Deckung.

Dreiersalven aus automatischen Waffen folgten ihm. Projektile schlugen laut in den Stahlcontainer ein, hinter den er sich geduckt hatte.

Stryker lud seine Waffe durch und schaute zur Oberkante des Schutzwalls hinauf. Als er durch das Zielfernrohr seines Gewehrs spähte, stieg sengende Wut in ihm auf.

Der Schütze war einer seiner Männer.

Regungslos neben dem Angreifer lag ein anderer Militärpolizist.

Stryker zuckte zusammen, als der Soldat in eine andere Richtung zielte und einen Schuss abfeuerte.

Das Sicherheitstor rastete in der offenen Position ein.

Das Herz drohte Stryker aus der Brust zu springen, als er seine Waffe auf den Angreifer auf der neun Meter hohen Mauer schwenkte.

Er richtete das Fadenkreuz auf sein Ziel aus und konzentrierte sich auf seine Atmung.

Während Adrenalin durch seine Blutbahnen raste, holte er tief Luft, hielt sie an und drückte den Abzug.

Er stieß den Atem aus, als der Kopf des Mannes nach hinten geschleudert wurde.

Ein Volltreffer.

Stryker sprang auf, rannte zur Treppe am Fuß des Tors und tippte auf seine Ohrstöpsel. »Wir brauchen am südwestlichen Tor MANPATS! Sofort!«

Keuchend rannte er die Treppe zwei Stufen auf einmal hinauf zur Torsteuerung. Sein Magen krampfte sich zusammen, als er das Chaos des Bedienfelds sah.

Jemand hatte eine Kugel hineingejagt.

Ein anderer Soldat kam die Treppe herauf und sagte: »Sir, das Tor ... Oh Scheiße! Warten Sie, lassen Sie mich ran. Ich denke, ich kann die Steuerung überbrücken.«

Stryker trat zurück, als der Mann die Abdeckung wegriss und ein Gewirr von Drähten freilegte.

Nur drei Meter entfernt lagen zwei Tote in Uniformen der Militärpolizei. Einer ein Patriot, der andere ein Verräter.

Stryker kniete sich neben den Mann, den er erschießen musste. Er zog ein Messer von seinem Gürtel und schlitzte die Jacke und das Unterhemd des Toten auf.

Angewidert verzog er die Lippen, als er eine Tätowierung in Form einer Sanduhr auf der linken Seite der Brust entdeckte.

Dasselbe Symbol, das er im Bundesstaat Washington gesehen hatte.

Kalte Beklommenheit überkam ihn, als er den Blick über die anderen Soldaten um ihn herum wandern ließ.

Gab es noch mehr?

Ein Mann auf der Mauer spähte durch ein Fernglas und meldete: »Sir, wir kriegen Besuch!«

Jemand feuerte eine Leuchtfackel nach Südwesten ab. Sie warf einen Schein wie bei Vollmond über das Feld und die Fahrbahn.

Entlang der Umzäunung des Kraftwerks montierte Lautsprecher übertrugen wiederholt: *»Sie haben ein militärisches Sperrgebiet betreten. Kommen Sie nicht näher, oder wir eröffnen das Feuer auf Sie.«*

Zwei Ranger eilten die Treppe herauf. Sie trugen lange Rohre, die Stryker als die neueste Version der tragbaren Panzerabwehrwaffe Carl Gustaf der Army erkannte.

Stryker hob das Gewehr an, spähte durch die Zielvorrichtung und beobachtete, wie ein großer Lastwagen auf sie zugerast kam.

Einer der Rangers mit der Panzerfaust wandte sich an ihn. »Sir, es nähern sich mehrere Fahrzeuge.«

Ein großer Funke stob von der Steuerung des Tors auf. Der Militärpolizist dort rief: »Geschafft! Sir, ich habe den Steuerkreis kurzgeschlossen.«

Das schwere Metalltor begann, sich knarrend zu schließen.

»Ausgezeichnet, Corporal.«

»Sir«, warf ein Ranger ein. »Wir haben die Ziele gekennzeichnet. Bitte um Erlaubnis, einen Luftangriff anzufordern.«

»Erteilt.«

Stryker wechselte den Funkkanal und hörte, wie einer der Rangers auf der anderen Seite des Tors die Zentrale für Luftunterstützung kontaktierte.

»An alle Stationen, hier Indian 5 Actual, brauchen Unterstützung. Over.«

Nach einem kurzen Knistern dröhnte eine Stimme durch seinen Ohrstöpsel.

»Indian 5 Actual, hier Hawkeye 8, übertragen Sie. Over.«

»Hawkeye 8, erbitten Luftunterstützung. Haben begrenzten Vorrat an MANPATS und mehrere eintreffende Ziele. Wir haben sie auf dem Feld markiert und wären dankbar für Unterstützung.«

»Roger, Indian, wir schicken Ihnen ein paar Jets. Geschätzte Ankunft in elf Minuten.«

Als sich das Tor mit einem lauten, metallischen Scheppern schloss, wechselte Stryker erneut den Kanal. »Feuern nach Ermessen.«

Eine weitere Leuchtfackel raste in den Himmel, und als Stryker durch das Zielfernrohr seiner Waffe spähte, wurden Details des Lastwagens deutlicher.

Es handelte sich um einen Sattelschlepper. Niemand schien am Steuer zu sitzen.

Ferngesteuert?

Nervöse Energie durchzuckte ihn, als der Laster die Ein-Kilometer-Markierung am Straßenrand passierte.

Er schwenkte weiter weg und sichtete weitere Fahrzeuge in der Ferne. Stryker warf dem Ranger einen Seitenblick zu. »Schalten Sie den Sattelschlepper aus. Die anderen halten sich aus irgendeinem Grund zurück.«

»Ja, Sir.« Der Ranger rückte sein Mikrofon zurecht und rief: »Nicht schießen, bevor das erste Ziel die 500-Meter-Marke überquert. Quiñones, du schießt als Erster. Wenn's daneben geht, ist Jenkins dran, und wenn noch was übrig ist, schieße ich.«

Fast sofort schnellte eine Flamme aus einer der Panzerbüchsen auf der anderen Seite des Tors.

Eine Explosion erschütterte die Erde knapp hinter dem Lastwagen.

Verfehlt.

»Feuer!«, rief jemand.

Sechs Meter rechts von Stryker wurde ein weiteres Geschoss gestartet.

Die erschütternde Wucht fuhr ihm in die Brust, als die Granate auf ihr Ziel zuraste.

Der Lastwagen explodierte mit einem Ausbruch von weiß gleißendem Licht.

Obwohl Stryker die Augen zugekniffen hatte, empfand er es als unerträglich grell.

Gleich darauf riss ihn die Schockwelle beinah von den Beinen.

Stryker grunzte überrascht, als ihm die Hitze des Feuerballs die Augenbrauen versengte. Einen Moment lang fragte er sich, ob der Lastwagen eine Atombombe geladen hatte.

Immerhin hatte sich das verfluchte Ding noch mehrere Hundert Meter entfernt befunden.

Durch das Klingeln in seinen Ohren hörte Stryker, wie Sergeants ihren Männern Befehle zubrüllten. Er schüttelte den Kopf und spähte über das Feld, während Trümmer über die Anlage niedergingen.

Ein Ranger richtete sich taumelnd aus seiner Schussposition auf. »Heilige Scheiße! Das Ding muss randvoll mit C4 oder so gewesen sein.«

Blinzelnd versuchte Stryker, das Nachbild des Feuerballs aus dem

Sichtfeld zu bekommen. Das Licht war so grell gewesen, dass er sich fragte, ob es seine Augen geschädigt haben könnte.

Er richtete die Waffe dorthin, wo sich der Lastwagen befunden hatte. Als er durch die Optik des Zielfernrohrs spähte, fiel ihm die Kinnlade runter.

Wo er den Sattelschlepper zuletzt gesehen hatte, klaffte ein Krater mit einem Durchmesser von fast fünf Metern.

»Sir, einer der Lastwagen knapp außerhalb der Absperrung hat sich von den anderen gelöst und beschleunigt in unsere Richtung. Wir haben nur noch fünf Geschosse für die Gustafs.«

Stryker schwenkte den Blick und versuchte, die Einzelheiten der nahenden Gefahr auszumachen. »Wieder ein Sattelschlepper?«

»Ja, Sir. Und es sieht so aus, als wären es noch drei.«

»Scheiße, was wollen die erreichen?«, murmelte Stryker bei sich.

Er schaute über die Schulter zum nächstgelegenen Reaktorgebäude.

Wäre das Tor offen gewesen und der Lkw in das Gebäude gerast ...

Er wechselte den Kanal seines Funkgeräts. »Hawkeye 8, hier Indian 5, wir werden angegriffen. Ich wiederhole, das Indian Point *Atomkraftwerk* wird angegriffen. Wir brauchen diese Jets.«

Sekunden vergingen. Die Männer eilten in Stellung und luden die Panzerabwehrwaffen nach.

»*Roger, Indian 5, es sind schnelle Maschinen unterwegs zu ihnen. Überschall. Sie brauchen noch fünf Minuten. Over.*«

Stryker presste die Lippen zusammen und atmete tief durch die Nase, während er sich konzentrierte. Fünf Minuten.

Er wechselte zurück auf den lokalen Kanal und verkündete mit lauter Stimme: »Leute, noch fünf Minuten, bevor die Luftunterstützung eintrifft. Rangers, sorgt dafür, dass wir klug nutzen, was wir noch an Munition haben.«

»Gutierrez, haben wir Raketenwerfer hier?«

»*Sir, ich sehe nach.*«

Stryker spähte erneut durch die Optik seines Zielfernrohrs und beobachtete, wie der nächste Lastwagen die Ein-Kilometer-Marke passierte. Ein anderer hielt gut 500 Meter dahinter auf sie zu.

»Beeilen Sie sich lieber, wir werden sie brauchen.«

KAPITEL SECHSUNDZWANZIG

Als das Flugzeug in den Sinkflug ging, fielen Dave die Ohren zu. Er lehnte sich nah zu Bella und zeigte ihr seinen Computerbildschirm. »Was hältst du davon?«

Sie schob ihr Haar beiseite, beugte sich zu ihm und betrachtete den Plan, den Frank geschickt hatte. Die Konstruktion erinnerte an ein kugelförmiges Maschendrahtgeflecht, aus dem oben drahtumwickelte Verbindungen ragten. »Sieht für mich wie ein faradayscher Käfig aus. Aber warum verlaufen Drähte heraus? Zur Erdung?«

»Das war auch mein Gedanke, nur ergibt es keinen Sinn. Einen faradayschen Käfig benutzt man, um etwas darin vor etwas draußen zu schützen. Das Ding sieht aus, als wäre es darauf ausgelegt, etwas im Inneren zu halten und den Strom nach oben zu leiten.«

Bella zeigte auf die Drähte oben. »Hat er die Konstruktion nicht als Motor bezeichnet? Vielleicht schließt die Vorrichtung etwas ein und gibt die Energie durch die Oberseite ab. Hat er in seiner E-Mail erwähnt, woraus sie besteht?«

»Nicht in der E-Mail, aber in einer zweiten.« Dave strich mit dem Finger über den Touchscreen des Tablets. Er blätterte durch mehrere Seiten mit detaillierten Zeichnungen, bis er die Pläne für den Controller erreichte, der an die käfigartige Vorrichtung angeschlossen wurde. Er zeigte auf einige Eingangsdrähte und bemerkte: »Hier steht, dass die

Leitung von einem sogenannten HiMag-Wrapper kommt. Vielleicht irgendeine Magnesiumlegierung? Ich hab keine Ahnung. Ich erinnere mich noch an Gespräche, die Frank und ich darüber geführt haben, ob sich die Energie von Sprengungen einfangen ließe. Allerdings würde uns das im Moment nicht viel nützen. Wir hätten einen gewaltigen Energieschub und dann nichts mehr. Wenn es dazu vielleicht eine neue Batterieladefunktion gäbe ...«

Die Lichter in der Kabine des kleinen Passagierjets flackerten, und die Stimme des Piloten ertönte aus dem Lautsprecher. *»Dr. und Mrs. Holmes, bitte machen Sie sich zur Landung bereit. Wir erreichen den Flughafen Homey in fünf Minuten.*

Außerdem möchte ich Sie vorwarnen, dass es sich um eine Black Site handelt. Deshalb nähern wir uns in einem ungewöhnlichen Anflugwinkel, landen in Alarmbereitschaft und rollen direkt in einen Hangar. Dort warten Agenten, die Sie in Empfang nehmen, sobald der Hangar abgeriegelt ist.«

Dave schnallte sich an, umklammerte die Armlehnen seines Sitzes und warnte Bella: »Zieh lieber den Gurt fest. Wenn der Mann von Alarmbereitschaft redet, dürfte es eine unsanfte Landung werden.«

Die Triebwerke des Jets heulten auf, und als sich der Winkel des Flugzeugs steil nach unten neigte, grunzte Dave. Alles in ihm fühlte sich an, als wollte es aus seinem Mund entkommen. Der Sinkflug wurde noch steiler, und er verstärkte den Griff um die Armlehnen. Einen Moment lang war Dave überzeugt, sie würden in irgendeiner trostlosen Salzwüste in Utah zerschellen. Dann jedoch spürte er, wie er im letzten Moment in den Sitz gepresst wurde, als die Flugbahn jäh verflachte. Die Räder kreischten beim Kontakt mit der Landebahn. Nach weniger als einer Minute rollten sie in einen ungekennzeichneten grauen Metallhangar mitten im Nirgendwo.

Dave atmete erleichtert auf, als er linkisch den Sicherheitsgurt löste. »Heilige Scheiße.« Er warf Bella einen Blick zu. »Alles in Ordnung?«

Sie nickte, als der Militärpilot mit einem Lächeln aus dem Cockpit kam. »Ich liebe solche Anflüge.«

»Können Sie gern für sich behalten«, merkte Dave matt an, als er aufstand. Seine Beine fühlten sich wackelig an. Als er Bella aus ihrem Sitz half, drückte der Pilot einen Knopf an der Kabinenwand. Die nahe Tür öffnete sich. Draußen wurde gerade eine mobile Treppe zum Rumpf des Jets gerollt.

Der Pilot winkte dem Personal im Hangar kurz zu, bevor er sich wieder an seine Passagiere wandte. »Sieht so aus, als wäre Ihr Begrüßungskomitee schon hier.«

Nachdem sie von zwei Personen, die sich als Verbindungsoffiziere für die Anlage ausweisen, vom Flugzeug eskortiert worden waren, saß Dave in einem Wartebereich und starrte Bella an. Offenbar sollte jemand sie zum endgültigen Ziel bringen. Hoffentlich dorthin, wo sich das mysteriöse Objekt befand.

Die Waschbetonwände des Warteraums waren in einem verblassten, hässlichen Gelb gestrichen. Das Sofa und die Stühle sahen robust aus, aber aus dem vorigen Jahrhundert. Bella lehnte sich entspannt zurück und wartete. Dave hingegen wurde dafür zu rastlos. Er stand auf und lief auf und ab.

Als er schon dachte, er würde gleich platzen, öffnete sich endlich die Metalltür. Ein gehetzt wirkender Mann in weißem Laborkittel stand am Eingang und platzte heraus: »Dr. Holmes? Mrs. Holmes? Tut mir leid, dass Sie warten mussten, aber diese Schwachköpfe haben mir gerade erst gesagt, wo man sie zwischengeparkt hat.«

»Schon gut. Und bitte nennen Sie mich Dave.« Er schüttelte dem dunkelhaarigen Mann, der einen ausgeprägten Südstaatenakzent hatte, die Hand. »Und Sie sind?«

»Chris Wilkinson. Mein offizieller Titel ist *Technical Operations Officer*, aber eigentlich bin ich bloß ein Nerd für Signalverarbeitung. Sie wissen schon, Hochfrequenz- und Analogsignalübertragung und -analyse.« Er lächelte herzlich. »Ach ja, und ich bin auch der Typ, der die Roboter der Bombentechniker zusammenflickt, wenn sie mal wieder ein explosives Häppchen zu viel hatten.«

»Also zeigen Sie uns das mysteriöse Objekt?«

»Genau. Gehen wir.« Chris drehte sich um und bedeutete ihnen, ihm zu folgen. »Ich hab von dem Ort erst vor ein paar Stunden erfahren. Ehrlich gesagt glaube ich, dass die Leute in Langley nur deshalb mich dafür eingeteilt haben, weil ich zufällig etwa 150 Kilometer entfernt im Urlaub war. Ich bin mir nicht sicher, wie hilfreich ich sein kann.«

Zusätzlich zu dem breiigen Südstaatenakzent sprach Chris sehr schnell. Dave hatte Mühe, ihm zu folgen.

»Ich kann Ihnen sagen, es war schon schräg, so spontan abgeholt und in aller Eile hier raus mitten ins Nirgendwo gekarrt zu werden.« Chris lief im Zickzack durch eine Reihe von Gängen. Jedes Mal, bevor er nach links oder rechts bog, zählte er an den Fingern ab. »Ist das totale Labyrinth. Ich hab keine Ahnung, was es hier sonst noch gibt. Aber wenigstens konnte ich den Eingang zu dem Ort finden, wo sie verstecken, was auch immer dieses Ding ist.«

Bella berührte Dave am Arm, während sie hinter dem schlaksigen Ingenieur her eilten. Sie murmelte: »Ich kann es fühlen.«

Chris hielt vor einem Büro mit geschlossener Tür und ohne erkennbaren Knauf. Er drückte einen Finger in eine Aussparung neben dem Türrahmen.

Dave drehte sich Bella zu und flüsterte: »Was fühlst du?«

Mit beunruhigter Miene zuckte sie die Schultern. »Es ist wie eine Vibration, fast wie ein Summen.« Sie zeigte auf den Boden. »Irgendwo da unten.«

Leise glitt die Tür vor ihnen auf. Als Chris den Raum betrat, folgte Dave dem Mann und erkannte, dass es sich in Wirklichkeit um einen Aufzug handelte.

Sobald sich die Fahrstuhltüren geschlossen hatten, setzten sie sich abwärts in Bewegung. Chris drehte sich Dave und Bella zu und schien sich kaum zügeln zu können. »Ich hab angefangen, die Notizen der Leute zu lesen, die das Ding studiert haben. Eins kann ich sagen« – zur Betonung streckte er den Finger in die Luft – »es ist ein verdammt seltsames Teil. Es wurde 1947 für irgendein Geheimprojekt auf dem alten Armeeflugplatz Roswell gebaut. Und dann ging die Kacke los.«

Der Aufzug hielt abrupt an. Die Tür glitt auf, und zum Vorschein kam ein langer, aus dem umgebenden Fels gehauener Korridor. Winzige flackernde Laternen, wie Dave sie sonst nur aus Museen kannte, säumten die Wände. »Kein Strom hier unten? Keine Batterien?«

»Nein.« Chris schüttelte den Kopf. »Sie werden noch darüber lesen, aber wenn das Ding verrücktspielt, dann verschlingt es alles Elektrische zum Frühstück. Offensichtlich haben die daran arbeitenden Wissenschaftler erkannt, dass es Laternen nicht beeinträchtigt. Zum Glück. Ich würde nicht im Stockfinsteren hier unten sein wollen.«

Chris stieg aus dem Aufzug. Als Dave ihm folgte, bemerkte er zu seiner Rechten zwei verzogene Türen mit einem großen Spalt darüber. Vor langer Zeit hatten sich diese Türen zu einem Aufzug geöffnet. Mittlerweile jedoch verbargen die verrosteten Überreste nur noch teilweise die Dunkelheit des Fahrstuhlschachts dahinter.

Chris flüsterte: »Wissen Sie noch, dass ich gesagt habe, dass die Kacke bei dem Ding 1947 in Roswell am Dampfen war?«

Erst bei Chris' Worten und dem Anblick der Zahl »51« in Gelb und Schwarz auf den verrosteten Fahrstuhltüren überkam Dave schlagartig eine alte Erinnerung. Sein Herzschlag beschleunigte sich.

Seine Augen weiteten sich, als er hervorstieß: »Sie verarschen mich doch, oder. Da sind wir? Von hier sind die Gerüchte über Roswell und Außerirdische ausgegangen?«

»Ich weiß – kaum zu glauben, oder?« Chris verlagerte das Gewicht von einem Bein aufs andere. Der Mann wirkte, als könnte er vor Aufregung jeden Moment platzen. »Ich hab nie geglaubt, dass es überhaupt eine Area 51 gibt. Und den Roswell-Kram hab ich immer für einen Haufen Blödsinn gehalten. Aber jetzt ...« Er zeigte zum Aufzugsschacht. »Da steht es, klar und deutlich. Sind vielleicht keine Außerirdischen, aber irgendwas geht hier vor sich.«

Dave zeigte zum kaputten Fahrstuhl und fragte: »Und gibt's noch einen anderen Aufzug?«

»Nein. Kommen Sie mit.« Kopfschüttelnd setzte sich Chris den langen Steinkorridor entlang in Bewegung. »Es gibt da einen Versorgungsraum, in dem ich Ausrüstung und Reinraumanzüge verstaut habe, die wir brauchen werden. Ist ein knapper Kilometer zu Fuß. Unterwegs kann ich für Sie zusammenfassen, was ich bisher über dieses Ding weiß.

Wie gesagt hat es 1947 einen großen Zwischenfall gegeben. Aber lassen Sie mich Ihnen noch ein paar Hintergrundinformationen geben. Bestimmt sind Sie mit dem Manhattan-Projekt vertraut. Damals war es natürlich so streng geheim, dass es gar nicht geheimer ging. Aber es gab da zwei 23-jährige Jungs aus Alabama, von denen die meisten Projektmitarbeiter nichts wussten: Kyle und Peter Wilkinson. Sie haben maßgeblich zur Lösung der Gleichungen für die Atombombe beigetragen.

Wissen Sie, damals hatte man noch keine richtigen Computer. Man hatte nur einen Raum voll mit Frauen an besseren Taschenrechnern und die ersten Ansätze analoger Lochkartencomputer. Sie hatten erhebliche Mühe, die Berechnungen für einige der Gleichungen richtig hinzubekommen. Hat ewig gedauert. Nach allem, was ich gelesen habe, scheinen die Wilkinson-Jungs veritable Genies gewesen zu sein. Laut ihren Krankenakten waren sie ›psychisch beeinträchtigt, aber hochbegabt‹. Ich denke, so hat man in den 1940er Jahren hochfunktionale Autisten bezeichnet. Sie wissen schon, Inselbegabung. Menschen, die nicht wirklich viel können, nur ein, zwei Dinge, die aber dafür besser als jeder andere auf der Welt.

Wie auch immer, die Regierung kam auf die brillante Idee, sie einzusetzen, und siehe da, sie haben sich durch die Gleichungen gearbeitet wie ein heißes Messer durch Butter.

Nach dem Krieg gab ihnen die Regierung ein eigenes Labor in Roswell und ließ sie unbeaufsichtigt tüfteln. Nach ein paar Jahren hat sich dann plötzlich eine Art elektrische Explosion ereignet. Das war 1947.

Die Jungs sind dabei verschwunden. Danach hat niemand sie je wiedergesehen. Sie müssen wissen, ich halte nicht viel auf Verschwörungstheorien und dergleichen. Aber es ist schon verlockend, sich zu fragen, warum das Manhattan-Projekt gleich nach dem Verschwinden der beiden aufgelöst wurde.«

Daves Neugier war geweckt. »Was also wissen Sie über dieses Ding?«

»Na ja, das Labor der Brüder wurde so ziemlich restlos zerstört. Übrig war darin nur noch eine strandballgroße Metallkugel, die wie verrückt Funken gesprüht hat, wenn man irgendwas damit machen wollte. Leider haben die Jungs nicht viel davon gehalten, Aufzeichnungen zu führen. Aus ihrem Labor konnte im Wesentlichen nur das gerettet werden, was wir uns gleich ansehen.

Wie auch immer, wenig später wurde das Objekt zur weiteren Untersuchung hierher in die Anlage Groom Lake gebracht. Damals konnte man allerdings lediglich feststellen, dass dieses kugelförmige Objekt aus Metall hochreaktiv auf nahezu jede Art von Reiz war. Manchmal schossen oben Lichtbögen heraus.

Vom Zustand her sah es zwar verbrannt aus, aber abgesehen von der starken Verfärbung schien es nicht wirklich beschädigt zu sein.

Den damaligen Wissenschaftlern war klar, dass sie es mit etwas zu tun hatten, das niemand erklären konnte.«

Während sie nach wie vor dem Steinkorridor folgten, schaute Chris über die Schulter zu Dave und Bella. »Wie auch immer, man hat alle möglichen Untersuchungen daran vorgenommen und sogar die Leistung gemessen, die daraus hervorgesprudelt ist. Ich kann Ihnen sagen, wenn dieser Arsch 1981 nicht alles vermasselt hätte, müssten wir wahrscheinlich gar nicht auf Notstrom umschalten, um DefenseNet zu betreiben.« Er ließ ein frustriertes Schnauben vernehmen. »Ich hoffe, dass ganze Aufhebens um dieses DefenseNet der NASA ist es wert. Wer immer dafür verantwortlich ist, würde sich vor einem Haufen Leuten verantworten müssen, falls es nicht klappt.«

Dave lächelte, als ihm dämmerte, dass Chris keine Ahnung hatte, wer er war. Aus irgendeinem Grund gefiel ihm die Anonymität. »Und was ist 1981 passiert?«

Chris seufzte. »Irgendein verrückter und wahrscheinlich unterqualifizierter Wissenschaftler dachte, er wüsste, was er tut. Irgendwie hat er es geschafft, dieses eigenartige Ding so zu verärgern, dass es völlig verrücktgespielt hat. Die Einzelheiten darüber, was er vorhatte, müssen Sie sich selbst ansehen, für mich ergeben sie nämlich keinen Sinn. Aber damit enden die Berichte. Tatsächlich wurde das gesamte Projekt danach beendet und versiegelt.«

Bellas Hand legte sich um Daves Arm, als sie fragte: »Was genau bedeutet ›verrücktgespielt‹, und was ist aus dem Wissenschaftler geworden?«

»Tja, was immer der Mann getan hat, es hat der Kugel einen so gewaltigen Stromstoß entlockt, dass er die Versorgung in fast ganz Utah lahmgelegt hat. Die Behörde hat es vertuscht und einem Brand im Staatsgefängnis von Utah zugeschrieben, der sich am selben Tag ereignet hat. Und was aus dem Wissenschaftler geworden ist ... Also, im Bericht heißt es, er sei gestorben, aber es steht auch drin, dass man die Leiche nie gefunden hat. Er hat sich genau wie die Brüder Wilkinson in Luft aufgelöst. Geradezu unheimlich, wenn Sie mich fragen.«

Plötzlich blieb Chris stehen und zeigte in einen dunklen Korridor. »Da wären wir an der Treppe.« Er wandte sich nach rechts und betrat einen sechs Meter langen Raum mit einem länglichen Tisch in der Mitte. Darauf stand ein Karton mit Ordnern voll Dokumenten. Auf dem Boden um den Tisch herum befanden sich mehrere weitere ungeöffnete Kartons. »Aber bevor ihr daran denkt, da runterzugehen, solltet ihr vielleicht die Sicherheitsprotokolle von damals überfliegen. Laut einem davon braucht man einen Raumanzug.«

»Raumanzug?«, hakte Bella verwirrt nach.

»Entschuldigung.« Chris lächelte. »In einem der Sicherheitsprotokolle steht, dass jeder, der das Ding untersucht, einen Reinraumanzug tragen muss. Sie wissen schon, Stiefel, Maske, Chirurgenkluft, nur mehr davon.«

Mit einer gesunden Portion Vorsicht ging Dave zum Tisch und warf einen Blick auf die Aktenordner. »Sind das alle Unterlagen über das Objekt?«

»Ja.« Chris nickte. »Alles von 1947 bis 1981. Sind alles Kopien, also keine Sorge, dass Sie was durcheinanderbringen könnten. Die Unterlagen dürfen nur nicht raus aus diesem Bereich.«

Dave setzte sich auf einen der nahen Klappstühle aus Holz und schlug den ersten Ordner auf, den er aus dem offenen Karton holte.

Als Chris einen der anderen Kartons auf dem Boden öffnete, fügte er hinzu: »Da das ganze Zeug hier unten offenbar damals gegrillt wurde, habe ich Analyseausrüstung dabei. Die könnte dabei helfen, herauszufinden, was es mit dem Ding auf sich hat.«

»Aha. Deshalb hat man für den Umgang mit der Kugel auf Reinraumverfahren bestanden.« Dave tippte auf eines der Blätter in dem Ringordner und las es laut vor.

»19. März 1953. Das Objekt gibt seit dem Tag, an dem es gefunden wurde, regelmäßig alle 45 Minuten Elektrizität ab. Frank Burton, möge er in Frieden ruhen, hat nicht auf die Zeit geachtet und wurde erfasst, als es begonnen hat. Zum Glück war sonst niemand vor Ort. Der Motor des Aufzugs ging kaputt, und Wolframminenarbeiter haben berichtet, sie hätten Nordlichter über Groom Lake glühen gesehen. Wir sind uns ziemlich sicher, dass sie in Wirklichkeit den Blitz der elektromagnetischen Ladung gesehen haben, der Wolken in der Gegend zum Fluoreszieren gebracht haben könnte.«

. . .

»5. September 1953. Gestern hat Carl Watkins versehentlich das Staub-schutztuch des Röntgengeräts in der Kammer gelassen, als er es hinausge-rollt hat. Er hatte keine Chance, es vor der regelmäßigen Entladung des Objekts zu bergen, und Mann, was hat es sich entladen. Von der Abde-ckung war nichts mehr übrig, und mir stehen von dem Stromstoß immer noch die Haare zu Berge – obwohl ich oben gewesen bin.«

»9. September 1953. Wir haben bestätigt, dass alles, was in der Kammer zurückbleibt, einen dramatischen Anstieg bei dem alle 45 Minuten auftre-tenden Stromstoß verursacht. Was immer es ist, ob Mensch, Schrauben-dreher oder auch nur eine Wimper, lässt das Objekt völlig verrücktspielen.«

»10. September 1953. Alle weiteren Analysen werden in vollkommen steriler Montur durchgeführt. Unter angedrohter Entlassung darf nicht einmal eine Hautschuppe in der Analysekammer zurückbleiben.«

»Wow«, sagte Chris. »Den Abschnitt muss ich übersehen haben.« Er schloss Metallsonden an etwas an, das wie ein ausgefallenes Voltmeter aussah. Schaudernd schwenkte er eine der Sonden in Daves Richtung. »Ich habe die Warnung mit dem Reinraumanzug vorn in der Zusammen-fassung gesehen. Aber verdammt, das klingt ganz so, als wäre das Ding richtiggehend übellaunig.«

Dave beobachtete, wie Chris den Näherungssensor für das elektrische Feld justierte. Er sah, wie eine dicke Linie über den Monitor kroch.

»Merkwürdig«, kommentierte Chris. »Ich hätte nicht erwartet, ein Feld zu messen. Anscheinend gibt das Ding da unten die ganze Zeit ein gewisses Maß an Energie ab.«

»Warum ist die Linie so dick?«, fragte Dave. »Würde man nicht eine Sinuswelle erwarten?«

»Moment, ich stelle die Frequenz ein ... Seltsam, immer noch dick.«

Bella lehnte sich näher heran und schlug vor: »Gehen Sie so hoch, wie Sie können.«

»In Ordnung.« Chris drehte einen der Regler im Uhrzeigersinn, wodurch die Linie etwas dicker wurde. Aber selbst bei höchster Frequenz konnte die Anzeige nicht mehr als eine breite, unscharfe Linie darstellen.

»Hol mich der Teufel«, murmelte Chris mit Ehrfurcht in der Stimme. »Was auch immer das Ding macht, es macht es mit einer Frequenz weit über der, die ich auflösen kann.« Er warf einen Blick zu Dave, der bereits den Reinraumanzug trug. »Sind Sie sicher, dass die Bleifolie im Futter reicht? Wer weiß, ob uns das Ding mit Gammastrahlen befeuert.«

Plötzlich wurde die Anzeige durch eine Signalüberlastung weiß, bevor sie in das vorherige Muster zurückverfiel.

»Sieht so aus, als hätte unser Baby gerade sein Bäuerchen gemacht«, meinte Dave, als er sich die Kapuze über den Kopf zog und den Kragen so anpasste, dass er ungehindert sehen konnte. Er schaute zu Bella, die es ihm gleichtat, dann zwinkerte er dem besorgt wirkenden Techniker zu. »Keine Bange, dafür werden wir ja so gut bezahlt.«

***

Dave behielt die Zeit im Hinterkopf, als er seine Stirnlampe einschaltete und die lange Treppe hinunterstieg.

Auf dem Weg nach unten spürte er plötzlich die Vibrationen, die Bella schon viel früher wahrgenommen hatte.

Obwohl er sie fühlte, hatten sie für ihn auch einen Klang, beinah wie über eine Schiefertafel kratzende Fingernägel. Oder wie ein Motor, mit dem etwas nicht stimmte und der kurz vor einem katastrophalen Kolbenfresser stand.

Nach fünf Minuten kam Dave endlich unten an und schwenkte den Strahl der Lampe voraus.

Das Licht erfasste eine große Höhle mit einer sechs Meter hohen Decke. Der offene Bereich darunter hatte einen Durchmesser von gut und gern 15 Metern. In der Mitte lag ein geschwärztes Objekt, das beinah an einen großen, schwarz-silbernen Strandball erinnerte.

Als Dave ein paar Schritte vorwärtsging, legte er den Kopf schief. Etwas an dem verkohlten Gegenstand kam ihm merkwürdig vor. Dann durchzuckte ihn eine Erkenntnis. Neben ihm schnappte Bella nach Luft.

»Heilige Scheiße, das Ding sieht fast genauso aus wie die Konstruktion in Franks Zeichnungen.«

KAPITEL SIEBENUNDZWANZIG

»*Oh, Gott sei Dank erreichen wir dich! Prinzessin, die Behörden bringen deine Mutter und mich nach Corsham. Wir sind zwar nicht in Küstennähe, aber man hat uns gesagt, dass wir aus Sicherheitsgründen auf einer Sonderliste stehen. Man hat uns keine große Wahl gelassen. Anscheinend gibt es einen riesigen unterirdischen Bunker, den der Premierminister reaktiviert hat und in dem wir in Sicherheit sein werden. Neeta, bist du auch an einem sicheren Ort?*«

»Bin ich, macht euch keine Sorgen.« Neeta erhob sich von ihrem Stuhl und starrte ausdruckslos auf ihre Bürotür, fassungslos über die Worte ihres Vaters.

Burt hatte am Rande erwähnt, dass die Regierungen der Welt um unterirdische Bunker rangen. Er hatte auch erwähnt, dass der Burlington-Bunker zur Evakuierung der britischen Regierung benutzt werden sollte. Neeta wusste, dass es in Corsham einen riesigen, stillgelegten Bunker gab, und plötzlich dämmerte ihr eine Erkenntnis.

Ihr fiel kein Grund ein, warum ihre Eltern eine Sonderbehandlung erhalten sollten – es sei denn, jemand hatte Fäden gezogen. Tränen liefen ihr über die Wangen, ihre Kehle fühlte sich vor Emotionen wie zuge-schnürt an.

»*Neeta, ich bin's*«, meldete sich ihre Mutter. »*Wir sind gerade ange-kommen, und die sagen, dass wir unter der Erde kein Signal haben werden. Hab dich lieb, Schatz. Pass auf dich auf.*« Ihre Mutter atmete schwer und sprach jedes Wort so langsam, als wollte sie nicht auflegen, niemals.

»Hab euch auch lieb«, erwiderte Neeta, bevor sie nur noch mit heftig hämmerndem Herzen lauschte.

Dann wurde die Verbindung unterbrochen. Neeta lehnte sich an die Wand ihres Büros und rutschte daran zu Boden. Sie schlang die Arme um die Knie, lehnte das Gesicht an die Beine und weinte wie seit ihrer Kindheit nicht mehr.

Mit erneuerter Entschlossenheit betrat Neeta den Kontrollraum des Jet Propulsion Lab und klatschte in die Hände, um die allgemeine Aufmerksamkeit zu erlangen. »Okay, Leute, legen wir uns ins Zeug. Wir haben nur noch 24 Tage, bevor uns die erste Welle dieser Weltraumtrümmer erreicht. Unsere Aufgabe besteht darin, Zeit zu gewinnen. Wer hat die letzte Übersicht über die ankommenden Trümmer?«

Neeta stand in der Mitte des zwölf mal sechs Meter großen Raums und ließ den Blick über die etwa zehn Tische wandern, an denen die anwesenden Wissenschaftler auf ihre Computerbildschirme starrten. Eine Blondine lugte über einen Monitor und antwortete: »Dr. Patel, ich habe die abgeschlossene Auswertung von gestern. Ich lege die Daten auf Bildschirm drei.«

Neeta drehte sich zur vorderen Wand, an der eine Reihe von Monitoren montiert hing. Die meisten zeigten den ständig aktualisierten Status der Leistungsstufen von DefenseNet. Bildschirm drei jedoch flackerte, bevor ein weißer Hintergrund mit einer verteilten Wolke aus Punkten unterschiedlicher Größe darauf erschien.

Die meisten Punkte umgab ein gestrichelter roter Kreis. Wie Neeta wusste, hielt alles innerhalb des Kreises direkt auf die Erde zu.

Während sie auf den Bildschirm starrte, fragte sie: »Wie viele Ziele sind in der roten Zone, und was ist die geringste Objektgröße im vermessenen Bereich?«

Neben Neeta antwortete ein Ingenieur: »Wir haben 13.517 Objekte mit einer Mindestauflösung von 15 Metern im Vermessungsbereich. Sie haben eine durchschnittliche Dichte von 3.000 Kilogramm pro Kubikmeter.«

Neeta erinnerte sich, dass die Dichte auf Objekte aus Stein hinwies, anfälliger als andere dafür, sich in der Atmosphäre aufzulösen. Dann schmunzelte sie über den Wahnsinn, dass sie sich überhaupt um die Dichte scherte. Das kam der Frage gleich, ob man lieber mit einem Schläger aus Holz oder aus Metall verdroschen werden wollte. Tödlich wäre beides.

Sie ging näher zum Bildschirm und zeigte auf einige der größeren Punkte. »Was ist der dickste Brocken in dem Haufen?«

»Wir konnten nicht alle Einzelgrößen in der dichten Ansammlung der Objekte im Zentrum auflösen, Dr. Patel. Aber wir haben in der ersten Welle noch nichts mit einer Breite von mehr als einem Kilometer gefunden.«

Neeta trat einen Schritt zurück und dachte über ihr Problem nach. »Zeigen Sie mir die Größten, sagen wir 500 Meter und mehr. Blenden Sie den Rest aus.«

Es handelte sich nur um etwa ein Dutzend, überwiegend im Zentrum konzentriert. »Gut«, flüsterte sie bei sich. »Dann können wir vielleicht etwas Nützliches tun.«

Sie erhob die Stimme wieder. »Kann mir jemand das Schadensprofil für einen 50-Meter-Asteroiden aus Stein geben, der uns in einem Winkel von 45 Grad trifft, mit einer Geschwindigkeit von 35 Kilometern pro Sekunde vor Eintritt in unsere Atmosphäre?«

Neeta hörte mehrere Ingenieure tippen. Einer fragte: »Einschlag in Wasser oder an Land?«

»Spielen wir beides durch und nehmen wir eine Wassertiefe von 4.000 Metern an.«

Einer der Techniker hinter ihr berichtete: »Dr. Patel, ein 50 Meter breiter Asteroid aus Stein mit diesem Annäherungswinkel und dieser Geschwindigkeit würde wahrscheinlich in einer Höhe von etwa 9.000 Metern anfangen, sich aufzulösen. Ich würde mit keinem Krater rechnen, aber es könnte eine heftige Schockwelle geben. Bauliche Schäden an Fachwerkhäusern sind wahrscheinlich. Bei einem Einschlag in Wasser würde ich weder einen Tsunami noch nennenswerte Schäden erwarten.«

Neeta schwenkte den Blick durch den Raum. »Ist das bestätigt?«

»Ja, Ma'am«, verkündete ein Techniker auf der anderen Seite des Raums. »Ich bekomme ungefähr die gleichen Werte.«

»Was ist mit einem 100-Meter-Objekt aus Stein und denselben Parametern?«, fragte Neeta.

Einige Sekunden verstrichen. Dann meldete eine andere Stimme: »Ein solches Objekt würde wahrscheinlich hoch in der Atmosphäre zerschellen, ungefähr in 60.000 Metern. Aber die Explosion wäre gewaltig. Fast 230 Megatonnen in der Luft, auf dem Boden entspräche das 32 Megatonnen. Die Explosion würde alles in einem Radius von drei Kilometern verwüsten. Über Wasser könnte ein kleiner Tsunami entstehen, aber nicht höher als zweieinhalb Meter.«

»Ich komme auf dieselben Zahlen«, bestätigte eine andere Stimme.

Entschlossenheit durchströmte Neeta. Sie schnippte mit den Fingern, um sich erneut die allgemeine Aufmerksamkeit zu sichern. »Also gut, wir machen Folgendes: Bringen Sie die DefenseNet-Laser online. Wir fangen an, die größten Brocken ins Visier zu nehmen, aber nicht frontal. Wie beim Billard. Wir zielen auf den Rand dieser Monster. Damit richten wir keinen wesentlichen Schaden an, aber die plötzliche Erhitzung und die Explosion entlang der Innenkanten werden sie nach außen drücken. Und wie bei einem gut getroffenen Spielball beschreiben sie die gekrümmten Bahnen, die wir wollen.

Mit ein bisschen Glück stoßen wir so auch eine Menge der kleineren Trümmer aus der roten Zone.«

Neeta sah sich im Raum um und stellte bewusst Blickkontakt mit allen Anwesenden her. »Sie alle wissen, was passiert ist und wodurch sich unsere Fristen unerwartet verschoben haben. Das kann uns die Zeit verschaffen, die wir brauchen. Es hält also jeder von Ihnen das Schicksal der Welt in der Hand. Vermasseln wir es nicht, Leute. Ist uns allen die Bedeutung dessen bewusst, was wir gleich tun?«

»Ja!«, bestätigten sämtliche Stimmen im Chor.

»Gut, dann gehen wir mit dem Rechner für die Lasersynchronisation von DefenseNet online. Wir verpassen ein paar dieser Trümmer die volle Dosis. Ich bezweifle zwar, dass irgendein Observatorium die Wirkung der Laserschüsse sieht. Aber nur für alle Fälle gebe ich dem Verteidigungsministerium lieber Bescheid, dass gleich ein Feuerwerk losgeht.«

KAPITEL ACHTUNDZWANZIG

Burt umklammerte die um seine Schultern geschnallten Gurte und verzog das Gesicht zu einer Grimasse, als das Shuttle erzitterte, weil die Triebwerke zündeten, um ihren Abstieg zur Mondoberfläche zu verlangsamen. Überraschenderweise ließ seine Übelkeit etwas nach, als er durch die Entschleunigung in den Sitz gedrückt wurde. Da er noch nie über längere Zeit Schwerelosigkeit erlebt hatte, war die gesamte Reise zum Mond beunruhigend für ihn gewesen.

Er warf einen Blick auf die 50 Soldaten, die sich mit ihm im Passagierraum befanden. Keinen schien das Rütteln des Shuttles zu stören. Tatsächlich schliefen einige noch fest in ihre Sitze geschnallt.

Der links von Burt sitzende Kommunikationsoffizier tippte ihm auf die Schulter und reichte ihm einen Tablet-PC mit einer überdimensionierten, seitlich herausragenden Antenne. »Dr. Radcliffe, wir haben gerade einen Sicherheitsalarm erhalten, über den Sie wohl Bescheid wissen sollten.«

Burt betrachtete das robuste Tablet kurz, dann tippte er auf den am Bildschirm blinkenden Alarm.

*** *Sicherheitsalarm* ***

Datum der abgefangenen Übertragung: 19. Nov 2066
Zeitstempel: 13:53 GMT

»Lob sei dir, mein Bruder. Möge Gott dich und deinen Glauben an ihn segnen. Wie prophezeit steht Armageddon vor der Tür.

Nur durch Gottes Plan kann der Erlöser erscheinen, und jene, unter denen du arbeitest, stören seinen Plan.

Es ist an der Zeit.

Tu, was notwendig ist, und du wirst als einer der Gerechten in Gottes Augen gezeichnet.

Gelobt sei der Herr. Möge er deine Hand bei seiner Mission führen.

– BR«

Burt warf einen Blick auf die Zeitanzeige an einem nahen Schott und seufzte – die Nachricht war soeben gesendet worden. Sein Magen brodelte, und Galle stieg ihm in die Kehle, als er den Tablet-PC an den Offizier zurückgab.

Ein Ruck ging durch das Shuttle, als es auf der Mondoberfläche aufsetzte, und die Lichter in der Kabine flackerten.

Burt schluckte schwer, kratzte alle Entschlossenheit zusammen und schnallte sich ab. Dann wandte er sich an den Captain rechts von ihm um und sagte: »Wir müssen uns beeilen. Die Kacke wird demnächst am Dampfen sein.«

»Sind Sie Jeff Hostetler?«, fragte Burt den grauhaarigen Mann, der besorgt beobachtete, wie schwer bewaffnete Soldaten durch die Luftschleuse strömten und den Transitbereich der Mondbasis füllten.

»Ja, ich bin Jeff Hostetler, Betriebsleiter von Mondbasis Crockett und Leiter des Bergbaubetriebs auf dem Mond.« Der Mann schwenkte den Blick durch den großen, mit Soldaten gefüllten Raum und fragte: »Was geht hier vor? Ich weiß nur, dass ich vom Sicherheitschef der ISF die Vorwarnung bekommen habe, ich soll mit der Ankunft von Soldaten rechnen und niemandem etwas darüber sagen.«

»Nun, dann sollte ich das wohl erklären«, erwiderte Burt, »und ich will ehrlich zu Ihnen sein. Es besteht Grund zur Annahme, dass sich in der Mondbasis Leute aufhalten, die sie zerstören wollen. Statt zu versuchen, die Leute aufzuspüren und sie dadurch vorzuwarnen, hat die Präsidentin diese Männer geschickt, um die gesamte Anlage zu räumen.«

Als Hostetler den Mund zu einer Erwiderung öffnete, trat ein Soldat an Burt heran: »Dr. Radcliffe, wir haben die Übersichtspläne für den Stützpunkt. Wenn Sie einverstanden sind, lasse ich ein paar Mann im Transitbereich, die das Abladen koordinieren. Mit dem Rest fange ich an, die Anlage von hinten zurück hierher zum Transitbereich zu räumen. Wir beginnen mit den Zivilisten, verfrachten sie in die nach uns eintreffenden Shuttles und widmen uns dann der übrigen Anlage.«

Jeff lehnte sich zur Seite und schaute durch das Portal des Ladebereichs hinaus. Seine Augen weiteten sich. Er zeigte auf die Kolonne der nahenden Raumfähren. »Sie evakuieren *alle* Menschen von hier?«

Burt legte dem Offizier neben ihm die Hand auf die Schulter und nickte. »Legen Sie los, Captain Peron. Ich nehme Mr. Hostetler mit. Er wird mir zeigen, wo ich finde, was ich brauche.«

»Verstanden.« Der Captain nickte knapp, wandte sich ab und machte mit der Hand eine Kurbelbewegung. Prompt erschienen mehrere Lieutenants der Kompanie vor ihm. Er zeige auf einen davon und befahl: »Peters, Ihr Zug begleitet Dr. Radcliffe überallhin. Wenn er auf die Toilette geht, räumen Sie den Bereich und sorgen dafür, dass jede Rolle Klopapier dort ist, wo sie hingehört. Wir alle tragen die Verantwortung dafür, dass ihm nichts passiert, und diese Order kommt von ganz oben.« Er wandte sich an den Rest seiner Lieutenants: »Alle anderen nehmen ihre Leute und beginnen mit dem Räumen in alle Richtungen. Jede Person, die Sie finden, kommt hierher zur Evakuierung. Ohne Umwege. Verstanden?«

Alle Offiziere blafften: »Sir, ja, Sir!« Damit wurden sie entlassen und begannen, ihrerseits Befehle zu erteilen. Eine Weile herrschte reges Treiben im Transitgebiet, als die Truppen in vier verschiedene Richtungen davoneilten.

Der Captain drehte sich Burt zu und deutete mit dem Daumen auf den nach wie vor neben ihm stehenden Offizier. »Lieutenant Peters führt Ihre Eskorte an. Wie Sie gehört haben, hat General Keane angeordnet, dass vor Ihnen liegende Bereiche vorsichtshalber zu durchsuchen sind. Sobald alle evakuiert sind, packen wir außerdem unsere Druckanzüge aus und suchen die Bereiche draußen und die Abbaustätten ab. Wir müssen sicherstellen, dass alles hier gründlich geräumt wird.«

»Danke, Captain.« Burt holte einen mitgebrachten Koffer und wandte sich an den Leiter der Mondbasis. »Ich brauche Zugang zu der Stelle, an der die Signale von den Satellitenschüsseln in den Hauptkomplex kommen, und zu den Administratorterminals für den Primärserver der Anlage.«

Der Lieutenant zog einen Übersichtsplan heraus und zeigte ihn Hostetler. »Sir, können Sie mir auf dem Plan zeigen, wohin wir müssen?«

»Die Satellitendaten kommen durch den Signalraum herein, hier.« Der Stützpunktleiter zeigte auf einen der Räume auf dem Plan, dann fuhr er mit dem Finger zu einem anderen Raum. »Und der Hauptterminalkomplex, zu dem Dr. Radcliffe will, ist da.«

Der Lieutenant gab zwei seiner Sergeants ein Zeichen, deutete auf die Karte und befahl: »Räumen Sie diese Bereiche und erstatten Sie dann Meldung. Los.«

Die Sergeants erteilten ihren Männern zackig Befehle, und 20 Soldaten eilten zu ihrem Ziel los. Der Lieutenant zeigte zum Gang, durch den die Soldaten gelaufen waren. »Gehen wir langsam in die Richtung los. Mit etwas Glück kriegen wir Entwarnung, bevor wir ankommen.«

Burt kniete in einem Gewirr von Netzwerkkabeln, als er schließlich fand, was er für Kommunikationskabel hielt. Er schloss sie an seinen Debugging-PC an. Mit einem geliehenen, militärischen Satellitentelefon gab er Neetas Nummer ein und wartete auf eine Verbindung.

»Hallo?«, drang Neetas Stimme über die von statischem Rauschen erfüllte Leitung. Burt hörte ihr an, dass sie verärgert war. »Wer zum Teufel ruft mich da um drei Uhr morgens an?«

»Tut mir leid, Neeta. Ich hab nicht an die Ortszeit gedacht.« Burt lachte leise.

»Oh, du bist's.« Ihr Tonfall wurde milder. »Du bist inzwischen auf dem Mond, oder? Was kann ich für dich tun?«

»Neeta, ich richte gleich Signalüberwachungen für alles ein, was hier ins Computersystem reinkommt. Aber ich muss sicherstellen, dass ich die richtige Verbindung habe. Kannst du einen Test-Ping zum Computer der Mondbasis schicken? Und mir die IP-Adresse sagen, von der er kommt?«

»Klar, einen Moment.«

Das gedämpfte Geräusch einer sich öffnenden und schließenden Tür folgte, und bald danach grüßte jemand Neeta.

Burt aktivierte seine Verfolgungssoftware und begann, die über die Satellitenverbindung eingehenden Datenpakete zu überwachen.

»Burt, ich logge mich gerade ein. Okay, ich hab die IPv6-Adresse meiner Station. Hab sie dir auf dein Handy gesimst. Ich schicke jetzt einen Ping an den Server von Mondbasis Crockett.«

Burts Handy vibrierte, als er ihre Nachricht erhielt. Er warf einen Blick darauf und lächelte, als Neetas IP-Adresse auch mit einem der Pakete in der Netzwerkleitung der Mondbasis ankam, was bestätigte, dass er das richtige Kabel hatte.

»Ich sehe deinen Ping. Ich kappe jetzt gleich den Fernzugriff auf die Anlage und richte stattdessen ein Statusportal ein. So können die Leute sehen, ob hier oben noch alles in Ordnung ist, aber niemand kann Denial-of-Service-Angriffe senden oder irgendwie direkt mit den Kontrollsystemen vor Ort interagieren.« Burt passte eine Reihe von Parametern am Netzwerkfiltertreiber an, speicherte die Änderungen und startete den Netzwerkfilterdienst neu. Allmählich begann die Arbeit, sich sehr vertraut anzufühlen. »Ist wohl wie Fahrradfahren«, murmelte er bei sich.

»Neeta, wenn funktioniert, was ich gemacht habe, sollte der Filtertreiber auf diesem Rechner keine eingehenden Netzwerkpakete an den Hauptserver weiterleiten. Ich richte ein Statusportal ein, aber kannst du zuerst einen Ping versuchen und sehen, ob du eine Fernverbindung zum Server hier herstellen kannst?«

Burt hörte über die Geräusche der statischen Interferenzen, wie am anderen Ende der Leitung getippt wurde. *»Schicke jetzt einen Ping ... Okay, der Ping sieht gut aus. Jetzt versuche ich, die Verbindung zum Server herzustellen. Wow, das dauert länger als erwartet ... Nein, ich bekomme einen Timeout-Fehler. Was immer du gemacht hast, es scheint zu funktionieren.«*

Ein warmes Gefühl der Zufriedenheit breitete sich in Burt aus. »Ich weiß wohl doch noch immer, wie man an den Rädchen dreht. Danke, Neeta. Wie geht's mit der Trümmervermessung voran? Werden wir uns ein wenig Zeit verschaffen können?«

»Läuft soweit gut, und ich hoffe, ich kann etwas Zeit für uns herausschlagen, bin mir aber noch nicht sicher. Bisher haben wir die erste Trümmerwolke durchsortiert, die auf uns zukommt. Wir konnten die Objekte kritischer Größe identifizieren. Ich hatte die Idee, mit den DefenseNet-Lasern zu versuchen, ein paar der großen Brocken aus dem Zentrum der Wolke nach außen zu stoßen. So will ich in der Mitte eine Lücke schaffen.

Wenn es wie geplant läuft, fliegen die Trümmer links und rechts an uns vorbei, und wir gewinnen ein, zwei Wochen. Wir sollten von nichts Wesentlichem getroffen werden. Ich bin seit 36 Stunden auf den Beinen, beobachte und warte ab. Die Felsbrocken in der Mitte bewegen sich allmählich, es zeigt also langsam Wirkung. Aber besser fühle ich mich erst, wenn ich mehr sehe. In der Mitte der Wolke ist's echt staubig.«

»Das ist gut zu hören. Halt mich über Neuigkeiten auf dem Laufenden. Ich weiß ja, wie du bist, also versuch, dich nicht zu hart ranzunehmen. Schlaf auch ein bisschen.«

Mit einem mühsam unterdrückten Gähnen antwortete Neeta: *»Ich komm schon klar. Kümmer du dich um dich selbst. Okay?«*

»Keine Sorge. Ich hab hier noch ein paar Dinge zu erledigen, danach mache ich mich auf den Rückweg. Gute Nacht.«

Burt legte auf und gab das Telefon dem Lieutenant zurück. Während er einen Teil seiner Ausrüstung wieder im Koffer verstaute, warf er dem Leiter der Mondbasis über die Schulter einen Blick zu und sagte:»Ich brauche Zugang zum Terminal des Primärservers. Es müssen ein paar Dinge abgeriegelt werden.«

———

Nach vier Stunden im Kontrollraum der Mondbasis gelang es Burt, eine Kopie der Boot-Firmware des Servers aufzuspüren und herunterzuladen, damit er Änderungen daran vornehmen konnte. Es war Jahre her, dass er die Ärmel hochgekrempelt und am Code für die Initialisierung der Plattform gearbeitet hatte. Aber als er anfing, ihn durchzugehen, fiel ihm alles wieder ein.

»Dr. Radcliffe«, sagte der Lieutenant leise und kauerte sich neben Burt. »Alle Zivilisten, auch Mr. Hostetler, sind jetzt auf dem Weg nach Cape Canaveral. Wir haben noch nichts Verdächtiges gefunden.« Er hielt einen tragbaren Videomonitor hoch und merkte an:»Wir haben jetzt sechs

Trupps außerhalb der Basis und zwei in der Nähe der Minenbetriebe. Sie halten nach irgendetwas Ungewöhnlichem Ausschau. Wollen Sie einen Blick auf die Bilder der Helmkameras der Sergeants werfen?«

Burt schaute zu dem mobilen Monitor, der acht getrennte Bilder empfing. Alle schwebten über dem Gerät. »Gern. Haben wir auch Ton?«

Kaum hatte der Mann das Gerät auf den Tisch neben das offene Gehäuse des Primärservers gelegt, ertönte die Stimme eines Soldaten durch den Lautsprecher: »*Alle Mann herhören. Es gelten dieselben 5-25-Sicherheitsregeln wie zu Hause, während wir die Gegend absuchen. Wir wissen nicht, womit wir's zu tun haben, und vergesst nicht, wir sind hier im Weltraum. In der Umgebung kann schon eine Fleischwunde tödlich sein.*«

Burt fragte: »Was bedeutet 5-25?«

»Sir, das bedeutet, dass die Umgebung auf fünf beziehungsweise 25 Meter abgesucht wird. Der Grund ist, dass selbst in einem gepanzerten Fahrzeug eine Sprengladung in einem Fünf-Meter-Radius verheerend sein kann. Geht man ungeschützt herum, hat die Todeszone in der Regel einen Umkreis von 25 Metern. Offen gestanden war ich nie bei einer Übungsmission im All. Deshalb weiß ich nicht genau, wie sich die Standardverfahren hier oben ändern.« Der Lieutenant zeigte auf den Laptop, auf dem Burt emsig Code editierte. »Sir, ich will nicht neugierig sein, aber falls ich trotzdem fragen darf ... Sind Sie der Dr. Radcliffe, der 2055 den Turing-Preis für grundlegende Weiterentwicklung bei Mikroprozessordesign und künstlicher Intelligenz erhalten hat?«

Zugleich überrascht und belustigt drehte sich Burt langsam dem in seiner Kampfmontur wie ein ziemlich harter Kerl wirkenden Soldaten zu. Burt bedachte den Mann mit einem schiefen Lächeln. »Wie um alles in der Welt können Sie davon wissen, Lieutenant Peters?«

Die Augen des Offiziers weiteten sich, und er erwiderte in geradezu ehrfürchtigen Ton: »Oh Sir, tut mir leid. Ist nur so, dass ich meinen Abschluss in Informatik gemacht und damals Ihre Arbeit verfolgt habe. Ich fand spitze, was Sie mit Ihren KI- und CPU-Konstruktionen gemacht und wie Sie beides integriert haben.« Plötzlich wirkte der Soldat verlegen und wich zurück. »Entschuldigung, ich wollte Sie nicht ablenken.«

Burt winkte den Mann näher. »Seien Sie nicht albern. Ich kann Ihnen erklären, was ich hier mache.« Er zeigte auf den Code für die Hardwareinitialisierung, den er gerade bearbeitete: »Unter anderem ändere ich die

Initialisierungsroutinen der Plattform so, dass ein Zugriff auf den Server oder ein Ändern der Einstellungen erst nach einen biometrischen Scan zur Bestätigung der Identität möglich ist.«

Der Soldat nickte. »Sie fügen also eine physische Anwesenheitserkennung hinzu. So kann nur jemand, der an der Konsole sitzt, etwas ändern, richtig?«

»Haargenau.« Burt nickte, musterte den Soldaten und sah ihn plötzlich in einem anderen Licht. Es handelte sich eindeutig um einen Offizier, der Grips besaß.

»Aber Sir, wieso im Initialisierungscode? Wäre das nicht im Betriebssystem einfacher gewesen?«

Burt konnte sich ein Lächeln nicht verkneifen, als er den neugierigen Offizier erneut ansah. »Peters, das ist eine hervorragende Frage. Ich will hier erreichen, dass sich niemand Zugang zur Steuerung verschaffen kann. Dass ich es auf die Weise mache, liegt mehr an Paranoia als an sonst was. Sie haben recht, es wäre einfacher, eine Änderung an einem Treiber vorzunehmen wie bei dem Netzwerkfilter, den ich im Signalraum hinzugefügt habe. Aber nehmen wir an, durch irgendein Wunder schafft es jemand auf die Basis und will umgehen, was ich eingerichtet habe. Derjenige könnte den Rechner physisch neu starten und die Steuerungssoftware durch verschiedene Methoden aushebeln. Am vielleicht schwierigsten wäre die Verteidigung, wenn der Hacker den Dual-Ported-RAM mit neuen Befehlen angreift.

Für genau den Fall füge ich in den XIP-Code die Anforderung sowohl einer Netzhaut- als auch Daumenabdruckverifizierung ein.«

Der Lieutenant schüttelte den Kopf. »XIP?«

»Steht für ›Execution in Place‹, kann also nur lokal auf dem Rechner ausgeführt werden. Das ist ein kleiner Abschnitt im Initialisierungscode, der im schreibgeschützten Speicherbereich der Hardware ausgeführt wird und nicht vom RAM des Rechners abhängig ist. Grundsätzlich ist der sicherste Teil der Initialisierung der Plattform der vor der Initialisierung des Speichers der Maschine. Bei Dual-Ported-Memory ist es Hackern in der Vergangenheit gelungen, Systemen eine Logik zu injizieren, um Sicherheitsmaßnahmen zu umgehen. Ist eine alte Technik, aber mit Software schwer abzuwehren. So, wie ich es mache, müsste man schon den Vorschlaghammer auspacken, um an den Server ranzukommen. Nur hätte man dann immer noch keine Kontrolle über die Basis.«

Plötzlich drang die Stimme eines Soldaten aus dem Videoempfangsgerät. »Bestätigte Sichtung!«

»Oh Scheiße«, raunte der Lieutenant. Die anderen Soldaten, die einen Schutzring um den Kontrollraum gebildet hatten, begannen zu flüstern, als die Bilder aller Kameras flackerten und statisches Rauschen übertragen wurde.

»Hey«, rief Burt. Ein nagendes Gefühl der Besorgnis breitete sich rasend in ihm aus. »Was ist mit dem Videobild? Ist etwas explodiert?«

»Nein, Sir«, antwortete der Lieutenant. »Sie haben einen Störsender aktiviert. Er blockiert jegliche Fernsignale, die auslösen könnten, was immer sie gefunden haben. Aber wir sollten trotzdem noch hören können, was vor sich geht.« Er regelte lauter, und Burt konnte zwar nicht sehen, was sich abspielte, aber er hörte die scharfen Anweisungen des Befehlshabers der Patrouille.

»Bereich räumen. Ich will 250 Meter, und zwar sofort!

Heller, Smith, Woods, riegeln Sie das Areal ab. Rothfuss, benachrichtigen Sie die anderen Teams, dass wir was gefunden haben, und rufen Sie die KMBs her.«

Der Lieutenant erklärte: »Die Patrouille ruft unsere Kampfmittelbeseitiger dazu.«

Burt begann mit dem Kompilieren der Updates am Server und spähte dabei immer wieder zum Videoempfangsgerät.

Die Spannung verdichtete sich. Einige Soldaten gingen im Raum ein und aus, weil sie dem Funkverkehr der Patrouillen lauschen wollten.

Der Lieutenant regelte eine der statisch knisternden Übertragungen lauter und kommentierte: »Das ist das Audiosignal des Räumkommandos.«

»Hey, Zimmer, sie sieht's aus? Was meldet die Klaue zurück?«

Burt warf dem Lieutenant einen Seitenblick zu. »Klaue?«

»So nennen sie den Bombenentschärfungsroboter.«

»Sergeant, sieht so aus, als hätten wir hier 'nen Arschvoll Sprengsätze in einer Kiste. Die Spektralanalyse deutet auf Cyclotol hin, ungefähr ein 70:30-Gemisch in Behältern, aber da ist keine Aktivierung ... Nein, doch, hab sie gefunden. Sir, da ist 'ne Tasche mit piezoelektrischen Zündern, aber sie sind noch nicht an die Sprengladungen angeschlossen.«

Ein anderer Soldat meldete sich zu Wort. *»Zimmer, kann die Klaue die*

Kiste gefahrlos extrahieren? Falls ja, etwa zwei Kilometer nordöstlich Ihrer Position ist ein Krater.«

»Verstanden. Die Klaue hebt die Kiste gerade an. Ich folge ihr mit einem Abstand von einem halben Kilometer.«

Burt lauschte aufmerksam, während das Räumkommando den Sprengstoff an einen entfernten Ort transportierte. In der Zwischenzeit ersetzte er die Firmware auf der Hauptplatine des Servers, baute den Rechner wieder zusammen und schaltete die Stromversorgung ein.

»Sergeant, die Kraterwand ist zu steil, um raufzukommen. Sie entscheiden.«

»Zimmer, ziehen Sie sich bis zum Reichweitenlimit Ihrer Fernbedienung zurück und steuern Sie die Klaue mit der Sprengladung in den Krater. Wir lassen beides zurück.«

»Verstanden, ziehe mich zurück.«

In dem Moment kehrten die Videobilder flackernd zurück, und Burt sah ein Team von Soldaten in einem der Mondfahrzeuge auf dem Rückweg aus einem offenen Gebiet. Er wandte sich an den Lieutenant und fragte:»Warum in den Krater werfen?«

Der Soldat runzelte die Stirn. »Auf der Erde würden sie die Ladung aus sicherer Entfernung hochgehen lassen. Aber hier oben gibt's keine sichere Entfernung. Die Splitter einer Explosion würden kilometerweit fliegen. Die Bomben weit von allem wegzubringen und umgeben von steilen Kraterwänden zu deponieren, ist in Anbetracht der Lage am sichersten.«

Burt nickte. Als der Server hochfuhr, wurde er zur Identifizierung aufgefordert. Er lehnte sich zu dem von ihm installierten Netzhautscanner vor und drückte den linken Daumen auf den Fingerabdruckleser. Innerhalb einer Sekunde wurde seine Identität bestätigt, und die Verwaltungskonsole des Servers stand bereit.

Burt griff sich erneut das Telefon des Lieutenants, wählte Neetas Nummer und lauschte, wie es über 350.000 Kilometer entfernt knisternd klingelte.

»Hallo?«

»Neeta, ich programmiere gerade Navigationseinstellungen für den Mond. Ich brauche auf der Grundlage deiner derzeitigen Manöver aktuelle Schätzungen dafür, wann wir aufbrechen, und ich brauche den genauen Winkel.«

»Warte, gib mir 'ne Sekunde. Ein paar der Trümmer aus dem Zentrum haben sich nach außen bewegt, und wir sehen die ersten Kollisionen. Die Dominosteine fallen nach und nach. Das ist schon mal gut. Ich schicke dir auf das Telefon, mit dem du mich kontaktiert hast, die ICRS-Koordinaten für die Mehrstreckenreise samt Zeitangaben und so weiter. Wird zwar ein knapper Slalom, aber sofern wir die volle Leistung erreichen, sollten wir es vorbei an der ersten Welle schaffen und können dann direkt das Endziel ansteuern. Ich schicke dir jetzt die Navigationspunkte.«

Burt spürte, wie das Telefon vibrierte, als eine Nachricht eintraf. Er löste es vom Ohr, betrachtete die Daten und nickte. »Angekommen, Neeta. Danke noch mal, du bist die Beste.«

»Natürlich bin ich das.« Neetas Stimme klang untypisch fröhlich. *»Ich rechne fest damit, dass du dich bei meiner nächsten Jahresbeurteilung daran erinnerst. Und zumindest könntest du dafür sorgen, dass man hier anständigen Kaffee bekommt.«*

Burt prustete, als er kaum ein Lachen zurückhalten konnte. »Neeta, du bist ein Knaller. Ich werd sehen, was ich tun kann. Nochmals danke. Wir hören uns später wieder.«

Damit endete die Verbindung. Mit dem befriedigenden Gefühl einer fast erledigten Aufgabe gab Burt die geplante Startzeit, die Richtung und die Beschleunigungsraten ins Navigationskontrollsystem der Anlage ein.

Der Server akzeptierte die Eingabe. Mit einigen letzten Tastenanschlägen sperrte Burt die Arbeitsstation, dann wischte er sich feierlich die Hände ab. »Schutz gegen unbefugten Zugriff abgehakt.«

Der Lieutenant nickte und gab den anderen Soldaten ein Zeichen. »Okay, Dr. Radcliffe ist fertig. Je schneller wir wieder im Transitbereich sind und von diesem Felsen wegbekommen, desto früher kriegt ihr alle ein bisschen Erholungszeit.«

Burt klopfte auf den Server und murmelte dem Rechner ein kleines Gebet zu.

»Ich hoffe, ich muss mich dir in den nächsten neun bis zehn Monaten nicht mehr widmen.«

KAPITEL NEUNUNDZWANZIG

Bill Jacobs, Ministerialdirektor für ostasiatische und pazifische Angelegenheiten, hockte sich neben Daves Sitz und warnte: »Wir landen bald, und ich möchte mich vergewissern, dass Sie die Protokolle für den Umgang mit den Vertretern anderer Nationalstaaten kennen. Sie werden am Flughafen von chinesischen Offiziellen begrüßt, die Ihnen zu Ehren wahrscheinlich ein Willkommensessen veranstalten. Die Stimmung dürfte mit ziemlicher Sicherheit herzlich bleiben. Ich schlage vor, nur darüber zu sprechen, was die Präsidentin bereits öffentlich bekanntgegeben hat.

Morgen jedoch treffen Sie mit nordkoreanischen Regierungsbeamten zusammen, und ich kann gar nicht genug betonen, dass Sie *keinerlei* Einzelheiten darüber preisgeben dürfen, woran Sie arbeiten. Nordkorea gilt nicht umsonst als Schurkenstaat. Nicht einmal ich kann abschätzen, wie sich diese Leute verhalten werden.«

Dave schüttelte den Kopf und lächelte höflich, während der Mann weiter darüber leierte, was er tun und lassen sollte. Als sich das Flugzeug leicht neigte und der Mann eine Pause einlegte, ergriff Dave in ruhigem, aber bestimmtem Ton das Wort. »Hören Sie, Bill, ich möchte etwas klarstellen. Ich weiß, Sie versuchen nur, Ihre Arbeit zu tun. Trotzdem lasse ich mich von Ihnen nicht belehren, worüber ich rede und worüber nicht. Ich bin durchaus in der Lage, das selbst zu beurteilen. Und mit Sicherheit lasse ich mir nichts von jemandem vorschreiben, der gar nicht wirklich weiß, worum es geht.«

Bills Mund klappte auf. Dave drückte die Fingerspitzen zusammen, forderte den Mann mit der Geste auf, den Mund zu schließen. »Das ist mein voller Ernst. Wenn wir fertig sind, lobe ich meinetwegen in höchsten Tönen, wie hilfreich Sie waren. Aber kommen Sie mir in die Quere, haben wir ein Problem. Ich halte mich an Sie, um kulturelle Fettnäpfchen gegenüber den chinesischen Offiziellen zu vermeiden, aber damit hat es sich auch schon. Habe ich mich klar ausgedrückt?«

Mit besorgter Miene wollte Bill protestieren. »Aber ...«

»Habe ich mich klar ausgedrückt?«, fiel Dave ihm ins Wort und wiederholte die Frage lauter.

Niedergeschlagen ließ der Ministerialdirektor die Schultern hängen. »Ja. Ich werde tun, was ich kann, damit das Treffen so einfach wie möglich verläuft.«

Mit verständnisvollem Gesichtsausdruck klopfte Dave dem Mann auf die Schulter. »Ich bin sicher, dass werden Sie. Aber noch etwas muss klar sein: Sobald ich mich mit dem obersten Führer treffe, haben Sie Sendepause. Eigentlich will ich Sie dabei gar nicht im Raum haben. Ich kenne den Mann, und er kann ... launisch sein.«

Die Lichter in der Maschine blinkten, als sich der Pilot über die Lautsprecheranlage meldete. *»Wir haben gerade Landeerlaubnis vom Tower am Flughafen Shanghai Pudong erhalten. Das Wetter ist klar, und wir sollten in etwa zwölf Minuten auf Landebahn 17L aufsetzen. Bitte legen Sie die Sitzgurte an.«*

Mit einem knappen Nicken stand Bill auf. »Verstanden. Ich setze mich jetzt hin.«

Als er in den hinteren Teil der großen Maschine verschwand, bemerkte Dave, dass Bella aus der Toilette zurückkam. Er zwinkerte ihr zu. »Perfektes Timing, meine Liebe. Sieht so aus, als würden wir bald erfahren, was Frank im Ärmel hat.«

Bella nahm auf dem weichen Ledersitz direkt gegenüber Dave Platz und schnallte sich an. »Ich verstehe immer noch nicht, wie er etwas erschaffen haben kann, das dem so sehr ähnelt, was wir gesehen haben.«

Dave stützte den Ellbogen auf die Armlehne, den Kopf auf die Hand und tippte sich mit dem Finger an die Wange. »Glaub mir, dasselbe frage ich mich seit drei Tagen.« Er sah Bella an und erklärte: »Frank ist ein schräger Vogel. Brillant. Oder besser gesagt, hat er manchmal Ideen, die schlichtweg genial sind. Andere Male könnte man ihn für den Inbegriff des verrückten Wissenschaftlers halten. Wäre er ein Höhlenmensch in der Steinzeit, er hätte eine Fernbedienung für einen Fernseher erfunden und wäre überzeugt davon, dass sie revolutionär ist, hätte aber keine Ahnung, was er damit anfangen soll. Was ihn zu seinen Ideen inspiriert und wie er es schafft, sie umzusetzen, da bin ich genauso überfragt wie du. Ungeachtet dessen kann man manche davon einfach nicht ignorieren. Das ist eine davon.«

Bella warf einen Blick aus dem Fenster, als das Flugzeug zum Landeanflug sank. »Es ist so dunkel da unten. Ich hätte gedacht, dass wir inzwischen die Lichter der Stadt sehen müssten.«

»Fast ganz Shanghai liegt kaum über dem Meeresspiegel. Wahrscheinlich hat man das gesamte Gebiet evakuiert. Außerdem würde ich wetten, man hat den Strom größtenteils abgeschaltet, ausgenommen das Renaissance Hotel, wo wir alle übernachten, und den Verwaltungssitz von Shanghai.« Dave ließ den Blick durch das spärlich besetzte Verkehrsflugzeug wandern. Er fand es surreal, dass sich fast 100 schwer bewaffnete Männer bei ihm in der Maschine befanden. Alle als seine Eskorte und Leibwächter. Viele beherrschten fließend Mandarin und Shanghainesisch.

»Wird Frank im selben Hotel wohnen?«, fragte Bella.

»Das weiß ich echt nicht.« Dave starrte in die Dunkelheit der Nacht und zuckte mit den Schultern, als er den schwachen Schein des nur teilweise mit Strom versorgten DefenseNet-Rings sah. »Wir treffen uns erst morgen Vormittag mit ihm im Regierungsgebäude. Man will es wohl ruhig angehen und uns nach dem Abendessen erst mal schlafen gehen lassen. Ich glaube, denen ist nicht wirklich klar, wie wenig Zeit wir haben.«

Als er hörte, wie die Räder des Jets ausfuhren, protestierte sein flauer Magen. Er hatte noch nie solche Dunkelheit unter sich gesehen und konnte nicht abschätzen, ob sie sich noch in 300 Metern Höhe oder schon anderthalb Meter über dem Boden befanden.

Die einzigen sichtbaren Lichter blinkten an den Flügelspitzen der Maschine. Plötzlich nahm Dave die Reflexion der Landelichter des Flugzeugs auf dem Meer wahr.

Aus Angst vor einem Absturz ins Wasser beschleunigte sich Daves Herzschlag jäh. Er umklammerte die Armlehnen. Mit angehaltenem Atem beobachtete er die flackernden Lichter. Sie zeigten, wie das Wasser näher und näher kam. Als er schon überzeugt davon war, dass die Maschine ins Meer tauchen würde, spürte Dave einen Ruck, als die Hinterräder festen Boden berührten.

Er stieß den Atem aus und sackte gegen die Rückenlehne. Bella lächelte und wirkte völlig entspannt.

Sie brauchte ihm nicht zu sagen, was ihr durch den Kopf ging. Dave wusste durchaus, dass sich sowohl die Präsidentin der USA als auch die übrigen führenden Politiker der Welt von ihm die Rettung vor der sicheren Vernichtung erhofften. Also würden sie ihn wohl kaum auf einen Flug schicken, bei dem die Gefahr eines Absturzes bestand.

Als das Flugzeug zu einem nahen Flugsteig rollte, machten sich einige der Agenten in Zivil zum Aussteigen bereit. Dave hoffte inständig, dass Frank durch irgendein Wunder einen Schlüssel zur Lösung ihrer Probleme haben würde.

———

Trotz mindestens zehn in dem großen Konferenzraum verteilten Luftentfeuchtern nahm Dave den muffigen Geruch eines Gebäudes wahr, dessen Stromversorgung längere Zeit abgeschaltet gewesen war.

Der Raum war leicht 30 Meter lang und neun Meter breit. Beherrscht wurde er von einem gewaltigen Tisch mit genügend Stühlen für 80 Personen.

Dave fasste hinter sich und tätschelte Bellas Bein. Er runzelte die Stirn, als er an die unheimliche Fahrt vom Hotel durch die leeren Straßen der Innenstadt zum Gebäude der Hauptverwaltung von Shanghai zurückdachte. »Ist schon irgendwie bizarr. Da sind wir in einer der größten Metropolen der Welt, und sie gleicht einer Geisterstadt. Wir waren wohl beide so beschäftigt, dass wir keine Möglichkeit hatten, die Auswirkungen der Evakuierungen aus erster Hand zu bemerken.« Die Schuldgefühle über die Vertreibung so vieler Millionen Menschen wuchsen, als die Leere des Regierungsgebäudes verdeutlichte, wie sich sein Ratschlag auf die Menschen niedergeschlagen hatte.

Bella saß neben ihm an dem ansonsten leeren Konferenztisch. Sie streckte die Hand aus und massierte ihm den Nacken. »Du tust das für die Sicherheit aller. Man wird dir ewig dankbar sein.«

Mit einem leichten Kopfschütteln seufzte Dave. »Ich bin nicht auf Dankbarkeit aus. Ich hoffe nur, man gibt mir nicht die Schuld am Ende des Lebens, wie wir es gekannt haben.«

Eine Tür am Ende des Konferenzraums schwang auf, und die Stimme von jemandem, der laut auf Koreanisch rief, hallte herein.

Dave stand auf, als ein kleiner, pummeliger Mann eintrat. Der Neuankömmling bewegte sich rückwärts, während er eine gehetzt wirkende Gruppe von Asiaten anbrüllte, die eine große Holzkiste auf Rädern in den Raum schoben.

Kaum hatten die Männer damit den Tisch erreicht, zerlegten sie die Kiste schnell. Zum Vorschein kam ein von Tausenden Styroporkügelchen umhüllter Gegenstand.

Der kleine Mann näherte sich dem Objekt und wischte die Kügelchen weg, während sich die Arbeiter unter tiefen Verbeugungen aus dem Konferenzraum entfernten. Erst, als sich die Türen schlossen, drehte sich der pummelige Mann um. Unwillkürlich lächelte Dave beim Anblick des obersten Führers von Nordkorea.

Frank grinste von Ohr zu Ohr. Mit forschen Schritten steuerte er auf Dave zu. »Mein Freund, es ist so viele Jahre her!« Die beiden schüttelten sich schwungvoll die Hände. Als Dave sich umdrehte, um Bella vorzustellen, starrte Frank sie verblüfft an.

»Frank, das ist Bella, meine Frau.« Die Bezeichnung fühlte sich merkwürdig an, weil sie nie formell geheiratet hatten, trotzdem wäre nichts der Wahrheit näher gekommen. Er konnte sich ein Leben ohne sie nicht mehr vorstellen.

Bella wahrte Abstand, was für sie normal war. Frank jedoch wirkte aus irgendeinem Grund fassungslos. Vielleicht hatte er noch nie jemanden mit roten Haaren gesehen. Dave zuckte mit den Schultern und wechselte rasch das Thema. »Frank, ich habe alles studiert, was du mir geschickt hast, und ich habe einen Haufen Fragen. Aber zeigst du mir zuerst, was du mitgebracht hast? Sieht genau wie in deinen Entwürfen aus.«

Frank löste den Blick von Bella und nickte aufgeregt. »Ja, ja. Ich zeige es dir. Es ist eine sehr gute Konstruktion.«

Als sie das hintere Ende des langen Tischs erreichten, deutete Frank auf die große Metallkugel und sagte: »Lass mich dir präsentieren, was ich hier habe.«

Dave betrachtete das Objekt eingehend, während Frank rasch einige der Merkmale beschrieb.

Der Gegenstand war einen knappen Meter breit. Der Holzboden der Kiste und ein Styroporring um ihn herum hinderten ihn am Rollen. Das Objekt ähnelte geradezu unheimlich der Kugel, die sie unlängst in Area 51 gesehen hatten, nur größer.

Frank zeigte auf das Bedienfeld seitlich daran und drückte einen Knopf. Die Kugel schnappte auf und enthüllte ihr Innenleben. »Wie du siehst, kann man den Motor mit dem Bedienfeld öffnen und schließen.« Er streckte die Hand ins Innere der Kugel und zeigte auf die fein gewickelten Flachkabel entlang des Innenumfangs. »Die Innenseite ist mit zwei Schichten eines supraleitenden Bands ausgekleidet. Eines leitet die Leistung des Motors nach oben, das andere hält das elektrische Feld unter Kontrolle.«

»Supraleitendes Band? Bei Raumtemperatur? Woraus besteht es?«

Frank lächelte und warf sich ein wenig in die Brust. »Eine Verbesserung gegenüber allem, was jemals jemand gemacht hat. Es ist eine optimierte Version von Stanen, aber ohne die magnetischen Effekte, die jede Hochstrom-Supraleitfähigkeit zunichtemachen. Diese Bänder sollten in der Lage sein, mehr Leistung zu übertragen, als wir je mit all unseren Kraftwerken zusammen erzeugen könnten.«

Dave starrte Frank ungläubig an. Er hatte eine Menge Fragen darüber, wie so etwas erschaffen wurde. Wenn stimmte, was Frank behauptete, wäre es ein unvergleichlicher Fortschritt in der Materialwissenschaft.

Als sich Dave vorbeugte und in die Kugel spähte, ereilte ihn eine Erkenntnis: Wenn genug Energie durch die innere Schleife des Bands flösse, würde mit ziemlicher Sicherheit eine Gravitationsblase wie die entstehen, mit der er bei der ISF experimentiert hatte.

»Frank, das ist faszinierend. Ich habe Experimente gemacht, die ähnlich aussehen, aber nicht gleich. Ich würde Folgendes sagen: Hat man innerhalb der Schleifen eine ausreichend starke Energiequelle, kann die erste Schicht als Stabilisator wirken, die zweite als Möglichkeit zum Ableiten der Energie aus der ersten Schleife.«

»Genau!«, Frank lächelte und zeigte zur Oberseite des Motors, aus der ein Dutzend fingerdicker Kabel ragte. »Dies sind die Abflusskabel des Motors. Obwohl jedes Kabel fast unbegrenzt Energie übertragen kann, habe ich sie aufgeteilt. Bei Bedarf kann die Energie also über ein Dutzend weniger effiziente Übertragungsleitungen geschickt werden.«

Frank deutete mit dem Kopf auf die Metallauskleidung der Innenseite der Kugel. »Du wirst feststellen, dass ich die Innenseite des Motors mit einem magnetischen Mantel ausgekleidet habe. So wird verhindert, dass die Magnetwirkung aus dem Motorraum nach außen dringt.«

Bella hatte offensichtlich die ganze Zeit aufmerksam zugehört. Sie fragte: »Aber würden diese Spulen nicht auch den Effekt einer magnetischen Flasche im Inneren des Motors erzeugen?«

Frank glotzte Bella verdutzt an. Einen Moment lang schien sich der übergewichtige Asiate in eine Statue verwandelt zu haben. Dann drehte er sich lächelnd Dave zu und zeigte auf Bella. »Sie ist sehr klug!«

Dave bemühte sich, nicht über Franks Ungläubigkeit zu lachen, und er nickte. »Sie hat recht. So, wie du das konstruiert hast, mit der Energiequelle im Inneren, müsste der Effekt einer magnetischen Flasche mit zunehmender Energie immer stärker werden, oder? Wenn das funktioniert, hättest du da drin buchstäblich Fusion durch magnetischen Einschluss, nicht wahr?«

»Ja!« Franks Wangen waberten, als er heftig nickte. »Ich habe es bereits getestet. Wir haben eine nahezu perfekte Umwandlung von Masse in Energie erreicht, sobald der Fusionsprozess begonnen hatte. Zugegeben, wir mussten schummeln und Energie einspeisen, um die Fusion zu initiieren und es zu testen, aber es hat funktioniert.«

Dave lehnte sich zurück und ließ Franks Worte einwirken. Wenn das stimmte, hatte Frank vielleicht gelöst, was Atomforscher ein Jahrhundert lang geplagt hatte. Frank präsentierte nicht nur die Möglichkeit von Supraleitern bei Raumtemperatur, er wäre auch der Erste, der eine effiziente Fusionsreaktion demonstrieren würde. Verdammt, wenn das alles stimmte, dann ... Er wandte sich an Bella und fragte: »Wenn wir eine perfekte Umwandlung von einem Gramm Material hätten, wie viel Energie würde das ergeben?«

Ohne zu zögern, antwortete sie: »Ungefähr 89,876 Billionen Joule.«

Frank zog die Augenbrauen hoch und nickte. »Das klingt ungefähr richtig.«

»Das ist mehr als die Energie, die bei der Explosion in Hiroshima im Zweiten Weltkrieg freigesetzt wurde«, stellte Dave erstaunt fest. »Und das

aus dem Gewicht einer Büroklammer. Aber wie reguliert man die Freiset-
zung der Energie?«

Frank zeigte auf das Bedienfeld an der Seite der Kugel und erklärte:
»Die Regler habe ich so einfach wie möglich gehalten. Mit einem digi-
talen Rheostat kann ich den Leistungsfluss schrittweise relativ zur Menge
der in der Zündkammer verbleibenden Energie einstellen. Im Moment
habe ich es so geregelt, dass man bei einer Einstellung von zehn Prozent
auch zehn Prozent Leistungsfluss erhält, bis die Energie erschöpft ist. Wie
Einstein gesagt hat, Masse und Energie sind austauschbar. Man kann da
rein eine schier unvorstellbare Menge Energie packen. Es ist Motor und
Batterie in einem.« Frank wedelte mit dem Finger vor Dave. »Aber stell
den Magnetregler bloß nicht auf 100 Prozent ein, sonst strömt der gesamte
im magnetischen Einschluss vorhandene Energievorrat auf einmal raus.«

»Für wie lange hast du den Leistungsfluss kalibriert, wenn man die
niedrigste Einstellung wählt?«, fragte Dave.

»Oh, das ist ganz einfach anpassbar. Im Moment ist die niedrigste
Rheostat-Einstellung auf eine Stunde gesetzt, aber die Dauer ist justierbar.
Man könnte sie wohl auch so anpassen, dass der Motor über einen sehr
langen Zeitraum, vielleicht sogar über ein Jahrzehnt Energie abgibt.«

Dave runzelte die Stirn, als er überlegte, wie viel Energie für eine
neunmonatige Reise nötig wäre. Selbst im unwahrscheinlichen Fall, dass
er Zugang zu allen Atomwaffen der Welt bekäme, würde die Energie nicht
reichen, das wusste er.

»Dave.« Bella tippte ihm auf den Arm. Sie beugte sich dicht zu ihm
und flüsterte: »Dieser magnetische Einschlussbehälter könnte nützlich sein
für ...«

»Oh!« Das Bild der Kugel in Area 51 blitzte in Daves Kopf auf, und in
dem Moment wurde ihm klar, was er vielleicht tun könnte.

Aufgeregt stand er auf, zog Frank in eine innige Umarmung und flüsterte: »Du hast uns vielleicht gerade alle gerettet.«

Frank blinzelte heftig, als Dave ihn losließ. Er wischte sich über die
Augen.

»Frank, lass uns darüber reden, wie wir diesen Motor nutzen werden.«

Drei Tage später – Area 51

Der trockene unterirdische Tunnel roch leicht nach Alter wie Papier aus einem 100 Jahre alten Buch. Als sich die Agenten um ihn versammelten, legte Dave den Kopf bis zur Schulter schief, bis es im Hals laut knackte und sich eine Verspannung lockerte. Er konzentrierte sich auf jedes Gesicht. Sie befanden sich kurz vor der Treppe, die zu der verkohlten Kugel führte. »Sie sind alle über die Bedeutung dieser Mission informiert«, begann er. »Lassen Sie mich dennoch wiederholen, welche Aufgabe jeder hat.« Er zeigte auf die vier kräftigen Männer, die von Kopf bis Fuß in Anzügen aus feinmaschigem Metallgewebe steckten. »Reden wir zuerst über Sicherheit. Dank dem UNLV College of Engineering tragen wir alle Faraday-Anzüge. Ich weiß, es fühlt sich an, als würde man durch Metallmull linsen. Aber ich habe nicht die leiseste Ahnung, was passieren wird, wenn wir versuchen, das Objekt zu bewegen. Vermuten kann ich nur, dass es instabil ist und in alle möglichen Richtungen Funken versprühen wird. Falls uns eine Energieentladung trifft, sollten die Anzüge die Elektrizität um uns herum in den Boden ableiten. Denken Sie nicht mal im Traum daran, den Anzug abzulegen, bevor wir kilometerweit weg sind. Verstanden?«

Die Männer, allesamt Einsatzagenten der CIA, nickten bestätigend. Dave legte die Hand auf den sorgfältig verpackten Motor, den sie aus Shanghai mitgebracht hatten. »Auf mein Kommando heben zwei von Ihnen diese Kiste vorne an, zwei hinten. Ich gehe die Treppe hinunter voraus und leuchte Ihnen den Weg. Sobald wir unten sind, öffnen Sie die Kiste schnell, aber vorsichtig und platzieren den Inhalt dort auf dem Boden, wo ich es Ihnen sage. Hören Sie mir einfach gut zu und tun Sie genau, was ich verlange, nicht mehr und nicht weniger. Dann geht alles glatt.

Sobald ich sage, dass wir da unten fertig sind, sammeln Sie das Verpackungsmaterial ein und rennen so schnell wie möglich nach oben, ohne sich dabei umzubringen. Wenn wir diese Ebene hier erreichen, *gehen* wir nicht zu den Fahrstühlen, sondern *rennen* und ziehen uns schleunigst in die ausgewiesene Sicherheitszone zurück. Haben das alle verstanden?«

Die Männer nickten, und Dave schaute zurück zu Chris und Bella. »Wie viel Zeit bleibt uns bis zum nächsten Ausbruch?«

Chris sah auf die Armbanduhr und antwortete mit seinem ausgeprägten Südstaatenakzent: »Ungefähr vier Minuten, Dr. Radcliffe.«

Dave nickte und sah Bella an, die konzentriert die Fernanzeigeausrüstung einrichtete. »Bella, wirst du den Monitor von oben sehen können?«

Sie reichte Dave eine Videokamera. »Ja, hab ich schon getestet. Ich hab eine Videokamera aufgestellt, die den Bildschirm dieses Näherungssensors für elektrische Felder beobachtet, und ich hab einen Signalverstärker in der Nähe der Aufzüge und einen weiteren oben angebracht. Wenn du die Kamera unten aufstellen kannst, überträgt sie mit einer Frequenz, die der Repeater empfängt. Wir werden vom Evakuierungsort aus beides sehen können.«

Dave wandte sich sowohl an Bella als auch an Chris: »Sobald wir nach unten gehen, geht ihr beide nach oben. Wenn wir raufkommen, werden wir rennen, als wär der Leibhaftige höchstpersönlich hinter uns her.«

Bella nickte. Chris hob die Hand und schnippte mit den Fingern. »Dr. Radcliffe, noch 30 Sekunden.«

»Alle die Lichter einschalten«, befahl Dave. Er ging zum Kopf der Treppe und schaltete auch seine Lampe ein.

Chris' Stimme ertönte laut und deutlich, als er die verbleibende Zeit herunterzählte: »Drei ... zwei ... eins ... Energiestoß! Ist vorbei, los, los, los!«

Dave rannte die Treppe hinunter. Es gab viel zu tun, bevor das mysteriöse Objekt erneut verrücktspielte, und er wollte nicht mehr in der Nähe sein, wenn die Zeit ablief.

Innerhalb von zwei Minuten erreichte Dave die dunkle Höhle mit der verkohlten Kugel. Die Agenten begannen, Franks Motor auszupacken. Er wusste, dass beim Zerlegen der Kiste Splitter herumfliegen würden. Dagegen konnte er nichts unternehmen, nur hoffen, dass es keine Rolle spielen würde.

Dave starrte die defekte Kugel an und dachte über die Schleifen aus exotischem Material in Franks Motor nach. Auf der Rückreise aus China hatte er eine Theorie darüber formuliert, wie dieses Unterfangen funktionieren würde. Sicher konnte er sich jedoch nicht sein.

Er konnte nur vermuten, dass der Motor, sobald er zündete, genug Energie liefern würde, um die Gravitationsblase fast sofort entstehen zu lassen. Dave hoffte verzweifelt, dass die Vorrichtung so funktionieren würde, wie er es sich vorstellte. Wenn die magnetische Flasche den Energieschub nicht einfinge, würde er wahrscheinlich verbrannt, bevor er überhaupt mitbekäme, dass etwas schiefgegangen war.

Außerhalb des Motors gab es eine Steuerung, um den Energiefluss zu erhöhen oder zu verringern. Betätigte man den Regler, verformte Franks Motor den äußeren Ring so, dass der Abstand zwischen ihm und dem inneren Ring kleiner wurde. Daves vermutete, dass der äußere Ring anfangen würde, Energie vom inneren Ring abzuzweigen, wenn sie sich einander näherten.

Schließlich entfernten die Agenten den Deckel und alle vier Seiten der Kiste. Dave stand neben der verkohlten Kugel und gab ihnen ein Zeichen. »Lassen Sie den Motor auf dem Sockel und schieben Sie einfach alles näher ran.«

Während sie damit beschäftigt waren, platzierte Dave die Videokamera in einem mit Gummi ausgekleideten Metallgeflecht und hoffte stumm, das Geflecht würde nicht nötig sein.

Die Männer brachten den Motor neben der verkohlten Kugel in Position, und Dave tippte rasch auf das Bedienfeld. Die neue Kugel schnappte auf und enthüllte ihr Innenleben.

»Also gut, meine Herren, jetzt wird es heikel. Heben Sie *vorsichtig,* und ich meine *sehr* vorsichtig die verkohlte, kleinere Metallkugel in die glänzende, neuere Kugel.«

Dave ging ihnen aus dem Weg und spannte den Körper an, als die vier Männer in die Hocke sanken und die Hände ausstreckten. Er hatte keine Ahnung, was passieren würde, aber aus den Berichten ging klar hervor, dass Menschen in der Vergangenheit das Objekt berührt und erforscht hatten. Immerhin hatte man es ja auch irgendwie in diesen Raum transportiert. Er fragte sich nur, ob es seit seiner Ankunft zusätzlich beschädigt worden war.

Mit angehaltenem Atem beobachtete Dave, wie sich die Hände der Agenten gleichzeitig der alten Kugel näherten. Erleichtert seufzte er, als sie das Objekt berührten und nichts Katastrophales geschah.

Langsam hoben sie die verkohlte Kugel an und Zentimeter für Zentimeter näher zu Franks Motor.

Als die Männer die Kugel in den Motor senkten, warnte Dave: »Vorsicht, das ist ein bisschen zu nah ...«

Gleißendes Licht flammte im Raum auf, blendete Dave und ließ ihn rückwärtstaumeln. Gleichzeitig hallte eine chaotische Mischung aus Schreien, elektrischem Knistern und metallischem Klirren wider.

Daves Herz donnerte in der Brust, als er um Fassung kämpfte und heftig blinzelnd die Lichtpunkte loszuwerden versuchte, die seine Sicht beeinträchtigten. »Geht es allen gut?«

Sofort ertönten bejahend mehrere Stimmen, aber Dave heftete die Aufmerksamkeit auf ein Stöhnen, das von einem der von Metall umhüllten Männer ausging. Der Agent hatte die rechte Hand in die linke Armbeuge geklemmt. »Was ist pass...«

Ein eiskalter Schauder durchzuckte Dave, als er die ersten Anzeichen von Blut entdeckte, die über das Metallgewebe liefen. Er deutete auf den Agenten. »Zeigen Sie her!«

Der Mann keuchte zwischen zusammengebissenen Zähnen hindurch, als er die Hand hervorzog, von der die beiden Finger rechts abgetrennt worden waren. Bei dem Anblick zog sich Dave alles zusammen. Er schaute zu Franks Motor, der sich um die geschwärzte Kugel herum geschlossen hatte.

Seine Gedanken überschlugen sich, als er einem der unverletzten Männer auf die Schulter tippte und mit dem Kopf auf den blutenden Agenten deutete. »Schaffen Sie ihn zu einem Arzt! Alle anderen ab in die Evakuierungszone. Ich komme gleich nach.«

Die Männer eilten aus der unterirdischen Kammer. Dave ging auf Franks Motor zu und murmelte: »Das verdammte Ding muss bei dem Funken automatisch zugeschnappt sein.« Schuldgefühle überkamen Dave, als er den Boden absuchte und begriff, dass die Finger des Mannes wahrscheinlich in Franks Motor gelandet waren.

Rasch überprüfte Dave den eigenen Anzug, der unversehrt zu sein schien. Dann näherte er sich dem Bedienfeld am Motor und drückte die Taste zum Öffnen und Schließen.

Nichts geschah.

»Verdammt, was ist denn jetzt los?«

Auch das wiederholte Drücken der Taste brachte nichts. Innerlich fluchte Dave, doch er wusste, dass er nichts tun konnte. Es erschien logisch, dass sich der Motor nicht öffnen ließ, wenn die Magnetverschlüsse eingerastet waren.

Dave vergewisserte sich, dass der Energieregler auf null stand, holte die Videokamera heraus und stellte sie mit ihrem Stativ auf. Schnell sammelte er das Verpackungsmaterial ein und entfernte sich aus der Kammer.

Mit dem Wissen, dass er wahrscheinlich zu viel Zeit darin verbracht hatte, raste er nach oben. Er spürte, wie ihm Galle in die Kehle stieg, als er unterwegs eine Spur von Blutstropfen sah.

Unter schweren Schuldgefühlen beobachtete Dave, wie ein Sanitäter die Hand des Agenten nähte und anschließend eine Kältepackung um die Fingerstümpfe des Verletzten anbrachte.

»Dr. Holmes.« Der Agent schaute in seine Richtung und bedachte ihn mit einem Lächeln. »Bitte machen Sie sich keine Vorwürfe, der Arzt sagt, es kommt alles wieder ins Lot.«

Bella flüsterte ergänzend: »Der Arzt sagt, die Nervenleitfähigkeit ist noch gegeben. Agent Michaels kann künstliche Ersatzfinger bekommen.«

Ein Anflug von Übelkeit überkam Dave. Er seufzte und wünschte, er hätte die Verletzung irgendwie verhindern können. »Soweit ich weiß, ist damit zum ersten Mal jemand unter meiner direkten Aufsicht verletzt worden.« Er drehte sich Bella zu und runzelte die Stirn. »Ist dir klar, dass bei zwei der anderen Agenten die Fingerspitzen der Anzüge abgehackt wurden? Sie haben die Hände gerade noch rechtzeitig zurückgezogen.«

Bella rieb Daves Rücken. »Es hätte auch viel schlimmer kommen können.«

Dave atmete zittrig ein und kauerte sich neben die Videoübertragung, während die anderen Agenten geduldig auf Entwarnung warteten. Sie befanden sich 15 Kilometer vom Artefakt der Area 51 entfernt, versteckt hinter einer Felserhebung. Alle standen auf Gummimatten, nur für den unwahrscheinlichen Fall, dass die Berichte über gewaltige elektrische Entladungen stimmten. Oder falls etwas schrecklich schiefginge. Stumm betete Dave, während die Zeit verstrich.

Bella deutete mit dem Kinn auf das Bild des Monitors der elektrischen Feldstärke. »Ist es nicht seltsam, dass früher ein elektromagnetisches Summen von der Kugel ausgegangen ist, ich aber jetzt gar nichts mehr höre? Ist völlig ruhig da unten.«

»Also, ich werte das mal als gutes Zeichen«, meinte Dave. »Wenn alles so läuft, wie es sollte, dann sollten wir nicht spüren können, was davon ausgeht.«

Chris zog seine Gummimatte näher und verkündete: »Noch eine Minute, bevor das Feuerwerk losgeht.«

Dave dachte daran zurück, wie sich die Magnetversiegelung beim Aufflammen der Energie geschlossen hatte. Er konnte nur vermuten, was während des Energieausbruchs passieren würde. Wenn alles perfekt funktionierte, würde der Energiestoß in der Kugel eingedämmt und die magnetische Versiegelung zusätzlich verstärken. Sie würde die in Franks Motor enthaltene Energie einkesseln und ein Reservoir unbekannter Menge bereitstellen.

Aber würde es auch funktionieren?

Als ihn Visionen davon überkamen, wie die Kugel die gesamte in ihr enthaltene Energie auf einmal ausspie, befürchtete er plötzlich, sie könnten immer noch zu nah am Geschehen sein. Andererseits gab es vielleicht im Fall einer Explosion des Dings nirgendwo auf der Erde einen sicheren Ort. Dave schüttelte den Kopf und zeigte zum Nachthimmel. »Ich hoffe bei Gott, dass wir nichts sehen.«

Bella griff nach Daves Hand. So standen sie da, während sie die Videoübertragung beobachteten.

Mit der Phantomempfindung eines elektrischen Kribbelns überall auf der Haut beobachtete Dave nervös den Monitor. Er wusste, dass ihm sein Verstand bloß Streiche spielte. Seine Atmung wurde flacher, als sich der große Moment näherte.

Er schloss die Augen und entsandte ein stummes Gebet zu irgendeiner höheren Macht, die vielleicht zuhörte. *Gott, bitte lass nicht zu, dass wir alle draufgehen.*

Mit angehaltenem Atem spannte Dave den Körper an, als Bella die letzten fünf Sekunden herunterzählte. »*Fünf ... vier ... drei ... zwei ... eins ...*«

Dave schaute auf den Monitor, Richtung Area 51 und zurück auf den Monitor. Nichts.

Bella drückte Daves Hand, und Chris rief: »Scheint zu funktionieren!«

Dave runzelte die Stirn über das Fehlen jeglicher Anzeichen von Energiestößen. Die Feldüberwachung zeigte keinerlei Messwerte an.

Er heftete den Blick auf die Bildübertragung von Franks Motor und dämpfte den eigenen vorsichtigen Optimismus. »Also, die Videoübertragung im Raum ist jedenfalls intakt. Warten wir noch mal 45 Minuten ab und sehen, was dann passiert. Ich will nichts und niemanden mehr aufs Spiel setzen.«

Nach wie vor besorgt wischte sich Dave den Schweiß aus dem Gesicht. Er hatte keine Ahnung, was sich in der geheimnisvollen Kugel befand. Und selbst, wenn alles funktionierte, wäre es eine weithergeholte Hoffnung, dass die seltsame Kreation irgendwelche Energie erzeugte, geschweige denn genug, um auszugleichen, was sie tatsächlich brauchten. »Ich kann nur hoffen, dass es wirklich klappt.«

KAPITEL DREISSIG

Die Präsidentin starrte die Handvoll Menschen an, die sie in den Lagebesprechungsraum gerufen hatte. Im Rest des Weißen Hauses herrschte ein
heilloses Durcheinander, weil die Evakuierung im Laufen war. Im Raum
befanden sich neben ihr Burt Radcliffe, General Keane und Kevin Baker.
Sie wusste, dass es vermutlich eine der letzten Besprechungen im Weißen
Haus sein würde.

»Madam President«, begann General Keane, ihr Verteidigungsminister, mit ruhiger, ernster Stimme, »die Anlage Cheyenne Mountain ist
vorbereitet. Wir verlegen in den nächsten zwei Tagen alle wesentlichen
Operationen und entscheidenden Mitarbeiter aus dem Weißen Haus und
der Regierung dorthin.«

Margaret nickte. Sie lehnte sich auf dem Stuhl zurück und fragte sich
schweigend, ob sie diesen Raum oder Washington, D. C. je wiedersehen
würde. »Verstanden, General.« Sie wandte sich an Baker, ihren CIA-
Direktor: »Wo stehen wir bei der N35-Reaktion auf den Terroranschlag?
Und hat es Vergeltungsmaßnahmen gegeben?«

»Es ist schwieriger als erwartet, die Sympathisanten dieses Todeskults
aufzustöbern. Wie Sie wissen, haben sie viele der großen Religionen infiltriert. Aber zumindest haben wir die Kooperation des Vatikans und vieler
prominenter Imame und Rabbiner. Sogar der Dalai Lama hat unter seinen
Anhängern Leute aufgespürt, die das Ende der uns bekannten Welt anstre-

ben. Mit ihrer Hilfe und den nachrichtendienstlichen Ressourcen der N35 haben wir über 200.000 der bösartigsten Vertreter der Sekte unschädlich gemacht.«

»Hat es nicht geheißen, es gäbe Millionen von ihnen?«, fragte Burt. »Besteht also nicht weiterhin ein Risiko?«

Der General nickte. »So ist es, und wir haben es nach wie vor im Griff. Wir hatten fast drei Dutzend Angriffe auf Kollektorstationen, die unsere Streitkräfte abgewehrt haben. Wir haben sogar zwei Shuttles abgeschossen, die in böser Absicht den Mond im Visier hatten. Eines aus der Ukraine gestartet, das andere aus Sri Lanka. Diese Fanatiker sind immer noch da draußen und lauern wie Kakerlaken darauf, dass aufgehört wird, nach ihnen zu suchen.«

Margaret trommelte mit den Fingern auf dem Tisch und drehte sich Burt zu. »Sind Sie sicher, dass es keine Möglichkeit gibt, die Energiereserven auf dem Mond hierher zu transferieren, damit wir sie nutzen können? Mal abgesehen von der Sache mit den Gezeiten.«

Burt schüttelte den Kopf. »Ich fürchte, es gibt tatsächlich keine. Hier erzeugen wir den Strom aktiv und schicken ihn zum DefenseNet-Ring hoch. Das konnte Dave auf dem Mond nicht. Also hat er stattdessen Jahre damit verbracht, thermische Energie tief im Inneren des Monds einzufangen. Wie bei einer Batterie. Die Möglichkeit haben wir nicht. Wir haben keine Zeit für den bohrtechnischen Versuch, die Wärme im Erdinneren anzuzapfen. Und für die Abkürzung über aktive Vulkane fehlt uns die Technologie für den Umgang mit den intensiven Temperaturen von geschmolzenem Gestein.«

Margaret fühlte sich hilflos einem Schicksal ausgeliefert, mit dem noch kein Präsident in der Vergangenheit konfrontiert war. Sie nickte und ließ den Blick über die drei Männer ihr gegenüber am Tisch wandern. »Uns bleibt nur noch sehr wenig Zeit. Die nächste Besprechung findet bereits am neuen Standort statt.« Mit verkniffener Miene wandte sie sich an Burt. »Halten Sie sich bereit. Wenn sich nichts mehr ändert, treten Sie schon bald eine völlig andere Reise an.«

Margaret warf einen Blick auf den Höhenmesser, der 10.000 Meter anzeigte, als der letzte Rest der Verwaltung der Nation aus der Hauptstadt evakuiert wurde. Mit der Air Force One zu fliegen, hatte sich als völlig anders erwiesen, als sie es sich früher immer ausgemalt hatte. Die Maschine glich praktisch einem fliegenden Büro mit sämtlichen Kommunikationsmöglichkeiten.

Angesichts der ungewissen Zukunft spürte Margaret das allzu bekannte Brennen im Magen und hoffte, dass der Stress der Arbeit sie nicht überwältigen würde. Sie klopfte mit den Fingernägeln auf die Platte ihres Schreibtischs, als plötzlich eine rot aufleuchtende LED einen Alarm anzeigte.

Sie tippte auf das berührungsempfindliche Bedienfeld der Tischplatte. Sofort wurde eine Stimme in ihr Büro übertragen.

»Madam President, hier NORAD-Zentrale. Wir haben einen weiteren nicht autorisierten Start entdeckt. Abfangvorgang einleiten?«

Margaret runzelte die Stirn. Zur Gewährleistung der öffentlichen Sicherheit hatten sich die Staats- und Regierungschefs der Welt auf einen vollständigen Stopp jeglicher Reisen in den Orbit geeinigt. Ausnahmen gab es nur mit Sondergenehmigungen.

»NORAD-Zentrale, das allgemeine Startverbot gilt nach wie vor. Haben wir die Identität des Fluggeräts und eine voraussichtliche Flugbahn?«

»Wir haben eine mehrstufige Rakete erkannt, gestartet vom Kosmodrom Baikonur in Westasien. Die Flugbahn lässt keine Absicht eines suborbitalen Flugs erkennen. Die Rakete befindet sich in einer Höhe von 30.000 Metern und steigt rasant höher.«

»NORAD-Zentrale, Abfangvorgang einleiten. Over.«

»Ziellaser aktiviert ... Feuersequenz autorisiert ... Feuer! Ziel wurde zerstört. Over.«

»Roger, NORAD-Zentrale. Alle Flüge über 30.000 Metern sind abzufangen, wenn keine rechtzeitige ausdrückliche Freigabe vorliegt, ist das klar?

»Roger.«

Margaret tippte erneut auf das Bedienfeld, beendete den Anruf und murmelte bei sich: »Unfassbar, dass die immer noch versuchen, uns alle umzubringen.«

Die Präsidentin wartete geduldig, während eine anlagenweite Durchsage aus den Lautsprechern in ihrem persönlichen Büro dröhnte. *»Neu in der Anlage Cheyenne Mountain eingetroffene Personen melden sich bitte im Unterkunftstrakt für die Schlafplatzzuweisung und Diensteinteilung.«*

Kaum hatte die Durchsage geendet, meinte Burt, der vor Margarets Schreibtisch saß: »Jetzt zu evakuieren, halte ich für verfrüht. Ich vertraue darauf, dass Dave etwas einfällt. Sein letzter Bericht vom Rückflug aus Shanghai ist erst wenige Tage her. Und immerhin hat er darin erwähnt, dass ihm das Treffen mit dem nordkoreanischen Führer etwas Hoffnung gegeben hat.«

Margarets Schädel pochte vor Schlafmangel, und Burt war mit seinem Drängen auf Geduld nicht hilfreich. »Hören Sie, Burt: Es dauert mindestens einen vollen Tag, die Leute zu organisieren und für den Abflug nach Cape Canaveral zu bringen. Mindestens noch einen Tag dauert es, sie alle auf den Mond zu verfrachten. Uns bleiben gerade noch zehn Tage. Wir können es uns nicht leisten, länger zu warten. Ich befinde mich vielleicht gerade unter 600 Meter Granit, aber das hilft dem Rest der Menschen nicht, die in kaum zumutbaren Unterkünften leben. Wenn das Bombardement der Trümmer aus dem All losgeht, überstehen wir es vielleicht, vielleicht auch nicht. Aber wie Sie selbst gesagt haben, sind wir in wenigen Monaten so oder so tot.

Wir können nicht riskieren, dass der Mond getroffen wird und unsere letzte Chance dahin ist, wenigstens einen kargen Rest der Menschheit aus der Gefahrenzone zu evakuieren.«

Margaret bemerkte den frustrierten Ausdruck in Burts Gesicht und schlug mit der Handfläche auf den Schreibtisch.

»Keine Diskussion mehr, Burt! Zwei Tage. Wenn in zwei Tagen keine Lösung vorliegt, will ich, dass Sie tun, was Sie versprochen haben. Sie müssen für mich die Verantwortung für die Überreste der Menschheit übernehmen.«

Burt schürzte die Lippen, und Margaret spürte die Anspannung, die von ihrem wissenschaftlichen Berater ausging. Ihm widerstrebte die Vorstellung, irgendetwas aufzugeben, und sie wusste es. Das bewunderte sie an ihm. Aber sie wusste auch, dass sich die Dinge manchmal einfach nicht so entwickelten, wie man es sich wünschte.

Seufzend brummte Burt: »Wir haben noch zwei Tage. Wenn wir in zwei Tagen keine Fortschritte erzielt haben, tue ich, was ich tun muss.« Er sah Margaret in die Augen, und trotz seiner äußerlichen Ruhe spürte sie seinen emotionalen Schmerz. »Wenn es so weit ist, wer reist dann mit mir hinauf? Und warum stelle ich mir das als eine bizarre Version der Arche Noah vor?«

Die Ader in ihrer Schläfe begann, heftiger zu pulsieren, als sie über die grausamen Entscheidungen nachdachte, die getroffen werden müssten. Burt hatte nicht unrecht. Es ähnelte tatsächlich stark der Arche Noah.

Angesichts seines inneren Aufruhrs zögerte Margaret, noch etwas von ihm zu verlangen. Mit immer noch pochendem Schädel atmete sie tief durch, konzentrierte sich auf seine beruhigende Miene und fragte: »Was ist mit Ihren Angehörigen? Da Sie mich nicht mehr darauf angesprochen haben, bin ich davon ausgegangen, dass sie nicht herkommen wollten. Aber die Zeit würde noch reichen, um sie in den Berg zu holen. Und sie könnten Sie auf den Mond begleiten, falls es dazu kommt. Interessiert?«

Burt presste die Lippen zusammen und schüttelte den Kopf. Einige Herzschläge lang schwieg er. »Danke für das Angebot, aber leider bleiben sie unverrückbar bei ihrer Entscheidung. Was immer kommt, mein Bruder und seine Frau wollen zu Hause darauf warten.«

Margaret streckte sich über den Tisch und ergriff Burts Hände. Mittlerweile glänzten seine Augen vor nicht vergossenen Tränen. Sie flüsterte: »Es tut mir leid, dass ich Ihnen das aufbürde ...« Ihre Stimme wurde belegt, und sie räusperte sich. »Ich würde es nicht von Ihnen verlangen, wenn ich es nicht für die beste von lauter lausigen Möglichkeiten hielte.«

»Ich weiß. Es ist durch und durch beschissen. Aber wir haben ja noch zwei Tage. Hoffen wir, dass es nicht dazu kommt. Geht es Ihnen gut?«

Margaret lehnte sich auf dem Stuhl zurück und presste die Finger an die Schläfen. Die Kopfschmerzen ließen sie den Körper anspannen, und sie schob Burts Frage von sich. »Reden wir morgen früh weiter. Dann entscheiden wir, wer auf die Arche geht. Ich werde dann sehr offen für Vorschläge sein. Aber jetzt brauche ich dringend etwas Schlaf.«

Irgendwie gelang es Margaret, fast fünf Stunden unruhig zu schlafen. Dann jedoch trieb die unablässige Angst sie aus dem Bett. Wie konnte sie schlafen, während das Schicksal ihrer Familie, aller Amerikaner ... der gesamten Welt am Abgrund stand?

Es war der nächste Morgen, zumindest behaupteten das die Uhren. Morgen, Abend, Tag, Nacht – in der unterirdischen Welt des Schutzbunkers im Cheyenne Mountain verlor das Konzept an Bedeutung. Margaret saß in ihrem Büro und starrte auf die Übersicht der derzeit im Komplex untergebrachten Evakuierten. Hunderte Gesichter starrten zurück, als sie mit der Hand über den berührungsempfindlichen Tisch fuhr und von Seite zu Seite blätterte.

»Nach welchen Kriterien wollen Sie auswählen?«, fragte Burt mit einem Gesichtsausdruck, der an Abscheu grenzt. »Zeugungsfähiges Alter? Jünger?«

Margaret schüttelte den Kopf und räumte ein: »Ich fürchte, Ihre Analogie mit Noahs Arche von gestern ist wahrscheinlich recht gut. Wer immer ausgewählt wird, muss sich einem Schnelltest auf Fruchtbarkeit unterziehen. Ohne wäre es sinnlos, jemanden mitzuschicken.« Beim Widerhall der eigenen Worte von den Steinwänden ihres Büros stieg ihr der saure Geschmack von Galle in die Kehle.

Burt gab zu bedenken: »Manche wollen vielleicht gar nicht mitkommen. Und wir können es uns nicht leisten, Vorbestrafte zu berücksichtigen. Wahrscheinlich brauchen wir auch eine psychologische Untersuchung.« Er sah Margaret in die Augen und gab zu: »Ich kann nicht glauben, dass es so weit kommen konnte. Wir müssen mehr auswählen, als wir brauchen, und nur die ersten 250 dürfen mit.«

Margaret hörte Resignation vor dem vielleicht Unvermeidlichen aus Burts Stimme heraus.

Der Schreibtisch begann zu blinken, um einen eingehenden Anruf anzuzeigen.

Margaret tippte auf die Rufannahmetaste, und das Audiosignal wurde durchgestellt. »*Präsidentin Hager? Burt?*«

Radcliffes Augen weiteten sich. »Dave? Sind Sie das?«

»*Ja, ich bin's. Ich bin mit den Tests an diesem Monster fertig und habe gute und schlechte Neuigkeiten. Was wollen Sie zuerst?*«

Margaret antwortete auf Anhieb: »Zuerst die Schlechten. Die Guten können warten.«

»*Also, ich bekomme keine vollwertige Messung davon hin, wie viel Energie dieses Ding erzeugt. Ich habe alles versucht, was ich vor Ort finden konnte, und sogar auf Ressourcen von nahen Universitäten zurückgegriffen. Hat alles nichts geholfen.*«

»Was meinen Sie damit, keine vollwertige Messung?«, hakte Burt nach. »Können Sie nicht das Magnetfeld um das Stromkabel herum messen und daraus einen Wert bekommen?«

»Nein, habe ich versucht. Dieses Teil, das Frank als Leistungskoppler entwickelt hat, ist ein Raumtemperatur-Supraleiter, und soweit ich das beurteilen kann, ist er nahezu perfekt. Ich kann rein gar nichts davon able-sen. Es gibt kein Magnetfeld. Trotzdem weiß ich, dass jede Menge Saft durchfließt, weil jeder Versuch, die Ausgangsleistung des Motors im Inli-neverfahren zu messen, sämtliche Skalen sprengt. Selbst bei niedrigstmög-licher Einstellung liegt sie weit über zig Megawatt.«

»Ist das genug für unsere Zwecke?«, fragte Margaret.

»Ich habe nicht die geringste Ahnung. Deshalb nenne ich es die schlechte Nachricht, weil ich nicht weiß, ob es reicht. Ich kann die Ener-gie, die rauskommt, nicht direkt messen, dafür ist sie zu stark. Ich würde sagen, das ist zugleich die gute Neuigkeit. Da uns nur noch wenig Zeit bleibt, fällt mir als nächster Schritt lediglich ein, die Vorrichtung zu einem der Ankerpunkte zu bringen und anzuschließen. Was kann in dieser Lage schon schlimmstenfalls passieren?«

Margaret beobachtete, wie Burt die Finger überkreuzte und die Augen schloss. Offensichtlich betete er. Dann lehnte er sich näher zum Tisch. »Dave, das sind absolut fantastische Neuigkeiten.«

Margaret stand auf, als sie spürte, wie ein Anflug von Hoffnung sie hindurchströmte. »Dr. Holmes, ich arrangiere sofort Militärjets als Eskorte für Sie. Wohin wollen Sie die Vorrichtung bringen?«

»Zum Umspannwerk im Dschungel von Ecuador, westlich von Quito. Das liegt meinem Standort am nächsten.«

»Gut. Ich arrangiere umgehend etwas und schicke eine Brigade Soldaten mit, um sicherzustellen, dass es keine Komplikationen gibt. Ich muss Ihnen ja nicht sagen, dass alles von Ihrem Erfolg abhängt. Also ist das Mindeste, was ich tun kann, für Ihre Sicherheit zu sorgen. Geben Sie mir eine Handvoll Stunden, um Soldaten zu Ihnen zu schaffen, dann bringen wir Sie, wohin Sie müssen.«

»Danke, Präsidentin Hager. Offen gesagt kann ich's kaum erwarten, dass alles vorbei ist, damit ich ein paar Jahre ausschlafen kann.«

Lächelnd nickte Margaret. »Geht mir genauso. Sonst noch etwas? Wenn nicht, kümmere ich mich sofort um die Vorkehrungen.«

»Nein, das war's. Ich mache inzwischen alles transportbereit. Danke noch mal.«

Der Tisch blinkte, als der Anruf endete. Auf der Platte wurden wieder die Gesichter der Evakuierten angezeigt.

Margaret tippte auf das Telefonsymbol am Tisch. Innerhalb von Sekunden hatte sie General Keane in der Leitung.

»General«, sagte sie, »unser Dr. Holmes rettet uns vielleicht doch noch alle. Aber wir müssen ihn und seine Ausrüstung so schnell wie möglich nach Ecuador bringen. Und Walter, lassen Sie mich etwas betonen: Alles, wirklich *alles* hängt davon ab, dass er in einem Stück ankommt und *mit* der Ausrüstung dort eintrifft. Ich will einen Plan.«

»Verstanden. Ich kann innerhalb von zehn Stunden 5.000 Spezialisten für Sondereinsätze als Eskorte für Dr. Holmes im Land haben. Boden-transportmittel haben wir noch von anderen Einsätzen dort. Geben Sie mir 36 Stunden, und ich kann zusätzlich zu den 5.000 Soldaten, die dann bereits dort sind, eine weitere Division als äußeren Schutzring gegen jegliche Bodenangriffe vor Ort haben. Von der Air Force schicke das Special Operations Wing als Luftunterstützung hin. So ist alles von unten bis oben abgedeckt. Da kommt niemand durch. Mit Ihrer Erlaubnis beginne ich mit ... nennen wir es Operation Iron Shield.«

Margaret stützte sich mit den Händen auf den Tisch und erwiderte: »Erlaubnis erteilt. Beginnen Sie mit Operation Iron Shield. Dr. Holmes braucht einen koordinierten Transport samt Fracht vom Flughafen Homey zum Umspannwerk im Westen von Ecuador.«

»Verstanden, Madam President. Ich kümmere mich sofort darum.«

»Danke und ans Werk.« Margaret beendete den Anruf und starrte wieder auf die Gesichter der Evakuierten. Sie atmete tief durch und hatte Mühe, ihre Reaktion auf den Hoffnungsschimmer zu kontrollieren.

Schließlich wandte sie sich von den Gesichtern auf der Tischplatte ab und sah Burt an. »Wir müssen die Liste trotzdem erstellen.«

Burt erwiderte ihren Blick und gestattete sich ein verhaltenes Lächeln. »Dieses kleine Umspannwerk mitten im Nirgendwo wird bald der sicherste Ort der Erde sein.«

Margaret nickte. »Hoffen wir, dass Dr. Holmes' Vorrichtung bewirkt, was wir brauchen.« Sie tippte auf die an die Decke starrenden Gesichter. »Überlegen wir uns in der Zwischenzeit weiter, wer auf unsere kleine Arche dürfte.«

KAPITEL EINUNDDREISSIG

Dave atmete die feuchte Luft der ecuadorianischen Ebene ein. Der muffige Geruch der Vegetation hielt sich nach wie vor, obwohl ein Großteil des umliegenden Lands gerodet worden war. Er klopfte auf das straff gespannte Graphen-Band, das sich in den Himmel erstreckte, und wartete ungeduldig auf die Ankunft von Franks Motor. Dave stand auf dem Dach der ecuadorianischen Ankerstation. In der Nähe schwebten Hubschrauber, und ungefähr im Minutentakt raste ein Kampfjet vorbei – alles zur Bewachung der Hochsicherheitsanlage. Bulldozer rodeten die letzte Dschungelvegetation im Umkreis von fünf Kilometern zum Umspannwerk. Dave schaute zu Bella und zeigte auf die Tausenden Soldaten, die einen mehrschichtigen Schutzkreis bildeten. Die Soldaten waren überall, und sie alle hatten die Aufgabe, Sicherheit für Dave und die Anlage zu gewährleisten. »Hättest du dir so was je vorstellen können?«

Bella zuckte mit den Schultern. »Ist nur logisch. Man will kein Risiko eingehen, vor allem, da jetzt alle Hoffnung in der Schwebe ist.«

»Ich weiß. Trotzdem kommt es mir übertrieben vor.« Plötzlich schwenkte Daves Blick zu einer nahenden Kolonne militärischer Kampffahrzeuge, viele mit auf den Dächern montierten Maschinengewehren. Sein Herzschlag beschleunigte sich, als er einen gepanzerten Transporter unter den Fahrzeugen sichtete. Er ging auf die Treppe zu, während er auf die Kolonne zeigte. »Das muss der Motor sein. Gehen wir ihnen entgegen.«

Dicht gefolgt von Bella rannte Dave die Treppe hinunter und durch die Eingangstür des ruinierten Gebäudes hinaus.

»Dr. Holmes!«, blaffte ihm einer der Soldaten entgegen und stellte sich ihm in den Weg. »Bitte warten Sie hier auf die Ladung. Wir wollen keine Unfälle.«

Der Mann hatte einen Ausdruck im Gesicht, der keinen Widerspruch duldete. Daves Blick fiel auf die Binde mit der Aufschrift »Special Forces«, die der Soldat am linken Ärmel trug. Da dämmerte ihm, wie besorgt die Präsidentin wirklich sein musste, wenn sie die Elitetruppen der Armee zur Bewachung der Anlage geschickt hatte. Trotz der Wärme des Tags lief ihm ein kalter Schauder über den Rücken, als er sich fragte, ob man ihm irgendetwas über die Drohungen gegen sie alle verheimlichte.

Unter Daves Anleitung trug eine Gruppe von vier Soldaten die Kiste in das ansonsten betriebsunfähige Umspannwerk. Die durch die Kofferbombe in einer nahen Kollektorstation ausgelöste Überspannung hatte es irreparabel beschädigt.

Als die Soldaten den Motor auspackten, warf Dave einen Blick an die Decke. Sein Blick folgte dem knapp einen Meter breiten Band aus Graphen, das durch den geschlossenen Schlitz im Dach nach unten verlief. Das Ende des Graphen-Bands war an einem Kabelbaum befestigt, der seinerseits an einen durchgebrannten Transformator angeschlossen war.

Mit einem Schraubenschlüssel aus seinem Werkzeuggürtel löste Dave die Verbindungsschrauben am Kabelbaum, trennte ihn vom Transformator und überprüfte den Stecker des Kabelbaums.

Bella fragte: »Ist er beschädigt?«

Dave schüttelte den Kopf und zeigte ihr die glänzenden Goldkontakte. »Keinerlei thermische Schäden.«

»Dr. Holmes«, ergriff ein Soldat das Wort und hob die Hand, um Daves Aufmerksamkeit zu erlangen. »Wir sind mit dem Auspacken fertig. Soll das Objekt auf dem Sockel bleiben?«

Dave drehte sich dem Motor zu, wich ein Stück zurück und deutete zum geschlossenen Schlitz im Dach anderthalb Meter über ihm. »Können

Sie den Motor näher herüberschieben, direkt unter dieses durchsichtige Band? Dann schließe ich ihn an.«

Vier Soldaten schoben den Sockel des Motors vorsichtig vorwärts, bis er unmittelbar unter dem Graphen-Band stand. Dave begann, den Kabelbaum an einer der elektrischen Leitungen zu befestigen, die aus Franks Motor ragten.

Ein Soldat, der beim Auspacken geholfen hatte, trat an Dave heran und fragte: »Sir, kann ich Ihnen sonst noch irgendwie helfen? Ich bin diesem Umspannwerk zugeteilt und fungiere als Wartungstechniker dieser Schicht.«

Dave warf einen Blick auf den Namen des Mannes, der in seinen Kampfanzug eingenäht war, und klopfte ihm auf die Schulter. »Sergeant Vasquez, danke für das Angebot, aber ab jetzt übernehme ich.«

»Ja, Sir!«

Dave vergewisserte sich, dass er Franks Motor ordnungsgemäß mit dem Graphen-Band verbunden hatte. Dann griff er sich ein Satellitentelefon von seinem Gürtel und gab die Nummer der NORAD-Missionszentrale ein. Es klingelte einmal, zweimal ... gefolgt von einem Knistern und der Stimme eines Telefonisten. »*Vermittlung 1543, Telefonzentrale Cheyenne Mountain. Wohin darf ich Sie verbinden?*«

»Vermittlung, hier spricht Dr. David Holmes, ID 591-92-2847. Verbinden Sie mich mit jemandem in der Missionszentrale.«

»*Stimmmuster und Identität bestätigt, verbinde Sie mit Mission Specialist Karen Weisskopf.*«

Fast sofort drang eine Frauenstimme über die Verbindung. »*Mission Specialist Weisskopf. Wie kann ich Ihnen helfen, Dr. Holmes?*«

»Ich bin dabei, das Umspannwerk in Ecuador wieder in Betrieb zu nehmen, aber Sie müssen mir noch mal den aktuellen Energiefluss durch den Warp-Ring geben.«

»*Verstanden. Der aktuelle Energiefluss in den Ring liegt bei 39,3 Prozent des von Ihnen festgelegten, erforderlichen Werts.*«

Dave schaltete das Telefon stumm und kniete sich neben Franks Motor. Er zog einen kleinen Inbusschlüssel aus seinem Gürtel und überprüfte die Einstellungen am Bedienfeld.

Bella kniete sich neben ihn und fragte: »Haben wir die Regelwiderstandsempfindlichkeit nicht schon höchstmöglich eingestellt?«

Er beugte sich vor und gab Bella einen Kuss auf die Wange. »Haben wir, aber ich will nicht riskieren, dass sich die Einstellungen beim Transport des Motors irgendwie verändert haben.«

Er übte mit geringem Drehmoment Druck gegen den Uhrzeigersinn auf den Inbusschlüssel aus und vergewisserte sich, dass der Motor auf höchste Empfindlichkeit eingestellt blieb. Dave hob die Stummschaltung am Telefon auf und sagte: »Weisskopf, ich bin dabei, das Umspannwerk in Ecuador zu aktivieren. Geben Sie mir Bescheid, was auf Ihrer Seite passiert.«

»Verstanden. Ich gebe es durch, sobald ich Änderungen sehe.«

Daves Herz pochte heftig in der Brust, als er sich die verschwitzten Handflächen abwischte. Aus dem Augenwinkel bemerkte er, dass sechs Soldaten aus der Nähe beobachteten, wie er die Verbindung und die Empfindlichkeitseinstellung am Rheostat doppelt und dreifach überprüfte.

Insgeheim fürchtete er, dass die verkohlte Kugel nur träge und untätig in Franks Motor ruhte. Und wenn er Franks Motor einschaltete, würde an Energie abgesaugt, was die magnetische Versiegelung geschlossen hielt. Der Motor würde aufklappen, und alles wäre umsonst gewesen.

Dave schüttelte den Kopf, als ihm die Ironie der Situation bewusst wurde. Es wäre auch nicht schlimmer, wenn der Motor beim Einschalten explodierte. Alles hing davon ab, dass diese Lösung perfekt funktionierte.

Bella legte ihm die Hand auf die Schulter und flüsterte: »Alles gut. Lass uns herausfinden, was passiert.«

Mit einem tiefen Atemzug legte Dave den Finger auf den Leistungsregler des Motors und drehte ihn geringfügig von der Position »0« weg.

Sofort nahm er ein Knistern in der Luft wahr. Er wusste nicht, ob er es sich bloß einbildete, jedenfalls vermeinte er, ein Kribbeln auf der Haut zu spüren, als die Stimme am Telefon Meldung erstattete. *»Umspannwerk Ecuador, ich empfange soeben einen beträchtlichen Energieschub von Ihrem Standort. Die Leistungsanzeige steigt über den gesamten Ring ... wir sind jetzt bei 63,5 Prozent der Betriebsanforderungen.«*

Ein überwältigendes Gefühl der Verblüffung vermischte sich mit Erleichterung, als Bella seine Schulter drückte und »Wow« flüsterte.

Mit einem tiefen, schaudernden Atemzug regelte Dave die Leistung eine Stufe höher und starrte erwartungsvoll auf das Telefon.

»Umspannwerk Ecuador, wir haben einen weiteren Schub von Ihrem Standort erhalten. Die Leistung ist auf 87,7 Prozent der Betriebsanforderungen gestiegen.«

Dave hob sich das Telefon näher ans Gesicht. »Weisskopf, wie ist der Gesamtstatus im DefenseNet-Netz?

»Dr. Holmes, das Signal ist sauber. Alle Systeme arbeiten innerhalb normaler Parameter. Ich hoffe, ich gehe damit nicht zu weit, aber ich möchte Ihnen persönlich danken.«

Dave bemerkte, dass ein paar der Soldaten miteinander abklatschten, und er lächelte. Das Gewicht auf seinen Schultern schien gerade etwas leichter geworden zu sein. »Mission Specialist Weisskopf, ist nicht nötig, mir zu danken, trotzdem gern geschehen.« Dave winkte dem Soldaten, der zuvor an ihn herangetreten war. »Ich übergebe jetzt die Kommunikation an Sergeant Vasquez, aber ich denke, das ist vorerst alles.« Er reichte dem Sergeant sein Satellitentelefon und lächelte. »Die Anlage gehört ganz Ihnen. Lassen Sie nicht zu, dass ihr irgendetwas passiert.«

Stryker war an der Anlage in Indian Point abgelöst worden und erst vor 20 Minuten auf dem Luftwaffenstützpunkt McGuire gelandet. Mehrere Hundert andere Militärpolizisten aus verschiedenen Zweigen der Armee waren ebenfalls gerade aus anderen Teilen des Nordostens eingetroffen.

Eine kühle Abendbrise wehte über den Asphalt, während Stryker in entspannter Haltung den Worten von General Harold McCallister lauschte.

Die Stimme des Generals dröhnte durch eine Reihe von Lautsprechern. Aber während der ältere Mann weiterredete, wanderten Strykers Gedanken zu seiner Familie, vor allem zu seinen Kindern. Er fühlte sich grauenhaft, weil er seit fast zwei Monaten nicht mal mit ihnen sprechen konnte. Den letzten Kontakt hatten sie gehabt, als sie in Port Authority in den Bus gestiegen waren. Ein Blick auf die Männer und Frauen um ihn herum bestätigte, dass er sich nicht als Einziger nach seiner Familie sehnte.

»Wie Sie bereits wissen, sind die Evakuierungen abgeschlossen. Dank des warmen Sommers und milden Herbstwetters konnten für die Unterbringung zunächst größtenteils Zeltstädte herangezogen werden. In der Zwischenzeit hat das Ingenieurkorps zusammen mit der Katastrophenschutzbehörde FEMA robustere, witterungsfestere Unterkünfte gebaut, die mittlerweile fertig sind.

Bevor wir die Evakuierten verlegen, brauchen wir an den neuen

Standorten Leute, die bei der Koordination und bei der Bewältigung aufkommender Sicherheitsprobleme helfen.

Sie alle werden an einem von mehreren Dutzend Evakuierungsorten eingesetzt. Die Einsatzdauer wird vermutlich über sechs Monate betragen.«

Strykers Mut sank, als er sich vorstellte, ein Jahr oder länger von seinen Kindern getrennt zu sein.

Er schluckte schwer, als der General fortfuhr.

»Mir ist bewusst, wie schwierig diese Zeit für Sie alle ist. Bei denjenigen von Ihnen mit Familien, die von der Evakuierung betroffen sind, habe ich bestmöglich dafür gesorgt, dass Sie dort stationiert werden, wo sich Ihre Angehörigen aufhalten, oder zumindest in der Nähe.«

Ein Hoffnungsschimmer flammte in Strykers Brust auf, als die Bedeutung der Worte zu ihm durchdrang.

Während der Ansprache des Generals waren mehrere Soldaten zwischen den versammelten Militärpolizisten umhergegangen. Einer näherte sich Stryker, warf einen Blick auf seine Uniform, reichte ihm einen Umschlag und ging zum nächsten Militärpolizisten in der Reihe weiter.

Stryker betrachtete den Umschlag. »Lieutenant Jonathan Stryker« stand auf der Vorderseite.

»Damit sind wir so ziemlich durch. Weitere Einzelheiten erhalten Sie, wenn Sie an Ihrem Einsatzort ankommen. Die Einsatzbefehle werden in diesem Augenblick verteilt. Am anderen Ende des Rollfelds stehen Transportmittel bereit. Gehen Sie zur vorgesehenen Linie für den Ort in Ihren Unterlagen.

Ich bete, dass wir alle diese Krise ohne weitere Zwischenfälle durchstehen. Denken Sie daran, dass wir uns alle aufeinander verlassen müssen, bis die Sache ausgestanden ist.

Wegtreten!«

Sofort riss Stryker den Umschlag auf, holte das Papier darin heraus und überflog seine Einsatzbefehle.

Er konnte seinen Freudenschrei kaum unterdrücken, als er sah, wo er eingesetzt wurde.

Evakuierungszentrum Poconos.

»Was ist da los?«, schrie jemand.

Stryker drehte sich um und stellte fest, dass der Himmel im Süden heller wurde. Das zuvor blasse Lichtband dort strahlte plötzlich deutlich greller.

Tatsächlich wurde der Bogen, der sich von Horizont zu Horizont spannte, zu hell, um ihn direkt anzusehen.

Die Stimme des Generals drang erneut aus den Lautsprechern, diesmal mit knurrendem Unterton. »*Ich sagte: Wegtreten! Die Transporte warten auf Sie.*«

Mit frischer Energie rannte Stryker zum gegenüberliegenden Ende des Rollfelds.

Er hatte keine Ahnung, warum DefenseNet plötzlich so hell geworden war, aber das spielte keine Rolle.

Stryker lächelte, als er sich vorstellte, seine Kinder wiederzusehen.

Im Moment zählte für ihn nichts anderes.

»Schutzkreis bilden. Bringt sie von den Außenmauern weg!«

Dave schoss aus dem Bett, als schwer bewaffnete Soldaten in ihre gesicherte Unterkunft in der Nähe des internationalen Flughafens Mariscal Sucre eindrangen. Bella schrie, als Soldaten sie aus dem Bett hoben, dann wurden sie beide von den Fenstern weggeführt.

Dave riss den Arm von einem der Soldaten los, ergriff Bellas Hand und brüllte: »Was zum Teufel geht hier vor?« Weitere Soldaten kippten ihre Matratze gegen die Fenster hoch.

Einer packte Dave erneut am Arm, beugte sich nah zu ihm hin und erklärte: »Dr. Holmes, das Umspannwerk in Ecuador wurde gerade angegriffen. Wir haben die Anweisung, eine Notevakuierung einzuleiten ...«

Plötzlich wurde Dave die Luft aus der Lunge gepresst, als ihn eine Schockwelle von den Füßen riss.

Wie in Zeitlupe spritzten Glasscherben, Betonbrocken und Staub durch den Raum.

Dave starrte zu einem Loch in der Decke hoch über ihm und konnte sich nicht bewegen. In seinen Ohren klingelte es schmerzhaft, während er benommen auf dem Boden lag.

Ein Soldat beugte sich über ihn. Von einer Platzwunde an der Stirn des Soldaten tropfte Blut auf ihn, als der Mann etwas schrie, was er durch das Klingeln in den Ohren nicht hören konnte.

Der Soldat drückte an seinen Hals, seine Schultern und seine Arme. Dave wurde klar, dass der Soldat ihn auf Verletzungen untersuchte.

Dave verspürte einen jähen, brennenden Schmerz, als seine zugefallenen Ohren aufgingen und chaotischer Kriegslärm seine Sinne flutete. Hilferufe aus allen Richtungen, das Prasseln herabstürzender Steine, das Wummern von Helikopterrotoren in der Nähe.

Mit einem jähen Anflug von Panik setzte sich Dave auf und schrie verzweifelt: »Bella!

Er suchte den Staub und die Trümmer um ihn herum ab. Als er einen Schopf leuchtend roter Haare erblickte, gefror ihm das Blut in den Adern.

Er riss sich von den Männern los, die ihm helfen wollten, und kroch zu Bella. Seine Kehle fühlte sich wie zugeschnürt an, als er ihr blutüberströmtes Gesicht sah. Ihre grünen Augen starrten blicklos, leblos an die Decke.

Die untere Körperhälfte war von der Betonplatte des eingestürzten Stockwerks über ihnen zerquetscht.

Daves Sicht verschwamm. Tränen strömten und tropften auf sie. Sanft schloss er ihre Augen und wischte ihr das Blut aus dem Gesicht.

Er beugte sich vor, schmiegte den Kopf an ihren Hals und entfesselte einen Urschrei blanker Seelenqualen. Dave schüttelte den Arm von jemandem ab, der ihn packen wollte, bevor er tief und verbittert einatmete. Er drückte Bella einen Kuss auf die Stirn. Kummer flutete ihn, als er an all die Dinge dachte, die er mit ihr teilen wollte. Ihm fielen keine Worte ein. Worte waren bedeutungslos.

Schließlich lehnte er sich auf die Fersen zurück und wischte sich das Blut von den Händen.

Ein Soldat kniete sich neben ihn. Bevor der Mann den Mund öffnen konnte, drehte sich Dave zu ihm und sagte: »Ich will, dass sie mitkommt. Sie bleibt nicht in diesem Drecksloch zurück.«

Der Soldat deutete mit dem Daumen auf einige Sanitäter in der Nähe. »Sie sind hier, um Ihnen zu helfen, und sie werden auch Ihre Frau mitnehmen. Wir lassen niemanden zurück. Aber Sir, wir müssen weg. Wir können keinen weiteren Mörserangriff auf diese Position riskieren.«

Mit Hilfe des Soldaten stand Dave auf und starrte auf den verheerten Körper der einzigen Person, die er je geliebt hatte. Obwohl Bella aussah, als schliefe sie nur, hatte etwas Spürbares sie verlassen, und er konnte es fühlen.

Eine in Dave schwelende Glut schwoll zu einer lodernden Flamme an. Sein Körper verkrampfte sich, als Wut die Trauer verdrängte. Der Wunsch nach Rache ließ seinen Kummer verpuffen.

Zwischen zusammengebissenen Zähnen hindurch gelobte Dave: »Tot. Wer auch immer das getan hat, ich werde diese Drecksäcke aufspüren, und dann bezahlen sie.« Dave ballte die Hände zu Fäusten. Er schmeckte Blut im Mund. »Sie werden alle sterben.«

KAPITEL ZWEIUNDDREISSIG

»19 Langstreckenraketen wurden auf das Umspannwerk in Ecuador abgefeuert«, berichtete General Keane mit finsterer Miene. »Unsere Patriot-Laseranlagen haben sie abgewehrt, aber es hat 12 Tote und 23 Verletzte durch Mörserangriffe sowohl auf das Umspannwerk selbst als auch auf die Unterkünfte in der Nähe des Flughafens gegeben. Es ist bestätigt, dass unter den Toten Bella Holmes ist, Dr. Holmes' Frau. Das Umspannwerk ist unversehrt, und in den letzten acht Stunden hat es keine weiteren Zwischenfälle gegeben. Ich schicke trotzdem weitere Truppen und Verteidigungsbatterien hin.«

Margaret fiel die Kinnlade runter. Benommen lehnte sie sich auf dem Stuhl zurück. Schließlich schaute sie auf die Uhr an der Wand ihres Büros und fragte: »Wo ist Dr. Holmes jetzt?«

»Er hat um eine Seebestattung für seine Frau ersucht. Deshalb habe ich einen Zwischenstopp auf dem Rückweg genehmigt.« General Keane warf einen Blick auf die Armbanduhr. »Sie sind vor etwa 30 Minuten auf dem Luftwaffenstützpunkt MacDill gelandet. Das ist die nächstgelegene, küstennahe Basis, die auch die nötige Sicherheit gewährleistet. Ich werde benachrichtigt, sobald die Bestattung abgeschlossen ist und sie wieder in der Luft sind.«

Das Telefonsymbol auf Margarets Schreibtisch begann zu blinken, als ein eingehender Anruf in ihr Büro durchgestellt wurde. Sie tippte auf das

Symbol und sagte: »Ja?«

»*Madam President, ich bin's, Karen Fultondale. Wir haben eine Spur zu unserem Maulwurf.*«

Margarets Rücken versteifte sich. Unwillkürlich ballte sie die Hand zur Faust. »Karen, bitte sagen Sie mir, dass das FBI diesen Drecksack identifiziert hat. Ich will, dass er gestreckt und geviertelt wird.«

»*Wir konnten durch Videoaufnahmen die Identität des Maulwurfs bestätigen. Wie sich herausgestellt hat, ist die Information von der CIA ausgegangen. Ich übermittle Ihnen den Beweis für den ersten Leak einschließlich IP-Adresse.*«

Als Margaret den Text überflog, der über den in ihren Schreibtisch eingebauten Bildschirm lief, spürte sie, wie sich unwillkürlich ihre Lippen zu einem Knurren zurückzogen.

Datum der abgefangenen Übertragung: 13. JULI 2066
Zeitstempel: 13:51 GMT

»*Es wurde ein außerplanmäßiger Militärflug zum internationalen Flughafen Mariscal Sucre mit Genehmigung der Präsidentin gebucht.*

Dr. David Wendell Holmes geht gerade mit mehreren anderen nicht identifizierten Zivilisten an Bord. Seine Gruppe wird von einem starken Sicherheitskontingent begleitet.«

»*Das war die Nachricht, die wir abgefangen haben, als Dr. Holmes zum ersten Mal zur Umspannstation in Ecuador aufgebrochen ist. Darunter folgt, was wir gestern abgefangen haben.*«

Datum der abgefangenen Übertragung: 20. DEZ 2066
Zeitstempel: 07:26 GMT

»*Dr. David Wendell Holmes ist unter strengen Sicherheitsvorkehrungen auf dem Weg zum internationalen Flughafen Mariscal Sucre.*
Das könnte unsere letzte Chance sein, ihn aufzuhalten. Die Zeit der Ankunft unseres Erlösers ist nah. Ich bete, dass Holmes aufgehalten werden kann.«

Durch den religiösen Ton der Botschaft bestand für Margaret kein Zweifel daran, dass sie den Auslöser des jüngsten Angriffs vor sich hatte. »Karen, Sie haben einen Videobeweis erwähnt.«

»*Ja. Allerdings konnten wir den Verdächtigen erst nach dem zweiten Zwischenfall identifizieren. Die benutzten Terminals befinden sich in einem der CIA-Trakte. Die Kennwörter wurden als gestohlen bestätigt. Ich leite Ihnen jetzt das Videomaterial weiter.*«

Ein 3D-Bild erschien über Margarets Schreibtisch. Sie beobachtete, wie jemand mit einem Kapuzenpulli an einem Terminal saß und tippte. Es dauerte nur kurz. Sobald der Täter fertig war, wischte er die Tastatur mit etwas ab, das nach Alkoholtupfern aussah. Dann erhob er sich vom Stuhl. Erst beim Verlassen des Gebäudes erfasste eine Außenkamera das Gesicht der Person. »Du Drecksack!«, rutschte Margaret unwillkürlich heraus.

»*Madam President, wir haben Greg Hildebrand unter dem Verdacht der Spionage, des Hochverrats und mehrfacher Verstöße gegen die nationale Sicherheit in Gewahrsam genommen.*«

»Wie zum Teufel konnte er noch Zugang zu Regierungseinrichtungen haben? Ich dachte, wir hätten ihn nach dem Übergriff gegen Dr. Holmes entlassen.«

»*Wir sind noch dabei, das zu prüfen, Präsidentin Hager. Aus irgendeinem Grund wurden seine Sicherheitsfreigaben nicht zurückgezogen, und es ist ihm gelungen, sich als Analytiker zur CIA versetzen zu lassen.*«

Margaret zitterte vor Wut, und General Keane, der zugehört hatte, schlug vor: »Wir könnten ihn zur sicheren Verwahrung in Leavenworth unterbringen, bis sich die Lage beruhigt hat.«

Margaret blies zur Beruhigung den Atem aus. Es half kaum. »Karen, General Keane veranlasst eine Verlegung in Militärgewahrsam. Sperren wir Hildebrand vorerst weg. Ich will nicht, dass diese Kakerlake je wieder mit irgendjemandem kommunizieren kann.«

»Verstanden, Präsidentin Hager. Brauchen Sie sonst noch etwas von mir?«

Margaret trommelte mit den Fingern auf den Tisch und schürzte die Lippen, während sie sich durch den Kopf gehen ließ, was sich in den letzten 24 Stunden ereignet hatte. Plötzlich hielt sie inne, als eine Idee in ihr keimte. »Karen, besorgen Sie mir Bilder von der Zerstörung der Unterkunft, an wen Sie sich auch wenden müssen. Und ich will nicht makaber klingen, aber wenn man darauf Leichen sehen könnte, wäre das hilfreich. Das ist vorerst alles, aber besorgen Sie mir die Bilder, so schnell Sie können.«

»Verstanden.«

Margaret tippte auf das Telefonsymbol und beendete den Anruf.

General Keane legte den Kopf schief und sah die Präsidentin an. »Was um alles in der Welt wollen Sie mit den Bildern?«

Mit kalter, berechnender Miene starrte Margaret ins Leere und antwortete: »Ich gehe damit an die Öffentlichkeit. Wir haben zu viel Zeit mit dem Versuch verbracht, das Problem still und leise zu regeln. Es ist an der Zeit, die Hilfe der Welt in Anspruch zu nehmen.«

Margaret betrachtete die Live-Videoübertragung des schwach erhellten Nachthimmels über dem Evakuierungskomplex Cheyenne Mountain. Obwohl die Ansicht der Videokamera nicht weit genug nach Süden reichte, um die Lichtquelle zu sehen, war offensichtlich, dass Dave Holmes ein Wunder vollbracht hatte, denn der nächtliche Himmel war heller als je zuvor.

Sie warf Walter einen Blick zu. »Ist Dr. Holmes schon eingetroffen? Ich möchte ihm mein Beileid aussprechen und ihm für alles danken, was er getan hat.«

Der Verteidigungsminister blickte auf die Uhr an der Wand und schüttelte den Kopf. »Noch nicht. Er sollte in einer Viertelstunde landen und mit schwerer Eskorte innerhalb der nächsten Stunde hier sein.«

Margaret warf einen Blick auf die Tischplatte, auf der sie noch den Notfallplan für die Rettungskapsel geöffnet hatte. Ein Schauder durchlief sie. »Ich war Minuten davon entfernt, Burt zu befehlen, Operation Arche Noah einzuleiten, als ich die Meldung von Dr. Holmes' Erfolg erhalten habe. Ich muss zugeben, meine Präsidentschaft verläuft nicht so, wie ich es mir je vorgestellt habe. Mit solchen Magengeschwüren hätte ich nie im Leben gerettet.«

Der ehemalige General sah sie an und lächelte. »Madam President, ich bezweifle, dass es irgendein früherer Amtsinhaber besser gemacht hätte. Tatsächlich kann ich mir nicht vorstellen, dass auch nur ein Einziger mit derart qualvollen Entscheidungen konfrontiert war.«

»Es gibt wohl in jeder Präsidentschaft die eine oder andere Krise. Gehört mit zum Job. Wie auch immer, kurz vor Ihrer Ankunft habe ich Burt zu den Kandidaten losgeschickt, die wir für den Notfall ausgewählt hatten. Er soll Ihnen sagen, dass wir uns mit Operation Arche Noah wahrscheinlich zurückhalten. So kann er auch mal gute Neuigkeiten verbreiten. Ich dachte mir, er könnte den Stressabbau dringender brauchen als ich.«

Die Tischplatte blinkte, zeigte einen eingehenden Anruf an. Margaret tippte auf das Telefonsymbol und nahm ihn entgegen. »Ja?«

»Madam President?«

Die Panik in der Stimme der Frau jagte Margaret einen Schauder über den Rücken. »Ja, hier Präsidentin Hager, wer ist da?«

»Madam President, tut mir leid, dass ich mich direkt an Sie wenden muss. Ich hab's bei Burt versucht, aber er geht nicht ran.«

»Dr. Patel? Mobiltelefone funktionieren hier in der Anlage nicht. Was ist los? Kann ich irgendwas tun?«

»Madam President, wir haben Ärger. Alle hier tun dagegen, was wir können, aber ich glaube nicht, dass ... Ich muss dringend mit Burt und Dave sprechen. Es ist kompliziert. Ich denke, ich kann es in Ordnung bringen, aber ich brauche die Hilfe der beiden.«

»Dr. Patel, ich habe nicht die leiseste Ahnung, wovon Sie reden, aber Dr. Holmes trifft in etwa einer Stunde ein, und Burt kann ich sofort aufspüren. Warten Sie kurz.«

Margaret schaltete stumm, blickte auf die Tischplatte und rief den Plan für die Arche wieder auf. Ein Anflug von Übelkeit schwappte durch sie, begleitet von kaltem Schweiß, der ihre Kleidung an der Haut kleben ließen. Mit einem tiefen Atemzug blätterte Margaret auf die letzte Seite der Gesichter für die Arche und sichtete das Bild von Dr. Neeta Patel. Margaret hatte sie hinzugefügt, nachdem sie die Liste mit Burt abgeschlossen hatte. Sie wusste, dass er jemanden als Stellvertreter brauchte. Vorzugsweise jemanden, der jünger war.

Sie sah Walter an. »Wir brauchen einen schnellen Transport, der Dr. Patel sofort herbringt.«

Der ehemalige General nickte. »Ich kümmere mich darum.«

»Dr. Patel, ich arrangiere ein Treffen für Sie und die anderen hier in der Kommandozentrale Cheyenne Mountain. Übergeben Sie die Kontrolle über Ihre Aufgaben an Ihren Stellvertreter, ich lasse Sie in fünf Minuten von jemandem abholen. Halten Sie sich bereit.«

»Äh ... okay. Ich werde bereit sein. Danke.«

Walter seufzte, beugte sich vor und tippte auf das Telefonsymbol, um die entsprechenden Befehle zu erteilen. Als er Nummern wählte, warf er Margaret einen Blick zu und murmelte: »Wir sitzen immer noch in der Scheiße, oder?«

Margaret konnte kaum ein Würgen unterdrücken, als sie nickte. »Ich fürchte ja.«

Der letzte Bus des Tags hatte sich gerade geleert. Stryker winkte den Nächste in der Reihe heran.

Er handelte sich um einen dunkelhaarigen Jungen, vielleicht neun bis zehn Jahre alt.

Stryker streckte die Hand aus. »Zeig mir deinen Ausweis.«

Der Junge reichte ihm das von der Regierung ausgestellte Dokument, das er bei der ursprünglichen Evakuierung erhalten hatte.

Stryker schwenkte einen Scanner über die Plastikkarte. Das Gerät las den darin integrierten Chip und blinkte grün, eine Bestätigung, dass ein gültiger, nicht manipulierter Ausweis vorlag.

Er näherte sich dem Kind mit dem Handscanner. »Ich leuchte jetzt mit einem Licht in dein rechtes Auge. Das tut nicht weh.«

Obwohl der Junge besorgt dreinschaute, nickte er tapfer und starrte geradeaus, ohne zu blinzeln.

Stryker drückte einen Knopf an dem Gerät und löste einen schnellen Netzhautscan aus. Die LED-Anzeige bestätigte die Identitätsübereinstimmung.

Er scrollte durch die Aufzeichnungen des Jungen und warf ihm einen Blick zu. »Jeff, ich stelle dir jetzt ein paar einfache Fragen. Gib mir einfach die bestmögliche Antwort. Okay?«

»Ja, Sir«, antwortete Jeff kleinlaut.

»Wie viele Schwestern hast du?«

»Ich hab keine Schwestern.«

Stryker nickte. »Wie heißt deine Mutter?«

»Michelle.«

»Kennst du den zweiten Vornamen deines Vaters?«

Jeff überlegte kurz und zog die Augenbrauen zusammen. »Franklin, glaub ich.«

»Wer von deinen Verwandten soll außer deinen Eltern noch hier ankommen?«

»Meine Tante und mein Onkel mit meinen Cousins und meiner Cousine.«

»Ihre Namen?«

»Tisha und David sind meine Tante und mein Onkel, Jeremy und Brad meine Cousins, und Katie ist meine Cousine.«

Stryker lächelte und nickte erneut. »Okay, wir sind fast fertig.« Er drehte sich zur Seite und zeigte zu einem Weg, der zu einem Gebäude hinter ihm führte. »Du musst für mich nach hinten in den Untersuchungsbereich gehen. Dort wirft ein Arzt einen kurzen Blick auf dich und vergewissert sich, dass alles in Ordnung ist.«

Mit bebendem Kinn fragte Jeff: »Wann kann ich meine Ma und meinen Pa sehen?«

Stryker legte Jeff die Hand auf die Schulter und kniete sich hin, damit sie sich auf Augenhöhe befanden. »Sobald der Arzt mit der Untersuchung fertig ist, warten deine Eltern auf der anderen Seite auf dich. Versprochen.«

Jeff nickte und ging den Weg zum äußeren Untersuchungsraum entlang.

Stryker beobachtete den Jungen, bis er durch die Pendeltüren verschwand. Nur wenige Menschen wussten, dass die visuelle Untersuchung durch den Arzt ein Trick war, um nach Tätowierungen in Form einer Sanduhr zu suchen. Wonach die großen Röntgen- und MRT-Geräte suchten, hatte man ihm nicht anvertraut.

Stryker richtete die Aufmerksamkeit auf die wenigen verbliebenen Personen aus dem Bus und rief den Nächsten in der Reihe auf.

Der Kochgeruch von Hamburgern und Hotdogs beherrschte das Gebäude, in dem Mitarbeiter der Kantine mehrere Tausend Menschen, die dem Evakuierungszentrum Poconos zugewiesen waren, mit Essen versorgten.

Mindestens 500 Menschen drängten sich an den Tischen, als sich Stryker mit seiner Familie setzte.

Er ließ sich neben seiner Schwester nieder, Emma, Isaac und Lainie nahmen auf der Bank direkt gegenüber Platz.

Ohne zu zögern, fielen beide Kinder über ihre großen Schüsseln mit Makkaroni und Käse her.

»Schmeckt euch das Essen hier, Kinder?«

Beide nickten und schoben sich Lieblingsgericht gierig in die Münder.

Er stupste Jessica mit der Schulter und fragte: »Wie geht's dir, Jess?«

Sie nahm einen großen Bissen von ihrem Hamburger und kaute einen Moment, bevor sie antwortete. »So gut, wie's einem in der Lage gehen kann. Ich hab mich mit ein paar Lehrern getroffen. Wir spielen mit dem Gedanken, Unterricht für die Kinder anzubieten. Hast du eine Ahnung, ob wir irgendwo Schulmaterial bestellen können?«

»Nein, aber ich kann mich erkundigen. Ich nehme an, der Quartiermeister kann so ziemlich alles beschaffen. Sag mir genau, was ihr braucht, dann seh ich, was sich machen lässt.« Er richtete die Aufmerksamkeit auf Lainie und zögerte.

Sie sah mitgenommen aus und hatte die Stirn besorgt gerunzelt. Auf ihrem Teller befanden sich nur etwas Obst und eine Scheibe Toast.

»Lainie, wie geht's dir?«

Seine Exfrau presste die Lippen zusammen und schüttelte kaum merklich den Kopf.

Sie wollte nicht reden. Irgendetwas stimmte nicht mit ihr, seit er in den aktiven Dienst zurückgeholt worden war. Lag es daran, dass er wieder eine militärische Uniform trug?

Er seufzte und wollte gerade die Kinder etwas fragen, als die Lautsprecher einen Piepton ausgaben.

Bilder flimmerten über die Wände. Sofort schwenkte Strykers Aufmerksamkeit hin.

Die Monitore zeigten das Logo des US Homeland Defense Network und einen Countdown von 5 ... 4 ... 3 ... 2 ... 1 ...

Text lief über den Bildschirm. Stryker las ihn für die Kinder laut vor.

»Die folgende Benachrichtigung wird landesweit übertragen. Sämtliche Bürger in Evakuierungszentren können darauf zählen, dass ihre Sicherheit höchste Priorität hat. Es werden bereits Prüfverfahren beim Eintritt in das Evakuierungssystem durchgeführt.«

Dann wurde ein Nachrichtensprecher eingeblendet, der aus einem Skript vorlas.

»Diese Übertragung wird über das US Homeland Defense Network ausgestrahlt.

Derzeit wählen viele Menschen den Notruf wegen der erhöhten Helligkeit des DefenseNet-Rings. Es besteht keine Notwendigkeit, deshalb die Behörden anzurufen. Das ist normal.

Die Wissenschaftler melden, dass derzeit Tests am DefenseNet durchgeführt werden und bis zur vollständigen Aktivierung konstant mit derselben Helligkeit zu rechnen ist.«

Der Reporter blätterte auf eine andere Seite.

»Es wird gerade berichtet, dass die Bundesregierung die Sicherheitsvorkehrungen innerhalb unserer Grenzen aufgrund von zunehmenden terroristischen Aktivitäten verschärft hat.

Die Grenzen werden abgeriegelt, alle Inlandsflüge und internationalen Flüge werden ausgesetzt, in allen größeren Städten der USA gelten nächtliche Ausgangssperren.

Viele von Ihnen werden auf diesem Sender bereits vermehrt Berichte über Terroranschläge in unseren Städten und Gemeinden in den letzten sechs Monaten gesehen haben. Die meisten dieser Vorfälle gehen auf eine Sekte namens Bruderschaft zurück, die sich mittlerweile als bestätigter Weltuntergangskult herausgestellt hat. Wir bitten alle Bürger um erhöhte Wachsamkeit.

Es ist bekannt, dass Mitglieder dieser Sekte durch sadistische Überzeugungen motiviert sind, die sie mit dem Deckmantel einer falschen Religion tarnen. Sie versuchen, unsere Welt zu zerstören.

Falls Sie einen Verdacht oder Bedenken hinsichtlich dieser soge-
nannten Bruderschaft haben, wenden Sie sich bitte umgehend an einen
uniformierten Beamten.«

Isaac wandte sich von der Übertragung ab und starrte Stryker an. »Dad, sind wir etwa …«

»Wir sind hier alle vollkommen sicher.« Stryker griff über den Tisch und drückte die Hände seiner beiden Kindern. »Ich bin hier, um euch und alle anderen hier zu beschützen.«

Emma runzelte die Stirn. »Erschießt du die Bösen?«

»Hier drin gibt's keine Bösen«, erklärte Lainie.

»Aber wenn geschossen werden muss, dann wirst du's tun, richtig?«

Stryker unterdrückte ein Lächeln und starrte seine Tochter ernst an. »Wenn geschossen werden muss, dann kümmere ich mich darum.«

»Gut.« Emma nickte zufrieden und wandte sich an ihre Mutter. »Ich hab dir ja gesagt, dass Daddy die Bösen für uns erschießt. Wir brauchen nicht mehr bei dir zu schlafen, damit du in Sicherheit bist.«

Lainie lief rot an. Jessica räusperte sich und fragte: »Möchte jemand Nachtisch? Ich auf jeden Fall.«

Margaret hatte damit gerechnet, dass die Ereignisse Dave emotional gelähmt haben würden. Aber abgesehen von seinem verbitterten Auftreten wirkte er unverändert.

Sie beobachtete, wie die Wissenschaftler hitzig über die Lage disku-tierten.

Neeta hatte komplexe Diagramme auf ein Whiteboard gezeichnet. Sie stellten Navigationspläne und Beschleunigungskurven dar. »Wenn wir den Mond mitten durch den Trümmerkegel schießen, pflügt er praktisch unge-bremst durch«, sagte sie. Dann zeichnete sie vom Mond weg verlaufende Bögen und fügte hinzu: »Der Gravitationseffekt wird die Objekte in seiner unmittelbaren Nähe anziehen und auf ihn stürzen lassen, während der Rest der Objekte nach außen geschleudert werden sollte. Wir müssen ihm nur etwas Zeit geben, damit sich das so geschaffene Loch ausdehnen kann, danach hätten wir ein Nadelöhr, durch das wir uns fädeln können. Wir könnten die Erde zwischen den Trümmern hindurchmanövrieren.«

»Und hätten dabei den Mond verloren«, merkte Dave an.

»Höchstwahrscheinlich«, bestätigte Neeta. »Wir müssen davon ausgehen, dass wir ihn nicht mehr fernsteuern können, sobald er getroffen wird.«

Dave nickte. Er schnappte sich einen löschbaren Filzstift und begann, Gleichungen aufzuschreiben, die Margaret nicht das Geringste sagten. Er tippte auf das Whiteboard. »Da unser Orbitalwinkel in Richtung der Trümmer weist, glaube ich nicht, dass wir der Trägheit der Erde entgegenwirken und ausweichen können, bevor wir auf die Trümmer treffen.«

Neeta nickte vehement. »Deshalb glaube ich, dass der Mond die einzige Chance ist, die wir haben.« Sie warf den anderen im Raum einen Blick zu. »Fällt irgendjemandem etwas anderes ein? Habe ich irgendwas übersehen?«

Margaret spähte in Burts Richtung. Er hatte sich während der bisherigen Diskussion merkwürdig still verhalten. Sie räusperte sich und ergriff das Wort: »Lassen Sie mich in Laiensprache überprüfen, ob ich das Wesentliche Ihrer Ausführungen verstanden habe.

Wir haben sowohl um die Erde als auch um den Mond einen von Dr. Holmes so getauften Warp-Ring. Damit können wir uns in jede gewünschte Richtung bewegen, aber es ist, als ob man ein Boot steuert. Wir können die Richtung nicht abrupt ändern, und wir sind kein Rennwagen, der im Nu von null auf 100 beschleunigen kann.

Die Erde bewegt sich in eine bestimmte Richtung, und es würde zu viel Energie erfordern, diesen Schwung schnell zu überwinden und zurückzusetzen. Deshalb war der Plan, die von Dr. Patel geschaffene Lücke zu nutzen und mitten durch die erste Trümmerwelle zu huschen, die auf uns zukommt. Nur ist der Plan die Toilette runtergerauscht, weil wir feststellen mussten, dass kein riesiger Zylinder zwischen den Trümmern entstanden ist, durch den die Erde und der Mond fliegen könnten. Weil sich am Ende des Zylinders haufenweise riesige Asteroiden befinden, die zuvor von dichtem Staub verdeckt waren. Also haben wir keinen offenen Zylinder vor uns, sondern einen geschlossenen Kegel. Habe ich recht?«

Dave nickte Margaret zu. »Ja, Ma'am, so ist es. Auch wenn dieser Motor, den wir haben, genug Energie für so gut wie alles erzeugen kann, was wir brauchen, glaube ich nicht, dass der Ring stabil genug für seine volle Leistung ist. Eine schnelle Richtungsänderung der Erde ist also nicht drin. Wir sind grundsätzlich in der Lage, nach links, rechts, oben und unten zu steuern – aber nicht rückwärts. Der Mond hingegen hat eine

Menge thermischer Energie, die wir anzapfen können. Und er ist groß genug, um ihn in die Richtung zu beschleunigen, die wir einschlagen wollen, damit er die vor uns liegenden Trümmer beseitigt.

Ich habe grafisch dargestellt, was wir tun müssen. Es ist gewissermaßen wie beim Billard. Wenn wir die Objekte mit dem Mond kräftig genug treffen, werden die Trümmer aus unserem Weg geschleudert, und der Schwung des Monds befördert ihn über die Stelle hinaus, an der wir die Richtung ändern. Leider müssen wir uns natürlich mit den Folgen davon auseinandersetzen, keinen Mond mehr zu haben, aber dafür haben wir ja alle Menschen von den Küsten evakuiert.«

Margaret wandte sich an Burt. »Und? Was denken Sie?«

»Ich glaube, die beiden haben recht«, antwortete Burt und wandte sich mit verkniffener Miene an Neeta. »Ich brauche detaillierte Navigationskoordinaten und Beschleunigungsprofile für das, was du geplant hast.«

Neeta stemmte die Hände in die Hüften und zog eine Augenbraue hoch. »Wärst du ans Telefon gegangen, wüsstest du, dass du alles längst im E-Mail-Posteingang hast.«

Burt nickte knapp und fragte Dave: »Irgendwelche sonstigen Bedenken über den Plan?«

Dave schüttelte den Kopf. »Nicht, was den Mond angeht. Ich denke, solange wir den Mond ferngesteuert auf Kurs halten und die Richtung anpassen, wenn wir uns ihm nähern, sollte kein Problem entstehen. Wir müssen nur den Verlauf der Ausbreitung der Trümmer im Auge behalten, nachdem der Mond die Asteroiden getroffen hat. Ich denke, Neeta hat Recht. Wir können dem Mond nicht direkt folgen, weil es etwa einen Tag dauern wird, bis ein ausreichend großer Tunnel durch das Trümmerfeld entsteht.«

Burt wandte sich an Margaret und sagte mit leiser Stimme: »Wir müssen reden.«

Als sich Margaret am Besprechungstisch der Kommandozentrale niederließ, fragte Neeta: »Wo ist Burt?«

»Das ist ein Teil davon, was wir zu besprechen haben«, antwortete Margaret angespannt. Widerwillig hatte sie zugestimmt, nachdem Burt ihr seinen Plan mitgeteilt hatte. Und nachdem er ihr Büro verlassen hatte, wurde ihr zum ersten Mal seit Beginn der Indigo-Krise tatsächlich schlecht. Doch so schwer die Folgen seines Plans auf ihr lasteten, sie wusste, dass er recht hatte.

Der Besprechungsraum war größer als nötig. Es hätten mühelos 30 Personen Platz gefunden, allerdings saßen nur vier um den Tisch versammelt: Dave, Neeta, Walter und sie selbst.

»Es ist fast so weit«, begann Margaret. »In etwa 36 Stunden, wenn der Mond vorausreist, gebe ich der Öffentlichkeit einen Teil von dem bekannt, was wir zurückgehalten haben. Es war gut, dass wir so vorgegangen sind, aber das Letzte, was wir jetzt brauchen, ist Panik. Deshalb halte ich morgen Vormittag eine Rede, in der ich erkläre, was wir tun und womit zu rechnen ist. Ich werde Ihre Hilfe bei den Einzelheiten brauchen, vor allem bei der Frage, was die Menschen erleben könnten. Je weniger Überraschung aufkommt, desto besser.

Was Dr. Burt Radcliffe angeht ...« Margaret verstummte kurz und holte tief Luft. »Sie alle wissen, womit wir uns aus Sicherheitssicht herumschlagen müssen. Selbstmordattentate, irre Versuche, unsere Lebensweise zu vernichten, Bestrebungen, die Zerstörung der Erde zuzulassen.« Margaret beugte sich über den Tisch und legte kurz die Hand auf Daves ausgestreckte Finger. »Trotz der jüngsten Tragödie in Ecuador haben wir viele der Angriffe gegen uns erfolgreich abgewehrt. Ich hatte Burt außerdem gebeten, die Mondbasis gegen mögliche Angriffe zu sichern. In den letzten Wochen hatten wir Tausende Cyberangriffe auf die Server des Monds. Sie waren so schlimm, dass es ihnen gelungen ist, die Mondsatelliten außer Gefecht zu setzen. Wir haben eine Videoübertragung, aus der hervorgeht, dass im Kontrollraum noch alles funktionstüchtig ist. Was Burt dort oben gemacht hat, konnte also anscheinend sämtliche Übernahmeversuche über Fernzugriff vereiteln.

Er hat außerdem Sicherheitsmaßnahmen gegen ein physisches Eindringen in die Mondbasis hinzugefügt. Zum Glück wurden sie nie gebraucht. Unsere Luftwaffe hat fünf Fluggeräte abgeschossen, die unerlaubt zum Mond reisen wollten.

Nur die wenigsten Menschen wussten, dass es einen Notfallplan für den Mond gab. Für den Fall, dass wir uns nicht von den durch Attentate ausgefallenen Umspannwerken erholen würden, habe ich Burt beauftragt, mit physischen Gegenmaßnahmen zu verhindern, dass jemand die vorprogrammierten Navigationseinstellungen des Servers der Mondbasis ändern kann.

Dieser Notfallplan wurde nicht gebraucht. Aber wie Sie wissen, hat sich nun ein neuer Notfallplan für den Mond herauskristallisiert.

Ich übernehme die volle Verantwortung und werde die Schuldgefühle mit ins Grab nehmen. Jedenfalls ist Burt gerade unterwegs zum Mond. Durch die von ihm gesetzten Gegenmaßnahmen kann *nur* er den Server entsperren und den Mond dorthin lenken, wo er hin muss.«

Neeta schnappte nach Luft. Tränen liefen ihr über die Wangen. Sie schlug sich die Hände auf den Mund.

»A-aber ...«, stammelte Dave. Dann presste er die Lippen fest zusammen und schüttelte den Kopf. »Eine weitere grausame Tragödie«, murmelte er mit belegter Stimme. Er schluckte schwer. »Wir müssen dafür sorgen, dass die Menschen sein selbstloses Handeln nie vergessen.«

»Entschuldigen Sie mich.« Neeta sprang auf und lief mit in den Händen vergrabenem Gesicht zur anderen Seite des Raums.

Margaret hüstelte, als sie mühsam ihre eigenen Gefühle angesichts der Situation unterdrückte. Sie wandte sich an Dave. »Reden wir ausführlicher darüber, was wir tun, wenn die Zeit reif ist. Im Augenblick brauche ich Ihre Hilfe, um der Welt beschreiben zu können, mit welchen Eindrücken zu rechnen ist.«

Dave antwortete mit ernster Miene und festem Ton. »Natürlich. Ich helfe Ihnen, so gut ich kann.« Er warf einen Blick zu Neeta und schob seinen Stuhl vom Tisch zurück. »Lassen Sie mich kurz mit Neeta reden.«

Margaret lehnte sich auf dem Stuhl zurück und beobachtete, wie Dave zu ihr ging und sie in eine innige Umarmung zog.

Gedankenverloren flüsterte sie bei sich: »Dafür werde ich mir ewig Vorwürfe machen. Ich würde es Dave und Neeta nicht verübeln, wenn sie mich dafür hassen.« Schließlich wandte sie sich an Walter. »General, ich weiß, dass wir demnächst alles abriegeln. Falls Neeta davor zu einem anderen Evakuierungsort will und Dr. Holmes zustimmt, dass es unsere Mission nicht gefährden würde, dann sorgen Sie dafür, ja?«

»Verstanden, Madam President.«

Sie beobachtete, wie Neeta und Dave angeregt miteinander sprachen. Margaret konnte nicht hören, was gesagt wurde. Sie sah nur, wie Neeta nach einer weiteren kurzen Umarmung aus dem Raum rannte.

Als Dave zu Margaret zurückkehrte und wieder Platz nahm, holte

Margaret einen Tablet-PC aus der Tasche, rief ihre App für Notizen auf und richtete die Aufmerksamkeit auf Dave.

Sie brachte es nicht übers Herz, zu fragen, ob es Neeta gut ging. Also konzentrierte sie sich stattdessen darauf, was getan werden musste. »Dr. Holmes, erklären Sie mir, was wir von der Erde aus sehen werden. In chronologischer Reihenfolge, beginnend ab dem Zeitpunkt, an dem sich der Mond in Bewegung setzt.«

KAPITEL DREIUNDDREISSIG

Das schwere Pochen von Burts Magnetstiefeln mit Gummisohlen hallte laut wider, als er durch die menschenleeren Hallen von Mondbasis Crockett stapfte. Die Stille war unheimlich, als liefe er durch eine Gruft. Abgesehen von der Veränderung der Schwerkraft vermittelten Burt vor allem die einsame Stille und die kühle, sterile Luft das deutliche Gefühl, nicht mehr auf der Erde zu sein. Auf der eintägigen Reise zur Basis hatte er sich mit seiner Aufgabe abgefunden. Tatsächlich freute sich Burt darauf, zu tun, was getan werden musste. Auch wenn ihn eine Laune des Schicksals in diese Lage gedrängt hatte, wusste er, dass es zu etwas führen würde, das er sich immer gewünscht hatte.

Er wollte etwas im Leben anderer Menschen bewirken, selbst wenn er dafür das eigene Leben opfern musste.

»Tja, Burt«, meinte er scherzhaft zu sich. »Wie ich Präsidentin Hager kenne, lässt sie wahrscheinlich in jedem Bundesstaat Statuen mit deiner hässlichen Visage aufstellen.«

Burt rief sich die labyrinthartigen Gänge des Nordflügels der Mondbasis ins Gedächtnis, bog in den Kontrollraum und setzte sich an die Administratorstation. Er sah auf die Uhr. Aus irgendeinem Grund musste er dabei an eine Szene in einem Film denken, in der ein Mann eine alte Harley Davidson startete. »Tja, mir bleiben noch acht Stunden, bis ich die

Motoren an diesem großen Felsen anwerfen kann. Vielleicht sind hier irgendwo ein paar alte Filme archiviert.«

Da fiel ihm ein, was Margaret über die ausgefallene Satellitenverbindung gesagt hatte.

Burt stand auf. Der Server konnte warten.

Als er in den Raum zurückkehrte, in dem die Satellitenübertragungen eingingen, setzte Burt seine Selbstgespräche fort.

»Wenn ich die Satellitenverbindung wieder hinkriege, kann mir irgendjemanden da unten bestimmt sagen, wo hier der Freizeitraum ist. Die müssen hier ein paar alte Filme haben.«

Er brauchte ein paar Stunden, um dem Problem auf die Schliche zu kommen. Es lief auf einen ausgebrannten Netzwerkrouter und defekte Kabel hinaus, die den Satelliten mit dem internen Netzwerk verbanden. Burt tauschte sie aus. Er lächelte, als er sah, wie der Datenverkehr über den Satelliten wieder einging.

Als sich sein Computer drahtlos mit dem Netzwerk verband, kehrte Burt mit dem Tablet zur Administratorkonsole zurück.

Er stellte das Tablet in eine Halterung, brachte das Gesicht vor den von ihm installierten Netzhautscanner und legte den Daumen auf den Fingerabdruckleser. Dass sein Daumen erkannt wurde, spürte er sofort durch ein Klicken, aber vom Visier ging ein Summen aus.

»Was zum ...« Schnaubend versuchte Burt es erneut.

Wieder dieses Summen.

Seine Gedanken überschlugen sich. Er konnte sich nicht erklären, was nicht stimmte. Er wusste, dass die Netzhaut eines Menschen ein Leben lang unverändert blieb. Burt versuchte es ein drittes Mal. Wieder wurde ihm der Zugang zur Administratorkonsole verweigert.

Er zog eine Schublade voll Werkzeug auf und warf einen Blick auf die Uhr. »Ich hab keine Zeit für solchen Mist!«

Zum Glück hatte er die Firmware für den Rechner heruntergeladen und konnte versuchen, die von ihm eingerichteten Sicherheitsvorkehrungen rückgängig zu machen. Allerdings war Burt nicht sicher, ob er es rechtzeitig schaffen würde.

Als er begann, den Server zu zerlegen, startete das Tablet automatisch bei Erkennen der Internetverbindung einen Browser.

Burt löste gerade den Chip mit der Firmware für die Plattform, als auf dem Tablet die Übertragung eines Videos mit einem Countdown begann. Er schaltete den Ton ein. Aus dem Tablet drang eine Mitteilung. *»Dieser Notfallalarm der Präsidentin der Vereinigten Staaten, Margaret Hager, richtet sich an alle Personen in Empfangsreichweite.«*

Burt nickte. Als er nach dem Quellcode der Firmware suchte, hörte er, wie sich die Mitteilung wiederholte, bis der darunter laufende Countdown endete und eine Live-Übertragung begann. Er erkannte den Hintergrund auf Anhieb: die Kommandozentrale in Cheyenne Mountain.

Die Präsidentin nahm an einem Tisch mit dem Präsidentschaftslogo Platz, das Burt am Vortag noch nicht dort gesehen hatte. Sie strahlte dieselbe unerschütterliche Ruhe aus wie alle großen Führungspersönlichkeiten, und Burt lächelte, als ihre Stimme klar und deutlich aus dem Lautsprecher des winzigen Computers drang.

»Guten Morgen, liebe Mitbürger.

Ich spreche erneut zu Ihnen nicht nur als Präsidentin der Vereinigten Staaten, sondern als Bürgerin dieser Welt.

Ich hatte eigentlich keine weitere öffentliche Ansprache geplant, bis ich hätte verkünden können, dass die Bedrohung über uns vorbei ist und wir alle in ein normales Leben zurückkehren können. Allerdings hat mich ein kürzliches Ereignis gezwungen, diesen Plan zu ändern.

Mir ist bewusst, dass meine Stimme weit über die Grenzen der Vereinigten Staaten hinaus übertragen und automatisch in über hundert Sprachen übersetzt wird. Ich stehe in ständigem Kontakt mit allen anderen führenden Politikern der Welt. Erst vor wenigen Augenblicken habe ich mich mit ihnen darüber abgestimmt, was ich Ihnen gleich mitteile.

Es gibt ein altes Sprichwort, das besagt: ›Mögest du in interessanten Zeiten leben.‹

Manch einer könnte sagen, das sei ein Fluch, während es andere als Segen betrachten.

Versichern kann ich Ihnen, dass wir uns nach meiner Mitteilung alle darin einig sein werden, dass wir in der Tat in interessanten Zeiten leben.

Wie ich Ihnen zuletzt berichtet habe, fungiert DefenseNet als Schutzschild gegen das auf uns zukommende Sperrfeuer aus Weltraumtrümmern.

Darüber möchte ich Sie kurz auf den neuesten Stand bringen, damit Sie wissen, was geschehen ist.

Auch wenn man es nicht sieht, arbeiten die besten Wissenschaftler und Ingenieure der Welt rund um die Uhr daran, uns gegen die über uns schwebende Bedrohung zu schützen.

Bisher hat DefenseNet über 13.000 Weltraumobjekte zerstört oder abgelenkt, die zuvor direkt auf Kollisionskurs mit uns waren.

Ja, ich weiß, diese Zahl ist verblüffend, aber jeder einzelne dieser 13.000 Einsätze ist eine Erfolgsgeschichte. 13.000 kleine Siege gegen etwas, das großen Schaden hätte verursachen können.

Aber DefenseNet hat seine Grenzen.

Als die Trümmer ursprünglich entdeckt wurden und ich die Welt informiert habe, dachte die wissenschaftliche Gemeinschaft, die Asteroiden wären durch den Einschlag eines Kometen in ein Trümmerfeld am Rand unseres Sonnensystems in unsere Richtung geschleudert worden.

Mittlerweile wissen wir, dass dem nicht so ist.

Auf uns steuert eine unaufhaltsame Kraft zu, die seit dem Anbeginn der Zeit besteht. Diese Urgewalt würde jeden Schutzschild überwinden, den wir je gegen sie zu errichten hoffen könnten. Diese Bedrohung hat jenen Hagel aus Trümmern vorausgeschickt.

Nun werden Sie sich zurecht fragen: Was ist diese Bedrohung, und was können wir dagegen tun?

Liebe Mitbürger dieser Welt, ein schwarzes Loch ist in unser Sonnensystem eingedrungen. Ein Objekt, dessen Anziehungskraft so stark ist, dass selbst das Licht ihr nicht entkommen kann. Und doch werden wir genau das tun.

Ja, Sie haben richtig gehört. Wir stehen an Scheidepunkt des Wegs der Menschheit.«

Während unverblümt die entsetzlichen Neuigkeiten verkündet wurden, war Burt damit beschäftigt, die Logik der Konsole zu ändern und zu kompilieren. Er geriet ins Schwitzen, weil die Zeit unaufhaltsam verging und er die Konsole immer noch nicht zum Laufen gebracht hatte. Ein Teil seiner Aufmerksamkeit galt jedoch der Botschaft der Präsidentin. Er hörte, wie sich ihre Tonlage veränderte. Plötzlich schwangen in ihrer Stimme Optimismus und Hoffnung mit.

»Unsere Kinder und Kindeskinder werden in den Geschichtsbüchern

darauf verweisen können, dass die Menschheit an diesem Tag einen gewaltigen Sprung gemacht hat.

Mir ist bewusst, dass wir alle große Opfer gebracht haben, um überhaupt so weit zu kommen. Viele von Ihnen wurden aus ihren Häusern geholt.

Wer noch zu Hause ist, leidet unter einer umfassenden Rationierung, wie es sie in diesem Land seit dem Zweiten Weltkrieg nicht mehr gegeben hat.

Ich möchte jedoch die Gelegenheit nutzen, um insbesondere einen Wissenschaftler zu erwähnen, einen außergewöhnlichen Mann. Ich möchte, dass jeder ihn kennt und schätzen lernt, denn er ist ein Beispiel für alles, was in dieser Welt gut und richtig ist. Ein Beispiel für einen stillen, selbstaufopfernden Menschen, der unermüdlich für uns alle arbeitet.

Dr. Burt Radcliffe hat uns ursprünglich vor dieser neuen Bedrohung gewarnt, mit der wir nun konfrontiert sind. Seither hat er jeden wachen Augenblick dem Unterfangen gewidmet, uns unbeschadet durch diese Krise zu geleiten.

Ronald Reagan hat einmal gesagt, dass die Zukunft nicht den Zaghaften, sondern den Tapferen gehört. Burt Radcliffe verkörpert den Inbegriff von Selbstaufopferung und Tapferkeit.

Im Augenblick stellt sich Dr. Radcliffe einer Aufgabe, die ausschließlich er bewältigen kann – im vollen Bewusstsein, dass er sich opfern muss, damit der Rest von uns überlebt.

Er hat diese Entscheidung ohne Zögern und Bedauern getroffen.

Während ich zu Ihnen spreche, ist Dr. Radcliffe dabei, uns allen den Weg für eine Zukunft zu ebnen, die er nie erleben wird.

Lassen Sie uns alle Burt Radcliffe in unsere Gebete einschließen und ihm alles Gute für seine letzte Reise wünschen.«

Nachdem Burt den Chip der Konsole ausgetauscht hatte, starrte er mit großen Augen auf den Bildschirm und konnte kaum glauben, was er sah. Die Präsidentin schloss die Augen und neigte den Kopf einige Sekunden lang zu einem stummen Gebet, bevor sie mit ernster Miene aufschaute.

»Margaret, Sie sind schon ein Original«, murmelte Burt mit einem Anflug von Ehrfurcht vor dem Computerbildschirm. Die Frau wandte sich wieder an die Öffentlichkeit.

»Ich bin sicher, Sie alle haben das wundersame Lichtband am Himmel *gesehen. Vermutlich haben die meisten von Ihnen auch bemerkt, dass es jetzt noch heller leuchtet als zuvor.*

DefenseNet hatte bei seiner Errichtung nur einen öffentlichen Zweck: als unser Schutzschild gegen die nahende Bedrohung zu dienen.

Allerdings verbirgt sich hinter der Konstruktion noch ein anderer Zweck. Das helle Band, das wir alle hoch am Himmel sehen können, zeigt an, dass eine neue Fähigkeit in Betrieb genommen wurde. Unsere Wissenschaftler wussten bereits beim ursprünglichen Entwurf von DefenseNet, dass es eine Bedrohung geben könnte, für die der Schutzschild allein nicht reichen würde.

Damals ließ sich noch nicht vorhersagen, wie diese Bedrohung aussehen könnte. Die Wissenschaftler hätten bestimmt nicht damit gerechnet, dass ein kosmisches Grauen wie ein schwarzes Loch direkt auf uns zukommen könnte. Aber sie wussten, dass diese zweite Funktion uns retten kann, wenn alles andere versagt.

Sie fragen sich, was diese mysteriöse Funktion ist?

Eine Möglichkeit, dem Unausweichlichen auszuweichen. Eine Verteidigung gegen einen unbezwingbaren Feind. Ein Wunder für einen Moment, in dem alle Hoffnung verloren zu sein scheint.

Durch die revolutionäre Technologie von DefenseNet haben unsere Wissenschaftler gerade einen Fluchtplan eingeleitet. Eine Möglichkeit für uns, nicht nur den Weltraumtrümmern zu entrinnen, die auf uns zurasen, sondern auch dem schwarzen Loch, das unser gesamtes Sonnensystem bedroht.

Ich weiß, was Sie alle jetzt denken. Dieselben Gedanken sind mir durch den Kopf geschossen, als ich zum ersten Mal von dieser Möglichkeit gehört habe.

Blödsinn!

Was soll das heißen, flüchten?

Wohin flüchten?

Lassen Sie mich Ihnen versichern, dass wir nicht in Gefahr sind. Aber wie die anderen führenden Politiker der Welt bin ich der festen Überzeugung, dass die Öffentlichkeit über die Geschehnisse informiert werden sollte. Wir finden, dass Sie die Wahrheit kennen sollten. Und vertrauen Sie mit diesem Wissen darauf, dass alles gut wird.«

Burt fühlte die Wärme der von Margaret ausgestrahlten Zuversicht in ihrer über so viele Tausende Kilometer übertragenen Stimme. Er erlebte einen Energieschub, der bestärkte, wie richtig sein Schicksal war. Burt wusste, dass er sein Leben nicht umsonst geben würde. Während er die Administratorkonsole wieder zusammenbaute, wurde ihm zunehmend bewusster, wie einschneidend er die Zukunft der Menschheit verändern würde.

»Wie bereits erwähnt stehen wir an einem schier unglaublichen Wendepunkt, auf den künftige Generationen ehrfürchtig zurückblicken werden.«

Als Burt die Administratorkonsole anschloss, wurde Margarets Stimme zunehmend lauter. Die Eindringlichkeit ihrer Botschaft steigerte sich, und Burt spürte, wie Stolz in ihm aufstieg.

»Dies ist der Moment, in dem die Menschheit endlich begreift, dass wir alle ein Volk sind.

Dies ist der Moment, in dem die Menschheit ihren ersten Schritt in Richtung unserer Zukunft macht.

Dies ist der Moment, in dem die Menschheit gegen die Dunkelheit zurückschlagen und gewinnen wird.

Diese vorübergehende Krise soll uns allen als Zeichen dienen.

Wenn Sie alle dieses helle Lichtband am Himmel sehen, dann soll es als Symbol für unsere Zukunft leuchten. Eine mit Sicherheit strahlende Zukunft. Erweisen wir alle uns ihrer würdig.«

Burt flüsterte: »Erweisen wir alle uns ihrer würdig.«

Er lehnte sich an seinen Stuhl und seufzte erleichtert, als die Administratorkonsole blinkend auf Anweisungen wartete.

Als die Präsidentin mit ihrer Rede fortfuhr und darlegte, was die Öffentlichkeit erleben würde, lächelte Burt und sah auf die Uhr. Es war fast so weit.

Das Aroma von frisch gebrühtem Kaffee riss ihn aus seinen Gedanken. Plötzlich ertönte eine andere Frauenstimme. »Ich hab was von dem guten Zeug mitgebracht.«

Burt wirbelte herum und starrte fassungslos auf jemanden, den er gedacht hatte, nie wiederzusehen. Seine Kehle fühlte sich wie zugeschnürt an, sein Hirn konnte keine Worte bilden.

Lächelnd kam Neeta auf ihn zu. Sie hielt ihm einen dampfenden Becher Kaffee hin und sagte: »Ist an der Zeit, dass wir diesen großen Felsbrocken in Bewegung setzen. Und jeder weiß, wie scheiße du fährst.«

KAPITEL VIERUNDDREISSIG

Weniger als 24 Stunden waren vergangen, seit die Explosion in Ecuador Bella das Leben gekostet hatte. Seither hatten Dave ständig Menschen umgeben, die ihn beobachteten. Irgendwie war es ihm gelungen, alle Emotionen beiseitezuschieben und nicht zusammenzubrechen. Nun jedoch, in der Abgeschiedenheit seiner Unterkunft, überwältige ihn Übelkeit, und Dave übergab sich heftig in einen Eimer.

Schüttelfrost durchzuckte seinen Körper, als er an Bellas leblose grüne Augen zurückdachte.

Er versuchte, tief durchzuatmen, aber es fühlte sich an, als hätte sich ein Stahlband um seine Brust gewickelt.

»Bella, ich hab dich von dem Moment an geliebt, als ich dich zum ersten Mal gesehen habe ...«

Dave rutschte seitlich an seinem Bett zu Boden, als die aufgestauten Emotionen kribbelnd seinen Körper übernahmen. Sein Verstand wurde träge, als er sich letztlich gestattete, die Ereignisse zu verarbeiten.

Er würde nie wieder Bellas schrägen Sinn für Humor erleben. Oder wie sie ihn mit diesen stechenden grünen Augen ansah. Ihre schiere Brillanz und Vitalität. Die Wärme ihrer Umarmung, die allein für ihn bestimmt war.

Alles sinnlos ausgelöscht.

Dave konnte keine Zukunft für sich selbst erkennen. Der schwere

Mantel seines Elends erschien ihm plötzlich unerträglich, als er sich die Einsamkeit eines Lebens ohne sie vorstellte.

Das Stahlband um seine Brust straffte sich, als sich Verzweiflung wie ein Leichentuch über Dave senkte. Nichts kümmerte ihn noch. Nichts war von Bedeutung.

Er schloss die Augen. Einige Herzschläge lang hoffte er, die Dunkelheit würde ihn dauerhaft holen. Dann jedoch tauchte plötzlich Bellas Gesicht in seinem Kopf auf. Nicht tot und halb unter Trümmern vergraben, sondern die wunderschöne Frau, die das Leben geliebt hatte. *»Wenn es irgendwie möglich ist, musst du versuchen, sie zu retten.«*

Die Worte, die sie vor all den Monaten zu ihm gesagt hatte, durchdrangen Daves tiefe Verzweiflung, und er spürte, wie ihn die Wärme ihrer Gegenwart umhüllte.

Die Menschen brauchten ihn. Auch wenn er das Gefühl hatte, dass ihm nichts mehr daran lag – Bella würde etwas daran liegen. Vielleicht genug für sie beide.

Dave atmete tief durch, als sich das Metallband um seine Brust lockerte. Er legte den Kopf zwischen die Knie.

Dabei stellte er sich vor, dass Bella neben ihm saß und mit den Fingern über seine Schulter strich. Eine Flut von Emotionen schwappte über ihn hinweg, und er begann, zu schluchzen.

Erschrocken erwachte Dave und stöhnte, als jemand an seine Tür klopfte und rief: »Dr. Holmes, wir haben eingehende Alarme vom LIGO.«

Er stützte sich an der Bettkante ab und stemmte sich vom Boden hoch, wo er eingeschlafen war. Als er zur Tür wankte, warf er einen Blick auf die Uhr an der Wand. Er hatte nur zwei Stunden geschlafen. Dave riss die Tür seiner Unterkunft auf, eines der wenigen privaten Einzelzimmer im Evakuierungskomplex von Cheyenne Mountain. Vor ihm stand ein blasser Ingenieur mit einem Abzeichen der Missionszentrale. Der Mann sah kaum alt genug aus, um das College abgeschlossen zu haben. Dave unterdrückte den Instinkt, ihn anzuherrschen, weil er ihn im Schlaf gestört hatte. Stattdessen atmete er tief durch, runzelte die Stirn und fragte ruhig: »Was haben Sie gesagt?

»Sir, das LIGO verzeichnet immer noch eingehende Gravitationswellen, momentan einen fast konstanten Hagel davon!

Mit einem tiefen Seufzen winkte Dave den Ingenieur weg und sagte: »Ich komme gleich.«

———

In der Kommandozentrale von Cheyenne Mountain herrschte reges Treiben. Dutzende Techniker überwachten Hunderte Satellitenübertragungen und -signale aus aller Welt. Obwohl man die Kommandozentrale unter einem Berg gebaut hatte, war sie größer als jede, die Dave je zuvor gesehen hatte. Sie glich einem Hörsaal, mindestens 45 Meter breit und 20 Meter von hinten nach vorn. Der Raum beherbergte mehr Videobildschirme und Computer als die Missionszentrale in Cape Canaveral.

Dave stand in der Mitte und beobachtete, wie auf der rechten Seite die eingehenden LIGO-Meldungen angezeigt wurden. Er wandte sich an den nächstbesten Techniker und zeigte auf den mittleren Wandbildschirm. »Geben Sie mir eine Verbindung zum Hubble2-Satelliten. Schwenken Sie das Teleskop in die Richtung, aus der diese Störungen kommen. Zusätzlich zum visuellen spektrographischen Bereich will ich farbverstärkte Bilder für Röntgenstrahlen und Frequenzen darüber.«

»Ja, Sir.« Der Techniker tippte wie wild auf der Tastatur, stand auf und rief quer durch den Raum: »Kann jemand meine Satelliten-Einstellbefehle autorisieren?«

Daves Mund wurde trocken, und sein Herzschlag beschleunigte sich vor unterdrückter Angst, als er auf die Bildschirme starrte und auf eine Aktualisierung wartete. Er spürte ein Tippen auf der linken Schulter, drehte sich um und erblickte überrascht die Präsidentin.

»Was ist los?«

Dave zeigte auf den Bildschirm rechts und sagte: »Wir erhalten eine gewaltige Menge an Warnmeldungen vom LIGO. Und ich würde alles darauf wetten, dass die erfassten Störungen von unserem Eindringling aus dem All ausgehen.«

»Sir!« Der Techniker zeigte auf den Hauptbildschirm. »Ich habe die Satelliten Hubble 2 und IXO 2 online. Sie richten den Fokus gerade auf ein etwa 600 Millionen Kilometer entferntes Gebiet. Das müsste in der Nähe der aktuellen Position des Jupiters liegen.«

Dave beobachtete, wie sich der Winkel der Bilder auf dem großen Display in der Mitte drehte. Die Sterne und Lichter im Hintergrund waren alle verschwommen. In Gedanken stellte sich Dave vor, wie sich die Weltraumteleskope drehten und ihren Fokusbereich änderten.

Margaret zeigte auf den großen weißen Klecks, der auf der linken Seite der Videoübertragung erschien, und fragte: »Was ist das?«

»Ich würde sagen, das ist der unscharf angezeigte Jupiter«, antwortete Dave, während er beobachtete, wie die Darstellung langsam schärfer wurde. Sein Mund klappte verdattert auf, als sich ein erkennbares Bild herauskristallisierte und er etwas sah, das er bisher nur aus Simulationen kannte.

Lange Gasströme erstreckten sich von der Oberfläche des Jupiters weg. Als die Bilder noch schärfer wurden, konnte Dave erkennen, wie die weit entfernten Gasranken um eine unsichtbare Bedrohung herumwirbelten.

Rechts im Bild zeigte das von IXO 2 eingehende, röntgengefilterte Videomaterial deutlich das um ein dunkles Zentrum wirbelnde Gas. Die gleißenden Flares intensiven Lichts explodierten zu einer Unzahl computerverstärkter Farben an den Rändern des schwarzen Lochs.

»Mein Gott«, entfuhr es Margaret. »Das sieht aus, als würde der Jupiter auseinandergezogen wie ein weichgekauter Kaugummi.«

Dave nickte. »Madam President, der Jupiter wird gerade von Gravitationskräften zerrissen, die schier unvorstellbar sind. Der Ereignishorizont um das schwarze Loch rotiert fast mit Lichtgeschwindigkeit. Wenn sich der angesaugte Ausfluss des Jupiters nähert, wird die Materie von den Gravitationskräften zerfetzt. Diese Flares von Röntgenteilchen sind die letzten Atemzüge der Materie, die in Stücke gerissen wird.«

Ein Schauder lief Dave über den Rücken, als die Bilder Erinnerungen an die Alpträume wachrüttelten, die er vor fast einem Jahrzehnt durchlebt hatte.

»So sieht unsere Zukunft aus, wenn wir dem schwarzen Loch nicht ausweichen.«

KAPITEL FÜNFUNDDREISSIG

Als Präfekt des Sekretariats für Kommunikation hatte Monsignore Domingo Adrian Herrera die Aufsicht über die gesamte Kommunikation, die vom Heiligen Stuhl im Vatikan ausging. Nach der Übertragung der Präsidentin der Vereinigten Staaten jedoch wusste er, dass er sich mit dem Papst beraten musste, bevor er in seinem Namen über solch monumentale Neuigkeiten sprechen konnte.

Als Domingo durch die langen Gänge des Apostolischen Palasts eilte, spürte er jedes einzelne seiner 85 Jahre. Unwillkürlich stellten sich Gedanken an die Zukunft ein. Die amerikanische Präsidentin war eine überzeugende Rednerin, aber ihre Botschaft strotzte vor Zeichen der Apokalypse.

Händeringend sorgte sich Domingo um die Menschenmassen, die sich auf dem Petersplatz versammeln würden. In zwei Tagen würde die gesamte Christenheit zur Christmette aufgerufen werden, und in der Stadt würden sich über 100.000 Gläubige versammeln.

Langsam stieg Domingo die Stufen zu den päpstlichen Gemächern hinauf. Als er den Eingang durchquerte, hörte er die kraftvolle Stimme des Papsts, die nicht nur über das Gelände, sondern zeitgleich für Gläubige weltweit übertragen wurde.

»Ave Maria, gratia plena; Dominus tecum: benedicta tu in mulieribus, et benedictus fructus ventris tui Iesus.«

Domingo hielt inne und kniete nieder, als der Pontifex das Angelus-Gebet sprach.

Als das traditionelle 18-Uhr-Gebet endete, winkte der Papst den auf dem Hof unten Versammelten zu, bevor er sich vom Fenster abwandte. Sein Blick fiel auf Domingo, der sich gerade von den Knien erhob. Der Pontifex eilte herbei, um ihm beim Aufstehen zu helfen. »Domingo, mein Freund. Ich hoffe, die Arthritis macht Ihnen nicht allzu sehr zu schaffen.«

Die Herzlichkeit der aufrichtigen Anteilnahme des Papsts ließ jedes Unbehagen verfliegen, das Domingo empfunden hatte. Aber er wusste, dass der Papst nie fernsah. Daher betrachtete er es als seine Pflicht, ihn über die jüngsten Ereignisse zu informieren.

»Eminenz, die amerikanische Präsidentin hat von einer großen Veränderung gesprochen, die bevorsteht. Ich fürchte, dass die Zeichen allesamt vom Ende all dessen künden, was wir kennen. Es wird große Furcht unter der Schar der Gläubigen herrschen, die sich in zwei Tagen hier versammelt, denn alle werden gehört haben, was auf uns zukommt.«

Der Papst drehte sich um, nahm Domingo am Arm und drängte ihn, ihm zum Fenster zu folgen. »Sagen Sie mir, was genau bereitet Ihnen Kopfzerbrechen? Was könnte die Amerikanerin gesagt haben, das Sie so aufwühlt?«

»Heiliger Vater, es geht um einige der Warnungen. Sie passen zu den Albträumen, die ich in letzter Zeit hatte. Die amerikanische Präsidentin hat von Felsen gesprochen, die vom Himmel fallen und alles in Brand setzen, was sie berühren. Sie hat davon gesprochen, dass die Sonne selbst in Dunkelheit stürzen wird. Ich fürchte, dass die Reaktionen der Menschen zu einer Massenpanik führen werden. Es gibt bereits Unruhen auf den Straßen Roms. Rauch steigt in ganz Italien von gewalttätigen Auseinandersetzungen auf ... und es wird schlimmer.«

Der Papst legte Domingo die Hand auf die Schulter und drückte sie sanft. »Sie vergessen, dass der Herr uns solche Trübsal vorhergesagt hat. Außerdem hat er versprochen, dass sie einen neuen, glorreichen Tag ankündigt. Dies ist keine Zeit der Angst, sondern eine Zeit der Freude. Domingo, ich verweise Sie an die Worte unseres Herrn, wenn Sie die Botschaft an die Menschen weitergeben. Der Pakt, den wir haben, ist ungebrochen. Ich zitiere aus der Apostelgeschichte Kapitel 2, ab Vers 17, wo es heißt:

›Und es soll geschehen in den letzten Tagen, spricht Gott, da will ich *ausgießen von meinem Geist auf alles Fleisch; und eure Söhne und eure Töchter sollen weissagen, und eure Jünglinge sollen Gesichte sehen, und eure Alten sollen Träume haben; und auf meine Knechte und auf meine Mägde will ich in jenen Tagen von meinem Geist ausgießen, und sie sollen weissagen. Und ich will Wunder tun oben am Himmel und Zeichen unten auf Erden, Blut und Feuer und Rauchdampf; die Sonne soll in Finsternis verwandelt werden und der Mond in Blut, ehe der große und herrliche Tag des Herrn kommt. Und es soll geschehen: Wer den Namen des Herrn anrufen wird, der soll gerettet werden.‹«*

Der Papst drehte sich Domingo zu und lächelte. »Das müssen Sie den Menschen sagen. Denn das ist die Botschaft, die sie hören müssen. Habt Vertrauen an diesem schönen Abend, denn der Morgen beschert uns eine größere Welt.«

Mit einem tiefen Atemzug küsste Domingo den Ring des Heiligen Vaters und versprach: »Ich kümmere mich unverzüglich darum, Eminenz.«

Domingo wandte sich um und ging so schnell, wie ihn die Beine trugen.

Als er den Apostolischen Palast verließ, wehte eine kalte Winterbrise über den Hof und jagte einen Schauder durch seinen gebrechlichen Körper. Die Helligkeit des Vollmonds lenkte seinen Blick gen Himmel, und er sandte dem Herrn ein kleines Gebet.

Als Domingo den Mond anstarrte, hallten die Worte des Papsts klar und deutlich in seinem Kopf wider: *Die Sonne soll in Finsternis verwandelt werden und der Mond in Blut.*

In dem Moment flammte der Mond mit einem weißen Licht auf, das einige Sekunden lang an die Helligkeit der Sonne heranreichte. Domingo schirmte die Augen ab. Als sich die Helligkeit legte, färbte sich der Mond dunkelrot und schien vor seinen Augen zu schrumpfen.

Von einem Energieschub beseelt rannte Domingo über den Hof zu seinem Büro. Der einzige Gedanke, der seinen panischen Geist beherrschte, war, dass er der Welt die Botschaft des Papsts übermitteln musste.

KAPITEL SECHSUNDDREISSIG

Dave saß auf dem Stuhl des Missionsleiters und lehnte sich zurück, während die Uhr auf dem großen mittleren Bildschirm herunterzählte. Die Präsidentin lief auf und ab, während die Zeit verging. Dave stellte sich vor, dass sie aufgeregt den Schwanz hin und her peitschen würde, wenn sie eine Katze wäre.

Von den zig Technikern an den Computern kannte er nur eine Handvoll. Die meisten, mit denen er früher bei der ISF gearbeitet hatte, waren von dort weg und hatten eine Laufbahn bei der Air Force eingeschlagen, wo sie für NORAD tätig waren, das North American Aerospace Defense Command.

Als der Countdown unter eine Minute gelangte, spannte Dave den Körper an. Auf dem linken großen Monitor im Raum erschien ein nahezu ungetrübtes Bild des Monds. Der ihn umgebende Warp-Ring hatte gerade zu leuchten begonnen.

Plötzlich ertönte die Stimme eines Technikers über die Lautsprecher der Kommandozentrale.

»Missionsleiter, noch 30 Sekunden bis zur Aktivierung. Der Warp-Ring um den Mond hat begonnen, sich aufzuladen, und wir bekommen ein Bildsignal vom Palomar-Observatorium. Von dort wird gemeldet, dass man das Teleskop auf das Ziel ausgerichtet hat.«

Dave beugte sich auf dem Sitz vor. Im Raum knisterte es praktisch vor nervöser Anspannung, als der Startleiter die letzten Sekunden herunterzählte.

»Fünf ... vier ... drei ... zwei ... eins ... Start!«

Der Ring um den Mond wurde unfassbar hell, beinah so, als betrachtete man den Glühfaden einer alten Glühbirne.

Dave sprach in das an seinem Revers befestigte Mikrofon und ordnete an: »T-COM, geben Sie mir Telemetriedaten über die Mondbewegung. Was haben wir?«

»Missionsleiter, wir haben eine laterale Abweichung von der normalen Umlaufbahn des Monds. Erkannt wird eine Beschleunigung von 20 Metern pro Quadratsekunde ... Korrektur, die Beschleunigung hat sich auf 40 Meter erhöht ... 60 Meter ... bleibt bei 60 Metern pro Quadratsekunde.

Missionsleiter, der Mond ist auf Zielkurs und hat nach 30 Sekunden eine Geschwindigkeit von 6.400 Kilometern pro Stunde erreicht und 26 Kilometer zurückgelegt.«

Dave verspürte Euphorie, als er bezeugte, wie seine mit viel Mühe geschaffene Schöpfung den Mond langsam aus seiner natürlichen Umlaufbahn herausbrach. Es gelang ihm kaum, die Aufregung aus seiner Stimme herauszuhalten.

»Roger, T-COM. Geben Sie mir jede Minute ein Update oder sofort, wenn etwas Unerwartetes erkannt wird.«

Dave beobachtete die Videoübertragung und lauschte den regelmäßig aktualisierten Beschleunigungswerten und der stetig zunehmenden Geschwindigkeit des Monds. Plötzlich flammte der Warp-Ring so grell auf, dass der gesamte Bildschirm weiß wurde. Dann fiel das Signal aus.

»Was zum Teufel ist passiert?«, brüllte Dave ins Mikrofon, was unnötig war, weil ihn auch so jeder im Raum mühelos hören konnte. »T-COM, wie ist der Status aus Palomar? Ist das Video offline? Was ist mit der Telemetrie?«

Der Telemetrie- und Kommunikationstechniker stammelte: »S-Sir, in Palomar setzt man gerade den Bildverarbeitungsrechner zurück. Irgendein Lichtreflex hat die Sensoren überlastet. Die brauchen dort 30 Sekunden, um wieder online zu gehen.«

Die Präsidentin kam steifbeinig mit einem halb irritierten, halb bangen Gesichtsausdruck auf Dave zu. »Ist der Mond gerade explodiert?«

Dave hielt die Hand über das Mikrofon und flüsterte: »Ich habe keine Ahnung. Wir sind hier blind. Ohne Instrumente sehe ich gar nichts.«

Der Kommunikationstechniker meldete: *»Missionsleiter, wir erhalten mehrere Mitteilungen von verschiedenen Luftwaffenstützpunkten. Alle berichten dasselbe. Nach einem Lichtblitz hat sich der Mond rot verfärbt und ist dann verschwunden.«*

Die Präsidentin sah Dave an, dessen Gedanken sich überschlugen. Ein roter Mond konnte nur eines von zwei Dingen bedeuten.

»T-COM, wir brauchen Sichtkontakt. Folgen Sie dem Weg des Monds. Haben wir irgendwelche Änderungen der Beschleunigungsdaten vor, während oder nach dem Vorfall?«

Das abgebrochene Videosignal aus Palomar ging wieder online. Der Bildschirm flackerte, bevor er leeren Raum zeigte. Einer der Telemetrietechniker meldete über die Lautsprecheranlage: *»Sir, Palomar bewegt das Teleskop den Weg entlang, den der Mond hätte einschlagen sollen. Leider waren die letzten empfangenen Telemetriedaten außerhalb der Skala. Wir können also nicht mit Sicherheit sagen, was passiert ist.«*

Margaret drehte sich Dave zu und deutete mit dem Kopf auf das Videobild, das über leeren Raum schwenkte, wo eigentlich der Mond sein sollte. »Ich sehe keine Trümmer, keinen Staub oder sonst was. Irgendwelche Theorien?«

»Missionsleiter, wir haben über 100 bestätigte Berichte über einen roten Mond erhalten, und einer unserer Techniker hat visuell bestätigt, dass der Mond derzeit nicht am Nachthimmel sichtbar ist.«

Dave schüttelte ungläubig den Kopf und sprach ins Mikrofon. »Weiter Ausschau halten, T-COM. Palomar soll auf das Trümmerfeld fokussieren, auf das der Mond zielen sollte. Und woher kommen diese Meldungen?«

Er drückte die Stummschalttaste am Mikrofon, drehte sich der Präsidentin zu und zuckte mit den Schultern. »Ich weiß, was dazu führen kann, dass man den Mond rot wahrnimmt. Eine Möglichkeit ist leicht erklärt – Rauch von einem Waldbrand kann so etwas verursachen. Ich bezweifle jedoch schwer, dass ...«

»Missionsleiter, die Meldungen ... kommen von überall. Aus dem hohen Norden vom Stützpunkt Elmendorf-Richardson in Alaska, von der CFB Cold Lake aus Alberta, einige auch vom McChord Field aus dem Bundesstaat Washington.«

»Tja«, murmelte Dave. »Schier unmöglich, dass wir gleichzeitig Waldbrände in Alaska, Kanada und Washington haben. Nein, das sieht mir eher danach aus, dass ...«

»Missionsleiter, Palomar fokussiert jetzt auf das Trümmerfeld.«

Dave starrte auf den linken Bildschirm, wo das verschwommene Bild schärfer wurde. Allmählich zeigte der dunkle Monitor einen grauen Hintergrund, der unscharf zu sein schien, während an den äußersten Rändern dunkelgraue Objekte schwebten. Es handelte sich um klare Bilder von Asteroiden, aber Dave wusste auf Anhieb, dass etwas nicht stimmte.

Die Präsidentin zeigte hin und fragte: »Ist das der Trümmerhaufen?«

»Ich weiß es nicht«, antwortete Dave barsch und stand auf. Er empfand dasselbe Unbehagen wie immer, wenn er nicht alle Informationen hatte, die er brauchte. Er brummte ins Mikrofon: »T-COM, wie groß ist der Durchmesser dieser Öffnung? Sind wir mit dem Fokus zu nah dran? Und der graue, unscharfe Hintergrund, wie weit dahinter liegt er?«

»Missionsleiter, Palomar meldet ein Sichtfeld von 192.000 Kilometern. Der graue Hintergrund ist die zweite Trümmerwelle, 20.800.000 Kilometer hinter der ersten Welle.«

Einen Moment lang verharrte Dave erstarrt vor Verblüffung, dann breitete sich ein schiefes Lächeln über seine Züge aus, als er die Präsidentin ansah. »Ich würde sagen, es ist Zeit zum Anschnallen. Keine Ahnung, wie genau Burt das gemacht hat, aber er hat eine Öffnung direkt durch das Trümmerfeld gesprengt, die groß genug ist, dass wir uns durchschlängeln können.«

Dave hatte nicht damit gerechnet, dass der Mond so aggressiv beschleunigen könnte. Ihm dämmerte, dass es wohl aufgrund der geringeren Masse des Monds und der im Verhältnis größeren Gravitationsblase möglich gewesen sein musste.

Ein Adrenalinschub raste durch seine Blutbahnen. Dave sprach ins Mikrofon: »T-COM, holen Sie den Kommunikationsverantwortlichen im Umspannwerk in Ecuador online. Ich muss mit ihm reden. Navigation, ich brauche Leitsysteme online. Fahren Sie die Navigationscomputer hoch und stellen Sie die Steuerung auf sofortige Einsatzbereitschaft.

Startleiter, alle Systemprüfungen durchführen. Ich will sofort eine Startsequenz mit einem Countdown von 30 Minuten.

Dr. Radcliffe hat für uns ein Loch durch das Trümmerfeld gepustet. Verschwenden wir es nicht.

Wir sind im Begriff, Geschichte zu schreiben, Leute.«

KAPITEL SIEBENUNDDREISSIG

»Was soll das heißen, Dr. Patel war auf dem Mond?« Margaret starrte General Keane ungläubig an. »Wieso zum Teufel haben Sie zugelassen, dass ...« Frustriert biss sie sich auf die Zunge, als ihr einfiel, wie aufgebracht die Wissenschaftlerin war. Margaret erinnerte sich, dass sie Walter grünes Licht gegeben hatte, Neeta an einen Ort ihrer Wahl zu bringen. Nur hätte Margaret nie gedacht, dass Dr. Patel zum Mond fliegen würde.

Dave stand in der Nähe. Er presste die Lippen fest zusammen, schüttelte den Kopf und wandte sich ab, konzentrierte sich auf den bereits begonnenen Countdown.

»Es tut mir leid, Madam President, aber Sie ...«

»Ich weiß.« Margaret wischte seine Erklärung weg. »Es ist nicht Ihre Schuld. Ich hätte bloß nie gedacht, dass sie ihr Leben einfach so aufgeben würde ... Sie wäre für alle hier unten so eine Bereicherung gewesen.« Margaret spürte, wie ihr Hitze ins Gesicht stieg. Sie entließ den General, setzte sich auf den nächstbesten Stuhl und bedauerte einige ihrer jüngsten Entscheidungen zutiefst.

Müdigkeit lastete schwer auf Stryker, als er endlich den Aufnahmebereich des Evakuierungszentrums verließ. Eine Woche war vergangen, seit er angekommen war, mit seiner Familie wiedervereint wurde und bei der Organisation der Diensteinteilung für die Militärpolizisten seiner Einheit geholfen hatte.

Das Evakuierungszentrum Poconos war riesig. Es beherbergte mehr als 5.000 Menschen. Die Gebäude nahmen über zehn Quadratkilometer ein, wobei die meisten als Unterkünfte dienten.

Als Stryker die Schotterstraße entlangging, die den Hauptverkehrsweg des Evakuierungszentrums bildete, hörte er das Geräusch schneller Schritte.

»Dad!«, ertönte Isaacs Stimme laut.

Seine beiden Kinder rannten auf ihn zu und rissen ihn beinah zu Boden, als sie sich ihm entgegenwarfen.

Emma rief mit ihrer hohen Stimme: »Ma hat gesagt, wir dürfen gute Nacht sagen, bevor wir ins Bett gehen.«

»Hat sie das?« Stryker schaute zu Lainie, die durch die lichte Menschenmenge in ihre Richtung steuerte. Sie hatte einen amüsierten Ausdruck im elfenhaften Gesicht.

Beim Wiedersehen im Evakuierungszentrum hatte sie sich Stryker gegenüber ziemlich kühl gegeben. In letzter Zeit jedoch hatte er trotz der tristen Umgebung immer wieder flüchtig ihren sarkastischen Humor aufblitzen gesehen.

Lainie rieb sich die Arme und klagte: »Wird allmählich kalt hier draußen.«

»Oh, gute Anmerkung«, sagte Stryker. Er ging hinüber zu einem großen Stapel geviertelter Holzscheite und schnappte sich eines der Zeh-Kilo-Bündel. »Das bringen wir zu eurer Unterkunft. Damit sollte es gemütlicher werden.«

Die Kinder liefen voraus, und Stryker lächelte. »Sie scheinen sich ziemlich gut anzupassen.«

»Tun sie«, bestätigte Lainie. »Überrascht mich eigentlich, wenn man bedenkt, was alle hier durchgemacht haben.« Sie blies in ihre Hände. Ihre Zähne klapperten. »Ich hasse die Kälte.«

Er schlang den Arm um ihre Schultern. Sie zitterte, zog sich aber nicht zurück. »Alles in Ordnung?«

»Mir ist eiskalt.«

»Aber wo du und die Kinder untergebracht sind, ist es warm, oder? Ich hab versucht, dafür zu sorgen, dass ihr genug Feuerholz und diese warmen Thermopackungen fürs Bett bekommt.«

»Es geht uns gut. Weil Emma dauernd Isaacs Decken gemopst hat, lasse ich die zwei in einem Bett schlafen, damit Isaac in der Nacht nicht friert.« Sie lachte. »Ich glaube, unsere kleine Deckendiebin könnte Schlafwandlerin sein. Ich hab mal beobachtet, wie sie aus dem Bett gestiegen ist, ihrem Bruder die Decke weggerissen hat und sich prompt wieder schlafen gelegt hat. Das alles, während ich im Bett gesessen und zugeschaut habe.«

Stryker seufzte und wünschte, er hätte es miterleben können. Er schlief in der Kaserne, um den Frieden mit Lainie zu wahren. Als er sich ihr zudrehte, schaute sie auf. Einen Moment lang begegneten sich ihre Blicke, bevor sie wieder zu den Kindern sah.

»Wie ist Jessicas neuer Freund?«

Lainie schüttelte den Kopf. »Darauf lass ich mich nicht ein. Red direkt mit deiner Schwester, wenn du versaute Details willst.«

Eine Weile gingen die beiden schweigend nebeneinander. Gelegentlich stieß sie wie zufällig mit ihm zusammen. Dabei musste er liebevoll an ihre früheren Spaziergänge im Central Park denken.

Viel zu früh für seinen Geschmack bogen die Kinder von der Hauptstraße ab, und Isaac fuhr mit dem Finger über das biometrische Türschloss.

Die Tür schwang auf, und Stryker hievte sich das Holzbündel auf die Schulter. »Ich mach das Feuer für euch an.«

Wenig später knisterten heimelige Flammen in dem Häuschen, das seiner Familie als Unterkunft diente. Er gab den Kindern einen Gutenachtkuss und wartete an der Tür, wo er beobachtete, wie sie sich unter dicke, warme Decken kuschelten.

Lainie hängte sich bei ihm ein und flüsterte: »Wird bei uns alles wieder gut?«

Stryker nickte. »Ich hab volles Vertrauen in unsere Wissenschaftler. Ich meine, hast du gesehen ...«

»Nein, du Trottel.« Sie stupste ihn sanft in die Rippen und seufzte. »Ich meine dich und mich. Ich vermisse uns.«

Sein Herz setzte einen Schlag aus, als er Lainie ansah und Tränen in ihren Augen bemerkte.

Was meinte sie damit? Sie konnte nicht ausstehen, was er tat.

Verdammt, er trug in diesem Augenblick seine Militärpolizeiuniform und offen sichtbar seine Schusswaffe.

»Lainie, ich dachte, du könntest nicht ...«

»Die Kinder brauchen uns beide.«

Wärme breitete sich in ihm aus, als er spürte, wie sie sich an ihn lehnte. »Was brauchst *du?*«

»Dass du mehr Zeit mit uns verbringst ... mit mir.«

Als Stryker den Mund öffnete, um eine Frage zu stellen, legte Lainie ihm einen Finger auf die Lippen. Sie schlang den Arm um seinen Nacken und zog ihn für den ersten echten Kuss an sich, den er seit Jahren von ihr bekam.

»Madam President?«

Margaret hatte sich beruhigt und beobachtete die letzten Minuten des Countdowns, als sie ihr erstes Update von einer nervösen Vertreterin der Katastrophenschutzbehörde FEMA erhielt. »An der Ostküste hat Ebbe geherrscht«, sagte die Frau, »und das Wasser ist dort sehr schnell gestiegen. Wir haben gerade einen Bericht erhalten, dass es einen kleinen Bruch in einem von den Pionieren der Army gebauten Sandsackdamm an der Küste von Südflorida gegeben hat. Zum Glück ist nur ein kaum entwickeltes Gebiet 250 Kilometer nördlich von Miami betroffen. Ich habe noch keine Berichte von irgendwo sonst an unseren Küsten erhalten, aber weltweit beobachtet man in Ländern mit Flut, wie das Wasser aufs Meer hinausrauscht.«

Obwohl Dave auf die über die Videoschirme laufenden Daten starrte, hatte er dem Bericht eindeutig gelauscht. Er lehnte sich auf dem Stuhl zurück und kommentierte, ohne die Daten an der Wand aus den Augen zu lassen: »Ich weiß, man hat es ihnen schon gesagt, aber warnen Sie Ihre Kollegen in diesen Ländern noch einmal, dass die Flut eine Weile vor und zurück schwappen wird, bevor sie sich letztlich setzt. Da der Mond weg ist und wir schon bald auch jeglichen Einfluss der Sonne verlieren, wird das Konzept von Ebbe und Flut völlig verschwinden.«

Margaret beugte sich vor, um einen genaueren Blick auf das Abzeichen der blonden Frau zu werfen. Die FEMA-Vertreterin schaute nervös zwischen Dave und der Präsidentin hin und her. »Jennifer, beruhigen Sie sich. Tun Sie einfach, was Dr. Holmes gesagt hat, halten Sie uns auf dem Laufenden darüber, was passiert, und haben Sie Vertrauen.« Margaret schaute zu der beunruhigten Bundesbeamtin auf und bemühte sich, ihr ein herzliches Lächeln zu schenken. »Gehen Sie jetzt und erinnern Sie alle Ihre Kollegen daran, was Dr. Holmes gesagt hat. Das müssen sich die Menschen vor Augen halten, damit sie ihre Arbeit anständig erledigen können.«

»Ja, Madam President.« Jennifer nickte schnell, wandte sich ab und hastete aus dem Kontrollzentrum.

Margaret beobachtete, wie sich Dave auf dem Sitz des Missionsleiters niederließ. Trotz des Tods eines geliebten Menschen und der Nachricht vom unerwarteten Ableben einer Kollegin schluckte er eindeutig alles hinunter, was er empfand, und behielt sich im Griff. Anerkennend nickte sie dem Mann zu. Er gehörte offensichtlich zu den intelligentesten Menschen, die sie kannte. Aber er besaß auch die mentale Stärke einiger der besten Soldaten, mit denen sie je gedient hatte.

Mit einem Anflug von Erleichterung entspannte sich Margaret ein wenig, denn sie wusste, vorerst würde sie wohl kaum irgendwelche Entscheidungen treffen müssen. Die gesamte Logistik und sämtliche Details lagen in Dr. Holmes' kompetenten Händen. Sie drehte sich dem Bildschirm zu und stellte fest, dass der Countdown gerade unter die Fünf-Minuten-Marke sank.

Die Stimme des Startleiters wurde durch das Kontrollzentrum übertragen: »*NORAD-Missionszentrale, wir stehen jetzt bei fünf Minuten bis zur Aktivierung des Warp-Rings.*«

Dann folgte Daves Stimme, als er in sein Mikrofon sprach: »*Öffentlichkeitsbeauftragter, starten Sie die Simultanübertragung des Countdowns zusammen mit den Telemetriedaten. Alle sollen sehen können, was vor sich geht. Immerhin ist das Schicksal der gesamten Menschheit jetzt unbestreitbar miteinander verbunden.*«

Der spindeldürre Öffentlichkeitsbeauftragte raste von einem Arbeitsplatz zum anderen und aktivierte die Außenübertragung, damit die Welt sehen und hören konnte, was sich in der Missionszentrale abspielte. Er drehte sich um und zeigte Dave den Daumen hoch, dann rannte er zurück zu seinem Terminal.

»*Für alle, die sich in Reichweite meiner Stimme aufhalten: Hier spricht David Holmes. Ich fungiere als Missionsleiter und übertrage aus der NORAD-Kommandozentrale im Cheyenne Mountain. Wir nähern uns der Vier-Minuten-Marke zur Aktivierung des Warp-Rings um die Erde, einer Komponente von DefenseNet.«*

Dave tippte auf sein Mikrofon, um es stummzuschalten. Er rief über die zehn Meter, die ihn vom Öffentlichkeitsbeauftragten trennten: »Können die Leute den Inhalt von Bildschirm eins schon sehen?«

Der Beamte nickte und rief zurück: »Sir, ich übertrage alles von allen Bildschirmen.«

Dave zeigte ihm den Daumen hoch, schaltete das Mikrofon wieder aktiv und begann mit einer Erklärung, während sich der Countdown fortsetzte.

»Wenn der Countdown null erreicht, werden Sie fast sofort sehen, wie der Warp-Ring heller wird, da wir aktivieren, was ich gern als Gravitationsblase bezeichne. Dann setzen wir uns tatsächlich in Bewegung.

Nur, damit Sie es wissen: Wenn das passiert, werden Sie nichts davon spüren. Wir überlisten gleichsam die Schwerkraft, und obwohl wir uns bei konstanter Beschleunigung ziemlich schnell bewegen werden, wird keine Veränderung des Schwungs zu spüren sein, weil wir uns von der Schwerkraft isoliert in besagter Blase befinden.

Sie werden auch keine unmittelbaren Veränderungen wahrnehmen, wenn es losgeht. Allerdings wird die Erde mit der Zeit schneller und schneller reisen.

Auch wenn die meisten von Ihnen wissen, dass die Erde immer in Bewegung ist, nehmen wir der Einfachheit halber an, dass wir uns derzeit nicht bewegen.

Zehn Sekunden nach Aktivierung des Warp-Rings werden wir mit etwa 2.200 Kilometern pro Stunde unterwegs sein.

Nach zehn Minuten werden es rund 130.000 Kilometer pro Stunde sein, und nach nur fünf Tagen werden wir fast ein Zehntel der Lichtgeschwindigkeit erreicht haben.

Mir ist klar, dass solche Geschwindigkeiten schwer zu verarbeiten sind. Deshalb möchte ich Ihnen etwas Greifbareres als Vergleich anbieten.

Die Voyager 1 wurde 1977 gestartet und hat 35 Jahre gebraucht, bis sie das Sonnensystem verlassen hat und in den interstellaren Raum eingedrungen ist. Wir bewältigen das in fünf Tagen.

Sie werden in den nächsten Tagen feststellen, dass die Sonne trüber wirken wird. Außerdem wird sich ihre Farbe im Vergleich zu heute verän-

dern. *Sie wird allmählich oranger und schließlich rot werden. Wenn wir fünf Tage entfernt sind, wird die Sonne wie ein großer roter Punkt am Himmel aussehen und langsam verblassen.*

Als Missionsleiter informiere ich Sie täglich auf dem Weg zu unserem endgültigen Ziel, einem Stern, der bei unserer Ankunft stark an unsere Sonne erinnern sollte.«

Dave warf einen Blick auf den Countdown, als einer der Techniker ihm ein Zeichen gab. *»Hier Startkontrolle. Noch eine Minute, Countdown angehalten. Alle Stationen bereit für Statusbericht.«*

Margaret hatte noch nie zuvor eine Startsequenz miterlebt. Fasziniert beobachtete sie, wie Dave einen Posten der Missionszentrale nach dem anderen abfragte, um sich zu vergewissern, dass alle einsatzbereit waren.

»Startleiter?«

»Alle Systeme sind bereit.«

»Technik Umspannwerke?«

»Alle Umspannwerke laufen innerhalb normaler Parameter.«

»Navigation?«

»Navigation ist bereit für Start.«

»T-COM?«

»Gesamte Kommunikation stabil. Die Startcomputer funktionieren normal. Alle Systeme sind bereit.«

Dave zeigte dem Starleiter den Daumen hoch und sagte: *»Roger. Missionszentrale, wir sind bereit für den Start. Startleiter, beginnen Sie mit dem Countdown.«*

Margaret setzte sich aufrechter hin, während sie beobachtete, wie die Sekunden heruntergezählt wurden. Alle im Raum schienen den Atem anzuhalten. Margaret verstärkte den Griff um die Armlehnen, als die letzten Sekunden anbrachen.

»Noch fünf Sekunden ... vier ... drei ... zwei ... eins ... aktivieren!«

Margaret spürte nichts, aber einer der Videoschirme, der den Himmel zeigte, wurde heller, als die Leistung hochgeschraubt und durch den Warp-Ring geleitet wurde.

»Hier NORAD-Missionskontrolle, wir alle haben soeben den ersten Schritt in ein neues Zeitalter getan ... wir haben eine bestätigte relative Vorwärtsbewegung!«

Jubel brandete durch den Raum, und mitreißende Euphorie schwappte über Margaret hinweg. Alle standen auf, drehten sich Dave zu und stimmten Applaus an. Margaret konnte sich nur vorstellen, wie es für all die Millionen, wenn nicht Milliarden Menschen gewesen sein musste, die erwartungsvoll zusahen. Höchstwahrscheinlich jubelte die gesamte Welt genau wie die Menschen im Kontrollzentrum.

All die Versprechen, die sie der Welt gegeben hatte, die Hoffnungen, die an diesem einen letzten Faden gehangen hatten – und es hatte funktioniert! Sie schluckte schwer, als sich die Erregung des Augenblicks kribbelnd durch ihren Körper ausbreitete, und sie wischte Tränen weg, die ihr über die Wangen zu laufen drohten.

Lächelnd sprach Dave ins Mikrofon: *»T-COM, zeigen Sie auf Bildschirm zwei unsere Geschwindigkeit und die zurückgelegte Entfernung an. Ich bin sicher, das wollen wir uns alle in den nächsten neun Monaten ansehen.*

An das gesamte Team der Missionszentrale, gute Arbeit. Denken Sie daran, dass wir noch eine lange Reise vor uns haben. Ich werde ab morgen, 14:00 Uhr GMT, das entspricht 9:00 Uhr ET, täglich berichten.«

Margaret stand auf, ging zu Dave, zog ihn in eine Umarmung und flüsterte ihm zu: »Ihnen ist schon klar, dass Sie als Vater eines neuen Weltraumzeitalters in die Geschichte eingehen, oder?«

Mit verlegener Miene trat Dave zurück und zuckte mit den Schultern. »Ich werde es mir nicht zu Kopf steigen lassen.«

Margaret klatschte ihm freundschaftlich gegen den Arm und lächelte. »Wir haben noch viel Arbeit vor uns, aber jetzt ist erst mal Zeit zum Feiern.«

Margaret stieg aus dem Militärtransporter, um eine nahe Notunterkunft in Colorado Springs zu besuchen.

Sie schaute zum Himmel, und obwohl sie in eine dicke Jacke gepackt war, zitterte sie in der klirrenden Kälte. Es half sicher auch nicht, dass sie sich mitten im Winter in einer Höhe von 1.800 Metern über dem Meeresspiegel befand. Obwohl es Mittag war, zeichnete sich die Sonne nur als kleine, weit entfernte, orange Scheibe ab, während die Erde zu einem anderen fernen Stern raste.

Mehr als vier Tage waren seit Beginn ihrer Reise vergangen. Zum Glück war der kritische Teil des ersten Tags vorbei. Dave und dem Rest des Kontrollteams war es gelungen, den Trümmerwellen auszuweichen, die direkt auf die Erde zugerast waren. Mittlerweile hatten sie den Planeten auf sein endgültiges Ziel ausgerichtet.

Ungewöhnlich war zu Beginn ihrer Reise nur das Lichtspektakel der Sternschnuppen hoch in der Atmosphäre. Wie durch ein Wunder schlug keines der Trümmer, die es durch die Erdatmosphäre schafften, in besiedelten Gebieten ein. Sehr wohl jedoch gab es vereinzelte Berichte über Explosionen hoch am Himmel, und in einigen Fällen waren die Schockwellen so stark, dass sie Fenster über Hunderte Kilometer zum Rattern brachten.

Da sich die Erde mittlerweile am Rand des Sonnensystems befand, hatte sich viel geändert.

Je weiter sie reisten, desto geringer wurden die Unterschiede zwischen Tag und Nacht. Auf diesem Breitengrad herrschte ein ständiger Dämmerzustand aufgrund der Entfernung zu dem schillernden Lichtband über dem Äquator.

Ein Colonel ihrer Eskorte näherte sich Margaret, salutierte und deutete zu einem entfernten Gebäude. »Madam President, Evakuierungsanlage CS-Alpha ist für Sie bereit.«

Margaret musste den Instinkt unterdrücken, ebenfalls zu salutieren. Stattdessen lächelte sie den uniformierten Offizier an. »Danke, Colonel Hawkins. Gehen Sie voraus.«

Während sie die gesamte Evakuierungsanlage durchquerten, sagte der Colonel: »Madam President, CS-Alpha ist ein Auffanglager. Wir beherbergen also hauptsächlich Menschen, für die in den ersten Evakuierungsanlagen kein Platz mehr war. Etwa die Hälfte unserer 10.000 Evakuierten stammt von irgendwo an der kalifornischen Küste, die andere Hälfte überwiegend von der Golfküste.«

Der Colonel schwenkte den Arm über die Schotterstraße, die durch die Mitte des Lagers verlief. »Das ist die Hauptstraße, auf der motorisierter Verkehr ausschließlich für Einsatzfahrzeuge gestattet ist. Ansonsten handelt es sich um eine reine Fußgängerzone. Wir haben alle Annehmlichkeiten, die man in einem Zuhause erwarten kann, unter anderem eine Konsumgüterversorgungskette mit Rationskarten als Zahlungsmittel. Darüber können die Menschen beziehen, was sie brauchen – Zahnpasta, Kleidung und Sonstiges.«

Margaret bemerkte ein rotes Kreuz auf einem mehrstöckigen Gebäude vor ihnen rechts. »Ein Krankenhaus?«

»Ja, Madam President. Wir haben ein Krankenhaus mit 100 Betten und einem topmodernen Operationssaal.« Er schwenkte den Arm nach Norden und fügte hinzu: »Auf der anderen Seite der Hauptstraße liegt unser Wohngebiet. Es mag wie ein schneebedecktes Feld aussehen, aber wir haben deutlich über 1.000 Häuser für jeweils bis zu sechs Personen, außerdem einen Kasernenbereich, der knapp 8.000 Menschen beherbergen kann.«

»Wohin gehen die Menschen, um Informationen über das aktuelle Geschehen zu bekommen? Zum Beispiel, wenn sie erfahren wollen, wie es mit unserer Reise vorangeht oder ob es eine öffentliche Rede gibt, die sie sich ansehen sollten?«

Der Colonel zog ein kastenförmiges Gerät vom Gürtel und zeigte Margaret, dass es einen Bildbildschirm besaß, der die Übertragungen aus der NORAD-Missionszentrale anzeigte. »Jede Familie hat einen tragbaren Videoempfänger erhalten. Wir haben eine Verstärkerantenne, die das Signal überall hier ausstrahlt.«

Der Colonel steckte den Empfänger zurück an den Gürtel und wandte sich nach links zu einem sehr großen Gebäude. Er öffnete die Tür und bedeutete Margaret, einzutreten.

Der Geruch von frisch gebackenem Brot und Hamburgern auf einem Grill wehte ihr entgegen.

Der Colonel erklärte sachlich: »Das ist unser Speisesaal.«

Das Gebäude war um die 15 Meter breit und mehrere Male so lang. Ein steter Strom von Menschen ging ein und aus.

»Wir servieren rund um die Uhr, und ich gebe gern zu, dass ich seit meiner Ankunft hier wahrscheinlich ein paar Kilo zugenommen habe. Das Essen ist tatsächlich ziemlich gut.«

Unwillkürlich lächelte Margaret, während sie die Menschen beobachtete, die sich geordnet anstellten, um ihre Teller zu füllen, und die lächelnden Gesichter von Kindern auf den Hunderten Sitzbänken. Einige der Leute in ihrer Nähe schauten auf, als sie mit dem Colonel an ihnen vorbeiging.

Mehrere schnappten nach Luft, und ihre Augen wurden groß, als sie Margaret erkannten. Eine Frau rief: »Präsidentin Hager, wird alles gut? Ich habe von den schrecklichen Unruhen in San Francisco gehört. Hatten die nicht irgendwas mit einer Sekte zu tun?«

Margaret drehte sich um und ging auf die Frau zu. Sie selbst erhielt regelmäßig Berichte über das Blutvergießen bei der Ausrottung der Bruderschaft. Aber sie war sich nicht sicher, wie viel über die Einzelheiten der von ihr entsandten Beseitigungsteams an die Öffentlichkeit gedrungen war.

Margaret legte der verängstigten Frau die Hände auf die Schultern und sprach laut genug, dass auch andere sie hören konnten. »Ich weiß, dass Sie erfahren haben, was diese Gruppe getan hat, die sich als Bruderschaft bezeichnet. Ihr Übel wird in einer zivilisierten Gesellschaft nicht toleriert, und ich schwöre Ihnen – diese Leute werden uns nicht mehr belästigen. Sie alle sind hier sicher, und wenn wir unser Ziel erreicht haben, muss sich niemand mehr Sorgen wegen dieser Verrückten machen.«

Einer der Männer in der Nähe hielt ein kleines Kind, kaum älter als George. Er beugte sich näher und sagte: »Ich hab meinem Sohn Xavier erzählt, dass es nur deshalb dunkler wird, weil wir an einen neuen Ort reisen. Einen Ort, an dem wir alle in Sicherheit sind. Das stimmt doch, nicht wahr, Präsidentin Hager?«

Margaret lächelte, legte dem Kleinen die Hand auf die Wange und sprach direkt mit dem Jungen. »Xavier, wir reisen superschnell zu unserem neuen Zuhause. Ich weiß, dass sich dein Vater Sorgen macht, aber ich glaube, du kannst ihm helfen. Kannst du mir versprechen, dass du tapfer bist und deinen Dad beschützt, bis wir in unserer neuen Heimat sind? Er braucht das Gefühl, dass euch nichts passieren kann.«

Der Junge blinzelte, bevor er mit entschlossenem Gesichtsausdruck nickte. Dann schlang Xavier die Arme um den Hals seines Vaters, küsste ihn auf die Wange und sagte: »Es wird alles gut, Daddy, ich pass auf dich auf.«

Margaret warf dem Colonel einen Blick zu und zeigte auf die Schlange an der Essensausgabe. »Holen wir uns einen Teller. Ich möchte mich mit den Leuten zusammensetzen und mit ihnen reden, um zu erfahren, wie es ihnen geht. Sie wissen schon, ein Gefühl für die Umgebung bekommen, um zu sehen, ob es irgendetwas gibt, das ich tun kann.«

Hinter ihnen öffnete sich die Tür. Ein bitterkalter Windstoß fegte herein. Margaret sträubten sich die Nackenhaare.

Als der Colonel sie zur Schlange der Wartenden führte, sorgte sie sich still, wie es in ein paar Wochen nach dem völligen Verschwinden des wärmenden Einflusses der Sonne sein würde.

KAPITEL ACHTUNDDREISSIG

Dave starrte auf den Videoschirm in der Missionszentrale. Er saß an einem der Terminals, und ihm war übel. Mit geschlossenen Augen lauschte er den Stimmen der dem Untergang geweihten Minenbesatzung, die sich von ihrer Familie verabschiedete. Er schluckte schwer um den Kloß herum, der sich in seinem Hals gebildet hatte. Dave war eben erst über die Nachzügler mehrerer Bergbaukolonien informiert worden, die aus verschiedenen Gründen die Erde nicht vor ihrer Abreise erreichen konnten. Unwillkürlich musste er an Bella denken und sich fragen, ob all diese Toten nicht irgendwie vermeidbar gewesen wären.

Er wandte sich an eine der Technikerinnen, der Tränen über die Wangen liefen, und fragte: »Wie viele macht das?«

Die Frau wischte die Tränen schnell weg und antwortete: »Sir, 22 von der Asteroidenbergbauexpedition und weitere 125 Seelen von anderen Anlagen.«

Dave nickte mit geschürzten Lippen. Irgendwie ahnte er, dass er emotionale Narben von jedem dieser verlorenen Leben davontragen würde. Alles Söhne, Töchter, Ehemänner, Ehefrauen. Menschen, für die er sich verantwortlich fühlte.

»Sir!« Die Technikerin zeigte auf den Bildschirm. »Das kommt vom Asteroidenvermessungsschiff. Es befindet sich ungefähr an der Stelle, an der die Erde vor unserer Abreise war.«

»Ich fürchte, es kommt 45 Tage zu spät«, murmelte Dave niedergeschlagen, als er den Blick auf den Bildschirm richtete.

Dann schnappte er nach Luft, als er etwas sah, das ihm einen eiskalten Schauder über den Rücken jagte.

Die über etliche Millionen Kilometer übertragene Ansicht der Weitwinkelkamera der Raumstation zeigte den Anfang vom Ende.

Wellenförmige gelbe Ströme heißer Gase schlängelten sich von der Sonne weg.

Der Einfluss des schwarzen Lochs war inzwischen so nah, dass er sichtbar die Sonne selbst beeinträchtigte.

Wallende Gaswolken erstreckten sich durch die Dunkelheit des Alls in Richtung der dunklen Sphäre. Die Enden wickelten sich schnell um das rasant rotierende schwarze Loch. Plötzlich schossen zwei Strahlen aus hocherhitztem Gas oben und unten aus dem schwarzen Loch.

Bisher hatte Dave Beweise für solche Ereignisse nur aus einer Entfernung von Hunderten Millionen Lichtjahren gesehen.

Er wusste, dass sengende Energiewellen davon ausgehen mussten.

Weitere Ströme von der Oberfläche der Sonne zogen sich wie Fäden in Richtung des nahenden Untergangs.

Da Dave kein Mikrofon angelegt hatte, sprang er auf, zeigte auf den Kommunikationstechniker auf der anderen Seite des Raums und rief: »T-COM, sorgen Sie dafür, dass diese Bilder ausgestrahlt werden! Ich will, dass alle sehen, wie knapp wir der totalen Vernichtung entgangen sind.«

Der Kamerawinkel drehte sich wild, als die Raumstation offensichtlich von unvorstellbaren Gravitationskräften durchgeschüttelt wurde. Aber die Einstellung der Kamera wurde angepasst und richtete sich wieder auf das schwarze Loch.

»Da lebt noch jemand«, flüsterte Dave ehrfürchtig. »Sie schicken uns das als letzte selbstlose Tat.«

Das schwarze Loch war nicht mehr erkennbar.

Die Dunkelheit war verschwunden, abgelöst von einer winzigen, pulsierenden, glühenden Kugel der Vernichtung, aus der unvorstellbare Energie sowohl von unten als auch von oben ins All strahlte.

In den nächsten zehn Minuten beobachtete Dave, wie das Bild der Zerstörung näher und näher rückte.

Er hatte von Anfang an gewusst, dass die Raumstation dem Untergang geweiht war, aber mittlerweile würden es auch alle anderen Zuschauer wissen.

Das rotierende Höllenfeuer rückten immer näher, und die Bilder wurden körnig.

»Die Übertragung von der Raumstation wird wahrscheinlich verzerrt. Das Signal selbst wird durch die unfassbare Schwerkraft des schwarzen Lochs gekrümmt.«

Und plötzlich endete die Übertragung.

Dave griff sich ein Mikrofon und sagte: »Lasst uns für diese 22 Seelen und für die anderen 125 beten, die es nicht geschafft haben. Wir haben gerade miterlebt, was uns allen geblüht hätte, wären wir geblieben.«

Dave sah sich die Videoübertragung mit gerunzelter Stirn an. Zu seiner Linken saß die Präsidentin.

»Hier ist Nigel Collins von BBC News. Ich berichte über die große Säuberung von 2066. Die Welle des Chaos, die über Großbritannien geschwappt ist, hat ein offizielles Ende gefunden, da die letzten Mitglieder des als ›Bruderschaft der Gerechten‹ bekannten Todeskults verhaftet oder getötet sind. Von den Shetland-Inseln im Norden bis St. Agnes auf den Scilly-Inseln im Süden haben die Briten dieses schwärende Übel ausgemerzt, das über die Jahre so viele Unschuldige das Leben gekostet hat. Tausende der Kultanhänger sind tot. Aber das verblasst im Vergleich zu den Millionen, die Berichten zufolge weltweit getötet wurden.«

Dave zuckte zusammen, als er die makabren Szenen aus aller Welt sah. Scheiterhaufen in Indien, Massengräber in China und ein regelrechtes Blutbad, wo sich Gruppen von Fanatikern zusammengeschlossen hatten und von den Armeen der Welt niedergemetzelt wurden.

»Ich freue mich, berichten zu können, dass es mit dieser Geißel der Menschheit vorbei ist. Borislaw Rakowski, der charismatische Anführer der Sekte, ist nach einem blutigen Gefecht vor der Stadt Pernik in Westbulgarien endlich seinem Schöpfer gegenübergetreten.«

Dave verblüffte das grausige Bild eines blutverschmierten Gesichts mit papierweißer Haut. »Ein Albino?«

Margaret nickte. »Ich hätte früher damit an die Öffentlichkeit gehen sollen, was für eine Bedrohung diese Arschlöcher waren ...«

Dave atmete tief durch. Während er beobachtete, wie weitere Bilder von Verstümmelung und Tod über den Bildschirm zogen, schüttelte er den Kopf. »Ich hab genug von Wut und Gewalt.« Er sah die Präsidentin an. »Verstehen Sie mich nicht falsch, ich wollte die alle tot sehen. Aber ich muss zugeben, dass ich nach Bellas Tod eine Zeit lang uns alle die kosmische Toilette des schwarzen Lochs runterspülen wollte. Mir war alles egal. Nur glaube ich nicht, dass Bella das gewollt hätte. Und es ist auch nicht mehr, was ich will. Ich bin aus einem bestimmten Grund auf der Erde, das weiß ich. Zumindest weiß ich es jetzt.«

Ein Klingeln dröhnte aus einem versteckt in den Schreibtisch der Präsidentin eingebauten Lautsprecher. Dave blickte hinab und sah den Namen »Karen Fultondale«, als Margaret auf das Telefonsymbol tippte. »Karen, was gibt's?«

»Präsidentin Hager, ich habe eine bedauerliche Nachricht. Anscheinend kommt es in Gefängnissen überall immer wieder zu Zwischenfällen, seit wir damit an die Öffentlichkeit gegangen sind, was dieser Kult der Bruderschaft getan hat. Die Fraktionen, durch die normalerweise ein Patt im Strafvollzugssystem entsteht, haben sich gegen die Mitglieder der Bruderschaft gewandt. Das hat anscheinend eine Vielzahl sogenannter Unfälle zur Folge. Tausende. Greg Hildebrand ist Opfer eines solchen Unfalls geworden.«

Die Erinnerungen an diesen Arsch rasten Dave durch den Kopf, und eine Wut, die er begraben geglaubt hatte, stieg unverhofft in ihm auf.

»Madam President, Hildebrand ist tot. Ich persönlich vermute stark, dass viele der Wärter an diesen Unfällen im gesamten Strafvollzug nicht ganz unbeteiligt sind. Ich wollte Sie einerseits über Hildebrand informieren und andererseits fragen, welche Maßnahmen Sie ergreifen wollen.«

Mit einem hämischen Grinsen erwiderte Margaret: »Keine. Höchstens Straferlass für die Täter, wenn sie uns helfen, jeden einzelnen dieser mittelalterlichen Primaten vom Angesicht der Erde zu tilgen.«

Dave lächelte über die gestammelte Erwiderung der FBI-Direktorin.

»J-ja, Ma'am, verstanden. Das ist alles, was ich zu berichten habe.«

Margaret zwinkerte Dave zu und teilte sein Lächeln. »Danke, Karen, wir reden bei der nächsten geplanten Besprechung weiter.« Damit tippte sie auf das Telefonsymbol und beendete den Anruf.

Trotz der Nachricht über zügellos um sich greifenden Tod und Zerstörung fühlte sich Dave überraschend optimistisch. »Schon bald werden die alle nur noch eine Erinnerung sein.«

»Das hoffe ich stark«, sagte Margaret und nickte. »Ich habe Sie noch aus einem anderen Grund hergebeten. Ich weiß nicht, ob Sie seit der Abreise überhaupt schon außerhalb der Anlage waren, aber die Welt draußen wird deutlich kälter.«

Dave war seit seiner Ankunft aus Ecuador tatsächlich nicht mehr draußen gewesen. Er konnte sich gut vorstellen, dass die Wärmewirkung des Warp-Rings im Kampf gegen die eisigen Finger des interstellaren Raums nicht die Hoffnungen aller erfüllte.

Margaret wischte über die Tischplatte und regelte die Lautstärke höher, damit sie eine Übertragung aus Cleveland in Ohio hören konnten, über 2.000 Kilometer entfernt.

»Guten Morgen, Leute. Hier Peter Weston von WKYC. Ich fliege gerade über den Ufern des Eriesees. Bestimmt fragt sich so mancher, ob wir ihn nicht künftig einfach Erie-Eisbahn nennen sollten.

Wir haben derzeit -17 Grad Celsius in Cleveland. Wie es aussieht, werden die Höchstwerte heute immer noch frostige -9 Grad erreichen. Damit wir den Überblick behalten: Mittlerweile sind 46 Tage seit unserer Abreise vergangen, und wie inzwischen jeder weiß, erleben wir hier in der Rock-and-Roll-Hauptstadt der Welt einen Rekordwinter. Ich habe eben einen Bericht erhalten, dass zum ersten Mal seit Menschengedenken alle fünf Großen Seen zugefroren sind. Ja, hier haben Sie es als Erstes erfahren, Eis überzieht alle Großen Seen. Ich kann Ihnen nur raten, sich warm einzupacken, denn es sieht so aus, als würde es ein langer Winter werden.

Ach ja, und falls jemand heute zum Eisfischen auf den Eriesee geht, um sein Glück zu versuchen, ich werde in ein paar Stunden draußen sein und nach einem Glasaugenbarsch Ausschau halten. Lasst mir was übrig.

Hier ist Peter Weston von WKYC mit dem Rat: Zieht euch warm an und umarmt eure Lieben.«

Dave spürte den Blick der Präsidentin und ahnte, was ihr durch den Kopf ging. Sie wollte wissen, ob er etwas gegen die Kälte unternehmen konnte.

Margaret tippte auf eine Taste auf dem Tisch, und die Videoübertragung endete. »Mir liegen Berichte vor, dass sich die polaren Eiskappen mit einer noch nie dagewesenen Geschwindigkeit ausweiten und der Meeresspiegel überall auf der Erde bereits um mehrere Zentimeter gesunken ist. Klimaforscher schätzen, dass es weltweit etwa zwanzig Grad kälter ist als normal.«

Dave richtete den Blick auf die Präsidentin und konnte ihre Bedenken nachvollziehen. Ihn plagten dieselben Sorgen. »Ich habe gehört, dass Lebensmittel kein Problem sind. Abgesehen von der Kälte kommen die Menschen doch gut über die Runden und leiden keinen Hunger, richtig?«

»Richtig«, bestätigte Margaret. »Die Lebensmittelversorgung ist tatsächlich gut. Mit dem rund um die Uhr scheinenden Licht in Äquatornähe werden Rekorde in der Nahrungsmittelproduktion erzielt. Zum Glück gleicht dieser Überschuss das Defizit in den nördlicheren und südlicheren Breitengraden aus. Dave, glauben Sie, dass man irgendetwas gegen die Temperaturen machen kann, bevor wir unser Ziel erreichen? Ich fürchte, wir könnten ernste Probleme bekommen, wenn es noch viel kälter wird.« Die Präsidentin zog eine Augenbraue hoch und bedachte ihn mit einem verhaltenen Lächeln. »Wenn Sie keine Ideen haben, verstehe ich das natürlich – aber Sie stecken normalerweise voller Überraschungen.«

Dave drehte sich der Präsidentin zu und erwiderte: »Ich müsste vielleicht ein paar Laborgeräte holen, um das eine oder andere zu testen ...«

»Geht klar.«

»Ich brauche Klimaberichte über alle Breitengrade nördlich und südlich des Äquators, und ich müsste wohl mit jemandem reden, der sich mit meteorologischen Modellen auskennt.«

»Kein Problem.« Der amüsierte Ausdruck im Gesicht der Präsidentin wurde unübersehbar. »Ich mache ein paar Anrufe. Betrachten Sie es als erledigt.«

»Wenn sich alles beruhigt hat, gönne ich mir einen langen Urlaub und verstecke mich irgendwo in einer Höhle.« Dave stöhnte, als er aufstand. »Sobald ich die Daten habe, werde ich ein paar Tage brauchen, um Zahlen zu wälzen, aber ich werde sehen, was ich tun kann.«

»Ich habe vollstes Vertrauen, dass Sie tun werden, was immer Sie können.« Margaret zwinkerte.

Stryker und Lainie standen in einem der sechs Speisesäle vor dem großen Bildschirm und warteten auf eine der regelmäßigen Mitteilungen vom NORAD.

Fast alle Menschen im Evakuierungszentrum hatten den Hang, sich um die zahlreichen Videoübertragungen zu versammeln, um sich die neuesten Nachrichten anzusehen. In jedem Fall war es beruhigend, etwas von den Leuten zu hören, die sie alle an einen neuen Ort steuerten.

Stryker blies mit dem Atem einen Dampfring aus, als sich Lainie zitternd an ihn lehnte.

Seit sie die Sonne und alles, was die Menschheit je gekannt hatte, hinter sich gelassen hatten, war es erheblich kälter geworden.

Die Temperaturen waren so dramatisch gesunken, dass einige der Kiefernbäume vor Kälte buchstäblich explodiert waren.

Zusammen mit den anderen Militärpolizisten arbeitete Stryker ständig daran, in den Unterkünften und Versammlungsstätten für so viel Wärme wie möglich zu sorgen.

Es reichte zwar nicht, aber alle schlugen sich durch, so gut sie konnten.

Manchmal wurde Stryker einfach nicht schlau aus Lainie. Im einen Moment suchte sie geradezu verzweifelt seine Nähe, im nächsten spürte er eine tief verwurzelte Angst in ihr. Zumindest wohnten Lainie und er wieder unter einem Dach, auch wenn sie noch nicht dasselbe Bett teilten.

Er warf einen Blick zu seinen Kindern, die mit einigen jüngeren Kids einen Ball hin und her rollten. Emma und Isaac jedenfalls schien zu freuen, dass wieder alle zusammen waren.

Stryker schlang den Arm um Lainies Taille und zog sie näher. »Alles in Ordnung?«

»Mir ist immer noch eiskalt.«

Isaac und Emma lösten sich von den anderen Kindern und kamen angerannt. Der Junge prallte gegen das Bein seines Vaters und bedachte ihn mit einer innigen Umarmung.

»Und?«, fragte Stryker. »Seid ihr zwei aufgeregt darüber, was die Präsidentin gesagt hat? Ich meine, als *ich* ein Kind war, konnte ich nur davon träumen, einen neuen Stern zu besuchen. Ist, als würden Dinge aus meinen Fantasien auf einmal wahr.«

Mit nachdenklichem Gesichtsausdruck nickte Isaac. »Ich finde das alles ziemlich cool.«

»Äh, Daddy?«

»Was gibt's, Emma?«

»Werden Vampire jetzt auch wahr?«

Lachend schüttelte Stryker den Kopf. »Nein! Wie kommst du bloß darauf?«

»Na ja, du hast gesagt, manchmal werden Fantasien wahr. Tante Jessica hat uns ein Buch über Vampire vorgelesen. Deshalb hab ich mich das gefragt.«

»Nein, Vampire gibt's nicht wirklich«, beruhigte Stryker sie.

»Aber was, wenn sie Wirklichkeit werden?« Plötzlich schaute Isaac besorgt drein.

Stryker griff zu einem von der Decke hängenden Knoblauchstrang und brach zwei Zehen davon ab.

»Hier«, sagte er und reichte Emma und Isaac je eine Knoblauchzehe. »Macht euch keine Sorgen. Falls ihr wirklich einen Vampir seht, zeigt ihr ihm das einfach, und er rennt weg. Vertraut mir, das funktioniert.«

Emma umklammerte die Knoblauchzehe fest mit beiden Händen und nickte. »Das stimmt. Es kommt in einer von Tante Jessicas Geschichten vor.«

Stryker zerzauste beiden Kindern die Haare und grinste Lainie an.

Sie musterte ihn, und kurz, bevor sie sich wegdrehte, vermeinte er, flüchtig ein Lächeln bemerkt zu haben.

Nach vielen mühsamen Diskussionen mit Klimatologen, denen Dave die Antworten teilweise aus der Nase ziehen musste, und nach den Ergebnissen einiger eigener Experimente hatte Dave genug Informationen, um das Risiko einiger Änderungen einzugehen.

Er befestigte ein Mikrofon am Revers, schaute zum Öffentlichkeitsbeauftragten und zeigte ihm den Daumen hoch.

»Hier ist die NORAD-Missionszentrale mit einem Bericht zum 56. Tag unserer Reise. Es spricht wieder Dave Holmes.« Dave ließ sich auf dem Stuhl des Missionsleiters in der Mitte des Kontrollzentrums nieder. »Bisher haben wir knapp 722 Milliarden Kilometer zurückgelegt. Das entspricht ungefähr der Entfernung, die Licht in etwa 28 Tagen reist.

T-COM, rufen Sie die Videoübertragungen aus Palomar und vom GALEX2-Teleskop im Orbit auf und legen Sie beides auf Bildschirm drei.«

Dave betrachtete die ständig aktualisierten Telemetriedaten auf dem

Bildschirm links im Raum. Sie hielten bei fast 99 Prozent der Lichtge-schwindigkeit. Er wusste, dass sie in den nächsten fünf Minuten erneut Geschichte schreiben würden.

Als er hörte, wie sich die Tür hinter ihm öffnete und schloss, drehten sich viele Mitarbeiter der Kommandozentrale in seine Richtung und starrten hin. Daran erkannte Dave, dass sich Präsidentin Hager näherte.

»Dr. Holmes.« In der Stimme der Präsidentin schwang Aufregung mit. »Ein weiteres monumentales Ereignis, nicht wahr?«

Dave schaltete das Mikrofon stumm. »So ist es. Wir stehen an der Schwelle zur Lichtgeschwindigkeit.«

Die Präsidentin nahm rechts von Dave Platz. »Ich habe gesehen, dass ich Ihren Anruf vorhin verpasst habe. Glauben Sie, dass Sie gegen das kalte Wetter helfen können?«

Dave nickte. »Ich habe Tests durchgeführt. Es ist zwar keine perfekte Lösung, aber ich denke, wir können etwas mehr Leistung durch den Warp-Ring leiten. Dadurch wird er etwas heller und sollte hoffentlich ein wenig mehr Kälte abhalten.«

»Wir liegen jetzt im Schnitt ungefähr zwölf Grad unter unseren früheren weltweiten Durchschnittstemperaturen. Wie viel wird es Ihrer Meinung nach helfen?«

»Offen gestanden glaube ich nicht, dass es viel bringt. Nach Gesprä-chen mit den Klimatologen, mit denen Sie mich zusammengebracht haben, denke ich, wir können die aktuelle Temperatur bestenfalls halten. Oder vielleicht um ein bis zwei Grad erhöhen.«

»Oh.« Margaret klang enttäuscht.

Dave drehte sich ihr zu, zeigte zur Decke und erklärte: »Man muss sich vor Augen halten, dass sich das Licht, das der Warp-Ring spendet, nicht mit der Gesamtleistung der Sonne vergleichen lässt. Nicht mal annä-hernd. Es hat sich herausgestellt, dass wir die Energie selbst mit einem ordentlichen Sicherheitspolster noch höher schrauben könnten, als ich es vorhabe. Nur würden dann die Gebiete entlang des Äquators versengt. Selbst mit der Anpassung, die ich vornehme, wird es für die Menschen dort am Ende um sechs Grad wärmer als normal. Mehr als das können wir nicht riskieren.«

Die Präsidentin nickte. »Ich verstehe.«

»Wahrscheinlich sollte ich Ihnen auch die gute Neuigkeit mitteilen«, fügte Dave verschmitzt hinzu.

Margaret beugte sich vor und sah ihn fragend an. »Gute Neuigkeit?«

»Ja«, bestätigte Dave. »Mit der zusätzlichen Leistung, die wir in den Warp-Ring pumpen, wird sich unsere Beschleunigungskurve ziemlich stark verändern. Das sollte unsere Reisezeit um etwa zwei Monate verkürzen.«

»Das sind fantastische Neuigkeiten!« Margarets Augen wurden groß, und sie grinste von einem Ohr zum anderen.

Dave lehnte sich auf dem Stuhl zurück. »Ich dachte mir, das könnte den Schock etwas mildern, wenn Sie die Lage mit dem Wetter erklären.«

Margaret betrachtete den Videoschirm, der die Ansichten der Teleskope anzeigte. »Ich weiß, das Erreichen der Lichtgeschwindigkeit ist ein großer Meilenstein. Aber was ist mit den Teleskopen? Wonach suchen Sie?«

»Na ja, eigentlich wollte ich etwas bestätigen, was ich von Anfang an vermutet hatte.« Dave hob die Hand und zeigte auf den Bildschirm rechts im Raum. »Das Video in der oberen Hälfte zeigt, was hinter uns liegt. Mit bloßem Auge ist von dem Licht nichts erkennbar. Wir haben alles so sehr rotverschoben, dass es auf einer Wellenlänge liegt, die wir nicht sehen können. Tief im Infrarotbereich.«

Margaret schüttelte den Kopf und lächelte Dave ironisch an. »Dr. Holmes, gehen Sie davon aus, dass ich wissenschaftlich nicht besonders versiert bin. Rotverschiebung?«

»Oh, tut mir leid. Wie man ein Objekt sieht, hängt vom Licht ab, das davon abgestrahlt oder reflektiert wird. Die Sterne strahlen Licht ab.« Dave verstummte, rieb sich das Kinn und überlegte, wie er das Konzept am besten erklären könnte. »Nehmen wir an, Sie haben eine lange Schnur, die Sie auf und ab schwenken, sodass Wellen darin entstehen. Stellen Sie sich vor, dass Licht in Wirklichkeit wie die Wellen in der Schnur aussieht. Es handelt sich lediglich um eine Reihe von Energiewellen. Diese Wellen haben alle eine bestimmte Länge. Wenn man sich mit dem Ende der Schnur weiter entfernt, werden die Wellen länger. Genauso verhält sich Licht, wenn man sich davon entfernt. Die Welle holt einen immer noch ein, aber aus der eigenen Perspektive scheint sie länger zu sein. Und je länger die Welle ist, desto röter erscheint sie. Irgendwann wird die Welle so lang, dass unsere Augen sie nicht mehr wahrnehmen können. An der Stelle tritt das Licht in den Infrarotbereich ein. Und den zeigt die obere Hälfte von Bildschirm drei. Die Sterne hinter uns mögen mit bloßem Auge

nicht sichtbar sein, aber mit einem Teleskop, das Infrarotstrahlen wahrnimmt, können wir sie sichtbar machen.«

»Hat der Mond deshalb rot gewirkt?«, fragte Margaret. »Weil er mit so
hoher Geschwindigkeit davongerast ist?«

»Ganz genau.« Dave verspürte einen Anflug von Traurigkeit, als er an
Neetas unüberlegte Entscheidung erinnert wurde.

Die Präsidentin schürzte nachdenklich die Lippen. »Es ist also wie ein
Regenbogen, und wenn man sich nähert, werden die Wellen kürzer und
somit violetter?«

Dave lächelte. »Das nennt sich Blauverschiebung, aber ja, Sie haben
recht. Wenn wir uns dem Licht nähern, wird die Wellenlänge kürzer und
verschiebt sich weiter in den blauen Bereich, dann in den violetten und
schließlich in den ultravioletten, den wir nur mit spezieller Ausrüstung
sehen können. Die untere Hälfte von Bildschirm drei zeigt, was ein satelli-
tengestütztes Teleskop wahrnimmt. Der Großteil dessen, was wir vor uns
am Himmel haben, liegt im ultravioletten Bereich. Mich interessiert vor
allem, was mit dem Licht passiert, das wir sehen, wenn wir letztlich die
Lichtgeschwindigkeit erreichen.«

Dave warf einen Blick auf ihre aktuelle Geschwindigkeit und schaltete
das Mikrofon wieder aktiv.

»T-COM, holen Sie den Kommunikationsverantwortlichen im
Umspannwerk Ecuador online.«

»*Umspannwerk Ecuador ist jetzt online.*«

»Wir halten bei 99,5 Prozent der Lichtgeschwindigkeit, weiter stei-
gend. Missionsleiter an Umspannwerk Ecuador: Erhöhen Sie die
Ausgangsleistung um zehn Prozent.«

Dave beobachtete, wie die durch den Warp-Ring fließende Gesamtleistung langsam zunahm und sich ihre Geschwindigkeit entsprechend
steigerte.

Lächelnd drehte er sich Margaret zu und fragte: »Haben Sie je die alte
Fernsehserie *Raumschiff Enterprise* gesehen?«

»Natürlich. Ich hatte immer eine Schwäche für diesen asiatischen Offizier«, gestand Margaret mit einem uncharakteristischen Anflug von Verle-
genheit. »Ist kein Zufall, dass mein Mann der starke, stille asiatische Typ
ist. Ich kann mich nur nicht an den Namen der Figur erinnern.«

Dave lachte. »Sein Name war Sulu.«

»Richtig, Sulu! Also haben Sie sich den alten Schinken auch angesehen? Ich bin vorher noch nie jemandem begegnet, der sich das aus den Archiven geholt hat.«

Dave lächelte, als er sah, wie sich die Geschwindigkeit 99,9 Prozent der Lichtgeschwindigkeit näherte. »Das wollte ich schon immer mal sagen ...«

Als die Erde kurz davorstand, die Barriere der Lichtgeschwindigkeit zu durchbrechen, streckte Dave den Arm nach vorn und sagte ins Mikrofon: »Mr. Sulu, Warp eins!«

In dem Moment, als die Erde die Lichtgeschwindigkeit erreichte, knisterte es aus den Lautsprechern.

»*Warp eins bestätigt, Sir!*«

Dave konnte gerade noch sein Mikrofon stummschalten, bevor er in Gelächter ausbrach. Der Öffentlichkeitsverantwortliche stand an seiner Station auf, schaute zu Dave zurück und zeigte ihm lächelnd beide Daumen hoch.

Auch Dave lächelte, als er sich zu Margaret beugte. »Ich glaube, wir haben noch einen Fan von *Raumschiff Enterpreise*.«

Margaret schaute zu Dave auf und meinte: »Jetzt sind wir wirklich in einer neuen Ära.«

Dave richtete den Blick auf Bildschirm drei und zeigte auf die obere, völlig schwarze Hälfte. »Wie ich vermutet hatte: nichts. Nicht mal das Teleskop kann irgendetwas hinter uns sehen.«

»Ich hätte gedacht, wir würden trotzdem noch etwas sehen. Sollte die Wellenlänge nicht einfach noch tiefer in den Infrarotbereich wandern?«

Dave schüttelte den Kopf und warf einen Blick auf ihre Geschwindigkeit, die über die Lichtgeschwindigkeit hinaus zunahm. Ihn überkam ein Triumphgefühl wie in dem Moment, als sie sich ursprünglich in Bewegung gesetzt hatten. »Sollte man meinen, und normalerweise würde ich sagen, Sie haben recht. Aber wenn man genauer darüber nachdenkt ... Wir reisen gerade schneller als das Licht ...«

»Oh!«, entfuhr es Margaret. »Das Licht kann uns nicht mehr erreichen, weil wir ihm davonfliegen, richtig?«

»Genau.« Dave zeigte auf die untere Hälfte von Bildschirm drei. »Deshalb können wir auch immer noch die Sterne vor uns sehen. Na ja, zumindest mit einem UV-Detektor.«

Margaret stand auf und fragte: »Wie weit sind wir also von unserem Ziel entfernt?«

Dave tippte auf sein Mikrofon. »Navigation, wechseln Sie wie geplant zu unseren ICRS2-Koordinaten mit Tau Ceti als Ausgangspunkt und berechnen Sie basierend auf unserem Standort und unserer aktuellen Beschleunigung die neue Ankunftszeit.«

Es dauerte einige Sekunden, bis die Antwort kam.

»Auf der Grundlage der aktuellen Daten brauchen wir noch 154,75 Tage bis zum Eintritt in die Umlaufbahn von Tau Ceti.«

»Roger, Navigation.

An alle, die zuhören: Wir reisen jetzt schneller als Lichtgeschwindigkeit. Halten Sie durch. Wenn alles wie geplant verläuft, erreichen wir unser Ziel rund 63 Tage vor dem bisherigen Zeitplan.

Ich melde mich zu den üblichen Zeiten wieder aus der NORAD-Missionszentrale. Hier spricht Dave Holmes, melde mich ab.«

Als Dave das Mikrofon entfernte, fühlte er sich überraschend ruhig. Er drehte sich Margaret zu. »Der nächste echte Meilenstein wird, wenn wir abbremsen und uns in die Umlaufbahn um unseren neuen Stern schwingen.«

KAPITEL NEUNUNDDREISSIG

Fast zwei Monate waren vergangen, seit Stryker mit seiner Familie das Evakuierungszentrum verlassen hatte. Lainie hatte die Wohnung eine ganze Woche lang gelüftet, um sie von dem Modergeruch zu befreien, der sich unweigerlich an geschlossenen Orten ohne Luftzirkulation bildete.

Stryker hätte nicht erahnen können, wie alles enden würde. Im Augenblick stand er hinten in einer Ausstellung im Bronx-Abschnitt des Burt Radcliffe Science Campus. Er hielt mit seiner Exfrau Händchen, während sich die Kinder einen Kurzfilm über Weltraumforschung ansahen.

Lainie lehnte den Kopf an seine Schulter zurück, und Stryker meinte: »Wer hätte gedacht, dass Kinder ein Film über Wissenschaft so faszinieren könnte? Ihnen gefällt es hier spitze ... und mir gefällt unsere gemeinsame Zeit.«

»Mir auch.« Lainie drückte seine Hand. »Ich will nicht, dass sich daran was ändert.«

»Obwohl ich wieder bei der Polizei bin?«

Seufzend hängte sie sich bei ihm ein. »Das macht dich nun mal aus. Ich hab bloß lange gebraucht, um zu lernen, es zu akzeptieren.«

Mit Schmetterlingen im Bauch und verschwitzten Handflächen lehnte er den Kopf an ihren und flüsterte: »Willst du mich ... noch mal heiraten?«

Lainie versteifte den Körper. Stryker drehte sie zu sich herum. Tränen liefen ihr über die Wangen. Er wischte sie mit den Daumen weg. »Was ist denn los?«

Sie senkte den Blick und ergriff seine Hände. »Ich muss dir was gestehen.«

Strykers Augen wurden groß. Sein Herz donnerte in der Brust. »Was?«

»Ich hab seit einer Weile ein Geheimnis. Ich wusste nicht recht, wie ich es dir sagen sollte ...«

»Was für ein Geheimnis?« Seine Gedanken rasten in eine Reihe dunkler Gassen, und Besorgnis erfasste ihn.

Sie sah ihm in die Augen, als der Film endete und die Kinder jubelten. »Was hältst du von noch einem Kind?«

»Na ja, mit dem Gedanken hab ich mich nicht wirklich ...« Plötzlich schnappte er nach Luft. »Nein! Wirklich?« Ein Lächeln erstrahlte in seinem Gesicht, als er sich zu ihr beugte und flüsterte: »Du bist schwanger?«

Sie nickte mit einem verschämten Lächeln.

Verblüffung und Freude durchfluteten ihn, und ungebetene Tränen ließen seine Sicht verschwimmen. »Ich liebe dich, Mrs. Stryker. Bitte sag, dass du mich noch mal heiratest.«

»Ja, ich heirate dich noch mal.«

Stryker schlang die Arme um Lainie und hob sie sanft von den Füßen, als Emma und Isaac zu ihnen zurückkamen.

Isaac rief aufgeregt: »Ich will unbedingt Astronaut werden!« Emma hingegen verkündete: »Und ich Füßeckerin!«

Dave betrat das Oval Office, sah sich um und staunte unwillkürlich darüber, wie hell alles wirkte. Nach sieben Monaten in einem Berg musste er sich erst wieder an die Helligkeit der Welt und ihres neuen Sterns gewöhnen.

Die Präsidentin sprang vom Stuhl auf und begrüßte ihn mit offenen Armen. »Wie geht's Ihnen?«

»Gut«, antwortete Dave. Tatsächlich fühlte er sich besser als seit Jahren. Bellas Gesellschaft fehlte ihm entsetzlich. Aber während der Reise war er so in die Einzelheiten des Unterfangens und die regelmäßige Information der Welt vertieft gewesen, dass er zu beschäftigt gewesen war, um sich auf seine eigenen Probleme zu konzentrieren.

»Bitte, setzen Sie sich – reden wir ein bisschen.« Margaret führte ihn zu einem nahen Sofa.

Dave schaute aus dem Fenster zum strahlenden Sonnenschein und lächelte. »Hier ist es so viel schöner als in der Bunkeranlage. Ich hatte schon fast vergessen, wie es ist, über der Erde zu sein.«

»Dem stimme ich voll und ganz zu, aber es gibt noch so viel zu tun.« Die Präsidentin nickte, als sie ihm gegenüber Platz nahm. »Das Wetter hat sich schneller geändert, als ich es mir hätte vorstellen können. Für heute sind in Washington, D. C. sogar 26 Grad vorhergesagt. Diesen Morgen habe ich einen Bericht gelesen, dem zufolge die Eiskappen aufgehört haben, sich auszubreiten. Klimaforscher schätzen, dass wir weltweit innerhalb von zwei Jahren wieder in den früheren Normalzustand zurückkehren werden. Ich glaube, niemand hätte für möglich gehalten, wie schnell sich das Wetter auf unserem Planeten während der Reise ändern würde.«

»Oh, definitiv nicht«, meinte Dave und schnaubte leicht. »So was haben die Klimaforscher noch nie modelliert. Deshalb bin ich mir ziemlich sicher, dass sie ihre Zahlen frei erfunden haben, damit sich die Menschen besser fühlen. Die Daten, die sie mir gegeben haben, waren Kraut und Rüben. Ich frage mich tatsächlich, wie viel von ihren Gesamtprognosen eher fundierte Vermutungen als wissenschaftliche Modelle sind.«

Margaret lächelte Dave an. »Das Wetter ist nicht das Einzige, was sich ändert. Können Sie fassen, dass ihr verrückter Freund in Nordkorea tatsächlich seine Grenzen geöffnet hat? Zum ersten Mal seit Generationen haben Menschen in Nord- und Südkorea freien Umgang miteinander. Es kursieren Gerüchte, dass viele Generäle des obersten Führers hingerichtet wurden, um es zu ermöglichen, aber es ist passiert.« Sie drehte sich ihrem Schreibtisch zu und zeigte auf einen Stapel Papier. »Sehen Sie das? Da türmen sich mehrere Hundert Anträge von Universitäten aus dem ganzen Land um Bundeszuschüsse zur Erweiterung ihrer Wissenschaftsprogramme.

Dürfte keine Überraschung sein, dass Wissenschaft neuerdings total angesagt ist.« Die Präsidentin beugte sich vor und sah Dave in die Augen. »Es besteht der Drang, unsere neue Umgebung zu erforschen. Ich finde es ironisch, dass unsere Welt erst fast ausgelöscht werden musste, um die

Einstellung der Menschen zu ändern. Aber unsere Gesellschaft will ein Teil dieser neuen Ära sein. Ich glaube, es ist inzwischen bei der Öffentlichkeit angekommen, dass nicht nur darüber geredet wird, sondern dass wir tatsächlich in einer neuen Ära *sind*. Die Menschen wollen unser neues Sonnensystem erkunden, Physik studieren, etwas über Medizin lernen, alles Mögliche – Wissenschaft ist plötzlich sexy. Ich hätte das nie für möglich gehalten, aber Regierungen weltweit legen ihre Konflikte der Vergangenheit bei und wollen nach vorn schauen. Ich habe eben mit dem israelischen Premierminister telefoniert. Wissen Sie, was er gesagt hat?«

Dave schüttelte den Kopf.

»Er hat mir erzählt, dass man neuerdings statt religiösen Graffiti, die früher die Slums in ärmeren Teilen Israels beherrscht haben, jetzt Bilder von Raketen, Kometen und Astronauten sieht. Dave, Sie haben es praktisch nebenher geschafft, die gesamte Welt zu inspirieren. Ich brauche Ihre Hilfe.«

Dave öffnete den Mund zu einer Erwiderung. Aber bevor er ein Wort herausbrachte, fuhr Margaret fort. Sie konnte es vor Aufregung sichtlich nicht erwarten, über die jüngsten Ereignisse zu sprechen. »Ich bin erst gestern von der UNO-Generalversammlung zurückgekommen«, berichtete sie. »Es sind Bestrebungen für einen langfristigen Plan im Gang, mehr Kontrolle von Politikern auf ein noch einzurichtendes wissenschaftliches Gremium zu verlagern. Offensichtlich war Ihr Name der Erste auf der Liste möglicher Vorsitzender für ein solches Gremium.«

»Ich will auf keinen Fall etwas damit zu tun haben, irgendetwas zu regieren.« Dave schüttelte vehement den Kopf.

Margaret lächelte herzlich. »Das verlange ich ja nicht von Ihnen. Ich will Sie nur dabeihaben. Sie haben ja keine Ahnung, wie viel man über Sie spricht. Dave, Sie sind die Stimme, die den Menschen während dieser Reise Trost gespendet hat. Ich war das mit Sicherheit nicht. Allein durch Ihren Ruf sind Sie für die meisten Menschen weltweit eine beinah gottähnliche Gestalt. Damit ließe sich so viel Gutes tun ...«

»Vorerst verpflichte ich mich zu gar nichts. Ich will mir eine Auszeit nehmen und einfach darüber nachdenken, was ich als Nächstes mache.«

»Oh, es besteht keine unmittelbare Eile.« Margaret lächelte herzlich. »Solche Dinge brauchen erfahrungsgemäß eine ganze Weile. Ich wollte Ihnen den Gedanken nur in den Kopf pflanzen und hoffen, Sie würden in Erwägung ziehen, sich zu engagieren.«

Dave verdrehte die Augen und erwiderte Margarets Lächeln. »Ich denke drüber nach.« Schnell wechselte er das Thema und fragte: »Wurde auch irgendetwas darüber entschieden, wie damit umgegangen werden soll, dass wir uns auf einer kürzeren Umlaufbahn befinden als früher?«

»Tatsächlich ja.« Margaret setzte eine schelmische Miene auf. »Ich habe die UN-Resolution 12219 eingebracht, und sie wurde ohne echten Widerspruch angenommen.«

»Und?«, hakte Dave nach. »Zählen wir jetzt einfach nur von Januar bis Oktober?«

»Ich denke, das wird Ihnen gefallen, denn niemand hat auch nur mit der Wimper gezuckt, als ich es vorgeschlagen habe. Zum ersten Mal überhaupt werden wir einen universellen Kalender haben. Und da wir um einen neuen Stern kreisen und die Dauer eines Jahrs auf 300 Tage geschrumpft ist, haben wir uns darauf geeinigt, den Kalender auf einen neuen Anfang zurückzusetzen. Der erste Tag im Orbit ist jetzt offiziell als Sternzeit 1.0 bekannt. Die erste Zahl steht für das Jahr, die zweite für den Tag von 0 bis 299.«

»Sternzeit 1.0 ... Das ist spitze.« Dave schmunzelte. »Wird eine Weile dauern, bis sich die Menschen daran gewöhnen. Aber schon bald werden sie auf das alte Format mit Tagen, Monaten und Jahren zurückblicken und es für lächerlich halten, davon bin ich überzeugt.«

Margaret zog einen Umschlag aus ihrem eleganten Jackett und reichte ihn Dave. »Das ist für Sie. Aber Sie müssen ihn nicht sofort öffnen. Ich kann Ihnen gleich sagen, dass es sich um eine Quittung handelt. Die UNO hat einen weiteren Beschluss gefasst, der beispiellos einstimmig von der UNO-Generalversammlung genehmigt wurde. Er beinhaltet zweierlei: Zum einen wurde auf ein Konto das Gehalt eingezahlt, das Sie in den vier lächerlichen Jahren erhalten hätten, die Sie sich verstecken mussten. Zum anderen wurden Sie wieder in Ihrer Position als Leiter der ISF bestätigt. Der Job gehört Ihnen, wann immer Sie ihn zurückhaben wollen.«

Dave starrte auf den Umschlag. Ihm fehlten die Worte. Lose hatte er angenommen, er würde in irgendeiner Denkfabrik in Washington enden. Der Gedanke, zur ISF zurückzukehren, war ihm nie gekommen. Ein kribbelnder Anflug unerwarteter Erregung durchströmte Dave, als er mit strahlender Miene zur Präsidentin aufschaute. »Ich k-kann Ihnen gar nicht genug dafür danken, wie Sie sich für mich einsetzen.«

Verblüfft über das Ausmaß der plötzlich in ihm aufsteigenden Emotionen schluckte er schwer und wiederholte: »Danke.«

Etwa eine Stunde vor Sonnenaufgang saß Dave am Strand und starrte auf die Wellen, die sich im Sand brachen. Aus Osten wehte eine warme Brise und trug ihm den Duft des Meers zu. Er erinnerte sich daran, wie sehr Bella den Geruch von Salzwasser genossen hatte. Dave vermisste sie fürchterlich. Aber ihm fehlte auch das oft mürrische Antlitz von Neeta, die mit dem Finger vor ihm wedelte. Und er bedauerte, dass er Burt nie besser kennengelernt hatte.

»Ich bin einsam«, gestand sich Dave ein. Er wusste, dass sein einziges Heilmittel gegen Einsamkeit darin bestand, sich Hals über Kopf in Arbeit zu stürzen.

Es war etwas mehr als zwei Monate her, dass sich die Welt auf ihrer neuen Umlaufbahn eingependelt hatte. In diesen zwei Monaten hatte sich so viel ereignet. Im Rahmen einer Vereinbarung mit der ISF ließ Dave die Zentrale nach Florida verlegen und offiziell zu einem Teil von Cape Canaveral machen. Es war seine Idee, dass die ISF eng mit der Raumfahrt verbunden sein sollte.

Er hatte sich letztlich ein hübsches Haus gekauft. Und wenngleich er nichts mit der Regierung zu tun hatte, beschützten ihn die USA nach wie vor Tag und Nacht mit einem Team von Agenten des Secret Service.

Dave zog das Stativ des Teleskops näher, das er mitgebracht hatte, und richtete es auf den Planeten Epsilon, den fünften Planeten, der Tau Ceti umkreiste. Die Erde war mittlerweile der Sechste.

Er blickte über die Schulter und bemerkte Tony, einen der für ihn abgestellten Agenten. Dave kannte ihn mittlerweile gut genug, um zu wissen, dass der Mann ein Faible für Amateurastronomie hatte. Als Dave ins Teleskop spähte und es auf den Planeten Epsilon richtete, sagte er: »Schon erstaunlich, wie groß Epsilon ist. Ich weiß, er ist nur rund 37 Millionen Kilometer entfernt, aber er ist riesig. Mehr als die vierfache Masse der Erde. Eines Tages werden wir den Ort besuchen.«

»Dr. Holmes, warum flimmert der Stern so?«, fragte Tony. »Wenn ich es nicht besser wüsste, würde ich sagen, er scheint größer zu werden.«

Dave schaute in die Richtung, in die Tony zeigte. Er brummte. »Seltsam.« Dave drehte das Teleskop herum und richtete es auf den strahlend weißen Punkt.

Er blickte ins Okular, drehte am Fokusring und stieß plötzlich hervor: »Grundgütiger! Das kann nicht sein ...«

»Was? Was ist los?«

»Heilige Scheiße, Tony, das ist der Mond! *Unser* Mond!«

Daves Verstand überschlug sich, als er über die Möglichkeiten nachdachte. Er schnappte sich das Teleskop und stapfte durch den Sand los in Richtung des Autos. Unterwegs plapperte er vor sich hin. Ihm war bewusst, dass es sich zweifellos unzusammenhängend anhörte. »Wenn sie wirklich so schnell beschleunigt haben ... Ja, deshalb hatte man den Eindruck, sie würden verschwinden. Und von überall wurde ein roter Mond gemeldet. Tatsächlich sind sie durch Rotverschiebung verschwunden und ... Heilige Scheiße, sie könnten tatsächlich noch am Leben sein! Wie ist das möglich?«

Tony rief: »Langsam, ich kann Ihnen nicht folgen!«

Daves Sicherheitsmannschaft stieg nach ihm in den Wagen. Er redete unvermindert weiter, obwohl er wusste, dass Tony keine Ahnung hatte, wovon er sprach. Manchmal, wenn sich Daves Gedanken überschlugen, musste er sie verbalisieren. Das half ihm, sie zu ordnen. »Neeta hat vermutlich die Navigationsdaten auf dem Mond programmiert. Es könnte sein, dass der Mond über Autopilot in dieses Gebiet kommt. Wahrscheinlich haben Sie es nicht überlebt, aber vielleicht doch.«

Aufgeregt fügte Dave hinzu: »Wir sind nur fünf Minuten von der Basis entfernt. Finden wir es raus!«

Dave zeigte seinen Ausweis und betrat die Missionszentrale, in der so früh nur eine Handvoll Leute arbeiteten. Er schnippte mit den Fingern, um die Aufmerksamkeit eines der Techniker zu erlangen, und rief: »Wir haben einen ankommenden Satelliten! Sie müssen ihn anfunken!«

»Einen ankommenden Satelliten? Was für einen Satelliten?«

Lächelnd vollführte Dave mit den Händen eine große Kreisbewegung. »Einen Großen, Runden, Felsigen. Früher haben wir ihn Mond genannt. Wahrscheinlich kennen Sie ihn noch.«

Der Techniker blinzelte verdutzt und wusste nicht recht, was er dazu sagen sollte, dann eilte er zum nächstbesten Terminal. »Sir, ich taste gerade die Frequenzen ab, aber ... Halt, warten Sie! Ich habe ein schwaches Signal auf der Frequenz von Mondbasis Crockett. Nehme Kontakt auf«, kündigte der Techniker an.

»Mondbasis Crockett, hier Einsatzzentrale, hören Sie mich?«

Dave lief rastlos auf und ab, während er angespannt auf eine Antwort wartete.

»Mondbasis Crockett, hier Einsatzzentrale, hören Sie mich?«

Dave wandte sich an den Techniker und fragte: »Haben wir früher nicht eine Videoübertragung von der Basis empfangen? Sehen Sie nach, ob sie noch aktiv ist.«

»Ja, Sir.« Die Finger des Technikers verschwammen auf der Tastatur, dann zeigte er auf den Hauptbildschirm. »Gefunden. Wird auf Bildschirm eins angezeigt.«

Daves Herz raste, als er das Kontrollzentrum der Mondbasis sah. Es schien noch aktiv zu sein.

Plötzlich tauchte Bewegung in der Übertragung auf. Burt betrat den Raum und begann, an einem Computerterminal zu tippen. Er schaute in die Kamera und lächelte. *»Empfange Sie laut und deutlich, Missionszentrale. Schön, wieder in Kontakt zu sein.«*

Dave brüllte: »Ich brauche ein Mikro!« Ein Techniker rannte zu Dave und brachte ihm ein tragbares Mikrofon. Hastig sprach Dave hinein. »Heilige Scheiße, Sie leben!«

»Wie geht es Ihnen, Dr. Holmes? Ist super, Ihre Stimme zu hören. Leider habe ich auf meiner Seite keine Bildübertragung, aber Sie klingen großartig. Wir sind noch etwa sechs Stunden entfernt. Wenn Sie nichts dagegen haben, lasse ich Neeta den Mond wieder in seine normale Erdumlaufbahn bringen.«

Daves Beine wurden vor Erleichterung schwach, während er auf den Bildschirm starrte. Seine Kehle fühlte sich plötzlich wie zugeschnürt an. Er schluckte schwer.

»Also geht es Neeta gut?«, hakte Dave nach. »Wo ist sie?«

Burt nickte. *»Es geht ihr gut. Sie ist nur ... Oh, da ist sie ja. Die Vorstellung überlasse ich lieber ihr.«*

Dave beobachtete, wie Burt zur Seite trat. Neetas Gesicht erschien mitten im Bild. Zu Daves Verblüffung ruhte ein Säugling an ihrer Schulter.

»Hi, Dave. Ich möchte dir Denise Radcliffe vorstellen. Sie ist jetzt zwei Wochen alt.«

Dave stand auf und sprach in ehrfürchtigem Ton. »Sie ist wunderschön. Aber ... wie? Neeta, wie habt ihr überlebt?«

Neeta lächelte. Ihre Augen glänzten, eine Träne kullerte ihr über die Wange. *»Als ich das Shuttle zum Mond genommen habe, ist mir der Plan in den Sinn gekommen. Der Warp-Ring um den Mond ist in Relation viel größer als der um die Erde, aber die Masse des Monds ist deutlich kleiner. Dementsprechend konnten wir eine viel größere Beschleunigung erzielen. Und weil der Warp-Ring so groß war, konnte ich ordentlich Gas geben und alle Trümmer innerhalb des Rings mitreißen. Knifflig war nur, ob ich uns durchfädeln könnte, ohne dass uns etwas trifft. Dabei hatten wir Glück.«*

Dave blinzelte, und seine Wangen fingen vor lauter Lächeln zu schmerzen an. »Das ist einfach genial ... Oh Scheiße!«

»Was?«, fragte Neeta und drehte das Gesicht wieder der Kamera zu.

»In wenigen Stunden begeht praktisch die ganze Welt eine Feier zum Gedenken daran, was ihr gemacht habt ... euer Opfertod, um unsere Welt zu retten. Man hat überall auf dem Globus Statuen für euch aufgestellt und Parks nach euch benannt und all so was.« Dave begann zu lachen. »Na ja, ihr zwei habt der Welt so oder so unbestreitbar euren Stempel aufgedrückt. Ich bin einfach nur froh, dass ihr noch lebt.«

Burt drängte sich vor die Kamera und zwinkerte. *»Offen gestanden kann sich die Welt jede hässliche Statue von mir schenken.«* Burt bückte sich, küsste den Kopf des Babys, ergriff Neetas Hand und küsste auch sie. *»Diese zwei Mädels sind der einzige Stempel, den ich der Welt aufdrücken will.«*

EPILOG

Dave setzte sich auf den Stuhl des Missionsleiters und befestigte sein Mikrofon am Revers.

»T-COM, wie sieht's mit Explorer 1 aus?«

»Explorer 1 hat die Troposphäre des Planeten Epsilon durchbrochen und befindet sich in einer Höhe von 27.500 Metern. Er ist 557 Kilometer vom Landeziel entfernt und sinkt mit 1.200 Metern pro Minute. Die derzeitige Horizontalgeschwindigkeit beträgt 1.520 Kilometer pro Stunde. Wir sollten in etwa 45 Minuten gelandet sein.«

Dave nickte. Alles schien nach Plan zu verlaufen. »Roger. T-COM, wie sehen die aktuellen Temperaturmesswerte aus und stimmt etwas mit der Live-Videoübertragung nicht? Habe ich nicht darum gebeten, sie zu aktivieren?«

»Missionsleiter, die Anforderung zur Aktivierung der Videoübertragung wurde vor drei Minuten und 15 Sekunden geschickt. Aktuell liegt die Temperatur in 25.900 Metern bei minus acht Grad Celsius. Infrarotmessungen deuten darauf hin, dass die Oberflächentemperatur in der Landezone ungefähr 67 Grad beträgt.«

Neeta kam von einem der Terminals herüber und wandte sich in vorwurfsvollem Ton an Dave. »Dir ist schon klar, dass die Planeten 36.800.000 Kilometer voneinander entfernt sind, oder? Es dauert mindestens vier Minuten, bis ein Befehl dort ankommt, verarbeitet wird und wir eine Reaktion empfangen.« Sie bedachte ihn mit diesem Blick, der besagte: *Das solltest du eigentlich wissen.* Normalerweise behielt sie sich diesen Blick für Leute vor, die etwas unfassbar Dummes von sich gaben. »Die Signale, die wir senden und empfangen, unterliegen immer noch dieser unbequemen Einschränkung der Lichtgeschwindigkeit.«

»Erinnere mich daran, bei Gelegenheit darüber mit Frank zu reden.« Dave schlug die Beine übereinander und schnaubte ungeduldig. »Gut möglich, dass er wieder mal 'ne verrückte Idee hatte, weitere Regeln der Physik bricht und das Problem löst.«

Neeta zeigte auf den Bildschirm, als die ersten Bilder des durch die Wolken rasenden Erkundungsmoduls erschienen, das den Anflugwinkel wegen plötzlicher Seitenwinde automatisch anpasste. »Tja, bis Frank und du dafür ein Kaninchen aus dem Hut zaubern, können wir wohl froh sein, dass Burts neue KI und CPU im aktualisierten Explorer 1 stecken. Der Autopilot scheint ziemlich gut zu funktionieren.«

»Gott sei Dank«, pflichtete Dave ihr bei.

Fast zwölf Stunden waren vergangen, seit Explorer 1 auf dem Planeten Epsilon gelandet war und seinen Rover in Betrieb genommen hatte. Dave beobachtete, wie der Rover über den trockenen, steinigen Boden rollte.

Neeta zeigte auf den Bildschirm. Die Kamera schwenkte wild, als das Fahrzeug mit einem automatischen Manöver einer Spalte auswich, bevor es den Weg zu etwas fortsetzte, das wie ein Trümmerhaufen am Horizont aussah. »Ist es nicht seltsam, wie geradlinig dieser Weg verläuft? Ich spekuliere ja ungern, aber das sieht fast wie eine Straße aus ... eine alte, rissige, verwahrloste Straße. Trotzdem eine Straße.«

Dave wollte skeptisch bleiben, aber irgendetwas in ihm spürte, dass sie recht haben könnte – und das hielt ihn um zwei Uhr morgens wach, um die eingehenden Bilder aufmerksam zu verfolgen. »Vielleicht ein altes, ausgetrocknetes Flussbett.«

Neeta knuffte ihn leicht in den Arm und richtete einen Laserpointer auf den Rand des vermeintlichen Flussbetts. »Jetzt hör aber auf, Dave. Bei einem Flussbett würden die Ränder nicht so abfallen. Dieser gerade Weg ist um die 15 Zentimeter erhöht. Mir ist nicht klar, wie das natürlich entstanden sein kann, schon gar nicht, wenn man bedenkt, über welche Entfernungen sich diese gerade Linie erstreckt.«

»Navigation«, sagte Dave ins Mikrofon. »Wie weit ist es bis zu der Felsformation am Horizont?«

»Den Telemetriedaten des Rovers zufolge beträgt die Entfernung 22,9 Kilometer.«

Dave lehnte sich auf dem Stuhl zurück, wartete und fragte sich schweigend, ob es eine logische Erklärung für diesen geraden, erhöhten Weg geben konnte, der sich über etliche Kilometer erstreckte.

Es war drei Uhr morgens, und der Rover fuhr langsam durch die Trümmer am Ende des langen, felsigen Pfads. Jegliche Erschöpfung war von Dave abgefallen.

»Das glaub ich jetzt nicht«, stieß er hervor und starrte ehrfürchtig auf unverkennbare Anzeichen für ein abgerissenes Gebäude inmitten des rostfarbenen Sands, der den Großteil der Oberfläche des Planeten bedeckte.

Neeta zeigte auf einige der grauen Trümmer. »Sieh dir all die geraden Kanten an. Warte – das ist eine teilweise eingestürzte Wand mit etwas, das wie ein Fenster aussieht. Heilige Scheiße, Dave – auf Epsilon ist oder war etwas, das dieses ehemalige Gebäude gebaut hat. Es kann keine andere Erklärung geben!«

Etwas blitzte über den Bildschirm, und die Lautsprecher im Raum erwachten zum Leben. *»Missionsleiter, der Rover hat Bewegung erkannt.«*

Der Kamerawinkel drehte sich, und in der Ferne nahm Dave wahr, wie etwas Graues verschwommen über den rotbraunen Hintergrund huschte.

»Rover 1 hat Ausweichmanöver gestartet.«

Mit rasendem Herzen stand Dave da und beobachtete hilflos, wie der Rover versuchte, von den Trümmern wegzufahren. Jegliche Befehle, die er jetzt übermittelte, würden zu lang dauern, um ihn zu erreichen; der Chip der künstlichen Intelligenz des Rovers hatte die Dinge in der Hand.

Der Rover holperte über Geröll, um zurück zum Beginn der zerstörten Stadt zu gelangen. Plötzlich kippte die Kamera nach oben, und im Bild wurde eine Warnmeldung eingeblendet: »Bodenhaftung: 0 %.«

Die Kamera schwenkte unberechenbar hin und her. Auf einmal zeigte sie ein schädelähnliches Gesicht aus Metall, mit Lampen, wo sich die Augen befinden sollten.

Neeta schnappte nach Luft. »Ist das ein ... Roboter?«

Verschiedenste Warnmeldungen liefen über den unteren Rand der Videoübertragung des Rovers, als das metallische Wesen im Sichtfeld der Kamera fragend den Kopf schieflegte. Dann stieß ein Metallfinger gegen das Objektiv, und der Bildschirm wurde schwarz.

Dave sackte auf seinen Stuhl zurück und fragte matt: »T-COM? Was haben Sie?«

»T-tut mir leid, Sir. Wir haben den Kontakt mit dem Rover verloren.«

ANMERKUNGEN DES AUTORS

Tja, damit sind wir am Ende von *Urgewalt*, und ich hoffe aufrichtig, es hat dir gefallen.

Als ich angefangen habe, diese Geschichten zu schreiben, hat es sich angefühlt, als würde ich für meine »Karriere« als Schriftsteller eine neue Seite aufschlagen, das gebe ich gern zu. Ich habe lange nur auf meine Kinder zugeschnittene Geschichten geschrieben, überwiegend epische Fantasy. Allerdings habe ich das nie allzu ernst verfolgt. Ich habe es gemacht, weil meine Söhne eine Freude damit hatten.

Ich habe mich dabei mit einigen recht bekannten Autoren angefreundet. Und wenn ich erwähnt habe, dass ich das Schreiben vielleicht ernsthafter betreiben will, bekam ich von mehreren denselben Rat: »Schreib über etwas, womit du dich auskennst.«

Über etwas schreiben, womit ich mich auskenne? Ich fing an, über Michael Crichton nachzudenken. Er war nicht praktizierender Arzt und begann mit einem medizinischen Thriller. John Grisham war ein Jahrzehnt lang Anwalt, bevor er eine Reihe von Gerichtsthrillern verfasste. Der Ratschlag schien etwas für sich zu haben.

Ich fing zu grübeln an. »Womit kenne ich mich aus?« Und dann kam es mir.

Ich kenne mich mit Wissenschaft aus. Das ist mein Beruf und bereitet mir Freude. Tatsächlich gehört es zu meinen Hobbys, Fachartikel zu lesen, die verschiedenste wissenschaftliche Disziplinen umspannen. Meine Interessen reichen von Teilchenphysik über Computer und Militärwissenschaften (also jede Wissenschaft hinter allem, was knallt) bis hin zu Medizin. In der Hinsicht bin ich zugegebenermaßen ein Nerd. Außerdem reise ich schon mein Leben lang viel und befasse mich aus reinem Interesse mit fremden Sprachen und Kulturen.

Mit dem Rat einiger *New York Times*-Bestsellerautoren im Gepäck begann ich mein Unterfangen, Romane zu schreiben. Nach der Lektüre von *Urgewalt* könnte man leicht meinen, ich würde mich ausschließlich auf Science-Fiction konzentrieren. Allerdings muss ich anmerken, dass ich schon immer ein Faible für Mainstream-Thriller hatte, vor allem für solche mit internationalem Setting. Elemente davon könnten in den vorliegenden Roman eingeflossen sein, und ich hoffe, es war ein willkommener Aspekt der Geschichte. Man hat mir immer geraten, unter keinen Umständen je verschiedene Genres zu mischen. Aber tja, manchmal will ich einfach nicht hören.

Beim Schreiben dieser Zeilen hat meine Frau gerade über die Schulter geschaut und behauptet, ich würde *nie* auf jemanden hören. *Danke, Schatz.*

Offen gestanden hatte ich nicht vor, diesen Roman selbst zu veröffentlichen. Ich hatte vielmehr die Absicht, ihn an Mainstream-Verlage zu schicken. Immerhin habe ich begeisterte Rückmeldungen von traditionell verlegten Autoren erhalten, die das Manuskript gelesen haben. Sie waren alle überaus freundlich und ein großer Quell der Ermutigung.

Letztlich habe ich die Geschichte tatsächlich an Lektoren bei großen Verlagen geschickt. Und obwohl einige zunächst durchaus Interesse bekundeten, fanden sie am Ende alle, der Stoff wäre zu dem Zeitpunkt nicht das Richtige für ihr jeweiliges Zielpublikum. Im Nachhinein betrachtet ist es für einen unbekannten Autor äußerst schwierig, im traditionellen Verlagswesen Fuß zu fassen, und für Lektoren ist es ein erhebliches Risiko, einem unbekannten Autor eine Chance zu geben. Was ich durchaus nachvollziehen kann.

In Anbetracht dessen hatte ich die Wahl, meine Geschichten entweder in der Schreibtischschublade zu lassen und mein bisheriges Leben weiterzuführen – oder selbst zu versuchen, eine Leserschaft für meine Geschichten zu finden.

Offensichtlich bin ich stur und habe mich für Letzteres entschieden.

Wenn du diese letzten Absätze liest, dann gehe ich davon aus, dass du auch den gesamten Roman gelesen hast und ich dich hoffentlich damit unterhalten konnte. Wenn dem so ist, bedeutet das, ich habe dich gefunden! Dann gehörst du zu dem so schwer zu fassenden »Zielpublikum«, von dem die Verleger meinten, sie wüssten nicht, wie sie es erreiche können.

Hurra!

Wenn ich dich etwas bitten dürfte, lieber Leser, dann wäre es, dass du deine Gedanken und deine Meinung über die Geschichte auf Amazon und mit deinen Freunden teilst. Durch Rezensionen und Mund-zu-Mund-Propaganda kann diese Geschichte weitere Leser finden, und ich hoffe sehr, dass *Urgewalt* ein möglichst großes Publikum anspricht.

Ich danke dir, dass du einem relativ unbekannten Autor eine Chance gegeben und seinen ersten Science-Fiction-Roman gelesen hast. Aber ich sollte dich warnen, das war erst der Anfang.

Ich habe vor, mindestens zwei Bücher pro Jahr herauszubringen, eines, das unter die Rubrik Science-Fiction/Technothriller fällt, ähnlich wie dieses Buch. Das andere könnte man am besten als Mainstream-Thriller mit internationalem Setting einstufen.

Du wirst feststellen, dass ich am Ende jedes meiner Bücher darauf eingehe, was aus wissenschaftlicher Sicht real ist und was nicht. Wenn dich die wissenschaftlichen Aspekte dieses Buchs interessieren, lies bitte den Anhang.

Abgesehen davon habe ich eine andere Geschichte ungefähr im selben Zeitraum wie diesen Roman geschrieben. Einen Mainstream-Thriller namens *Operation Tote Hand*.

Ich bin so frei und füge an dieser Stelle eine Kurzbeschreibung von *Operation Tote Hand* ein:

Levi ist »Problemlöser« und steckt in der Klemme.

Die CIA braucht seine Hilfe. Die russische Mafia will ihn tot sehen.

Als sich Feinde nähern und er sich an niemanden mehr wenden kann, erfährt er, dass die einzige Person, die vielleicht die Antworten hat ... seine tote Frau ist.

VORSCHAU: DER FREIHEIT LETZTER ATEMZUG

»Ave Maria, gratia plena; Dominus tecum: benedicta tu in mulieribus, et benedictus fructus ventris tui Iesus.«

Das vom Papst vorgetragene Angelus-Gebet wurde von der Erde aus über Millionen Kilometer in den Weltraum übertragen, von der Bergbau-kolonie empfangen und hallte durch die psychiatrische Klinik auf Chrysalis.

Terry Chapper hielt im Flur inne und neigte das Haupt. Ranger, sein Deutscher Schäferhund, ahmte die ehrfürchtige Geste nach, blieb jedoch gleichzeitig wachsam. Auch Terrys Sinne blieben messerscharf. Unab-dinglich, da er gerade eine Schicht für einen der Sicherheitsmitarbeiter der Klinik übernahm – noch dazu auf der grünen Station. Dabei handelte es sich um den Bereich für gewaltbereite Patienten, durch mindestens drei biometrische Schlösser von der Außenwelt abgeschottet.

Als das Gebet endete, eilte eine Pflegerin mittleren Alters auf ihn zu. »Terry, wir haben ein Problem mit Callaway. Sieht so aus, als wollte er ...«

»Ich mache das«, fiel Terry ihr ins Wort und klopfte ihr beruhigend auf die Schulter.

Mit schnellen Schritten ging er zum Ostflügel, wo er Josh Callaway im Gang vorfand. Der ehemalige Soldat bestand aus fast 140 Kilo Muskel-masse und hatte ein Gesicht, das wie aus Stein gemeißelt wirkte. Er war wie jeder andere Patient gekleidet – blauer Overall, Sneakersocken, ID-Band am Handgelenk –, aber er sah vollkommen gesund aus.

Der Schein konnte trügen.

Callaway ging langsam vor sich hin, streifte mit der rechten Schulter die Wand und gab Handzeichen, die für die meisten Menschen nichts bedeutet hätten. Terry hingegen verrieten sie alles.

»Hey, Josh, Kumpel. Sind Sie bei mir?«

Callaway erwiderte nichts.

Ranger knurrte an Terrys Seite, und Terry schnippte mit den Fingern. »Sitz.«

Der Hund gehorchte, legte die Ohren an und schnaubte frustriert.

Callaways Gesten wurden lebhafter. Der ehemalige Soldat befand sich an einem anderen Ort, in einer anderen Zeit. Plötzlich brüllte er: »Carbon Outlaw 5-4, Hawkeye 13 auf 3-4!«

Mit der herrischsten Stimme, die Terry aufbieten konnte, antwortete er: »Roger, 13. Ich habe gerade von 3 erfahren, dass Landezone X-Ray sauber ist.«

Callaways Augen wurden groß. Er starrte ins Leere und sah etwas, das nicht da war. »Negativ, Carbon Outlaw, habe Charlie auf der Felserhebung des Chu-Pong-Massivs gesichtet. Der Feind bereitet einen Hinterhalt vor. Ich bin vier Kilometer ostsüdöstlich und habe Sichtkontakt. Landezone X-Ray ist nicht sauber. Wiederhole, Landezone X-Ray ist *nicht* sauber.«

Terry hatte sich mit Callaways Hintergrund befasst. Der Soldat war noch nie außerhalb der Kolonie gewesen. Welche Szene auch in seinem Kopf ablief, sie musste einer Wahnvorstellung entstammen.

»Verstanden, 13«, sagte er. »Arrangiere mit DASC Kampfjets für Landezone X-Ray.«

Jemand von Terrys Truppe kam um die Ecke den Flur herunter und hielt einen Betäubungsstab bereit. Aber Terry winkte die Verstärkung weg.

Er fuhr fort: »Arrangiere Evakuierung von Verwundeten aus Landezone Victor. Sanitäter sind vor Ort. Verstanden?«

Die Anspannung im Gesicht des riesigen Soldaten legte sich.

Terry näherte sich ihm vorsichtig. »Sergeant Callaway, ziehen Sie sich zurück. Wir halten die Position.«

Der Patient atmete tief ein und blies die Luft langsam aus. Tränen kullerten ihm über die Wangen, und er blinzelte, als sein Blick in die Gegenwart zurückkehrte.

»Tut mir leid, Terry.« Er wischte sich mit den Handballen die Augen ab. »Ich hab mich wieder in der Zeit verloren.«

Terry schluckte schwer und tätschelte dem Mann den Arm. »Schon gut, Josh. Ist ja nichts passiert. Kommen Sie mit. Gehen wir Ihre Medikamente auffrischen.«

»Das Beruhigungsmittel wird ihn ein paar Stunden außer Gefecht setzen«, sagte eine Pflegerin in blauem Kittel, während sie etwas auf das holografische Bild eines Tablet-Computers kritzelte. »Beeindruckend, wie es Ihnen gelungen ist, seine Wahnvorstellung zu durchdringen. Normalerweise müssen wir ihn betäuben, wenn er so wird.«

Sie standen am Eingang zu Josh Callaways Zimmer. Sogar im Schlaf bildete das Zucken der Finger des Mannes ein verräterisches Zeichen für die traumatische Hirnverletzung, die noch nicht verheilt war. Terry fühlte sich dem geschädigten Soldaten und seinen inneren Kämpfen irgendwie verbunden.

»Bessert sich sein Zustand eigentlich?«, fragte Terry. »Wie lautet seine Prognose?«

Die Pflegerin ließ das Bild des Tablets mit einer Handbewegung verschwinden und bedeutete Terry, ihr zur Schwesternstation zu folgen. »Na ja, dafür, dass ihm der Schlag bei dem Unfall praktisch die Schläfe eingedellt hat, geht es ihm fantastisch. Die Nanobots verrichten ihre Arbeit. Ich würde sagen, in einem weiteren Monat sollte er zur Normalität zurückgefunden haben. Allerdings wird er sich wohl an Vieles nicht erinnern. Die jüngsten Erinnerungen können wir in der Regel nicht zurückholen.«

Als Sicherheitsleiter der Bergbaukolonie wusste Terry, was mit Callaway passiert war. Und es war eindeutig kein Unfall gewesen. Die UNO hatte einen weiteren Spion hergeschickt, der es irgendwie vorbei an den meisten Sicherheitskontrollen geschafft hatte. Aber nicht vorbei an Callaway. Der Spion hatte ihn in einen Hinterhalt gelockt und mit einem Schlag überrumpelt, der einen kleineren Mann wahrscheinlich getötet hätte.

Terry gelobte sich, nie wieder einen dieser UNO-Drecksäcke an ihren Schutzeinrichtungen vorbeizulassen. Er wünschte nur, er wüsste, wonach zum Teufel sie suchen mussten.

»Hey, Terry.« Es war Candace, eine der Pflegerinnen, die ihm aus dem Pausenraum zuwinkte. »Lust auf eine Limonade?«

Er trat ein, gesellte sich zu ihr. »Hey, Candace.«

Sie schaute an ihm vorbei zu Ranger, der unmittelbar vor der Tür angehalten hatte. Der Hund hatte einen misstrauischen Ausdruck im pelzigen Gesicht. »Hallo, Kleiner«, begrüßte sie ihn. »Ist schon gut. Ich denke, ich finde hier irgendwo ein Leckerli für dich, wenn du willst.«

Ranger wedelte mit dem Schwanz, drehte sich um und bewegte sich rückwärts in den Raum.

»Was macht er denn da?«

Terry schmunzelte. »Als ich ihn bekommen habe, war er ein Wrack. Laut Tierarzt wurde er ihn in einer der tieferen Minen gefunden, die Nase gebrochen, weil er gegen eine Glastür gelaufen war. Ich will gar nicht sagen, wie viele Credits es mich gekostet hat, ihn zusammenzuflicken zu lassen. Hat sich aber gelohnt. Nur kann er Türen deshalb nicht viel abgewinnen.«

»Oh, du armes Ding. Tut mir leid, dass die Glastür dir wehgetan hat.« Candace hockte sich hin und gab Ranger einen Hundekeks. Er fraß ihr aus der Hand. Sein Schwanz verschwamm vor lauter Wedeln.

Terry streichelte Ranger, der die zu Boden gefallenen Krümel aufleckte. Dann ergriff er den Kopf des Hunds und drückte ihm einen Kuss oben auf die Schnauze. »Angeknackst hin oder her, ich würde dich gar nicht anders haben wollen.«

Priya lag im Bett und hörte sich mit Ohrstöpseln die Aufzeichnung der letzten von ihr gehaltenen Vorlesung an, während ununterbrochen ihr Wecker piepte.

»Also gut, alle zusammen. Diejenigen, die letzte Woche nicht wach waren, erinnere ich daran, dass wir den Seebeck-Effekt behandelt haben, der die Umwandlung von Temperaturunterschieden in Spannung über Thermoelemente ermöglicht. Wie Sie wissen, haben wir in den thermoelektrischen Generatormodulen, die heutzutage die meisten unserer mobilen Geräte mit Strom versorgen, zerfallende Elemente wie Strontium 90. Diese langlebigen Versorgungspakete enthalten zwangsläufig starke Betateil-

chen-Emitter, die abgeschirmt werden müssen. Das bloße Aufhalten der Betateilchen erzeugt Bremsstrahlung, eine durchdringendere Strahlungsart, die ebenfalls berücksichtigt werden muss. Heute behandeln wir, wie man die Dicke der benötigten Abschirmung berechnet, und wir gehen die verschiedenen verfügbaren Optionen durch ...«

Jedes Mal, wenn sie eine Aufnahme von sich selbst hörte, überraschte sie, wie deutlich ihr britischer Akzent durchdrang. Das ärgerte sie, wenngleich nicht genug, um etwas dagegen zu unternehmen. Wesentlich mehr ärgerte sie sich über den Professor, der ihr mitgeteilt hatte, sie käme bei Vorlesungen schnippisch rüber. Wenn das stimmte, musste sie sich damit auseinandersetzen. Auf lange Sicht wahrscheinlich Zeitverschwendung – aber wenn sie ihren Doktortitel haben wollte, musste sie mitspielen.

Ihre Schlafzimmertür öffnete sich, und Tante Jen schaltete das Licht ein. »Es ist fast sieben! Du kommst zu spät zur Schule.«

Priya lebte seit kurz nach dem vorzeitigen Tod ihrer Eltern vor sieben Jahren bei ihrer Tante. Damals war Priya 17 gewesen. Tante Jen hatte keine eigenen Kinder und nie welche gewollt. Dennoch hatte sie von sich aus angeboten, sich um Priya zu kümmern, und dafür war Priya dankbar.

»Ich bin bereit«, sagte sie stöhnend. Sie schlug die Decke zurück und offenbarte, dass sie bereits vollständig angezogen war.

Tante Jen sah sie über den Rand ihrer Brille an und schnaubte missbilligend. »Vergiss nicht, dass du zugestimmt hast, Mrs. Peetes kleine Göre zur Röhrenstation zu begleiten. Es ist ihr erster Schultag, und ich bin sicher, sie wartet schon ungeduldig in ihrer Wohnung.«

»Ich komme gleich raus.«

Tante Jen zog sich zurück und hinterließ einen Hauch von Rosenduft, von dem Priya ein wenig übel wurde.

Sie klatschte auf den Knopf an ihrem Wecker, blickte in den Spiegel, der über ihrer Kommode hing, und verzog das Gesicht. Ihr dichter Schopf dunkler Haare fiel ihr über die Schultern und müsste gut zehn Minuten gebürstet werden, um all die Knötchen zu beseitigen. Zehn Minuten, die sie nicht hatte. Also begnügte sie sich damit, grob mit den Fingern durch ihre widerspenstige Mähne zu fahren, bevor sie sich ihre Tasche schnappte und den Weg nach draußen antrat.

Es war ein wunderschöner Morgen in Südflorida. In einer sanften Brise lag der Duft von frisch geschnittenem Gras und sogar einen Hauch des Meers, obwohl die Küste fast 20 Kilometer entfernt lag.

»Priya!«

Sie drehte sich um und erblickte Anna Peete, die zu ihr eilte. Anna war eine bezaubernde Fünfjährige mit Zöpfchen. Sie trug eine frisch gebügelte Schuluniform und einen Rucksack, der fast so groß war wie sie selbst.

Das Mädchen lächelte. »Ich hab mir schon Sorgen gemacht, du könntest vergessen haben, dass wir heute zusammen gehen wollten.«

»Auf keinen Fall, Gummibärchen.« Hand in Hand marschierten die beiden von ihrem Wohnkomplex zur Röhrenstation los. »Bist du aufgeregt wegen deinem ersten Schultag?«

Anna schaute mit großen blauen Augen zu Priya auf. »Geht so«, antwortete sie mit leicht zittriger Stimme.

Priya drückte die Hand der Kleinen. »Solche Reisen hast du schon oft gemacht. Was hältst du davon? Wir überprüfen, wie viel du schon weißt. Wenn du *wirklich* bereit für die Schule bist, solltest du das Quiz locker bestehen. Hast du Lust?«

»Okay, ich versuch's.« Die Züge der Kleinen hellten sich ein wenig auf.

»Wo sind wir, und wohin gehen wir?«

Anna zeigte auf das Schild für die Röhrenstation. »Das ist einfach. Wir sind in Coral Springs, Florida, und ich muss in die Klasse von Mrs. Robinson an der David Holmes Grundschule für Weltraum- und Naturwissenschaften in Cape Canaveral.«

Priya runzelte die Stirn. »Hm. Du hast recht, das war zu einfach. Ich muss mir eine schwierigere Frage ausdenken.«

Anna grinste.

Sie gingen die Treppe zur Röhrenstation hinauf und passierten dabei eine mütterlich wirkende, mit Lebensmitteleinkäufen beladende Frau. Als sie oben ankamen, erschien unmittelbar vor ihnen das Hologramm eines lächelnden Rekrutierungsbeamten in einem Laborkittel mit Regierungslogo.

»Willkommen, Nachbarn! Leute wie ich sorgen dafür, dass die Röhren effizient und sicher funktionieren. Gebt *92-8374 auf eurem SMS-Gerät ein, um mehr darüber zu erfahren, wie ihr euch dem Team anschließen könnt.«

»Okay, mal sehen, wie du mit der Frage zurechtkommst«, sagte Priya. »Wie weit ist unser Ziel entfernt?«

»Pfff. Immer noch einfach. Nach Cape Canaveral sind es 300 Kilometer. Das sind 185 Meilen.«

Mittlerweile hatten sie die Ankunfts- und Abfahrtsplattform erreicht. Anna trat an ein Bedienfeld. Es senkte sich um einen knappen halben Meter, damit sie es leichter erreichen konnte. Sie drückte die Hand auf den Touchscreen. Die Anzeige wechselte automatisch zu ihren benutzerdefinierten Einstellungen. Eine Frauenstimme mit britischem Akzent ertönte.

»*Guten Morgen, Anna. Ich bin Lexie, deine Röhrenassistentin. Du hast die Berechtigung für vier verschiedene Ziele auf deinem Konto. Wohin möchtest du?*«

Anna wandte sich Priya zu und zeigte auf den Bildschirm. »Siehst du? Die Entfernung nach Cape Canaveral ist hier angegeben. Da steht auch, dass die Fahrt etwa 15 Minuten dauert, also ...« Konzentriert knautschte sie die Züge zusammen. »Unsere Höchstgeschwindigkeit sollte bei etwa 2.250 Kilometern pro Stunde liegen, und die Beschleunigung wird nicht mehr als etwa 0,3 G betragen.«

Priya lächelte ihre frühreife Nachbarin an. »Das ist unglaublich. Wer hat dir beigebracht, die Beschleunigung so zu berechnen?«

»Pah ... das ist doch nicht schwer. Man muss nur Delta v in Beziehung zu Delta t setzen und den erhaltenen Wert in G umrechnen.« Anna legte den Kopf schief und runzelte die Stirn. »Das hast *du* mir beigebracht. Vor einer Ewigkeit.« Sie wandte sich wieder dem Bedienfeld zu. »Lexie, ich muss zur Schule. Priya kommt mit mir.«

»*Zwei Passagiere für den David Holmes Education Campus in Cape Canaveral. Bitte um Bestätigung.*«

»Bestätigt«, sagte Anna und nickte übertrieben.

Das Geräusch rauschender Luft hinter den Metalltüren zur Röhre wurde lauter. »*Baue Vakuum auf. Reihe Anfrage um Transportverbindung zwischen Coral Springs-North Junction und Hauptterminal DHEC-Cape Canaveral.*«

Priya legte Anna die Hand auf die Schulter. »Siehst du? Du kennst dich bestens damit aus.«

»Ja, denke schon. Trotzdem ist es schön, nicht allein fahren zu müssen.«

»*Verbindung hergestellt. Fahrzeug trifft ein in drei ... zwei ... eins ...*«

Mit einem lauten Zischen glitten die Türen auf. Zum Vorschein kam eine unbesetzte Kapsel mit zwei weich gepolsterten Sitzen. »*Fahrzeug ist zum Einsteigen bereit.*«

Sie betraten die Kapsel. Kaum saßen sie beide, schlossen sich die Türen, und Priya spürte, wie sich der Luftdruck veränderte.

»*Abfahrt in Kürze.*«

Die in die Sitze eingebauten, automatischen Sicherheitsgurte wurden aktiviert und wickelten bei beiden ein mullartiges Geflecht um die Beine und die Brust. Priya wusste, dass die Gurte nur eine Illusion von Sicherheit erschufen. In Wirklichkeit konnte sie bei Geschwindigkeiten von mehr als Mach 2 kein Gurt der Welt am Leben erhalten, falls irgendwelche Schwierigkeiten auftraten. Von ihnen würde nicht mal genug übrigbleiben, um ein Einmachglas zu füllen.

Auf diese Weise waren Priyas Eltern gestorben.

Flüsterleise verließen sie die Station Coral Springs. Die Geschwindigkeit der Kapsel steigerte sich allmählich. Die Sitze schwenkten automatisch in Beschleunigungsrichtung. Nach weniger als einer Minute wurden sie langsamer.

»*Passagiere, wir erreichen gerade das Hauptumschaltterminal in Fort Lauderdale. Bitte sitzenbleiben. Ihr Fahrzeug wird automatisch in die richtige Warteschlange für den Hochgeschwindigkeitstransport gereiht.*«

In der Kapsel erschien das Hologramm eines Sicherheitstechnikers. »*Willkommen, Nachbarn! Ihr steht kurz davor, deutlich schneller als der Schall durch unseren wunderbaren Staat befördert zu werden. Manche Passagiere fühlen sich beim Anblick der vorbeirasenden Landschaft etwas unwohl, deshalb sind alle Fahrzeuge mit Verdunklungsportalen ausgestattet, die bei Bedarf genutzt werden können. Und falls ihr aus irgendeinem Grund das Gefühl habt, die Reise unterbrechen zu müssen, beachtet bitte den roten Notfallknopf an jedem Sitz. Haltet den Knopf drei Sekunden lang gedrückt, um eine Notumleitung anzufordern. Noch Fragen?*«

»Nein«, sagte Anna.

Das Hologramm richtete den Blick auf Priya. Lächelnd schüttelte sie den Kopf.

»*Also gut. Entspannt euch, in 45 Sekunden seid ihr unterwegs. Vielen Dank fürs geduldige Zuhören und angenehme Reise.*«

Priya schaute aus dem Fenster zu all den anderen Röhren, die in der Umschaltstation zusammenliefen. In der Ferne warteten Arbeiter in Vakuumanzügen mit einem Plasmaschneider ein Röhrenfahrzeug, das man auf ein Reparaturgestell gehoben hatte. Ihre Kapsel setzte sich wieder in Bewegung und glitt sanft über eine Magnetschiene, bevor sie in eine neue Warteschlange gereiht wurden.

»Weißt du, warum es in der Röhre immer still ist?«, wandte sich Priya an Anna.

Die Kleine schüttelte den Kopf. »Bin mir nicht sicher.«

»Schall kann nicht durch ein Vakuum reisen.«

»Wir sind in einem Vakuum? Das wusste ich nicht.«

»Natürlich. Diese Fahrzeuge erreichen nur deshalb so hohe Geschwindigkeiten, weil sie sich in einer reibungsfreien Umgebung befinden.«

Annas Augen weiteten sich, als sie begriff. »Klingt einleuchtend. Keine Luft, also kein Wind, der uns bremst. Und wir sind auf einer Magnetschiene, also berühren wir während der Fahrt nichts.«

»Genau. Und weißt du, warum sich Schall nicht durch ein Vakuum ausbreiten kann?«

»Na ja, weil ... weil ...« Das kleine Mädchen schürzte die Lippen, konzentrierte sich einige Sekunden lang und zuckte dann mit den Schultern. »Ich weiß es nicht.«

»Weil Schall eigentlich eine mechanische Welle ist und sich Wellen durch vibrierende Partikel in der Luft ausbreiten, aber ...«

»Aber in einem Vakuum gibt's keine Luft!«, beendete Anna triumphierend den Satz, als wäre ihr eine neue Entdeckung gelungen.

»Haargenau.«

»Achtung. Euer Fahrzeug ist das nächste in der Reihe. Abfahrt aus dem Umschaltterminal Fort Lauderdale in drei ... zwei ... eins ...«

Priya wurde gegen den Sitz gepresst, als die Kapsel beschleunigte. Ein Bildschirm vorn zeigte ihre Geschwindigkeit an. Nach knapp mehr als einer Minute hatten sie 600 Kilometer pro Stunde überschritten.

Anna schaute aus dem Fenster, während Priya für die kurze Reise über eine rätselhafte E-Mail grübelte, die sie am Vorabend erhalten hatte. Sie fragte sich, was sie zu bedeuten hatte.

Der Absender war ein gewisser Colonel Jenkins von einem Zweig des Militärs, von dem Priya noch nie gehört hatte. Er ersuchte sie um ein Treffen im Flur vor ihrem Kurs über relativistische Quantenfeldtheorie. Woher wusste er, welche Kurse sie belegte?

Anfangs war sie bloß neugierig gewesen. Aber je genauer sie darüber nachdachte, desto verwirrender fand sie die E-Mail. Wer war dieser Typ? Und wichtiger noch: Was wollte er von ihr?

Priya saß in *Mama Tina's Diner*, einem kleinen Restaurant am Rand des Campus. Ihr Magen knurrte, während sie die Speisekarte durchblätterte. Sie entschied sich für ein Gericht, das ihre Mutter oft zubereitet hatte.

»Priya!«

Sie schickte ihre Bestellung ab und schaute auf, als Karen Tian, eine ihrer Klassenkameradinnen in Physik, von einem nahen Tisch herüberkam und ihren Teller mitbrachte. Sie setzte sich Priya gegenüber.

»Hi, Karen«, grüßte Priya. »Ich dachte, hierher kommst du nur zur nächtlichen Völlerei, wenn die Junkfood-Automaten offline sind.«

Karen schüttelte den Kopf, sägte an ihrer in Soße ertränkten Mahlzeit, was immer es sein mochte, und steckte sich einen Bissen in den Mund. »Ne, das Zeug ist auch gut gegen Kater. Und eins kann ich dir sagen: Lass dir nie von jemandem einreden, von Pflaumenwein könnte man nicht betrunken werden.«

»*Bestellung fertig*«, verkündete die künstliche Stimme des elektronischen Kellners. Ein Schlitz öffnete sich, und ein Teller voll dampfendem, mit Käsewürfeln gesprenkeltem Spinat rollte heraus.

Priya hielt die Haare beiseite, beugte sich vor und atmete das Aroma von Ingwer, Garam Masala und Knoblauch ein.

»Was ist das?«, fragte Karen.

»Palak Paneer. Ein traditionelles indisches Gericht. Im Grunde pürierter Spinat mit indischen Gewürzen und Käsestücken.« Sie kostete einen Löffel und kaute auf dem gummiartigen veganen Käse. Sie wünschte, sie könnte ein Lokal finden, das echten Käse auf Milchbasis verwendete, wie es ihre Mutter getan hatte.

Priya zeigte mit dem Löffel auf Karens Teller. »Und was ist das?«

Karen sägte erneut an ihrem steakähnlichen Gericht. »Ein alter Klassiker aus dem Süden. Gebratene Hähnchenbrust mit Wurstsoße. Die totale Salz- und Fettbombe, aber super gegen die Kopfschmerzen, die ich loswerden will.« Sie fuhr mit der Gabel durch die klumpige, grau-weiße Soße. »Kannst du dir vorstellen, dass man dafür tatsächlich Kühe umgebracht und echte Sahne benutzt hat? Ist ein Wunder, dass unsere Vorfahren nicht vor lauter Scham gestorben sind – oder an reihenweise Herzinfarkten. Allein der Gedanke daran, was sie gegessen haben ...« Karen schauderte.

Priya lächelte nur. Sie erinnerte sich daran, wie gut die echten Sachen schmeckten. Und auf die eine oder andere Weise wollte sie sich etwas davon besorgen. Allerdings hatte sie nicht vor, Karen von ihrer kleinen Ketzerei zu erzählen. Sie brauchte keinen Vortrag von jemandem, der kaum mit dem Unterricht mithalten konnte.

»Aufwachen.«

Das Wort wurde in Form von Morsecode auf ihre Kopfhaut getippt.

Erschrocken schaute Priya auf und sah sich um. Niemand im Hörsaal achtete auf sie. Alle kritzelten eifrig Notizen, während Professor Darby vor sich hin laberte wie der Dampfplauderer, der er war.

Sie flüsterte: »Was zum Teufel soll das, Harold?«

Ein wildes Tippen auf ihren Kopf setzte ein, und sie stellte sich vor, wie ihr versteckter Begleiter belehrend einen Finger schwenkte.

»Du solltest nicht im Unterricht dösen. Was, wenn etwas vorkommt, das du wissen musst?«

»Jetzt mach aber mal halblang. Dieser Kurs über Quantenfeldtheorie ist sagenhaft öde. Darby hatte keine originelle Idee mehr, seit ... Vielleicht noch nie.«

Vorn im Hörsaal leierte der Professor weiter vor sich hin. »Ein Operator, der auf identische Bosonen wirkt, kann in Form von N-Teilchen-Wellenfunktionen beschrieben werden, der ersten Quantisierung, oder in Form von Erzeugungs- und Vernichtungsoperatoren im Fockraum, der zweiten Quantisierung. Bei dieser Übung geht es darum, die Operatoren von einem Formalismus in einen anderen umzuwandeln ...«

»Den Kram kann ich im Schlaf«, flüsterte Priya. »Warum lässt du mich also nicht einfach weiterdösen?«

Harold schwieg. Entweder wusste er keine gute Erwiderung, oder er war einfach nur launisch.

Harold war eine künstliche Intelligenz, verkapselt in einer fortschrittlicheren Form als alles, was Priya je erlebt hatte. Er konnte seine Gestalt verändern und physisch nahezu alles nachahmen, unter anderem, so wie jetzt, ihr Haar und ihre Haut. Außerdem war er eine Art Familienerbstück. Er barg die Erinnerungen aller Radcliffes vom Großen Exodus bis heute. Allerdings gab er sich in letzter Zeit besonders mürrisch. Manchmal fragte sich Priya, ob er auch ihre Persönlichkeit nachahmte. Trotzdem – oder vielleicht gerade deswegen – kam sie mit Harold besser aus als praktisch mit irgendjemandem sonst.

Die Vorlesung ging zu Ende, und die Studenten begannen, den Hörsaal zu verlassen. Priya zögerte damit, als sie an das seltsame, draußen im Flur geplante Treffen dachte. Es lag nicht in ihrer Natur, sich vor Konfrontationen zu scheuen. Andererseits musste sie sich nicht oft mit unbekannten Offizieren und deren genauso unbekannten Absichten auseinandersetzen.

»Miss Radcliffe?«

Priya fuhr vor Schreck beinah aus der Haut. Ein großer Mann in Militäruniform stand direkt neben ihr.

Es musste Colonel Jenkins sein.

»Ich habe dir ja gesagt, du sollst nicht im Hörsaal schlafen«, tippte Harold, der sich immer noch in ihrem zerzausten Haar verbarg.

Der Colonel streckte die Hand aus und schenkte ihr ein ironisches Lächeln. »Ich habe mich hereingeschlichen, während Sie gedöst haben. Ziemlich mutig, in einem Kurs der Stufe 700. Passt aber zu Ihrem Profil.«

Priya schüttelte ihm die Hand und schäumte innerlich über Harold, weil er sie nicht vorgewarnt hatte.

»Ich nehme an, Sie haben meine E-Mail gestern Abend erhalten.«

»Habe ich, aber ...«

»Ich erkläre es Ihnen unterwegs.«

Der Colonel bedeutete ihr, ihm zu folgen, als er sich zum Ausgang in Bewegung setzte. Priya musste praktisch rennen, um aufzuschließen. Die Schritte des Mannes fielen leicht anderthalbmal so lang aus wie ihre.

Vor dem Gebäude für Kunst und Naturwissenschaften schwenkte Jenkins zum nördlichen Teil des Campus.

»Wohin gehen wir?«, fragte Priya.

Der Colonel zeigte auf ein hohes Gebäude vor ihnen. »Weltraum- und Wissenschaftsmuseum.«

Das Museum? Warum? Aber Priya hatte eine noch vordringlichere Frage.

»Zu welchem Zweig des Militärs gehören Sie? In der Signatur Ihrer E-

Mail steht UNSOC, aber dafür konnte ich online keine vernünftige Definition finden.«

Der Colonel warf ihr einen Seitenblick zu. »Das steht für *United Nations Special Operations Command*. Sondereinsatzkommando der Vereinten Nationen. Wir betreiben keine Öffentlichkeitsarbeit, aber wir sind direkt dem Ersten Rat der UNO unterstellt.«

Priya interessierte sich nicht sonderlich für Politik, dennoch wusste sie, dass der Erste Rat die Spitze der Regierungshierarchie bildete. Demnach musste das UNSOC, was immer es genau sein mochte, eine bedeutende Einrichtung mit Zugang zu bedeutenden Personen sein, die bedeutende Mittel kontrollierten. Und wenn Priya während der letzten Jahre beim Knüpfen von Kontakten in akademischen Kreisen etwas gelernt hatte, dann, dass Finanzierung der Schlüssel zu wissenschaftlichem Fortschritt war.

Am Eingang des Museums zeigte der Colonel dem diensthabenden Wachmann sein Abzeichen. Der Mann nickte, führte sie an einer Schlange von Touristen vorbei und schickte sie durch eine Reihe von reservierten Drehkreuzen.

Priya setzte zu einer weiteren Frage an, aber Colonel Jenkins hob die Hand. »Gehen wir in einen sicheren Bereich, bevor wir unser Gespräch fortsetzen.«

Priya presste die Lippen zusammen, als sie dem Mann durch das Museum folgte. Zu ihrer Überraschung war jegliche Beklommenheit verschwunden und von einer kribbelnden Aufregung abgelöst worden. Sie hoffte, dass es sich um eine ausgefallene Rekrutierungsstrategie handelte. Priya hatte bereits vor, nach dem Abschluss in den Dienst einzutreten, aber wenn er sie einlüde, es sofort zu tun, würde sie vielleicht spontan zusagen.

Während sie an Attrappen alter Raumfähren aus dem 20. und 21. Jahrhundert vorbeigingen, drang eine synthetische Stimme durch Lautsprecher in der Decke.

»Am 20. Dezember 2019, heute bekannt als 47.354 VE, unterzeichnete Donald J. Trump, Präsident der Vereinigten Staaten, das Gesetz zur Bildung der United States Space Force. Jahrzehntelang blieb sie als die USSF bekannt, bis sie 45 Jahre nach dem Großen Exodus, am 45.30 NE, in den Zuständigkeitsbereich der Vereinten Nationen überführt wurde.«

Sternzeit 45 entsprach dem frühen 22. Jahrhundert. Eine Zeit, in der die einzelnen Nationen dabei waren, sich unter einer Dachregierung zusammenzuschließen, geleitet von den Vereinten Nationen. Außerdem eine Zeit globaler Unruhen. In Priyas Geschichtsunterricht war diese Periode der Erdgeschichte beschönigt dargestellt worden, aber es gab genug Daten im Internet, um einen Blick auf die Wahrheit zu werfen. Damals herrschten Unruhen, Aufstände, allgemeines Chaos. Die Menschen widersetzten sich dem Wechsel zu einer Weltregierung. Verständlich – Veränderungen fielen immer schwer. Manchen Quellen zufolge konnte die Lage erst beruhigt werden, als die UNO das Kriegsrecht verhängt hatte.

Priya folgte dem Colonel vorbei an einer verkleinerten, aber immer noch riesigen Nachbildung eines Raumschiffs.

»Zu Sternzeit 151.23 unterzeichnete UN-Generalsekretärin Natalja Poroschenko die endgültige Genehmigung zum Bau der Voyager, *die zum ersten interstellaren Raumkreuzer der Menschheit werden sollte. Details der Konstruktion sind nach wie vor geheim, aber es heißt, sie geht auf einen fast 200 Jahre alten Entwurf von Dr. David Holmes persönlich zurück.«*

Jenkins führte Priya durch eine Tür mit der Aufschrift »Nur für Militärpersonal«. Sie gingen einen Flur entlang und blieben vor einer ungekennzeichneten Metalltür ohne Griff stehen. Ein uniformierter Militärpolizist stand mit versteinerter Miene daneben.

Der Colonel reichte dem Soldaten seinen Ausweis. Der Wachmann zog ihn durch einen Scanner, gab ihn zurück und salutierte.

Jenkins deutete mit dem Daumen in Priyas Richtung. »Ich habe für Priya Radcliffe im Voraus einen Tagesausweis autorisiert. Ich bin ihr Begleiter.«

»Ja, Sir.« Der Sergeant, der die Hand nie weiter als ein paar Zentimeter von der Handfeuerwaffe an seiner Seite entfernte, wandte sich an Priya. »Miss Radcliffe, haben Sie Ihre CAC bei sich?«

Ale Studenten auf dem Campus hatten eine Common Access Card, eine einheitliche Zugangskarte. Sie ermöglichte den Zutritt in die verschiedenen akademischen Gebäude. Priya kramte die Karte aus der Tasche und überreichte sie dem Sergeant.

Er zog sie durch seinen Scanner. Als eine grüne LED am Gerät aufleuchtete, gab er ihr die Karte zurück und drückte einen Knopf auf einer schwarzen, an seinem Gürtel befestigten Box. Ein Summen ertönte. Der Colonel drückte die Tür auf und bedeutete Priya, ihm zu folgen.

Sie betrat einen kurzen, schlichten, unbemalten Betonflur. Die Tür schwang hinter ihnen zu, und Priya spürte, wie sich dabei der Luftdruck änderte. Ihre Ohren fielen zu.

Dann öffnete sich eine Tür am anderen Ende des Korridors.

Der Colonel marschierte los, Priya hetzte seinen langen Schritten hinterher. »Für die Erlaubnis, Sie hierher zu bekommen, waren mehr Unterschriften nötig, als Sie sich vorstellen können«, sagte er. »Aber denken Sie daran: Alles, was Sie von hier an sehen und hören, ist geheim.«

Sie gingen durch die offene Tür in eine riesige Halle, die wie ein Hangar aussah. In der Mitte wurde von zig ferngesteuerten Maschinen an einer großen Metallkonstruktion gebaut. Einige schweißten Stege zwischen Abschnitte des Rahmens, andere verlegten Drähte von einem Ende zum anderen. Kameradrohnen schwirrten durch die Luft und erfassten Bilder aus jedem Winkel.

»Wissen Sie, was Sie hier vor sich haben?«, fragte Jenkins.

Priya konnte das Lächeln in ihrem Gesicht nicht unterdrücken. Im Verlauf der Jahre hatte sie viele Raumfähren und sonstige Raumfahrzeuge gesehen. Sie hatte Starts und Landungen miterlebt, manchmal aus ziemlicher Nähe. Aber das ... war etwas völlig anderes. Die Konstruktion vor ihr stellte nur einen kleinen Teil eines viel, viel größeren Schiffs dar. Eines Schiffs, dessen Nachbildung sie eben erst im Museum passiert hatte.

»Ich dachte, das würde oben im Weltraum gebaut«, sagte sie mit rasendem Herzschlag. »Ich meine, das kann eigentlich gar nicht sein. Ist das wirklich ein Teil von Raumschiff *Voyager*?«

»Ja.« Jenkins lächelte und zeigte von einem Ende der Halle zum anderen. »Priya Radcliffe, willkommen bei SAMER, kurz für *Starship Advanced Metallurgic Engineering and Research*. Dem Herzstück von Projekt Voyager.« Mit einem Fingerzeig bedeutete er ihr, ihm weiter zu folgen. »Lassen Sie mich Ihnen einige Mitglieder des Teams vorstellen.«

ANHANG

Schon als Kind hatte ich eine lebhafte Fantasie und habe meine Eltern ständig mit einer Unzahl von *Was-wäre-wenn*-Fragen in den Wahnsinn getrieben. Nach einer Weile haben sie mich in der nächstgelegenen öffentlichen Bibliothek geparkt. Dort habe ich letztlich die Welt der Bücher kennengelernt, insbesondere die Welt der Science-Fiction- und Fantasy-Romane. Meine frühesten Einflüsse waren die Klassiker von J.R.R. Tolkien und Isaac Asimov. Solche Titel haben meine Vorstellungskraft sowohl als Kind als auch im Erwachsenenalter angeregt.

Durch meinen formellen Hintergrund bin ich seit Jahrzehnten fest in der Welt der Wissenschaft verankert. Dadurch und durch meinen Zugang zu Akademikern, die theoretische Physiker sind, dürfte nicht weiter überraschen, dass ich Möglichkeiten gefunden habe, mich ihrer und meiner eigenen Kenntnisse zu bedienen, um auf die eine oder andere Weise Technologie in meine Geschichten einzubauen. Viele Leser könnten diesen Roman als Hard-Science-Fiction betrachten, und ich würde sagen, damit hätten sie recht.

Man könnte fragen: »Was ist eigentlich Hard-Science-Fiction? Ist das etwas, das ich lesen kann?«

Für mich ist ein entscheidender Unterschied zwischen sogenannter »harter« und »weicher« Science-Fiction, dass im ersteren Fall die Wissenschaft nicht nur eine Zutat der Geschichte ist, sondern ein wesentlicher Bestandteil davon.

Meiner bescheidenen Meinung nach sollte man jedoch keinen Hochschulabschluss brauchen, um die Handlung zu verstehen. Nur eine Vorliebe für gute Geschichten, die Wissenschaft und Technologie beinhalten. Es liegt am Autor, den wissenschaftlichen Teil zugänglich für alle Leser zu machen.

Ich habe mich bemüht, in diese Erzählung wissenschaftliche Präzision bei den Dingen einzubauen, die dem Leser präsentiert werden. Natürlich gibt es in jeder fiktiven Geschichte auch Elemente, die heute noch nicht möglich sind. Aber ich habe auf einer soliden wissenschaftlichen Grundlage versucht, aus Vorhersagen darüber, was kommen könnte, eine Geschichte zu basteln, die hoffentlich unterhaltsam und aufschlussreich zugleich ist.

In diesem Anhang gehe ich auf einige in der Geschichte verwendete Dinge ein und biete dir, lieber Leser, einen Einblick, wie sich einige harte wissenschaftliche Fakten darauf beziehen oder als Inspiration dazu gedient haben. Zum Beispiel habe ich in dieser Geschichte etwas erschaffen, das im Wesentlichen auf einen Warp-Antrieb hinausläuft. Sicher, es gibt nach dem heutigen Stand der Wissenschaft nichts, das solche Eigenschaften aufweist, das räume ich gern ein. Dennoch gehört es nicht völlig ins Reich der Fantasie – es steckt handfeste Physik dahinter! Ich habe merkwürdige Konzepte benutzt, die den magnetischen Einschluss von Fusion tangieren und in gewisser Weise als Motor dienen. Würde dich überraschen, dass diese Aspekte tatsächlich bei heutiger Fusionsforschung berücksichtigt werden? Außerdem spielt etwas namens DefenseNet eine zentrale Rolle. Könnte man so etwas tatsächlich bauen? Oder vielleicht erscheint dir das Konzept eines Weltraumaufzugs verrückt. Aber würdest du glauben, dass etwas Derartiges hypothetisch schon heute zum Greifen nah ist?

All das beruht auf akademischer Forschung. Hoffentlich kann ich dich mit den Möglichkeiten neugierig machen, wenn ich auf Dinge verweise, die zunächst wie Auswüchse der Fantasie wirken mögen, hinter denen aber echte Wissenschaft steckt.

Ich gebe nur sehr kurze Erläuterungen zu teilweise sehr komplexen Konzepten. Meine Absicht dabei ist, gerade genug Informationen zu bieten, um ein vernünftiges Verständnis des Themas zu ermöglichen. Denjenigen, die mehr wissen wollen, möchte ich auch ausreichend

Stichworte an die Hand geben, damit sie eigene Recherchen starten und ein umfassenderes Hintergrundverständnis dieser Themen erlangen können.

So erhält man einen Einblick darin, was mich beim Schreiben dieser Geschichte beeinflusst hat. Und vielleicht fängt man sogar an, sich zu fragen, was sich unweigerlich alle Autoren fragen: *Was wäre, wenn ...*

DefenseNet:

In diese Geschichte habe ich das Konzept von DefenseNet eingebaut. Es handelt sich um eine futuristische Lösung, die als Mittel zur Abwehr von Asteroiden dient, die auf die Erde zusteuern. Wie man letztlich erfährt, ist DefenseNet eine komplexe Lösung aus mehreren Teilen, darunter das Konzept, das Dave Holmes als Warp-Ring bezeichnet. Darauf gehe ich an späterer Stelle in diesem Anhang noch ein.

Konzentrieren wir uns zunächst nur auf die Abwehr nahender Asteroiden.

In der Geschichte setzt DefenseNet eine Reihe von Hochleistungslasern als Schutzschild gegen ankommende Bedrohungen ein. In manchen Geschichten wird auf Sprengungen und darauf gesetzt, Raketen an Asteroiden anzubringen, um sie abzulenken. Beides ist aus verschiedenen Gründen ausgesprochen unpraktisch. Zu den größten Problemen gehört die Zeit, die man braucht, um auf eine Bedrohung zu reagieren und das Objekt tatsächlich zu erreichen.

Die statistischen Werte, die ich im Buch für eine nahende Bedrohung durch Asteroiden nenne, sind korrekt.

Träte ein 100 Meter breiter Meteorit aus Stein in einem normalen Winkel (45 Grad) und mit durchschnittlicher Geschwindigkeit (35 km/s) in die Atmosphäre ein, würde der Einschlag einer Atomexplosion von 32 Megatonnen entsprechen. Das würde wehtun, und zwar heftig.

Ich möchte anmerken, dass sich solche Einschläge nicht jeden Tag ereignen, aber alle 6.000 bis 7.000 Jahre trifft etwas mit Dimensionen von ungefähr 100 Metern die Erde. Wir sind überfällig.

Das Konzept von DefenseNet ist insofern praktikabel, als wir von zwei Dingen abhängig sind:

1. Rechtzeitiges Erkennen einer nahenden Bedrohung, um noch etwas bewirken zu können.

2. Verfügbarkeit eines ausreichend starken Lasers, um ihn auf das Objekt zu richten.

Wir verfügen bereits über die Technologie, um Laser im Weltraum zu platzieren. Und mit genügend Zeit und Investitionen hätten wir eine vernünftige Chance, heranrasende Bedrohungen früh genug zu erkennen. Es gibt viele laufende Projekte, die sich mit der Vermeidung von Kollisionen mit erdnahen Objekten befassen. Einige vorgeschlagene Projekte setzen auf den Einsatz von Lasern (beispielsweise die Strategic Defense Initiative, DE-STAR und so weiter).

Das Konzept ist eigentlich recht einfach. Ein hochkonzentrierter Energiestrahl, beispielsweise ein Laser, könnte die Oberflächentemperatur eines Teils eines Asteroiden auf ~ 3.000 Grad Kelvin erhöhen. Das würde an der Stelle eine heftige Reaktion auslösen. Material würde sich von der Oberfläche des Asteroiden lösen, und seine Flugbahn würde sich geringfügig verändern. Mit anderen Worten: Man hätte es mit einem riesigen Stein zu tun, den man unmöglich zerstören kann. Aber indem man seinen Rand erhitzt, kann man eine heftige Reaktion auf der Oberfläche hervorrufen. Die kleine, durch eine solche Erhitzung auftretende Explosion würde die nahende Bedrohung eine Spur ablenken. Je weiter entfernt das erfolgt, desto effektiver ist dieser Ansatz.

Ich möchte anmerken, dass es keine schnellere Möglichkeit als einen Laser für eine wirkungsvolle Lösung gegen ein entdecktes Ziel gibt. Die Lichtgeschwindigkeit ist trotz allem ziemlich schnell.

Fusion durch magnetischen Einschluss:

Zu den Schlüsselelementen in der Geschichte gehört ein mysteriöser, von Frank entwickelter Motor, der mehrere neue Konzepte in sich vereint. Darunter einen Raumtemperatur-Supraleiter namens Stanen. Obwohl das als ein heiliger Gral der Wissenschaft gilt, wird damit tatsächlich experimentiert.

Bei Franks Motor wiederum wurde ein Konzept benutzt, das völlig der Fantasie entsprungen zu sein scheint, jedoch auf Realität beruht. Es handelt sich um das Konzept des Einschlusses einer Fusionsreaktion in einem Magnetfeld. Schlüsselwörter für die Recherche zur Vertiefung des Themas sind magnetische Flasche, magnetischer Spiegel oder Tokamak.

Die Schwierigkeit bei der kontrollierten Fusion besteht darin, Bedin-

gungen zu schaffen, unter denen zwei Atome effektiv so zusammenge-
presst werden können, dass die Presskraft die inhärente Abstoßkraft der
Atomkerne überwindet. Eine dieser Pressmethoden bedient sich extremer
Temperaturerhöhungen des Materials von über 5.000.000 Grad Celsius.
Unter solchen Bedingungen verwandelt sich die Substanz in ein Plasma,
und es muss weiterer Druck ausgeübt werden, damit es tatsächlich zur
Fusion kommt.

Ferner können unter solchen Bedingungen die Atome innerhalb der
Grenzen von Magnetfeldern manipuliert werden.

Zugegeben, ich habe das Konzept aufgegriffen und über die heute
bekannte Technologie hinausgetragen. Allerdings liegt die Erweiterung
nicht unbedingt im Bereich der Fantasie. Bei Franks Triebwerk gehe ich
davon aus, dass die Fusion auftreten kann, dass Energie freigesetzt wird
und dass der Energiespeicher das Magnetfeld zusätzlich verstärkt. So
entsteht eine noch effizientere Umwandlung von Materie in Energie, und
ein im Wesentlichen sehr heißes, flüchtiges System wäre in einem unvorstellbar starken Magnetfeld eingeschlossen.

Fusion ist heute noch kein effizienter Prozess, aber die meisten
Wissenschaftler glauben, dass sie durch irgendein magnetisches
Einschlussverfahren letztlich effizient werden kann.

Einsteins Gleichungen beschreiben das Verhältnis von Masse zu
Energie und von Energie zu Masse. Sie verdeutlichen, dass in kleinsten
Mengen Materie riesige Energiespeicher enthalten sind. Es ist daher eine
Zukunft denkbar, in der nie ein Mangel an Energie besteht.

Hoffentlich ist es nicht mehr weit bis dahin.

Warp-Ring:

In diesem Buch beschreibe ich etwas, das Dr. Holmes als Warp-Ring
bezeichnet. Das dadurch erzeugte Phänomen nenne ich meist Gravitationsblase.

Das Konzept ist an sich einfach vorstellbar: Man packt etwas (beispielsweise ein Schiff, die Erde oder dergleichen) in eine Blase. Diese
Blase bewegt sich mit gewaltiger Geschwindigkeit, während alles in ihr
keinerlei relative Bewegung wahrnimmt.

Klingt definitiv nach reiner Weltraumfantasie. Aber was, wenn ich
verrate, dass es tatsächlich wissenschaftliche Abhandlungen zu dem
Thema gibt? Ich habe mich insbesondere auf eine davon gestützt, um ein

Modell davon zu entwerfen, was ein solcher Warp-Ring vollbringen könnte.

Ich beziehe mich auf ein von Miguel Alcubierre verfasstes Dokument mit dem Titel »Der Warp-Antrieb: hyperschnelles Reisen im Rahmen der allgemeinen Relativitätstheorie.«

Für Recherchen über praktische Experimente zu den Arbeiten von Dr. Alcubierre verweise ich auch auf Dr. Harold »Sonny« White, der am Johnson Space Center der NASA arbeitet. Er hat ein ausgezeichnetes Dokument mit dem Titel »Warp-Feldmechanik 101« verfasst.

Zugegebenermaßen sollte ich die Erklärung für viele Leser wohl dabei belassen. Dennoch gehe ich noch kurz auf fortgeschrittenere Themen ein.

Man beachte, dass Dr. Alcubierre im Titel die allgemeine Relativitätstheorie erwähnt, und zwar aus sehr spezifischen Gründen. Es gibt einen Unterschied zwischen der allgemeinen Relativitätstheorie und der speziellen Relativitätstheorie.

Bei der speziellen Relativität messen Beobachter von verschiedenen Referenzpunkten aus Masse und Geschwindigkeit unterschiedlich, denn Raum und Zeit dehnen sich so aus und ziehen sich so zusammen, dass die Lichtgeschwindigkeit im Vakuum für alle Beobachter konstant ist.

Am besten lässt sich das anhand eines Beispiels erklären. Ich kann zum Beispiel eine Taschenlampe einschalten. Das Licht, das herausströmt, bewegt sich dann mit 300.000 Kilometern pro Sekunde, was normalerweise mit dem Symbol »c« bezeichnet wird. Wenn ich mich in einem Raumschiff befinde, das mit 0,5 c reist, und ich dieselbe Taschenlampe einschalte, reist das austretende Licht ebenfalls mit c.

Bestimmt kratzen sich jetzt einige am Kopf und stellen sich die folgende Frage: Stünde man auf der Erde und könnte das Licht aus dem Raumschiff vorbeirauschen sehen, würde sich das Licht dann nicht mit 1,5 c fortbewegen? Und wenn nicht, warum nicht?

Für die Person im Raumschiff scheint alles normal zu laufen, obwohl sich in Wirklichkeit Zeit und Raum um sie herum krümmen. Die Zeit vergeht für sie langsamer, und Entfernungen ziehen sich zusammen. So beobachten die Person im Raumschiff und die Person, die das Raumschiff beobachtet, beide etwas, das der speziellen Relativitätstheorie entspricht.

Ich lasse den Leser darüber kurz grübeln und entschuldige mich, wenn es verwirrend ist. Aber es ist *wirklich* ein kompliziertes Thema.

Die spezielle Relativitätstheorie ist jedoch eigentlich ein Teilbereich der allgemeinen Relativitätstheorie. Die allgemeine Relativitätstheorie beschreibt die Raumzeit selbst. Die Raumzeit ist ein Modell, in dem Raum und Zeit miteinander verwoben sind, um die vier Dimensionen, die Raum und Zeit normalerweise einschließen würden, zu vereinfachen. Einstein hat dabei festgestellt, dass große Objekte eine Krümmung der Raumzeit verursachen, und diese Krümmung ist als Gravitation bekannt.

Jeder Vorschlag für Reisen mit beliebigen hohen Geschwindigkeiten müsste sich diese Krümmung der Raumzeit zunutze machen.

Der Warp-Ring macht das so wie die Arbeit von Dr. Alcubierre. Er basiert auf Ausdehnung und Kontraktion des Raums selbst und hüllt dabei ein Objekt in eine Art Blase. Das Objekt (zum Beispiel ein Raumschiff, die Erde oder dergleichen) bewegt sich nicht. Vielmehr bewegt sich der Raum um es herum.

Im Fall der vorliegenden Geschichte reitet die Erde auf dieser Krümmung wie ein Surfer auf einer Welle.

Ich würde vorschlagen, sich auch über die Inflationstheorie zu informieren. Das ist eine gute Hintergrundlektüre, wenn man mehr über Reisen mit Überlichtgeschwindigkeit erfahren möchte.

Nebenbei möchte ich anmerken, dass Dinge wie die Zeitdilatation experimentell verifiziert wurden. Ich verweise dafür auf die Experimente des United States Naval Observatory von Hafele und Keating. Darin ist dokumentiert, was passierte, als vier unheimlich genaue Atomuhren synchronisiert wurden, bevor zwei davon um die Welt geflogen wurden, während die beiden anderen stationär blieben. Als man die Uhren wieder zusammenbrachte, hatte sich die Zeit der Uhren, die Düsenjetgeschwindigkeiten geflogen waren, geringfügig verschoben. Für sie war die Zeit geringfügig langsamer vergangen.

Die Erklärungen, die ich im Buch liefere, decken sich tatsächlich mit dem Konzept des Warp-Antriebs von Dr. Alcubierre.

Was uns dazu noch fehlt, sind eine (unvorstellbar) große Menge Energie und die nach wie vor nur theoretische negativen Masse.

Stünde uns beides zur Verfügung, wäre die Möglichkeit denkbar, ein Objekt (ein Raumschiff, die Erde oder dergleichen) in eine Art Blase zu hüllen. Diese Blase wäre von der Schwerkraft isoliert, und wenn sich die Blase bewegt, spürt der Inhalt die Bewegung nicht.

Irgendwie cool, oder? Ich hoffe darauf, dass Dr. Holmes bald geboren wird, die Ärmel hochkrempelt und es uns ermöglicht.

Weltraumaufzug:

Über Weltraumaufzüge wird seit geraumer Zeit im Bereich der Science-Fiction geschrieben, dabei sind sie gar nicht mehr so fiktiv.

Zunächst mal: Was ist ein Weltraumaufzug?

Einfach ausgedrückt: Stellen wir uns vor, man bringt ein Objekt so hoch in den Weltraum, dass es eine geosynchrone Umlaufbahn beibehält. Das machen wir ständig, wenn wir Satelliten starten. Ein solches Objekt könnte als Anker für eine Art Aufzug dienen.

Stellen wir uns weiter vor, man würde ein Seil aus dieser Höhe nach unten lassen und es festbinden, wo auch immer es auf der Erde landet. Dann wäre denkbar, etwas zu bauen, das sich an dem Seil auf und ab bewegt und Objekte mühelos in den Weltraum befördert.

Wozu?

Nun, mit der heutigen Technologie ist es überaus aufwändig, etwas in den Weltraum zu transportieren. Wenn es auf der Erde eine Vielzahl von Weltraumaufzügen gäbe, wäre ohne Weiteres vorstellbar, große Objekte (zum Beispiel Raumschiffe?) im Weltraum zusammenzubauen.

Wo liegt dann das Problem? Tun wir es!

Tja, das Problem war schon immer – und ist es weitgehend noch –, ein Material zu finden, aus dem man ein solches hypothetisches Seil herstellen könnte.

Ich greife für Erklärungen gern auf Beispiele zurück, so auch in diesem Fall.

Für eine geosynchrone Umlaufbahn muss man ungefähr 35.200 Kilometer über die Erde. Das ist die Höhe, in der die Schwerkraft, die einen nach unten zieht, und die Zentrifugalkraft, die einen wegschleudern möchte, praktisch gleich groß sind.

Das heißt, wir brauchen ein Seil, das mindestens 35.200 Kilometer lang ist. Wie viel wiegt so etwas?

Ich ziehe als Beispiel das leichteste Kletterseil heran, das ich finden konnte. Dieses Seil wiegt 48 Gramm pro Meter und hat eine ziemlich beeindruckende Tragfähigkeit von 753 Kilogramm.

Wie viel also wiegen die 35.200 Kilometer dieses Seils?

Mit meinem praktischen Taschenrechner in der Hand stellt sich heraus, dass es 1.699.467 Kilogramm sind, allein für das Seil. Im Wesentlichen bedeutet das, dieses Seil wäre nicht einmal stark genug, um sich selbst zu halten, geschweige denn irgendeine Nutzlast.

Das veranschaulicht das größte Problem, mit dem Weltraumaufzüge bisher konfrontiert waren: Woraus soll man sie herstellen?

In dieser Geschichte bringe ich recht ausführlich Graphen zur Sprache. Ich überlasse es dem interessierten Leser, mehr über Graphen und dessen Eigenschaften zu lesen. Sagen wir einfach, wenn die Massenproduktion von Graphen möglich wäre (was keineswegs unmöglich ist), dann würde etwas wie ein Weltraumaufzug durchaus praktikabel.

Festhalten möchte ich außerdem, dass Graphen erstaunliche physikalische Eigenschaften wie eine elektrische und thermische Leitfähigkeit besitzt, die jene vieler bekannter Leitertypen bei Weitem übertrifft.

DER AUTOR

Ich wurde in eine Armeefamilie hineingeboren, bin mehrsprachig und der Erste in meiner Familie, der in den USA das Licht der Welt erblickt hat. Das hat meine Jugend stark beeinflusst, indem es in mir die Liebe zum Lesen und eine brennende Neugier auf die Welt und alles darin erweckt hat. Als Erwachsener konnte ich durch meine Vorliebe für Reisen und meine Abenteuerlust zahlreiche unvorstellbare Orte erkunden, die manchmal Einzug in die Geschichten halten, die ich schreibe.

Ich hoffe, diese Geschichte konnte dich gut unterhalten.

– Mike Rothman

Meinen Blog findet ihr unter: www.michaelarothman.com
Ich bin auch auf Facebook unter: www.facebook.com/MichaelARothman
Und auf Twitter: @MichaelARothman

Milton Keynes UK
Ingram Content Group UK Ltd.
UKHW010926180724
445674UK00001B/71

9 781087 937335